LADY PIRATE

★★

La parade des ombres

Du même auteur
Chez le même éditeur

LE LIT D'ALIÉNOR, 2002

LE BAL DES LOUVES, 2003
T. I : *La Chambre maudite*
T. II : *La Vengeance d'Isabeau*

Mireille Calmel

LADY PIRATE

Tome 2

La parade des ombres

roman

XO
EDITIONS

XO Éditions, Paris, 2005
ISBN : 2-84563-229-0

1.

La charrette s'ébranla dans un grincement de roues, étouffant les reniflements de Niklaus Olgersen Junior. Sa petite main serrée dans celle de sa mère, il fixa ces deux cercueils posés sur le plateau de bois, qui se mirent à cahoter malgré le pas lent du cheval. Il songea à Milia et à son père. Il songea à leurs rires et à ces farces qu'il aimait tant inventer pour les fâcher. Avec Ann Mary, sa sœur.

Il serra plus fort cette main qui broyait déjà la sienne.

Il n'en sentait pas la douleur. Elle n'était qu'une infime partie de celle qui lui tordait le cœur, le ventre, l'esprit et les os.

Il tourna la tête, la levant vers sa mère, droite et digne dans sa robe noire de veuve, qui marchait à ses côtés, laissant derrière eux l'auberge des Trois Fers à cheval pour accompagner leur passé à ses funérailles. Mary Read Olgersen avait la mâchoire crispée, mais les yeux secs.

Junior refoula ses larmes du haut de ses quatre ans.

Il savait ce que l'attitude de sa mère signifiait. Lui aussi, malgré son petit âge, l'avait sentie vibrer en lui depuis qu'ils avaient détaché son père du pilier où Emma de Mortefontaine l'avait contraint puis assassiné, depuis qu'il avait lu la terreur inscrite sur le visage tuméfié de sa gouvernante, depuis surtout qu'il imaginait sa sœur prisonnière de cette femme cruelle et sanguinaire.

Il passa un revers de manche sous son nez en s'engageant sur la route qui ramenait le cortège vers la petite église de Breda.

Sa mère n'avait pas eu le courage d'avertir son parrain, Hans Vanderluck, ni leurs anciens compagnons d'armes. Elle ne voulait ni de leur réconfort ni de leur aide.

Elle le lui avait expliqué. Elle avait tout expliqué, cette mère si différente, jugeant qu'il pouvait désormais tout entendre et surtout qu'il devait grandir. Vite. Par la force des événements. Comme elle, autrefois. Quand elle n'était qu'une petite fille entre les mains de la misère.

Junior écouta avec indifférence l'orage crever au-dessus de leur tête. Sa mère n'en sembla pas davantage ressentir la morsure. Leurs malles étaient prêtes. Le notaire avait ordre de conclure la vente de l'auberge avec l'acquéreur qu'ils avaient trouvé la veille du crime. Sitôt que la terre noire de Breda aurait recouvert les sépultures, ils partiraient. Avec au cœur la même détermination.

Elle avait un nom : la vengeance

Mary n'emportait rien. Rien qui ne lui fût essentiel. De sorte qu'à leur départ, ce 16 septembre 1700, ses bagages et ceux de son fils tenaient en deux sacoches de cuir accrochées de part et d'autre des flancs de son cheval. Elle avait choisi le meilleur, celui que Niklaus préférait, un alezan. Habillée en gentilhomme pour pouvoir porter épée et pistolet sans être inquiétée, elle acheva de le seller, puis héla Junior qui s'attardait auprès de son chiot Toby.

— Il faut partir, Junior.

— Sois sage ! recommanda une nouvelle fois l'enfant à l'animal, attaché au pied de son arbre préféré, un noyer qui tant de fois leur avait prêté, avec Ann, le refuge de ses branches.

— Ne t'inquiète pas, mon garçon, lui assura le notaire, venu récupérer les clés de la bâtisse aux volets fermés déjà, je m'en occuperai bien.

Junior hocha la tête, s'attarda à une dernière caresse, puis se pencha à l'oreille de l'animal qui geignait.

— T'en fais pas, Toby. On va ramener Ann, tu verras !

Puis, refusant d'entendre ses aboiements désespérés et de voir à quel point l'animal se tordait, se tendait pour se détacher, il détala en courant pour rattraper sa mère.

Mary voulait profiter du beau temps qui s'annonçait. Il était tôt encore et une bonne journée de cheval les attendait jusqu'à leur première étape. Mary jucha Junior en selle, devant elle.

— Tenez, madame Olgersen, lui dit le notaire, qui venait de les rejoindre.

— Merci, maître, répondit-elle en récupérant la bourse rebondie qu'il lui tendait. Je vous écrirai pour vous dire où vous devrez m'envoyer le solde de la vente.

— Si vous étiez restée quelques jours de plus, insista-t-il, tout aurait été réglé.

— Je sais, mais je ne peux pas. J'ai déjà trop tardé.

— Je comprends, affirma-t-il en s'écartant du cheval qui piaffait de la même impatience qu'elle. Bonne chance, madame Olgersen. Prends soin d'elle ! cria-t-il encore à Junior.

Talonné par sa cavalière, l'animal les emportait. Le notaire secoua la tête, s'attarda un moment sur ce nuage de poussière soulevé par le galop du cheval en songeant au triste destin de la famille Olgersen, puis s'en fut donner un ultime tour de clé à la porte de l'auberge des Trois Fers à cheval.

*

Emma de Mortefontaine déplaça une mèche de cheveux collée par la sueur sur le front d'Ann Mary Olgersen. Comme chaque nuit depuis qu'Emma lui avait imposé ce voyage, la fillette dormait les sourcils froncés, geignant souvent, pleurant et hurlant parfois. Cela contrastait avec son apathie de la journée.

Ann ne parlait plus, mangeait à peine, obéissant seulement à son instinct de survie dans lequel Emma reconnut le caractère de Mary. Elle n'avait pas de regrets pourtant. Malgré le chaos qui régnait dans l'esprit de l'enfant.

La mort de Niklaus Olgersen lui avait fait du bien. Un bien immense, inconcevable. Comme si ce sang dont elle avait été éclaboussée, ce hurlement qu'avait poussé l'enfant l'avaient lavée de sa souffrance.

De jour en jour, elle s'en sentait ragaillardie. Elle savait que Mary ne fuirait plus, désormais. Qu'elle n'aurait de cesse de la rejoindre et que leur duel serait à la mesure de la passion qui l'avait déchirée. Cette fois encore, Mary aurait le choix : accepter de se soumettre et retrouver sa fille. Ou mourir et la lui abandonner à jamais.

Emma ne voulait pas tuer l'enfant. Elle n'avait pas de descendance. Celle de Mary la comblerait. Que cette dernière décide ou non de partager ses rêves de puissance.

On frappa à la porte de sa cabine, discrètement, et Emma abandonna Ann à ses cauchemars. Elle ouvrit pour laisser George entrer.

— Nous sommes en vue des côtes irlandaises, annonça-t-il à voix basse.

— Bien.

Il s'apprêtait à sortir lorsque Emma le retint par le bras.

— Reste. J'ai envie d'amour.

Indifférent à l'enfant qui dormait, George s'empressa de la satisfaire.

Ann s'éveilla brusquement en entendant gémir la méchante dame. Dans un réflexe, elle se recroquevilla en boule et plaqua ses petites mains sur ses oreilles en mordant ses lèvres pour ne pas crier. Elle plissa fort ses paupières emplies de larmes, conservant encore dans sa mémoire brisée la voix de son père qui lui ordonnait de ne pas bouger.

*

Emma de Mortefontaine s'avança d'un pas léger dans la cour carrée et sinistre de la prison de la ville de Kinsale. Elle était rayonnante de satisfaction et de plaisir.

Elle avait tout d'abord envisagé de confier la garde d'Ann à Kellian et Edward, ses domestiques irlandais, mais la fillette était si effrayée de sa présence qu'elle jugea préférable de la tenir éloignée d'elle quelques années. Le temps que ce traumatisme passe, l'endurcisse et lui permette de revenir à ses côtés. Le temps aussi pour Mary Read de s'aliéner à ses caresses dans l'espoir de revoir sa fille un jour.

À peine débarquée, elle avait présenté Ann à ses gens comme l'enfant d'une parente, choquée profondément par la mort violente de sa famille, leur donnant l'ordre de ne pas la brusquer ni l'interroger. Kellian fut parfaite de douceur et de gentillesse. Ann lui obéit sans se plaindre.

Apprenant d'Edward les dernières nouvelles du comté, une idée était venue à Emma.

William Cormac et sa maîtresse Marie Brenan étaient tous deux incarcérés. Une demande de divorce était en cours contre le premier, tandis que la seconde avait été condamnée à l'exil, dans les Indes occidentales. Pour comble de malheur, elle avait perdu dans la froideur du cachot où on l'avait jetée l'enfant de Cormac.

Emma avait doublement à s'en réjouir.

Non seulement elle venait de venger son orgueil trop longtemps bafoué, mais elle se voyait dotée, par un bel esprit d'initiative, de la solution à son dilemme.

— Bonjour, William.

Cormac redressa cette tête qu'il s'obstinait à garder courbée sur ses souliers vernis, abîmés depuis un mois par l'humidité de sa cellule. Assis sur le lit, il paraissait misérable et brisé. Sa geôle empestait malgré l'air froid qui y pénétrait par la fenêtre, sans carreaux. Les barreaux qui les remplaçaient ne servaient qu'à briser le vent qui sifflait.

Malgré le respect que les gardiens lui manifestaient, ceux-ci ne se risquaient pas à adoucir sa sentence. La ville entière, sous la domination de sa belle-famille, se serait dressée contre eux. Cormac avait accepté leurs excuses. Il comprenait.

Mais il souffrait mille morts.

De l'opprobre dans laquelle cette affaire l'avait jeté, mais aussi du sort pitoyable de son aimée.

— Vous ! cracha-t-il, retrouvant d'un coup une bouffée d'orgueil. Comment osez-vous venir me narguer dans cette cellule ?

— Du droit d'une amie, et d'une femme qui vous a aimé, William.

— Quelle chance ! railla-t-il. Me pensez-vous idiot, Emma ? Cette plantation en Caroline-du-Sud à mon nom, qui d'autre que vous en aurait eu les moyens et l'idée ?

— Je ne le nie pas, avoua Emma en s'adossant à la porte de sa cellule. Ce n'était cependant pas destiné à vous nuire, mais à vous remercier des services que vous m'aviez rendus et du plaisir que vous m'aviez donné. Croyez-moi, William. J'ignore comment ce document est arrivé entre les mains de votre épouse. Je l'avais rangé dans un tiroir de mon bureau avant de partir pour l'Europe. Il en a disparu... un cambriolage, sans doute.

— Le jurez-vous? demanda Cormac, pour qui un serment avait valeur de procès.

— Je le jure, William, mentit Emma. Et pourtant je viens réparer ma négligence. J'ai le pouvoir de vous faire sortir d'ici en réclamant que votre peine soit commuée en bannissement.

— La belle affaire, ricana William Cormac.

— Ne soyez pas sot, mon cher! Quel avenir auriez-vous désormais ici comme attorney?

Cormac avait déjà longuement songé à cette question. Il se radoucit aussitôt, sachant qu'elle avait raison.

— Très bien. Que me proposez-vous?

— C'est un de mes navires qui assurera le convoi des exilés pour les Indes occidentales. Il vous déposera à Charleston avec votre amante et vous entrerez en possession de cette plantation. Nul là-bas ne connaîtra votre passé et vous pourrez y vivre en paix. Votre sens du commerce saura vite faire fructifier cette affaire.

— Qu'y cultive-t-on? demanda Cormac, avec un nouveau souffle d'espoir.

— Du coton pour l'essentiel, mais le commerce du chocolat est florissant. Peut-être pourriez-vous vous y essayer?

Il se leva et avança vers elle. Emma ne bougea pas d'un pouce et il s'immobilisa sous son regard glacé.

— Comment vous remercier, Emma ?

— Vous le pouvez en adoptant une enfant. Une fillette de deux ans que l'on m'a confiée à la mort de ses parents. Je ne peux en assumer la charge pour l'instant. Elle a subi un traumatisme et nécessite une attention soutenue. Je ne doute pas que vous trouverez auprès d'elle matière à vous guérir de la disparition de votre enfançon.

Cormac baissa la tête. Il aurait dû se douter qu'Emma avait un intérêt à sa prétendue générosité. Elle ne donnait jamais rien sans rien. Cette fois, pourtant, il ne pouvait s'en plaindre.

— Soit. Arrangez mes affaires et celles de Marie, et nous ferons ce que vous souhaitez.

Elle lui sourit avec compassion, concluant, perfide :

— Dommage que vous ne vous en soyez pas toujours souvenu. Mais n'en parlons plus, voulez-vous ? Soyez heureux et choyez Ann en la faisant passer pour votre fille. Faites-lui oublier son passé. Imposez votre paternité. Ma plantation à Charleston est voisine de la vôtre. Nous nous y verrons lors de mes séjours là-bas, et je pourrai ainsi, le moment venu, nantir cette enfant comme si j'étais sa marraine.

— Qui est-elle en vérité ? demanda Cormac, soupçonneux.

— Il vaut mieux pour vous, mon cher, que vous ne le sachiez jamais.

*

Un mois durant, Mary chevaucha sans relâche, ne ménageant ni son fils, qui ne s'en plaignit pas une fois, ni sa monture. La nuit, ils s'arrêtaient dans les auberges et elle demeurait étendue sur le lit, insomniaque souvent. Près d'elle, Junior dormait d'un sommeil agité, cherchant sa chaleur pour s'en apaiser.

Elle était éreintée, vermoulue, les yeux cernés et rougis par le soleil ou la pluie qu'il leur fallut affronter durant leur voyage. Leurs manteaux et leurs tricornes ne suffisaient pas à les protéger, augmentant encore le fardeau de leur course.

Parfois, elle sentait son fils s'alourdir contre son ventre, bercé par le rythme soutenu du cheval. Elle resserrait alors ses bras autour de lui pour le maintenir en selle, sans ralentir son allure. Cette tension la concentrait sur son objectif, l'empêchait de se souvenir de sa peine et du manque, insidieux, qui lui rongeait l'âme. Elle avait beau dire et faire, cette douleur lui arrachait ventre et cœur. Seul le grincement de la pierre, qu'elle frottait au fil de son épée pour la polir, savait l'apaiser.

— Tu vas finir par l'abîmer, maman, lui avait glissé Junior une nuit, alors qu'ils se trouvaient à mi-parcours.

Un sanglot avait échappé à Mary, qu'elle avait tenté d'étouffer dans son geste, un peu trop appuyé. L'acier avait crié à sa place. Elle était assise au pied du lit, face à la lune pleine qui, immense, la narguait par la fenêtre ouverte. Mary ne supportait plus d'être enfermée. Elle avait besoin d'air en permanence depuis les funérailles de Niklaus, comme si elle était restée prisonnière de son cercueil.

Junior, délaissant ses couvertures, l'avait rejointe à quatre pattes, récupérant au passage le poignard de son père que, chaque soir, il glissait sous son oreiller.

Il avait ouvert sa main et lui avait souri, de ce sourire triste qu'il affichait souvent.

— Tu me la prêtes un peu, maman ?

Mary avait hoché la tête et lui avait mis en main sa pierre à aiguiser. Junior s'était aussitôt activé sur le tranchant de sa lame, précautionneusement, en tirant la langue.

— C'est papa qui m'a appris ! avait-il avoué.

Mary avait de nouveau senti un sanglot monter. Junior avait alors posé son arme et, s'invitant à califourchon sur ses genoux, l'avait entourée de ses bras en affirmant :

— On va s'en sortir, maman. Tu verras ! On va retrouver Ann. Après, on ira chercher le trésor, tous les trois.

— Oui, Junior, tous les trois, avait-elle répété, se nourrissant de cette force qu'il voulait lui insuffler quand il en avait si peu lui-même.

Pour Junior, pour Ann, elle n'avait pas le droit de se laisser aller.

— Avant de rencontrer ton père, à l'armée, avait raconté Mary, j'ai croisé un homme sur ma route. Un homme qui a beaucoup compté.

— C'était ton ami ?

— Oui. Un ami précieux. Corsaire de Sa Majesté le roi de France. Tu sais ce que sont les corsaires ?

— Oui. Il va nous aider pour le trésor ?

— Je l'espère, mais ce n'est pas pour cela que nous allons au-devant de lui aujourd'hui. J'ai besoin de lui pour veiller sur toi tandis que j'irai délivrer Ann.

Mary ne pouvait supporter l'idée de l'exposer. Il lui fallait se mesurer à Emma l'esprit libre, si elle voulait la vaincre et sauver Ann. Junior à ses côtés la rendrait trop vulnérable. Elle avait bien compris que c'était à cause de sa fille que Niklaus n'avait rien empêché. Elle ne voulait pas commettre la même erreur.

L'enfant s'était resserré contre elle.

— Mais je sais me battre, avait-il objecté.

— C'est vrai, et tu es un grand garçon, mais je n'ai plus que toi, mon fils, et...

Mary n'avait pu terminer sa phrase. Ses sanglots avaient gagné. Ceux de Junior l'avaient rejointe.

— Jamais, avait-il juré. Jamais, maman. Tu me perdras jamais ! Jamais ! Jamais !

Ils s'étaient étreints à se broyer, remplissant de leur tendresse ce vide qui les aspirait.

À l'aube, Junior avait annoncé à sa mère qu'il resterait auprès de ce corsaire si elle lui promettait de revenir avec Ann.

— Je ne reviendrai pas avant de l'avoir retrouvée, Junior. Jusque-là, tu te devras de prendre soin de toi.

Junior s'était alors écarté d'elle, avait délogé l'œil de jade de la chemise garçonne de sa mère et, le dressant entre eux, avait craché dessus après avoir affirmé :

— Juré !

Se souvenant que c'était ainsi, sur la salamandre d'émeraude qu'Ann portait au cou, que ses enfants scellaient leurs accords, elle avait fait de même sans hésiter. Ils s'étaient ensuite levés, avaient rassemblé leurs affaires, les yeux gonflés, et récupéré leur cheval à l'écurie.

Junior s'était endormi deux lieues à peine après avoir rejoint la grand-route et Mary s'était sentie apaisée. Pour la première fois depuis que Niklaus avait passé.

2.

Ils arrivèrent à Toulon un peu plus d'un mois après leur départ de Breda. Mary huma les odeurs marines qui lui chatouillaient les narines. Un sentiment de quiétude la gagna tandis qu'elle longeait les ruelles aux façades colorées pour descendre vers le port. Là se situait l'arsenal où elle voulait s'enquérir de *La Perle* et de son capitaine. Elle ignorait si Forbin croisait toujours en Méditerranée, mais avait jugé que c'était là qu'elle avait le plus de chances de le voir puisqu'il possédait une maison en Provence. Mary se fiait à son instinct. Il l'avait rarement trompée.

Même si l'idée de reparaître ainsi après tout ce temps l'embarrassait, elle n'avait pas véritablement le choix. Ne lui avait-il pas promis autrefois qu'elle aurait toujours un allié auprès de lui ? C'était le moment ou jamais de le vérifier.

— Vous avez de la chance, lui dit-on à l'arsenal. *La Perle* doit revenir ces jours prochains. Le commandant Forbin est attendu à la cour par le roi.

Mary et Junior s'installèrent donc dans une auberge, face à la rade. Pour tromper leur attente, Mary se mit à apprendre à son fils quelques jeux de cartes, le laissant gagner pour le simple plaisir de le voir rire de nouveau.

Peu à peu, la vie les reprenait.

Elle lui raconta aussi ses aventures sur *La Perle*, la joie qu'elle avait eue de naviguer, espérant lui faire considérer son séjour loin d'elle d'un meilleur œil.

Une semaine plus tard, ils étaient tous deux attablés pour dîner au rez-de-chaussée de l'auberge. Un cochon entier tournait dans la cheminée, au-dessus d'un pot de soupe qui en recueillait le jus. Assis dans un angle de l'âtre, un cuisinier rougeaud actionnait la manivelle lentement, buvant fréquemment pour s'hydrater et se distraire. Un brouhaha emplissait la salle, interdisant toute conversation suivie. On riait fort et gras à Toulon. Pour parler à sa mère, Junior était presque obligé de hurler. Ce qu'il faisait sans scrupules ni raison, juste pour le plaisir du jeu. Et puis un homme entra, comme un vent furieux, suspendant conversations et fourchettes.

— Il est là ! Ô bonne mère ! Il est revenu, notre Forbin ! cria-t-il.

Ce fut alors comme un raz-de-marée. En un instant, Mary eut l'impression de se retrouver à Dunkerque au moment de l'attaque anglaise. La salle se vida et l'on se bouscula à la porte.

— Eh bien, dis donc ! s'exclama Junior en riant. Il est connu, ton capitaine.

Il avait baissé le ton de lui-même. Mary hocha la tête, un sourire léger aux lèvres. Visiblement, la Provence aimait Forbin autant que Forbin l'aimait.

— Terminons, veux-tu, dit-elle à Junior, qui déjà se tortillait sur sa chaise pour tenter de surprendre par la fenêtre le mouvement de foule que cette nouvelle avait provoqué sur le quai.

— Mais, maman... objecta-t-il, impatient de rencontrer ce héros dont il avait glané les exploits en écoutant les conversations de-ci, de-là.

— Nous avons le temps. Laissons *La Perle* accoster. Elle ne le fera pas ici, mais à l'arsenal. Ces gens s'agitent pour rien, c'est leur nature. Je suis sûre qu'il passe à peine le goulet.

— Mais si on le manque ? insista-t-il, croisant et décroisant ses pieds, tendant le cou malgré les affirmations de sa mère.

— Je sais où le chercher. Allons, calme-toi, Junior. Mange. On ne peut se permettre de gaspiller un repas.

Cette évidence ramena un air de crainte sur le visage de l'enfant. Il savait que sa mère était vigilante à économiser leur pécule. Il baissa le nez sur son assiette et se hâta de la terminer. Mary soupira et l'imita. Inutile de se mentir. Elle était aussi impatiente que lui.

Impatiente et angoissée.

Dès le premier jour de leur arrivée, sortant de l'arsenal, elle avait repéré le cabaret que lui avait indiqué l'officier des registres. Les marins de *La Perle* avaient coutume de s'y rendre pour fêter leur retour à terre avant de rejoindre leurs familles. Elle espérait que Forbin ferait de même, ses formalités achevées.

N'ayant pas de laissez-passer lui permettant de gagner le quai de débarquement, elle n'avait que cette solution pour le surprendre, refusant de se poster devant chez lui, pour le cas où il serait accompagné.

Du moins était-ce la raison qu'elle s'était donnée.

Mille questions étaient nées de la mort de Niklaus. La première était due à ce billet qui avait servi à Emma pour lui donner rendez-vous à Paris. C'était le verso de la lettre qu'elle avait écrite à Corneille.

Corneille qui n'était pas venu à son rendez-vous à Dunkerque. Corneille qu'elle avait cru mort ou retardé. Qu'en avait-il été vraiment? Comment Emma avait-elle pu entrer en possession de ce courrier? Comment, sinon par l'intermédiaire de Corneille ou de Forbin, si Corneille n'était plus?

Ces questions l'avaient tourmentée. Elle refusait de croire que l'un ou l'autre l'ait trahie. Elle avait trop besoin de se raccrocher à leur tendresse.

Au milieu de ces marins qui emplissaient la taverne, elle avait aussi besoin de se rassurer, de trouver des réponses pour être certaine qu'elle n'abandonnerait pas Junior à ses ennemis. Leur conversation pouvait l'y aider.

Elle servit à boire à son fils. Assis en face d'elle, les coudes posés sur la table pour se rehausser suffisamment et ne rien perdre de la scène, celui-ci bombait le torse comme un jeune coq. Il respectait pourtant les ordres que lui avait donnés sa mère de ne pas se faire remarquer et de se taire. La menace de le laisser à l'auberge s'il désobéissait avait porté.

— Holà, tavernier, sers-nous-en une! Et pas de ton ordinaire! beugla une voix.

Une voix rauque que Mary pensait avoir oubliée.

Corneille, égal à lui-même, malgré ces années qui s'étaient écoulées, venait de franchir la porte de l'estaminet. Sans s'intéresser à la clientèle, il se dirigea d'emblée vers le fond de la salle, un homme à ses côtés, noiraud de chevelure, une cicatrice sur la tempe.

Mary fronça les sourcils. Cette figure et cette cicatrice lui semblèrent familières. Elle avait reconnu d'autres matelots de *La Perle* dans cette salle, aucun ne lui laissait cette désagréable impression de danger.

— Vous n'êtes donc pas crevés? s'époumona le cabaretier en serrant la main que Corneille lui tendait. Y a de la chance que pour la canaille, ajouta-t-il en récupérant un pichet pour aller le remplir à une barrique.

Mary serra les poings sur une flambée de rage. Elle venait de se souvenir. Cet homme était celui qui avait rapporté l'œil de jade du descendant de Jean Fleury à Tobias Read. Elle le fixa intensément pour s'en assurer. Elle dut se rendre à l'évidence. Cette cicatrice si vilaine et particulière ne pouvait la tromper. Son sang se glaça. Ses doutes prenaient une réalité. Corneille s'était associé à ses ennemis. Corneille l'avait trahie.

— Qu'est-ce qu'il y a, maman ? réagit aussitôt Junior, s'apercevant de la contraction de ses traits.

Mary le fixa droit dans les yeux et ordonna, à voix basse :

— Tu vas faire ce que je te dis, sans discuter.

L'enfant blanchit. Le regard de sa mère le dispensait de commentaires. Quoi qu'il se passe, les battements désordonnés de son cœur lui dictaient qu'ils se trouvaient en danger. Il hocha la tête.

— Tu vois les deux hommes à la table du fond ? Celui qui a le bras coupé ?

Junior fit signe que oui après avoir lancé un coup d'œil discret. Occupés à plaisanter avec le cabaretier, ceux-ci ne les avaient pas remarqués.

— Ils ne doivent pas nous repérer. Marche la tête basse et si je te dis de courir, fais-le, sans te retourner, jusqu'à notre chambre. Je t'y rejoindrai.

Junior sentit sa gorge se nouer. Il se leva pourtant comme sa mère le lui avait demandé, referma ses doigts sur le poignard de son père et gagna la sortie, Mary à ses côtés.

Le regard de Corneille pivota dans leur direction, s'arrêta sur ces hanches moulées dans le pantalon, cette nuque qui s'éloignait. Son cœur se serra instinctivement.

— Où tu vas ? demanda son compère.

Corneille ne répondit pas. Il se fraya un passage jusqu'à la porte et l'ouvrit, le cœur battant. Au-dehors, la foule qui se pressait sur le quai avait déjà avalé les deux silhouettes. Il s'en retourna vers ses compagnons, un méchant bourdon dans le cœur et à ses tempes.

— J'aime pas ton vin, le Cuvier, grogna-t-il, maussade soudain. Je suis sûr qu'il est frelaté.

— Quelle mouche te pique ? se renfrogna l'accusé en portant ses poings sur ses hanches.

En réponse, l'Homme en noir éclata de rire en pressant un bras sur l'épaule de Corneille.

— Oublie ça, l'ami, dit-il au cabaretier. C'est pas du vin qu'il lui faut, c'est un petit cul à fourrer ! Comme à nous tous d'ailleurs. Pas vrai, les gars ?

Il recueillit aussitôt un concert de voix qui approuvait.

Mary et Junior cessèrent de courir à quelques rues de là. Mary avait entraîné son fils par le bras pour s'éloigner au plus vite du cabaret.

Tous deux se penchèrent en avant, mains sur les cuisses pour reprendre leur souffle, dans un bel ensemble. Comme ils se redressaient, leurs regards s'accrochèrent. Relâchant d'un coup cette tension qui les avait poussés, ils pouffèrent de rire, comme après une bonne farce. Mary l'attira sur son cœur.

— Allez, viens, je vais te raconter.

Chemin faisant vers leur auberge, elle lui expliqua ses craintes pour mieux l'en protéger.

— Qu'est-ce qu'on va faire, maman ? demanda Junior, tandis qu'à l'abri de leur chambre, Mary vérifiait la réserve de poudre de son pistolet.

— Toi, tu vas m'attendre ici, décréta-t-elle en s'agenouillant devant lui. Et moi, je vais aller régler son compte à ce traître. Ensuite, nous aviserons.

— Et s'il t'arrivait quelque chose ? continua Junior en serrant ses petits poings.

Mary l'empoigna par les épaules et l'obligea à la fixer.

— Alors tu devras survivre pour nous venger. Mais tu ne dois pas t'inquiéter, mon fils, je reviendrai.

Junior hocha la tête et la regarda partir, se réconfortant à l'idée que sa mère ne mentait jamais.

Ayant fait le chemin inverse, Mary ne pénétra pas dans le cabaret, s'assurant seulement par une des fenêtres que Corneille s'y trouvait toujours. Il semblait nettement moins gai et vidait verre sur verre. Le cœur de Mary se serra. De joie et de douleur mêlées. Abruti par l'alcool, il serait plus facile à maîtriser.

Elle s'écarta de la croisée, rabattit son chapeau sur ses yeux et s'assit sur les pavés de la rue, à côté d'un miséreux qui ronflait.

Face à elle un navire était à quai, et des matelots s'affairaient à descendre avec un palan plusieurs caisses prisonnières d'un filet. Des parfums d'embruns et d'épices se mélangeaient.

À gauche, fermant la jetée, la bâtisse d'entrée de l'arsenal grouillait de gens perruqués et bien mis. Forbin, tôt ou tard, serait de ceux-là. Quel rôle avait-il joué dans toute cette histoire ? Était-il complice d'Emma et de Corneille ? Mary refusait de le croire. Autrefois, Forbin n'aurait pas risqué sa réputation pour un trésor. Mais maintenant ? Sept ans après leur séparation ? Rien n'était linéaire. Ni les êtres ni les vies. Quel homme se cachait derrière Claude de Forbin aujourd'hui ? Celui que la Provence chantait ? Celui que le roi avait nommé chevalier de l'ordre de Saint-Louis ? Ou cela n'était-il plus qu'une façade ?

— Je ne suis pas soûl, Tom ! grogna Corneille en refusant le soutien de l'Homme en noir. Cesse de me materner.

Mary piqua plus bas du nez, sentant remonter en elle une bouffée de colère.

— Bon sang, Corneille, qu'est-ce qui t'arrive ? répliqua celui que Corneille avait appelé Tom, étonné par sa soudaine violence.

Corneille ricana.

— Une vieille blessure, mon frère. Une vieille blessure qui s'est réveillée.

— Mary ? demanda l'Homme en noir.

Celle-ci sursauta, agacée soudain de les voir s'éloigner. Elle se redressa aussitôt pour demeurer à portée de voix et perçut celle de Corneille.

— Et qui d'autre, à ton avis ?

— Bon sang, grommela l'Homme en noir, tu ne l'oublieras donc jamais ?

Le cœur de Mary se serra.

— Tu oublierais, toi, la seule femme que tu aies jamais aimée ?

Tom ne répondit pas. Le visage de Cecily Read n'avait, depuis sa mort, jamais cessé de le hanter.

La nuit enveloppait doucement le port tandis que les deux compères remontaient vers la ville. Ils marchaient à présent en silence, côte à côte, chacun à ses pensées. Celles de Mary, à quelques pas derrière eux, vacillaient sur leurs certitudes. Corneille venait de prétendre n'avoir pu l'oublier. Le ton même de sa voix trahissait sa sincérité. Le temps avait passé, mais elle ne pouvait s'y tromper. Alors que penser de cette amitié évidente qu'il entretenait avec l'ennemi ? Avait-on abusé Corneille pour pouvoir la retrouver, elle ? Mary n'y comprenait rien, et décida d'attendre les explications de celui-ci pour pouvoir en juger.

Elle les vit pénétrer dans une auberge. Elle attendit un moment, hésitante. Puis un chariot de vin déboula, traîné par deux bœufs, encombrant à lui seul la ruelle et obligeant les passants à se plaquer contre les murs. Une femme, un panier d'œufs à une main, une petite fille à l'autre, hurla, furieuse :

— Écrase-nous donc, Mortecouilles, tant que tu y es !

— La ramène pas, commère, répondit le conducteur peu amène, ou la prochaine fois ça manquera pas d'arriver !

Il y eut un grognement indigné. L'homme et son chargement s'approchaient de Mary. Elle s'écarta en se glissant dans l'auberge. Un rapide coup d'œil lui indiqua que les deux hommes n'étaient pas dans la salle.

— Qu'est-ce qu'il y a pour votre service ? demanda l'aubergiste en essuyant ses mains grasses sur son tablier.

— Je cherche deux hommes, dit-elle sans préambule, l'un se prénomme Corneille. Sais-tu où je peux les trouver ?

— À l'étage, répondit l'aubergiste sans hésiter. La première chambre pour celui que tu cherches. L'autre, c'est au fond du couloir, dans le dortoir.

Mary le remercia et gagna l'escalier, armant le chien de son pistolet à peine arrivée sur le palier. Il était désert, à l'inverse de la grande salle du rez-de-chaussée où les clients étaient attablés dans un brouhaha de conversations. La musique des fifres et des tambourins, s'ajoutant aux guitares et aux voix, créait un joyeux raffut dans cet endroit chargé de fumée de tabac.

Elle se planta devant la porte de Corneille, l'estomac noué. Dans un instant, elle serait fixée.

Elle toqua à la porte.

— Fiche-moi la paix, Tom, répondit la voix agacée de Corneille. J'ai pas faim.

Mary tourna le loquet. Elle ne pouvait s'éterniser dans le corridor au risque de voir l'Homme en noir surgir pour descendre manger, comme laissait supposer la réponse de Corneille. La poignée céda. Corneille n'avait pas fermé à clé. Il était appuyé de sa main valide contre le chambranle de la fenêtre, cherchant une distraction dans la contemplation du spectacle de la rue. Le conducteur du chariot de vin était en pleine altercation avec un autre qui transportait des poulets. Face à face, ils se disputaient violemment pour décider duquel devait reculer.

Il se retourna en entendant la porte se refermer. La joie qui se peignit sur son visage rasséréna Mary.

— Morbleu ! s'exclama-t-il, indifférent à l'arme qui le pointait. J'étais sûr que je n'avais pas rêvé, tout à l'heure !

— Reste à ta place, ordonna-t-elle pourtant tandis qu'il faisait un pas dans sa direction. Beaucoup de temps a passé. Beaucoup de choses sont arrivées.

Corneille s'immobilisa et la détailla, réalisant soudain sa détermination. Un pincement au cœur amena en lui une bouffée de colère.

— Je n'ai cessé de t'espérer, lâcha-t-il, amer. Pourquoi n'as-tu rien dit ? Pourquoi m'as-tu quitté ? Pour ton trésor ? Ou pour rejoindre le camp de ton oncle détesté ? Peux-tu seulement imaginer le nombre de questions que je me suis posées. Jusqu'à préférer finalement te penser morte que me croire trahi. Je t'aimais, Mary. À en crever. Et tu es là, devant moi, à me menacer d'un pistolet. Mordiou, est-ce que tu te figures le mal que ça me fait ?

La douleur inscrite dans ses yeux fit baisser son arme à Mary.

— Je t'ai écrit, Corneille, murmura-t-elle. Une lettre, il y a quelques mois, pour tout te raconter et te demander de me pardonner.

— Je n'ai rien reçu.

— À présent que je te vois, je le crois. Ma lettre a été interceptée et ceux que j'aimais massacrés.

— Interceptée, répéta Corneille, assommé par cette confidence. Bon sang, Mary, mais par qui ?

On toqua à la porte. La voix de l'Homme en noir en franchit la barrière :

— Ramène-toi, vieux frère ! Y a du porcelet et des friponnes pour dîner !

D'instinct, Mary releva son pistolet, le regard dur et la gorge serrée. Ils s'affrontèrent un instant en silence, puis, étouffant un juron, Corneille hurla à Tom :

— Laisse-moi cuver !

— Si tu changes d'idée... grommela l'autre derrière la porte, vexé.

Corneille et Mary restèrent muets, jusqu'à ce que son pas se fût éloigné.

— Raconte-moi, implora ensuite Corneille à mi-voix en lui tendant son unique main, aussi tourmenté en cet instant qu'elle-même l'était.

3.

L'Homme en noir était remonté depuis longtemps et la salle de l'auberge vide lorsque Mary abandonna Corneille à sa colère et à sa douleur.

Il avait besoin d'être seul. Quelques instants.

Ce n'était rien de plus qu'une de ces tempêtes qui ébranlent un navire et contre laquelle il fallait lutter pour survivre. Sept années durant, il avait affronté sa houle pernicieuse. Aujourd'hui, il devait la vaincre.

Mary Read ne l'aimait plus.

Il comprenait. Il avait entendu son histoire, toute son histoire, acceptant cette fatalité qui avait mis du temps et de la distance entre eux, faisant place à d'autres rêves, d'autres gens. À ce Niklaus qui avait su, comme lui autrefois, prendre la dimension de l'âme de Mary pour la garder. Il ne lui en voulait pas. Il ne leur en voulait pas. C'était ainsi.

Mais il avait mal. Sans cris, sans pleurs, sans reproches. Mal de s'être confié à Tom, devenu pernicieusement son ami. À son arrivée sur *La Perle,* celui-ci était douloureusement replié sur lui-même et froid comme une lame. Peu à peu, au fil des mois, Corneille l'avait vu changer, s'ouvrir aux autres, retrouver sourire et chaleur. Tom lui avait finalement appris que, blessé grièvement, il n'avait aucun souvenir de son passé et avait vécu d'expédients jusque-là. Corneille n'avait pas cherché à en savoir davantage. Tom lui avait offert la fraternité que Forbin lui avait enlevée, après qu'il lui eut tout avoué concernant Mary. Leurs caresses, son amour et cette quête qui les avait liés. Corneille n'avait rien caché à son capitaine. Par honnêteté et par respect, espérant que cela ne changerait rien. Il se trompait. Pas plus que lui, Claude de Forbin n'avait oublié Mary Read. Il l'avait laissée partir en le regrettant chaque jour. Que Corneille la lui ait prise l'avait rendu mauvais.

— Tu m'as trahi ! avait-il explosé. Toi ! Toi, le seul à qui j'aurais confié ma vie !

Pour unique excuse, Corneille avait répondu, piteusement :

— L'amour n'a pas de maître, capitaine. Et l'amitié pas de valet.

Forbin lui avait fait des excuses trois jours après, mais depuis quelque chose s'était brisé. Au lieu de se lamenter ensemble de cette perte irremplaçable, ils s'étaient éloignés l'un et l'autre pour tenter de s'en remettre. Sans y parvenir.

Tom s'était visiblement servi de cette fêlure pour l'approcher. Corneille savait déjà que s'il pouvait pardonner son silence à Mary, accepter la vie qu'un autre lui avait offerte, il ne pourrait pas admettre cette trahison. Si tant est que Mary ait raison. Tom avait-il subtilisé cette lettre qu'elle lui avait envoyée, ramenant ainsi Tobias Read et Emma sur ses traces ? Il avait du mal à y croire, quoi qu'elle ait pu en dire. Tant d'années avaient passé. Comment pouvait-elle se souvenir d'un visage si peu entrevu ? Elle avait affirmé que c'était à cause de sa cicatrice. Elle était peu commune en effet. Mais avait-elle bien détaillé Tom dans le cabaret ? Mary était certaine de son fait. Or le temps qu'il avait partagé avec Tom sur *La Perle* contredisait les actes dont elle l'accusait. Bien sûr Tom était étrange, bien sûr il ne parlait jamais d'avant son embarquement, bien sûr il était anglais, bien sûr, à cause de cette ancienne blessure, il hurlait parfois comme un damné, bien sûr cela le rendait belliqueux et enragé, au point que seul Corneille pouvait l'approcher, bien sûr il aimait se battre et tuer. Mais il n'était pas pire que d'autres matelots.

Corneille avait demandé à Mary de lui faire confiance. Il avait été difficile de l'en convaincre. Elle avait semblé à tout instant sur le qui-vive. Prête à sortir son poignard pour se défendre. Et même à le tuer. Il comprenait ses doutes, ses craintes. Elle réagissait comme une mère, prompte à lutter pour sa survie, mais plus encore pour la protection de son enfant.

Elle était brisée par la mort de Niklaus, et tout autant par l'enlèvement de sa fille. Son angoisse transparaissait, à chacun de ses mots, de ses silences, de ses regards baissés. Il l'avait aussi senti dans sa manière de demander pardon d'avoir été si égoïste, d'avoir été si heureuse. Comme si elle avait voulu trouver des excuses à son amitié avec Tom et cesser d'avoir peur de lui. Il ne pouvait en espérer davantage pour l'heure. Elle était trop ravagée.

Si Tom, même indirectement, en était responsable, Corneille devrait se montrer sans pitié pour pouvoir convaincre Mary de sa sincérité. Il n'avait d'autre recours que prêcher le faux pour savoir le vrai. Cela lui coûterait, indiscutablement, mais il savait déjà en son âme que seule Mary Read lui importerait.

Tandis qu'il discutait avec Mary, il avait entendu Tom remonter avec une des filles de salle. Elle était sa préférée et ils se retrouvaient à chaque escale. Le pas de celui-ci était lourd dans le corridor, il riait grassement. Mary s'était de nouveau tendue à son approche, sa main était instinctivement venue caresser son pistolet, son œil s'était fait noir. Elle n'avait rien dit pourtant. Corneille n'avait pas bougé. Il aurait pu appeler Tom et les confronter. Mais ce n'était ni l'endroit ni le moment.

À présent que ses sentiments et ses pensées avaient repris leur lucide sérénité, il pouvait s'y consacrer.

Il sortit sans bruit de sa chambre, descendit l'escalier, franchit le seuil de l'auberge et se dirigea vers l'adresse que lui avait donnée Mary.

Junior dormait, un sourire apaisé aux lèvres. Sitôt sa mère revenue, il s'était effondré, vaincu par la garde qu'il avait menée, posté en sentinelle sur le lit, tout habillé, son poignard à la main.

Mary avait dû s'annoncer pour qu'il ouvre la porte. À peine entrée, elle avait été submergée de ses baisers. Elle lui avait tout raconté.

— Un véritable ami ne trahit jamais! avait énoncé Junior, reprenant le discours favori de son père, entendu maintes et maintes fois, avant de bâiller et de se pelotonner contre elle.

Niklaus ne s'était que très rarement trompé sur les gens. Elle ne pouvait en dire autant. Il lui suffisait de songer à Emma pour s'en convaincre!

Étendue à côté de son fils, sur le lit, Mary attendait Corneille, son arme à proximité. Leurs retrouvailles avaient été éprouvantes. Pour elle autant que pour lui.

Il l'aimait encore. Du moins le prétendait-il. Pour la tromper? Elle avait peine à concevoir qu'on puisse se languir ainsi. Aussi longtemps. Elle avait feint de le croire. Corneille avait compté pour elle. Plus sans doute qu'Emma ou Forbin. Mais le manque, l'insupportable douleur de la perte de Niklaus lui disait qu'elle ne l'avait pas aimé. Si Corneille avait éprouvé pour elle ce qu'elle ressentait encore pour son défunt mari, alors elle n'avait pas le droit de refuser la confiance qu'il lui réclamait.

Elle avait guetté sur son visage, dans ses yeux, le moindre sursaut, la moindre expression pour en douter. Elle n'avait pu le prendre en défaut. Même dans sa manière de défendre son ami Tom. Même dans les réserves qu'il avait exprimées.

Au fond, il avait peut-être raison. Était-elle certaine que Tom était un des hommes de main de Tobias Read ? Elle n'aurait pu en jurer. Elle l'avait fait pourtant. Elle souffrait trop aujourd'hui d'avoir sous-estimé ses adversaires.

On gratta à la porte. Deux fois. C'était le signal. Elle s'en fut lui ouvrir, plaquant un doigt sur ses lèvres pour lui intimer l'ordre de baisser la voix. Corneille s'avança.

— Il dort, dit-elle en désignant le garçonnet toujours habillé, recroquevillé en boule sur la courtepointe.

— Il me paraît grand pour son âge, remarqua bêtement Corneille, pour ne pas avouer combien la présence de cet enfant porté par Mary le troublait.

— Il l'est, répondit Mary en lui souriant, reconnaissante de cette diversion. Qu'as-tu décidé ?

— De te conduire à Saint-Marcel, chez Forbin, cette nuit même. Il y est retourné pour préparer ses affaires. Il doit se rendre auprès de son ministre pour y prendre de nouveaux ordres. Je ne peux décider à sa place en ce qui concerne la présence de Junior sur le navire.

— Et pour Tom ?

— Nous en parlerons avec le capitaine. Sois patiente, Mary. Tom demeure mon ami tant que je ne suis pas convaincu de ses méfaits. Je me fais fort de lui arracher ses secrets pour le confondre. J'accepterais de le perdre pour te sauver. Mais tu devras en retour admettre la vérité si tu t'es trompée.

Mary hocha la tête.

— Il faut partir dès maintenant, sans quoi nous raterons Forbin, reprit Corneille. Réveille ton fils et rejoignez-moi à l'écurie.

Quelques minutes plus tard, Junior entre ses jambes comme à l'accoutumée, Mary chevauchait aux côtés de Corneille. Leurs montures filaient à bride abattue sur les chemins poussiéreux de Provence, en direction de Saint-Marcel, près du petit village d'Aubagne.

Forbin se leva d'une humeur massacrante.

Il détestait être réveillé en pleine nuit, estimant qu'à terre il n'existait aucune urgence susceptible de gâcher son sommeil. Corneille le savait. De quel droit se permettait-il de déranger sa maisonnée, et d'envoyer son domestique le secouer ? Qu'il fût accompagné ou pas n'y changerait rien. Il allait lui dire sa façon de penser. Et plus encore !

Claude de Forbin enfila un peignoir, le teint plus rouge qu'une écrevisse, sortit en fureur de sa chambre, dévala les escaliers et prit le corridor du rez-de-chaussée pour gagner le petit salon où Jacques avait dirigé ces importuns. Depuis le temps que l'envie le démangeait de corriger Corneille, il n'allait pas laisser passer ce prétexte ! Ce serait toujours ça de gagné !

Recroquevillé dans sa colère, il ne vit donc que lui, planté devant une console, mains croisées dans le dos.

— Pardonnez-moi, capitaine, commença Corneille.

Forbin lui envoya son poing en pleine face avant qu'il ait eu le temps de continuer.

— Bonne mère ! Ça fait du bien ! s'exclama-t-il en guise d'excuse, sa fureur soudainement retombée.

Corneille, le regard noir et le nez sanguinolent, se contenta, pour tout commentaire, de tendre son doigt vers le sofa où Junior ouvrait grands ses yeux, à côté de sa mère, amusée.

— Décidément, mon capitaine, jeta-t-elle en riant, tu n'as vraiment pas changé !

— Qu'est-ce que... ?

Mary se leva et s'avança pour laisser la lueur des chandelles dévoiler ses traits.

— S'il y a quelqu'un ici que tu dois punir, c'est moi. Pas lui. Mais réfléchis bien, je sais toujours me servir d'une épée.

Forbin écarquilla les yeux, incrédule.

— C'est bien moi, mon capitaine. Mary Read qui vient se rappeler à ton amitié.

— Mary ! réalisa enfin Forbin.

Et aussi rapidement qu'il avait été enclin à frapper, il l'enlaça à l'étouffer. Mary se laissa aborder, rassérénée par cette exubérance qui effaçait le temps passé. Elle ne fut pourtant pas du goût de Junior, rouge de fureur, qui bondit, son poignard au poing, en hurlant :

— Lâche ma mère tout de suite, ou je vais te saigner.

Forbin s'écarta aussitôt de Mary qui pouffait.

— Bon sang ! Mais qu'est-ce que c'est que ça ?

Junior enroula un bras protecteur et possessif autour de la jambe de sa mère. Il toisa Forbin d'un regard furieux et de son poignard dressé :

— Ça, c'est Junior ! Et t'avise pas de recommencer.

Pour un peu, Corneille l'aurait embrassé !

— Je vois, Mary Read, déclara Forbin, amusé par la détermination de l'enfant, que tu as beaucoup de choses à me raconter.

Un long moment plus tard, ils se trouvaient tous les trois confortablement assis, leurs fauteuils rapprochés pour permettre un échange discret. Junior, vaincu par la fatigue, dormait comme un jeune chiot. Le parfum des dernières roses du jardin qui se mouraient sur une console avait cédé la place à celui du tabac exhalé par les pipes que Corneille, Forbin et Mary avaient allumées, le récit de celle-ci achevé. Une liqueur de farigoule tournoyait dans leurs verres, chauffée par la paume de leurs mains.

— Je ne peux retarder mon départ, déclara Forbin. Mes ordres à prendre ne sont pas la vraie raison de mon voyage à Paris. J'ai quelque souci avec une dame qui prétend me contraindre à l'épouser sur de fausses rumeurs de grossesse et qui est prête pour cela à me faire procès. L'affaire est arrivée aux oreilles de mon ministre, qui en aurait ri si Mme de Maintenon ne s'était pas offusquée de ma légèreté. Je sais qu'on attend de moi des explications.

— Je comprends, assura Mary en souriant de connivence. Tu n'as toujours aucune envie de te marier.

Forbin la couvrit d'un œil brûlant.

— Cette dame de Castillon est franchement loin de posséder tes attraits.

— Que faisons-nous pour Tom ? demanda Corneille, que leur complicité retrouvée égratignait.

— Amène-le ici, répondit Forbin sans hésiter, et enferme-le dans la cave. Je ne doute pas que vous saurez le faire parler. Je vais laisser des consignes à Jacques, mon intendant. Il m'est totalement dévoué, sa famille étant au service de la mienne depuis de nombreuses générations. Il sera ravi de vous aider. Tu es ici chez toi, Mary, ajouta Forbin en lui prenant les mains. Je suis un homme de parole et je te l'avais promis autrefois. Quoi que tu fasses, tu pourras toujours compter sur moi.

— Et pour Junior ?

— Il me servira d'échanson sur *La Perle* et Corneille s'assurera de sa sécurité. Dès mon retour. Dès que cette affaire avec Tom sera réglée.

Corneille se renfrogna. Ce n'était pas vraiment ce qu'il avait prévu. Il aurait préféré veiller la mère à Paris, que le fils sur un navire. Un simple coup d'œil vers elle, visiblement tranquillisée par cette perspective, le fit s'incliner pourtant et se taire. Mais il était certain que Forbin l'avait immobilisé à cette tâche pour se venger de son ancienne trahison.

Leur rivalité venait de se réveiller.

La pendule sonna quatre heures. Forbin bâilla et se leva. Corneille et Mary l'imitèrent.

— Retourne à Toulon, Corneille, et fais ce que tu dois. Toi, Mary, récupère tes affaires à l'auberge où tu les as laissées et reviens t'installer ici. Je vais charger Jacques de s'occuper de Junior en ton absence. Moi, je vais aller terminer ma nuit.

— Te verrai-je avant ton départ ? demanda-t-elle.

— J'en doute. Je pars au petit jour. C'est sans importance, Mary, assura-t-il en lui empoignant les épaules avec tendresse.

Leurs regards se fondirent.

— Je suis heureux de te revoir. Plus que tu ne peux l'imaginer, mais je ne peux me réjouir de ta présence sachant ce qu'elle t'a coûté. Retrouve ta fille. Cela seul compte. Le reste, Mary Read, tout le reste, insista-t-il en glissant une œillade vers Corneille, tu ne dois pas y penser.

— Merci, mon capitaine.

— Merci à toi, Mary Read. Notre rencontre fut une des plus belles choses qui me soient jamais arrivées, acheva Forbin en l'enlaçant pour la serrer contre son cœur, ravi de la jalousie qu'il provoquait chez son rival.

Elle s'écarta de lui, touchée par son geste, puis réveilla Junior. En quelques mots, tandis qu'il frottait ses yeux, elle lui expliqua ce qu'ils avaient décidé. Sonné par son maître, Jacques parut et Junior accepta en bâillant la main qu'il lui tendit pour l'emmener.

*

Lorsque l'Homme en noir s'éveilla, la bouche pâteuse de s'être enivré la veille, il avait encore une jambe repliée sur le ventre de la catin avec laquelle il était monté.

Au moment où il lui intima l'ordre de le laisser, Mary s'attablait pour manger avec Junior à Aubagne, Forbin progressait sur la route de Paris dans sa voiture et Corneille ruminait ses doutes en tirant sur sa pipe, devant un verre d'anisette, dans la vaste salle à manger de l'auberge qu'il avait regagnée, trois heures plus tôt.

4.

— Mauvais réveil ? demanda Corneille à Tom, à peine ce dernier se laissa-t-il choir sur un tabouret en face de lui, dans la salle du rez-de-chaussée de l'auberge.

Depuis quelques minutes, las de l'attendre et affamé, Corneille avait attaqué une cuisse de poulet.

— Sers-moi la même chose ! réclama Tom à l'aubergiste. Palsambleu ! lâcha-t-il en se pressant les tempes et en se retournant vers Corneille. J'ai une canonnade dans la tête ce matin. Si tu avais été là hier soir, je n'aurais pas bu autant. Cette pute m'a délesté de la moitié de ma solde, comme d'habitude.

Corneille se moqua, décidé à ne rien laisser paraître :

— Comme si tu avais besoin de moi pour boire comme deux et te faire rouler par Clarisse !

L'aubergiste posa devant Tom l'assiette qu'il avait commandée et celui-ci entreprit de déchirer la cuisse de poulet à pleines dents, pour se guérir de sa nausée. Le cheveu noir en bataille révélant plus que d'ordinaire sa vilaine cicatrice, pas rasé, Tom avait une mine détestable. Corneille le détailla comme il ne l'avait jamais fait.

— Qu'est-ce que j'ai ? demanda Tom sans lever les yeux, conscient pourtant de cet examen inhabituel.

— Rien. Ou plutôt si, se reprit Corneille aussitôt. Je pense à ta migraine et je vois ta cicatrice.

Tom haussa les épaules.

— Et alors? lança-t-il après avoir fait couler sa mangeaille d'une goulée de vin.

Son appétit et sa soif revenaient.

— Rien, répéta Corneille. Je me dis juste que ça ne doit pas être agréable.

— On s'y fait. Depuis le temps, tu sais! En tout cas, toi, tu as l'air d'aller mieux ce matin, déclara-t-il pour changer de sujet.

— J'ai beaucoup réfléchi, cette nuit, et j'en suis arrivé à me dire que tu avais raison à propos de Mary. Je ne peux pas continuer à vivre avec son fantôme.

L'Homme en noir leva son verre.

— Ça, c'est une grande nouvelle, vieux frère! Il ne manque pas de jolies filles à aimer, ajouta-t-il en arrêtant son regard sur la putain qui avait partagé sa couche et s'affairait à présent entre les tables, portant eau, vin et pain.

Elle s'immobilisa et s'arrêta à quelques pas de lui pour le provoquer. Il suivit d'un œil gourmand sa taille qui se courbait pour ramasser un couvert tombé à terre, s'y attardant pour se régaler du spectacle.

— Cette garce a un cul à faire bander un eunuque! soupira-t-il bruyamment, navré de ne pouvoir la distraire encore de son travail, malgré les économies qu'elle lui volait chaque fois. Tu as des projets pour cet après-midi?

— On m'a chargé d'une lettre pour Forbin. Il faut la lui remettre avant son départ pour Paris. J'allais m'y rendre.

— Je peux t'accompagner?

— Si tu n'as rien de mieux à faire.

— Non, assura Tom, détournant les yeux de la fille qui disparaissait dans les cuisines.

Corneille le laissa terminer son repas, regrettant déjà ce qui allait se passer. Quelle qu'en soit l'issue, leur amitié ne serait jamais plus ce qu'elle avait été.

Mis dans la confidence, Jacques reçut les deux hommes avec civilité à Saint-Marcel.

— M. de Forbin se trouve à la cave, affirma-t-il.

L'idée était saugrenue, mais Tom ne s'en étonna pas. Le capitaine était renommé pour ses excentricités.

— Voulez-vous l'attendre ici ou le rejoindre ? ajouta l'intendant, stylé.

— Qu'en pensez-vous ?

— J'en pense que cela risque d'être long. M. de Forbin s'entête à vouloir y retrouver une bouteille de cognac qu'il a terminée à sa dernière escale, expliqua Jacques, reprenant une anecdote dont il avait fait les frais quelques années auparavant.

— Nous allons descendre, décida Corneille.

Jacques allongea son pas. Il les guida jusqu'à la cave, traversant le vestibule pour arriver à la cuisine.

Dans l'angle droit de la pièce, encombrée d'un billot, d'une table, d'un four et d'une cheminée, une porte ouverte laissait entrevoir un escalier sommaire qui s'enfonçait vers une salle voûtée.

— Après toi, Tom.

Sans méfiance, celui-ci s'engagea sur la première marche. Se guidant à la lumière douce de la lanterne, il descendit en plissant les yeux, Corneille sur ses talons. L'endroit était encombré de tonneaux de vin et de caisses de bois. De nombreuses zones d'ombre y régnaient.

— Holà, capitaine, appela Tom pour le débusquer, s'avançant vers la lanterne qu'on avait posée sur une des barriques.

Il s'immobilisa net. Jaillissant de sa cache, Mary se dressa devant lui, son pistolet au poing. Il se retourna vers Corneille pour s'apercevoir que celui-ci le menaçait également.

— Qu'est-ce que ça veut dire ? grinça-t-il.

— Ça veux dire que j'ai suivi tes conseils, lâcha Corneille. J'ai cessé de pleurer sur Mary Read. Mieux, vois-tu, j'ai décidé de te la présenter.

Mary esquissa une courbette, un sourire mauvais aux lèvres.

— Mary Read ? Vraiment ? Eh bien, Mary Read, je ne goûte pas ton humour, mais puisqu'il plaît à Corneille...

Tom avança d'un pas dans sa direction, une main en avant, faussement amicale.

— Je te conseille de rester où tu es, lâcha Mary, menaçante.

Tom pivota vers Corneille.

— Qu'est-ce que c'est que cette histoire ? s'insurgea-t-il.

— Désolé, Tom, mais Mary a quelques questions à te poser. Et j'attends tes réponses avec autant d'impatience qu'elle.

— Cette garce surgit de nulle part, veut me poser des questions, vous me menacez de vos pistolets, ricana Tom. Et tout ce que tu trouves à dire, c'est : « Désolé » ? Tu te moques de moi, Corneille ? Qu'a-t-elle pu te raconter qui justifie ça ?

Corneille soupira et abaissa son arme.

— Tu as raison. Ce n'est pas digne d'un ami. Ce que tu as fait non plus.

— Et qu'ai-je fait, morbleu ? s'emporta Tom.

— T'engager sur *La Perle* pour le compte de mon oncle, Tobias Read, et devenir l'ami de Corneille, déclara froidement Mary.

Tom ricana :

— L'amitié est donc un crime ?

— Travailles-tu pour Tobias Read, oui ou non ? demanda Corneille, agacé.

— Quelle différence cela fait-il ? le nargua Tom. Ce qui est important, c'est ce que tu crois, Corneille.

— Je crois que Mary dit vrai. Elle se souvient de toi à Saint-Germain-en-Laye, avança-t-il.

— De moi ou d'un autre ?

— De toi, assura Mary.

— Tobias Read est mort, lâcha Tom, voyant qu'ils ne céderaient pas avant d'avoir entendu la vérité.

Un lent frisson glacé parcourut l'échine de Corneille. Mary avait dit vrai.

— Quand est-il mort ? demanda Mary, satisfaite de ne s'être pas trompée.

Junior aurait été en danger sur *La Perle* avec cet homme.

— Tu devrais le savoir, ricana Tom, puisque tu l'as tué.

— Moi ? J'aurais aimé le faire, oui, mais il semble qu'un autre m'en ait privé. Une autre plutôt, rectifia Mary, amère. Emma de Mortefontaine. C'est d'elle que tu prends tes ordres désormais ?

— Elle m'a congédié après la mort de Tobias. Elle avait son propre homme de main. J'ai vécu d'expédients quelque temps et puis j'ai eu envie de voir autre chose.

— Et par un grand hasard, tu t'es retrouvé sur *La Perle*, persifla Corneille, dépité.

— Pense ce que tu veux, Corneille. Mais je n'ai pas triché sur notre amitié. Le Mary Oliver que Tobias Read m'avait chargé de rechercher à Londres était censé être son neveu, pas sa nièce ! C'est par tes confidences sur Mary que j'ai compris qu'il avait été leurré. De plus, toi, tu la croyais morte, et la pleurais. Emma n'en avait dès lors plus rien à faire. Moi non plus.

— C'est toi qui m'a recherchée à Londres ? répéta Mary, ébranlée par le souvenir du sourire macabre de Cecily.

Tom réalisa aussitôt sa bévue.

— J'en ai été déchargé très vite pour d'autres tâches. Bon sang, cette histoire a presque dix ans ! Tout le monde a un passé. J'en ai fini avec celui-là, gronda-t-il en serrant les poings.

Il se tourna vers Corneille.

— Tu devrais savoir, toi, que je dis vrai et que j'ai changé. Tu es le seul ami que j'aie jamais eu. Grâce à toi, j'ai recouvré la paix et une partie de mes souvenirs effacés. Cela compte pour moi !

— Quels souvenirs ? demanda Mary.

— La mer. Les navires. Je me suis réveillé un jour mal en point dans une ruelle, ensanglanté, avec pour seul passé des images de violence, de lutte et de sang. Je me suis fait voleur pour survivre, assassin en croyant que c'était mon métier et qu'une de mes victimes s'était trop bien défendue. Je me trompais, lâcha-t-il, sincère, empli d'une colère désespérée. Autrefois, j'ai été marin, aujourd'hui je le sais. J'ai repris goût à la vie sur *La Perle*. J'y ai retrouvé une conscience et des valeurs. Je n'aurais rien fait pour te nuire, Corneille, bien au contraire. Rappelle-toi cette fois au combat où je me suis interposé pour te prêter main-forte.

Corneille s'en souvenait.

— Comment as-tu pu me trahir? demanda-t-il. Comment l'as-tu pu si tout cela est vrai?

— Qu'est-ce qui te permet de croire que je l'ai fait? jeta Tom, agacé de devoir se justifier, mais plus encore de cette image que l'évocation de Londres avait réveillée.

Elle le poursuivait sans relâche depuis. Le visage de Cecily persistait. Elle sembla soudain vouloir le brûler. Sa migraine le reprit.

— Une lettre. Une lettre que Mary m'a envoyée il y a quelques mois. Forbin m'a assuré que j'en avais reçu une, mentit Corneille. Tu ne me l'as jamais remise.

Cette fois, Tom ne pouvait plus nier. Sans le savoir, Corneille avait dit vrai. Le hasard seul avait voulu qu'il s'en empare. Ce jour-là, il était de distribution de courrier. Sa provenance l'avait intrigué. Il l'avait ouverte. Lue. Il s'emporta :

— C'est vrai. Je l'ai prise et envoyée à Londres. Mais je ne l'aurais pas fait si cette garce ne s'était pas vantée du bonheur qu'elle prenait avec un autre alors que je savais, moi, ta souffrance et tes regrets. Elle voulait que tu deviennes son associé pour mettre la main sur ce trésor, cracha-t-il, sincère, comme si tout ce temps n'avait pas compté pour toi ! Ose dire que c'est pas vrai, catin ! fulmina-t-il en se tournant vers Mary.

Mary ne répondit pas. En elle remontait la haine.

— J'accepte de te croire, Tom, répliqua Corneille. Pas de te pardonner. Grâce à ce courrier, Emma a retrouvé la trace de Mary, tué son époux et enlevé sa fille.

Tom toisa Corneille.

— Et tu devrais la plaindre et la venger ? Après tout le mal qu'elle t'a fait ? C'est son histoire, pas la tienne, que je sache ! Elle n'avait jusque-là aucune envie de t'y mêler.

Mary sentit son ventre se nouer. Sa rage se troublait douloureusement de cette vérité que Tom assénait.

— Assez, décida Corneille en la voyant blanchir. Assez, Tom ! Que tu aies raison ou non importe peu. Aide-nous plutôt à réparer ce qui peut l'être. Sais-tu où Emma a emmené l'enfant ?

— Comment le saurais-je ? Tue-moi si tu veux, ça n'y changera rien.

— Si, trancha Mary, écartelée. Ça servira à me soulager !

— Attends, Mary, s'interposa Corneille. Attends.

Leurs deux regards s'affrontèrent. Mary baissa son pistolet.

— Viens, lui dit-elle. Nous avons à parler. Toi, ose un geste, un seul...

Elle laissa sa menace en suspens. Tom s'écarta pour la laisser aller, la narguant d'un sourire glacé. Lorsqu'ils eurent remonté l'escalier, il s'adossa au mur de pierre, puis lentement se laissa glisser pour s'asseoir à même le sol. Ses tempes lui faisaient mal comme jamais.

— C'est mon ami, Mary. Je ne peux accepter que tu l'abattes sans plaider sa cause.

Ils avaient regagné le petit salon après avoir refermé la porte de la cave et tiré le verrou.

— Je comprends. Mais, s'il ment, Junior sera en danger sur *La Perle*.

— Je serai là pour veiller. Malgré tout, j'ai confiance en lui. Qui sommes-nous pour lui refuser une deuxième chance ? N'avons-nous jamais menti, volé, tué ?

— C'est vrai, consentit Mary.

Une des fenêtres de la pièce ouvrait sur le jardin où Junior jouait avec un épagneul. Son rire leur parvenait. Mary le regarda s'amuser comme il le faisait à Breda avec Toby. On aurait pu croire un instant que le temps s'était arrêté.

Elle soupira. Elle aurait aimé pouvoir se laisser apprivoiser par la légèreté d'un moment. Elle en était incapable. Elle n'était que chaos. Le visage de Cecily fut de nouveau devant elle. Mary se tourna vers Corneille qui avait entrepris de leur servir une liqueur de farigoule.

— Il vivra et je lui accorderai la confiance que tu lui autorises. À une seule condition.

— Laquelle ?

— Qu'il ne soit pour rien dans la mort de ma mère. Ma véritable soif de vengeance est née là. Regarde Junior, ajouta-t-elle.

Son fils se faisait à présent débarbouiller le visage à grands coups de langue par le chien.

— Je ne pourrai jamais pardonner aux Read de m'avoir volé mon innocence, et pas davantage à Emma d'avoir saccagé la sienne. Pourtant, quand je vois Junior, là, je me dis qu'il vaudrait mieux tout oublier. Que la vie peut reprendre partout. À condition d'abandonner sa haine. C'est peut-être ça l'ultime secret de Cecily. Sa dernière pirouette au seuil de la mort. Partir en souriant. Légère.

Elle avala cul sec le verre qu'il lui tendait. Il réchauffa sa gorge. Pas son âme.

— Je ne peux pas, Corneille. Je ne peux pas me résigner. Je ne peux pas concevoir l'oubli comme une délivrance. J'ai besoin de tuer les fantômes de ma mère et les miens. Alors, seulement, je pourrai recommencer à envisager un avenir pour Junior et pour Ann. Si Tom est coupable, je dois le condamner.

— Je comprends. Mais souviens-toi qu'il n'y a pas de souffrance que l'amour et la patience ne puissent guérir. Peut-être que Cecily, elle, aurait pardonné. Fais ce que tu dois, Mary, mais fais-le en sachant ce que cela me coûte de te l'autoriser, concéda Corneille.

Il s'écarta pour la laisser passer.

Mary redescendit dans la cave. Seule. Corneille ne voulait pas que sa présence interfère, modifie les arguments de Tom. Il s'assit sur une chaise, face à la porte demeurée ouverte. Vigilant. Inquiet. Lucide.

L'Homme en noir n'avait pas bougé. Ses doigts caressaient la poussière pour tromper son attente. Sa douleur à ses tempes était devenue si dense qu'il en avait le front et les yeux plissés. L'image de Cecily l'obsédait. Cecily dans sa robe rouge qui tournoyait. De plus en plus vite.

— Je sais que tu as menti tantôt, déclara Mary calmement. C'est toi, et toi seul, que Tobias a gardé sur ma trace.

— C'est vrai, avoua Tom.

Lui aussi avait soudain besoin que cela s'arrête. Besoin de savoir quelle vérité se cachait derrière cette image. Il avait trop mal de cette présence insupportable dans sa tête vide. Comme si elle voulait l'emplir à elle seule, comme si elle en était la raison d'être.

— Tobias Read m'avait chargé de vous éliminer, ta mère et toi. J'ai forcé votre porte avec cette intention. J'ai serré son cou, croyant qu'elle dormait, poursuivit-il.

Mary sentit son index se crisper sur la détente du pistolet qu'elle braquait sur lui.

— Mais je ne l'ai pas tuée, mentit Tom. Elle était déjà morte à mon arrivée. Je l'ai regretté, crois-moi.

— Pourquoi, ricana Mary, tu aurais préféré jouir de son agonie ?

— Je la connaissais. D'avant. D'avant ce jour où j'ai été blessé, perdant la mémoire. Elle faisait partie de mon passé. J'en ai été sûr dès l'instant où je l'ai vue. Cela n'a cessé de m'obséder depuis. D'avant, il ne me reste que cela. Et mon prénom : Tom.

— Tom... C'était le prénom de mon père.

L'Homme en noir blêmit.

— Ton père ?

— Il a disparu peu de temps après ma naissance. Ni Cecily ni le capitaine du navire sur lequel il était marin n'ont su ce qu'il était devenu. Il n'a jamais reparu et Cecily m'a élevée seule. Jusqu'à ce qu'elle m'impose à la famille Read comme de leur sang. Nous n'avions pas d'autre choix pour survivre.

— Ton père... répéta Tom, ébranlé par cette évidence, tandis que la douleur, comme une déferlante, s'emparait de sa cicatrice.

Il porta ses mains à ses tempes pour les écraser, et ferma les yeux sur une plainte, lugubre, gutturale, qui franchit le seuil de la porte et précipita Corneille dans l'escalier.

Mary demeura là, immobile, hésitante et désemparée par sa douleur, se demandant ce qu'elle cachait, et qui se trouvait en réalité derrière le masque de cet homme sans mémoire.

Ses souvenirs rattrapaient à présent l'Homme en noir, semblant vouloir lui cracher sa vérité au visage, comme une punition. Ce n'était qu'une succession d'images dans un tourbillon effréné et insupportablement douloureux : Cecily dans cette robe rouge qui virevoltait, un nourrisson dans les bras. Cecily qui s'approchait de lui pour l'embrasser et lui souhaiter une bonne journée. Le cliquetis des mâts des navires sur le port tandis qu'il s'y dirigeait en sifflant. Les tire-bourses qui avaient surgi. Son refus de leur abandonner sa paie. Sa tête qui explosait comme un fruit mûr, et puis de nouveau Cecily. Cecily qui l'attirait à lui en souriant, pour le supplier de l'aimer, heureuse de le retrouver enfin. Ses mains à lui, ses grosses mains calleuses, refusant d'accepter cette vérité. Ses mains qui avaient serré, serré jusqu'à la faire taire.

La douleur devint intolérable, lui broyant l'âme et le cœur. Il tourna la tête vers Corneille, pétrifié sur les marches, puis fixa Mary de toute la force de son désespoir.

Il ne pourrait pas vivre avec ça. Non, il ne pourrait pas ! Il ferma les yeux. Puis se déplia d'un bond, pour se jeter au-devant de cette arme qui pouvait seule le délivrer, en hurlant comme un damné.

Mary tira. À bout portant, instinctivement, pour se défendre de cette attaque.

L'Homme en noir s'agenouilla dans la poussière. Il fixa Mary avec reconnaissance, puis tomba en avant, à ses pieds, un sourire aux lèvres, comme Cecily qu'il allait retrouver.

5.

Mary parvint à Paris trois jours seulement avant la date du rendez-vous que lui avait fixé Emma de Mortefontaine.

Elle avait tenu Junior à l'écart de la mort de Tom, refusant de l'impliquer davantage dans sa vengeance. Corneille et Jacques avaient discrètement enseveli le corps dans le jardin à la nuit tombée.

— Crois-tu qu'il était ton père ? avait demandé Corneille en guise d'oraison funèbre.

— Il ne l'a pas été, avait-elle répondu sans hésiter, se souvenant des moments privilégiés que Niklaus avait consacrés à ses enfants.

Qu'il ait été l'amant de Cecily et peut-être l'homme qui l'avait engendrée ne pouvait remplacer ce lien qui n'avait pas été. Pour elle, il demeurerait Tom. Et Tom lui avait fait plus de mal qu'il n'en avait jamais souffert.

C'était mieux ainsi. Beaucoup mieux.

Au matin suivant, le petit déjeuner pris, Mary avait hâté son départ, refusant de tarder davantage. Junior s'était dandiné sur sa chaise, pressé de retourner jouer avec son nouvel ami qui jappait désespérément derrière la porte.

L'enfant l'avait pourtant accompagnée jusqu'à l'écurie, le chien à ses côtés. Lorsque Mary avait voulu l'embrasser et lui recommander sagesse et patience, il avait dressé son buste avec fierté.

— Ne t'inquiète pas, maman, ça ira pour moi ! Retrouve vite Ann et tue Emma. Avec ça !

Il lui avait tendu le poignard de Niklaus, l'œil farouche. Mary n'avait pas eu le cœur de refuser. Elle savait à quel point son fils tenait à son « épée ».

— Tu peux y compter, mon chéri. Je tiendrai ma promesse.

— Je sais, avait-il conclu en s'écartant d'elle pour saisir la main de Corneille, donnant à sa mère le courage qui lui manquait pour se séparer de lui.

Junior avait grandi. Plus qu'elle ne l'aurait imaginé.

Mais la route lui avait semblé longue jusqu'à Paris.

Au premier coup d'œil, la capitale n'avait pas changé. Hormis quelques travaux enfin achevés, Mary en reconnut les parfums. Pas l'atmosphère.

Elle avait quitté les Parisiens criant famine, prompts au chapardage et à l'agression. Grâce au traité de Ryswick qui avait mis fin à la guerre, le peuple souriait. On ne manquait ni de viande ni de pain. Le printemps avait été clément, offrant de belles récoltes, les greniers s'en trouvaient remplis et Paris foisonnait d'activité.

Mary laissa son regard errer sur les étals d'un marché où les commerçants vantaient leurs légumes ou leur volaille, où les enfants se cachaient sous les roues des charrettes en quête d'une farce, où les jeunettes rougissaient sous les œillades et les sifflets, leurs paniers au bras, tandis que les plus âgées, rondes et avenantes, marchandaient d'une voix forte et assurée.

Elle traversa la place en repoussant du pied les miséreux qui, eux, avaient gardé leurs habitudes de tire-bourses, même s'ils affichaient des joues moins creuses sur leurs dents gâtées.

Elle gagna la rue de l'Hirondelle après s'être fait expliquer son itinéraire à plusieurs reprises.

La France bénéficiait d'une trêve. La France souriait. Elle laissa cette belle humeur la gagner. Dans quelques jours, elle verrait Ann. Dans quelques jours, Emma de Mortefontaine mourrait.

Mary loua une chambre dans une ruelle proche du lieu de son rendez-vous. Elle avait eu tout le temps de réfléchir durant son trajet, n'étant pas assez idiote pour se jeter dans l'embuscade qui, certainement, l'attendait. Elle avait pris soin de passer ses cheveux au brou de noix avant de quitter Saint-Marcel. Retrouvant l'art du déguisement, elle s'était empâté le nez, puis avait recouvert d'un fard ses taches de rousseur. Pour finir, elle avait crayonné ses sourcils trop clairs à l'aide d'un bout de charbon.

Elle était méconnaissable et apte ainsi à surveiller sans se faire remarquer.

Les deux journées suivantes, elle se plaça à l'angle du relais de poste qui faisait face à l'hôtel de la Salamandre.

Par chance, on y allait et venait sans discontinuer, et sa présence n'inquiéta pas davantage que celle d'autres mendiants ou estropiés qui profitaient du flot pour tendre leurs écuelles en pleurnichant. Elle aurait pu les imiter, mais ne voulait pas risquer leur courroux. Corneille lui avait expliqué autrefois que ces gueux se regroupaient en une communauté. À la cour des Miracles, un roi dictait les règles et tous devaient s'y conformer. Il valait mieux ne pas s'en moquer. Elle se contenta donc de baisser son chapeau sur ses yeux et d'afficher l'air désœuvré de quelque simplet, tout en s'informant sur le propriétaire de l'hôtel de la Salamandre, maître Dumas, dont l'épouse était décédée l'hiver précédent.

« C'est le diable en personne qui est venu la chercher. Son époux ne tardera pas à les rejoindre, vous pouvez m'en croire. C'est pas chrétien ce qui se passe dans cette maison ! » avait raconté une marchande des quatre-saisons à Mary.

Celle-ci en avait ri dans un premier temps. Très vite, pourtant, elle dut constater que le vieillard était en effet tel qu'on le décrivait. Étonnamment vert pour son grand âge. Même si elle mettait en doute les racontars du voisinage dont il était le sujet favori de conversation, elle dut bien admettre, le voyant aller et venir pour son marché, qu'on lui parlait avec crainte et respect. Lui-même se montrait distant, voire suspicieux. Et, surtout, Mary ne parvenait pas à comprendre ce qu'un homme de sa trempe, ancien procureur au Châtelet de surcroît, pouvait avoir en commun avec Emma de Mortefontaine et l'enlèvement de sa fille.

Elle faillit aller le lui demander, le pistolet au poing, mais se ravisa en reconnaissant, parmi les gens qui tournaient autour de sa maison, l'ancien valet d'Emma, George, qu'elle avait fréquenté du temps où elle travaillait pour elle à Douvres. Elle en conclut qu'il était certainement là pour la surprendre, et s'appliqua à le surveiller.

Ce midi du 31 décembre 1700, George entreprit de poster ses complices aux abords de la demeure de maître Dumas.

Vraisemblablement il ne l'avait pas repérée, et Mary jugea qu'il était temps pour elle de mettre son projet à exécution avant d'en être empêchée.

Elle s'écarta de l'endroit pour se dissimuler derrière une pile de caisses vides et abîmées dans un renfoncement, à deux maisons de là. C'était la cour de l'arrière-boutique d'un fripier. On ne l'y vit pas entrer. Elle vérifia que la corde qu'elle y avait apportée s'y trouvait encore, puis s'adossa au mur à côté d'une portée de chatons qui y avait trouvé refuge. Elle n'avait plus qu'à patienter, s'obligeant à sommeiller pour ne pas se laisser gagner par l'impatience et l'angoisse grandissantes.

Elle avait prévu de prendre ces bandits à revers, pénétrant dans la demeure par un fenestron placé à l'aplomb d'une cheminée, lequel aérait un grenier. Il était assez large pour qu'elle puisse s'y faufiler. Y accéder par les toits s'avérait facile. Une fois dans la place et après avoir neutralisé maître Dumas, elle surprendrait Emma et verrait bien alors si elle avait respecté sa part de marché. Prise en otage, celle-ci n'aurait d'autre choix que la laisser aller avec Ann.

Cela semblait facile. Trop sans doute. Mary refusa pourtant d'imaginer que rien ne soit comme elle l'avait projeté.

À la nuit venue, elle était prête. Elle s'étira et escalada prestement les caisses, au risque de les voir verser, et finit par atteindre la toiture. Elle s'y hissa. Prudemment, le dos courbé, elle progressa sans bruit sur les tuiles glissantes, tandis qu'en bas, dans la rue de l'Hirondelle, on s'activait à sa perte.

Le battant d'une cloche sonna onze coups. La rencontre était prévue pour minuit. Elle avait largement le temps de se placer avant qu'Emma ne s'en vienne. Elle parvint sans encombre jusqu'au faîte de l'hôtel de la Salamandre.

Elle enroula la corde autour du conduit de cheminée, la fixant solidement à l'aide d'un de ces nœuds de marin qu'elle affectionnait. Puis, vérifiant son aplomb, elle se laissa glisser dans le vide pour atteindre sa cible.

La nuit était claire et les ruelles silencieuses. Le moindre bruit aurait fait lever vers elle les yeux de ses tourmenteurs. Elle ne pouvait se permettre une seule erreur.

Un mouvement à ses pieds l'obligea à s'immobiliser. Une voiture venait de se garer devant la demeure, et deux lanternes s'en approchaient.

Mary verrouilla sa posture en enroulant ses jambes et ses pieds autour du cordage, et se plaqua dans l'ombre de la façade. Elle retint son souffle pour entendre ce qui se disait, certaine que cette visite tardive n'avait rien d'une coïncidence.

Sa position lui masquait les visages, mais elle reconnut sans hésiter Emma, qui descendait du carrosse, à son allure hautaine et décidée. La rage de ne pouvoir l'occire sur-le-champ, comme elle en rêvait, lui fit serrer plus fort la corde entre ses doigts crispés.

Elle ferma les yeux et se concentra pour ne rien perdre de ces chuchotements qui montaient jusqu'à elle, portés par un souffle glacial.

— Toujours rien, affirma George, qui venait de rejoindre sa maîtresse.

— Qu'en est-il de maître Dumas ? demanda Emma.

— Il ne veut rien entendre et refuse d'être mêlé à l'affaire sans un ordre écrit de Baletti. Il a bouclé sa porte.

— J'aurais dû me douter qu'il nous ferait des histoires, s'agaça Emma. Cela change mes plans. Sans la discrétion de sa demeure, je ne peux prendre le risque de m'exposer dans une algarade. Où sont tes hommes ?

— Placés. Toutes les rues sont surveillées. D'où qu'elle vienne, elle ne pourra manquer d'être repérée. Un coup de sifflet nous avertira de son arrivée. Quelle que soit son escorte, elle ne peut imaginer les moyens mis en place pour sa capture. Rassurez-vous, madame, Mary Read ne peut pas nous échapper.

— Bien. Elle se rendra vite compte qu'elle a été bernée et ne reverra pas sa fille. Elle se battra jusqu'à tomber. Or, n'oublie pas, George, je la veux vivante. Je veux la voir me supplier. Rejoins-moi où tu sais.

— Comptez sur moi, madame, affirma George, tandis que, déjà, Emma de Mortefontaine remontait en voiture.

Mary profita du mouvement pour glisser ses jambes sur le rebord du fenestron et se laissa choir souplement dans le grenier, le ventre déchiré. Elle était rouge de douleur et de colère. Elle avait refusé d'y penser. Refuser d'en admettre la possibilité. Il lui fallait pourtant se rendre à l'évidence. Cette chienne d'Emma avait supprimé Ann. C'était fini.

Elle s'assit sur le plancher poussiéreux au milieu des malles et des objets, en proie à une douleur à hurler.

Elle entoura ses genoux repliés de ses bras et se mit à se bercer lentement, comme un navire en perdition qui rassemble ses dernières forces, son ultime volonté, pour affronter encore la tempête.

Elle aurait dû se jeter sur Emma du haut de son perchoir. Non. Cela n'aurait servi à rien. D'une telle hauteur, elle n'aurait réussi qu'à se rompre le cou. Au mieux, elle aurait été blessée et capturée. Or plus que jamais elle voulait la voir crever ! Crever à petit feu. Elle se régénéra de l'idée de tous les sévices qu'elle lui ferait endurer, pour le seul plaisir de la voir souffrir encore et encore. Pour ce faire, elle n'avait d'autre solution que d'attendre cachée dans ce grenier. Le jour se lèverait et George rappellerait ses chiens pour se rendre auprès de sa maîtresse. Elle le punirait pour son incapacité. Emma serait furieuse d'avoir de nouveau perdu sa trace. Mary ne la lâcherait pas et, au moment opportun, frapperait sans hésiter.

Elle se concentra sur cette seule idée tout le reste de la nuit.

Lorsque les premières lueurs du jour apparurent, elle déplia ses jambes endolories et se redressa pour se pencher au fenestron. Il lui suffit d'un coup d'œil pour vérifier ce qu'elle avait pressenti. Les hommes de George avaient déserté leur poste. La rue était calme encore, mais on commençait à s'animer dans Paris. Des coqs chantaient, répondant aux carillons des cloches qui sonnaient la première messe de la journée, comme un écho qui se répercutait de quartier en quartier. Des odeurs de pain cuit et de terre mouillée emplissaient l'air lourd. Des nuages épars avaient versé quelques gouttes sur la ville.

Mary se dirigea jusqu'à la porte du grenier, en prenant soin de ne pas se cogner à la ferme trop basse. Sur le palier sombre, elle arma son pistolet. Maître Dumas lui apporterait des réponses. Forcément.

Elle eut beau cependant vérifier chaque pièce, elle dut se rendre à l'évidence. La maison était déserte. Profitant de l'absence de l'ancien procureur, elle décida de fouiller les documents qui jonchaient son bureau. Elle y trouva plusieurs lettres de ce Baletti dont avait parlé George. Elles commençaient toutes par : *Mon très cher père.*

Mary les parcourut. Le fils de maître Dumas lui parut fort riche et vraisemblablement bien en cour à Venise. Elle tiqua pourtant. Elle ne pouvait se targuer de tout connaître des grands, mais comment le fils d'un procureur français pouvait-il se prétendre marquis vénitien ? Et d'où provenait cette richesse qu'il distribuait soi-disant aux miséreux ? Mary était prête à en conclure que cet homme était certainement un grand menteur qui vivait de rapines et voulait donner quelque satisfaction et fierté à son vieux père. Elle s'apprêtait à reposer ces lettres avec agacement, lorsque ses yeux accrochèrent le nom d'Emma. Elle s'attarda aussitôt sur ces lignes que l'écriture élégante avait tracées.

Emma de Mortefontaine ne semble pas pressée de me donner nouvelle de notre affaire. J'imagine qu'elle peine dans ses recherches. Le crâne de cristal me nargue de son secret chaque jour davantage. Cela parfois devient insupportable et si je n'avais autant de raisons de me réjouir de ses bienfaits, j'aurais volontiers offert à Satan l'âme qu'il me vole, pour me délivrer du fardeau qu'il m'a également légué. Écrivez-moi, si cette Emma vous rendait visite. Le diable est en elle. Mais je n'ai d'autre choix que de pactiser.

Mary demeura perplexe. S'il était évident que ce Baletti était l'associé d'Emma, le mystère restait toutefois entier. Elle plia la lettre et la fourra à l'intérieur de son gilet. Quel que puisse être ce mystérieux crâne de cristal, Mary possédait au moins une piste pour surprendre Emma là où elle s'y attendait le moins. Elle se dirigea vers le vestibule et fronça les sourcils devant la clé qui verrouillait encore la porte de l'intérieur. Un frisson la parcourut. Quel être pouvait disparaître ainsi de chez lui ? Les fenêtres alentour étaient fermées. Et maître Dumas, tout alerte qu'il fût pour son grand âge, ne pouvait être sorti par celle du premier. Pour quelle absurde raison, d'ailleurs ? Elle frémit encore. Ne racontait-on pas sur lui d'étranges choses ?

Mary Read ne chercha pas d'autre explication. Elle en avait lu et vu assez. Elle tourna la clé et sortit, le cœur battant, en se disant que maître Dumas était à la hauteur de sa réputation.

Toute à ses réflexions, elle remonta une ruelle qui la ramenait vers son auberge, tentant de rassembler dans son esprit troublé les informations qu'elle avait glanées. Elle réalisa trop tard qu'elle était malfamée. Étroite et sinueuse, on ne pouvait y circuler qu'à pied et elle s'était fait réflexion la veille qu'il valait mieux l'éviter.

— Mordiou ! jura-t-elle entre ses dents.

Elle avait beau être armée, il était préférable de s'en détourner tant qu'il était encore temps. Elle pivota pour le faire et se trouva nez à nez avec George.

— Je savais bien, grinça celui-ci, que je ne m'étais pas trompé.

Mary fit un écart et, avant qu'il ait sorti son arme, avait déjà dégainé la sienne et son pistolet.

George ricana, révélant deux hommes à ses côtés. Mary risqua un œil derrière elle. Les tire-bourses ne faisaient pas mine de bouger.

— Rends-toi, Mary Read, lança George, la forçant à reculer dans la ruelle sombre, afin que leur altercation ne fasse pas accourir la police.

— Plutôt crever ! répliqua Mary en se mettant en garde.

Elle avait plus à gagner qu'à perdre dans un affrontement. Les trois hommes étaient vigoureux, mais cherchaient ses ouvertures sans tactique. Mary se félicita de ses mois dans l'armée.

En quelques minutes, le premier s'écroulait, piqué au cœur, et le deuxième voyait sa main droite sévèrement abîmée. Ne resta plus que George.

Malgré ce qu'avait recommandé Emma, George n'avait aucune envie de lui ramener Mary vivante. Il était temps qu'il débarrassât sa maîtresse de ses regrets et de cette passion destructrice. Mais Mary était coriace. Encore heureux qu'Emma ait jugé indispensable de les nantir d'une épée, sans quoi cette diablesse n'aurait fait d'eux qu'une bouchée. George ne pourrait même pas compter sur l'aide des malandrins. Ils avaient déguerpi aussitôt l'escarmouche entamée. Les gueux ne se mêlaient pas des querelles des autres. Ils avaient bien assez à faire des leurs

Apercevant le blessé qui s'enfuyait, Mary réalisa que ses complices étaient peut-être encore aux aguets. Elle para une attaque, puis une autre, avant de trouver enfin la feinte qu'elle cherchait. Devant la botte secrète de son ancien maître d'armes, George se retrouva penaud et désarmé.

— Qu'avez-vous fait d'Ann ? exigea de savoir Mary, le regard furieux et meurtrier.

Elle avait besoin d'une confirmation pour pouvoir envisager son deuil.

— Tu t'imaginais quoi ? ricana George, se vengeant ainsi de ces heures où Emma l'avait aimé par procuration. Ta fille était là, juste devant ton cher époux, au moment où Emma a tiré. Elle ne pouvait pas la garder, ainsi aliénée.

Mary en avait assez entendu. Elle hurla, de rage et de douleur mêlées, perforant le cœur de George avec le sentiment que c'était le sien qu'elle trouait. Puis elle détala pour tenter désespérément de se soustraire à ces images que son imagination lui imposait.

*

Emma s'emporta tant de la perte de George qu'elle acheva d'un coup de poignard en plein cœur le blessé venu à son rapport. L'homme glissa sur le tapis. Les deux hommes qui l'avaient accompagné se gardèrent de tout commentaire. George les avait recrutés pour leur cruauté, leur efficacité et leur discrétion. L'un d'entre eux, avenant de visage, retint l'attention d'Emma.

— Toi, comment t'appelles-tu ?

— Gabriel, répondit-il en soutenant son regard.

Emma ricana, mauvaise, atteinte plus qu'elle ne l'aurait voulu par la perte de George.

— Tu n'as rien d'un archange. Tant mieux. J'ai besoin de quelqu'un pour remplacer George. Tu feras l'affaire.

— À vos ordres, fit-il, ravi de cette promotion.

— Je ne veux aucune trace de tout ceci, tu as compris ?

— Et les domestiques ? Ils nous ont vus entrer avec lui.

— J'ai dit aucune trace, répéta Emma. Brûle tout s'il le faut.

Il hocha la tête et Emma sortit de son cabinet en enjambant le cadavre de l'homme qu'elle venait d'occire sans pitié. Elle en avait vraiment plus qu'assez de cette petite garce de Mary ! Elle héla sa domestique.

— Fais préparer mes malles. Qu'elles soient prêtes dans une demi-heure.

— Bien, Madame, répondit celle-ci en se troublant du sang qui tachait les doigts de sa maîtresse. Que dois-je faire pour le blessé ?

— Ce n'est pas ton problème, ma fille.

— Bien, Madame.

La domestique, terrorisée, se dépêcha de s'enfuir dans l'escalier pour obéir aux ordres qu'on lui avait donnés, évitant soigneusement la porte fermée du cabinet, mitoyen de la chambre à coucher.

Elle venait de terminer sa corvée, en tremblant et en sursautant au moindre bruit, lorsqu'elle avisa un homme qui, accoudé au chambranle de la porte, la fixait.

Elle tenta de lui sourire, mais son œil, aussi froid que l'acier et le poignard qu'il venait de révéler, la glaça.

— Pitié ! supplia-t-elle en tombant à genoux.

Emma montait dans son carrosse, pressée de s'éloigner, lorsqu'elle l'entendit hurler.

— Allons, dit-elle à Gabriel, il vaut mieux ne pas traîner.

Il hocha la tête et donna un coup de rêne aux chevaux pour les faire avancer. Emma regarda par la vitre s'éloigner son hôtel particulier de Saint-Germain-en-Laye. Elle n'éprouva aucun regret à l'idée de n'y revenir jamais.

*

Lorsque Mary parvint à Toulon, ce fut pour apprendre que *La Perle* venait de lever l'ancre pour une croisière de plusieurs mois en Méditerranée. Malgré l'envie qu'elle avait de serrer Junior dans ses bras, elle se réconforta de l'idée que c'était mieux pour ses projets. Elle rédigea une longue lettre à l'attention de Forbin, lui racontant ce qui s'était passé à Paris et son intention de gagner Venise, le laissant juge d'annoncer ou non ces terribles nouvelles à son fils.

Puis elle s'embarqua pour la Sérénissime, bien décidée à percer le secret de ce marquis de Baletti, de maître Dumas, de cet étrange crâne de cristal, et de ces raisons qui avaient pu véritablement conduire Emma à autant de cruauté alors qu'elle avait prétendu l'aimer. À force de tourner et retourner ces questions dans sa tête, elle en était arrivée à la conclusion que l'orgueil blessé de son ancienne maîtresse ne pouvait seul expliquer et justifier cet acharnement. Elle avait lu et relu cent fois la lettre de Baletti à celui qu'il appelait son père. L'explication était ailleurs. Sa vengeance ne pouvait plus seulement se satisfaire de sang.

Mary regarda s'éloigner les côtes de France en inspirant les embruns qui caressaient son visage. Le roulis du navire s'imposa à ses pieds et elle en retrouva aussitôt le plaisir. La mer lui avait manqué.

6.

La beauté des dentelles de pierre embrasées du couchant était à couper le souffle. Cette vision somptueuse acheva de rasséréner Mary. Elle se sentait mieux. Durant la quinzaine qu'avait duré sa traversée, elle s'était apaisée, aidée par le décor que la Méditerranée lui offrait. Elle s'était régénérée.

Son sommeil était redevenu serein, et les cernes violacés qui ombraient ses yeux, se creusant chaque jour davantage depuis la mort de Niklaus, avaient disparu. L'idée que Junior, sur *La Perle*, puisse aussi avoir récupéré la convainquit d'avoir fait le bon choix. Mary se sentait de nouveau libre d'agir, de penser, de haïr et de tuer.

Un des matelots, ayant fait de fréquents séjours à Venise, lui avait donné les informations nécessaires pour s'y repérer et quelques notions d'italien. C'était peu, mais suffisant dans un premier temps.

Une barque l'amena à terre avec d'autres marins, chargés de prévenir les clients de l'armateur de l'arrivée du navire. Mary les abandonna sur le quai.

Elle s'avança sur la place Saint-Marc, faisant s'envoler une dizaine de pigeons qui tournoyèrent un moment avant de se poser plus loin. Mary les suivit du regard, se laissant pénétrer par la douceur de l'image, inspirant les parfums sucrés et salés qui lui parvenaient de partout. Elle avait faim et soif. De pain chaud, de vin rosé, de viande rouge et de vie. De vie surtout.

Mary débarquait en plein carnaval. Tous étaient costumés et masqués. Elle avisa un orchestre qui achevait d'accorder ses instruments sous une des arcades du palais ducal. Une colombine et un arlequin mimaient avec truculence et exagération une joute amoureuse, provoquant rires et commentaires. Mary n'y entendait rien. Mais cette langue italienne se mit à couler dans son oreille comme une eau de source. Puis la musique explosa et la tarentelle débuta. Le long serpent nerveux d'une farandole se mit en branle, sautillant et riant, s'enroulant autour des piliers des arcades pour revenir au centre de la place, ondulant sans cesse au rythme trépidant de la musique. Des feux jaillirent de partout. Le signal de la fête venait de sonner et Venise illumina ses chandelles suspendues aux voûtes des bâtiments, aux fenêtres en ogive, aux encorbellements.

Étourdie, grisée, Mary se mit à rire, happée par la ronde comme Junior autrefois quand il entraînait Toby dans la danse. Des fûts furent apportés, qu'on mit en perce sur une estrade.

En moins d'une heure, cette place devint un immense terrain de jeux où seuls les diables étaient conviés. Costumes, masques et *moretta* – loups emplumés – narguaient le visage sans fard de Mary, s'amusant de sa mise, comme d'un déguisement parfait. Elle n'avait ici pas davantage d'identité ou de visage que ces nez crochus ou ces faces lunaires.

Elle finit par s'endormir, ivre, dans un renfoncement.

Lorsqu'elle s'éveilla, affamée, au grand matin, elle était courbaturée, transie par un brouillard rasant que les eaux de la lagune avaient généré. Elle porta la main à sa ceinture et ne put retenir un juron. Sa bourse de cuir avait disparu. Mary retrouva d'un coup sa lucidité. Elle s'était comportée comme une idiote. Elle qui, jusque-là, avait réussi à ne jamais se faire voler un penny venait de faire la fortune d'un tire-bourse italien ! Elle enleva sa botte et vérifia le pécule qu'elle y tenait toujours caché par prudence.

« Bah, se dit-elle, résignée, j'irai voir un banquier qui prendra contact avec mon notaire à Breda. »

Elle remit sa botte en ayant soin de vérifier qu'on ne l'avait pas observée et se leva.

Le brouillard était dense. Des lanternes le crevaient de-ci, de-là. Elle grelotta malgré l'épaisseur de sa capeline. Décembre était glacé.

Elle se dirigea à l'odeur des grillades, la main sur le manche du poignard de Niklaus, et poussa la porte d'une auberge où déjà l'on s'activait. Elle baragouina dans un italien approximatif et parvint à se faire comprendre du patron, un gaillard ventripotent et gesticulant. Il l'installa d'autorité à une table avant de lui porter des *pastas* ornées en leur milieu d'un œuf. Elle avait demandé de la viande.

— *Buono !*

— Va falloir apprendre l'italien très vite, rumina-t-elle à voix haute en plongeant sa fourchette dans la mangeaille.

— Anglais ? entendit-elle tandis qu'elle se désespérait de ne pas parvenir à la capturer pour la manger.

Elle hocha la tête. En face d'elle, un gaillard brun d'une trentaine d'années s'amusait de sa maladresse. Il était plutôt charmant et bien fait, les yeux noirs et rieurs, le visage carré. Il saisit une cuillère dans une main, sa fourchette dans l'autre, et lui montra comment se tirer de ce mauvais pas.

— Merci, dit-elle.

L'inconnu se leva, son assiette terminée, se fendit d'une courbette moqueuse et tourna les talons. Mary lui en sut gré, elle n'avait pas vraiment envie de discuter. Quelques verres d'un vin léger achevèrent de la ragaillardir, ensuite de quoi elle se mit en devoir de flâner pour tenter de vérifier les repères que le matelot lui avait donnés sur le navire. Elle ne fut pas longue à mesurer qu'il lui faudrait plus de temps que prévu pour mener sa tâche à bien.

Ces Vénitiens caquetaient avec une telle volubilité qu'elle aurait été bien en peine de les comprendre. Suivre leurs gesticulations était une gageure. Comment, en ce cas, se renseigner sur ce Baletti ? D'autant qu'elle demeurait certaine que le fils de maître Dumas n'était pas davantage marquis qu'elle avait été lady !

Si elle s'éblouissait à chaque coin de rue de cette ville posée comme un nénuphar sur la lagune, elle n'en fut pas moins lasse de s'y perdre, et de devoir se méfier de tous. Sa main ne quittait pas la garde de son épée.

À plusieurs reprises, elle se pensa suivie et surveillée. Ses vêtements de gentilhomme avaient pris de l'usure et de la saleté. On ne l'inquiéta pas, mais elle fut certaine que ses armes et sa manière de regarder étaient plus dissuasives que sa mise. Elle savait trop bien qu'il existait toujours plus miséreux et désespéré.

Quatre jours durant, elle sillonna ainsi la Sérénissime, s'arrêtant devant les palais dont la simple façade donnait la mesure des splendeurs qu'ils contenaient et de la luxuriance des jardins en patio. L'idée de naviguer en ville lui fut agréable et elle songea que, hormis sa langue, cet endroit parlait bien à son âme, entre mer et terre. Elle était cependant épuisée. Où qu'elle s'enfonce pour dormir, elle demeurait sur ses gardes. Jamais elle n'avait autant ressenti ce sentiment de malaise. Elle n'avait pas le choix, pourtant. Bien qu'elle se soit effondrée dehors et ivre le soir de son arrivée, son intention première avait été de trouver une chambre. Détroussée d'une partie de son argent, il ne fallait plus y songer. Elle avait bien essayé à plusieurs reprises, mais les Italiens se montraient plus malins que les Londoniens. Ils exigeaient un paiement d'avance et Mary n'avait pas les moyens de satisfaire leur cupidité. En moins d'un mois, ses économies se seraient envolées. Elle était tombée sur un banquier qui, parlant français, avait entendu ses doléances, sans pour autant lui consentir un prêt. Le temps qu'il écrive à Breda, en reçoive réponse et puisse lui verser ce qu'il restait de la vente de l'auberge, elle serait morte de faim et de froid.

Il lui fallait donc une solution. Vite. Ou tous ses efforts auraient été vains. Loin de la décourager, cette astreinte la stimula.

Elle finit, huit jours plus tard, par dénicher une petite habitation dont les volets toujours fermés lui laissèrent à penser qu'elle était sinon abandonnée, du moins désertée pour le moment. Sa façade partait en morceaux et plusieurs volets étaient dégondés. Un petit canal y menait, discret.

Profitant du désordre du carnaval, servie par une nuit orageuse, et grelottante sous le souffle glacial qui plissait la lagune, Mary détacha une gondole, s'y embarqua, puis, piquant le fond vaseux comme elle avait vu les gondoliers le faire, avança maladroitement jusqu'à cet asile. Elle immobilisa sa barque devant un soupirail, la plaquant contre la façade, puis entreprit de desceller la grille qui en barrait l'accès avec son poignard. Elle était à hauteur de son nez. Comme elle s'y attendait, la pierre, abîmée par l'érosion saline, ne résista pas longtemps aux assauts de sa lame. Deux heures plus tard, elle faisait sauter cette protection sommaire et, abandonnant sa gondole à la dérive, pénétrait dans la demeure. Elle battit son briquet pour se diriger, puis s'avança au milieu des barriques, des caisses éventrées et du bois de chauffage, vers la porte de la cave qui s'ouvrit sans difficulté.

Elle se glissa dans le corridor, après avoir gravi plusieurs marches. Au bout de quelques pas, elle porta d'instinct sa main à son pistolet et l'extirpa de sa ceinture, le cœur battant. Elle connaissait bien ce crépitement et ces langues de lumière qui se reflétaient sur le mur, venant de la pièce qui s'ouvrait sur sa gauche à une dizaine de pas.

On avait avivé un feu de cheminée.

Une odeur de viande rôtie lui chatouilla les narines. Quel que soit celui qui l'avait devancée, il allait devoir partager ou mourir. Elle se présenta sur le seuil et s'immobilisa, son doigt sur la détente.

— Bienvenue chez moi, je t'attendais, l'accueillit-on aimablement en anglais.

Assis confortablement dans un fauteuil damassé, proche de l'âtre crépitant, un homme lui souriait. Mary fut certaine de l'avoir déjà rencontré.

— On se connaît. C'était toi dans l'auberge le jour de mon arrivée.

— Je m'appelle Clément Cork, se présenta l'inconnu. Tu as faim, je présume ?

Mary hocha la tête et rangea son pistolet à sa ceinture pour le rejoindre. Son instinct lui disait qu'elle n'était pas en danger.

— Mary Oliver Read a toujours faim.

Clément sourit et déplia ses longues jambes pour se lever. Mary écarquilla les yeux en découvrant qu'une table avait été dressée, éclairée par les bougies d'un chandelier. Deux couverts s'y trouvaient.

— Tu m'attendais vraiment ?

— Je connais cette ville comme ma poche, avoua Clément, et tes manières m'ont intrigué. Ceci aussi, ajouta-t-il en extirpant de sa poche une bourse en cuir.

Mary la reconnut aussitôt, c'était celle qu'on lui avait volée.

— Ça aussi, c'était toi ? Qui es-tu, Clément Cork, pour détrousser les gens et ensuite les inviter à dîner ?

— Une sorte de Robin des Bois, sans doute. Mais ne t'y fie pas. D'ordinaire, je ne rends jamais ce que j'emporte, ajouta-t-il en lui tendant son pécule.

Mary le récupéra sans tarder.

— Je suppose que je dois te remercier.

Pour toute réponse, il s'écarta d'elle et s'en fut décrocher de la broche les quatre pigeons qui y tournaient. Il les posa sur un plat d'argent.

— Assieds-toi, Mary Oliver Read. Je suis aussi curieux de toi que tu l'es de moi. Cela nous réserve une fort agréable soirée, tu ne crois pas ?

Mary hocha la tête et s'attabla sans hésiter.

— C'est vraiment chez toi, ici ? lui demanda-t-elle en détachant un morceau brûlant pour le porter à ses lèvres.

— Bien sûr que non ! Si mes souvenirs sont exacts, cette demeure est fermée depuis au moins quatre ans. J'ai vu que tu t'y intéressais. Le reste était facile.

— Tu aurais aussi bien pu me rendre mon argent tout de suite, cela m'aurait évité de souffrir de la faim et du froid, remarqua Mary avec une pointe d'amertume.

— J'ai besoin de temps pour savoir si les gens que je rencontre sont dignes ou non de mon amitié.

— Et ?

— Et quoi ?

— Je suppose que tout ceci a un sens. Pour l'instant, il m'échappe.

— Comment peut-on se rendre dans une ville inconnue, habillé comme un gentilhomme, avoir des allures de mercenaire, afficher un regard sanguinaire et se laisser détrousser aussi stupidement ? Tu pouvais être une riche personne encanaillée pour le carnaval, incapable de tenir une épée, et, en ce cas, très stupide d'accrocher tes sonnantes à ta ceinture, ou alors un malandrin prétentieux, suffisamment sûr de lui pour oser pareille inconscience. Dans les deux cas, il m'était plaisant de piquer ton orgueil.

Mary sourit. Clément était fin raisonneur. C'était faux, certes, mais habilement constaté.

— Tu es débrouillard et méfiant comme un voleur, poursuivit-il, possédant quelque fortune puisque tu as visité un banquier, mais pas assez pour qu'il accepte de te prêter sur ton nom et ta mise. Tu sais te servir de tes armes et réagir au danger.

— Comment pourrais-tu en juger? Je ne les ai pas utilisées.

— Si, une fois. Je voulais vérifier. J'ai lancé un caillou à quelques pas de l'encoignure où tu t'étais réfugié pour dormir. Tu t'es redressé aussitôt en dégainant ton pistolet.

Mary hocha la tête. Elle se souvenait en effet avoir eu le sommeil agacé à plusieurs reprises.

— Habitude de soldat, concéda-t-elle.

Cork la fixa un instant en plissant les yeux. Mary lui sourit sans malice.

— Je crois que tu es à Venise avec une intention particulière, que j'ignore encore, et pour laquelle discrétion et florins sont de rigueur. Je sais aussi qu'on peut être le plus malin des brigands et perdre la tête dans la folie du carnaval. Les tarentelles ôtent aux mains le pouvoir de saisir l'épée. Les tailles virevoltent et les tire-bourses sont habiles à les approcher. Je ne pouvais faire moins que de m'excuser, acheva Cork.

— Dans l'espoir de satisfaire ta curiosité?

— Je ne suis pas parfait.

— J'avoue que je suis impressionnée, consentit Mary. J'ai en effet des raisons de me trouver ici, mais ne veux y mêler personne. C'est une question d'honneur. De vengeance aussi.

Cork hocha la tête.

— En quoi puis-je t'aider? demanda-t-il simplement.

— Tu m'apprendrais l'italien?

— Considère que c'est déjà fait.

Clément Cork tint parole. Depuis qu'il œuvrait auprès du marquis de Baletti, ses manières avaient changé. Non qu'il soit revenu dans le droit chemin. Il était toujours pirate et heureux de l'être, usant des mêmes moyens qu'autrefois pour repérer ses proies. Baletti l'y aidait, ravi d'excéder ceux qui tiraient profit de l'esclavage et du trafic. Sa cible préférée aurait été Hennequin de Charmont, l'ambassadeur de France, qui y excellait. Mais, depuis que ce dernier avait accordé sa protection à Cork en échange de sa tranquillité, Clément évitait de le courroucer. Baletti l'avait compris. Il ne manquait pas à Venise de patriciens véreux qu'on pouvait détrousser pour rétablir l'équilibre. Parallèlement, Baletti avait chargé Cork de veiller à ce que les miséreux de Venise ne meurent pas de froid l'hiver. Tout en jouissant de son métier et de sa liberté, Cork s'acquittait de sa tâche. C'est ainsi qu'il avait repéré Mary Read.

Outre cette bourse qu'il avait vue tressauter à sa ceinture à son arrivée, c'était la protubérance à hauteur de sa poitrine qui l'avait intrigué. Clément Cork passait pour avoir le regard perçant et affûté. La tarentelle lui avait permis de vérifier que ce n'étaient pas seulement des pectoraux que la chemise de Mary cachait. Elle pouvait avoir dix épaisseurs de guenilles, il était bien assez homme pour reconnaître une femme. Son instinct ne le trompait jamais.

Il n'en parla pas, bien décidé à ne pas la brusquer. Elle avait certainement des raisons pour mentir sur sa nature, mais cela l'intrigua tant qu'il se fit valet pour percer son secret.

*

Cinq mois plus tard, Mary s'exprimait comme un Italien, riait aussi fort qu'eux et prenait plaisir à découvrir Venise sous un œil différent. Cork lui avait expliqué le rôle du doge, des patriciens, du Grand Conseil, raconté la petite histoire des monuments, de la basilique Saint-Marc au pont des Soupirs.

Clément Cork s'avérait un compagnon discret et agréable. Il parlait peu de son passé et Mary évitait de l'interroger pour ne pas avoir à évoquer le sien. Clément lui apparut étonnant, rieur, hâbleur, comédien, musicien, voleur, mendiant et grand seigneur. Il se moquait de tout sans méchanceté et préférait séduire les dames pour mieux les délester que les menacer. Parfois, il disparaissait des journées entières, laissant Mary tester ses connaissances et apprécier cette liberté retrouvée.

Leurs moments de complicité, au soir venu, lui mettaient du baume au cœur et à l'âme. Il n'y avait pourtant que reconnaissance et amitié dans ses sentiments pour Clément Cork. Refusant que cela puisse changer, elle n'avait pas jugé utile de se dévoiler.

Elle se sentait désormais prête à accomplir ce pourquoi elle était venue à Venise. Jusque-là, elle s'était abstenue de mentionner le nom de Baletti, se méfiant de tout, de tous, y compris de Clément Cork. Son altruisme cachait certainement quelque chose. Mary n'était pas dupe, même si elle en profitait. Elle n'avait aucune envie de percer son mystère, aucune envie de se laisser distraire de sa tâche. Il lui tardait d'en finir, de rejoindre Junior. Elle écrivait régulièrement à Forbin, à l'arsenal de Toulon, ne sachant trop où il se trouvait en Méditerranée, mais sûre au moins que, si ses lettres ne se perdaient pas, on les lui transmettrait. Il n'était pas question que son fils s'inquiète ou se sente abandonné. Mary avait donné l'adresse de cette maison à Venise dans laquelle elle s'était installée, espérant que Forbin finirait par lui répondre.

— Garde-la, avait dit Cork. Je serai averti si son propriétaire s'en venait. Moi, je dors auprès de mes belles, il y en a toujours une pour m'accueillir et me réconforter.

Mary n'utilisait que cette pièce, la seule qu'on pouvait chauffer. À sa grande surprise, il y avait toujours du bois pour nourrir le foyer. Lorsqu'elle avait demandé à Cork d'où il provenait, il avait posé un doigt sur ses lèvres en chuchotant : « À chacun ses secrets. » Elle avait accepté cette réponse sibylline. Comme une providence qui aurait enfin éclairé son destin.

Et puis, une nuit, un cauchemar effroyable la fit dresser en sueur sur sa couche. Au-dessus du visage bleui d'Ann, un homme ricanait. Il avait les traits de Clément Cork, et Emma de Mortefontaine l'appelait « marquis ».

Le cœur de Mary se mit à battre la chamade. Et si Baletti et Cork n'étaient qu'une seule et même personne ? Le comportement étrange de Cork prenait alors un autre sens.

N'avait-elle pas lu dans le courrier de Baletti à Dumas que le marquis veillait sur les miséreux de Venise ? Cette maison, cette table toujours couverte, ce feu nourri, les connaissances de Cork concernant Venise et les habitudes de sa noblesse... ce n'était pas le quotidien d'un simple voleur. Cork avait de l'allure et de l'envergure.

Il fallait aussi envisager l'hypothèse qu'il sache qui elle était. Le nom de Mary Read avait dû lui parler. Cela pouvait expliquer qu'il ne lui ait jamais posé la moindre question sur son passé. Elle se félicita d'avoir ôté l'œil de jade de son cou pour le glisser dans sa botte, par précaution. Si Cork et Baletti étaient une seule et même personne, ce simple geste l'avait probablement sauvée.

Elle décida d'en avoir le cœur net.

Lorsque Clément Cork parut, un panier garni de victuailles à la main, comme chaque matin, il trouva Mary le front soucieux et le regard brillant d'animosité.

— Mauvaise nuit ?

— Très mauvaise, répondit-elle en ravalant sa suspicion et son amertume.

Pour le confondre, il valait mieux n'en rien montrer.

— Cela n'est pas étonnant, tu vis comme un moine quand Venise meurt de trop aimer. Tu te gâtes, mon ami, ajouta-t-il en lui lançant une œillade complice.

Clément Cork s'étira, faisant saillir la rondeur musculeuse de ses avant-bras.

— Juin chante ce matin. Tu devrais faire comme lui. Prends du plaisir au lieu de ruminer. Je me sens léger comme un pinson.

— J'ai mieux à faire.

— Dommage, laissa échapper Clément Cork en soupirant.

Il aurait bien aimé la distraire, cette belle qui s'obstinait à mentir et à jouer. Il avait beau faire, il n'était pas encore arrivé à percer son mystère. Il avait retardé sa saison en mer jusque-là mais ne pouvait plus continuer. Hennequin de Charmont l'avait déjà, à plusieurs reprises, pressé de reprendre ses activités et de protéger ses convois.

Mary mangea sans appétit, cherchant dans un silence embarrassant le moyen de formuler ses questions. Cork s'en lassa très vite.

— Si tu me disais ce qui te tourmente.

— On parle beaucoup d'un certain marquis de Baletti en ville. Tu le connais ?

— Tout le monde le connaît, pirouetta Cork. C'est un patricien richissime, armateur de son état. Il fait le bonheur de toutes les dames par sa seule présence et séduit même les hommes par son intégrité et sa générosité.

— Un peu comme toi, en somme, releva Mary en le fixant de son œil soupçonneux.

Cork, surpris un instant, éclata d'un rire clair qui lui fit perler une larme au coin de l'œil.

— Voilà donc le souci de Mary Oliver Read, hoqueta-t-il. Imaginer que je sois Baletti. C'est beaucoup d'honneur que tu me fais, mon ami. Beaucoup d'honneur en vérité, mais il me faut te décevoir. Cork est bien petit comparé au marquis.

Mary se recula contre le dossier de sa chaise, se laissant gagner par un sentiment de soulagement. La réaction de Clément ne laissait aucun doute sur sa sincérité.

— Décris-le-moi, demanda-t-elle.

— En quoi t'intéresse-t-il ?

— Simple curiosité. Les mystères m'attirent.

— Normal pour quelqu'un qui aime les cultiver, répondit Clément.

Son regard se fit insistant. Mary baissa le sien.

— Je ne vois pas ce que tu veux dire.

Cork soupira. Mary Oliver Read n'aimait peut-être pas sa féminité, après tout. Il décida de l'accepter une fois pour toutes, et entreprit de lui parler de Baletti sous le jour où tous le connaissaient. C'étaient les consignes qu'il avait. Le marquis ne tenait pas à ébruiter sa générosité. Même ceux qui en profitaient ignoraient la main qui dispensait ses grâces.

— Existe-t-il un moyen de l'approcher ?

— À quoi cela te servirait-il ?

— Ça, c'est mon affaire ! se renfrogna-t-elle.

Il n'insista pas, mais ne put s'empêcher de penser que le marquis de Baletti était peut-être une des préoccupations de Mary.

— Il va souvent au couvent de Santa Maria della Vergine.

— Rendre visite à une parente ?

Cork éclata une nouvelle fois de rire.

— Pas exactement.

— Qu'est-ce que cela a de risible ? se vexa Mary.

— Les couvents vénitiens ne ressemblent pas à ceux du reste de l'Europe. Disons, pour faire court, qu'on y vénère plus les seins des moniales que ceux du calendrier.

— Je ne comprends pas.

— Venise est libertine. Et l'on parle davantage d'amour dans ces couvents reconvertis en salons mondains qu'en chaire des églises.

— Je vois, déclara Mary en souriant.

Cork s'étira et se leva. Le regard de Mary s'était mis à briller, ajoutant à ses doutes. Or tout ce qui pouvait atteindre Baletti de près ou de loin le concernait. Il se donna deux semaines pour vérifier ce qu'il en était, puis il s'en irait rejoindre son navire, que son second avait déjà affrété.

— Je te quitte. J'ai à faire ce matin.

Mary hocha la tête, et le laissa s'en aller sans rien ajouter. Elle ne reverrait pas Clément Cork. Il lui avait apporté tout ce qu'elle en attendait. Malgré l'amitié qu'elle éprouvait pour lui, elle ne voulait plus s'attacher à qui que ce soit, encore moins l'impliquer dans sa vengeance.

À peine fut-il parti qu'elle plia ses affaires et s'enfonça dans Venise à la recherche de ce couvent si particulier.

7.

Claude de Forbin demeura stoïquement à son poste de commandant malgré la mordante envie de rire qui le tenait. Face à lui, quelques mètres plus loin sur le navire, Junior s'était inscrit au concours du meilleur gabier et grimpait à la mâture avec tant d'acharnement, de rapidité et d'agilité que tous les marins réunis au pied du grand mât en étaient suffoqués. Des encouragements fusaient et Forbin crut bien un moment que les matelots allaient le laisser gagner.

Il n'en fut rien pourtant, et l'homme déjà détenteur du titre l'année précédente fut en haut avant que Junior en ait fait les trois quarts.

En quelques mois, l'échanson du commandant Forbin avait forci et repris goût à la vie. Le vent du large l'avait épanoui. Le vainqueur empocha sa prime, puis s'empressa de féliciter le garçonnet, juché à présent sur les épaules de Corneille. L'enfant pérorait tel un coq.

Mary aurait été fière de lui. La mer allait bien à Junior. « Comme à sa mère ! » songea Forbin.

Congratulé par les matelots, Junior riait fort. Un instant, il se retrouva face à son capitaine et lui adressa un signe de la main. Forbin y répondit d'un mouvement de tête.

Oui, Junior avait bien changé. Grâce à Corneille qui lui avait enseigné son métier. Grâce à lui, Claude de Forbin, qui, au moment des repas, l'obligeait à tenir sa place d'échanson, le confrontant aux règlements et à la rigueur de la marine. Lorsqu'il s'endormait le soir dans la batterie au milieu des hommes, l'enfant était épuisé mais en paix.

— Courrier, commandant ! annonça l'écrivain de bord.

Forbin récupéra les plis qu'on lui tendait et, délaissant les festivités, se retira dans sa cabine pour les lire. Sur le pont central, les premiers accords de musique s'égrenaient et les fûts de rhum remontés de la cale étaient mis en perce. La journée durant, les épreuves allaient se succéder, décidant du meilleur matelot dans chaque spécialité.

Forbin autorisait cette journée de liesse qui marquait l'approche de l'été. Le navire était en sécurité dans un petit port de Sardaigne, le temps clément et l'activité maritime sereine.

Depuis qu'il avait reçu en Espagne le premier courrier de Mary, où elle lui annonçait la mort de sa fille et sa décision de traquer les meurtriers à Venise, Forbin était avide de ses lettres.

Junior n'avait pas pleuré, pas gémi lorsqu'il lui avait lu le message douloureux de sa mère à propos d'Ann. Il avait seulement serré très fort ses petits poings, à en blanchir les jointures, puis avait demandé :

— Est-ce que je peux devenir gabier comme maman et Corneille ?

— Pourquoi ?

— Pour être plus près du ciel.

Forbin avait entendu « plus près d'Ann ». Il n'avait rien objecté. Depuis, l'enfant n'avait cessé de s'employer à oublier. Il ne réclamait jamais sa mère, mais, lorsqu'on le prévenait qu'une lettre venait d'arriver, il se précipitait pour en écouter la lecture.

Celle que Forbin venait d'ouvrir était plus gaie que les autres, et il sortit aussitôt de sa cabine pour héler un matelot.

— Envoie-moi Corneille et Junior.

Quelques minutes plus tard, tous deux franchissaient son seuil. Oubliant le règlement, Junior s'exclama :

— Vous avez vu, mon capitaine ? J'ai presque gagné !

— J'ai vu, mon garçon, et je t'en félicite. J'ai une autre bonne nouvelle, annonça Forbin en lui montrant la missive.

Le regard de Junior brillait déjà tant qu'il ne put davantage s'enflammer. Forbin s'empressa de la lui lire.

Mon cher capitaine,

J'ai enfin déniché ce marquis de Baletti, et trouvé le moyen de l'approcher. Je vais m'y employer sans plus tarder. Je souffre de l'absence de vos nouvelles et plus encore de ne pouvoir vous rejoindre.

Ma douleur s'estompe. Venise est d'une ineffable beauté et je me suis fait un ami pour servir ma cause. Il m'a appris l'italien et ce qu'il m'était indispensable de connaître sur la noblesse vénitienne et ma cible. Je suis parée. Enfin !

Même si ce Clément Cork n'est...

— Clément Cork ? l'interrompit Corneille.

— C'est cela. Tu le connais ?

— Vous aussi, capitaine. Nous l'avons abordé il y a quelques années. Il était corsaire, capitaine du *Bay Daniel*.

— Un fieffé coquin.

— Un ami d'enfance.

— Maman a eu de la chance de le rencontrer, conclut Junior.

Il détestait quand Forbin et Corneille s'affrontaient, ne fût-ce que d'un regard.

— Puis-je terminer ma lecture ? demanda Forbin.

Corneille hocha la tête.

— *Même si ce Clément Cork n'est rien qu'un voleur notoire,* appuya Forbin, ravi que Mary vienne confirmer sa pensée, *il n'en reste pas moins généreux et sincère, d'autant qu'il ignore tout de ma féminité.*

« Prenez soin de Junior et dites-lui ma tendresse. L'heure de notre vengeance est proche désormais. Je ne reculerai devant aucun moyen pour l'assouvir.

« Votre Mary Read.

— Je peux retourner jouer ? lança aussitôt Junior, content de ces nouvelles.

— Va, mon garçon.

À peine fut-il sorti que Forbin fixa Corneille droit dans les yeux.

— Est-il fiable, ce Cork ?

— Si Mary se recommande de moi, il le sera. Il a de l'honneur, capitaine.

— Plus que toi, j'espère, le cingla Forbin.

Corneille serra ses poings.

— Je ne veux pas reprendre cette querelle. Niklaus Olgersen nous a évincés de la même manière, capitaine.

— Mais tu brûles de la reconquérir, avoue-le.

— On ne peut pas reconquérir Mary. On ne peut que l'attendre.

— Tu as raison, convint Forbin. Mais s'il te venait à l'idée de t'allier avec ce Cork pour chercher fortune et la distraire du droit chemin...

Corneille ricana.

— Comme si Mary avait besoin de quelqu'un pour choisir sa destinée ! Nous n'en sommes pas là, capitaine. Elle-même ne sait pas à quoi elle aspirera demain. Quant à savoir vers qui elle se tournera, sa vengeance accomplie, bien fol est celui qui peut le prédire.

— Il n'empêche, s'obstina Forbin. Si tu te fais pirate avec ce Cork, je te tuerai, Corneille.

— Je l'avais bien compris, capitaine. Puis-je me retirer ? demanda-t-il, le regard fier et buté.

Pour toute réponse, Claude de Forbin s'installa à son écritoire. Corneille en conclut que l'entretien était clos.

Forbin s'employa à raconter à Mary ce qui faisait les journées de Junior, et les siennes. Comme d'ordinaire, il se refusa à parler de Corneille et lui recommanda grande prudence avec ce Cork. Il termina en insistant sur le fait qu'elle lui manquait et qu'il serait heureux de la revoir et de l'embrasser dès qu'il en aurait la possibilité.

*

Mary surveilla le couvent de Santa Maria della Vergine comme elle avait, en son temps, surveillé les abords de l'hôtel de la Salamandre. Lorsqu'elle fut convaincue que Clément Cork avait dit vrai, elle chaparda un jupon et un corset à une fenêtre, et se changea prestement dans une encoignure.

Une lézarde profonde s'ouvrait dans un mur. Assez longue pour qu'elle y glisse son épée. Assez large pour dissimuler ses vêtements et son pistolet. Elle se débarrassa discrètement du tout, puis combla la brèche en pétrissant de la terre avec l'eau de la lagune. Il fallait mettre l'œil dessus pour la remarquer. À l'exception d'une lavandière qui battait son linge en aval du canal, l'endroit était désert. Mary se hâta de s'en écarter, se sentant plus nue soudain qu'elle ne l'avait jamais été. Elle n'avait conservé que le poignard de Niklaus et le sien qu'elle avait glissés dans ses jarretières.

La mère supérieure du couvent de Santa Maria della Vergine la reçut avec toute la grâce qu'on peut attendre d'un lieu ainsi nommé. Elle consola les larmes de Mary avec dévouement, caressa ses cheveux dont la teinture s'était depuis longtemps envolée, les jugea d'une couleur suffisamment peu commune pour attirer l'attention de ses visiteurs et accepta que Mary se dévoue corps et âme à leur communauté, contre un asile bien mérité.

Maria Contini venait de naître.

On lui donna une robe de camelot blanc, assez courte pour dénuder sa cheville, on l'ajusta afin qu'elle dessine bien la taille et on l'assortit d'une bande noire qui faisait ressortir la blancheur de sa gorge découverte. Pour se rendre au chœur, on lui alloua aussi une mante de fine laine blanche. Les autres nonnes, pour la plupart des catins reconverties, l'accueillirent avec chaleur et s'appliquèrent dès les premiers jours à lui raconter d'où ce couvent tirait sa renommée si particulière. Fondé au XIIIe siècle, il n'avait cessé d'être mis en disgrâce. En 1295 et 1449 tout d'abord, lorsque les moines dissolus qui cohabitaient en tout bien et sans honneur avec les sœurs augustines en furent chassés. Puis en 1574, où dix nonnes furent séduites par trois nobles et un prêtre. Et encore en 1580 et 1596... La liste était longue et remplissait un ouvrage entier gardé dans le bureau de la mère supérieure, que tout noble généreux pour l'établissement pouvait consulter. En peu de temps, Mary put vérifier *de visu* ce que Cork avait laissé supposer.

Il ne se passait pas un jour sans que les parloirs soient envahis par la noblesse. Assis dans de confortables fauteuils, les visiteurs entretenaient les novices de tout et principalement d'amour en toute liberté, séparés d'elles par des barreaux qui n'empêchaient ni les potins mondains, ni les médisances, ni les billets galants. Tout était jeu et prétexte au libertinage. Tel après-midi, c'était un orchestre qui invitait au bal, tel autre, on offrait un banquet, le lendemain, un concert ou une farce. Quiconque pénétrait l'enceinte du couvent ne pouvait en ressortir sans éprouver l'envie d'y revenir et d'y amener quelque ami ou client.

Le rôle des novices consistait à enflammer les patriciens, de préférence ceux qui pouvaient doter le lieu de la meilleure façon. Un seul intéressait Mary. Ce marquis de Baletti dont elle dut reconnaître au premier regard qu'il était étonnant de charisme, causant grand émoi auprès de ses consœurs qui toutes espéraient ses faveurs.

Il paraissait ne venir ici que pour y traiter des affaires, flanqué d'un nommé Boldoni qui le suivait comme une ombre. Mary avait beau s'approcher d'eux, elle ne parvenait à apprendre de lui que des banalités, tandis que de nombreux visiteurs lui faisaient une cour insistante. Trois mois s'écoulèrent dans une même ronde insipide et cependant colorée. Jusqu'au jour où, enfin, la mère supérieure la fit appeler.

— Que se passe-t-il, mon enfant ? lui demanda-t-elle avec douceur. On réclame votre présence et je m'étonne de votre peu d'empressement à y répondre. Seriez-vous souffrante ?

— Rien de cela, ma mère, avoua Mary, mais je sors d'un veuvage et en suis encore profondément blessée. J'ai besoin de temps.

La mère supérieure soupira.

— Je comprends. Mais vous savez, mon enfant, on ne guérit que ce que l'on soigne. Et rien ne vaut l'amour pour se remettre du mal d'aimer.

— Je voudrais que cela soit aussi simple.

— Ça l'est, n'en doutez pas. Laissez parler vos instincts, laissez-vous apprivoiser par la vie et vous en retrouverez le goût. Guérissez pour le bonheur de tous, tandis que je prierai pour vous et votre époux. Croyez-moi, il faut le laisser s'en aller. Ou Notre-Seigneur ne pourra plus rien pour vous aider.

L'allusion était claire. Mary se rendit donc au souhait de la mère supérieure, se disant qu'elle avait autrefois assez aimé les étreintes pour en retrouver le goût. D'autant qu'il y avait un fond de vérité dans son discours. Une part d'elle se nourrissait de frustration pour garder sa haine intacte. Une part d'elle ne voulait pas trahir la mémoire de Niklaus en prenant un amant. En quelques jours, elle avait puisé la force de surmonter cette servitude, et fait son choix.

Puisque Baletti ne recherchait pas la compagnie des novices, il fallait l'aborder autrement. Séduire M. Boldoni, charmant de visage et d'allure, serait facile. À plusieurs reprises, il lui avait lancé des regards intéressés.

Dans le parloir du couvent, la noblesse de Venise s'attardait sur des sofas moelleux autour de Baletti qui jouait du violon. Lorsqu'il le posa pour prendre congé malgré les ovations de son entourage, Mary se plaça au bout de la grille, proche du corridor qu'il devait emprunter pour sortir. Comme elle s'y attendait, Boldoni emboîta le pas au marquis.

— Monsieur de Boldoni, l'interpella-t-elle, m'apprendriez-vous à jouer de la bassette ?

S'écartant de son ami, celui-ci s'approcha d'elle.

— À aussi charmant sourire rien ne doit se refuser ! Ici ?

— Ou chez vous... laissa-t-elle traîner en baissant les yeux.

— Vous recevoir me comblerait, sœur Maria.

— Moins que moi, minauda-t-elle encore en lui coulant un œil enflammé.

— Tenez-vous prête demain à deux heures. Une gondole viendra vous chercher.

— N'ayez aucun scrupule à tout m'enseigner, monsieur, insista-t-elle.

— Faites-moi confiance, belle enfant, pérora-t-il avant de la quitter.

Elle l'entendit demander audience à la mère supérieure, escorté de Baletti qui trouvait que l'ingénue devait cacher de charmants secrets. Jusqu'au lendemain, elle ne put s'empêcher d'imaginer le jour où elle lui ferait cracher les siens, la pointe de sa lame sur son gosier.

La demeure de Giuseppe Boldoni jouxtait le palais du marquis de Baletti. Moins luxueuse que sa voisine, elle abritait cependant quelques trésors inestimables, dont une jolie fontaine décorée de mosaïques chatoyantes, à l'intérieur d'un patio croulant sous les fleurs et les orangers. Un domestique en livrée escorta Mary. C'était là que son hôte avait choisi de l'attendre.

— Entrez, sœur Maria, la reçut le Vénitien avec civilité. Vous êtes ici chez vous, ajouta-t-il en lui désignant un banc, abrité d'une vigne généreuse.

— Je n'ai d'autre maison que celle du Seigneur, mentit Mary, espérant jouer assez de cet effet pour qu'il s'en sente flatté.

Elle passa un doigt léger sur l'échancrure de son décolleté, comme elle avait autrefois vu Emma le faire, et gémit.

— Je n'en pouvais plus pourtant d'y être enfermée, tant cette chaleur m'accable.

— Alors venez, mon ange, souffla-t-il en lui prenant d'autorité cette main qui le narguait.

Il la conduisit à la fontaine, puisa de l'eau dans le creux de sa paume et la fit ruisseler goutte à goutte entre ses seins jusqu'à inonder le tissu et la faire frissonner.

— Monsieur, dit-elle, l'air coupable, que pensera la mère supérieure si je devais rentrer ainsi trempée ?

— Elle n'en saura rien, je vous l'assure, susurra-t-il en lui enlaçant la taille.

Mary rejeta la tête en arrière tandis que les lèvres de Boldoni se rafraîchissaient à son décolleté. Un gémissement non feint lui échappa. La mère supérieure avait eu raison. Cela faisait longtemps. Trop longtemps. Boldoni commença à défaire les lacets de son corsage.

— Monsieur, minauda-t-elle encore pour l'agacer, vous n'y pensez pas. Si quelqu'un venait.

— Je ne pense qu'à cela, Maria. Et au plaisir qu'il aurait de nous voir nous caresser.

En quelques minutes, elle fut torse nu sous les orangers, se grisant de ses caresses, chassant le visage de Niklaus. Il aurait voulu qu'elle vive, pas qu'elle s'éteigne à le pleurer.

Sa jupe fut remontée avec impatience, ses seins pétris et embrassés avec la même ardeur sensuelle. Mary se retrouva acculée au bassin. Boldoni l'y poussa jusqu'à ce que la fontaine ruisselle sur son front et ses épaules. Elle s'assit sur la margelle, s'y arqua et se laissa aimer.

Le reste de l'après-midi passa à attendre que son habit de novice ait séché, étendu au vent chaud qui s'était levé. Boldoni l'avait drapée d'une étole de soie qui dissimulait l'essentiel en toute indécence. Satisfait de la gêne concupiscente de ses valets, il lui fit visiter son antre et insista sur le fait que, rejetant toute idée de mariage, il était bien aise d'éprouver tant d'inclinaison pour elle qui avait épousé Dieu le premier.

— Mon seul souci, avoua Mary, serait d'en devenir indigne.

— Ôtez-le de votre jolie tête, Maria, chuchota-t-il avant de l'embrasser. Avec moi vous ne risquez rien. Mon ami le marquis de Baletti pourvoit à ma stérilité.

Mary écarquilla les yeux.

— De quelle manière est-ce possible ?

— Vous y verriez l'œuvre du diable si je vous le révélais.

— J'y verrais une belle providence pour me garder du péché !

Il éclata de rire et l'embrassa. Mary se sentit bien. Faire l'amour lui avait procuré plus d'apaisement qu'elle ne l'aurait pensé.

— Ce M. de Baletti me semble fourmiller d'idées ! Me le ferez-vous connaître ?

— Vous aimeriez ?

— J'aimerai tout ce que vous aimerez, consentit Mary.

— Le marquis de Baletti a des goûts un peu particuliers. Mais il n'est pas impossible que vous lui plaisiez.

— Ne me jugez-vous point trop effrontée ?

— Si, avoua-t-il. C'est ce qui m'a troublé hier. Le fait que ce soit vous qui me choisissiez. Je vous avais repérée depuis longtemps, mais vos prétendants étaient nombreux et certains haut placés... Il eût été logique que vous les préfériez.

— Le regrettez-vous ? demanda Mary en laissant le drap de soie lui échapper.

Le valet faillit s'en étrangler.

— Ce que j'aurais regretté, mon ange, c'est que vous perdiez cette repartie fort... seyante, ajouta-t-il en effleurant son ventre de son visage pour ramasser l'étole à ses pieds.

Il la lui tendit, mais Mary ne s'en couvrit pas comme précédemment. Pour atteindre son but, il fallait que Boldoni la garde. Elle jeta l'étole négligemment sur ses épaules et le devança dans l'escalier, dans une indécente nudité. Ce que Maria Contini osait, Mary Read ne l'aurait jamais imaginé. Il fallait que ce fût Venise pour qu'elle abandonne ainsi sa pudeur. Le rire émoustillé de Boldoni répondit à son impudence, et sa robe s'attarda encore un peu à sécher.

8.

Septembre 1701 n'amena qu'une légère douceur sur la Sérénissime. L'été n'en finissait pas d'être brûlant. S'il n'y avait eu cette petite brise marine qui créait un peu de fraîcheur, Venise s'en serait étouffée.

Hennequin de Charmont reçut Giuseppe Boldoni, le front mouillé et les mains moites. Ce dernier en fut gêné. L'ambassadeur avait la sueur forte qu'il couvrait d'eau parfumée. Le mélange était d'une fragrance hautement discutable. Il accepta donc de demeurer à l'ombre d'un cerisier, malgré ces relents douteux que les eaux de Venise charriaient. Il y était davantage habitué.

— Que me vaut votre visite, mon cher ? s'enquit Hennequin de Charmont après avoir demandé qu'on leur serve une citronnade.

— Que pensez-vous de cette guerre pour la succession d'Espagne ? demanda Boldoni abruptement.

— En ma qualité d'homme ou d'ambassadeur ?

— Les deux.

— Mon suzerain ne peut désavouer sa descendance. Son petit-fils est le successeur légitime du trône d'Espagne vacant. Il ne peut que le soutenir. Évidemment, les Impériaux n'ont pas tort en exigeant qu'il ne puisse prétendre aussi à la couronne de France. On ne saurait réunir sous une même tête ces deux pays. L'équilibre de l'Europe en serait bouleversé. Seule la France y trouverait son compte.

— Mais si vous étiez ce bon Louis de France ?

— Je ferais ce qu'il a fait. Jouer sur les deux tableaux et tenir tête au reste du monde. Mais cela ne nous concerne pas, mon cher. Dans ce conflit, Venise garde sa neutralité et nous continuons, vous et moi, à jouir de cette situation privilégiée, même si, je l'avoue, nos trafics sont quelque peu perturbés du fait de l'accroissement des bâtiments de guerre aux abords des eaux territoriales.

Hennequin de Charmont claqua dans ses doigts boudinés. Il était en nage. Aussitôt, deux esclaves noirs, des enfants, apparurent, chacun d'eux portant péniblement un large éventail de plumes. Ils se placèrent de part et d'autre de la tonnelle et se mirent à les agiter. Un vent salvateur amena un sourire replet sur le visage de l'ambassadeur.

— Je détesterais être privé de nos petites affaires, mon cher. J'aime les esclaves, vous le savez.

Boldoni ne tenait pas à goûter ses confidences. Son ton se fit plus sec pour ne pas les encourager.

— Je vous en laisse le plaisir, j'ai pour ma part d'autres vices.

— Les religieuses, oui, on me l'a rapporté. Cette Maria Contini est fort charmante, il est vrai. J'espère que vous nous en ferez profiter.

Boldoni imagina un instant ces mains grasses sur la peau soyeuse de Maria. Il chassa aussitôt cette idée, réprimant un haut-le-cœur. Il n'avait aucune envie de la partager. Pour l'instant, tout au moins. S'il s'en lassait, il aviserait. Il porta la limonade à ses lèvres. Ce vent artificiel avait le bon goût de le rafraîchir mais le mauvais de lui ramener le déplaisant parfum de son hôte. Il ne désirait pas s'attarder.

— J'ai une proposition à vous faire, mon cher. Mais elle exige plus grande discrétion encore que d'habitude.

— Je vous écoute.

— Comme vous l'avez remarqué, cette guerre, si elle ne nous touche pas, gâte toutefois notre commerce. Or nous pourrions en tirer avantage. À la condition pour vous d'oublier qui vous servez, ajouta Boldoni.

— Que serait le roi pour me juger, quand lui-même sert avant tout ses intérêts ?

— Nous nous comprenons donc, se réjouit Boldoni. Les Impériaux ont des difficultés à se ravitailler en armes et en vivres à cause de la neutralité de la Sérénissime. Nous pourrions leur fournir ce qu'ils désirent. Qu'en pensez-vous ?

— J'en pense, mon cher ami, que c'est une excellente idée, s'enthousiasma l'ambassadeur. Bien évidemment, il faut s'entourer d'une grande prudence. Si cela se savait, Venise pourrait être accusée d'avoir rompu son traité et le Grand Conseil chercherait les coupables.

— Voilà pourquoi il nous faudrait un navire autre que ceux que nous affrétons. Quelque pirate, par exemple, facile à soudoyer.

— Je crois avoir l'homme qui convient, répliqua Hennequin de Charmont. Clément Cork, qui surveille si bien nos convois d'ordinaire, pourrait s'en charger sans difficulté. Il est malin et insaisissable, et, dans le pire des cas, très facile à sacrifier. Retournez donc à vos amours, Giuseppe. Je m'occupe de tout.

Boldoni se leva, le remercia pour son hospitalité et le quitta sans regret. Si l'affaire tournait mal, il se débrouillerait pour que seul l'ambassadeur y soit mêlé. L'esprit guilleret, il enjamba la coque de la gondole et s'empressa de rejoindre sa demeure où, comme chaque jour à la même heure, Maria Contini l'attendait pour le combler.

*

Clément Cork croisait au large de Malte lorsqu'il reçut le courrier de Baletti. Cela faisait une semaine déjà qu'il attendait ses ordres concernant la mission que lui avait confiée l'ambassadeur.

Servez les intérêts de M. Hennequin de Charmont, écrivait Baletti, en réponse aux renseignements que lui avait transmis le capitaine du *Bay Daniel. Si vous ne le faites, un autre s'en chargera et nous en serons bien moins informés. Accumulez des preuves sans vous impliquer. Et veillez à ce que les pirates que vous recruterez pour ravitailler l'Empire soient bien de ces forbans qui tueraient père et mère par goût plutôt que par nécessité. Je n'aurai ainsi aucun remords à les entraîner dans la chute de leurs maîtres. Car Hennequin de Charmont tout autant que M. Boldoni devront tôt ou tard être punis pour avoir osé ainsi bafouer l'autorité de Venise et son traité.*

Soyez prudent, mon ami. Je n'aimerais pas voir votre tête tomber.

Cork fut satisfait. Ils partageaient le même sentiment. L'ambassadeur et Boldoni étaient allés trop loin à son goût. Il s'employa donc à les servir pour mieux les perdre, mais aussi pour se changer les idées. Car il avait beau s'activer sur le *Bay Daniel,* retrouvant avec un réel plaisir les embruns et le roulis de sa frégate, Clément Cork était frustré. Frustré de constater que Mary Read s'offrait sans retenue sous l'identité d'une autre alors qu'elle lui avait refusé le simple aveu de sa féminité. Son orgueil en souffrait. Lui que tant de femmes espéraient, de la servante à la comtesse, n'avait pas eu l'heur de plaire à celle qui justement l'intéressait par sa différence. Il n'avait pas parlé d'elle au marquis de Baletti. Mary aurait tout aussi bien pu le séduire s'il avait été sa cible. Or c'était auprès de Boldoni qu'elle passait ses journées.

Il ne savait s'il devait s'en réjouir ou s'en désoler. Il s'en était rassuré dans un premier temps. Boldoni était la fausseté même. Cork était persuadé que celui-ci n'avait approché Baletti que pour mieux le surveiller. Le marquis le lui avait accordé :

— Je sais qu'il renseigne Emma de Mortefontaine à mon sujet. C'est de bonne guerre ! Sois sans inquiétude, mon cher Clément. Il ne voit que ce que je lui laisse voir et donne à cette dame ce que je veux bien lui concéder. De plus, qui, à ton avis, surveille le mieux l'autre ? Celui qui s'abaisse à servir, ou celui qui domine la situation dans son entier ?

Mary avait parlé de vengeance. Si elle avait quelques griefs contre Boldoni, cela n'avait rien de surprenant. Si elle voulait le punir, tant mieux, cela servirait les intérêts de Baletti. Même si elle s'y prenait d'une étrange manière, à son goût.

— Cap sur Pantelleria, ordonna-t-il à son quartier-maître. Nous avons des pirates à recruter.

Le *Bay Daniel* prit le vent et fendit l'écume aussi fièrement que le sourire de Cork fendait son visage satisfait.

*

Mary passait davantage de temps en alcôve qu'au parloir du couvent. Quelque peu dépités de sa préférence, certains lui battaient froid, d'autres continuaient de lui envoyer des billets, l'invitant avec son amant aux orgies qu'ils organisaient dans leur casino privé. Mary évitait d'en parler à Boldoni, le laissant la plier à son caprice.

Il était assez imaginatif et ne cessait de trouver de nouveaux jeux et plaisanteries pour l'éprouver. À Venise, la recherche du plaisir s'apparentait à un art aussi noble que la peinture, la sculpture, la poésie, le théâtre ou la musique. Chaque amant rêvait en secret d'égaler le Tintoret. Mary s'en grisait, découvrant une luxure raffinée qui étonnait ses sens.

Boldoni lui jurait qu'elle était une ardente amoureuse. Ardente, certes. Amoureuse, sûrement pas.

— J'aime votre compagnie, Maria. Vous vous plaisez à mes exigences avec une dévotion qui me touche, avoua un soir Boldoni en s'attardant sur sa peau soyeuse. Je vous désire de jour en jour davantage.

Mary ne répondit pas. Si elle était la maîtresse de Boldoni depuis trois mois déjà, celui-ci ne l'affichait pas. Il la recevait discrètement, l'aimait passionnément, mais ne lui présentait personne, l'éloignant de toute vie mondaine alors même que le carnaval égayait Venise. Au lieu de la rapprocher de Baletti comme elle l'avait cru, cette relation la tenait écartée de tout.

— Vous ne dites rien, ma tendre.

Mary soupira.

— Vous deviez tout m'enseigner, monsieur, se plaignit-elle. Et je me fais complice, avide d'apprendre. Or j'entends partout qu'on évoque d'autres jeux, plus... comment dire ? minauda-t-elle.

— Osés ?

Mary hocha la tête. Boldoni l'attira à lui.

— J'ai été tenté, c'est vrai, de vous y entraîner.

— Pourquoi ne l'avoir pas fait ? Je vous ai dit que le marquis de Baletti me plaisait, avoua-t-elle. Nous ne le voyons jamais.

Boldoni soupira, agacé.

— Baletti s'attarde rarement à ces orgies. Je n'aime pas l'idée que vous le désiriez.

Mary se fit boudeuse.

— On vous trouve bien auprès d'autres dames. M'en suis-je offusquée ? Jamais, monsieur.

— Je les désire, je ne les aime pas.

— Que dois-je comprendre ?

Boldoni glissa son regard dans le sien.

— Que je n'ai pas envie de vous perdre, Maria.

— Alors donnez-moi des raisons de vous aimer. Si vous ne voulez pas m'entraîner dans vos débordements sensuels, parlez-moi de ceux qui s'y complaisent. Racontez-moi Venise telle que vous la voyez. Donnez-moi le goût de ce que vous m'interdisez.

— Très bien, ma chère. De qui souhaitez-vous que je vous parle ?

— Des dames de Venise, par exemple. Laquelle est la plus désirable et convoitée ?

— La *signorina* Scampi. C'est une petite comtesse d'une rare beauté. Virginale le jour, elle se révèle, la nuit, d'une incomparable audace.

— Est-elle aussi belle qu'Emma de Mortefontaine ? demanda Mary, l'air aussi ingénue que possible.

Boldoni suspendit sa caresse sur la cuisse de Mary, songeur.

— Non. Aucune n'égale la beauté de cette femme-là. La beauté et la perversité, ajouta-t-il. Mais il y a fort longtemps qu'elle a quitté Venise. Comment avez-vous connu son nom ?

— Il semble qu'elle ait laissé beaucoup de regrets auprès des patriciens. C'est une des novices qui l'a évoquée, il y a quelque temps.

— Et que disait cette novice ? s'étonna Boldoni.

— Que, si Emma de Mortefontaine revenait, plus aucun homme ne viendrait nous visiter au couvent. Et que seul le diable avait le pouvoir de tous les enchaîner. Moi non plus, je ne veux pas vous perdre, mentit Mary. Me le diriez-vous si elle revenait ?

Boldoni s'attendrit.

— Vous auriez tôt fait de le savoir, à découvrir vos parloirs désertés. Est-ce donc cela qui vous inquiète, Maria ?

Elle hocha la tête. Il l'embrassa tendrement.

— Chère, chère aimée. Cessez de vous tourmenter pour cette Emma. Elle a bien d'autres démons à traquer.

Mary se glaça, mais n'en laissa rien paraître.

— M. de Baletti y a-t-il succombé lui aussi ?

— Baletti ? D'une certaine manière, oui, mais elle n'a pas obtenu de lui ce qu'elle convoitait.

— Et que convoitait-elle ?

— Maria, Maria ! Que vous voilà curieuse.

— C'est ainsi que vous m'aimez, glissa-t-elle en lui coulant un œil brûlant, endormant sa possible méfiance.

— C'est exact, avoua-t-il. Curieuse et effrontée. Mais j'ignore de quoi il s'agit en vérité. Emma de Mortefontaine ne donne jamais vraiment. Elle se contente de promettre. Faisant de tout homme un valet.

— L'êtes-vous ?

— Quoi ?

— Son valet ? L'êtes-vous ?

Il fouilla son regard sans parvenir à le lui faire baisser. Mary avait appris à tricher. Ses yeux brillaient, mais pas de l'inquiétude et de la tendresse qu'ils trahissaient.

— Vous avez raison. Vous méritez de goûter ce qui vous effraie. Je vous aime, Maria. Et, pour vous le prouver, je vais vous offrir Venise. Venise et tous ses excès.

— Je n'en demande pas tant, objecta Mary, inquiète soudain de ce que cela supposait.

— Ayez confiance en moi, susurra-t-il. Vous vous rassasierez pour mon bonheur et le vôtre. Ensuite, lorsque vous serez convaincue que le plaisir d'amour n'est pas celui d'aimer, alors vous serez mienne et cesserez de craindre toutes les autres.

Mary hocha la tête. Elle ne pouvait plus revenir en arrière. Elle le laissa l'attirer à lui et s'abandonna une fois encore à ses baisers.

*

Clément Cork activa le pas vers la demeure de Baletti, le front et la silhouette noircis par une ample cape sombre. Les affaires de Boldoni et de l'ambassadeur étaient florissantes. Quatre pirates s'employaient à ravitailler les Impériaux, remettant à l'un des matelots de Cork qui les avait recrutés l'argent des tractations. Cork se chargeait ensuite tous les mois de récupérer le pécule et de le donner en main propre à l'ambassadeur avec son rapport. Puis, le laissant satisfait de son butin, il s'évanouissait dans Venise, semant dans les dédales et passages secrets qu'il connaissait bien ceux qui se seraient hasardés sur ses traces. Cela fait, il rejoignait son véritable maître et ami.

L'air était insupportablement lourd ce 24 novembre 1701. Des éclairs dantesques crevaient d'épais nuages de bronze, et leur violence s'abattait de-ci, de-là. Cork n'en aima pas l'augure. Comme pour confirmer sa crainte, un fracas assourdissant ébranla Venise. Presque immédiatement, la lueur d'un incendie s'imposa. La foudre s'était abattue sur une habitation. En quelques minutes, tout un quartier flamberait. Il pria pour que l'orage crève sans tarder, noyant les flammes naissantes. D'autres éclairs foudroyèrent les palais, tandis qu'un vent violent rabattait en arrière le capuchon de sa mante. Clément accusa les premières gouttes sur son visage. Elles étaient larges et épaisses, mais elles le soulagèrent. Si elles enflaient en nombre et perduraient, l'incendie serait vite maîtrisé. Il avisa sur sa droite la maison dans laquelle, quelques mois plus tôt, Mary avait trouvé refuge. Elle appartenait à Baletti. Comme beaucoup d'autres dans Venise, d'allure abandonnée et sinistre, elle servait de lieu de réunion et d'hébergement aux amis ou relations de passage du marquis. Il ne tenait pas à ce que ceux-là, impliqués de par le monde à répandre ses idées humanistes, soient repérés chez lui. Cork en détenait toujours les clés à son trousseau. Il décida de s'y abriter au moment même où un véritable déluge s'abattait sur la ville, crépitant sur les eaux sombres de la lagune. Il était déjà trempé.

À peine entra-t-il qu'il découvrit un courrier à terre dans le vestibule. Il le ramassa. Le destinataire en était Mary Read. Il aurait pu aisément le lui faire parvenir. Au lieu de cela, sa curiosité l'emporta. Le décachetant sans hésiter, il en prit connaissance, s'étonnant aussitôt qu'il fût de Claude de Forbin. Visiblement, Mary le tenait informé de sa vie vénitienne puisque Forbin l'encourageait à la méfiance à son égard. Il lui racontait aussi les exploits de son fils dans les perroquets, assurant à Mary que, si l'enfant se languissait d'elle, il avait retrouvé le goût de vivre sur *La Perle*.

Cette lettre levait une part du mystère qui intriguait tant Clément Cork. Les dernières lignes pourtant lui piquèrent le cœur :

Je sais, écrivait Forbin à Mary, *que tu trouveras la détermination et le courage de te guérir de ta souffrance. Même si ce Baletti n'a pas été la main qui t'a endeuillée, il en est complice et mérite le châtiment que tu lui promets. Sache que je suis à tes côtés par le cœur et la pensée.*

Cette fois, le doute n'était plus permis. C'était bien le marquis, et non Boldoni, que Mary Oliver Read était venue traquer à Venise. Il devait absolument l'en informer.

À peine l'orage se fut-il éloigné qu'il se dirigea vers le pont du Rialto pour gagner l'hôtel particulier de Baletti.

*

— J'aurais dû vous en parler avant, s'excusa-t-il comme Baletti fronçait le sourcil à la lecture de la lettre. Croyez-vous que Mary Read ait été envoyée par Emma de Mortefontaine pour vous dérober le crâne de cristal ?

Baletti noua ses mains dans son dos et s'avança jusqu'à la croisée ornée de vitraux. Il était troublé.

— Je ne crois pas, non. Il y a autre chose entre ces lignes. Autre chose que la cupidité d'Emma. Quelque chose de douloureux, d'ignoblement douloureux. Quelque chose de si désespéré qu'il pousse cette femme, que tu me décris prude et méfiante, à se conduire comme une catin pour m'approcher. Il faut beaucoup de courage pour cela. Autant pour se venger. Du courage ou de l'inconscience. La vengeance est infiniment destructrice, Cork.

— Que comptez-vous faire ? demanda celui-ci, ennuyé de la tournure des choses, et de sentir Baletti dans le vrai.

— La sauver malgré elle et tenter de comprendre le pourquoi de sa haine à mon égard.

— N'est-ce pas risqué, monsieur ?

Baletti se retourna vers lui, affichant un étrange sourire.

— Qu'est-ce que le danger face à une âme en peine, Clément ? Qui serais-je pour m'en détourner sans agir ? Ne t'inquiète plus de cela. Je vais arracher ton amie aux griffes de Boldoni. Ce sera difficile, car je le sais épris d'elle, il me l'a avoué. J'en trouverai le moyen. Quand cesses-tu tes activités ?

— Cet orage présage le gros temps. Je serai de retour, et le *Bay Daniel* à l'abri pour l'hiver, sous quinzaine.

— Bien. Sois prudent jusque-là. Je compte sur toi.

— Vous le pouvez, marquis.

Cork se retira, rassuré sur le sort de Mary, laissant Baletti à ses sombres pensées.

« Qui es-tu, Mary Read ? Que t'ai-je donc fait que tu sois prête au pire pour me condamner ? » La buée de son murmure dessina une face simiesque sur les vitraux colorés. Baletti soupira et l'effaça d'une main lasse.

*

Boldoni ne s'étonna pas de la visite de Baletti. Il s'était attaché à ses pas depuis qu'Emma de Mortefontaine le lui avait demandé, lui promettant mille récompenses en échange de ce service.

— Cher ami, l'accueillit-il en lui donnant l'accolade. Pardonnez-moi de vous négliger ainsi depuis quelque temps. Mais mon mal d'amour empire et vous savez ce qu'il en est. Plus on le soigne, moins on paraît.

— Ne vous excusez pas, Giuseppe, assura Baletti, acceptant le siège que son voisin lui présentait. Avez-vous toujours de cet excellent porto que vous expédie votre frère ?

— Et comment ! Il sait que mon courroux serait terrible si je venais à en manquer.

Il laissa Baletti s'installer tandis qu'il s'empressait de remplir deux verres de cette liqueur délicatement ambrée.

Baletti attendit d'avoir récupéré son verre et d'y avoir trempé ses lèvres pour juger.

— Il est inégalable, je le confirme.

— Vous me voyez heureux de vous plaire, répliqua Boldoni en s'installant face à lui dans ce petit salon où, quelques heures plus tôt, il avait aimé Mary.

— Vous le serez moins lorsque vous lirez ceci, déclara Baletti en lui tendant un feuillet.

— Qu'est-ce ? demanda Boldoni en le saisissant.

Il le parcourut et blanchit aussitôt. Son œil se fit glacial. Son ton aussi.

— Que dois-je comprendre ?

— Allons, mon cher, s'amusa Baletti en se calant entre les bras du fauteuil. Vous trafiquez depuis cinq années, et de façon extrêmement déplaisante depuis quelques mois, vous servant de notre amitié pour couvrir vos intérêts. Croyez-vous que cela m'ait échappé ? Et je ne parle pas de ces lettres que vous faites parvenir à Emma de Mortefontaine, l'informant régulièrement de mes activités. Ne niez pas, je les ai interceptées.

— Soit, consentit Boldoni. Alors pourquoi me dénoncer aujourd'hui au doge par l'intermédiaire de ce courrier ?

— Pourquoi ? demanda Baletti en se levant pour s'approcher de la croisée.

La nuit descendait sur Venise. L'air en était doux. Même les chants d'oiseaux se faisaient plus discrets. Il fit face à son voisin en soupirant.

— Pour que vous ne puissiez refuser la proposition que je suis venu vous faire.

— Il s'agit donc d'un chantage, marquis ?

— Je n'aime pas ce terme, mais il convient en effet.

— Vous avez tout. Que pourrais-je avoir qui vous plaise au point que vous vous y abaissiez ? Vous qui ne cessez de distribuer aux miséreux ce que vous possédez. Vous si clément à l'égard de tous. Vous que j'imaginais sans faiblesse.

Baletti ne s'étonna pas que Boldoni ait découvert une petite partie de son secret. Les lettres à l'attention d'Emma le lui avaient appris.

— Tout le monde en a, Giuseppe. Tout le monde. Mais vous avez raison. Vous m'avez ravi ce que je convoitais. Je pensais que vous vous en lasseriez. Il n'en est rien, vous venez vous-même de me le confirmer.

— Maria ! comprit aussitôt Boldoni.

Il crispa ses mains sur les accoudoirs.

— Pourquoi elle, marquis ? Il n'en est pas une à Venise qui ne rêve de vos bras. Est-ce pour me punir de ma trahison ?

Baletti soupira. Il n'aimait pas ce qu'il était en train de faire. Boldoni était joueur, mais pas dangereux.

— Je ne vous en veux pas, Giuseppe. J'aurais des raisons, certes, mais ce n'est pas dans ma nature. Quant à vous nuire par plaisir, vous l'avez dit vous-même : si j'en avais eu le goût, je l'aurais fait depuis longtemps. La vérité est plus désagréable. Comme vous, je suis amoureux.

— Amoureux de Maria ? ricana Boldoni. J'avais raison de ne pas vouloir vous mettre en présence. Mon instinct ne s'y était pas trompé.

— Croyez que j'en suis navré. C'est un sentiment qui ne m'a pas saisi depuis fort longtemps et je ne peux me résoudre à le laisser passer.

— Pensez-vous qu'il s'agisse d'une esclave que l'on puisse céder ainsi ? Elle rejettera ce marché ignoble. Elle m'aime.

— Je saurai l'en guérir.

Boldoni se leva. Sa main tremblait de colère et de frustration en attrapant la bouteille de porto pour se resservir un verre. Il l'avala d'un trait.

— Et si je refusais ?

— Alors cette lettre partira et la République saura que vous et votre ami l'ambassadeur trafiquez. Je doute que cela plaise au Grand Conseil. Vous serez arrêtés, déchus et emprisonnés après un jugement public que vous ne supporterez pas davantage que Maria. Et je serai là pour l'en consoler.

— Ainsi donc, vous ne me laissez pas le choix, grinça-t-il.

— Vous en guérirez. Vous l'avez toujours fait. Moi pas. En échange, j'accepte d'oublier ce que je sais. Fermer les yeux sur votre trahison me coûte autant que perdre Maria pour vous, croyez-moi.

— Allez au diable, Baletti ! Mais accordez-moi une faveur. Qu'elle ignore ce à quoi vous m'avez contraint.

— Il en sera fait comme il vous plaira. Je vous donne une semaine pour organiser ce petit jeu qui l'écartera de vous. Je vous informerai demain des modalités.

Baletti s'effaça, refusant d'ajouter encore à la douleur de Boldoni. Elle était sincère, il le savait.

— Bonsoir, dit-il simplement en sortant de la pièce pour regagner sa demeure.

Boldoni ne répondit pas. Il s'empara de la bouteille de porto et la vida.

*

— Enfin, Maria ! Enfin vous et moi... chuchota le marquis de Baletti à l'oreille de Mary.

Il avait un timbre particulier qu'elle aurait reconnu entre mille, étonnamment grave.

— Je l'ai espéré de nombreuses fois, marquis, répondit-elle, ravie de voir que Boldoni avait enfin cédé à son caprice.

— Vous ne l'auriez pas dû, Mary Read, murmura Baletti.

Elle se figea, soudain glacée.

Elle s'était laissé masquer et attacher pour plaire à son amant. Nue. Debout. Les mains jointes au-dessus de sa tête, maintenues par des lacets de soie à un crochet fixé au plafond du petit boudoir de la demeure de Boldoni. Depuis qu'elle avait exigé de découvrir les jeux sensuels de Venise, celui-ci lui avait appris à les aimer.

L'évocation de son véritable nom dans la bouche de Baletti prouvait qu'elle avait eu tort, cette fois. Une sueur froide glissa le long de sa colonne vertébrale. Excitante comme la peur. D'instinct, elle retrouva la sensation qu'elle avait éprouvée autrefois, avant les abordages. Les lèvres du marquis s'attardèrent au creux de ses reins, remontèrent jusqu'à sa nuque, lentement, pour en déguster le sel. Elles revinrent à son oreille.

— Vous me craignez, Maria, je le sens. Vous m'imaginez cruel. Pourquoi ?

— Peut-être ai-je mes raisons pour cela, répondit-elle, la gorge nouée.

— Me les direz-vous ? demanda-t-il en pressant son corps nu contre ses fesses.

Elle en frémit tout entière. Malgré son angoisse, et la certitude que cet homme était son ennemi, elle ne pouvait nier le désir qu'il lui inspirait. Fascination étrange. Suicidaire peut-être. Inconsciente. Bouleversante.

— Vous me tueriez, avoua-t-elle.

— Vous vous trompez, Maria. Je ne veux que vous absoudre.

Elle ricana, tandis qu'il l'effleurait du bout des doigts.

— Le parieriez-vous, monsieur ?

— Trop tard, chuchota-t-il. Les jeux sont faits.

— Qu'est-ce à dire ?

— Savez-vous quel stratagème était employé par Torquemada, ce grand inquisiteur espagnol, pour faire sortir le démon du corps des possédés ?

Malgré la brûlure indécente de ses caresses, la peur, insidieuse, la fit frissonner de nouveau.

Baletti se pressa un peu plus contre ses reins. Mary s'en troubla davantage, tiraillée entre l'envie absolue de fuir et celle de rester.

Toute à ces sensations contradictoires, elle le laissa lui écarter les jambes, s'en repentant aussitôt en réalisant que deux fers venaient de se refermer sur ses chevilles.

Quelqu'un s'était empressé de l'écarteler. Boldoni, supposa-t-elle. Il était évident qu'il se trouvait tout près. L'espace d'un instant, elle l'avait oublié. Il avait tout entendu. Cette perspective la mit plus encore mal à l'aise.

Les sens aux aguets, elle perçut des mouvements dans la pièce, des bruits de pas feutrés, des glissements de fauteuil sur le plancher. Elle comprit que Baletti se nourrissait de son angoisse, de son trouble, faisant durer le supplice de son attente.

— Les orties, finit-il par chuchoter à son oreille. Rien de tel que leurs caresses pour exorciser une âme rompue à la luxure.

Mary perçut alors la morsure légère des feuilles à l'intérieur de ses cuisses. Elle serra les dents, domptée par ce désir sensuel et sauvage qui naissait.

— Dans quelques minutes, cet agacement vous deviendra insupportable. Vous rêverez de mains pour vous apaiser sans pouvoir y satisfaire. Vous vous tordrez devant votre tribunal pour que l'un des jurés réunis ici vous pardonne vos péchés. Mais aucun d'eux ne viendra, car ils ont misé une fortune sur leur capacité à vous résister. Vous ne pourrez rien y faire, sinon prendre la mesure de vos vices. Vous avez voulu jouer avec le feu, Maria. Il est temps de vous y brûler, acheva-t-il en s'écartant d'elle.

— Pourquoi ?

— Parce que vous valez mieux que cela, je le sais. Qui que vous soyez.

— Serez-vous l'un d'entre eux ? demanda-t-elle, en proie déjà aux tourments qu'il lui prédisait.

— Qui sait, Maria ? Qui sait ?

Il advint un moment où elle perdit pied, abjurant toute notion de bien ou de mal, d'orgueil et de vanité. La respiration saccadée de ses spectateurs invisibles se joua de la sienne. Leurs gémissements s'attelèrent à ses cris, à ses injures, dans une sarabande terrifiante où plus rien n'avait de sens.

Elle n'aurait pu dire combien de temps cela dura. Il lui sembla une éternité. Lorsque le silence gagna la pièce et qu'elle comprit y être seule et abandonnée, elle se mit à pleurer. L'image de Niklaus ainsi crucifié la rattrapa comme un coup de poignard en plein cœur. Elle hurla. De honte et de désespoir mêlés.

On la détacha de longues heures plus tard, lorsque de lui-même le venin fut distillé. Du terrifiant désir qui l'avait habitée ne restait qu'un souvenir. Elle était épuisée. La servante qui ôta le masque de ses yeux la soutint jusqu'à l'un des fauteuils et l'aida à repasser sa robe de nonne.

— On va vous raccompagner, dit-elle sans compassion.

Mary hocha la tête et se laissa emmener, vaincue.

Le marquis de Baletti avait raison, elle n'avait obtenu que ce qu'elle méritait.

9.

Le lendemain, la mère supérieure l'envoya chercher dans sa cellule. Mary emboîta le pas à la novice, le corps et l'âme plus endoloris que s'ils avaient été roués.

Elle avait usé sa longue nuit d'insomnie à pleurer. Toute la souffrance qui était en elle s'était vidée, lentement, sans qu'elle puisse rien faire d'autre que subir ce flot continu, qui par moments la tourmentait d'images insupportables.

Ce qui était arrivé n'avait pas de sens. Elle n'en comprenait pas les règles, les lois. Si Baletti savait son nom, il ne pouvait ignorer ce qu'elle était venue faire à Venise. Alors pourquoi ce jeu ? Pour l'éprouver ? L'humilier à plaisir ? Il y avait réussi. Cela n'expliquait rien. Si c'était l'œil de jade qu'il convoitait comme elle l'avait imaginé, s'alliant à Emma dans ce sens, il aurait pu profiter de sa faiblesse pour en exiger la cachette. Il n'avait rien demandé. Quant à Boldoni, il devait avoir compris l'intérêt mutuel qu'ils se portaient.

S'il l'aimait autant qu'il l'avait prétendu, il ne pourrait l'admettre. Le perdre lui était égal. Le blesser sans raison l'ennuyait. Il eût fallu qu'elle possède l'âme noire d'Emma pour s'en moquer. Elle devait à Giuseppe d'avoir retrouvé le goût de vivre. Trop peut-être, puisqu'elle s'y était égarée. Quoi qu'il en soit, il ne méritait pas qu'elle le remercie d'une trahison. Il devait en être vexé et furieux. Elle se sentait démunie. Elle avait combattu sur de nombreux fronts, s'était risquée maintes fois à défier la mort, sans éprouver de véritable crainte. Mais tout cela l'effrayait. Elle n'entendait rien à ce raffinement amoureux qui bouleversait son âme et son corps. Elle en ignorait les tourments, les blessures, les conséquences. Une épée en main, elle pouvait tout braver. Mais ses armes ne lui servaient à rien. Le savoir acquis chez lady Read non plus. Elle était venue traquer Emma, se croyant forte d'une expérience d'intrigue, d'une vengeance exacerbée. Que lui restait-il après cette soirée ? Le sentiment d'avoir été dépossédée de tout. Même de cela. Quand le mystère qui entourait Baletti s'était opacifié encore. Elle pensa à son fils, à la lettre qu'elle avait reçue de Forbin quelques jours plus tôt au couvent Santa Maria della Vergine. Forbin lui annonçait que ses ordres la rapprochaient d'elle puisqu'on l'envoyait surveiller les navires impériaux dans l'Adriatique. Il prétendait Junior heureux sur le navire. Tous deux l'encourageaient à vivre.

Elle eut un sourire amer en franchissant le seuil du bureau de l'abbesse. Elle était plus détruite qu'apaisée.

— Le marquis de Baletti a insisté pour que vous soyez exclue de ce couvent, déclara la mère supérieure sans préambule, à peine la porte se fut-elle refermée sur Mary.

La pièce était aussi austère que les parloirs étaient somptueux. Le timbre de la voix de la supérieure aussi froid que son visage était amical. Tout n'était que contraste. Apparence. Venise ressemblait à un serpent de mer qui guettait ses victimes, les laissant danser sur son ventre pour les avaler mieux. Baletti n'était rien d'autre qu'un charmeur de serpents. Dans la parade des ombres.

— Pourquoi fait-il cela?

— Il vous le dira lui-même, mais c'est un grand privilège qu'il vous accorde. Le marquis est un homme extrêmement généreux. Ne le décevez pas, ma fille.

Mary esquissa un sourire, désabusée.

— Son gondolier vous attend, ajouta l'abbesse en la raccompagnant à la porte. Prenez vos affaires et allez dans la paix de Dieu, ma fille, Il saura vous guider.

Mary eut envie de lui rétorquer que, au vu des turpitudes de Sa maison, Dieu avait sûrement le sommeil agité, mais elle s'abstint. Que pouvait-elle reprocher à cette femme? De l'avoir incitée à l'amour? Elle seule en avait abusé. Mais c'était terminé. Baletti l'en avait guérie. Voilà au moins un argument qu'elle devait lui concéder. À présent, puisqu'il le voulait autant qu'elle, Mary allait devoir l'affronter.

*

— Voici vos appartements, Madame, lui indiqua un valet stylé en ouvrant une porte.

Mary demeura bouche bée. La chambre était luxueuse, décorée de toiles de Michel-Ange. Le lit à baldaquin semblait taillé d'une seule pièce dans l'ébène. Une scène courtoise y était sculptée. Les tentures de part et d'autre des larges ouvertures vitrées adoucissaient par leurs motifs discrets la lumière qui entrait à flots, inondant le tapis de Perse, le plancher marqueté, les coffres, l'armoire et la coiffeuse au miroir encerclé d'or et de rubis. Comme le reste de la demeure de Baletti, cette pièce la fascina par sa magnificence. Un instant, elle oublia la blessure de son âme.

— Cela vous plaît-il?

Elle n'avait pas entendu entrer le marquis de Baletti, occupée à s'émerveiller de tout quand elle s'imaginait n'avoir plus le goût de rien.

Mary se tourna vers lui, le cœur battant, angoissée à l'idée de le découvrir méprisant et jubilatoire. Elle ne trouva dans son regard qu'un reflet inquiet et protecteur.

— Que me vaut un tel honneur, marquis, après ce que vous m'avez dit et fait ? Je ne comprends pas. Que me voulez-vous ?

Baletti s'approcha d'elle à la frôler. Insidieuse et soudaine, une vague de désir la submergea, ranimée par son parfum aux notes musquées. Le souffle de Mary s'accéléra.

— Il n'y a rien à comprendre, Maria. À moins que vous ne préfériez « Mary » ?

— Comme il vous plaira, dit-elle, de plus en plus désorientée.

Il n'y avait que douceur dans le regard de Baletti. Douceur et patience. Peut-être s'était-elle trompée après tout ? Peut-être ne savait-il rien de plus que son identité ? Clément Cork avait très bien pu la lui donner si, comme elle l'avait imaginé, il existait un lien entre eux. Baletti lui releva le menton d'un doigt léger, et traqua son regard fuyant.

— Je vous l'ai dit, Maria, je ne veux que vous absoudre. Vous laver de cette souillure dans laquelle Boldoni vous a entraînée. Désormais, c'est à moi, et à moi seul, que vous appartenez.

— Et lui ? N'en est-il pas blessé ? Il m'aimait.

— Nous n'avons pas, en ce cas, la même conception de l'amour, lui et moi. Rassurez-vous. Il se lasse de tout. Toujours. De l'amour comme de l'amitié. Vous n'y auriez pas échappé. Le regretterez-vous ?

— Non, répondit-elle sans hésiter.

— Vous pouvez partir si vous le souhaitez, mais j'en serais attristé. Sachez que vous êtes libre. Totalement libre d'aller et venir où vous le désirez sans avoir aucun compte à me rendre. Ce palais vous est ouvert. Dans ses moindres recoins, à l'exception d'un seul dont je possède la clé. Nul ne vous surveillera, Maria. Je ne vous demande qu'une chose en retour. Ne me trahissez jamais. Je peux tout comprendre et tout pardonner. Sauf cela.

Il s'écarta et la salua courtoisement.

— Une chose encore. Gardez cet habit, il me plaît. Vos armoires en sont pleines pour pouvoir le changer. Et ne me provoquez pas. Moi seul déciderai du jour et de l'heure où je vous aimerai. Si cela devait advenir un jour. Je ne suis pas comme les autres, vous vous en apercevrez. J'espère qu'alors vous me ferez assez confiance pour me dévoiler vos secrets. Jusque-là, ils sont vôtres et je n'en veux rien connaître.

— Je vous en remercie, marquis.

— La confiance est une perle rare, Maria. Il faut du temps et beaucoup d'abnégation pour la trouver. Une vie parfois n'y suffit pas. Je m'emploierai pourtant à gagner la vôtre. Alors peut-être cesserez-vous de me craindre.

Mary se troubla mais ne s'empara pas du court instant de silence qu'il fit planer entre eux. Qu'aurait-elle pu répondre à cela ? Baletti enchaîna, dans un sourire triste :

— Une femme de chambre et un valet de pied sont désormais à votre service. Usez-en comme il vous semblera bon. Dépensez ce que vous voudrez. Tout ici vous appartient. Tout. Y compris le temps que vous accepterez de me consacrer. Bonne journée, termina-t-il en s'inclinant, avant de s'effacer aussi discrètement qu'il était entré.

Mary resta silencieuse, décontenancée. Elle se laissa choir sur une chaise.

Le mystère s'intensifiait. Jamais elle n'avait imaginé Baletti sous ce jour-là. Jusque-là, elle n'avait croisé dans les parloirs du couvent qu'un homme mondain, chaleureusement léger et inconséquent. Indifférent à elle. Que s'était-il passé ? En lui. En elle. Elle n'avait plus envie que de le découvrir. Pas uniquement à cause de cette lettre trouvée chez maître Dumas, pas à cause d'Emma, juste pour elle. Pour comprendre. Parce que l'attitude du marquis n'obéissait à aucune logique. Elle songea à l'énigme de maître Dumas, à ses voisins qui le prétendaient diabolique. Mary n'était pas superstitieuse. Et cependant, elle devait admettre que le marquis était aussi étonnant et mystérieux que son père. Il exerçait sur elle un pouvoir qui la bouleversait. Elle soupira et chassa ses obsessions. Elle avait atteint son but initial. Baletti l'avait installée chez lui, libre, ce qu'il lui faudrait vérifier. Tôt ou tard Emma viendrait. Elle serait alors en position de force pour l'affronter et se venger. Jusque-là, elle ne devait avoir d'autres objectifs que de découvrir le lien qui les unissait tous deux. Et se souvenir de ces masques que tous ici portaient, pour tenter de les confondre. Elle se sentit peu à peu envahie d'une force nouvelle.

Elle se leva et, d'un regard, engloba par la fenêtre le jardin à ses pieds. Malgré la tristesse de l'hiver, on pouvait en deviner le parfait équilibre. Elle savait par Boldoni les goûts du marquis pour les fleurs blanches.

Le blanc. Symbole de pureté.

« Qui êtes-vous en réalité, marquis de Baletti ? pensa-t-elle en l'apercevant qui promenait ses pas au détour d'une allée bordée d'oliviers. Et que cache cette pièce dont vous m'interdisez l'accès ? »

Comme s'il avait pu deviner ses interrogations, Baletti se retourna vers elle et lui adressa un signe de tête assorti d'un sourire. Mary lui répondit de même avant de s'écarter de la croisée.

« Qu'est-ce que le crâne de cristal ? Un nom de code, un objet ? » Elle rejeta d'un bloc ces questions qui revenaient et n'avaient cessé de la hanter avant qu'elle ne se laisse prendre par la luxure de Venise.

Elle finirait bien par y répondre. Tôt ou tard.

*

Giuseppe Boldoni était blessé. Blessé et furieux. Il avait joué et perdu. Il arpentait le patio de sa demeure, malgré le froid cinglant qui s'était installé en cette fin décembre 1701, refusant de s'avouer qu'il cherchait à apercevoir Mary aux fenêtres de Baletti. Il leur en voulait. À lui. À elle.

Mary ne l'avait pas aimé. Elle s'était servie de lui pour approcher Baletti. Il eût fallu être aveugle et sourd pour ne pas le comprendre. Cela n'avait été qu'un jeu. Un jeu dont il était la victime. Parce que Baletti avait menti, lui aussi. Il n'était pas amoureux de Maria. Il n'avait cherché qu'à tenir cette Mary Read à sa merci. Et Maria n'avait pas nié être cette femme. Elle avait accepté d'être punie, accepté de le quitter pour s'établir chez son bourreau. Preuve irréfutable qu'ils s'entendaient bien au-delà des apparences. Ce qu'il ignorait, c'était pourquoi. Dans quel but ?

Le visage d'Emma de Mortefontaine s'interposa un instant. Maria y avait fait allusion. Une bouffée de colère amena une sueur mauvaise le long de son échine. Et si le lien était là ? Et si Mary n'était rien d'autre qu'une espionne envoyée par Emma ? Celle-ci pouvait fort bien avoir eu envie de vérifier la fiabilité de son valet ?

Il enragea. On ne se jouait pas impunément de Giuseppe Boldoni ! Baletti avait beau se targuer d'être au courant de tout, il connaissait d'autres moyens pour faire circuler des lettres sans qu'elles soient interceptées. Il s'en revint d'un pas déterminé vers l'intérieur, grimpa l'escalier et poussa la porte de son cabinet pour se pencher sur son écritoire. Sa main trembla en trempant la plume dans l'encrier.

— Emma de Mortefontaine, grinça-t-il, votre valet s'en vient vous dire sa façon de penser !

*

Mary passa le reste de la journée à visiter son nouveau domaine. Elle pensait y consacrer quelques minutes, mais les heures défilèrent sans qu'elle en ait conscience.

La demeure était immense, comprenant divers salons de réception, de lecture, de musique. Dans chacun d'entre eux, ce n'étaient que mobilier, vases et bibelots d'opaline, d'ivoire, de cornaline, de bois précieux, enchâssés de pierreries, ou de cristal taillé. Des toiles de maîtres tenaient des pans entiers de murs. Sublimes dans leurs atmosphères, délicieuses dans leurs traits. Scènes courtoises, paysages vénitiens, natures mortes, portraits. Le regard de Mary s'y perdait, attiré par les détails d'une bataille ou la délicatesse d'un voile. Elle allait d'émerveillement en émerveillement. Chaises et sofas, pendules et tables, écritoires et plumiers, coffres et armoires, il n'était rien qui écorchât l'œil. Jamais Mary n'avait rencontré un tel étalage de richesses, pas même à la cour du roi Jacques. L'ensemble présentait tant d'équilibre et de perfection qu'on s'y sentait en paix. Un parfum d'écorce d'orange et de bois musqué flottait partout, différent de ces odeurs de cire si communes ailleurs. Quant aux nombreux livres, Mary ne put s'empêcher de noter la préciosité des reliures, des enluminures et des caractères d'imprimerie. Sophocle et Aristote côtoyaient Corneille, Racine et Molière, Rabelais voisinait avec Érasme et Paracelse avec Shakespeare. Sur un lutrin, un ouvrage anatomique offrait ses planches détaillées ; sur un autre se trouvait un bestiaire mythologique précieusement enluminé ; sur un troisième encore, on voyait s'épanouir des boutons de roses.

On sonna l'heure du souper qu'elle n'avait pas encore tout exploré du rez-de-chaussée.

— Il me semble que plusieurs de vos statuettes sont fort anciennes, observa Mary tandis qu'on les servait.

Elle n'avait pas vu le marquis du restant de la journée.

— Elles le sont, en effet, certaines viennent de Perse, d'autres de Chine ou d'Asie. Plusieurs jours, voire plusieurs semaines, vous seront indispensables pour découvrir l'ensemble des trésors de ce palais. Deux siècles ont été nécessaires à ma famille pour les assembler, j'en aurai au moins besoin d'autant pour les contempler et m'en rassasier.

Mary sourit, moqueuse.

— Il vous faudrait être divin pour atteindre un âge aussi avancé.

— Certaines vérités échappent à l'entendement des hommes.

— La vérité, monsieur, c'est que nous sommes mortels, quelle que soit notre destinée, assura-t-elle, refusant de penser à maître Dumas et à son étonnante longévité.

— Croyez-le, Maria. Pour l'instant.

— Cachez-vous l'immortalité dans cette pièce dont l'accès m'est interdit ? demanda-t-elle.

— Peut-être. L'avez-vous trouvée ?

— Une porte m'a résisté, je suppose que c'est celle-ci. Il suffirait d'un seul de ces bibelots pour rendre richissime le moindre voleur. Votre fortune semble inestimable. Que cachez-vous donc qui soit plus précieux encore ?

Son regard se fit triste.

— Je ne cache rien, mon amie. J'écarte simplement de vous la seule chose qui soit trop dangereuse pour être regardée ou touchée.

— Allons donc ! Vous entretenez ce mystère uniquement pour m'en régaler, le nargua-t-elle, désirant le forcer à se dévoiler.

— Gardez-vous loin de cette porte, Maria. Bientôt, je

l'espère, je vous révélerai ce que j'en sais. C'est encore trop tôt.

— Je n'aime pas les supplices de Tantale, avoua-t-elle en le fixant droit dans son regard de jais.

— Et moi, je crois que si, sans quoi vous seriez restée au couvent au lieu d'en déménager !

Le bas-ventre de Mary s'embrasa de nouveau et elle regretta d'avoir provoqué le marquis.

10.

La couperose de M. Hennequin de Charmont s'enflamma sous le coup de la contrariété.

— C'est fort ennuyeux, ce que vous me racontez là, mon cher. Et vous prétendez que Baletti aurait des preuves de notre culpabilité ?

— Je les lui ai réclamées dès le lendemain de ce pénible entretien.

— Bien sûr, consentit l'ambassadeur qui ajouta aussitôt : Vous vous en remettrez. Quoi que je doive admettre que votre Maria...

Le regard noir de Boldoni figea le reste de sa phrase.

— Baletti possède bel et bien le registre de nos activités et les sommes que cela nous a rapportées.

— Ce n'est pas suffisant pour nous accuser. Il lui faudrait le témoignage de Cork en plus.

— Éliminons-le, suggéra Boldoni.

— Pas encore. Tant que cela n'est pas indispensable, je préfère qu'il protège nos intérêts. Nous serons toujours à temps d'agir si Baletti revient sur la parole qu'il vous a donnée.

— Comme vous voudrez. Une chose encore. Vous souvenez-vous d'Emma de Mortefontaine ?

L'ambassadeur poussa un soupir désespéré.

— Comment l'oublier ? Elle est la plus belle femme qu'il m'ait été permis de croiser.

— Pour des raisons que j'ignore, elle m'a demandé avant son départ de Venise de m'attacher aux pas du marquis de Baletti, de devenir son ombre et de lui en rapporter régulièrement les moindres faits et gestes.

— Encore une qu'il aura séduite et qui cherche à se faire épouser, s'égaya Hennequin de Charmont. Il est même étonnant qu'il n'ait pas succombé, lui préférant Maria Contini. Non qu'elle ne soit pas jolie, entendons-nous bien, rectifia aussitôt l'ambassadeur, ne voulant pas vexer Boldoni, mais à côté d'Emma Read...

— Quel nom avez-vous dit ? tiqua Boldoni.

— Emma Read. Vous l'ignoriez ? Elle fut en secondes noces l'épouse d'un armateur bien connu en Europe : Tobias Read. Elle s'est présentée à Venise sous le nom de Mortefontaine.

— Baletti a appelé Maria du nom de Mary Read, un certain soir.

— Vraiment ? Je n'en savais rien. Cela a-t-il une quelconque importance ?

— Non, grinça Boldoni, cela confirme seulement les soupçons que j'avais. Pourriez-vous avoir l'amabilité de transmettre ce courrier à Emma de Mortefontaine ? Baletti a intercepté tous ceux que je lui avais envoyés. J'aimerais que celui-ci lui parvienne.

— Vous pensez avoir été remplacé, je présume, comprit aussitôt l'ambassadeur.

— Disons que ma fierté a quelque peu été ébranlée. Je compte bien sûr sur votre discrétion, exigea Boldoni, ennuyé de devoir offrir pareille confidence à personnage aussi désagréable.

— J'ai de nombreux défauts, mon cher, mais, à l'inverse de M. de Baletti qui vous a si odieusement trompé, je suis fidèle en amitié. Nul ne saura ce que vous venez de me confier. Cette lettre partira et trouvera son destinataire. Entre nous, pourtant, que vous a offert Emma contre ce petit service ?

Boldoni soupira.

— Des promesses ! Seulement des promesses.

— Mais une seule d'entre elles rendrait un roi plus servile qu'un valet. J'en conviens sans discuter, assura l'ambassadeur. Il nous reste à espérer que Baletti se contente de Maria. Cela nous donnerait de belles raisons d'espérer que nos rêves deviennent réalité.

Boldoni ne répondit pas. Il avait pour l'heure davantage envie d'étrangler Emma que de la caresser. Il prit congé de l'ambassadeur, plus léger pourtant de s'être épanché.

Se comportant comme un ami et un protecteur attentif, Baletti présenta Mary partout dès le lendemain de son installation chez lui, l'entraînant à ses côtés dans ce carnaval qui de nouveau masquait les âmes vénitiennes. Bals, concerts, dîners, jeux. Baletti choisissait ses soirées en fonction de son humeur du moment, ne pouvant répondre à toutes. Il n'était pas un lieu sur la lagune où sa présence ne fût instamment désirée. Mary put ainsi vérifier ce que Boldoni lui en avait dit et ce qu'elle avait pu entrevoir dans les parloirs du couvent. Où qu'il aille, Baletti éblouissait.

Il paraissait faire une cour discrète à toutes les femmes qui l'approchaient. Indifférent à leur âge ou à leur physique, il s'appliquait à les trouver belles et leur offrait le moyen de le rester par des conseils. Il leur prescrivait des décoctions de fleurs et de fruits pour leur teint, des infusions de racines pour qu'elles gagnent de la vigueur, des activités au grand air.

— Marquis, marquis, se pâmaient-elles, vous seul nous comprenez !

Il eût pu profiter de cet avantage pour jouir de nombreuses amantes, et cependant il se gardait de tout geste, de toute formule, qui eût pu se les attacher. Il en était de même avec Mary. Lorsque leurs regards se croisaient, c'était pour se nourrir du même trouble, du même désir sans pour autant qu'ils osent y succomber et briser la méfiance qui les tenait. Ils demeuraient à parler de tout, de rien.

Mary repoussait sans cesse l'envie de forcer la porte interdite. Se contentant de rester figée à son seuil, dans l'espoir d'un courage qui ne venait pas. Au moment d'en abîmer la serrure, elle se souvenait de cette souffrance sur les traits de Baletti, lorsqu'il lui avait demandé de ne pas le trahir. Mille raisons lui disaient de le faire. Mais tout en elle s'y refusait.

Quelques jours seulement après s'être installée, elle s'était égarée dans Venise, vérifiant les dires de son hôte sur sa prétendue liberté. Elle avait reproduit l'expérience plusieurs fois. Baletti n'avait pas menti. Personne ne la suivait. Le marquis ne lui demandait jamais comment elle occupait ses journées, lui racontant les siennes en revanche. Il semblait absorbé par son métier d'armateur et y consacrait beaucoup de temps. Elle voulait le vérifier. Pour ce faire, profitant de la confiance qu'il lui accordait, elle était allée reprendre ses armes et ses vêtements d'homme là où elle les avait cachés.

Sa déception fut grande. À l'exception de son épée qui était récupérable malgré la rouille, le reste était moisi par l'humidité permanente de Venise. Elle s'était aussitôt rendue chez le banquier pour chercher son pécule, et en avait employé une partie pour acheter un pistolet chez un armurier et un habit de valet chez un tailleur. Une cape sombre avait achevé de la rendre méconnaissable. Le tout reposait dans l'armoire de sa chambre avec l'œil de jade qu'elle ne pouvait prendre le risque de remettre à son cou. Elle avait beau se rassurer de la présence de ses armes, s'appliquer à rendre son tranchant à son épée, quelque chose en elle avait changé. Comment, pourquoi, elle n'aurait su le dire.

Elle désirait toujours se venger d'Emma. Plus que jamais. Mais Baletti ne ressemblait pas à Emma.

Elle découvrait en lui un être hors norme, plus fascinant de jour en jour. Il peignait à merveille, chantait de légères barcarolles qu'il écrivait et composait, jouait divinement du clavecin, de la mandoline et du violon, étourdissait par ses connaissances dans de multiples domaines : botanique, géographie, histoire, politique, alchimie, astrologie, littérature... Il n'était pas une question à laquelle il n'apportât de réponse, l'agrémentant d'une multitude d'anecdotes truculentes.

Il possédait un remarquable talent de conteur, enjolivant ses histoires de détails personnels, comme s'il les avait lui-même vécues, qu'elles datent du temps d'Alexandre le Grand ou de la semaine précédente. Répondant à ceux qui s'en étonnaient : « Il est facile de raconter ce dont on se souvient ! »

Même Mary, parfois, parvenait à douter qu'il n'y ait pas une part d'immortalité dans cette mémoire prodigieuse. Elle chassait cette invraisemblance, comme tous à Venise.

Car elle se plaisait chaque instant davantage en sa compagnie. Elle ne regrettait pas Boldoni, croisé à plusieurs reprises dans des soirées. Il avait refusé leur salut avec mépris, s'affichant avec sa nouvelle maîtresse.

— Cessez de vous en tourmenter, ma chère, lui avait recommandé Baletti. Boldoni est orgueilleux, comme beaucoup d'hommes. Il s'en remettra. Blessure d'amour-propre est longue à guérir mais point incurable.

Mary n'avait pu qu'approuver, même si elle pensait qu'Emma dérogeait à cette règle. De fait, Baletti lui enseignait mille choses, la forçait à réfléchir au sens donné aux actes, aux événements.

Plus les semaines passaient et plus elle se demandait comment Baletti avait pu s'associer avec Emma de Mortefontaine. Son scepticisme ne cessait de grandir.

Ce 26 janvier 1702, Mary décacheta fébrilement le courrier qu'elle venait de ramasser dans la demeure abandonnée. Comme chaque semaine, elle s'y rendait dans l'espoir d'une lettre de Forbin, mais aussi dans celui de revoir Cork. Elle se contenta du plaisir de ces nouvelles, tout en regrettant que les cendres fussent désespérément froides dans l'âtre où des araignées avaient tissé leurs toiles.

Elle s'approcha d'une fenêtre aux volets dégondés. De la lumière s'y infiltrait, suffisante pour qu'elle puisse lire avidement sa missive.

Ma chère Mary, écrivait Forbin. *Je suis au mouillage à Brindisi où je viens d'arriver. Me voici de nouveau proche de toi. Si proche que l'envie de te rejoindre à Venise est forte, d'autant que je n'aime pas l'idée de te savoir chez ce marquis. Ses intentions sont forcément douteuses et tu ne dois pas perdre de vue l'essentiel des raisons qui t'ont conduite à Venise.*

Mary savait lire entre les lignes. Elle avait certainement montré trop d'intérêt pour Baletti dans le courrier qu'elle avait envoyé aux siens. Forbin était jaloux, c'était visible. Il était évident aussi que sa rivalité avec Corneille avait resurgi. Elle réclamait souvent des nouvelles de celui-ci, mais Forbin n'y attachait aucune importance. Il s'étendait sur *La Perle*, sur Junior, sur lui, et terminait toujours par un « Corneille te salue » qui était sans doute loin de refléter la réalité.

Elle se replongea dans sa lecture, un sourire aux lèvres.

Junior a encore grandi et, sans exagérer, il paraît bien le double de son âge. Il m'a assuré que Niklaus était un géant et je ne suis pas loin de le croire à le voir ainsi pousser. Il en parle peu, pas davantage d'Ann, et se montre espiègle, rieur et débrouillard. Il ne se passe pas un jour où je ne remercie notre amitié d'avoir permis qu'il soit à mes côtés. Moi qui ne me suis jamais imaginé père, je dois reconnaître que depuis une année qu'il se trouve là, dans mes jambes, comme un boulet que j'avais craint de traîner, j'ai ressenti plus de joie que je n'en avais eu jusque-là à naviguer. Je n'ai pas la prétention de vouloir remplacer Niklaus dans le cœur de ton fils, mais il remplace, lui, cet enfant que je n'aurai jamais.

Mary leva encore les yeux, assaillie par le visage de son Flamand. Junior lui ressemblerait certainement presque trait pour trait. Son défunt époux lui manquait moins, même si parfois elle s'éveillait en sursaut et tendait son bras en travers du lit pour le chercher. Cela restait une déchirure. Mais elle l'écartelait de moins en moins souvent. Elle soupira. Il ne fallait pas être devin pour imaginer ce que Forbin ne disait pas. Il n'avait qu'une envie, la garder à ses côtés. Elle aurait dû s'en réjouir tant elle l'avait espéré autrefois. Elle le soupçonna d'être prêt à tout pour y parvenir, et surtout à évincer Corneille. Mary avait beau donner à Forbin le sentiment de ne pas s'en inquiéter pour ne pas envenimer les relations entre les deux hommes, elle se doutait bien que Corneille avait dû lui écrire, mais que Forbin avait intercepté son courrier. Lorsque tout cela serait terminé, et qu'elle reviendrait reprendre son fils, tous trois s'expliqueraient.

Mary poursuivit sa lecture.

J'ai dû abandonner La Perle *à Toulon. Elle avait été trop abîmée par une tempête. J'aurais dû t'en parler, te dire que j'y avais laissé quelques hommes, mais tu te serais peut-être inquiétée de ton fils et il a refusé qu'on te fasse part de son poignet foulé. Il est courageux et tenace, et sera sans exagérer le meilleur de mes gabiers dans quelques années.*

Mary hocha la tête. Ce qu'elle pensait ne cessait de se confirmer...

Nous croisons donc sur La Galatée, *un vaisseau de vingt-six canons, lourd et désagréable à manier. J'avais pris, je pense, des habitudes de prince avec* La Perle *et n'espère qu'une chose, qu'on me l'envoie sitôt qu'elle sera réparée. Mes ordres pour l'heure sont seulement de contrôler les navires. Junior demeure en sécurité. Veille sur la tienne. Au risque de me répéter, je te recommande la prudence avec ce Baletti. Les Italiens promettent beaucoup mais ne tiennent jamais. Tôt ou tard sa vraie nature rejaillira et tu te féliciteras de n'avoir pas cédé.*

Il nous reste à t'embrasser, Junior et moi, quant à Corneille...

Mary plia la lettre et la glissa sur son cœur, sous ses vêtements de valet. Elle quitta la demeure et se posta dans un renfoncement du mur, sur le passage qu'empruntait Baletti pour se rendre au port. Cela faisait deux jours qu'elle perdait sa trace devant une maison, aussi délabrée de façade que celle qu'elle venait de quitter. Baletti y entrait et n'en ressortait qu'au soir. Aucune lumière ne perçait les volets. Cette fois, sa curiosité serait satisfaite.

Comme la veille, elle le vit se glisser dans le jardin, déverrouiller la porte et entrer. Elle avait pris soin de se préparer un accès par la cave et y atterrit souplement, à peine Baletti fut-il dans la place. Mary n'eut pas à attendre longtemps pour vérifier ce dont elle se doutait. Le marquis descendit l'escalier, un chandelier à la main, pour gagner la salle voûtée et humide dans laquelle elle s'était prestement cachée. De l'eau verdâtre et moussue pénétrait les semelles de ses bottes, mais elle ne bougea pas. Baletti ne pouvait pas la deviner. L'ombre tout autant que ce tonneau nauséabond et massif la masquaient. Baletti déclencha un mécanisme sur le mur opposé à sa cachette, faisant pivoter le pan entier. Mary le vit s'enfoncer dans le passage secret puis en ressortir avec des vêtements semblables à ceux des miséreux. Baletti se déshabilla à quelques pas d'elle et s'en couvrit avant de se faufiler de nouveau par l'orifice, le visage masqué.

Troublée par la vision de sa presque nudité, tout autant que par cette curieuse mascarade, elle attendit quelques secondes, puis se coula dans le passage que Baletti n'avait pas pris la peine de refermer. Le souterrain était sombre, étroit et puant de moisissure. Mary n'eut aucune peine à suivre la lueur des chandelles, plaçant le rythme de ses pas dans celui de Baletti pour ne pas laisser soupçonner sa présence.

Un long moment plus tard, elle se retrouvait dans une autre cave, semblable à celle qu'elle venait de quitter, et sortit d'une demeure tout aussi abandonnée, non loin de l'arsenal.

Au seuil d'un ancien entrepôt désaffecté, elle reconnut une silhouette familière et s'approcha pour vérifier qu'elle ne se trompait pas. Baletti se dirigea droit vers Clément Cork et lui adressa un signe de tête. Aussitôt, celui-ci s'écarta pour le laisser passer. Leur complicité soulagea Mary. Elle avait au moins résolu une partie de l'énigme. Le reste la laissa perplexe. Au milieu d'autres, elle se retrouva dans le bâtiment, le visage baissé et le chapeau rabattu pour qu'on ne puisse l'identifier. Cork fit asseoir la cinquantaine de guenilleux par terre, à même le sol qui avait été balayé. Baletti se hissa sur une caisse.

— Vous êtes ici chez vous, déclara-t-il de sa voix profonde. Nourriture, eau potable, médicaments et gîte apaiseront vos maux l'hiver durant. Vous n'aurez besoin ni de mendier ni de voler. Cork veillera à tout.

— Ce gars-là dit vrai, lança un homme pour appuyer le discours de Baletti. Il m'a sauvé de la vérole l'an dernier.

— Je te reconnais. Ton épouse était grosse alors, qu'en a-t-il été ?

L'homme souleva un garçonnet chétif et le lui présenta.

— J'ai perdu mon travail et ma femme a passé il y a deux semaines. Qui que tu sois, aide-moi puisque tu m'as sauvé.

— Tu auras ce qu'il te manque, l'ami, le temps de te refaire. Vous n'êtes pas ici pourtant par esprit de charité. Cork vous a choisis pour votre volonté à lutter, à vous sortir de votre misère. Ceux qui s'y abandonnent, tuent et violent par plaisir plus que par nécessité ne sont pas les bienvenus. Si l'un de vous trahissait le serment qu'il a prêté d'en protéger le secret, il serait puni sans pitié. Cork et ces valets vous enseigneront de nombreuses choses pour vous aider à vaincre les épidémies et le mauvais sort qui vous accable. Écoutez-le.

— Et ensuite ? demanda une femme. Ensuite, quand l'hiver sera achevé ?

Baletti sourit.

— Tu sauras à peu près lire et écrire, tu sauras protéger tes enfants et assurer leur survivance. Tu auras un emploi pour les nourrir et un pécule pour parer à toute éventualité.

— Qui que tu sois, bénis sois-tu ! s'exclama-t-elle.

— Ne bénis que le ciel, répondit Baletti, et le courage qui te porte vers demain. La misère est un mal dont on peut se guérir. Tu es née digne, femme, redresse la tête et relève le défi que la vie t'a lancé. Je ne vous offre que la connaissance. Il appartient à chacun d'entre vous de l'utiliser à bon escient.

— Que fais-tu de la fatalité ? demanda une autre.

— Et de la malchance ? ajouta un quatrième.

— Combattez-les. Combattez-les au lieu de les admettre.

— C'est facile pour toi qui es nanti, ironisa un cinquième.

Un murmure gronda. Baletti ne s'en troubla pas.

— Que sais-tu de moi ? Tu ne peux voir que ce masque et ces hardes rapiécées. Suis-je un maître ou un simple valet ? Beau ou atrocement défiguré ? Qui suis-je en vérité ? Et quel fut mon chemin de croix pour qu'il me pousse aujourd'hui à me dresser sur cette tribune ? Je pourrais répondre à tout cela, mais est-ce l'essentiel ? Si je ne savais rien de vos souffrances, aurais-je l'envie d'y remédier ? Si j'ignorais vos peurs, aurais-je le courage de vous demander de les accepter ? Si je ne craignais le mal, viendrais-je en sauveur ? Non, mes amis. Nous sommes égaux devant nos faiblesses et seuls, trop seuls souvent pour oser les affronter. La liberté et l'égalité en ce monde, c'est la fraternité qui vous les rendra. Voilà pourquoi je viens en frère. Non en nanti, non en chrétien. Mais en homme. Parce qu'il n'est rien que l'on ne puisse réaliser dès lors qu'on s'en donne les moyens, dès lors qu'on se plaît à l'imaginer.

Baletti sauta de son estrade et écarta ses bras en croix. Sa voix tremblait de conviction et d'altruisme, et le silence avait remplacé les murmures. Comme les autres, Mary était subjuguée par son charisme.

— D'autres avant vous m'ont entendu, compris et écouté. Je n'attends rien en retour. Je fais ce que je dois. Chacun de vous, à sa manière et avec les moyens dont il dispose, peut devenir la clé de voûte d'un édifice tout entier. Croyez-le ! Vous en sortirez grandis et plus forts. Croyez-le et je serai en paix.

Baletti joignit ses mains et les salua, puis, comme il était venu, il s'éloigna dans un silence religieux qui ressemblait à du respect.

Ne pouvant le suivre sans se faire remarquer, Mary s'attarda au milieu des autres, puis s'effaça dès qu'elle en eut la possibilité. Elle ne regagna pas le Rialto grâce au souterrain. Elle avait besoin de marcher un peu pour mettre de l'ordre dans ses pensées. Lorsque ce fut nécessaire, elle se laissa mener par les gondoliers. Elle parvint devant la demeure somptueuse du marquis de Baletti largement plus tard que l'heure prévue pour le repas. La nuit était claire et froide, mais elle se sentait emplie d'une chaleur intense. Elle avait abandonné ses vêtements d'homme et repris l'apparence de Maria Contini. Mais Mary Read était bouleversée.

Baletti ne lui fit aucun reproche.

— Je suis heureux, lui dit-il seulement, de voir qu'il ne vous est rien arrivé. Je vous ai attendue pour le souper.

— Il ne fallait pas, marquis.

— Je n'ai rien à faire d'aussi important que cela, Maria, assura-t-il en souriant.

Mary leva vers lui un regard empli de douceur.

— Vous mentez, marquis. Mais votre mensonge me plaît. Infiniment.

Leurs regards se soudèrent un instant, et le cœur de Mary se mit à battre plus vite et plus fort. Cette fois, elle ne chercha pas à contrer ce désir qui la subjuguait. Il embrasa ses prunelles et elle crut un instant que Baletti succomberait au sien. Il se contenta de lui prendre la main et d'y déposer un baiser triste.

— Pour vous, Maria, je ne veux avoir aucun secret. Soupons, voulez-vous ?

Elle hocha la tête, tremblante de frustration et d'espoir. Elle s'installa à table et attendit qu'on les ait servis pour avouer :

— Je vous ai suivi, aujourd'hui.

Baletti leva vers elle un regard empli de reconnaissance.

— Je le sais, dit-il simplement.

Mary demeura sans voix. Baletti lui sourit.

— J'avais remarqué hier qu'on me pistait. Je suis très intuitif. Rassurez-vous, je ne vous en veux pas, Maria. Si je n'avais pas espéré votre curiosité, j'aurais refermé l'accès au souterrain. Mieux, j'en aurais pris un autre pour vous égarer. Je ne suis pas ce que je prétends être, mais on ne peut pas, en ce monde, se montrer tel qu'on est.

— C'est vrai, dit-elle. Vous l'avez affirmé, marquis, la confiance est longue à se mériter.

— Je ne suis pas pressé. J'espère seulement être digne un jour de la vôtre. Questionnez-moi autant que vous le voudrez, pour vous, je vous le répète, je n'ai rien à cacher.

— Sauf cette pièce interdite.

— Le temps viendra. Pour cela aussi. Je vous l'ai promis et je tiens toujours mes promesses.

— Quand ?

— Lorsque vous cesserez de douter. Lorsque vous m'aimerez.

— Et si cela n'arrivait jamais ?

— Alors rien n'aurait plus de sens, mais je refuse de l'imaginer, répondit-il.

— Que mettez-vous derrière ce rien, marquis ?

— La vie, l'amour, l'espoir. La renaissance. Mais changeons de sujet, voulez-vous ? Je veux vous parler de ce que je suis, pas de mes blessures, pas de ce que j'ai été.

— Voilà donc un nouveau mystère.

— Tant que vous aurez envie de les percer, vous resterez. Voyez, Maria, comme tout est illusion. Vous m'avez vu généreux, je me montre égoïste à présent. Nous sommes double en permanence. Et, paradoxalement, c'est dans cette dualité que nous sommes le plus seul.

— Et Cork ? C'est lui qui vous a parlé de Mary Read, n'est-ce pas ?

— En effet. Il s'est rapproché de vous à votre arrivée à Venise, étonné de vous deviner femme dans des vêtements d'homme. Il aurait dû vous diriger vers cet asile que vous avez vu, il a préféré vous garder pour lui seul, espérant que vous vous confieriez à lui. Il vous aimait bien et m'a demandé de vous tirer des griffes de Boldoni dans lesquelles vous vous abîmiez.

— Pourquoi ?

— Disons que Giuseppe Boldoni n'est pas non plus celui qu'il prétend être. Demeurer auprès de lui vous aurait tôt ou tard exposée au danger.

— Est-ce la seule raison, marquis ?

Le regard de celui-ci s'embrasa.

— Non, avoua-t-il. Vous m'avez séduit, Maria.

— Alors pourquoi vous refusez-vous à m'approcher ? Alors que vous m'avez si cruellement et sensuellement éprouvée.

— Je vous l'ai dit, je ne suis pas comme les autres. S'il vous faut du temps pour oser m'avouer vos secrets, accordez-moi celui de ne rien brusquer.

Mary ne répondit pas. Baletti avait raison. La dualité de l'âme renvoyait à la solitude. Le marquis l'avait ébranlée. Mais pouvait-elle pour autant s'abandonner à tout lui révéler ? Dieu ne cohabitait-il pas avec le diable ?

« Je n'ai d'autre choix que de m'y aliéner », avait écrit Baletti à maître Dumas en parlant d'Emma, qu'il jugeait démoniaque. Il ne se passait pas un soir où elle ne lût et relût cette lettre pour ne pas se laisser aspirer par la délicatesse et la douceur de Baletti. Ami ou ennemi ? Elle ne le savait pas encore. Et cela l'écartelait. Elle se mura dans le silence.

Baletti le rompit.

— Nombre de mes navires passent à Brindisi. Si vous le souhaitez, ils pourront vous y déposer.

Mary blêmit et déglutit.

— Que dois-je comprendre ?

— Rien, Maria, lui répondit Baletti dans un sourire triste. Je veux seulement que vous sachiez que vous êtes libre de partir ou de rester. La demeure qui vous a abritée avec Cork m'appartient. J'y suis passé récemment et j'ai découvert que M. de Forbin vous y écrivait. Il m'est égal de savoir pourquoi, du moment que vous ne jugez pas utile de m'en parler.

— Alors pourquoi me le révéler? demanda-t-elle, sur la défensive.

Il se leva et s'inclina devant elle.

— Je vous l'ai dit. Parce que je ne veux plus rien vous cacher. Je vous prie à présent de m'excuser. Je suis fort las ce soir.

Mary hocha la tête et le regarda s'éloigner, les épaules voûtées, quand elle le connaissait si droit et fier. Elle lui emboîta le pas, monta l'escalier qui menait à sa chambre. Elle aussi se sentait épuisée. Depuis le palier, elle vit Baletti refermer sur lui la porte interdite. Elle s'engagea dans le corridor et se planta devant, oscillant entre l'envie de tout avouer et celle de se taire, entre l'envie de lui et celle de le repousser, entre la tentation de forcer ce battant et celle de s'en écarter. Elle prêta l'oreille, puis tourna les talons. Derrière la porte, elle aurait juré entendre Baletti pleurer. Mais elle se trompait certainement. Ni Dieu ni diable ne pleuraient jamais.

11.

Forbin était d'une humeur massacrante en rendant ses papiers au Vénitien qu'il venait d'accoster.

— Bien évidemment, grinça-t-il, vous n'avez croisé aucun bâtiment de l'Empire.

— Aucun, monsieur, lui répondit le Vénitien avec un air de défi qui donna à Forbin l'envie de le passer par l'épée.

— Évidemment non plus, vous ne connaissez pas le capitaine Cork ?

— Ce pirate ? Dieu me garde de sa route, se signa l'homme.

Forbin sentit sa fureur redoubler. Il la contint cependant. L'homme se moquait de lui. Son regard, ses traits le trahissaient. Il enrageait de ne pouvoir lui faire ravaler sa prétention dans le gosier. Au lieu de cela, il grinça :

— C'est bon, vous pouvez aller.

Le Vénitien ôta son chapeau emplumé et le salua d'une courbette moqueuse. Il se tourna ensuite vers son lieutenant et donna l'ordre d'éloigner son navire de *La Galatée.* Forbin le regarda virer de bord, les poings crispés.

— Qu'en pensez-vous, capitaine ? demanda son second.

— Qu'ils se fichent de nous. Tous autant qu'ils sont ! Nous sommes ici depuis un mois, bonne mère ! Se figurent-ils que je suis aveugle ? Ah !... je donnerais cher pour pouvoir vérifier les cargaisons de ces traîtres.

— Qu'en pense l'ambassadeur ?

— M. Hennequin de Charmont m'assure que le traité de neutralité de la République n'a pas été violé, que le doge lui-même s'en est porté garant. En attendant, les ennemis sont ravitaillés en armes et en vivres, c'est un fait. Par qui, sinon par les Vénitiens, tonnerre de Brest !

— Les pirates. Celui-ci en est un, nous le savons.

— Mais il est en règle. Et c'est bien ce qui m'enrage. Cela leur permet de nous narguer en toute impunité. Je hais cette frustration !

Il se détourna de son second pour embrasser du regard le pont supérieur de *La Galatée*. Tout lui sembla détestable ce matin. La carène du navire, ses gréements trop pesants, ses flancs trop larges. Si seulement Pontchartrain se décidait à lui renvoyer *La Perle* pour compléter son escadre. Mais non, à la place on lui avait octroyé *La Gentille* que Clairon commandait et un brûlot qui se mourait d'ennui à Brindisi. Il l'aurait volontiers jeté sur le port de Venise pour apprendre à ces gens la franchise et le respect des règlements. Il devait passer sa fureur sur quelque chose. D'autant qu'il n'avait pas reçu de nouvelles de Mary depuis quelque temps et l'imaginait attirée par Baletti. Il ne savait ce qui l'avait le plus agacé, qu'elle fasse l'amour avec Boldoni ou qu'elle ne le fasse toujours pas avec ce maudit marquis !

Forbin n'était pas dupe. La frustration entretenait le désir, le fantasme perdait de son intérêt sitôt assouvi. Baletti était malin. Il voudrait créer un état de dépendance pour mieux apprivoiser Mary qu'il ne s'y prendrait pas autrement. Et Mary était vulnérable depuis la mort de

Niklaus. Il ne savait plus rien de son tempérament amoureux, mais ce qu'il en avait connu lui laissait envisager des flamboiements. Il serra plus fort ses poings. Dire qu'il avait pensé que le risque viendrait de Corneille ! Il ricana. Comme s'il pouvait faire le poids désormais. Malgré l'attachement que lui montrait Junior. Cela aussi l'énerva. Junior préférait la compagnie de Corneille à la sienne, c'était visible et normal. Malgré la tendresse qu'il s'autorisait, Forbin était commandant d'escadre et devait imposer son autorité à tous. Même à Junior.

Le garçonnet dormait dans la batterie, s'activait dans les hunes et les perroquets, les focs et les vergues, riait avec les matelots, comment pouvait-il ne pas aimer davantage leur compagnie que la sienne ?

Décidément, cette journée s'annonçait exécrable. Il les vit justement, Junior et Corneille, occupés à vérifier les attaches des drisses au mât d'artimon. Elles étaient usées. Il avait eu le dernier rapport des gabiers. *La Galatée* tout comme *La Gentille* étaient indignes de son tempérament. Il pensa à Cork et au *Bay Daniel.* Une frégate magnifique. Il s'empara du porte-voix et hurla :

— Corneille ! Dans ma cabine immédiatement !

Corneille tourna vers lui un regard étonné que Forbin toisa de sa colère avant de gagner son antre.

Le matelot le rejoignit alors qu'il venait de vider deux verre de rhum d'affilée.

— Vous vouliez me voir, capitaine ? demanda-t-il.

— Aurais-tu une idée pour débusquer ton ami Cork ? attaqua Forbin.

Il savait bien que Corneille ne le pouvait pas davantage que lui, mais il lui fallait déverser sa bile.

— Que vous a-t-il fait ? Mary ? hasarda Corneille, pas dupe.

Forbin se planta devant lui. Corneille ne baissa pas son regard.

— Il s'agit bien de Mary ! Madame a trouvé mieux que ces maudits pirates, s'emporta-t-il pour le blesser autant qu'il l'était. Nous sommes refaits, Corneille, toi comme moi. Elle se meurt d'amour pour Baletti.

Corneille refusa de céder au jeu que lui imposait Forbin.

— Mary ne me semblait pas prête à oublier son Flamand de sitôt.

— Elle oublie bien son fils !

— Vous savez que c'est faux, capitaine, répliqua Corneille.

— Peut-être, mais cela ne change rien au fait que ces Vénitiens sont des traîtres, des parjures et des scélérats. Ce Baletti y compris !

— Je vous l'accorde. En quoi cela vous ramène-t-il à Cork ?

— Es-tu aveugle, borné et imbécile en plus d'être manchot ? grinça Forbin, mauvais.

Corneille tiqua. C'était la première fois que Forbin faisait allusion à son infirmité de cette manière-là.

— Je vous rappelle, capitaine, que c'est pour vous tirer d'un mauvais pas que j'ai perdu mon avant-bras !

— Ose dire que tu ne le regrettes pas ! le nargua Forbin.

— J'ai bien trop de respect pour vous, capitaine, mais cela viendra si vous persistez à me haïr autant que vous m'avez aimé.

— Il ne fallait pas me la prendre !

— Il ne fallait pas la rejeter ! hurla Corneille, excédé cette fois. Bon sang, Forbin, vous ne croyez pas que ça suffit comme ça ? J'en ai payé le prix autant que vous !

Forbin s'en retourna vers une tablette et se resservit une rasade de rhum qu'il avala d'un trait.

— Ton ami Cork trafique avec les Impériaux.

— Quelle preuve en avez-vous ?

— Un des matelots de Clairon a entendu une conversation dans une taverne à Ancône. Cork recrute des pirates pour relayer ses trafics.

— Il n'aurait rien à y gagner, assura Corneille en se radoucissant. Les pirates n'ont pas besoin d'intermédiaires pour servir leur propre course.

— Il agit pour le compte de l'ambassadeur de France, lâcha Forbin.

— C'est une lourde accusation, objecta Corneille, surpris.

— C'est exact, soupira Forbin, sa colère atténuée.

Ses esclandres ne duraient jamais longtemps. Il reprit :

— Je n'ai pas plus de preuve contre l'un que contre l'autre. Mais Hennequin de Charmont me fait l'impression d'être davantage gêné par ma curiosité et mes accusations contre Venise qu'offusqué, comme il devrait l'être.

— Je ne peux en rien vous aider, capitaine, mais, si c'est vrai, il serait bon de prévenir Mary. Si Cork travaille pour Baletti ainsi qu'elle l'a raconté, et tout autant pour l'ambassadeur, il y a gros à parier que Baletti et l'ambassadeur sont complices. Il vaudrait mieux pour elle qu'elle s'en méfie.

Forbin le dévisagea. Sa rage était domptée par le calme de Corneille. Souvent, autrefois, cela avait été le cas.

— Je croyais que tu aurais pris le parti de Cork.

— Je n'ai eu qu'un seul véritable ami, déclara Corneille en fouillant le regard de son capitaine. Je regrette de l'avoir perdu, mais Mary le valait bien, et Cork n'était pas celui-là.

— Tu as raison, réalisa Forbin. Oui, tu as raison. Sers-toi un verre de rhum, lâcha-t-il en laissant choir sa massive ossature dans un fauteuil.

Corneille obtempéra et lui rapporta son propre verre rempli. Forbin lui désigna un siège en face du sien. Ils demeurèrent un moment en silence.

— J'aurais agi comme toi, avoua soudain Forbin. Pour Mary, j'aurais agi comme toi si j'avais été à ta place. Je ne sais pas auquel de nous trois j'en veux le plus, à toi de l'avoir séduite, à moi de ne l'avoir pas retenue ou à elle de nous avoir séparés, toi et moi.

— Elle n'y est pour rien. Elle était jeune, inexpérimentée des choses de l'amour et désireuse de s'élever pour s'écarter de la misère.

— Tu l'as mieux comprise que moi, constata Forbin dépité. Mieux aimée aussi, je le devine. Tu me juges orgueilleux et imbécile, n'est-ce pas ?

Corneille sourit. Cette conversation retrouvait la chaleur de celles d'autrefois.

— Parfois, répondit-il sans hésiter.

— Souvent, rectifia Forbin, lucide. Te serais-tu lié autant avec Tom si je n'avais pas nié notre amitié ?

— Je l'ignore, mentit Corneille.

Forbin le devina. Il soupira.

— Je me suis montré injuste et méprisant, et cependant tu refuses de m'accabler davantage. Mais je ne suis pas sot, Corneille. Le malheur de Mary vient de moi.

— Le malheur de Mary vient d'Emma. Comme nous deux, elle a refusé la vérité.

— Quelle vérité ? s'étonna Forbin.

— Mary est quelqu'un qu'il est impossible d'aimer. Elle appartient au vent du large, à l'océan, à l'espace. Elle se pose et se donne, capitaine, elle nous offre le meilleur d'elle-même, mais ce n'est qu'une illusion. Un instant passager, durant lequel elle est entière. Entière mais pas complète. Plus complète. Niklaus possédait ce que nous n'avons pas. J'ignore ce que c'est, mais cela fut et ne lui reviendra jamais. Mary ne peut vivre qu'en liberté. C'est une question de survie.

— Il y a tout de même Junior.

— Oui, il y a Junior. C'est sans doute le seul lien qu'elle ne rompra jamais ; il l'encombre pourtant d'une certaine manière, sans qu'elle veuille se l'avouer.

— Qu'est-ce qui te fait dire ça ? s'étonna Forbin.

— Emma n'est pas à Venise, nous le savons bien. Il faut bien que quelque chose l'y retienne. Quelque chose de plus fort que la vengeance qui la ronge.

— Baletti ? grinça Forbin.

— S'il plaît à Mary de le croire, mais il ne pourra pas davantage la changer. Non, c'est autre chose. Quelque chose qu'elle ne sait même pas elle-même.

— Quoi ? lança Forbin, fasciné à présent de découvrir ce qu'il avait refusé de voir et d'entendre.

— Elle a peur, capitaine, murmura Corneille, blessé lui-même par cette vérité. Elle a peur d'aimer. Peur de s'abandonner et de l'être en retour. Alors elle aime ceux qu'elle croise sur sa route et qui lui apportent une trêve, mais pas comme elle le devrait, pas comme Niklaus. Mary fuit. Elle est forte, tenace, obstinée, rebelle, vindicative et impitoyable, et pourtant elle fuit. Et elle préfère savoir Junior à nos côtés plutôt qu'avec elle, quoi qu'elle prétende et bien qu'il lui manque.

Un long silence tomba entre eux. Forbin comprenait que Corneille avait raison, infiniment raison.

— Que crois-tu qu'il va se passer ? demanda-t-il enfin.

— Elle se laissera apprivoiser par Baletti et, s'il le lui demande, elle se fera épouser. Il possède tout cet indispensable dont elle a besoin pour se rassurer.

— Tu ne l'imagines pas complice d'Emma ?

— Si, et de l'ambassadeur aussi. Mais il l'aimera et, à cause de cela, il l'aidera à se venger. Il sera même certainement prêt à tuer pour la garder. Mary doit savoir ce qui se trame. Elle saura quoi en faire, mais nous n'y changerons rien. Nous l'avons perdue, capitaine. Tous les deux.

— J'ai déchiré toutes les lettres que tu lui as envoyées, s'excusa Forbin.

— Je m'en doutais. Les avez-vous lues?

— Non.

— Vous l'auriez dû. Ces lettres disaient toutes la même chose à Mary. Que quoi qu'elle fasse, nous serions toujours à ses côtés.

Forbin baissa les yeux, touché par l'abnégation de Corneille. Il se sentit piteux et stupide.

— Oublions tout cela, capitaine, suggéra Corneille, une bonne fois pour toutes. Mary nous a donné un fils. Aimons-le ensemble comme nous l'avons aimée, elle.

Forbin hocha la tête et serra les poings.

— Que Baletti ne s'avise jamais de la faire souffrir!

— Elle saura s'en défendre. Ami? demanda-t-il en se levant.

Forbin en fit autant et une accolade fraternelle les réunit.

— Ami, jura Forbin, si tu peux me pardonner.

— Bah, repartit Corneille en se dégageant de leur étreinte virile, l'amour comme l'amitié ont besoin de querelles pour s'éprouver. On m'attend pour mon quart. Junior sera content de notre entente.

— Il était inquiet?

— Il est intuitif, vous le savez.

— Rassure-le, mais ne lui parle pas de nos soupçons sur Cork, je ne voudrais pas qu'il pense sa mère en danger.

Corneille s'éclipsa, satisfait.

Junior l'accueillit en tendant un doigt vers la crête des vagues.

— Regarde.

La Galatée filait sous le vent, talonnée par *La Gentille*. Les deux navires étaient escortés par une cinquantaine de dauphins dont les cris répondaient à ceux des cormorans. Ils batifolaient dans une mer houleuse, indifférents aux nuages qui roulaient de l'est.

Junior ne se lassait jamais de les admirer.

— Eh bien, le mousse, se moqua Corneille, on se laisse distraire de son poste ?

Junior se mit à rire et grossit sa voix.

— Oui, capitaine. Mais donnez-moi une corvée de pont, que je sois puni sans en être privé.

— Comment, mon lascar, répliqua Corneille, se piquant au jeu de l'enfant. En ce cas vous subirez la planche, et nous verrons bien si, comme eux, vous savez nager.

Junior se mit à rire de plus belle, escalada les haubans et se hissa sur la hune au milieu des autres gabiers. Il plaça ses mains en porte-voix.

— Navire en vue, capitaine ! s'écria-t-il en même temps que la vigie.

Corneille le rejoignit de la même manière, jouant de son moignon avec une belle agilité.

— Tu crois que c'est un Impérial ? demanda Junior en ajustant ses mains comme une longue-vue.

— Plutôt un Vénitien.

— Aïe, aïe, aïe ! s'exclama-t-il. M. de Forbin ne va pas du tout, mais pas du tout aimer.

Corneille lui ébouriffa les cheveux, aussi sombres que ceux de sa mère étaient roux.

— Forbin a de nombreuses raisons de ne pas aimer, dit-il, assortissant sa remarque d'un clin d'œil.

Junior sourit et lui répondit de même.

— Toi, tu ne lui as pas dit que c'est juste le trésor de Baletti que maman veut récupérer.

Corneille ne répondit pas et se contenta de sourire, tandis que Junior se serrait contre lui, bravant le vent qui forcissait. Il n'avait pas menti à Forbin sur le caractère de

Mary, ni sur ce qu'elle attendait de Baletti. Pour le reste... C'était de bonne guerre. Il n'avait aucune envie de se résigner. Il aimait bien trop Junior pour s'écarter de Mary comme il l'avait prétendu.

Après celui de Baletti, c'est le trésor d'Emma vers lequel Mary voguerait, c'était inévitable, et il comptait bien être là pour les protéger, elle et son fils.

12.

Le carnaval touchait à sa fin. Cette perspective conduisait les Vénitiens à une débauche plus grande encore, comme s'il fallait ne rien perdre de ces dernières heures. On ne parlait presque plus que d'amour dans les salons. À mots couverts, car certains patriciens du Grand Conseil, fidèles aux idées puritaines du doge, se scandalisaient de cette image libertine.

— L'honneur de Venise se porte ailleurs, et bien plus humainement, avait rétorqué Baletti à l'un d'eux. L'honneur de Venise est dans sa neutralité et dans son refus des conflits. Il me plaît mieux que l'on meure d'aimer que de la soif de conquête.

Le patricien en était convenu à regret, tout en décrétant que l'honneur serait mieux porté s'il s'auréolait d'un peu de retenue. Baletti le lui avait accordé et les deux hommes s'étaient entendus.

Cette remarque avait plu à Mary, qui avait reçu la veille un courrier de Forbin l'instruisant de ses doutes concernant un éventuel trafic.

Elle l'avait rassuré aussitôt, lui expliquant ce qu'elle avait découvert des activités de Cork et de Baletti. Elle était persuadée que, si Cork était coupable de contrebande, ce n'était que pour servir les miséreux et non les Impériaux Baletti lui avait montré depuis un œilleton au grenier ce long cheminement de gondoles que la nuit venue amenait jusqu'à sa porte.

— Pourquoi la salamandre ? avait-elle demandé, s'étonnant des armoiries particulières au fronton de la porte du palais.

— Parce qu'elle se régénère au soleil. Parce qu'elle brave le feu pour survivre, parce qu'elle ne recule jamais devant la difficulté. C'est un symbole. C'était aussi l'emblème du roi François Ier.

— Et ce visage de cristal sur lequel elle repose a-t-il une signification, lui aussi ? avait-elle enchaîné, réalisant soudain qu'il s'agissait peut-être de ce que Baletti appelait le crâne de cristal.

— Le cristal attire et reflète la lumière. Vous avez dû vous en rendre compte lorsque vous êtes revenue l'autre soir. Le moindre rayon l'anime et guide ces gens vers ma porte sans qu'ils sachent que je me cache derrière. Ce n'est pour eux qu'un point de ralliement, rien de plus.

Mary n'avait pas insisté.

Forbin ne devait pas s'inquiéter pour elle. Elle maîtrisait la situation tout en demeurant sur ses gardes, lui avait-elle écrit pour le rassurer. Elle l'avait aussi remercié de sa franchise, appréciant de recevoir le courrier de Corneille qu'il avait avoué avoir subtilisé par jalousie. Elle lui avait dit son bonheur de les savoir réconciliés et lui avait annoncé qu'elle attendrait jusqu'à l'été de voir Emma paraître. Si cela n'était, elle quitterait Venise pour les rejoindre sur *La Perle*.

Elle n'avait pas menti, même si, depuis qu'elle avait découvert la vraie nature de Baletti, celui-ci la troublait davantage encore. Chacun de ses regards était une brûlure, le moindre effleurement changeait son corps en brasier. Elle n'osait le provoquer pourtant. Il aurait suffi qu'elle parle, elle le savait, mais que lui dire ? Je vous ai soupçonné à tort d'être un meurtrier ? D'avoir commandité l'assassinat des miens, d'être l'allié de ma pire ennemie ? Je vous ai haï et ne suis demeurée à vos côtés que pour me venger ? Le courage lui manquait. Elle n'avait pas envie de le décevoir, encore moins de le blesser.

Baletti n'était pas comme les autres. Il méritait respect et confiance. L'attendre était sans doute le seul moyen qu'elle possédât pour le remercier de ce qu'il était. Elle se souvint de cette conversation qu'elle avait eue autrefois à Douvres avec Emma. Mary s'était révoltée d'imaginer que les gens ne songeaient qu'à leur intérêt, certaine qu'il existait au moins un être différent des autres, pour qui l'argent et le pouvoir n'auraient aucun attrait. Emma s'était moquée, assurant que celui-là serait fol ou demeuré. Baletti n'était ni l'un ni l'autre. Peut-être parce qu'il possédait bien plus qu'elle n'aurait pu l'imaginer.

Une part de plus en plus grande d'elle lui appartenait, acceptant cette dépendance charnelle qu'il lui inspirait par la frustration. Comme s'il avait pu le sentir, profitant des derniers jours du carnaval, il l'avait entraînée, masquée et déguisée tout comme lui, dans les casinos les plus prisés, plusieurs nuits de suite. Chaque fois, le même scénario se reproduisait. Ils entraient discrètement et se dissimulaient derrière un paravent ajouré qui leur servait de masque. Il se plaçait derrière elle et lui interdisait de bouger, refusant qu'on découvre leur présence. Mary sentait son ventre s'embraser des étreintes qui s'orchestraient sous ses yeux, le cœur battant de le sentir si proche, aussi tendu de désir qu'elle.

« Souviens-toi, chuchotait-il. Souviens-toi pour mieux oublier. »

Il ne la touchait pas. Ils regagnaient le palais lorsque la folie amoureuse s'apaisait. Celle de Mary était à son paroxysme. Mais Baletti l'abandonnait devant sa porte, lui recommandant seulement de prier pour s'en faire absoudre. Et Mary, soumise à son jeu, s'endormait dans le désir d'aimer.

— Je n'apprécie pas M. Hennequin de Charmont, avoua Mary.

— Allons, se moqua Baletti. Il n'est pas pire que d'autres.

— Mais pourquoi accepter ses invitations quand d'autres, justement, vous plairaient davantage ? Vous en recevez des dizaines par jour, marquis.

— C'est juste, Maria, concéda-t-il en décrochant d'une patère une mante rehaussée d'hermine pour lui en couvrir les épaules.

Ils se rendaient chez l'ambassadeur. C'était la troisième invitation qu'ils honoraient cette semaine.

— Quel intérêt y prenez-vous, marquis ? demanda-t-elle.

— Si je vous dis que cela me donne l'occasion de le surveiller, cela vous rassure-t-il ?

— Vous le soupçonnez de quelque manigance ?

— Oui. Boldoni aussi.

— Est-ce à cause de cela que vous m'avez écartée de Giuseppe ?

— En partie, avoua Baletti en saisissant une canne au pommeau d'argent sur une tablette. Mais il y a une autre raison.

— Laquelle ? demanda Mary, le cœur battant la chamade.

Baletti s'approcha d'elle, lui prit le poignet avec une infinie douceur et en porta l'intérieur à ses lèvres, comme il aimait si souvent le faire. Une fois encore elle frissonna.

— Plus tard, promit-il. Le temps viendra. Ayez confiance en moi.

Elle hocha la tête, mais n'en pouvait plus d'attendre. Tout à la fois, pourtant, elle s'en régalait comme d'une gourmandise délicieusement et insupportablement inaccessible.

Une heure plus tard, ils se trouvaient dans le fumoir de l'ambassadeur de France, auprès des patriciens et de leurs épouses.

Les confidences de Baletti avaient ramené un sursaut d'intérêt à cette visite, de sorte qu'au lieu de se laisser aller sur un sofa, comme elle le faisait d'ordinaire, Mary prêta une oreille attentive à ce qui s'y disait. Comme souvent, on commençait par parler de politique avant de parler d'amour. Les manœuvres de Forbin dans l'Adriatique occupaient tous les débats.

Baletti semblait prendre un plaisir malin à y revenir, troublant l'ambassadeur. Des bouffées de chaleur traçaient sur la face lunaire de celui-ci des sillons salés, contredisant le ton mielleux qu'il adoptait pour les évoquer. Mary s'en régala et le provoqua à son tour, d'un air parfaitement ingénu.

— On raconte que M. de Forbin est impétueux et coléreux. Il est heureux que Venise ne puisse l'agacer. Vous devez vous en réjouir, monsieur l'ambassadeur, cela simplifie votre tâche.

— Certes, certes. M. de Forbin est assurément un homme avisé.

— Avisé mais bigleux, gronda un patricien. Allons, mon cher ambassadeur, reconnaissez que votre compatriote échauffe les esprits du Grand Conseil par ses ridicules accusations.

— Quelles accusations ? demanda Mary, refusant de s'attarder au regard appuyé que lui lança Baletti.

— M. de Forbin voit des fantômes, reprit celui-ci. M. de Forbin s'imagine que Venise pactise avec l'Empereur.

Il cogna du poing sur la table et prit Baletti à témoin.

— C'est intolérable ! N'en êtes-vous pas indigné, marquis ?

— Je le suis en effet, consentit Baletti.

Mary sentit son cœur se serrer à l'idée que Forbin ait pu dire vrai.

— Je le suis et, cependant, reprit Baletti comme s'il avait entendu ses craintes, M. de Forbin n'a pas la réputation d'être un menteur. S'il assure que les bâtiments impériaux sont ravitaillés, c'est qu'ils le sont.

— Vous oseriez prétendre que Venise... s'empourpra le patricien en se levant d'un bond, comme si l'insulte l'atteignait personnellement.

Il était assez âgé et proche du doge.

— Calmez-vous, mon cher. Je respecte trop la Sérénissime pour lui faire un tel affront. Nombre de gens pourraient trouver un intérêt personnel à trafiquer dans nos eaux. Je suis persuadé que c'est là que M. de Forbin devrait chercher les coupables. Le Grand Conseil serait bien inspiré de l'y aider, au lieu de s'en moquer.

Le patricien se calma aussitôt et passa une main lasse dans ses cheveux argentés.

— Vous êtes un homme sensé, marquis. Je répéterai votre argument au doge.

Baletti le remercia d'un hochement de tête. Lorsqu'il releva les yeux, Mary put voir qu'il observait l'ambassadeur. Hennequin de Charmont était livide et faisait des efforts pour se contenir. Mary l'apostropha :

— Vous voici bien pâle, monsieur, auriez-vous quelque migraine ?

L'ambassadeur lui coula un regard noir, et Baletti s'interposa.

— Cette vésicule vous importune encore, à ce que je vois. Vous devriez limiter vos excès. En période de carnaval, nous y sommes tous sujets. Je vous ferai porter un de mes élixirs de santé.

— Vous êtes trop bon, grimaça l'ambassadeur.

— Cessez plutôt de vous biler avec cette histoire, relança le patricien. M. de Baletti a raison. Ni la France ni Venise ne sont opposées dans cette affaire. Si Forbin persiste dans ses accusations, nous y mettrons bon ordre. Il est possible que le mal soit passager, après tout. Mais je comprends que cela vous chagrine. Votre position est inconfortable.

— En effet, accepta l'ambassadeur, retrouvant quelques couleurs.

Mary n'insista pas. D'autant qu'il glissait vers elle un œil rancunier.

— Je vous laisse, messieurs, décida le patricien en se levant. J'ai déjà trop tardé et mon épouse pourrait s'imaginer que je coquine dans quelque casino.

Il s'inclina et prit congé. Hennequin de Charmont se tourna vers Baletti et susurra :

— À propos, mon cher, viendrez-vous au palais Foscari ce soir pour la clôture du carnaval ? Je suis sûr que Maria et vous y serez fort prisés. Nous apprécions tant ces petits jeux que vous organisez.

Ce fut au tour de Mary de blanchir et de baisser les yeux sur le sourire carnassier qu'il lui adressait.

— Qui sait, lui répondit le marquis, ajoutant à son trouble. Qui sait...

Il se leva et prit congé. Mary en fit de même, bouleversée.

— Souriez et redressez la tête, lui ordonna Baletti en aparté.

Elle obéit, blessée. Le silence les enveloppa durant tout le trajet. Mary aurait voulu le briser, mais elle s'en sentait incapable. Baletti semblait perdu dans ses pensées. Les mêmes, sans doute. Elle n'avait pas besoin d'un bûcher, ce soir, pour se sentir condamnée.

— J'ai à faire, dit-il simplement en arrivant au palais. Retrouvons-nous au souper, voulez-vous ?

Mary le laissa partir. Elle monta l'escalier avec un reste de dignité, puis referma sur son trouble la porte de sa chambre.

Elle se dirigea vers sa coiffeuse pour se redonner un coup de peigne avant le souper, en approchant le chandelier. Elle faillit le lâcher tant elle se mit à trembler. Elle le posa devant le miroir à côté d'un bouquet.

Un bouquet d'orties qui servaient d'écrin à une rose de soie blanche. Un billet y était accroché.

Mary l'ouvrit.

« Portez-la, disait-il. Ce soir. Pour moi seul. »

Suivaient la signature du marquis et un carton d'invitation à une fête. Celle du palais Foscari dont l'ambassadeur venait de parler.

Mary se laissa choir sur le lit, face à ses démons. Partagée entre le désir et la crainte. Entre l'envie de résister et celle de se soumettre. Elle demeura indécise et immobile, les yeux rivés sur le bouquet, jusqu'à ce qu'on sonne l'heure du souper.

Le repas durant, Baletti ne fit aucune allusion à la fête. Il aborda maints sujets, la forçant à converser sur tout, quand un seul lui tenait le ventre. Comme d'ordinaire, il la fit rire et fut aussi agréable et courtois qu'il savait l'être.

Lorsqu'il se leva, le repas achevé, pour lui retirer sa chaise, Mary demanda d'un ton faussement désinvolte :

— À quelle heure voulez-vous que nous nous rendions au palais Foscari ?

— Soyez prête à neuf heures. Un gondolier vous y emmènera.

Le cœur de Mary se serra.

— Vous ne m'accompagnez pas ?

Le regard de Baletti se fit brûlant.

— Je vous y retrouverai. Plus tard.

— Comment vous reconnaître, marquis ? s'affola-t-elle.

— Moi, je vous reconnaîtrai. N'est-ce pas suffisant ?

Elle hocha la tête. Il se pencha et effleura son cou de ses lèvres, remontant jusqu'à son oreille.

— Ne tardez pas, supplia-t-elle. Je ne le supporterai pas. Pas cette fois.

— Chut ! l'apaisa-t-il.

Il s'écarta d'elle et s'en alla.

À l'heure dite, vaincue, Mary descendit l'escalier, la rose de soie blanche piquée à son corsage, la *moretta* devant son visage tourmenté.

Lorsque le gondolier la déposa devant les marches du palais Foscari, la fête battait son plein dans une explosion de musique et de couleurs. Elle n'avait pas besoin de les reconnaître pour savoir que tous les patriciens s'y pressaient, ivres de vin et de filles. On y allait et venait dans de grands éclats de rire, entraîné par les farandoles, les tarentelles, les plaisanteries grasses et les mains volages. Les dames ne pouvaient se défendre par la voix au risque de dévoiler leur identité. Et l'on ne distinguait plus la prude de la catin, l'épouse de la maîtresse, la candide de l'effrontée. Mary se faufila partout, tapant de l'éventail sur les doigts qui agaçaient ses jupons, cherchant désespérément, sous les masques, à le rejoindre, lui et lui seul.

Il n'était pas une alcôve qui n'abritât la luxure, pas un sofa qui n'hébergeât un corps alangui, pas un verre qui ne débordât d'un vin épais. L'on dansait, aimait, se soûlait sans retenue. Le carnaval sonnait son glas et cette veillée funèbre lui arrachait des larmes sous le velours noir de son masque.

Désespérée de sa folie et de ses bassesses, elle se dirigea vers une large fenêtre au rebord de laquelle des candélabres brûlaient. Un arlequin capta son regard. Mary se mit à trembler, certaine que Baletti se cachait sous son masque. Il disparut à sa vue, happé par le tourbillon des danseurs. Elle le chercha des yeux avidement, n'osant bouger pour qu'il puisse la rejoindre, et le retrouva enfin plus loin, occupé à embrasser une gorge dénudée. Puis ailleurs encore, se laissant chevaucher tout en lutinant deux tailles à ses côtés.

Les habits d'arlequin étaient si nombreux qu'elle n'en put supporter davantage. Baletti ne viendrait pas. Il s'était joué d'elle. Aucun être normal ne pouvait imposer pareille torture. Elle n'avait plus confiance. Forbin avait forcément raison, quoi qu'elle ait vu ou entendu. C'était terminé. Les élans belliqueux de la vengeance l'envahirent, salvateurs. Ils apaisèrent sa douleur. Elle les connaissait bien. Ils avaient depuis toujours été ses complices. Elle ne les craignait pas. Pas autant que cette soumission qu'elle exécra soudain. Un escalier grimpait vers l'étage. Elle releva ses jupes et s'y précipita, haletante. Elle était décidée à quitter Venise, à rejoindre Forbin et à s'en aller traquer Emma à Douvres, comme elle aurait dû le faire depuis longtemps déjà.

Avisant un boudoir délaissé, à peine éclairé d'une chandelle, elle s'y glissa, et se plaça face à la fenêtre aux volets barrés pour se calmer. Une main emprisonna son poignet et le tordit sur ses reins. Un gémissement lui échappa et la *moretta* tomba sur le tapis.

— Agenouille-toi sur le fauteuil, exigea le marquis dans un souffle.

Elle ne l'avait pas entendu entrer.

— Je vous hais, gémit-elle, en obéissant pourtant.

— Moi, je t'aime, Mary. Je t'aime comme je n'ai jamais aimé.

Il souleva ses jupes et les renversa sur ses épaules avant de la prendre avec une lenteur exaspérante qui lui arracha un sanglot avant de la faire hurler. Encore et encore. Le diable avait gagné.

Elle lui appartenait.

13.

Clément Cork s'avança dans le cabinet de M. Hennequin de Charmont, où on l'avait introduit, avec le même déplaisir que d'ordinaire. L'ambassadeur faisait face à la croisée qui donnait sur le jardin.

— Vous vouliez me voir, dit Cork, faussement servile.

L'ambassadeur délaissa la vue de ses esclaves qui jouaient dans le jardin et se retourna vers lui. Il apparut à Clément à la fois abattu et excédé, un chiot dans les bras qu'il caressait sans tendresse.

— Nous avons un problème, lâcha-t-il. Un gros problème qu'il va nous falloir résoudre.

— Je suis là pour cela, monsieur, assura Cork.

— Forbin s'est plaint au roi de France et au doge. Une enquête a été ouverte, ici, à Venise. Cette fois, je ne peux plus rien contrôler.

— Souhaitez-vous que je fasse cesser tout commerce ?

— Non, grinça l'ambassadeur. Je ne veux pas qu'on m'empêche de jouir de mes amusements, je ne veux pas qu'on m'agace, je ne veux pas qu'on me juge !

— Que voulez-vous, en ce cas ?

— Je veux la mort du chevalier de Forbin ! explosa l'ambassadeur en trépignant.

S'il n'avait été aussi déterminé, Cork aurait ri de voir les sursauts graisseux de cette masse informe emprisonner le chiot qui s'était mis à japper pour s'en dégager.

— Rien que cela, répondit-il en se laissant choir dans un fauteuil. Et comment comptez-vous vous y prendre ? Je vous rappelle que Forbin est difficile à atteindre.

— La ruse, grinça Hennequin de Charmont en relâchant l'animal qui venait de le mordre. Seule la ruse peut le faire tomber.

Il ricana, s'approcha de Cork et l'empoigna au collet pour le redresser, les yeux exorbités. Lui imposant son souffle acide, il lui raconta ce qu'il avait imaginé.

*

— La rumeur devra être répandue par les Impériaux eux-mêmes, répéta Cork au marquis de Baletti chez lequel il s'était précipité sitôt que l'ambassadeur l'eut renvoyé.

Baletti se frotta le menton d'une main ennuyée. Il se félicita que Mary soit absente. Même si Cork se rendait chez lui par un passage souterrain partant de son cabinet et ressortant dans une abbaye, il n'en restait pas moins qu'il aurait été gêné de la mêler à tout cela. Mary avait changé. Elle se montrait douce et tendre, et il la sentait peu à peu s'apaiser, rechercher sa compagnie. Il n'avait pas menti en prétendant l'aimer. À vouloir l'apprivoiser, il s'était pris à son propre piège. La meilleure manière qu'il avait de lui prouver sa sincérité était celle-là. Lui offrir tout et plus encore . ce plaisir qu'elle réclamait dans ses bras, cette discrétion qu'elle espérait et, bientôt, cet ultime secret qui était le sien et que nul, pas même Emma de Mortefontaine, n'avait véritablement percé. Il ferma les yeux et chassa la vision qui l'endeuillait pour se concentrer sur ce que venait de lui apprendre Clément.

— Forbin est orgueilleux, déclara-t-il. Si on lui assure que le château de Potrée abrite une réserve conséquente de munitions et qu'elle est peu gardée, il est évident qu'il se hâtera vers lui.

— Les Impériaux le prendront alors en tenaille tandis qu'il canonnera un leurre, termina Cork.

— Il faut l'avertir, décida Baletti. Je pourrais laisser traîner l'information pour que Mary s'en charge. Mais il m'ennuie qu'elle en soit informée. Elle s'inquiéterait pour son fils.

— J'ai peut-être la solution, lâcha Cork après un instant de réflexion. Un matelot de Forbin est un ami d'enfance. Il m'a sauvé la mise une fois auprès de son capitaine, ce qui m'a laissé à penser qu'il a quelque influence sur lui.

— Coutume d'amatelotage ?

— Je le suppose. Je vais me débrouiller pour le prévenir. L'escadre de Forbin est actuellement au mouillage. Il me sera facile de trouver Corneille.

— Cela va t'exposer, nota Baletti.

— L'ambassadeur va trop loin. Forbin doit s'en sortir sans dommage et le fils de Mary aussi.

Baletti fouilla le regard sombre de Cork.

— Tu tiens à elle, n'est-ce pas?

— Comme à toutes les autres dont le mystère me touche. Je ne l'ai pas aimée, marquis, seulement désirée. Je ne nie pas que cela aurait pu être, mais cela n'a pas été. Je suis heureux de votre entente.

— Il y a longtemps que je n'avais pas été aussi attentif, et proche de quelqu'un, avoua Baletti. Je ne veux plus qu'elle souffre.

— Faites-moi confiance, marquis. Je vais agir pour que cela n'arrive pas.

— Hâte-toi en ce cas. Les rumeurs vont vite, elles pourraient bien te précéder.

*

Clément Cork fit diligence et parvint à Ancône le lendemain soir. Il lui fallut peu de temps pour trouver les matelots de *La Galatée*. Une taverne leur servait de repère. On y jouait aux dés, on riait fort dans les effluves d'alcool tout autant que de tabac, et la réputation des filles de joie n'était pas surfaite. Si elles savaient compter les pièces qu'on leur glissait dans le corsage, elles savaient aussi satisfaire l'appétit des matelots, depuis trop longtemps en mer.

Il franchit le seuil du bouge qu'un brouhaha de musique et de voix emplissait, et se fraya un passage dans la fumée des pipes. Il avisa Corneille occupé à un bras de fer avec un autre. Autour de la table, des paris fusaient, et Corneille était loin d'être donné gagnant, semblant souffrir sous la poigne de son vis-à-vis.

Cork écarta le public pour se placer au premier rang. Les hommes misaient par l'intermédiaire de l'un d'entre eux, qui les haranguait avec un accent marseillais prononcé. Tous avaient le regard rivé sur les muscles saillants des lutteurs. Les veines gonflées qui marbraient leurs bras semblaient prêtes à éclater sous l'effort.

— Tu vas en crever ! cria un matelot à Corneille. Cède, cornebleu !

Les deux hommes ahanaient et transpiraient, mais Cork ne fut pas dupe. Il relança les paris qui se mouraient pour le plus grand bonheur du Marseillais. La somme était conséquente et força les autres à suivre. Corneille leva un œil et avisa son sourire railleur. En un instant, ils retrouvèrent leur complicité d'antan.

— Il est temps d'en terminer. Je fatigue, décida-t-il, libérant enfin la puissance de son unique poignet.

Celui de son adversaire plia et s'effondra sur la table dans un craquement sinistre.

— Ô, bonne mère ! Ça, c'est envoyé ! s'exclama le Marseillais.

Il ramassa prestement le pécule, préleva sa part, paya les vainqueurs, tandis que les perdants s'éloignaient en commentant leur mauvaise fortune.

— Sans rancune ? demanda Corneille à son adversaire en lui tendant sa main rougie.

L'homme s'en empara.

— Je t'ai sous-estimé. Faut jamais sous-estimer un manchot !

Il serra sa main avec franchise et se leva. Cork s'installa aussitôt à sa place.

— Comme autrefois, nota-t-il en souriant. Tu as juste changé de bras.

— Par coquetterie, s'amusa Corneille. Quel vent t'amène, Cork ?

— Un vent mauvais.

— Ô bonne mère ! Je vais faire fortune avec toi ! les coupa le Marseillais, revenu vers leur table pour payer Corneille.

— N'y compte pas trop, lui répondit celui-ci. Les matelots ne s'y laisseront pas prendre deux fois.

— Dommage ! Il y a longtemps que je ne m'étais pas régalé comme ça ! Ah oui ! bonne mère, bien longtemps, renchérit le Marseillais en s'éloignant.

Corneille compta son argent, le divisa en deux et en tendit la moitié à Cork.

— Garde tout, refusa celui-ci. Ça m'a amusé.

— Pas question, décréta Corneille. Notre petite combine marchait bien dans le temps, faut pas gâter le souvenir qu'on en a.

Cork empocha la somme.

— Revenons à ta visite. Tu sais que tu n'es pas en odeur de sainteté auprès de Forbin. S'il te savait ici, je doute qu'il te fasse ses compliments. Bon sang, Cork, tu t'es fourré dans une situation délicate, cette fois.

— Moins que tu ne crois. Il faut que je parle à Forbin, justement.

— Pour te faire pendre ?

— Je ne peux rien te dire ici, ce serait trop risqué. Rejoins-moi à minuit à l'église. Juste derrière le bénitier se trouve un renfoncement qui mène à une crypte. Je vous y attendrai, Forbin et toi.

Corneille hocha la tête, l'œil inquiet. Cork se leva pour sortir. Il ne tenait pas à ce qu'on le remarque trop en sa compagnie.

*

— Tu dis qu'il souhaite me parler, alors qu'il sait que je le veux pendu, s'étonna Forbin.

— Il pourrait s'agir de Mary, répliqua Corneille qui s'était aussitôt empressé auprès de son capitaine resté à bord de *La Galatée*.

— Je n'ai jamais révélé à Mary que tu connaissais Cork, avoua Forbin, alors comment celui-ci saurait-il que nous sommes liés ?

— Je l'ignore, mais Cork ne se serait pas déplacé si ce n'était d'importance.

— À moins de vouloir nous tendre un piège. N'oublie pas que je gêne ses activités. Il pourrait aussi chercher à m'éliminer.

Corneille demeura songeur. Cette hypothèse ne l'avait pas effleuré. Même si elle lui semblait inconcevable, il ne pouvait totalement l'écarter.

— C'est bon, décida-t-il. J'irai seul, c'est plus prudent. Je prendrai la mesure de ce qu'il veut.

— En ce cas, c'est moi qui passerai pour un couard. Et il ne sera pas dit que le chevalier de Forbin se sera retiré devant le danger.

Corneille l'arrêta.

— Cependant, vous devez rester, capitaine. Il est possible que vous ayez raison. Cork peut ne plus être celui que j'ai connu. Si nous devions y tomber tous deux, qui s'occuperait de Junior ?

Forbin passa une main lasse dans ses cheveux grisonnants.

— Peste soit de ce dilemme !

— Je vous rapporterai ce dont il s'agit. Fidèlement. Comme autrefois.

— Comme autrefois, accepta Forbin.

*

À minuit sonnant au gros bourdon de l'église, Corneille descendit les marches d'un escalier moussu pour rejoindre la crypte. Sans hésiter, il se dirigea vers la chandelle posée près d'un autel. Cork était assis, les pieds ballants. Il sauta de son siège improvisé pour s'avancer vers lui.

— Te voilà seul, l'ami. Je suppose que Forbin n'a aucune confiance en moi.

— Il a quelque raison pour cela, tu ne crois pas ?

— Et toi ? demanda Cork en revenant s'installer sur la pierre.

Corneille se jucha à ses côtés, la chandelle entre eux.

— Tu te souviens à Brest ? Lorsque l'abbé nous cherchait pour notre service d'enfants de chœur ?

— Parbleu, si je m'en souviens. Nous tremblions de peur devant les gisants, mais préférions nous glisser près d'eux plutôt que remplir son office.

— C'est là que nous avons pris notre premier butin.

— C'est là que nous avons juré de devenir pirates.

Corneille soupira. Des images passèrent dans sa mémoire, semblables à celles qui cueillaient Clément Cork. L'escalier secret dans la nef, la petite crypte et la cassette. La cassette emplie de doublons espagnols, juste à côté du squelette armé encore d'une lance. Ils avaient hurlé, puis s'étaient serrés l'un contre l'autre avant de faire leur repaire de l'endroit. Cork était devenu pirate. Corneille avait croisé la route de Forbin parce que son père, matelot à son bord, l'y avait fait engager. Leurs chemins, si longtemps convergents, s'étaient séparés jusqu'à Calais...

— Te souviens-tu de cette femme et du trésor dont je t'avais parlé avant que tu ne gagnes la Méditerranée ? demanda enfin Corneille, rompant le silence.

— Une fieffée garce, qui t'a abandonné pour le chercher seule, te laissant penaud et désemparé. Oui, je m'en souviens. Tu t'en es guéri, apparemment. C'est ce vieux souvenir qui t'y fait repenser ?

— En partie, répliqua Corneille.

Il fut tenté de tout lui dire, mais devait savoir d'abord s'il pouvait ou non lui faire confiance. Il enchaîna :

— Travailles-tu vraiment pour l'ambassadeur ?

— Oui et non. Je suis son bras, c'est vrai, mais pour mieux le faire tomber. J'œuvre auprès d'un patricien qui veut dénoncer ce commerce et a besoin de preuves.

— Baletti ?

Cork tourna vers lui un visage surpris.

— Tu le connais ?

Corneille hocha la tête.

— Tu aimais l'or, la rapine et les femmes, Clément. Pas l'odeur du sang, si je m'en souviens.

— C'est toujours vrai. C'est pourquoi je suis venu vous informer du complot qui se trame contre Forbin.

— Un complot ? s'exclama Corneille, repoussant à plus tard ce qu'il voulait lui faire dire.

— L'ambassadeur est ulcéré des soupçons de ton commandant. Encouragé par Baletti, le doge commence à douter, même s'il se drape dans sa dignité.

— Forbin, il est vrai, ne passe pas un jour sans écrire à Hennequin de Charmont, s'étonnant de ce qu'il soit aveugle et sourd.

— As-tu entendu parler du château de Potrée ?

— Les Impériaux y ont placé des armes et des munitions en quantité, affirma Corneille.

— La rumeur est fausse. C'est un piège pour perdre Forbin. Il ne faut pas qu'il y tombe. Il serait pris en tenaille et ne pourrait s'en sauver.

— Comment le sais-tu ?

— L'ambassadeur m'a chargé de l'affaire. Baletti m'a encouragé à la faire échouer. Par esprit de justice mais aussi à cause d'une femme. Le marquis est amoureux.

— De Mary, bien sûr, lâcha Corneille comme une évidence.

Cork et lui se dévisagèrent.

— J'ai l'impression que tu en sais plus que moi à son sujet. Je me trompe ?

Corneille jaugea encore un instant Cork.

— Ton maître, ce Baletti, a-t-il du sang sur les mains ?

— Baletti ? Si tu le connaissais, Corneille, tu n'oserais même pas y penser. C'est l'être le plus intègre et altruiste que j'aie jamais rencontré. Qu'est-ce qui te le fait penser ?

— Il est l'associé d'une femme démoniaque, Emma de Mortefontaine.

— Emma, grinça Cork. C'est la créature la plus vénale que j'aie jamais croisée. Elle possède un objet que Baletti souhaite récupérer et vice versa. Ils ont conclu une trêve pour les mettre en commun, mais jamais Baletti ne pourrait s'associer à cette créature. Elle a la beauté du diable et elle en est le mal incarné. Morbleu, Corneille, réalisa-t-il soudain, ne me dis pas que le trésor qu'elle recherche est le même que le tien ? Qu'Emma serait cette femme sur laquelle tu te lamentais à Calais ?

— Tu as raison sur un point, répliqua Corneille, convaincu à présent de la sincérité de son ami. C'est bien ce trésor-là que je cherchais, mais c'est Mary Read que je pleurais.

— Mary? s'étrangla Cork.

Et Corneille entreprit de tout lui raconter.

*

Emma de Mortefontaine envoya un vase de cristal fracasser la large fenêtre de son cabinet de Douvres. Tout ce qui se trouvait sur son bureau – plumier, encre, vases et papiers – prit la même voie. Gabriel, l'homme de main qui avait remplacé George, pénétra dans la pièce, pistolet au poing, craignant une agression. Il n'eut que le temps de se baisser pour éviter la statuette de bronze qu'Emma, se retournant d'un bloc, lui envoya à la figure. Prudent, il se retira en ayant soin de refermer la porte. Une seconde statuette heurta le chambranle de plein fouet.

Lorsqu'il n'y eut plus rien à déchirer, à lancer ou à briser, Emma poussa un hurlement sauvage de douleur et de désespoir mêlés. Un vent humide s'engouffra dans la pièce par la vitre brisée, faisant voleter les feuillets de la lettre que lui avait envoyée Boldoni. L'un d'eux s'accrocha sur les épines des roses rouges que le vase avait contenues avant de finir sur le planché ciré.

Emma se rua dessus, l'arracha et le froissa avant de le piétiner sauvagement près de ce tapis où autrefois elle avait fait l'amour avec Mary Oliver, son timide et charmant secrétaire particulier. Elle éclata en sanglots rageurs et s'effondra enfin dans un fauteuil, épuisée de fureur, les yeux fous et les cheveux désordonnés. Baletti et Mary. Mary et Baletti. Leurs visages tournoyaient dans sa mémoire, y dansaient et s'enlaçaient en ricanant, se moquant d'elle. C'était insupportable. Elle trépigna, tapant des poings et des pieds comme pour les écraser encore et encore, hurlant de douleur d'imaginer cette alliance inconcevable. Cette trahison.

Que Mary veuille se venger, c'était normal, Emma l'attendait, elle l'espérait. Elle s'en nourrissait à plaisir, l'imaginant défaite, tourmentée, détruite d'avoir perdu les siens. Mary avait prouvé, d'ailleurs, qu'elle ne songeait plus qu'à cela, puisqu'elle avait éliminé George et maître Dumas. Elle ricana. Baletti savait-il que Mary avait tué son père ? Évidemment non, elle n'avait pas dû s'en vanter ! Gabriel, en retournant au domicile de l'ancien procureur après la mort de George, l'avait découvert gisant dans sa crypte secrète. Emma avait chargé Gabriel d'en extraire le trésor de manière discrète. Il l'avait fait en utilisant un ancien souterrain qui partait de la crypte et avait été muré, après avoir au préalable bouclé la chambre de maître Dumas de l'intérieur pour qu'on ne le dérange pas. Emma sentit une bouffée de plaisir la ranimer. Baletti saurait. Elle se chargerait de l'instruire et de prétendre que Mary avait sacrifié Dumas pour assouvir sa cupidité. Qu'elle l'avait séduit, lui, dans le même but. Elle les regarderait se déchirer. Elle jouirait de l'aider à la punir. Ensuite, une fois pour toutes, elle les détruirait. Elle pour l'avoir laissée dix-huit mois durant l'attendre à Douvres, lui pour avoir osé posséder Mary quand il l'avait repoussée, elle, aussi cruellement. Ils allaient payer cher cette alliance.

Emma pensait que la mort de Niklaus et l'enlèvement d'Ann auraient été suffisants pour rabaisser les prétentions de cette peste, mais elle se trompait. Elle l'avait sous-estimée. Mary était de sa race, elle voulait tout et plus encore.

Elle hurla encore. Un cri inhumain, aigu, qui déchira le silence oppressant dans lequel sa colère avait plongé la demeure.

Plus que jamais Mary était son double. Plus que jamais elle la haïssait de l'aimer autant. Plus que jamais elle voulait lui faire mal. Autant qu'elle souffrait.

Et Baletti pleurerait des larmes de sang avant d'en crever.

Elle se redressa d'un bond, comme une hyène, riant de désespoir, et vociféra :

— Gabriel ! Mes bagages, tout de suite ! Nous partons pour Venise !

14.

Depuis deux jours, Mary se sentait nauséeuse et fiévreuse. Elle savait qu'elle n'était pas enceinte et pencha pour quelque humeur maladive, supposant que cela passerait. Elle se mit au lit avec la désagréable sensation d'avoir la nuque plombée et le corps douloureux. Elle aurait dû en parler à Baletti, mais il lui avait semblé si soucieux et distant la journée durant qu'elle ne l'avait pas osé. Elle s'endormit d'une traite, en ayant le sentiment que le lit l'aspirait dans ses draps blancs.

— Venez vite, Monsieur, c'est Madame Mary ! s'exclama la chambrière en forçant la porte de l'atelier où, souvent, Baletti peignait.

Il glissa ses pinceaux dans un pot et se précipita.

— Elle ne s'est pas levée ce matin, et je m'en suis surprise. Ce n'est pas dans ses habitudes de ne pas déjeuner, expliqua la chambrière, inquiète, tandis que Baletti fonçait dans l'escalier à grandes enjambées, le cœur battant la chamade.

Il écarta les rideaux du baldaquin. Le visage émacié et blafard de Mary lui apparut en pleine lumière. Il plaqua une main sur son front ruisselant de sueur. Il était brûlant. Mary étouffa un gémissement. Baletti se retourna vers la jeune femme qui se tordait les mains d'inquiétude.

— Faites bouillir de l'eau, Anna. Je vous rejoins avec mes plantes médicinales.

— C'est grave, Monsieur?

— Assez. Elle est inconsciente. La fièvre est trop forte. Je dois savoir ce qu'elle a fait ces jours derniers. Activez-vous.

— Je vais demander à Pietro. Madame Mary aime bien discuter avec lui.

Baletti hocha la tête et découvrit le corps fébrile de Mary. Il l'ausculta sans obtenir d'autre réaction que des gémissements entrecoupés de claquements de dents. Il s'en voulut de n'avoir rien remarqué, obsédé par le courrier que lui avait envoyé Cork avant de rejoindre la flotte impériale, près des côtes de Potrée.

J'ai appris de Corneille toute la vérité sur Mary Read. Elle vous bouleversera comme je l'ai été. Je ne peux en quelques phrases vous raconter ce qu'il en est, mais prenez grand soin d'elle, marquis. Sans le savoir ni le vouloir, vous avez déchaîné contre elle le pire des châtiments. Bientôt, vous saurez tout. Ne la brusquez pas, de grâce. En ce qui concerne Forbin, tout est réglé ainsi que vous le souhaitiez.

Baletti l'avait lu et relu cent fois, au point de connaître ce billet par cœur. Cette vérité, ces confidences, qu'il avait refusées tant de fois, le torturaient à présent.

Il se pencha vers elle et l'embrassa.

— Mary, mon amour, chuchota-t-il, qui que tu sois, bats-toi.

Les lèvres de Mary tremblèrent et de fins sillons salés roulèrent sur ses joues. Baletti se pencha sur son souffle.

— Niklaus, gémit-elle. Je t'aime, Niklaus. T'en va pas. S'il te plaît, t'en va pas.

Le cœur du marquis se serra. Plus tard, se reprit-il, plus tard pour les réponses. Il abandonna Mary à son tourment et sortit en courant pour préparer de quoi faire tomber la fièvre.

*

Forbin avait fait transférer Junior et Corneille sur *La Gentille,* laissée à quelques encablures de Potrée, dans un port vénitien. Seule une poignée d'hommes s'y trouvait encore. Les autres l'avaient rejoint sur *La Galatée,* pour pouvoir répondre aux prétentions des Impériaux.

Après le rapport de Corneille, sa première réaction avait été d'ignorer la rumeur concernant Potrée. Elle était cependant si répandue que son ministre n'aurait pas compris qu'il ne la vérifie pas. Il avait donc accepté de faire confiance à Cork, mais décidé de s'y rendre tout de même. Il était là avec Clairon qui avait pris le commandement d'un brûlot, déléguant celui de *La Gentille* à son second.

Forbin rangea sa longue-vue.

« Quelque chose ne va pas », se dit-il, inquiet.

Son idée était de laisser les navires impériaux l'approcher tandis qu'il canonnerait la place forte dressée sur la falaise. Clairon enverrait alors son brûlot sur l'un, et lui se chargerait de l'autre.

L'ennemi se retrouverait pris à son propre piège. La batterie du rivage, aussi maigre soit-elle, serait détruite et plus rien ne pourrait empêcher Forbin d'asséner une bonne leçon à ces fourbes. Or les vaisseaux impériaux tardaient à se montrer, contredisant les dires de Cork.

— Dois-je donner l'ordre d'ouvrir le feu? demanda son lieutenant.

— Faites, trancha Forbin.

Il se tourna vers Clairon, debout sur le pont du brûlot, à portée de voix. Comme lui précédemment, il lorgnait le large, le front soucieux.

Du château de Potrée les canons grondèrent, anticipant ceux de *La Galatée.* Leurs boulets vinrent éclabousser par un tir trop court les flancs du navire.

— Rasez-moi ces murailles, décida Forbin en croisant ses mains dans son dos.

Il se concentra sur les éboulements qu'il provoquait, agacé par un pressentiment étrange. Brusquement, il en comprit la teneur.

— Cessez le feu ! ordonna-t-il.

Les canons tirèrent leurs dernières bordées et il put vérifier la véracité de son intuition.

— Corne du diable ! Ils attaquent *La Gentille* !

— *La Gentille* ! beugla Clairon en écho depuis son porte-voix.

Les deux hommes avaient réagi en même temps. Forbin n'hésita pas un instant.

— Virez de bord ! hurla-t-il. Il faut les secourir !

Le lieutenant n'eut pas le temps de donner ses ordres. Un boulet frappa de plein fouet l'étambot qui éclata dans un craquement sinistre.

— Touché au gouvernail ! tonna le barreur.

— Manquait plus que cela, gronda Forbin, voyant le navire prendre le vent et s'éloigner de la côte.

— Charpentier, ordonna-t-il, au rapport. Estimation des dégâts.

La frégate incontrôlable poursuivait sa course.

— Affalez les voiles ! exigea Forbin.

Il s'empara du porte-voix et ordonna à Clairon :

— Rejoignez *La Gentille* !

Clairon n'en attendit pas davantage. *La Galatée* ne pouvait plus se mouvoir comme elle le souhaitait. Il fit mettre à l'eau un canot et y descendit avec une vingtaine d'hommes, laissant le brûlot rejoindre *La Galatée.*

Activée par le mouvement des rames, l'embarcation s'en écarta aussitôt.

Sur *La Galatée*, on s'empressait de toutes parts. Les premiers coups de marteau résonnaient déjà à la poupe.

Forbin enrageait de demeurer là, impuissant à secourir les siens. Il enrageait de s'être laissé berner, et d'avoir écouté ce traître de Cork ! Soudain, il se figea, glacé par l'évidence qui venait de le poignarder.

Corneille avait répété leurs intentions à Cork. Lequel des deux avait menti ? À moins qu'ils ne se soient alliés ? Une chose était sûre pourtant, ce n'était pas Forbin que ce pirate était venu prendre. C'était Junior. Sinon, pourquoi s'attaquer à *La Gentille* ?

Il se tourna, livide, vers le maître charpentier qui s'en venait.

— Le gouvernail est abîmé, capitaine.

— Combien de temps pour réparer ?

— Je dirais trois heures.

— Faites au mieux, soupira Forbin.

Il se dirigea vers son second.

— *La Galatée* doit être prise en remorque par le brûlot. Il faut rallier nos hommes.

Tandis que celui-ci s'employait à relayer ses ordres, Forbin, rageur et angoissé, s'empara de sa longue-vue. Le canot de Clairon tenait l'allure. Avant longtemps il rejoindrait *La Gentille.* Forbin savait cependant que ce serait inutile. Les canons s'étaient tus, là-bas aussi. La frégate était certainement tombée.

*

— À terre ! ordonna le capitaine de *La Gentille*, échouée sur la grève.

Les avaries étaient nombreuses. Fuyant désespérément les navires impériaux, la frégate s'était réfugiée dans une crique. Il avait préféré cette solution, voyant qu'ils se trouveraient vite submergés. Sur l'île, il avait une chance encore de sauver ses hommes.

Il en était de même pour le navire. Les Impériaux ne s'attarderaient pas à le renflouer.

Pas question de mollir pourtant. *La Gentille* était encore à portée de canons et la réserve de poudre pouvait toujours s'embraser d'un tir bien ajusté.

Junior juché sur son dos, Corneille se dirigea vers la plage au milieu des autres. L'eau lui arrivait jusqu'aux cuisses et la mer, agitée par la bataille, lui cognait les flancs. Junior était livide mais silencieux. Il avait tout d'abord refusé d'être porté, puis Corneille avait grondé :

— C'est pas le moment ! Fais ce que je te dis ! Il y a trop de courant !

Junior avait obéi et il fixait la ligne des oliviers en bordure de plage, songeant à sa mère. Comme elle, à présent, il savait l'odeur de la guerre. Il s'appliqua à faire corps avec Corneille pour ne pas le faire chuter, jusqu'aux franges des vagues.

Là, il lâcha prise et courut, devançant Corneille jusqu'aux frondaisons tortueuses des arbres. Les premiers marins s'y étaient déjà réfugiés, les yeux rivés vers le large et les bâtiments de l'Empire.

— Ils s'éloignent, constata le capitaine.

Junior poussa un soupir de soulagement. Il se tourna vers Corneille, dont le visage était étonnamment crispé.

— Ça va ?

Corneille hocha la tête. Il était inutile d'alarmer l'enfant.

— Il ne faut pas rester là, décida le capitaine. Il y a un village à dix minutes. Nous y serons en sécurité.

— Je peux marcher, assura Junior crânement.

Corneille n'insista pas. Des idées sombres l'endeuillaient. Cork leur avait menti, c'était évident. Il refusait de penser que les confidences qu'il lui avait faites sur Mary en étaient responsables. Il soupira et extirpa son pistolet de sa ceinture pour l'armer. Si Baletti voulait Junior, quelle qu'en soit la raison, il faudrait qu'il le tue d'abord. Mais, auparavant, il se chargerait de régler à Cork le prix de sa trahison.

Ils pénétrèrent dans le village comme on sonnait la messe. Les habitants s'avançaient vers l'église, le front soucieux, inquiets des bruits de bataille que le vent leur avait portés. Quelques-uns, téméraires et curieux, s'étaient avancés en bordure du littoral pour se rendre compte. Ils ne s'étonnèrent pas de voir les Français débarquer.

La plupart des matelots leur emboîtèrent le pas pour rendre grâce à Dieu de les avoir épargnés.

— Tu ne veux pas prier ? demanda Junior à Corneille.

— Je préfère surveiller les alentours, répondit-il en se postant près de l'église.

— Tu crois qu'ils ont eu *La Galatée*?

— Non, mentit Corneille.

Tout était possible en vérité.

— Alors le capitaine va venir nous chercher, conclut Junior sereinement.

Il s'étira puis s'installa contre un pilier de soutènement de l'édifice roman. Corneille s'assit à ses côtés, à même le sol crayeux. De longues minutes s'écoulèrent, pendant lesquelles Corneille demeura les sens aux aguets face au sentier qui menait à la plage. Si les Impériaux changeaient d'idée et voulaient les surprendre, il les verrait arriver.

À leur place, ce furent les silhouettes massives de Clairon et de ses hommes qui apparurent dans la trouée. Junior les avait vues lui aussi. Il tendit son doigt vers eux.

— Là !

Avant que Corneille ait pu l'en empêcher, il s'était dressé d'un bond pour courir à leur rencontre.

« Aussi impétueux que sa mère ! » remarqua-t-il une fois encore.

Il se leva et fit de même.

— Content de vous voir, capitaine, lança Corneille en saluant Clairon.

— Forbin est sauf, annonça Junior, heureux de pouvoir le lui révéler. Il arrive !

— Où sont les hommes ? interrogea Clairon.

— Dans l'église.

— Bien ! C'est un lieu d'asile. Nous y serons en sûreté jusqu'à la venue de Forbin. Benoît, Marlin et les frères Raymond, vous accompagnerez Corneille ! Faites le tour du village et réquisitionnez de la nourriture et du vin.

— Je peux en être aussi, capitaine ? demanda Junior.

— Tu peux en être. *La Galatée* a une avarie au gouvernail. Il va nous falloir attendre. Autant le faire le ventre plein.

— Vous ne craignez pas le retour des Impériaux ? s'étonna Corneille.

— Nous n'en avons pas vu la trace en arrivant. Le danger est passé. Mais, par acquit de conscience, nous demeurerons dans l'église, l'office achevé. Rejoignez-nous avec les provisions.

— À vos ordres, mon capitaine, obtempéra Junior avec un salut très réglementaire qui fit sourire Clairon.

Accompagné de ses hommes, il se dirigea vers le sanctuaire. Corneille resta sur ses gardes. Son instinct le lui conseillait, et il avait toujours eu à se féliciter de l'écouter. Ils commencèrent leur tournée, s'éloignant de la petite église par une ruelle qui remontait en pente douce entre les habitations. Elles étaient modestes pour la plupart, mais la gentillesse des Vénitiens n'était pas surfaite.

Partout on leur accorda ce qu'ils demandaient.

Ils se trouvaient auprès d'une femme charmante de figure et d'allure, d'une trentaine d'années tout au plus, dans la bâtisse qui abritait le four à pain du village, lorsque les coups de feu éclatèrent.

— Morbleu ! jura Corneille en courant à l'extérieur.

Il n'avait pas besoin de voir pour comprendre. Les Impériaux cernaient l'église et les Français en étaient délogés. Il aurait été inutile de s'y précipiter. La femme leur jeta quelques mots d'italien en leur montrant du doigt la porte du four.

— Ils vont tout fouiller, comprit Corneille.

— Tu lui fais confiance ? Cette chienne pourrait bien nous livrer, cracha Marlin.

— Nous n'avons pas le choix, trancha Benoît. Si on sort, on se fera prendre.

— Je me demande bien par où ils sont arrivés.

— *Presto, presto,* insista la femme.

— C'est bon, mignonne, décida un des Raymond en ouvrant la porte. Allez, le mousse, à toi l'honneur, dit-il à Junior, qui se rua dans le four.

À peine furent-ils entrés que l'obscurité les enveloppa.

— *Belissima,* décréta un des jumeaux. Dès qu'on sort de là, je la culbute pour la remercier.

— Boucle-la, gronda Corneille.

Trop tard pourtant. Junior chuchota à son tour :

— Ça veut dire quoi, « culbuter » ?

Le rire gras et étouffé des matelots répondit au soupir embarrassé de Corneille.

*

Le marquis de Baletti voyait les heures s'écouler, interminablement. Ses décoctions avaient refroidi et il en humectait le corps dénudé de Mary, la veillant sans discontinuer. La fièvre cependant ne tombait pas. Il en savait la raison et elle l'effrayait. Mary s'était rendue dans un des hôpitaux qu'il avait aménagés à l'écart de la ville, emboîtant le pas à l'un de ses valets.

Pietro, son majordome, le lui avait avoué d'un air ennuyé.

— Elle m'avait fait promettre de ne rien dire, Monsieur. Madame Mary voulait mesurer la portée de vos bienfaits et s'en montrer digne. Elle a visité la léproserie la semaine dernière et l'hospice dimanche. Elle en était véritablement touchée.

Baletti aurait dû le punir d'avoir désobéi aux consignes, il n'en trouva pas le courage. Mary avait voulu contempler ses largesses. Pour le prendre en défaut ou pour mieux l'aimer ? Quoi qu'il en soit, il était urgent de placer sa demeure en quarantaine. Il avait annoncé à ses gens qu'ils risquaient eux aussi d'avoir été contaminés. Il leur interdit de sortir, et d'approcher Mary jusqu'à ce qu'elle guérisse.

— Cet élixir vous empêchera d'être atteints par le mal, si ce n'est déjà fait, leur expliqua-t-il en le leur faisant absorber.

Il en distribuait à tous ceux qui œuvraient auprès des malades, et aux malades eux-mêmes. Cela suffisait la plupart du temps. Quatre pourtant étaient morts la semaine précédente. Les heures à venir seraient décisives pour Mary. Il avait doublé les doses, mais elle continuait de suer abondamment, marmonnant des propos incompréhensibles, entrecoupés de larmes et de cris, qu'il apaisait d'une caresse. Elle réclamait ce Niklaus sans cesse, et, s'il n'avait autant craint de la perdre, il en aurait été jaloux.

Il trempa le linge dans la bassine et refit le geste qu'il avait fait des centaines de fois. Elle se mit à sourire et à gémir de plaisir. Baletti se pencha sur son souffle pour l'embrasser.

— Encore, dit-elle. Encore, Niklaus. J'aime tant quand tu me baignes.

Baletti s'arrêta avant d'avoir osé son baiser. D'autant que Mary se cambrait déjà dans un hurlement qui le glaça en entier.

— Non ! supplia-t-elle en s'agitant. Laissez-le-moi, marquis, laissez-le-moi ! Je ferai ce que vous voudrez !

Il s'écarta d'elle, brûlé par cette fièvre qui la faisait délirer.

— Mon Dieu, Mary, gémit-il, torturé. Qu'ai-je pu te faire, qu'ai-je pu lui faire, pour autant te déchirer ?

*

La porte s'ouvrit et la lumière rasante du soir ramena un peu de vie dans le four.

— Enfin, gronda Benoît, ce n'est pas trop tôt.

Il s'en extirpa le premier, aussitôt suivi par Junior qui en avait assez de cet endroit peu confortable. Les frères Raymond puis Corneille en sortirent à leur tour. Sa colère explosa en découvrant Clément Cork, entouré de quatre matelots, qui les pointaient avec leurs armes.

— Infâme crevure, grinça-t-il, tout en récupérant Junior pour le faire passer derrière lui, arrachant à l'enfant un cri de surprise.

— Moi aussi, je suis content de te voir, le salua Cork, le visage sombre.

Il était assis négligemment sur une table, en équilibre sur une fesse.

— Je dirais bien à mes hommes de baisser leurs armes, poursuivit Cork, mais il m'ennuierait que tu dégaines la tienne et me tues avant que j'aie pu t'expliquer.

— Bonne déduction, ricana Corneille.

— Je ne t'ai pas trahi, lâcha Cork, c'est moi qui l'ai été.

— Comme c'est évident, vraiment.

— Écoute-moi, tête de mule, gronda Cork. J'ai fait ce qu'on m'avait ordonné, et conduit les Impériaux vers le piège que vous leur destiniez. Mais, contrairement à nos accords, ils ont refusé que le *Bay Daniel* intervienne et, pour ce faire, nous ont placés sous la surveillance d'un bâtiment.

— Et tu t'en es débarrassé par magie, se moqua Corneille, amer.

— On leur a collé une bonne canonnade, rectifia un des matelots de Cork. À bout portant.

— Ils n'ont pas eu le temps de réagir. La corvette s'est éventrée. Tu veux les détails ?

— Non. Continue, ça m'intéresse.

— Nous avons filé et aperçu *La Galatée* qui mouillait dans la crique à côté de *La Gentille* et d'un brûlot. J'ai voulu m'en approcher, mais ton cher capitaine n'a pas semblé plus enclin que toi à m'écouter. Ses canons ont grondé. J'ai donc accosté de l'autre côté de l'île pour m'informer. On me connaît partout. C'était facile. Gabriela savait pouvoir me faire confiance et m'a avoué avoir caché des marins français.

— Que sont devenus Clairon et nos compagnons ? demanda Marlin en crachant cette chique qu'il mâchouillait depuis des heures.

— Tués, à l'exception d'une poignée, emmenés par les Impériaux, d'après ce qu'on m'a raconté. Forbin a débarqué avec ses hommes, il y a une heure, pour apprendre ce qui s'était passé. Ils ne se sont pas attardés au village. Gabriela s'était rendue à la source avec d'autres à ce moment-là, elle n'a pas pu les prévenir pour vous. Je suis désolé, Corneille. Forbin aurait dû suivre mon conseil et éviter Potrée.

Corneille dut admettre qu'à la fin de leur entretien, à Ancône, Cork avait réellement insisté sur ce point, refusant que Junior soit stupidement exposé. C'était la raison pour laquelle Forbin l'avait déplacé sur *La Gentille*.

— Que comptes-tu faire de nous ? demanda Christophe Raymond, qui, comme son frère, n'était convaincu qu'à moitié.

— Rien, assura Cork. Je suis de votre côté, pas de celui des Impériaux. Ils ont quitté l'île et Forbin est toujours au mouillage. Je te l'ai dit, Corneille, je veux être sûr que vous vous tiendrez tranquille si je baisse ma garde. Je ne veux pas qu'il y ait de blessés. Junior et Gabriela n'ont rien à voir dans nos querelles.

— C'est bon, lâcha Benoît.

— Pour moi aussi, décida Marlin, de même que les jumeaux.

Corneille et Cork s'affrontèrent du regard, comme autrefois lorsqu'un différend les opposait. Leur amitié avait toujours pris le dessus. Cette fois, Corneille avait du mal à trancher.

Junior décida pour lui en s'écartant de sa protection. Il s'avança vers Cork et lui tendit une main franche.

— Moi, je te fais confiance. Parce que tu as aidé ma mère à Venise.

Cork glissa de la table et prit cette main qu'on lui tendait.

— Comme elle, tu peux compter sur moi, garçon.

— Niklaus, rectifia Junior. Je m'appelle Niklaus Olgersen Junior.

— Enchanté, Niklaus Olgersen Junior, le salua Cork avec dignité, tandis que ses hommes remettaient leurs pistolets à la ceinture.

Corneille se rapprocha d'une enjambée et ramena Junior contre ses cuisses. L'enfant se laissa faire en souriant à Cork.

— J'aurai tôt fait de vérifier tes dires, Clément.

— Fais-le, répliqua Cork, le regard droit et fier. Et tu comprendras que je n'ai pas changé.

Ils sortirent ensemble de la maison tandis que Christophe Raymond, reprenant l'idée qui l'avait traversé tantôt, agaçait le cou de Gabriela de petits baisers. Comme elle se mettait à glousser, ne manifestant pas l'envie de se débattre, il s'enhardit davantage.

Corneille referma la porte sur eux, pour empêcher Junior d'assister à ce spectacle. Ce dernier poussa un soupir à fendre l'âme et tapa du pied dans un caillou, amusant les deux hommes.

Devant eux, les matelots encadraient Marlin, Benoît et Antoine Raymond qui, détendus enfin, écoutaient le récit de la canonnade du navire impérial.

— Qu'est-ce que tu vas faire ? demanda Corneille à Cork.

— Regagner Venise et prendre mes ordres de Baletti. Rejoins le *Bay Daniel*, Corneille. C'est l'occasion rêvée. Forbin te croit mort ou prisonnier des Impériaux.

Corneille le jaugea un long moment en silence. Cork avait raison pour Mary, pour Junior et pour tout le reste. Cela aurait été facile. Il se tourna vers l'enfant qui s'était rapproché de la fenêtre et ne perdait rien de la joute amoureuse qui se déroulait derrière les vitres. Il songea à Forbin. Cette solution réglerait définitivement leur rivalité. Mais elle pèserait comme une trahison sur sa conscience.

— Je ne peux pas, Cork. Je ne peux pas enlever Junior à Forbin. Pas comme ça.

— C'est pourtant ce qui arrivera, tôt ou tard. Réfléchis, Corneille, réfléchis avant d'atteindre la plage.

Junior les empêcha de poursuivre. Il se faufila entre eux, au moment où Christophe sortait de la maison en s'étirant de bien-être.

— Que tous les saints du paradis me damnent, lâcha-t-il, satisfait, cette bougresse a le diable au corps !

Junior leva vers Corneille un visage rieur et lui adressa un clin d'œil.

— Culbuter, c'est bien ça ?

— Je ne crois pas que ta mère serait ravie que tu apprennes ça comme ça, soupira Corneille.

— Oh ! jeta Junior en haussant les épaules, tu sais, maman, elle faisait ça aussi avec papa !

Cork éclata de rire et jucha Junior sur ses épaules pour ne pas laisser affluer en lui des souvenirs plus noirs. Rejoints par Christophe, tous quatre descendirent la rue principale du petit village, puis empruntèrent le sentier pour gagner la grève. Leurs compagnons s'y trouvaient déjà, qui regardaient au loin *La Galatée, La Gentille* et le brûlot s'écarter de la côte, vraisemblablement pour rallier Ancône où ils pourraient réparer.

Corneille soupira. Comme s'il avait lu dans ses pensées, Cork lui glissa en aparté :

— Il semble que le sort ait décidé pour toi, vieux frère. Allons, dit-il plus fort. Le *Bay Daniel* est de l'autre côté, si nous voulons l'atteindre avant la nuit qui s'en vient, il faut nous hâter.

— J'ai faim, annonça Junior.

— Vous entendez, messieurs ? Notre mousse a faim ! Hardis donc ! Pressons le pas.

Il se mit à courir et Junior à rire aux éclats.

*

Mary délira deux jours et deux nuits. Baletti était épuisé, ne sommeillant que lorsqu'elle s'apaisait. La fièvre ne tombait pas et des cernes violacés creusaient ses yeux. Baletti renouvelait sans cesse ses compresses froides, lui humectait la langue en permanence, l'obligeait à boire lorsqu'elle paraissait reprendre un peu de calme, mais elle n'était que cauchemar, que souffrance, comme si cette fébrilité avait arraché d'elle tout ce qu'elle avait enfoui au plus secret de son cœur et de sa mémoire.

Baletti ne la quittait que pour satisfaire ses besoins naturels. Il avait fait condamner l'étage, exigeant qu'on lui dépose un plateau de victuailles en haut du palier. Jusque-là, personne n'avait encore été malade. Lui s'en moquait. Il retournait sans cesse les mêmes questions, taraudé par la même évidence douloureuse. Mary Read ne l'aimait pas. Seul ce Niklaus comptait. Il supposait qu'il était le père de ce fils laissé auprès de Forbin. Il devait être décédé puisqu'il ne se trouvait ni auprès d'elle ni auprès de l'enfant, mais Baletti se heurtait toujours au même point d'interrogation. De quoi Mary l'accusait-elle ?

Hirsute, la barbe naissante, il n'était plus à son chevet qu'un mendiant, priant pour qu'elle vive, qu'elle l'entende, lui pardonne. S'activant sur ce corps meurtri afin de lui rendre un peu du bonheur qu'il s'était imaginé lui avoir donné ces derniers mois. Il savait à présent que cela n'avait été qu'un leurre. Il le supportait mal. Et puis, soudain, la révélation vint, d'un cri qui l'arracha du sommeil où il avait fini par se laisser aspirer au terme d'une seconde nuit de veille.

— Emma ! hurla Mary. Je te tuerai pour ça !

Mary avait écarquillé les yeux. Il les vit si emplis de haine que son cœur se brisa. Cela ne dura pas. Elle gémit et les referma, le souffle court et les battements de son cœur désordonnés.

Baletti bondit et passa ses deux mains dans sa chevelure bouclée, poisseuse de la sueur de Mary. Il devait savoir. C'était intolérable, insoutenable. Elle ne pouvait le haïr à ce point-là. Lui et Emma de Mortefontaine.

Il ouvrit l'armoire et fit ce qu'il s'était refusé de faire jusque-là. Il fouilla pour trouver la vérité. Ses doigts plongèrent dans la botte de Mary et y rencontrèrent une masse, qu'il extirpa fébrilement. Il reconnut sans peine l'œil de jade à la description qu'en avait faite Emma.

— Oh, mon Dieu, non ! supplia-t-il. Faites que ce ne soit pas ce que je crois !

Il pivota vers le lit en serrant le bijou entre ses doigts, et le regard de Mary une nouvelle fois le foudroya. Redressée, assise, et consciente enfin, elle le fixait douloureusement en pleurant tout bas. Baletti tomba à genoux et hurla.

15.

Mary tenta de rassembler ses idées, ses souvenirs, mais sa migraine était si douloureusement intense qu'elle n'y parvenait pas. Une image floue se trouvait devant elle. Cet homme à genoux n'était pas Niklaus, cette chambre n'était pas celle de Breda, et visiblement elle n'était pas en train d'accoucher d'Ann Mary comme elle l'avait cru avant qu'Emma plaque son pistolet sur le front de son époux et la sorte de son délire.

Mary fouilla ce regard qui désespérément s'accrochait au sien, tandis que la plainte vrillait ses tympans. Elle était incapable de savoir si elle était humaine, si elle était réelle ou simple réminiscence de celle de son cauchemar.

Il fallait qu'elle vérifie ce que sa confusion l'empêchait de comprendre. Elle pivota lentement pour s'asseoir au bord du lit et, se cramponnant aux rideaux du baldaquin qu'on avait relevés et noués, s'en arracha dans un effort surhumain.

La silhouette prostrée se leva de même, mais elle s'effondra. Sous son ventre, sa joue et ses doigts, les fibres douces du tapis de cachemire la caressèrent. Elle en respira l'odeur d'oranger et de cannelle. De cela, elle se souvenait. Elle sourit à l'homme qui se penchait pour la ramasser et l'enlever dans ses bras.

— Mathieu, dit-elle, tu es Mathieu Dumas.

Ensuite, tout lui échappa. Il faisait froid. Partout. Elle grelotta et s'abandonna.

Baletti déposa Mary dans la pièce interdite, sur le sofa où il dormait à présent, face au crâne de cristal. Elle était de nouveau inconsciente, son éclair de lucidité prouvait cependant que la fièvre était en train de baisser. Le fait qu'elle se soit levée pour se rapprocher de lui l'avait fait réagir, le sortant de son déchirement. Il ignorait toujours qui était Mary Read et comment elle se trouvait en possession de l'œil de jade d'Emma de Mortefontaine, une chose cependant était évidente, désormais. Ce n'était pas lui que Mary convoitait, mais le crâne. Celui-ci et une vengeance sans nom. Ou plutôt si, associée à ce nom qu'elle répétait sans cesse : Niklaus.

Baletti retourna quérir ses huiles et ses potions pour la soigner, et récupérer l'œil de jade qu'il avait laissé choir en voyant Mary s'effondrer.

Quand il revint vers elle, elle n'avait pas bougé mais semblait plus sereine. Comme un moment avant, en prononçant son prénom, elle souriait. Il y avait longtemps qu'on ne l'avait pas appelé ainsi. Pour tous, à Venise, il était le marquis de Baletti. Mary avait-elle arraché ce secret à Emma avant de la tuer ? Emma s'était-elle débarrassée de Niklaus ? Tout cela n'avait pas d'importance. Il aurait donné sa vie sur l'instant s'il avait pu la guérir.

Il s'approcha et caressa l'ovale parfait du crâne de cristal.

— Sauve-la, supplia-t-il. Juste cette fois.

Il s'installa aux côtés de Mary après avoir écarté les tentures de telle manière que la réflexion de la lumière traversant les orbites creuses du crâne enveloppe le sofa.

Un prisme de couleurs se mit à danser sur le corps en sueur de Mary, faisant d'elle tout entière la plus belle aurore qui soit. Il s'agenouilla à ses côtés, en silence.

Une longue attente commença.

*

Claude de Forbin était enragé. Il aurait pourtant dû éprouver du plaisir à découvrir *La Perle* qui patientait à Ancône. Il en rêvait depuis des mois. Au lieu de cela, il n'avait envie que de vengeance. Contre ce Cork, contre ces Vénitiens crédules, contre Baletti et l'ambassadeur, contre les Impériaux.

Abandonnant ses deux navires aux réparations, il s'était aussitôt embarqué sur *La Perle* avec son commandement. Furieux, il s'était mis à arraisonner, piller et brûler les navires vénitiens sous le prétexte qu'ils n'avaient pas de patente. Six jours plus tard, ne pouvant se calmer, il avait exigé que *La Galatée* et *La Gentille* le rejoignent à Trieste, où la rumeur voulait que soient gardés les prisonniers.

Il assiégeait le port depuis deux jours déjà, lorsqu'on lui rapporta que le *Bay Daniel* et Clément Cork, son capitaine, étaient recherchés pour avoir coulé un bâtiment de l'Empire qui les tenait sous surveillance. Cette nouvelle, si elle ébranla un peu son sentiment à l'égard de Cork, ne changea rien à son affaire. Quelque part dans Trieste, plusieurs de ses hommes, dont Junior et Corneille, étaient enfermés. Forbin n'était pas stupide. Il savait bien quel sort les attendait. La seule idée que Junior puisse être vendu comme esclave lui donnait la nausée.

— Jamais ! fulmina-t-il, refusant d'entendre les ordres de l'ambassadeur. Dussé-je incendier la ville ! Jamais je ne laisserai faire une chose pareille !

Il renforça son blocus.

*

— Qu'est-ce que c'est? demanda Mary d'une voix pâteuse en plissant les yeux, remontant son poignet sur ses paupières.

— Quoi? sursauta Baletti en se redressant.

Cela faisait une semaine à présent que Mary n'avait pas prononcé une parole vraiment sensée.

— La lumière, qu'est-ce que c'est? Ça m'aveugle.

— Je vais y remédier, répondit aussitôt Baletti en se levant précipitamment pour refermer les tentures.

La pièce s'obscurcit et Mary eut l'impression que le froid revenait en elle. Elle frissonna.

Baletti s'en aperçut et l'enroula dans une couverture. Il posa une main sur son front et poussa un soupir de soulagement. Mary était sauvée. Elle lui sourit avec reconnaissance.

— C'est terminé, assura Baletti en caressant ses boucles emmêlées. Le mal s'en est allé de ton corps, mon amour. Je voudrais qu'il disparaisse aussi de ton âme, ajouta-t-il, ne cachant plus sa douleur.

Elle ne répondit pas et referma les paupières, bercée par la douceur de sa caresse. Le silence les enveloppa un moment.

— J'ai dormi longtemps? demanda-t-elle enfin.

— Huit jours.

Elle se tourna vers lui, surprise.

— Que m'est-il arrivé?

— La fièvre.

Il était avide, lui, d'autres réponses, même s'il avait conscience que Mary était encore trop faible pour les lui fournir.

— Je me souviens de rêves étranges, lâcha-t-elle. D'une pyramide de cristal et d'habitations blanches encerclées de jardins et de fontaines. Je m'y sentais bien, légère et libre. Détachée de tout.

Baletti hocha la tête. Ce rêve-là, il le faisait chaque nuit depuis presque trente ans. Que Mary l'ait perçu aussi lui fit du bien. Cela donnait une réalité à ce qui n'aurait pu être que le simple fait de son imagination.

— Te souviens-tu d'autre chose ?

Mary secoua la tête, mais, à la crispation de ses traits, il comprit qu'elle mentait. Il ne le supporta plus.

— Regarde-moi, Mary Read.

Elle obéit, troublée par le timbre de sa voix.

Il fouilla sa poche et ramena devant son visage l'œil de jade qu'il venait d'en extirper.

— Alors, tu sais, dit-elle simplement.

— Non. Je ne sais rien, Mary. Je me torture de ce silence, de ces suppositions insoutenables. Je me torture parce que je t'aime, alors que tu ne m'aimeras jamais.

Elle ne répondit pas. Des images lui revenaient. Cette silhouette à genoux qui hurlait. Niklaus crucifié. Ann. Emma. Elle était trop lasse pour parler.

— Qui est Niklaus, Mary ? Le père de ton fils laissé à Forbin ? As-tu tué Emma pour lui prendre l'œil de jade ? Comment sais-tu ce nom que seul mon père adoptif connaissait ? Que t'ai-je fait, Mary, pour que tu me haïsses ? N'y a-t-il pour toi que ce trésor qui ait compté ? Tu peux tout prendre, si c'est le cas. Même ce crâne que j'ai refusé à Emma. Tout si cela pouvait suffire à briser ton silence et à te rendre la paix.

Elle le dévisagea. Il n'était que tourment et elle en fut bouleversée. Mary souleva son poignet qui lui parut lourd encore et, d'une main tendre, caressa cette barbe qui avait poussé, ces rides qui s'étaient inscrites entre ses sourcils épais. Elle aussi avait mal, soudain.

— Tu ne m'as rien fait, murmura-t-elle. Tu ne m'as rien fait, marquis. Aujourd'hui, je le sais.

— Comment peux-tu en être sûre après avoir tant douté ?

— Niklaus était mon époux, dit-elle, fatiguée déjà, Emma l'a tué. Je te croyais son complice. C'est elle que je suis venue traquer à Venise.

— Pourquoi l'a-t-elle tué ? Parce que tu lui avais volé l'œil de jade ? insista-t-il, conscient qu'il usait la limite de ses forces.

Égoïstement pourtant, il ne pouvait plus se contenter de bribes.

— Je ne l'ai pas volé à Emma. Il en existe deux. Celui-ci ne m'a jamais quittée. Elle est venue le reprendre chez moi.

Une larme perla à sa paupière close. Abattue par la maladie, Mary ne pouvait plus contrer ce qu'elle avait si longtemps nié.

— Je suis fatiguée, marquis. Si fatiguée, murmura-t-elle d'une voix brisée. Plus tard. Plus tard, répéta-t-elle en se laissant glisser vers le sommeil.

Baletti n'insista pas. Il revoyait sans peine cette scène avec Emma de Mortefontaine. Dans cette même pièce. Il s'entendait lui demander de lui rapporter le second œil, à n'importe quel prix. Le prix en avait été la mort. Et c'était lui qui, innocemment, l'avait fixé. Un goût de bile lui remonta en bouche et il sortit de la pièce en titubant, pour aller vomir le dégoût qu'il s'inspirait à lui-même.

Il ne revint que plusieurs heures plus tard. Il avait gagné sa chambre, s'était baigné, rasé et habillé de propre. Il voulait affronter Mary dignement, pas comme un mendiant. Il ne voulait pas de sa pitié. Il n'était pas homme à se défiler devant ses responsabilités. Il ne lui cacherait rien. Elle ferait ce qu'elle devrait pour renaître véritablement de ce chaos qu'il avait généré. Il réclama un plateau et annonça à ses gens que Mary était sauve, mais que la quarantaine persisterait une semaine supplémentaire.

Puis il franchit le seuil de la pièce, enveloppé par le parfum épicé du bouillon de viande qu'il apportait.

Mary ne détourna pas les yeux du crâne de cristal. Elle s'était éveillée avec le sentiment qu'on la fixait. Au lieu de Baletti, ce furent ces orbites scintillantes qui la saluaient. Elle s'était redressée, enroulée dans sa couverture, surprise, puis fascinée.

Baletti déposa son plateau sur une table et approcha celle-ci de Mary.

— J'ai pensé que vous auriez faim, dit-il, reprenant la distance qu'il avait toujours entretenue au-delà de leur intimité.

— Qu'est-ce que c'est, marquis ? demanda Mary, toujours absorbée dans la contemplation du crâne.

— Ne le savez-vous pas ?

Elle détacha enfin ses yeux de l'objet pour se tourner vers lui.

— Nous sommes dans la pièce interdite, et c'est ce que vous avez appelé le crâne de cristal dans une de vos lettres à maître Dumas. Je n'en sais pas davantage, avoua-t-elle. Je ne veux plus tricher. Je crois que je vous aime.

— Je voudrais que ce fût vrai, mais ce serait un leurre, Mary. C'est Niklaus que vous aimez.

— Niklaus est mort. Tout comme Ann...

— Qui est Ann ?

Mary eut un pâle sourire, acceptant le bol que Baletti lui tendait. Il s'installa à ses côtés sur le sofa.

— Ma fille. Ma toute petite fille. Emma l'a supprimée après me l'avoir enlevée.

Baletti soupira. Mary Read avait une raison supplémentaire de le condamner. Il les voulait toutes. Pour pouvoir se haïr autant qu'elle l'avait fait.

— Racontez-moi, Mary. Racontez-moi tout. Je dois savoir. Ensuite... dit-il en posant entre eux le poignard de Niklaus qu'il avait aussi trouvé. Ensuite, vous ferez ce que vous devrez. J'ai laissé des consignes à mon majordome. Lorsque je ne serai plus, tout vous appartiendra. Tout. Même lui et ses secrets, ajouta-t-il en désignant le crâne.

Mary hocha la tête, touchée par son geste. Si elle avait été Emma, peut-être, songea-t-elle, mais elle n'était pas Emma. Elle ne le serait jamais. Forbin, autrefois, ne s'y était pas trompé. Elle prit le temps d'avaler son bouillon pour reprendre des forces et apaiser sa gorge trop sèche, puis laissa le flot de ses souvenirs bouleverser Baletti. De son enfance à Londres à ce moment où ils venaient enfin de cesser de jouer.

— Voilà, marquis, acheva-t-elle en se tournant vers lui pour glisser sa main dans la sienne. Voilà mon histoire. Je ne vous ai rien caché. Niklaus est mort et moi, je suis vivante. Grâce à vous. Je ne veux pas vous perdre. Même si vous avez raison, la confiance est longue à se gagner. L'amour aussi. Votre franchise m'y aidera.

— Ma franchise me condamne, Mary. Je ne suis pas la main, mais Forbin avait raison. Votre malheur est mien et je dois en être jugé.

— Laissez-moi en décider, marquis. J'attends votre confession en retour de la mienne.

Baletti la lui accorda sans se faire prier.

Il était le fils d'une princesse russe et d'un dignitaire italien. L'enfant du péché. Elle était promise à un autre, destinée à régner. La famille royale, plutôt que de souffrir le déshonneur, avait préféré sacrifier la mère, l'enfant, et cet encombrant géniteur. La princesse avait senti sa condamnation prochaine, échangé le nourrisson pour un autre qu'on lui avait apporté et confié à sa chambrière le soin de mettre son fils en sûreté. Les deux amants avaient été assassinés et Mathieu, né Stanislas, avait été élevé à Paris, chez cette femme scrupuleuse et sincère qui lui avait tout raconté avant de s'éteindre à son tour. Stanislas s'était alors tourné vers l'homme que sa mère adoptive citait toujours en exemple pour sa droiture et son sens aigu de la justice. Maître Dumas était procureur, Stanislas avait voulu le devenir pour apprendre l'équité. L'alchimie et la découverte du crâne avaient tout bouleversé.

— Je lui dois ce que je suis, conclut Baletti en se levant pour enlever le crâne de son support et le tendre à Mary. Jamais personne à part moi ne l'a touché. Prends, dit-il. Il t'appartient désormais.

— Que pourrais-je en faire ? s'étonna Mary, laissant pourtant Baletti le poser sur ses genoux.

— Retrouver ce trésor à la place d'Emma.

— Je ne comprends pas. Quel rapport existe-t-il entre ce crâne et le trésor ?

Baletti récupéra l'œil de jade et l'inséra sans difficulté dans une des orbites.

Mary écarquilla les yeux et Baletti poursuivit son histoire, lui racontant ce qu'Emma lui avait révélé du fabuleux trésor de Moctezuma et l'accord qu'il avait conclu avec elle. Il ne lui cacha rien. Lorsqu'il se tut enfin, elle demeura un long moment silencieuse, perdue dans ses pensées, incapable de détourner les yeux de ce crâne. C'était à cause de lui que tout avait basculé. Sa vie, ses espoirs, son âme. Elle ne pouvait pas en vouloir au marquis. Il n'était pas responsable de la cruauté d'Emma même s'il s'en sentait coupable. Elle détenait désormais toutes les réponses, sauf une.

— Pourquoi avoir accepté de vous associer à Emma ? Vous possédez tout. Et même ce tout me semble un euphémisme. Vous n'avez aucun goût pour le pouvoir et vous êtes l'être le plus dénué de malice que j'aie rencontré, alors qu'avez-vous à faire de ce trésor ?

— Vous souvenez-vous de cette cité de cristal qui vous est apparue en rêve, Mary ?

Elle hocha la tête.

— Elle fait partie de sa mémoire.

— La mémoire de qui ?

Baletti caressa le cristal d'une main tendre.

— Sa mémoire.

— Je ne comprends toujours pas, pardonnez-moi. Vous parlez d'un objet, marquis, il n'a rien d'humain, à part son volume et son apparence.

— Rien d'humain, en effet, soupira Baletti. Voilà résumées ces questions qui m'obsèdent depuis qu'il est en ma possession. Qui l'a façonné ? Pourquoi ? Comment ? Je l'ai fait examiner par les plus brillants joailliers de ce temps. Ils sont restés perplexes et incrédules. Il est constitué d'un quartz naturel extrêmement pur et les deux parties de sa mâchoire proviennent du même bloc. Il a été fait contre tout bon sens. La structure du cristal est exceptionnelle. On le dirait doté d'une multitude de prismes permettant à la lumière de se réfléchir et de se réfracter en le traversant. Les effets en sont inhabituels et étonnants. Impossibles à reproduire avec les techniques que nous connaissons. De plus, il émet lui-même des lueurs et des chants lorsqu'on l'expose la nuit au ciel étoilé. Pas systématiquement, seulement lorsque certaines planètes sont alignées.

Baletti s'agenouilla devant elle et lui prit les mains avec ferveur.

— Mary, ce crâne ne devrait même pas exister en tant qu'objet ! Et cependant, là n'est pas encore le plus merveilleux de son mystère. Je sais que cela te paraîtra inconcevable, au point que tu me croiras fou, mais il est vivant. Pas comme nous l'entendons, bien sûr, mais il détient une connaissance prodigieuse qu'il m'offre en rêve. Mes élixirs, le secret du grand œuvre sont nés de lui. Je me moque de ce trésor, tout ce que je veux, c'est le ramener d'où il vient, le compléter et percer son mystère. Je veux atteindre la cité de cristal, si elle existe. Pas pour les richesses qu'elle pourrait contenir, mais pour supplier ses maîtres de me délivrer du fardeau que cette connaissance interdite m'a laissé.

— Quel fardeau, marquis ? s'étonna Mary, bouleversée par cette confession.

— L'immortalité, Mary, gémit Baletti en récupérant le crâne entre ses mains.

Le visage de Mary se troubla davantage encore.

— Personne n'est immortel, dit-elle, refusant d'y croire.

— Et cependant j'ai cessé de vieillir. Chaque nuit, elle me régénère, chaque nuit, elle me retient.

— Pourquoi elle ? Pourquoi elle et pas lui ?

— Tu ne comprends pas, murmura Baletti en remettant le crâne sur son support. J'ignore par quel prodige et à quelle intention il fut créé, mais l'âme qu'il contient est celle d'une femme. Une femme qui m'a choisi pour demeurer à ses côtés. À cause d'elle, Mary, à cause d'elle, je n'ai jamais pu aimer.

Il planta son regard dans le sien, et l'ampleur de son tourment poignarda Mary. Elle se leva, tituba mais s'efforça de le rejoindre pour se nicher dans ses bras.

— Je suis là, pourtant, marquis.

— Oui, pour la première fois je l'ai défiée, pour la première fois j'ai refusé les images de toi qu'elle m'envoyait.

— Quelles images ? Celles de ma vengeance ?

— Celles de ta vieillesse quand je ne vieillirai pas. Qu'y a-t-il de pire, Mary, que l'inexorable ? Qu'y a-t-il de pire que de survivre à ceux que l'on a aimés ?

Mary s'écarta de lui et fouilla son regard.

— Vivre sans aimer, marquis. C'est l'héritage que Niklaus m'a légué. Vous avez eu raison de la défier.

Leurs lèvres se cherchèrent avec la même avidité et le tapis épais accueillit leur étreinte désespérée. Au-dessus d'eux, immobile, le crâne de cristal semblait les narguer de son éternité.

16.

Corneille s'enfonça dans le souterrain derrière Clément. Ils progressèrent lentement, la tête et les épaules courbées, le chuintement de l'eau dans leurs oreilles. Elle ruisselait des parois comme autant de larmes qui s'écoulaient à leurs pieds. Le boyau n'était long que d'une centaine de mètres, mais il puait le moisi et Corneille retint une furieuse envie d'éternuer. Il plaqua sa langue contre son palais pour l'étouffer, se concentrant sur la lueur vacillante de la lanterne que, bras tendu vers l'avant, Cork promenait.

— Nous y sommes, annonça celui-ci devant un départ d'escalier de pierre.

Cork gravit les trois marches, puis enfonça une pierre dans sa cavité. Le mur s'écarta pour les inonder de lumière. Dans son cabinet, le marquis de Baletti les attendait.

Corneille jaillit du souterrain pour voir les deux hommes se donner l'accolade. Baletti s'écarta aussitôt de Cork et s'avança vers lui.

— Soyez le bienvenu, Corneille. Mary sera heureuse de votre visite. Je ne lui ai encore rien dit de toute cette affaire, préférant que nous en discutions ensemble. Où est l'enfant, je pensais que vous l'amèneriez?

— À Pantelleria, annonça Cork. Je n'ai pas voulu l'exposer à la colère des Impériaux. Ils quadrillent l'Adriatique tandis que Forbin soutient son siège à Trieste. Passer inaperçu n'a pas été facile. Ils me traquent sans relâche.

— Tu es sûr de ta cache ? demanda Baletti.

— C'est le *Bay Daniel* qu'ils veulent, pas Junior. Il est en sécurité sur l'île. Si j'avais été pris en vous l'amenant, il aurait connu le sort des hommes de Clairon.

— As-tu pu savoir sur quel navire ceux-ci ont été embarqués ? questionna Baletti, soucieux.

— Ils ont quitté Trieste par voie de terre pour rejoindre un autre lieu de mouillage, mais je n'ai plus de liberté de manœuvre suffisante pour me renseigner et agir. L'ambassadeur est furieux contre moi et Boldoni offre une prime conséquente à qui me capturera. Je sais beaucoup trop de choses sur eux. Ce piège n'a servi qu'à augmenter la colère de Forbin, qui redouble d'attaques contre Hennequin de Charmont. Ils ne me laisseront plus en paix.

— Qu'en pensez-vous, Corneille ? demanda Baletti en se tournant enfin vers lui.

Corneille s'était contenté de l'observer, de le juger, s'énervant de le trouver bel homme et visiblement aussi loyal que Cork le lui avait certifié. Il se félicita de ne pas avoir amené Junior. Il aurait eu tôt fait de le lui prendre, comme il avait séduit Mary.

— À mon avis, il vaut mieux pour Clément se tenir à l'écart de tout ceci pour l'instant, déclara-t-il. On peut aisément maintenir le *Bay Daniel* caché dans une crique et faire en sorte que les Impériaux l'oublient. Dans quelques semaines, ils auront d'autres sujets d'inquiétude. Forbin ne leur pardonnera pas de ne pas lui livrer ses prisonniers. Je le connais. Il continuera de brûler tout ce qu'il croisera sur sa route.

Baletti fronça les sourcils. Il n'aimait pas cette idée.

— Pourquoi s'acharnerait-il ?

— Parce qu'il pense Junior captif, affirma Corneille.

— Je vois. Je crois qu'il est temps d'expliquer la situation à Mary. C'est son fils. Elle saura ce qu'il convient de faire, conclut Baletti.

— Il me faut d'abord vous révéler son secret, intervint Cork, ennuyé.

Baletti leur offrit un regard serein qui déplut davantage encore à Corneille.

— C'est inutile. Elle m'a tout avoué. Mary va bien, Corneille. Vous allez vous-même pouvoir en juger. Venez.

Ils sortirent du cabinet de Baletti pour enfiler un corridor. La magnificence du palais bouleversa Corneille. Sa complicité avec Junior était insignifiante au regard de ce que Baletti pouvait offrir à Mary.

Ils pénétrèrent dans le jardin par une porte voûtée. Une explosion de senteurs lui picota les narines, chassant définitivement celles, persistantes et désagréables, du souterrain. Le lieu en lui-même, luxuriant grâce à la diversité des fleurs blanches qu'il abritait, semblait un paradis biblique.

Puis Corneille aperçut Mary et son cœur se serra, comme autrefois à Saint-Germain-en-Laye, quand elle avait ses atours de lady qu'il détestait. Vêtue d'une robe élégante sans être trop voyante, les cheveux relevés sur sa nuque, elle leur tournait le dos et chantonnait en composant un bouquet au bout de l'allée gravillonnée.

— Mary ! l'interpella Baletti.

Corneille était prêt à haïr ses airs de noblesse lorsqu'elle se retourna. Il se figea devant son sourire, la douceur et la sérénité de ses traits, et sa jalousie se heurta à la fatalité. Mary était plus éclatante qu'elle ne l'avait jamais été.

— Corneille ! lâcha-t-elle dans un cri de joie.

Oubliant son bouquet qui s'éparpilla à terre, elle retroussa ses jupons pour courir à sa rencontre. Il lui ouvrit les bras, le cœur écartelé.

Mary s'y blottit, se laissant emprisonner dans cette étreinte, le temps seulement d'en mesurer l'intensité, le temps d'un baiser sur cette joue râpeuse.

— Je suis si heureuse de te retrouver.

Ensuite elle s'écarta, réalisant que le désir de Corneille pour elle était inchangé. Elle se tourna vers Cork, qu'un sourire léger illuminait.

— Ravie aussi de te voir, Clément.

Clément Cork s'inclina devant elle.

— Pas autant que moi, brigand de mon cœur.

Mary s'avança et lui bisa la joue de même. Il fallut que Baletti se presse contre son dos, lui entourant les épaules de ses mains larges et chaudes, pour qu'elle soit enfin surprise de la présence de ces deux hommes.

— J'ai l'impression, dit-elle, que quelque chose n'est pas à sa place.

— Les confidences ne sont pas terminées, mon amour, dit Baletti. Allons sous la tonnelle. Pietro nous apportera de quoi nous rafraîchir.

Mary hocha la tête et se dégagea de l'étreinte de Baletti pour glisser son bras au moignon de Corneille.

— Comment va Junior ?

— Aussi bien que toi, princesse, assura Corneille. Tu ne le reconnaîtras pas tant il a grandi et forci. La mer lui va bien. Comme à toi, ajouta-t-il avec une pointe de regret.

Mary ne releva pas. Pietro s'en venait déjà avec un plateau chargé de verres et d'une carafe de porto. Ils s'installèrent sous la vigne vierge mêlée de chèvrefeuille. Des abeilles tournoyaient au-dessus des pampilles odorantes, et Mary se glissa sur un banc.

— Racontez-moi tout, ordonna-t-elle, que je prenne la mesure du bonheur que vous me donnez.

Moins d'une heure plus tard, pourtant, après s'être étonnée de la coïncidence qui faisait du Cork de Venise celui de Calais, avoir ri des souvenirs d'enfance des deux amis, son front s'était plissé d'une ride d'inquiétude et d'embarras.

— Obligé de nous cacher afin de déjouer la traque des Impériaux, je n'ai pas pu écrire à Forbin, ni même le rallier à Trieste, s'excusa Corneille pour terminer le récit de ces trois dernières semaines.

Mai était doux au cœur de Mary. Un vent glacé venait cependant de s'y engouffrer.

— Je ne peux laisser Forbin sans nouvelles de Junior, trancha-t-elle après s'être emmurée dans un long silence qu'ils n'osèrent pas briser. Nous voici revenus au point de départ, Corneille. Comme autrefois lorsque nous avons pris la décision d'embarquer pour chercher ce trésor.

— Tu n'en as plus besoin, désormais, assura Corneille.

— Tu te trompes. Puis-je, marquis ? demanda-t-elle en posant sa main sur celle de Baletti.

Il hocha la tête, et à son tour Mary leur répéta les aveux de son amant sur le crâne de cristal. Corneille manifesta d'emblée son incrédulité.

— Sans vous offenser, marquis, lâcha-t-il, je doute que mon sabre se contente de vous chatouiller s'il vous transperçait.

— C'est exact, reconnut Baletti. Je peux être tué par accident. Du moins je le suppose. J'ai été blessé à plusieurs reprises. Exposées au rayonnement du crâne, mes blessures se sont toujours refermées sans me laisser de cicatrices ou de séquelles. La maladie ne m'atteint pas, pas plus que la vieillesse, du moment qu'il est près de moi pour m'en protéger. Croyez ce que vous voudrez, Corneille. Ma quête demeure ce qu'elle est. Quant au trésor, il vous appartiendra à égalité avec Cork, si vous êtes toujours associés, car je présume que vous ne souhaitez pas rejoindre Forbin.

— Même si je le voulais, il ne me le pardonnerait pas. Il demeurerait persuadé que je l'ai trahi, tout comme Clément.

Mary hocha la tête.

— Nous pourrions quitter Venise sur un de vos navires, marquis. Rallier Douvres où Emma se trouve certainement, récupérer l'œil de jade qui nous manque et laisser cette guerre s'achever sans nous, suggéra-t-elle.

— Ce serait une solution en effet, mais je ne peux m'en satisfaire, Mary, lâcha Baletti, ennuyé. Je dois faire cesser ce trafic. Je suis trop attaché à Venise pour ne pas me sentir concerné par cette affaire. De plus, tôt ou tard, on apprendrait que j'ai protégé Cork. Et je risquerais d'y être mêlé sans seulement pouvoir m'en défendre. Nous ne pourrions vivre sereinement à notre retour.

— Que suggérez-vous ? demanda Cork.

— D'apaiser Forbin. Qu'il vous pense mort est la meilleure solution pour garantir votre liberté, dit-il à Corneille. Écris-lui, Mary. Et donne-lui une version tronquée de la vérité : Cork a été lui-même pris au piège, il est arrivé trop tard pour empêcher les hommes de Clairon d'être emmenés. Corneille, grièvement touché, s'est réfugié avec Junior chez une femme qui les a protégés. Cork a emmené Junior pour satisfaire le dernier souhait de Corneille. Vous deux, décida-t-il, vous vous cacherez ici, à Venise. Dans une des demeures dont tu as les clés, Clément.

— Je ne peux abandonner Junior sur Pantelleria, objecta Corneille. Reste à Venise, Cork. Moi, je l'y rejoindrai.

— Patience, Corneille. Patience, insista Baletti. Accordez-vous le temps de réaction de Forbin au courrier de Mary. Nous ignorons ce qu'il décidera. Jusque-là, il ne faut prendre aucun risque.

— Il a raison. Es-tu sûr de cette femme à qui tu as laissé mon fils ? demanda Mary à Cork.

— Autant que de moi-même. Je lui ai promis de l'épouser. La belle y compte et n'osera pas me déplaire. Elle a un fils à peine plus jeune que Junior, ils se sont entendus aussitôt. Tu n'as pas à t'inquiéter.

Mary hocha la tête. Peu à peu la conversation dévia, mais à aucun moment Emma de Mortefontaine n'en fut le sujet, comme si chacun d'eux voulait oublier le danger qu'elle représentait.

*

Forbin entra en fureur en parcourant la lettre de Mary. En fureur et en tristesse. Comme s'il n'avait pas eu assez de contrariétés pour la journée !

Son escadre était obligée de cesser son blocus du port de Trieste, sans avoir récupéré les prisonniers.

Baletti fait confiance à Cork et moi aussi, écrivait Mary. *Je pleure la mort de Corneille mais suis sereine de savoir mon fils en sûreté.*

— Ben voyons, grinça-t-il. Baletti dit et Mary consent ! Et le couillon de la farce serait Claude de Forbin ? Bonne mère, cette fois, c'en est trop. Si Cork est aussi honnête qu'ils le prétendent, il va falloir qu'il le prouve ! Parce que moi, Claude, chevalier de Forbin, oui, moi vivant, jamais le fils de Mary Read ne sera élevé comme un pirate !

Il se précipita sur son écritoire pour dicter ses exigences à celle-ci. Puis, son humeur apaisée, il vida d'un trait une bouteille de rhum à la santé de Corneille, jurant tous les tonnerres de Dieu qu'il ne méritait pas d'avoir sauvé Junior de l'esclavage si c'était pour que lui le laisse pendre au bout d'une corde comme un vulgaire bandit !

— Je te dois bien ça, conclut-il en levant son verre à son souvenir. Repose en paix, Corneille. Mais que le diable t'emporte si, au seuil de la mort, tu m'as une nouvelle fois trahi !

Sa solitude lui pesa soudain comme s'il avait eu le monde à porter.

*

Mary écoutait d'une oreille discrète s'égrener les accords du violon. Baletti jouait une barcarolle et la mélodie en était agréable. Elle avait le corps en paix, se sentait parfaitement remise de sa maladie et plus proche de lui qu'elle ne l'avait jamais été. Elle brûlait de récupérer Junior, ressentant plus que jamais son absence, mais elle s'était rangée aux arguments de Cork. Tant que cette affaire n'était pas achevée, il valait mieux ne pas l'exposer. Elle n'aurait pas supporté de le perdre, même si elle se passait de lui depuis dix-huit mois. Il était présent en elle à chaque instant. Elle savait bien pourtant que cette contradiction était ambiguë. Avant de le confier à Forbin, elle n'aurait pas imaginé s'en séparer plus de quelques minutes.

Bien sûr, il lui aurait été impossible d'approcher Baletti comme elle l'avait fait si elle avait gardé Junior à ses côtés, bien sûr qu'il était mieux en mer. Mais, aujourd'hui, qu'est-ce qui l'empêchait de quitter Venise pour Pantelleria et d'attendre auprès de lui que l'heure de sa vengeance sonne enfin ?

Rien. Rien d'avouable. Rien qui ne lui fasse mal. Elle sentait bien qu'elle se mentait à elle-même. Revoir Junior, c'était vivre au quotidien avec le souvenir d'Ann. Mary n'oublierait pas Niklaus, mais, avec du temps et de la patience, elle pensait pouvoir appartenir totalement à Baletti. Personne jamais ne remplacerait sa fille. Elle ferma les yeux. C'était là, sans doute, en entendant George lui révéler qu'Emma s'était débarrassée de sa captive, que quelque chose s'était brisé.

Elle avait préféré quitter Junior plutôt qu'on ne le lui arrache aussi. Se sevrer de lui pour s'en détacher doucement. Fuir cette dépendance. Elle rêvait d'une chose autant que de son contraire, avait peur de ne plus le revoir et tout autant de le retrouver différent. Peur de ne plus savoir quoi lui dire, comment l'aborder, l'embrasser, l'étreindre. Dix-huit mois étaient passés. C'était presque le tiers d'une vie à l'âge de Junior. Leur complicité ne serait plus la même, leurs échanges non plus. Supporterait-elle ce fossé qui s'était creusé entre eux ? Elle en était responsable. Bien sûr, elle était et serait toujours sa mère. Bien sûr, il savait pourquoi elle s'en était détournée, bien sûr, il comprenait, Corneille le lui avait assuré la veille, mais il restait l'absence. On ne comble pas l'absence avec des mots. Elle le savait. Ils ne pourraient l'un et l'autre faire comme si deux jours s'étaient écoulés.

— Tu t'inquiètes pour rien, Mary, avait déclaré Corneille. Junior te ressemble, il est tout ce que tu es et plus encore. Fais confiance à ton instinct de mère.

Mais cet instinct de mère justement, Mary craignait de l'avoir perdu pour mieux se protéger. De cela, elle n'avait pas parlé. Mais elle savait bien que c'était dans l'espoir de le voir renaître en elle qu'elle repoussait l'heure des retrouvailles, pour que Junior ne s'aperçoive pas que, peut-être sans le savoir et le vouloir vraiment, une partie d'elle l'avait renié. Cette partie d'elle qui avait enterré Breda pour ne pas en mourir.

La barcarolle de Baletti s'interrompit. Pietro venait d'entrer, portant le courrier du jour sur un plateau. Mary se leva pour le récupérer. Comme toujours s'y trouvaient une quinzaine d'invitations pour des mondanités.

— Voulez-vous une tasse de chocolat, Madame Mary ? demanda le serviteur, affable.

— Avec plaisir, Pietro.

Ne disait-on pas que ce breuvage chassait les tourments, adoucissait l'ennui ? Elle en avait bien besoin.

— Je vous sers aussi, Monsieur?

Baletti hocha la tête et, après avoir posé violon et archet sur une table basse, récupéra les lettres que Mary lui tendait. Elle décacheta fébrilement une missive, et blanchit aussitôt à sa lecture.

— Forbin? s'enquit le marquis, qui avait négligé les siennes après un coup d'œil rapide.

Mary ne répondit pas directement, se contentant de la parcourir à haute voix.

— *Ton billet m'afflige, Mary. Douterais-tu de mon affection pour préférer Junior entre les mains d'un bandit plutôt que sous ma protection ? N'est-elle aujourd'hui plus rien à tes yeux pour que, les tournant vers un autre, tu oses ainsi la bafouer et me priver du seul bonheur qu'il me reste ? Faut-il que tu sois ingrate pour me signifier ainsi mon congé. Certes, j'ai commis l'erreur, impardonnable et insupportable, de n'avoir pas su mettre Junior en sécurité, mais ce Cork auquel tu le confies a beau dire et parader, il en est davantage responsable que je ne le suis. Sans son intervention, Junior et Corneille ne m'auraient pas quitté.*

« Libre à toi de faire confiance à cet individu, si tu le juges mieux que moi, libre à toi aussi d'en aimer un autre. Je t'ai perdue une fois déjà. Je survivrai à cela. Mais je ne permettrai pas que Junior soit l'otage de leur loi. Je ne permettrai pas que l'éducation dont tu m'as délégué la charge ces deux années durant soit pervertie dans un repaire de pirates. J'ignore quels sont tes projets avec le marquis, mais tu avais de l'honneur, Mary Read.

La voix de Mary se brisa, mais elle se força à poursuivre.

— *Oui, tu avais de l'honneur autrefois. J'espère qu'il t'en reste assez pour accomplir la justice que ton bras réclamait. J'espère que tu n'es pas corrompue par ces gens au point d'en avoir oublié Emma et le mal dont, tôt ou tard encore, elle te persécutera. Quand je ne serai plus pour toi qu'un souvenir, je n'en demeurerai pas moins ton ami. Tel que tu me trouvas lorsque tu me cherchas après Breda. Un ami qui te perdrait s'il t'abandonnait à ceux-là.*

« S'ils te chérissent autant que tu veux le croire, alors ils entendront ma voix. S'ils sont honnêtes et sincères, alors ils se rallieront à moi. Et j'accepterai de m'écarter d'eux jusqu'à ce que tu viennes, libre et seule, me délivrer du serment que je t'ai fait de m'occuper de Junior en ton absence. Jusque-là, j'exige que ton fils reste sous ma seule protection à bord de La Perle. *Et que Cork lui-même vienne me le ramener pour que j'entende les preuves qu'il voudra me donner de son innocence. S'il refuse, alors j'imaginerai que tu es contrainte et Junior de même. Dussé-je m'allier aux Impériaux et raser toutes les îles vénitiennes, lui et ses pirates n'en réchapperont pas. Aucun roi, Mary Read, ne m'en empêchera. Aucun roi,* acheva-t-elle dans un souffle.

— Il semble que Claude de Forbin t'aime autant que moi, déplora Baletti.

Mary hocha la tête. Il lui fournissait là la plus belle preuve qui soit.

— Qu'allons-nous faire ? demanda-t-elle finalement.

— Ce qu'il veut. Junior sera plus heureux sur *La Perle* qu'à Pantelleria. S'il est aussi épris de large que le prétend Corneille, il doit déjà s'ennuyer sur la terre ferme.

— Tôt ou tard, il me faudra pourtant le lui reprendre, objecta Mary.

Baletti se leva et l'enlaça.

— Ce jour-là tu le feras, Mary Read, et il comprendra. Aujourd'hui, c'est moi qui peux comprendre Claude de Forbin. Sans doute aurais-je agi de la même façon si j'avais craint pour toi.

— Et si Cork refuse ?

— Cork n'a aucune raison de le faire. Il est grand temps que ces deux-là s'affrontent. Et puis Forbin me sera utile pour faire taire définitivement Hennequin de Charmont. Quant à Emma, ne t'inquiète pas, des hommes à moi surveillent sa résidence à Venise. Si elle y venait, je le saurais dans les minutes qui suivent. Auprès de moi tu ne risques rien. Réglons cela, mon amour. Ensuite, plus rien ne t'atteindra.

— Tu as raison, reconnut-elle en nichant sa tête au creux de son épaule. Mais Corneille va être furieux de ce marché.

— Il se calmera. Il le faudra bien, Mary. Je ne te partagerai pas, ajouta-t-il en cherchant ses lèvres avec tendresse.

Mary s'abandonna en se demandant ce qu'elle pouvait avoir de si exceptionnel pour que les hommes l'aiment à ce point. Quoi qu'il en soit, cela réglait son dilemme immédiat.

Junior serait plus heureux sur *La Perle* que nulle part ailleurs. C'était au fond la meilleure chose qui soit.

17.

— Bonjour, capitaine! cria joyeusement Junior à peine eut-il enjambé l'échelle de corde.

La Perle mouillait au large de Malte où Cork avait donné rendez-vous à Forbin, contre l'avis de Corneille qui, depuis, ne décolérait pas.

Forbin se garda de laisser éclater sa joie, mais il fut heureux de voir l'enfant courir jusqu'au gaillard d'arrière, en saluant les matelots sur son passage. Cork suivait, fier mais sans arrogance, un sourire léger aux lèvres, et Forbin en eut les poings qui le démangèrent. Il refusa de chercher à savoir pourquoi.

Junior se planta devant lui et le gratifia du salut, réglementaire cette fois.

— Gabier Niklaus Olgersen Junior, de retour à bord, capitaine.

Les yeux de l'enfant brillaient d'autant d'étoiles qu'une nuit d'août.

— C'est pas trop tôt, mon garçon, gronda faussement Forbin, mon vin était devenu mauvais d'être obligé de me passer de toi.

S'il n'avait pas été au milieu de son état-major et à quelques pas de Cork, il l'aurait serré dans ses bras.

— Bonjour, commandant, le salua à son tour celui-ci en se plantant devant lui.

— Je te verrai plus tard, Junior, dit Forbin, j'ai une affaire à régler.

— À vos ordres, capitaine. Au revoir, Clément, ajouta-t-il, et de nouveau les phalanges de Forbin s'agacèrent.

Cédant, lui, à sa pulsion, Cork s'était agenouillé pour recevoir la bise sonore de l'enfant.

— Je n'ai pas la journée à vous consacrer, Cork, grinça Forbin.

Clément laissa s'éloigner Junior avant de répondre.

— Tant mieux, cela me garantit de ne pas être votre prisonnier.

Forbin ne releva pas.

— Dans ma cabine, capitaine Cork.

— À vos ordres, s'inclina celui-ci avant de lui emboîter le pas.

Au terme des deux heures que dura leur entretien, Forbin fut forcé d'admettre qu'il avait mésestimé Clément Cork. S'il avait de la fierté dans le regard, elle était plus admirative et respectueuse à son égard qu'il ne l'aurait pensé. Cork ne le brava pas, avoua avec humilité et sincérité ses brigandages et même les accords qu'il avait passés avec l'ambassadeur pour le perdre. Il parla de Baletti avec assurance et chaleur, répondant à ses questions sans faux-fuyants, le regard droit, et Forbin entendit tout ce que Corneille ne lui avait jamais raconté de leur enfance. À un seul moment, Clément Cork baissa les yeux. Ce fut pour relater la fin de son ami, évitant les détails. Forbin n'insista pas, saisissant mieux que quiconque ce qu'il pouvait lui en coûter.

Enveloppés par la fumée de leurs pipes, les deux hommes se reconnurent nombre de points communs et, lorsque Cork lui certifia que Mary était libre et partirait avec Baletti chercher le secret du crâne de cristal dès que cette affaire serait réglée, il n'y trouva rien à redire. Malgré la peine que cela lui causa. Il comprenait.

— Le *Bay Daniel* est ancré dans une crique. En voici les coordonnées, termina Cork en lui tendant une feuille.

— La mer Égée ? s'étonna Forbin après y avoir jeté un coup d'œil. Pourquoi si loin ?

— Trop de monde le connaît ici. Cette île est une de mes caches.

Forbin le dévisagea avec surprise.

— Qu'attendez-vous que je fasse de cette information, Cork ?

— Rien, capitaine. Du moins, je l'espère. Mon navire est pour moi ce que *La Perle* est pour vous. Toute ma vie. Vous vouliez un gage de ma sincérité. Le voici.

Forbin hocha la tête, touché et vaincu cette fois.

— Je crois, monsieur Cork, que je vous dois des excuses.

— Je les accepte volontiers.

— Avec les arguments que vous m'avez donnés, je vais renforcer mes attaques contre Charmont. Mes ordres viennent de tomber. Mon ministre me soutient et m'autorise à incendier les navires ennemis. Je vais m'y employer avec plaisir. Cela distraira les Impériaux de votre recherche.

— Je vais vous fournir les noms de quelques navires vénitiens qui les ravitaillent. Vous pourrez les ajouter à votre liste si, par le plus grand des hasards, ils croisaient votre route.

Forbin en fut content. Il se leva.

— Je crois que tout est dit.

— Pas encore, répliqua Cork.

Il fouilla dans sa poche et en sortit l'œil de jade, que Mary portait en pendentif, et une lettre cachetée.

— Mary m'a chargé de vous le remettre avec ce billet. Je vous laisse en prendre connaissance et lui en rapporterai la réponse si vous le souhaitez.

Il s'inclina avec déférence et sortit, laissant Forbin à sa curiosité. Il décacheta la lettre avec impatience.

Mon capitaine. Je te demande pardon si je t'ai blessé. Tout ce que tu me reproches est vrai et j'en suis honteuse. Je pensais ne pouvoir jamais guérir de Niklaus, Baletti m'a prouvé le contraire. J'aurais aimé que ce fût toi, mais comme hier, je suis Mary Read. Comme hier, tu sais ma dualité. Les raisons qui t'écartèrent de moi sont les mêmes aujourd'hui. L'océan m'appelle et sur La Perle *je ne pourrai être ton épousée. J'ignore ce qu'il adviendra demain, mais tu ne seras pas un souvenir, pas davantage un allié. L'amitié que je te porte n'est que tendresse. Garde la mienne, Claude de Forbin. Ce bijou t'assurera que je ne suis pas contrainte. Avec lui que je viendrai reprendre et mon fils qu'il me tarde de bercer, je te lègue ma confiance à jamais. Tu en es digne plus qu'aucun autre à mes yeux. Puisses-tu, mon capitaine, ne plus avoir à en douter.*

Il replia le billet, refoulant l'émotion qui le poignait, et saisit une plume qu'il trempa dans l'encrier. Sa réponse fut brève.

Sois heureuse, Mary Read.

Il ramollit de la cire à la lueur d'une chandelle et la fit couler sur le papier.

— Sois heureuse, Mary Read, répéta-t-il, pour moi qui ne le serai jamais.

Fermement, il apposa son sceau sur le courrier.

*

Emma de Mortefontaine ne se fit pas annoncer chez Hennequin de Charmont, ayant suffisamment ruminé sa rage durant son voyage pour se passer d'attendre encore.

Elle le trouva butinant la gorge découverte d'une servante, assise sur ses genoux, et le toisa d'un sourire glacé. Il s'étrangla de surprise.

— Laissez-nous ! ordonna-t-il en repoussant la belle sans aucun ménagement.

Celle-ci se renfrogna dans une moue boudeuse et jeta au passage à Emma un regard furieux, tout en rattachant les lacets de son corset.

— Je vois, lâcha Emma, que les manières de Venise sont inchangées.

L'ambassadeur ne prit pas la peine de répliquer, encore moins de se justifier. Emma de Mortefontaine était aussi éclatante qu'en son souvenir.

— Avez-vous fait bon voyage, très chère ? demanda-t-il en se levant pour s'avancer à sa rencontre.

— Je ne fais jamais bon voyage. Offrez-moi un verre de porto, dit-elle en s'installant dans un fauteuil, lui refusant sa main à baiser.

Elle se mit à pianoter sur les accoudoirs. Hennequin de Charmont s'empressa de la satisfaire.

— Que puis-je faire pour vous être agréable ? demanda-t-il en s'installant à son tour.

Emma le considéra un instant. Il était encore plus gros et libidineux qu'en son souvenir. Abject. Mais elle avait besoin de lui pour se venger.

— Avant toute chose, nul ne doit apprendre que je suis à Venise. Vous seul le savez. Si la nouvelle s'ébruite, c'est vous qui serez puni d'avoir parlé.

— Ne me promettez pas de telles réjouissances, très chère, s'excita aussitôt l'ambassadeur, ou je vous trahirai pour leur seul plaisir.

— Ce que je vous promets n'aura rien de réjouissant, assura Emma, l'œil cruel. Je doute que vous goûtiez d'être dépecé vivant avant de terminer en nourriture pour peaux bleues.

Hennequin de Charmont déglutit, découvrant avec étonnement et plaisir mêlés qu'Emma de Mortefontaine pouvait fort bien en être capable. Son regard tout autant que ses manières le trahissaient.

— Je vous ignorais aussi déterminée, madame. Cela force mon écoute, ma discrétion et mon admiration, ajouta-t-il.

Emma se radoucit, et le considéra d'un regard concupiscent.

— À l'inverse, ma récompense aura des arguments pour vous plaire. D'autant que le service que vous allez me rendre rejoint vos intérêts.

— Je suis tout ouïe.

— Boldoni, en vous chargeant de m'expédier son courrier, m'a assuré de votre loyauté. Je dois le rencontrer. Mais pas chez lui et encore moins chez moi, je ne peux rouvrir mon hôtel particulier sans que l'on sache aussitôt mon arrivée.

— J'ai à ma disposition un pied-à-terre discret sur l'île du Lido. Il est indigne de vous mais...

— Je m'en contenterai, assura Emma. Amenez-moi Boldoni. Mais ne lui dites rien.

— M'expliquerez-vous ?

— Bientôt, promit-elle. Faites-moi conduire, monsieur. Je suis lasse.

Il s'abaissa à une courbette qu'Emma jugea grotesque, et s'obligea à l'accompagner auprès d'un gondolier.

Emma de Mortefontaine masqua son visage en sortant de l'hôtel particulier et, aidée de Gabriel, embarqua sans plus tarder.

*

La missive était brève :

Monsieur. Rejoignez-moi à cette adresse. J'ai à vous entretenir de toute urgence d'une affaire privée.

Boldoni ne perdit pas de temps, conscient qu'Hennequin de Charmont ne se donnerait pas la peine d'autant de prudence si elle n'était pas justifiée.

Depuis l'affaire de Potrée, Cork demeurait introuvable, malgré la somme indécente qu'il avait offerte pour sa capture. Les attaques de Forbin se faisaient plus précises et virulentes. Pour la première fois, son nom à lui avait été cité dans une de ses lettres à l'ambassadeur, les obligeant à cesser leurs activités. L'étau se resserrait autour d'eux. Charmont et lui évitaient soigneusement de se rencontrer pour ne pas donner matière aux rumeurs. Il suffisait d'un rien, désormais, pour que le scandale éclate. Boldoni aurait pu fuir, mais cela aurait signé sa culpabilité. Il se bornait donc, pour l'heure, à éliminer scrupuleusement toutes les preuves qui pouvaient encore subsister, afin que l'ambassadeur soit seul accusé lorsque le couperet tomberait.

Il débarqua discrètement à l'adresse indiquée et se fit introduire auprès de l'ambassadeur. On le conduisit dans un petit salon où une cheminée dispensait une douce chaleur. Il s'immobilisa sur le seuil, étonné autant que subjugué.

— Vous ? lâcha-t-il en découvrant Emma qui l'attendait.

Emma se délassait, assise à même un tapis épais devant l'âtre crépitant. Elle était plus sublime que jamais. Il la devina nue sous la mante noire qui couvrait ses épaules et s'attarda sur ce mollet et ce pied blanc qui s'en échappaient joliment.

— Venez vous asseoir à mes côtés, méchant garçon, exigea-t-elle dans une moue boudeuse.

— J'en déduis, madame, que vous avez reçu mon billet, déclara-t-il en s'empressant de se rendre à son souhait, la gorge nouée par un désir fulgurant.

Les cheveux blonds d'Emma, épars sur ses épaules, lui

donnaient des allures de madone, contrastant avec la noirceur de ce vêtement sommaire.

— En effet. J'en ai été contrariée. Fortement contrariée, ajouta-t-elle. Mais pas pour les raisons que vous imaginez.

Emma lui tendit sa main à baiser, dénudant dans ce mouvement banal, et jusqu'à mi-cuisse, ses jambes repliées sur le côté. Boldoni arrêta ses lèvres dans le creux du poignet que spontanément il avait retourné dans sa paume. Emma se mordit la lèvre, et s'amusa de la concupiscence de ce regard sur ses genoux. Elle les fit coulisser l'un sur l'autre dans un frémissement sensuel tout en retirant ses doigts de ceux de Boldoni.

— Cette espionne dont vous me parlez, chargée de vous remplacer, êtes-vous certain de son identité ? demanda-t-elle d'une voix rauque.

— Elle se fait toujours appeler Maria Contini, mais Baletti l'a fait réagir au nom de Mary Read.

Une bouffée de colère emplit Emma. De colère et de plaisir mêlés. Mary était enfin à sa portée.

— Racontez-moi, dit-elle à Boldoni en jouant avec le lien qui refermait les pans de sa cape. Je veux tout savoir d'elle, de lui, d'eux. Tout, vous entendez ?

— Ce n'est donc pas vous qui l'avez envoyée ? s'étonna Boldoni.

— Je vous avais promis récompense si vous me serviez, murmura Emma. Je tiens toujours mes promesses. Mary Read est mon pire cauchemar.

— Il fut le mien, avoua Boldoni, amer.

Emma tira délicatement sur le lacet. Les pans de sa mante s'écartèrent légèrement, révélant une ligne laiteuse qui enflamma définitivement les sens de Boldoni. Il avança une caresse sur la cheville d'Emma, remonta à son genou. Elle l'y arrêta.

— C'était un acompte, susurra-t-elle. Le reste viendra. Après.

Boldoni s'empressa de tout lui raconter.

Il repartit au petit jour, enchanté de la confiance de sa maîtresse tout autant que de leurs étreintes.

— Tant pis pour toi, Maria, chuchota-t-il à la brise qui le ramenait vers Venise, tu n'aurais jamais dû me trahir et m'humilier !

*

Mary était bien, merveilleusement, sereinement bien. Corneille et Cork s'étaient installés dans la demeure abandonnée, loin des regards. Mary ne passait pas un jour sans les y rejoindre, s'échappant du palais par les souterrains pour tromper la vigilance des hommes que Boldoni avait placés afin de les surveiller. Habillée en garçon, nul n'aurait pu la reconnaître. Elle aimait ces moments auprès des deux amis. Ils avaient le goût du large. Les écouter en parler la rapprochait chaque jour un peu plus de son fils. Et de Corneille, bien qu'elle refusât de l'admettre.

— Junior va bien, annonça Mary à Corneille, Forbin me le décrit rieur et facétieux.

— Presque trois mois, grogna celui-ci en réponse. Trois mois que je m'enterre entre ces quatre murs. Combien de temps faudra-t-il encore à ton marquis pour que nous en soyons délivrés ?

Mary soupira. Elle comprenait sa frustration, et se félicita d'être seule avec lui pour pouvoir en parler. Cork s'était absenté malgré la consigne, lui avait annoncé Corneille à peine fut-elle entrée. Lui aussi en avait assez.

— L'ambassadeur a fait cesser tous ses trafics et l'enquête du doge piétine. Forbin n'a plus d'arguments à opposer à son roi et Baletti ne peut rien faire directement. Les Impériaux pensent que Cork est allé se faire pendre ailleurs, d'autant qu'ils ont d'autres chats à fouetter. L'escadre de Forbin ne leur laisse aucun répit. Bientôt, c'est certain, cette affaire sera oubliée de tous. Boldoni a relâché sa surveillance devant chez nous. Signe qu'il se sent moins menacé. Vous le serez aussi, par conséquent.

— Tu dis « chez nous », souligna Corneille tristement.

Mary s'approcha de lui. Ils étaient dans cette même pièce où pour la première fois Clément Cork l'avait invitée à dîner. La chaleur accablante de ce début août ne les atteignait pas, mais le regard de Corneille glissa sur elle comme un feu ardent.

— Je suis navrée, dit-elle en caressant sa barbe d'une main tendre, navrée que les choses soient ce qu'elles sont aujourd'hui pour toi. Ce n'est pas non plus ce que je voulais.

— Et que voulais-tu, Mary Read? demanda-t-il en embrassant cette paume qui s'éternisait sur sa joue. Qui voulais-tu pour remplacer Niklaus? Forbin ou moi?

— Personne n'a remplacé Niklaus.

— Pas même Baletti?

Elle secoua la tête, troublée malgré elle par cette complicité de peau qu'elle retrouvait dans la douceur de sa bouche. Elle voulut ôter sa main pour en rester maître, mais Corneille dut s'en apercevoir. Il l'enlaça.

— Ne fais pas ça, Corneille, murmura-t-elle, faible soudain de ce contact qui réveillait ses souvenirs.

— Pourquoi? Tu en as autant envie que moi. Épouse Baletti. Épouse-le, Mary Read, si cela te chante, mais appartiens-moi, gémit-il en cherchant ses lèvres.

Elle ne se déroba pas.

Corneille l'enleva dans ses bras pour ne pas rompre ce charme. Elle voulut parler mais il l'en empêcha d'un regard suppliant. Elle ferma les paupières et se laissa emmener jusqu'à sa chambre, reconnaissant l'odeur de sa peau par l'échancrure de sa chemise, s'étonnant brusquement que ses sens s'en souviennent et s'éveillent autant.

Lorsqu'il la déposa sur la courtepointe après avoir repoussé la porte de son pied, elle comprit qu'il était trop tard pour revenir en arrière.

Corneille la déshabilla sans hâte de cette unique main dont il savait jouer à plaisir, et la même émotion la gagna. Elle était incapable d'expliquer pourquoi, alors même qu'elle s'était cru éprise de Baletti, elle s'abandonnait ainsi. « Parce qu'il t'a appris que l'amour n'a ni maître ni loi », lui chuchota une petite voix dans sa conscience.

Elle s'en contenta et se cabra sous le plaisir intense et infiniment sensuel que Corneille lui donna.

Un silence gêné s'attarda entre eux, tandis que, apaisés l'un et l'autre, ils étaient encore blottis dans la même chaleur. Ce fut Corneille qui le brisa.

— Junior me manque, dit-il simplement. Ne me l'enlève pas.

— Je ne le ferai pas. Pas après tout ce que tu m'as raconté de votre entente. Ce serait injuste, pour lui comme pour toi.

Il nicha ses lèvres dans son cou et elle se cambra contre ses reins. Corneille s'en amusa.

— Tu as toujours réagi comme cela. Même la première fois. Tu te souviens ?

Elle hocha la tête.

— Niklaus ne voulait pas que je t'écrive, que je reprenne contact avec toi, dit-elle.

L'espace d'un instant, l'image furtive de Niklaus l'entraînant dans la grange s'était superposée à celle évoquée par Corneille. C'était le jour du départ de Vanderluck et de son épouse, et elle s'était fait la même réflexion.

Corneille s'écarta d'elle pour qu'elle glisse sur le dos. Il s'appuya sur son moignon et se pencha au-dessus d'elle, fouillant son regard. Il n'y retrouva pas la douleur qu'il y avait lue à Toulon.

— Niklaus était jaloux de notre complicité. J'ai envoyé cette lettre sans le lui dire, poursuivit Mary.

— Pourquoi l'as-tu fait, si tu l'aimais autant que cela?

— Je n'en sais rien. Mais tu as raison. Je n'ai jamais aimé quelqu'un autant que lui.

Elle soupira.

— Il me faudra toujours vivre avec cette trahison, Corneille. Cette trahison qui lui a coûté la vie et m'a enlevé Ann. Entre toi et moi, il y aura toujours cela.

— Voilà pourquoi tu t'es laissé séduire par Baletti, comprit Corneille.

— Peut-être. Peut-être pas. Je sais que tu ne l'aimes pas, mais il est exceptionnel. Il compte beaucoup pour moi.

Corneille se pencha sur ses lèvres et s'attarda un instant à la sentir frémir à l'idée d'un baiser. Il le suspendit et se redressa, se satisfaisant de la frustration fulgurante et furtive de son regard.

— Je t'ai déjà vue habillée de noblesse, Mary Read. Même si je dois admettre que cette fois tu la portes avec sérénité et éclat, il n'empêche que je te connais bien.

— Le temps a passé, dit-elle pour s'en défendre.

Il caressa son visage d'un doigt léger.

— Mais tu n'as pas changé, Mary. Lorsque tu nous visites, c'est vêtue en homme.

— C'est plus pratique et discret.

— Allons donc, se moqua Corneille. Tu t'es mariée avec ton Flamand, tu lui as fait des enfants, mais tu m'as écrit. Si tu ne sais pas pourquoi, moi, je le sais.

— Comment le saurais-tu? se troubla-t-elle, vacillant sur ses certitudes.

— Ce parfum que tu cherchais sur ma peau tout à l'heure, ces larmes que ton plaisir m'a offertes, cette lettre qui réclamait mon aide portent le même nom. Quelle que soit l'envie qui t'entraîne, elle a un goût d'océan. Et Junior est comme toi. Là sont ta place, la sienne et la mienne. Leurre-toi encore une fois auprès de Baletti, ce n'est qu'une trêve pour ton âme en souffrance. Tôt ou tard, comme avec Niklaus, et plus vite encore, tu t'en lasseras.

Elle détourna la tête. Il avait raison. Niklaus lui-même l'avait compris, qui lui avait accordé de repartir à l'aventure.

— Baletti te tient par son raffinement, par ces richesses que tu convoitais, par le souvenir de Cecily qui demeure au fond de toi. Il te tient par ce qu'il est d'altruisme et de lumière, par cette quête fabuleuse qui met le monde à ta portée et donne un sens à ta vie.

— C'est vrai, admit-elle. Et cela perdurera.

— Je ne crois pas. Tu t'es laissé séduire hier dans l'idée de ta vengeance et de ce trésor, tu t'es laissé apprivoiser aujourd'hui en ne songeant qu'à l'instant où avec lui tu défieras l'océan pour atteindre ces deux buts, enfin. Ce sont eux qui te portent, princesse. Mais qu'adviendra-t-il après ? Lorsque Baletti aura trouvé ses réponses et qu'il te ramènera à Venise pour se pavaner de salon en salon ? Qu'adviendra-t-il de Mary Read et de Junior ? Tu vieilliras sans âme et ton fils te quittera pour devenir marin auprès de moi. À moins que tu ne fuies encore une fois avec lui, avec moi. Parce que la seule richesse dont tu as besoin, c'est cette liberté qui coule en toi. Cette liberté que je représente et dont jamais, jamais, tu m'entends, tu ne guériras.

Il fit pivoter ce visage qui s'obstinait à fixer le mur en face et de son doigt essuya une larme sur sa tempe.

— Épouse Baletti, murmura Corneille en déposant le sel de ses yeux sur ses lèvres tremblantes. Épouse-le, mais ne me renie pas.

Il fit glisser ses doigts le long de sa gorge palpitante et jusqu'à l'échancrure de ses cuisses. Lorsqu'il l'en pénétra et l'embrassa, c'est une lame de fond qui la submergea. Il s'écarta d'elle pour s'accorder à son souffle brûlant.

— Personne, Mary Read, aujourd'hui comme hier, personne ne te connaît autant que moi, murmura-t-il encore avant de la faire sienne, lentement, comme l'océan se jouerait d'un navire, encore et encore, jusqu'à ce qu'elle s'y noie.

18.

Emma de Mortefontaine tremblait d'une excitation malsaine en se faisant déposer devant la demeure du marquis de Baletti.

Ses hommes étaient déjà en place grâce à Giuseppe Boldoni, qui avait rouvert pour la circonstance un portail reliant les deux jardins. Le piège allait inexorablement se refermer sur les amants. Elle avait mis longtemps à le préparer, à le peaufiner avec Boldoni et l'ambassadeur. Mais elle voulait cependant jouir de cette confrontation avant de livrer Mary Read à la République. Forte de ce qu'elle savait des relations entre Mary et Forbin, elle avait fabriqué de fausses preuves qui les associaient tous deux pour porter préjudice à la Sérénissime. Dans cette lettre, tout était révélé : le nom de Cork, ses recrutements de miséreux pour le compte de Baletti, chargés de commerce avec les Impériaux, et leur intention de faire peser les soupçons sur l'ambassadeur de France.

Le doge s'en était trouvé embarrassé. Il admirait et respectait le marquis de Baletti, mais ne pouvait réfuter ces accusations sans en référer au Grand Conseil.

— Laissez-moi faire, avait susurré Emma. Le marquis est sous le charme de cette aventurière. Je suis persuadée qu'elle s'est servie de lui. Un seul nom, celui de cette garce, suffirait à Venise. Si Baletti me la livre, il sauvera son honneur. N'envoyez vos gardes qu'au matin. Je me fais fort de le convaincre.

Le doge avait cédé. Baletti était aimé à Venise, très aimé. Son arrestation serait du plus mauvais effet. Emma l'avait quitté rassurée mais déterminée. Elle ne commettrait pas l'erreur de Breda. Gabriel avait lui-même vérifié que les tourtereaux étaient au nid, pour qu'elle puisse les y cueillir sans peine.

— Je suis attendue par le marquis, dit-elle avec grâce au laquais qui ouvrit le portail.

Elle était seule et on la laissa passer. Il lui suffit de pousser un sifflement aigu, à peine parvenue dans le patio d'entrée, pour que ce même laquais s'effondre, poignardé puis attiré dans l'ombre d'un bosquet. Emma de Mortefontaine récupéra le pistolet que lui tendit Gabriel.

— Nous sommes prêts, affirma celui-ci.

Baletti comptait six personnes à son service. Boldoni avait donné tous les détails nécessaires pour qu'ils soient neutralisés sans peine.

— Allons-y, décida Emma. Cette petite garce ne m'échappera pas, cette fois.

Lorsque Pietro ouvrit la porte à laquelle Emma frappa, il se retrouva nez à nez avec le canon d'un pistolet et n'eut d'autre choix que de s'effacer pour les laisser passer.

— Où sont-ils? chuchota Emma à son oreille.

— Dans le petit salon, répondit Pietro de même.

— J'irai seule, assura Emma, donnant ainsi à Gabriel le signal qu'il attendait.

D'une main plaquée sur sa bouche, il empêcha Pietro de crier tandis que de l'autre il lui enfonçait avec violence un poignard au côté. Pietro s'effondra sans bruit contre Gabriel. Silencieusement, les hommes d'Emma se faufilèrent vers les portes que leur avait indiquées Boldoni pour en finir avec le reste de la maisonnée.

Emma ne garda que Gabriel et deux autres pour l'escorter, se dirigeant vers cette musique douce et mélodieuse qui leur parvenait.

*

Mary l'entendait à peine, cette sonate que pourtant Baletti jouait pour elle au clavecin. Elle n'avait cessé de donner le change depuis qu'elle avait quitté Corneille. Ce n'étaient pas tant les caresses de celui-ci qui la perturbaient, mais ce qu'il avait dit. Elle ne pouvait nier qu'il y eût une part de vérité dans son constat. Une part sans doute plus grande que ce qu'elle voulait.

Elle avait ouvert les fenêtres sur le canal pour se nourrir du flamboiement des dernières lueurs du jour. Comme chaque fois, elle s'en régala.

La voix de fausset d'un gondolier accompagnant les accords brisés d'une mandoline égratigna son oreille, se mêlant désagréablement au timbre parfait de la voix de son amant. À l'image de ses pensées tumultueuses, leur association était dissonante. Elle referma la croisée. Son plaisir du soir était indiscutablement gâché. Elle se retourna vers Baletti pour se conforter de sa présence sécurisante en soupirant de regret. Elle s'immobilisa, le souffle coupé.

Pistolet au poing, Emma de Mortefontaine jubilait du spectacle que leur sérénité offrait.

— Toi ! cracha Mary, livide d'une haine qui brutalement lui explosa au ventre.

Baletti, surpris, immobilisa ses doigts sur le clavier, la fixa une seconde, puis se retourna pour prendre la mesure de ce qu'il avait instinctivement deviné.

— Vous êtes pitoyablement touchants tous deux, les salua Emma en guise de bonsoir. C'est à vomir !

Baletti se dressa d'un bond, prêt à s'interposer entre l'arme de cette femme et Mary. Emma tira sans hésiter vers ses genoux. Il hurla de douleur et s'effondra, la rotule éclatée. Mary se précipita aussitôt vers lui, le cœur battant de colère, incapable de prononcer un mot.

— Sauve-toi, Mary, chuchota Baletti tandis qu'elle le soutenait vers le sofa. Son arme est déchargée, sauve-toi.

Mais Mary n'avait pas envie de fuir. Encore moins de l'abandonner. Il y avait trop longtemps qu'elle attendait de se retrouver face à face avec Emma. De toute manière, Gabriel, anticipant cette probabilité, venait de se poster devant la fenêtre. Toutes les issues de la pièce étaient gardées. Baletti assis, elle se dressa entre lui et Emma. Celle-ci la toisa avec mépris.

— Tu as été rapide à te consoler, Mary Read. Je t'ai haïe pour cette nouvelle trahison, sais-tu ? Jusqu'à cet instant. Jusqu'à vous voir bêtifiés d'ennui et de mièvrerie.

— Épargne-moi tes sarcasmes, Emma. Je suis une épine dans ton cœur, tu es un poignard dans le mien. Finissons-en.

Emma ricana.

— Et gâcher le plaisir que je pourrais prendre à te regarder me supplier ? Alors que je ne rêve que de cela depuis que tu m'as quittée à Douvres ? Imagine ma frustration.

— Jamais. Jamais je ne te supplierai.

— Pour lui, peut-être pas, lui accorda Emma. Mais pour elle, Mary ? Pour Ann, crois-moi, tu le feras.

Mary serra les poings de colère. Elle ne répondit pas.

— Il faut croire que je t'ai vraiment sous-estimée. Niklaus, ton beau Niklaus, avait raison à Breda. Je ne l'ai pas cru lorsqu'il m'a affirmé que tu les avais abandonnés, lui et ta fille, pour rejoindre Corneille.

Mary refoula en elle les images qui lui venaient de Niklaus, blessé par ce courrier qu'Emma avait dû lui jeter à la face. Malgré sa trahison, il avait trouvé le courage de s'en servir pour tenter de les sauver tous.

Baletti se redressa, domptant cette douleur qui l'avait paralysé.

— Ça suffit, Emma, grinça-t-il. Emportez le crâne puisque c'est ce que vous êtes venue prendre. Emportez tout ici et fichez le camp !

— Cela aurait pu me contenter, autrefois, marquis. Plus aujourd'hui. La république de Venise a besoin de coupables pour se laver des soupçons de Forbin. Vous en faites d'idéaux.

— Fable grossière, personne n'y croira !

— Forbin est un être pétri d'orgueil, tous le diront. Comment ne pas imaginer qu'il puisse avoir fabriqué cette rumeur de toutes pièces pour servir ses ambitions ? Les preuves de votre complicité avec Mary sont entre les mains du doge. Quelques faux témoignages, un courrier. Venise n'a pas été longue à choisir son intérêt.

— Garce ! grinça-t-il.

— Vous m'avez humiliée, marquis, tout comme toi, Mary. Vous seuls êtes responsables de ce qu'il advient. L'un et l'autre, vous m'avez rejetée quand j'avais tout à vous offrir.

— Allons donc, tu es bien trop égoïste pour offrir quoi que ce soit, lui jeta Mary.

— Tu te trompes. Si je ne t'avais aimée autant, je ne te persécuterais pas.

— Orgueil, répliqua Baletti. Pas amour. Seulement orgueil.

— Dans ton cas, mon cher...

— Je l'ai, Madame, l'interrompit un homme en montrant un sac de cuir.

À la forme qui le gonflait, Baletti et Mary comprirent aussitôt qu'il s'agissait du crâne de cristal.

Un sourire jubilatoire diabolisa le visage d'Emma.

— Et pour le reste ?

— Tout flambera, assura l'homme.

— Qu'y gagneras-tu, Emma? tenta Mary, sachant combien le marquis était détaché du matériel.

Emma adressa un signe de tête à ses hommes. Mary les vit s'approcher d'elle. Elle ne se laisserait pas emmener ou tuer sans se battre. Elle joua des poings et des pieds, tant qu'elle put, sachant que ce serait inutile, mais cette violence qu'elle déchaîna lui fit du bien. Elle parvint à s'emparer d'un poignard et déchira la gorge d'un des hommes. Les quatre autres s'enragèrent et, si deux d'entre eux furent blessés, elle n'en fut pas moins réduite à merci et immobilisée.

Baletti fut contraint de la même manière.

Emma se planta devant Mary.

— Ann, ta chère petite Ann, a le même instinct de survie que toi, lui susurra-t-elle. Bientôt, Mary Read, bientôt, crois-moi, tu me supplieras.

— Ann est morte, grinça Mary, refusant de se laisser ébranler. George m'a certifié que tu t'en étais débarrassée.

— Débarrassée, c'est vrai, admit Emma. Confiée à des gens. Loin, très loin de toi. Mais elle vit, Mary. Et si tu n'es pas à moi, elle le sera.

— Je te crèverai pour ça, éructa-t-elle, de fureur et de haine.

— Pas seulement pour ça, chérie, lui assura Emma en effleurant ses lèvres des siennes. Je me suis fait une promesse, celle de ne jamais plus tolérer quiconque entre toi et moi.

Elle s'écarta d'elle en ricanant et se tourna vers Gabriel.

— A-t-on trouvé ce que j'ai demandé?

— La pièce à côté, assura celui-ci. La fenêtre est trop haute pour qu'il puisse s'y hisser.

Emma donna un signe de tête. Mary et Baletti furent entraînés vers le cabinet du marquis. Un des mercenaires achevait d'y éparpiller livres et documents, avant de les asperger d'huile. Mary blêmit.

Baletti fut projeté vers l'avant et s'effondra au milieu de ce désordre. Comme Mary, il avait compris. Il se traîna vers la bibliothèque. Emma arma un autre pistolet et tira dans sa jambe encore valide, l'immobilisant tout à fait. Mary se mordit la lèvre pour ne pas hurler.

Emma s'approcha d'elle et lui empoigna les cheveux. Mary soutint son regard avec fierté. Elle ne lui offrirait pas ce qu'elle espérait. Emma en conçut une rage folle.

— Ça a été trop rapide avec ton Flamand, lui, je veux que tu l'entendes crier. Je veux que tu sentes jusqu'en ton âme ce que tu as fait de moi, Mary Read. Je veux que l'odeur t'en imprègne et que tu ne puisses jamais l'oublier. Ensuite, tu penseras à Ann. Chère et douce petite Ann. À la merci de mon caprice si tu t'obstines encore à me repousser.

Pour seule réponse, Mary lui cracha au visage. Emma s'écarta d'elle et Mary plongea son regard dans celui de Baletti qui tentait de se relever, combattant dignement la douleur. Quelques pas seulement le séparaient du passage secret. L'un et l'autre savaient qu'il constituait son seul espoir. Comme pour les en détourner, Emma saisit un flacon d'huile et l'envoya s'écraser aux pieds de Baletti, l'aspergeant de liquide.

— Tu es courageux, marquis, c'est une qualité que j'aime. N'as-tu rien à dire en dernière volonté ?

— Puisse le diable t'emporter, cracha-t-il seulement, livide, mais fier.

— Bienvenue dans son enfer ! ricana-t-elle en s'emparant d'une chandelle pour embraser ce qui se trouvait à portée.

Les flammes montèrent, vives et hautes, relayées de part en part par le combustible. Leur rideau de chaleur écarta vite Emma, Mary et ses hommes du spectacle, les forçant à sortir. Mais le hurlement de Baletti atteignit Mary à travers la porte fermée.

— Emmenez-la, ordonna Emma, tandis que déjà les autres pièces s'embrasaient elles aussi.

Mary ne lui offrit pas le plaisir de ses larmes. Elle les enferma dans ses poings crispés à en déchirer les jointures. Baletti ne pouvait pas en avoir réchappé.

*

— Là ! Ce sont eux, déclara Clément à Corneille.

Le doigt tendu de Cork désignait l'embarcation qui s'éloignait du palais de Baletti. Mains liées dans le dos, encadrée de deux hommes, Mary Read regardait droit devant l'horizon sombre. Comme la gondole quittait la rive, la baie vitrée du cabinet de Baletti éclata sous la pression de la chaleur.

— Mordiou ! jura Cork.

Délaissant cette fois l'ombre dans laquelle ils s'étaient plongés, ils se précipitèrent d'un même élan vers le palais. Cork avait passé la journée à sillonner Venise, grimé comme il savait le faire. Lassé de devoir se cacher, il avait décidé de faire la tournée des cabarets et des tavernes pour entendre ce qu'on racontait à son sujet. En fin de journée, il avait vu entrer un des hommes de Boldoni accompagné d'un inconnu. Ils s'étaient installés à l'écart des autres, mais pas de lui qui faisait semblant de somnoler, le visage tourné vers le mur, vautré sur une table devant sa chope.

— Que fait-on de mon maître ? avait demandé l'homme de Boldoni, après une rasade de vin.

— Ton maître, c'est elle, désormais, avait décrété l'inconnu. Boldoni est devenu gênant. Sitôt l'accès au jardin déverrouillé, toi et tes hommes l'éliminerez.

— C'est le diable en personne, cette femme-là ! Je n'aime pas ses manières.

— Elles sont franches pour qui la sert sans discuter. Mais je te déconseille de transgresser l'ordre qu'elle te donnera. Allons, à présent. Nous n'avons que trop tardé.

Ils s'étaient levés, leur verre vidé, et Cork leur avait emboîté le pas à distance, espérant soudain d'autres renseignements que ceux qu'il était venu chercher. Il les avait suivis jusqu'à l'île du Lido, les laissant à la porte d'une bâtisse qui visiblement leur servait de repaire.

— Savez-vous qui habite là ? avait-il demandé à une lavandière qui faisait sa lessive sur la rive, non loin.

— En ce moment, c'est une dame. Le reste du temps, ça va, ça vient.

— Cette dame est-elle blonde et très belle ?

— Pour sûr, on dirait un ange, était convenue la lavandière en reprenant son battoir.

Cork n'avait pas insisté. Ange et démon à la fois, ce ne pouvait être qu'Emma de Mortefontaine.

La demeure qui les cachait avec Corneille était sur le chemin pour aller chez Baletti. Il s'y était arrêté pour faire part de ses soupçons à son comparse. Arrivé au moment où Mary sortait de la chambre de Corneille, il avait préféré se cacher plutôt que de gêner leur complicité. Clément Cork avait attendu qu'elle fût partie pour tout raconter à Corneille, refusant d'être mêlé à cette affaire-là. Il le regrettait à présent. S'il était intervenu plus tôt, peut-être aurait-il pu empêcher ce qui venait de se produire.

Ils s'immobilisèrent devant l'ampleur du sinistre. C'était trop tard. Nul ne pouvait s'approcher. Les flammes gagnaient déjà les maisons mitoyennes. Partout, on s'agitait pour tenter l'impossible.

— Je crois qu'il faut se résigner, Clément, lâcha Corneille. S'ils ont eu Mary, alors, c'est que ton marquis est mort.

Cork refusa de l'entendre.

— Je file au souterrain. Toi, suis-les pour savoir où ils vont la débarquer. Je te retrouverai à la demeure, dès que je me serai assuré de la vérité.

— J'ai besoin de toi, Cork, insista Corneille.

— Tu peux compter sur moi. Mais je dois savoir ce qu'il en est, conclut-il en s'élançant.

Corneille n'insista pas. Il détacha une gondole au nez de son propriétaire, davantage absorbé dans la contemplation des flammes. Partout, hommes, femmes et enfants se relayaient, puisant de l'eau dans la lagune et la déversant sur l'incendie pour tenter de sauver leurs maisons. Corneille s'éloigna. Si aucun orage salvateur n'éclatait, les morts et les blessés se compteraient par dizaines et Venise serait en deuil.

Indifférent à leur sort, et plus encore à celui du marquis de Baletti, Corneille ne songeait plus qu'à cette embarcation qui filait vers la place Saint-Marc. Elle était escortée de deux autres emplies d'hommes qui protégeaient une silhouette recouverte d'un voile noir. Emma, forcément. L'envie d'armer son pistolet et de l'abattre le démangea. Il la rejeta. Seul, il ne pouvait rien.

Cork contourna le monastère et, s'engouffrant par une porte dérobée, gagna le sous-sol, essoufflé par sa course et par la fumée rasante qui oppressait Venise. Il récupéra la lanterne à l'entrée du souterrain, l'alluma et avança, gagné au bout de quelques pas par la chaleur insupportable qui y régnait. La bibliothèque avait dû s'embraser comme une torche. Son acte était irrationnel. Corneille avait raison. Baletti ne pouvait pas en avoir réchappé. L'humidité, constante d'ordinaire, s'évaporait en un brouillard chaud et puant.

Il s'apprêtait à rebrousser chemin, vaincu par cette évidence, lorsqu'il lui sembla entendre une plainte. Un murmure de plainte. Il se figea. Tendit l'oreille : rien.

Il avait dû rêver, à moins que ce ne fût l'écho de ces bruits infernaux qui provenaient atténués de la surface. Il avança de quelques pas pour regagner la sortie, pressé de retrouver un air plus sain. Une voix dans sa tête éclata et supplia : « Aide-moi. »

Cette fois, il décida d'en avoir le cœur net et de nouveau s'empressa dans le conduit.

Lorsque son pied buta, il fit osciller sa lanterne pour tenter de percer le brouillard. Clément Cork avait beau être endurci, il dut retenir un cri d'effroi. Baletti n'aurait pu appeler à l'aide. Il n'était qu'une brûlure de la tête aux pieds. Un corps à vif qui progressait en rampant, lentement, les ongles enfoncés dans la terre, à demi inconscient.

Cork ne réfléchit pas. Il n'avait d'autre choix que de l'extraire de là. Il enleva précautionneusement dans ses bras ce corps vrillé sous la torture.

— Tout ira bien, murmura-t-il, pour s'en convaincre lui-même.

Seuls les yeux grands ouverts de Baletti traduisirent par des larmes ce que sa gorge trop sèche et ses lèvres boursouflées ne disaient pas.

19.

Mary s'effondra dans sa geôle à peine la porte refermée sur elle et s'y prostra, assise contre le mur, les genoux repliés contre sa poitrine. Vaincue. On l'avait conduite dans le palais des Doges, l'enfermant au préalable sous la toiture des heures durant. Elle savait qu'on ne l'interrogerait pas pour vérifier le témoignage d'Emma. Le dénommé Gabriel s'était fait un plaisir de l'instruire de ce qui l'attendait tandis qu'ils filaient sur les eaux noires de la lagune. Les incendiaires étaient considérés comme les pires des criminels à Venise.

Emma affirmerait que Mary Read avait non seulement tué Baletti, se voyant découverte, mais aussi brisé une lampe pour provoquer une diversion et s'enfuir, avant d'être finalement rattrapée. Mary était perdue quoi qu'elle fasse. Grâce à cet habile stratagème, son ennemie avait tout prévu. Elle serait jugée et condamnée à mort. Au petit jour, on lui avait fait traverser le pont des Soupirs pour la jeter en cellule, sans ménagement.

Ce qu'elle ne comprenait pas, pourtant, abandonnée dans ce cachot de deux mètres sur deux où l'on ne pouvait tenir que tête baissée dans une obscurité totale, c'était pourquoi.

Pourquoi Emma de Mortefontaine l'avait livrée au Grand Conseil. Il aurait été plus jouissif pour elle de la tenir à sa merci dans quelque cave. Cette question l'obsédait. Elle n'était pas essentielle au regard de ces dernières heures, et Mary savait bien qu'elle n'était qu'un leurre. Un leurre pour l'empêcher de penser au reste. À tout le reste. La fin horrible de Baletti. Le doute concernant Ann.

Son seul espoir résidait en Cork et en Corneille. Mais il était infime. Les gardes l'avaient affirmé en bouclant sa porte. Nul ne s'était jamais évadé des cachots vénitiens. Une meurtrière étroite laissait entrer juste assez d'air pour permettre aux prisonniers de survivre. À sa droite, une rigole amenait de l'eau dans une écuelle creusée à même le sol. Il fallait y laper pour boire. Elle ne voulut rien voir, se concentrant sur cette question. La seule et unique qui lui permettait de ne pas s'effondrer. Tôt ou tard Emma viendrait. Ne serait-ce que pour lui prendre l'œil de jade dont elle devait l'imaginer gardienne. Elle se félicita de l'avoir confié à Forbin. Emma aurait beau faire, Mary ne céderait pas à son chagrin. Elle ne lui offrirait pas le plaisir de sa souffrance. Emma de Mortefontaine ne trouverait en face d'elle qu'un mur, lisse, sans lézarde, gorgé de fatalisme autant que de haine. Si elle devait mourir alors, ce serait comme Niklaus l'avait fait. En la bravant. Dignement.

*

Cork se présenta devant Corneille le lendemain midi, les traits tirés et les yeux tourmentés.

— Enfin ! l'accueillit ce dernier impatient et plein de douleur. Je n'en pouvais plus de cette attente. Mary a été incarcérée et va être jugée.

— Je sais. On ne parle plus que de cela en ville.

L'incendie s'est étendu jusqu'à la limite de l'arsenal. Il a fallu le souffler pour le contenir.

— Il faut agir. Vite.

— Baletti est vivant.

Corneille s'immobilisa. À l'annonce de cette nouvelle, il remarqua enfin les vêtements de Clément et la puanteur qui s'en dégageait. Cork, satisfait d'avoir retenu son attention, enchaîna :

— Disons plutôt qu'il est entre la vie et la mort, brûlé grièvement et blessé aux jambes. Il est toujours inconscient.

— Tu l'as trouvé dans le souterrain ?

— J'ignore comment il a pu y parvenir dans son état, continua Cork. Il ne devrait même pas être là. Les moines auxquels je l'ai confié n'y comprennent rien.

— Tu penses à sa prétendue immortalité ? demanda Corneille, sans s'en moquer cette fois.

— Je ne pense pas. Je constate, c'est tout.

— Que comptes-tu faire ?

— Ce qu'il aurait voulu que je fasse et ce que tu attends de moi. Sauver Mary.

Corneille soupira.

— Cette place est mieux gardée que la Bastille. Je ne vois pas comment la tirer de là. J'y ai usé ma nuit.

— Forbin.

— Quoi, Forbin ? Il est incapable de faire des miracles, lui ! objecta Corneille.

— Des miracles, peut-être pas. Une diversion certainement. Je vais m'arranger pour rallier *La Galatée*. Où qu'elle soit à présent. Toi, pendant ce temps, tu vas recruter des hommes sûrs dans plusieurs endroits, discrètement. Les mercenaires d'Emma se sont remis en chasse, certains que nous sortirons de notre cache pour cela. Si nous voulons avoir une chance de réussir, il faut jouer d'une totale surprise.

— À quoi nous servirait une diversion si nous ne pouvons forcer la prison ?

— Fais-moi confiance, Corneille, répondit Clément en lui pressant les épaules. Je sais ce qu'elle représente pour toi. La prison des Soupirs n'est pas inviolable. Il suffit juste d'y parvenir par où on ne nous attend pas. Retrouvons-nous ici dans trois jours. Jusque-là, prie afin que son procès ne soit pas bâclé pour apaiser l'esprit des Vénitiens. Prie aussi pour lui, s'il te reste un peu de foi.

Corneille hocha la tête. Baletti était son rival, certes, mais il ne méritait pas ça.

*

Mary avait perdu le compte des heures. Elle s'était endormie, éveillée, et endormie encore. Parfois des fulgurances la traversaient, l'accablaient, puis retombaient, vaincues par la volonté implacable de son orgueil. Elle fixait sans la voir la porte en face d'elle. Il faisait noir. Noir et froid alors que Venise souffrait de la canicule.

L'humidité des pierres en bordure de la lagune avait fini par la gagner, par imprégner ses fesses puis ses reins à travers ses jupes, jusqu'à geler son corps tout entier. Elle grelotta. Des coups contre le bois de la porte lui firent redresser sa tête lourde. Elle n'avait pas bougé depuis qu'elle était là.

— Gruau ! beugla le gardien, faisant coulisser un panneau étroit dans la porte.

Un léger rayon de lumière s'y infiltra, suivi d'une écuelle de terre emplie d'une pâtée malodorante. Mary ne se donna pas la peine de s'écarter du mur pour la prendre. Las d'attendre, le geôlier la renversa. La mangeaille s'écrasa à terre. Mary détourna la tête. Elle ne voulait rien. Ni boire ni manger. Juste attendre. Attendre Emma. La défier et mourir. Vite.

Elle cala sa tête dans l'angle du mur et une fois encore s'abandonna, étirant ses jambes pour en chasser les fourmillements, regrettant ce poignard qu'on avait ôté de sa jarretière en la fouillant. Gabriel, fort des habitudes de sa maîtresse, s'était empressé de l'en priver. Un sourire étira les lèvres sèches de Mary. Avec un peu de chance, Emma aurait gardé le sien... Cette perspective lui fit pousser un soupir de contentement. Tout n'était peut-être pas encore joué entre elles.

Inlassablement les heures tournèrent, reproduisant le même rituel. Chaque fois, le repas qu'on lui portait vint rejoindre le précédent sur le sol de pierre. Le couinement d'un rat lui donna à penser qu'il n'était pas perdu pour tout le monde. Elle avait faim, mais l'odeur seule de cette mangeaille lui soulevait les tripes. Elle avait connu, sinon pire, du moins aussi immonde. Le doute, l'insidieux doute, commençait à lézarder sa carapace. Et si Emma, somme toute, ne venait pas ? Si c'était cela la raison de son incarcération à Venise ? L'ultime vengeance. L'attente. Elle savait qu'il n'existait pas de pire torture que celle-là. Le manque. L'espoir qui s'émousse d'heure en heure. Jusqu'à la résignation finale. Résignée à mourir, elle l'était dans l'idée. Pas dans le ventre. S'il existait un moyen, un seul, pour entraîner Emma avec elle, elle n'hésiterait pas. Pour le reste, dès qu'une image agréable lui venait, elle la repoussait avec véhémence, la superposant à d'autres. La mort de Cecily, sa misère d'autrefois, son temps sur *La Perle* ou à l'armée. Elle écartait d'elle tout ce qui n'était pas violence, bataille, combat. Se rappelant les fois où elle avait redressé la tête. Emma ne l'aurait pas à ce jeu-là. Elle était Mary Read. Et Mary Read pliait devant l'amour, pas devant la haine.

Lorsque la porte s'ouvrit enfin, un sourire léger étira ses lèvres gercées. Au lieu d'Emma, pourtant, ce furent deux de ses gardiens qui entrèrent avant de refermer le battant. L'un d'eux éleva une lanterne et sa lumière força Mary à plisser les yeux.

— Tu vois bien qu'elle n'est pas crevée ! lança-t-il.

Mary pensa aussitôt qu'ils s'étaient inquiétés de son apathie. Ils l'en détrompèrent sur-le-champ.

— Tant mieux. J'aime pas la viande froide.

Le cœur de Mary s'accéléra. Elle tenta de se redresser pour se défendre de ce qu'elle pressentait, mais son corps endolori et ankylosé refusa de se détendre comme elle l'aurait souhaité.

— C'est ça, excite-toi, ma belle, on a de quoi te calmer, ricana le second en s'avançant, tandis que l'autre posait sa lanterne.

Mary chercha des yeux une arme à leur dérober, elle n'en vit aucune. Elle se souvint de ce jour sur le navire de Shovel. La ruse l'avait servie. Elle laissa les deux hommes s'agenouiller près d'elle. À défaut d'armes, ils avaient les clés. Enhardi par son comportement, le premier remonta ses jupons sur ses cuisses. Mary rassembla son énergie et se détendit brusquement pour mieux lui asséner un coup de genou entre les jambes, lui coupant net le souffle et l'envie. Une gifle la cueillit, assortie d'un juron. Le second, moins lourdaud que son compagnon, s'empressa de l'immobiliser en récupérant à terre les bracelets de fer, auxquels ils n'avaient pas jugé bon de l'enchaîner.

Mary eut beau faire, se tordre, se cambrer, cogner tant et tant, le souffle court de l'air qui lui manquait, elle se retrouva entravée et contrainte.

— Tu vas payer ça, ma belle ! grinça l'homme puant d'alcool en se couchant sur elle.

Il n'eut pas le temps de la pénétrer que la porte grinça de nouveau.

— Allons, messieurs, objecta une voix féminine, ce n'est pas ainsi qu'il faut jouir d'une dame. Écarte-toi, ordonna-t-elle en repoussant le gardien du pied.

Il obtempéra. Trop vite au goût de Mary pour n'avoir pas été payé. Cette coïncidence était trop évidente.

— Je savais bien que je te manquerais, ricana-t-elle.

— Déshabillez-la, lança seulement Emma de Mortefontaine. Déshabillez-la et sortez.

Sans aucun ménagement, les deux hommes lui arrachèrent ses vêtements, puis les emportèrent en refermant la porte derrière eux. Étendue nue à même le sol gelé, écartelée par les poignets, Mary sentit la rage lui battre les tempes, tandis que, lentement, dans le clair-obscur mouvant de la lanterne, Emma se dénudait à son tour.

— Où est l'œil de jade ? susurra-t-elle en s'agenouillant, superbe, à ses côtés, glissant une caresse sur la peau frissonnante de Mary.

— Demande à Baletti, ricana Mary, c'est à lui que je l'ai donné.

— Tu mens, mon amour. Tu mens, je le sais. Qu'importe, gémit Emma en se penchant au-dessus de son visage. Je vais te redonner le goût de la vérité. Ensuite, tu m'appartiendras.

— Jamais. Tu ne m'inspires que dégoût et haine, dit-elle en détournant la tête, refusant son baiser.

Emma glissa une main dans ses boucles rousses, les caressa un instant, puis les froissa dans son poing.

— Cela me suffira pour jouir de toi. Encore et encore, jusqu'à ce que tu sois mienne, dans le plaisir ou dans les larmes. Ensuite, ensuite seulement, je déciderai si je peux te libérer et te rendre ta fille ou s'il vaut mieux te laisser crever là, tandis que je me régalerai d'elle.

— Ann est morte, répéta encore Mary.

— Ann est en vie en Caroline-du-Sud, chuchota Emma. Je te le jure sur toutes ces vies que j'ai prises pour pouvoir t'aimer. Donne-moi ce que j'attends, Mary, et je te le prouverai. Supplie-moi, gémit-elle, excitée par sa capture, excitée par ce corps qui se refusait sous ses doigts avides.

— Jamais, éructa Mary.

Elle serra les dents et les poings, et, ne pensant qu'au front percé de Niklaus pour ne pas céder à ce chantage, n'eut d'autre choix que de laisser Emma s'amuser d'elle.

Deux heures plus tard, elle n'avait ni gémi ni pleuré, et Emma de Mortefontaine demeurait frustrée malgré le plaisir dont elle s'était inondée. Elle se rhabilla en silence.

— Chaque jour, dit-elle, chaque jour je reviendrai, riche d'autres jeux, mais, puisqu'ils ne suffisent plus, je vais te rendre ce dont je t'ai privée.

Elle toqua à la porte et les deux gardiens s'empressèrent d'entrer.

— Faites-la crier. Longtemps, ordonna-t-elle avec cruauté.

Elle se plaqua contre la porte refermée pour se régaler du spectacle et Mary comprit vite, à leurs manières, qu'Emma obtiendrait ce qu'elle leur avait demandé.

Trois jours durant, celle-ci revint, l'humiliant, la donnant en pâture aux geôliers au gré de ses humeurs et de ses vices, pour la briser. Mary ne céda pas. Elle supporta tout au-delà du supportable, puisque Emma avait gagné, mais jamais, jamais, elle ne s'accorda de la supplier. Elle avait compris que de son obstination et de son courage viendrait sa liberté. Emma ne tolérerait pas que son procès la prive de ce dont elle se repaissait enfin. Par le jeu même qu'elle lui imposait, elle la prenait à son propre piège. Emma se retrouvait peu à peu dominée par sa frustration. Tôt ou tard, elle serait contrainte de la faire évader pour ne pas la perdre. L'instinct de survie de Mary Read l'exhortait à se soumettre sans faillir, opposant aux fantasmes d'Emma ce sourire narquois dont elle avait crayonné ses traits.

Dans la nuit du quatrième jour, Mary fut réveillée par le bruit des canons. Elle était épuisée, amaigrie, malade de l'eau croupie qu'on la forçait à boire, et incapable de bouger tant son corps était endolori et brisé. Elle se sentait plus forte pourtant. C'était paradoxal. Comme si le paroxysme de sa déchéance imprimait plus violemment encore en elle le désir de vivre. Elle n'était que douleur mais n'en souffrait plus, comme si son corps tout entier avait accepté le joug pour en faire un allié. Un allié qui entraînait Emma à sa perte dans ses propres extrêmes. Elle le devinait au déchirement qu'elle lisait dans ses yeux lorsqu'elle la quittait. Comme si Emma de Mortefontaine n'existait plus, ne vivait plus que pour ces heures passées en sa compagnie. Sa vengeance prenait un nouveau visage, qu'Emma ne pouvait même pas soupçonner.

Une explosion retentit et le sol trembla sous elle. Lorsque la porte de sa cellule s'ouvrit, elle se durcit instinctivement. Elle se relâcha cependant dans un sourire en reconnaissant celui qui s'avançait, les clés de ses bracelets en main.

— Mordiou, princesse, que t'ont-ils donc fait ? se troubla Corneille en s'empressant de la détacher.

Elle ne répondit pas. Comprenant qu'elle était sauvée, elle s'accrocha à ce cou et, libérant enfin tout ce qu'elle avait refusé de voir, de sentir et d'entendre, se mit enfin à pleurer.

20.

— Vite, exigea Cork.

Les deux geôliers gisaient, la carotide tranchée. Corneille et Cork les avaient pris par surprise. Dans la salle des gardes, on ferraillait encore. Leurs compagnons s'employaient à couvrir leur retraite. Ils ne tarderaient pas à venir à bout de ceux qui restaient. L'attaque avait été brutale et imprévisible. Le temps pour les gardiens de réaliser ce qui arrivait, ils étaient quasiment défaits.

Cork ouvrit la marche, jetant pudiquement son manteau sur le corps nu de Mary. Révélés en pleine lumière, les stigmates des sévices qu'elle avait subis amenèrent la même rage dans le regard des deux hommes. Cork descendit l'escalier qui menait au pont des Soupirs. Ils devaient le traverser pour atteindre le passage secret. Ils y avaient laissé des compagnons en arrière-garde. Tout était tranquille. L'attaque du port mobilisait l'attention du palais.

— Rassemble les nôtres ! ordonna Cork à l'un d'eux.

Puis il s'élança le long du corridor surplombant la lagune pour actionner le mécanisme d'ouverture de l'autre côté.

— Les canons, murmura Mary, ballottée au bras de Corneille qui le suivait.

— C'est Forbin. Tout va bien, la rassura-t-il.

Mais il la sentait si faible qu'il en avait le cœur déchiré.

Jusque-là, pourtant, tout s'était déroulé sans anicroche. Forbin avait fait exploser un bâtiment anglais dans la rade vénitienne, tandis que Cork guidait leur groupe au long des passages secrets du palais des Doges. Baletti lui en avait montré chaque emplacement, ayant en sa possession les plans originaux de la construction.

Certains de ces passages offraient un regard direct dans les salles, à l'intérieur même des toiles gigantesques qui les ornaient. Qui prêtait attention à des yeux ayant perdu leur immobilité ?

Cork savait comment se guider. Il dirigea Corneille et Mary dans le dédale des corridors et des escaliers, pour déboucher enfin sur un ponton de bois où deux barques les attendaient, ballottées par les remous.

Cork embarqua dans la première, récupéra Mary des bras de Corneille et l'y installa, couchée à même la coque, entre les bancs des rameurs. Mary se recroquevilla sous la bâche dont on la couvrit pour la protéger.

— Rendez-vous à Pantelleria, dit-il à Corneille sans plus tarder, tandis que trois de ses hommes le rejoignaient.

Corneille hocha la tête et embarqua à son tour. La grille qui fermait l'accès à la mer fut relevée et les deux embarcations se séparèrent. Tandis que Mary grelottait dans la sienne, prisonnière d'une fièvre qui, sa tension relâchée, venait sournoisement de la gagner, Corneille, résigné et triste de devoir l'abandonner, suivait les ordres de Clément Cork. Il savait que Forbin ne lui pardonnerait pas de l'avoir floué. Clément l'avait chargé de rejoindre un des navires de Baletti en partance pour la mer Égée. Là, il prendrait le commandement du *Bay Daniel* grâce à un ordre que Cork lui avait remis à l'attention de son quartier-maître, jusqu'au moment de leurs retrouvailles.

Corneille n'avait émis qu'une condition à son exil, que Mary ne sache rien de l'état de Baletti. Cork l'avait accepté. À ce jour encore, les moines ne pouvaient se prononcer à son sujet. Ses brûlures étaient graves et la fièvre ne le quittait pas depuis que les plaies suppuraient.

Corneille fixa l'horizon et tomba dans de sombres pensées. Baletti écarté et lui officiellement mort, Forbin allait tenter par tous les moyens de retenir Mary à ses côtés. Il soupira et chassa la jalousie que cette perspective lui inspirait. Il valait mieux se réjouir que se lamenter : Mary était sauvée. Cela seul comptait.

Clément Cork dirigea, lui, son embarcation en plein cœur des hostilités. Il savait que c'était risqué mais ne pouvait rejoindre *La Galatée* qu'en louvoyant entre les bâtiments impériaux qui brûlaient. L'explosion de l'un d'eux, touché dans sa réserve de poudre, souleva les eaux de la lagune alors qu'ils n'étaient plus qu'à quelques mètres de *La Galatée*. Machinalement, il courba la tête, à l'exemple des autres rameurs, pour éviter la pluie d'objets qui retombaient, projetés haut dans un ciel empli de fumée.

Clément Cork ne sentit qu'un léger picotement à sa tempe. Aussitôt après, son regard se voila tandis que la barque se rangeait devant l'échelle de corde, à flanc de navire. Il voulut la saisir pour monter, mais elle lui échappa d'entre les doigts, étrangement. Autour de lui, et sur le pont, on s'agitait, bien que tout lui semblât soudain assourdi. Il força l'oreille, sans parvenir à comprendre ce qui lui arrivait. Il ne put s'en étonner davantage.

Les matelots qui s'étaient redressés dans la barque pour l'amarrer aux drisses n'eurent que le temps de le soutenir afin qu'il ne glisse pas à l'eau.

— Que se passe-t-il? s'étonna Forbin, qui venait d'apparaître sur le pont aux côtés de Junior, surveillant leur approche.

— Cork est mort, capitaine, répondit un des rameurs, penché au-dessus du corps de Clément.

Un sourire se dessinait encore sur son visage.

— Et elle ? s'inquiéta Forbin.

Au fond de la barque, rien ne bougeait. Un autre écarta la bâche et tâta le pouls de Mary.

— Évanouie.

Forbin et Junior poussèrent le même soupir soulagé. Tant pis pour Cork qu'il avait à peine eu le temps d'apprécier, pensa le capitaine en froissant la tignasse de l'enfant, à cheval sur le bastingage. Seule Mary, leur Mary, comptait.

— Remontez-les, ordonna-t-il, que l'on s'écarte de ce brasier.

*

Mary mit un long moment avant de comprendre où elle se trouvait. Il faisait nuit noire et elle était recroquevillée en boule sur le côté, reposant sur un sol doux et moelleux. Cela ne ressemblait pas à la pierre de son cachot. Son dernier souvenir était là, pourtant, dans l'attente d'Emma. À moins que ce ne fût un cauchemar. Une odeur d'océan lui picota les narines. Elle s'y attarda. Ce n'était pas le seul parfum. Les autres éveillaient des souvenirs sans qu'elle puisse les identifier. Mais une chose était certaine. Elle n'y retrouvait pas celui d'Emma. Elle s'alanguit dans cette chaleur souveraine. Elle se sentait bien, bercée doucement. Et soudain l'image lui revint. Corneille. Corneille était venu la chercher dans son cachot. Elle se dressa en souriant.

— *La Perle,* murmura-t-elle.

— Tu es en sécurité, Mary, chuchota une voix à ses côtés.

Elle la reconnut aussitôt.

— Forbin, dit-elle seulement, le laissant l'attirer contre lui.

C'est alors qu'elle réalisa que ce moelleux sous son flanc était un matelas et qu'elle se trouvait nue dans les bras de son capitaine. Son souffle s'accéléra et elle demeura les yeux ouverts, contre ce corps musculeux et tendu.

— Ne t'inquiète pas, dit-il, percevant sa réserve. Je n'ai pas l'intention de te forcer à quoi que ce soit.

— Je n'ai pas peur de ça. C'est juste la surprise de te retrouver là, comme ça, après ce qui vient de se passer.

— Le chirurgien de bord a jugé préférable que tu sois veillée jusqu'à ce que tu reprennes conscience. Je ne pouvais décemment pas t'abandonner dans son théâtre sous le regard concupiscent de mes matelots. Cela n'aurait pas plu à Junior.

— Junior, murmura-t-elle, envahie par une vague de bien-être. Junior est ici...

— Il dort dans la batterie avec les hommes d'équipage. Les choses sont à leur place, Mary. Tout va bien à présent. Tu le verras demain matin, il est aussi impatient que toi.

— Où sommes-nous ?

— Au large. Cela fait une semaine que tu délires. Sept jours que nous nous inquiétons pour toi. Souffres-tu ?

— Un peu. Partout. J'étais dans un piteux état, n'est-ce pas ? demanda-t-elle, se souvenant soudain de la remarque de Corneille dans sa geôle.

Forbin ne répondit pas, mais resserra plus fort la tenaille de ses bras. Ils demeurèrent un long moment en silence, bercés par le tangage du navire. La mer était calme et Mary se sentit apaisée. Elle noua ses doigts à ceux de son capitaine contre son ventre, retrouvant instinctivement la complicité de leurs étreintes d'autrefois.

— Il faut oublier, Mary, chuchota-t-il en déposant un baiser léger sur sa nuque.

— Je n'en ai pas envie. Emma doit payer pour ça aussi. Baletti est mort, elle a récupéré le crâne de cristal et, si elle dit vrai, elle détient aussi Ann en Caroline-du-Sud.

— Tu es sûre de cela?

— Je ne pourrai le vérifier qu'en me rendant là-bas. Cork m'y emmènera.

Il y eut un silence, puis un soupir.

— Cork est mort.

Mary se retourna d'un bloc sous l'effet de la surprise.

— Trépané par un éclat de métal tandis qu'il te ramenait à bord. Je suis désolé.

Elle ne répondit rien. Baletti, Cork. Une tristesse infinie la gagna. Forbin la pressa contre son torse. Elle y nicha son visage sans hésiter, s'enivrant de ces senteurs océanes qui couraient sur sa peau et dans sa toison grise.

— Il ne reste plus que toi et moi, dit-il en embrassant ses cheveux. Juste toi et moi.

Mary se mordit les lèvres pour ne pas parler de Corneille. Forbin ne devait pas savoir. Leur rivalité resurgirait, aggravée par la trahison. Forbin admettrait peut-être qu'elle le quitte pour retrouver sa fille, pas pour rejoindre Corneille. Elle se rappelait avoir entendu Cork donner rendez-vous à celui-ci à Pantelleria. Elle soupira.

— Nous reparlerons de tout cela, chuchota-t-il. Repose-toi. Dès que tu seras debout, Junior ne te quittera plus.

Il s'écarta d'elle.

— Où vas-tu?

— Prendre l'air. Tu n'as plus besoin d'être veillée, Mary, et je ne suis pas de bois.

Elle aurait voulu débarrasser sa peau du souvenir des geôliers et de celui d'Emma, mais il valait mieux pour Claude de Forbin qu'elle ne cède pas à cette tentation-là. Elle le laissa s'habiller et sortir. Dès le lendemain, elle envisagerait ses projets avec son fils. Pour l'heure, elle avait faim. Elle s'assit, posa le pied par terre et grimaça.

Elle était meurtrie. Un vertige la saisit et elle se rattrapa de justesse. Elle le contrôla, puis fouilla ses souvenirs pour se repérer dans l'espace. Il lui fallut un long moment avant d'y parvenir, tant sa faiblesse était grande. Lorsque, enfin, elle put se lever dans l'obscurité et atteindre la coupe de fruits qu'elle cherchait, elle en dévora le contenu avec avidité, bénissant Claude de Forbin de n'avoir rien modifié de ses habitudes. Cela la ravit et tout à la fois la conforta. Elle ne pourrait vivre enfermée dans ce carcan-là.

*

— Retrouve-la ! beugla Emma. Retourne Venise, l'Adriatique, le monde entier s'il le faut, mais retrouve-la !

— Je n'ai pas besoin de cela, assura Gabriel. Elle est sur le navire de Forbin, de toute évidence.

— Imbécile ! Incapable ! l'injuria Emma en le giflant, prisonnière de sa colère et de sa frustration.

Emma de Mortefontaine était exsangue. Depuis trois jours, depuis qu'elle avait découvert l'évasion de Mary, elle ne dormait plus, ne mangeait plus, ne vivait plus. Le manque lui déchirait le bas-ventre et le cœur, comme jamais encore cela n'avait été le cas.

— Chien ! hurla-t-elle au comble de sa fureur. Débrouille-toi, engage des mercenaires, donne la chasse à ce corsaire, coule-le et ramène-la-moi ! Tu entends ? Je veux Mary Read !

— Et moi, je veux que vous vous calmiez, s'emporta Gabriel, incapable d'en supporter davantage, et je connais le moyen pour ça.

Il l'attira à lui violemment et l'embrassa. Emma le repoussa de la même manière.

— De quel droit ! fulmina-t-elle en le labourant de coups.

— Ça suffit, décida-t-il, il est grand temps qu'on t'apprenne d'autres lois.

Emma de Mortefontaine eut beau se débattre, son mercenaire la coucha sur le sofa de l'appartement de l'ambassadeur et la viola.

— Tu vas mourir pour avoir osé ça, lâcha-t-elle de longues minutes plus tard, la lèvre tuméfiée par la férocité des baisers de Gabriel.

— Ça m'étonnerait, la nargua celui-ci en rajustant son pantalon.

— Et pourquoi donc ? grinça-t-elle.

Il lui saisit le bras durement pour la redresser et la plaquer contre lui.

— Parce que tu as aimé ça, patronne. Je vais voir ce que je peux faire pour ta Mary, ajouta-t-il en la repoussant sans ménagement.

Emma s'effondra sur le sofa, les sens bousculés et le corps en flammes. Aucun homme ne l'avait traitée de cette façon.

Gabriel la toisa d'un sourire qu'elle jugea insupportable mais qui la troubla autant qu'il l'agaça.

— Quand reviens-tu ? demanda-t-elle.

Il ne répondit pas.

À peine fut-il sorti qu'elle s'étira, apaisée. Gabriel avait raison. Elle avait aimé cela.

*

— Maman !

Mary se dressa d'un bond sur le lit. Une belle clarté inondait la cabine par les larges vitres du gaillard d'arrière. Mary se contenta d'ouvrir ses bras, le cœur bondissant dans sa poitrine. Une fraction de seconde avait suffi pour que ses doutes, ses peurs disparaissent. Junior, son Junior, était là. Ils s'étreignirent et s'embrassèrent avidement.

— Le capitaine a dit que tu étais guérie, dit-il.

Il s'écarta d'elle et s'immobilisa devant ses larmes silencieuses.

— Tu pleures ?

— C'est la joie de te retrouver.

Elle ne mentait pas. Ce bonheur, immense, la submergeait. Les yeux de Junior brillaient de mille étoiles. Elle en reconnaissait chaque constellation sans se tromper, même si son fils avait changé, grandi, forci, même si ses cheveux avaient poussé, même si sa voix était plus affirmée. Elle le reconnaissait avec ses doigts, avec son ventre, avec son âme. Elle l'attira de nouveau contre elle et le serra à le broyer.

— Toi aussi, tu m'as manqué, dit-il en la couvrant de baisers. On ne se quitte plus, hein, maman ?

— Jamais, mon chéri. Jamais.

Elle n'en avait plus l'envie, plus la force. Elle aurait voulu lui dire pour Ann, lui faire partager cet espoir. Mais elle s'y refusa. Junior s'était remis de sa perte, à quoi bon rouvrir la blessure sans preuve. Elle-même s'interdisait d'y croire vraiment. Elle demeurait persuadée que c'était un nouveau piège d'Emma pour la tenir à sa merci.

— On va partir chercher le trésor ? demanda Junior, le regard malicieux.

— Je ne sais pas, mon chéri.

— Il est où, Corneille ?

— À Pantelleria. Il nous attend là-bas.

Junior hocha la tête, soucieux soudain. Mary ne parvenait pas à se détacher de lui. Son simple contact avait réveillé en elle tout ce qu'elle avait voulu fuir. Elle comprenait que, aussi loin qu'elle aille, elle demeurerait toujours liée à lui. Il était sa chair, son sang. Sa faille. Elle avait essayé de se convaincre du contraire. Elle ne referait plus la même erreur.

— Il pourrait revenir, suggéra-t-il.

— La marine ne m'autorisera pas à rester sur un de ses navires, Junior. Que Corneille y soit ou non.

— Même si tu te maries avec le capitaine ?

— Surtout si je me marie avec lui. C'est cela que tu veux ? Que j'épouse Forbin ?

Junior haussa les épaules.

— Tout ce que je veux, c'est être gabier avec toi.

— Cork a légué le *Bay Daniel* à Corneille.

Les yeux de Junior s'illuminèrent.

— C'est vrai ? Le capitaine dit que c'est la plus belle frégate qu'il ait jamais croisée après *La Perle*. Il a raison.

Mary planta son regard dans celui de son fils.

— Si tu étais à ma place, Junior, que ferais-tu ?

— Je choisirais Corneille, assura l'enfant.

— Pourquoi ?

— J'aime bien M. de Forbin, mais Corneille me manque, avoua Junior. Il me manque comme papa.

— D'accord, on choisit Corneille. Laisse-moi arranger tout cela. Jusque-là, ça doit rester notre secret. Juré ?

— Juré, dit-il en crachant par-dessus son bras.

Lorsque Forbin les rejoignit, plus d'une heure plus tard, il trouva la mère et l'enfant riant aux éclats. Junior s'était empressé de raconter à celle-ci ses facéties sur *La Galatée* et tout ce que les lettres de Forbin n'avaient pas dit. Il s'attendrit de ce spectacle, de les voir enlacés et heureux. Son cœur se serra. Il savait que tôt ou tard il ne lui en resterait plus qu'un souvenir. Mary Read était Mary Read, elle le lui avait écrit. Ses rivaux n'existaient plus, mais ce qui les séparait était toujours là.

— Je vois que l'on s'amuse dans ma carrée, matelot. Est-ce bien réglementaire ? gronda-t-il faussement.

— Et une dame dans ton lit, est-ce bien réglementaire, capitaine ? se moqua Mary.

Junior s'empressa de répéter comme un jeune perroquet, en forcissant sa voix :

— Et ma mère dans votre lit, est-ce bien réglementaire ?

— Je me rends, se mit à rire Forbin. Mais cette mutinerie aura des conséquences terribles. Voyons, voyons, ce que nous pourrions trouver comme punition, dit-il en se grattant le menton et en s'asseyant sur le lit.

Junior ne lui laissa pas le temps d'en dire davantage. Il se rua sur lui comme un matelot à l'abordage. Forbin l'accueillit et partit en arrière, écrasant les mollets de Mary, qui râla.

— Brutes. En voilà des manières !

Forbin ne se laissa pas vaincre longtemps. Une crise de chatouilles fit rire aux éclats l'enfant qui revint chercher asile contre les oreillers et la poitrine de sa mère.

— De quoi te plains-tu ? demanda Forbin à Mary. Deux hommes se battent pour toi.

— C'est moi qui gagne ! assura Junior sans malice.

Un voile de tristesse embruma un instant le regard de Forbin. Il se pencha pour déposer un baiser sur la joue de Mary et froisser la tignasse désordonnée de Junior.

— Ça, lui répondit-il, je le savais déjà. Te sens-tu le courage de venir à table ou veux-tu que je te fasse porter un plateau ? demanda-t-il à Mary.

— Je veux bien me lever, répliqua-t-elle, ravie qu'il ne s'appesantisse pas sur la maladresse de Junior, mais je n'ai rien à me mettre de seyant, cher monsieur.

— Je me contenterai volontiers des habits que tu as, murmura-t-il à son oreille, mais je vais tout de même arranger cela. Homme ou femme ?

— À ton avis ?

Il sourit et les abandonna.

Une heure plus tard, Mary comprit que Forbin avait fait son choix. Il différait du sien. Elle se présenta à la table des officiers, sa taille joliment prise dans un jupon et sa gorge mise en valeur par un décolleté rehaussé de perles.

— Butin de guerre, avait-il expliqué. Je n'ai rien trouvé d'autre à ta taille.

Mary savait qu'il mentait. Il avait tenu à présenter Mary Read à son état-major telle qu'elle était, lui interdisant par ce simple geste tout avenir sur la frégate comme matelot. Sans doute était-ce mieux ainsi. Junior, stylé dans ce rôle d'échanson qu'il persistait à tenir au souper, ne la lâcha pas des yeux de la soirée après lui avoir assuré qu'elle était la plus belle des mamans.

Elle se laissa griser par sa tendresse, ravie que ce fût aussi simple, aussi évident. Mary n'avait pas envie de penser à ce qui l'attendait le lendemain, préférant se gorger de l'instant, pour se laver des images de Venise. De toutes les images. Merveilleuses ou dramatiques. Étonnée que son esprit les chassât avec autant de véhémence. À croire que les événements de Breda lui avaient forgé, insidieusement, une carapace solide, l'empêchant de souffrir encore.

Emma les avait exorcisés dans sa chair. D'une certaine manière, elle lui avait rendu service.

Mary se doutait qu'elle fouillait tout Venise pour la retrouver. Elle ne lui offrirait pas ce plaisir. C'était terminé. Elle avait eu sa vengeance. Pas comme elle l'avait imaginé, non. C'était autre chose. Quelque chose qui obséderait Emma jusqu'à la détruire. La pourchasser et la tuer serait trop doux. Emma la désirait trop. Mary l'avait enfin compris. Elle s'était trop repue d'elle, elle s'était trop lamentée sur ces heures où elle avait espéré son courroux, sa venue. L'indifférence était une torture dont elle ne guérirait jamais. Cette fois, Mary allait disparaître, pour de bon. Et Emma de Mortefontaine se dessécherait jusqu'à n'être plus rien.

— Vous souriez, très chère, remarqua un des lieutenants de Forbin, la ramenant à cette table où, insensible aux conversations, elle se contentait de donner l'illusion, plus intéressée de mangeaille que de discours, perdue dans ses pensées.

— La vie vaut la peine qu'on lui sourie, répondit-elle en déchiquetant un troisième coquelet.

Il lui sembla qu'elle ne pourrait jamais se rassasier.

— C'est exact, lui accorda l'homme, affable. Vous revenez de loin, en effet.

— Il est heureux que vous ayez pu en réchapper, ajouta un autre en tordant la bouche, c'est pourtant sur notre escadre que se porte le courroux des Vénitiens.

Mary ne put cette fois s'empêcher de réagir. Elle n'était pas devenue insensible à tout.

— Je suis navrée de votre pessimisme, monsieur, dit-elle. Que Venise se courrouce de ma perte est un bien moindre mal, quand elle s'apprêtait à faire de votre commandant un menteur et un traître.

— Qu'est-ce à dire ? s'inquiéta Forbin.

— Que Venise refuse d'inculper ses patriciens et de salir sa réputation. Vous accuser, vous, Claude de Forbin, d'avoir fabriqué des preuves pour servir votre intérêt les préservait d'un scandale. Mon évasion leur interdit désormais d'utiliser ces fausses accusations contre vous.

Un silence lourd cueillit la table, et Mary enchaîna :

— On vous blâmera, commandant, pour avoir incendié le port de Venise, sans doute même votre ministre se verra-t-il contraint de vous demander des comptes pour vos agissements sur la foi de soupçons que l'ambassadeur et le doge feront peser, mais votre carrière et votre honneur n'en souffriront pas.

— Je vois, lâcha-t-il, livide d'une colère contenue. Ce chien galeux d'ambassadeur ne s'en tirera pas comme cela.

— Je vous déconseille de vous acharner contre lui, répliqua Mary. Boldoni et lui...

— M. Boldoni est décédé, tout comme le marquis de Baletti, dans l'incendie de leurs demeures respectives, la coupa un autre qui s'était tu jusque-là.

— Du moins est-ce la rumeur qui court, ajouta un troisième.

— Cela prouve que M. Hennequin de Charmont n'entend laisser aucune trace de sa culpabilité. Vous ne pouvez plus rien prouver désormais, commandant. Cork ne peut plus témoigner et je ne suis rien pour m'opposer à la puissance de ces gens-là. Vous acharner ne servirait qu'à leur offrir matière à médire.

— Je suis assez d'accord avec cela, osa le second de Forbin, un homme qui, sans être aussi âgé que son commandant, parlait d'une voix posée et réfléchie.

Il n'avait cessé d'oser sur elle un regard qu'elle sentait curieux et bienveillant, sans malice.

Mary repoussa sa chaise. Elle se sentait repue mais épuisée. Cette conversation avait eu raison de sa faiblesse encore tenace.

— Permettez-moi, messieurs, de me retirer. Je suis lasse.

Ils se levèrent de concert pour la saluer. Elle leur sourit avec grâce, posa sa serviette à côté de ses couverts et, sans attendre le dessert, s'éclipsa.

Au lieu pourtant de gagner sa cabine comme elle l'avait laissé entendre, elle grimpa sur la dunette et chercha le vent, tendant son front vers la ligne d'horizon. Au loin se devinait la mâture d'un navire. Les derniers flamboiements du couchant miroitaient dans les eaux assombries et moutonneuses. L'écume, rosée et mousseuse, battait les flancs du navire, avant de se fondre dans le bronze argenté des vagues. Des dauphins les crevaient par moments d'un bond joueur. Il y en avait partout en

Méditerranée. Mary inspira à pleins poumons la brise marine qui plaquait ses jupons contre ses cuisses et caressait la naissance arrondie de ses seins avec impertinence. Elle songea à Baletti, refusant la déchirure de son dernier regard, refusant d'imaginer que son dernier cri ait pu ressembler à celui de Niklaus. Il avait voulu la protéger, tout lui offrir. Elle se retrouvait sans rien. Mais elle s'en moquait. Sa présence, seule, lui manquerait. Elle aurait aimé connaître le secret du crâne de cristal avec lui, pour lui. Baletti disparu, cette quête n'avait plus de sens. Elle se tourna vers l'activité du navire. On le préparait à la nuit, comme une mariée qui quitterait ses dentelles pour s'offrir, vulnérable et nue. Les voiles étaient rabattues, et le cliquetis des mâts, le chuintement des drisses et des haubans fredonnaient une berceuse nonchalante. La coque de la frégate y répondait en gémissant, caressée de ressac.

Le visage de Corneille se superposa à celui de Baletti. « Quelle que soit l'envie qui t'entraîne, elle a un goût d'océan... » Ses mots chantèrent à son oreille comme un refrain qui lui disait sa vérité. Inconsciemment, ce jour fatidique, elle avait choisi son destin dans les bras de Corneille. Elle avait dit non à Baletti. Refusé l'or, le pouvoir et les plaisirs faciles. Elle s'était souvenue dans son ventre de ce qu'elle était. Elle était Mary Read, la fille du vent et des mers. Pas celle de Cecily, pas celle de Breda, de Saint-Germain ou de Venise. Juste Mary Read.

Elle sourit en écartant ses bras pour embrasser cette pluie d'étoiles qui lentement descendait sur la mer. Elle ne voulait plus des cours mondaines, elle ne voulait plus de faux-semblants, elle voulait l'or des navires qu'elle plierait à sa loi. Pas le trésor d'Emma de Mortefontaine, pas celui de Baletti non plus. Elle voulait ce que seuls l'océan et les abordages pouvaient lui offrir. Elle voulait vibrer en éventrant les coffres des navires, s'enrager ou s'émerveiller de leur butin. Elle voulait le rire de Junior dans les cordages et continuer longtemps à le serrer dans ses bras. Elle voulait le sel sur la peau de Corneille et partager pleinement ce qu'elle avait trahi tant de fois.

« Tu ne seras jamais une lady », lui avait-il dit un jour.

Il se trompait. Ses titres de noblesse, elle les gagnerait le sabre au poing.

Oui, Mary Read était en train de renaître. Ou plutôt de naître enfin, au-delà des lois, de la vengeance et de la foi.

Elle serait lady pirate.

21.

— Rejoins-moi après le repas, murmura-t-elle à l'oreille de Forbin alors qu'un autre soir de septembre tombait sur l'Adriatique.

Il hocha la tête et se concentra de nouveau sur son compas pour en terminer avec son relevé. *La Perle* filait douze nœuds, *La Gentille* et *La Galatée* dans son sillage dans un ensemble parfait. Ils ralliaient Brindisi. Forbin voulait y prendre ses ordres. D'après ce qu'elle avait pu en juger, Mary savait qu'ils s'approcheraient de Malte au petit jour. Sa décision était prise. Restait à l'annoncer à Forbin. Elle l'avait espéré les nuits précédentes, mais il s'était tenu à l'écart, reprenant sa place sur le navire. Sa place et une certaine distance, comme s'il avait pressenti leur séparation prochaine.

Le souper achevé, Mary embrassa Junior discrètement et réintégra sa cabine. Forbin ne tarda pas à la rejoindre. Elle avait allumé les lampes et préparé deux verres de porto qui les attendaient sur un des chevets du lit. Mary s'y était installée, rassemblant les oreillers pour y caler son dos. Forbin vint tout naturellement s'asseoir près d'elle.

— À quoi trinquons-nous ? demanda-t-il en souriant, découvrant les verres.

Son œil était triste pourtant tandis qu'il s'emparait du sien.

— À toi, à moi, à nous.

— Tu me quittes, n'est-ce pas ?

Elle hocha la tête. Leurs regards s'accrochèrent. Mary retrouva d'un coup dans celui de Forbin le souvenir d'une autre rupture. Il enleva cette main blanche et en embrassa la paume avec tendresse.

— Lorsque je t'ai allongée, là, sur ce lit, inconsciente et tourmentée, l'espace d'un instant j'ai eu envie d'y croire. Et puis Junior s'est penché sur toi, t'a embrassée, les yeux gonflés de larmes, et t'a suppliée de guérir pour que vous puissiez voir danser les dauphins depuis le mât de misaine. Ensemble.

Mary referma ses doigts sur ceux de Forbin.

— Je t'aime, Mary Read. Autant et peut-être même plus qu'hier, mais tu es impossible pour moi. Nous le savons tous deux. Je t'ai vue, l'autre soir, après le dîner. Tu souriais en fixant l'horizon. J'ai empêché Junior de courir vers toi. Je crois que c'est à travers lui que j'ai appris le mieux à te connaître. À te perdre aussi.

— Je ne t'oublierai pas, Claude.

— Je sais. Fais ce que tu dois, Mary Read. Tu n'es pas de celles que l'on enchaîne. On ne capture pas le vent.

— Dans les voiles, si.

— On peut le retenir un instant pour avancer plus loin, mais on ne l'arrête pas. J'avance, moi aussi, en âge et en désillusions, mais mes plus belles courses portent ton nom, suivent le sillage de ton souffle. Je n'ai pas le droit de l'éteindre. Junior a besoin de toi. L'un et l'autre, vous avez besoin de liberté. Pas de moi.

— J'aurai toujours besoin de toi.

— Tu me trouveras lorsque cela te sera nécessaire tant que Dieu me prêtera vie. Je te l'ai dit, te l'ai prouvé et te le répète encore. Tu ne dois pas t'inquiéter de moi. Juste m'écrire pour me dire que tu vas. Peu m'importe où, tant que tu tiens le cap, Mary Read.

— Je te le promets.

— Où dois-je déposer madame et son fils ? demanda-t-il dans un sourire triste, combattant l'émotion qui les étreignait tous deux.

— À Malte. Baletti y avait affrété un navire pour partir à la recherche du trésor. Son capitaine me conduira jusqu'au *Bay Daniel*.

— Tu veux en prendre le commandement ?

— Cork l'aurait voulu.

Il hocha la tête.

— C'est un beau navire. Il t'ira bien. Mais garde-toi d'y paraître en femme.

— J'ai porté ces robes pour la dernière fois, Claude. Pour toi.

— Prends soin de toi, Mary Read. Et de Junior, ajouta-t-il en se penchant pour déposer un baiser sur son front.

Elle ferma les yeux et retint ce visage qui s'éloignait déjà.

— Fais-moi oublier Emma, murmura-t-elle.

Lorsqu'elle les rouvrit, Claude de Forbin l'embrassa.

*

— Corneille ! hurla Junior en agitant les bras.

— Tiens-toi tranquille, le sermonna Mary, tu vas faire verser la barque.

— Oui, maman, lui répliqua l'enfant sans pour autant cesser d'envoyer des signes au *Bay Daniel* qui se rapprochait.

Mary n'avait pas voulu risquer que Forbin aperçoive Corneille. Elle avait quitté *La Perle* à Malte, récupérant l'œil de jade, son fils, et une bourse garnie de florins que son capitaine avait tenu à lui remettre. Leurs adieux avaient été brefs sur le pont, longs dans la cabine qui avait abrité leurs ébats la nuit durant.

— Merci, lui avait-il dit en l'écoutant jouir, merci d'être de nouveau femme et de m'offrir ta résurrection.

Elle la lui devait. Bien qu'elle ait eu le sentiment d'être guérie de ces viols à Venise, la mémoire de son corps en avait gardé la trace. Retrouver le goût du plaisir avait nécessité de la part de Forbin patience et compréhension. Mais l'un et l'autre étaient heureux de ce cadeau-là. Il donnait une éternité à leur complicité.

— Junior ! gronda Mary plus fortement.

Cette fois il se rassit, les joues rouges et les yeux pétillants d'excitation. La barque avait tant tangué qu'il avait failli se retrouver à l'eau.

— Un peu de patience, petit mousse, réclama le matelot qui ramait en face de Mary.

Junior hocha la tête en soupirant de la lenteur de la glisse, tentant de l'accélérer de sa petite main plongée dans l'eau salée.

À Malte, un navire qui gagnait la Sicile avait accepté de les prendre à bord et de les lâcher devant la petite île de Pantelleria. Junior avait tout de suite reconnu le *Bay Daniel* au mouillage. Un des marins du marchand les y amenait.

Pour tromper son attente, Junior se mit à chanter à tue-tête, espérant que sa voix atteigne le navire.

Tremble matelot, par le vent et par le bord
Tremble matelot, les canons sont au sabord
Je prendrai ton ventre, je prendrai ton or
Et de ma revanche, je ferai un port
Tremble matelot...

À quelques coudées du *Bay Daniel*, la voix rocailleuse de Corneille lui répondit. Junior se dressa et Mary éclata de rire. De ce rire qui partait de son ventre de mère. Debout sur le gaillard d'avant, Corneille les regardait arriver, un sourire d'enfant sur son visage espiègle. Prestement, il sauta les marches de l'escalier pour descendre sur le pont central et les accueillir tandis que la barque se collait au flanc du navire. Junior n'attendit pas qu'elle soit stabilisée pour grimper à l'assaut de l'échelle de corde.

Lorsque Mary toucha le plancher du *Bay Daniel,* après avoir remercié le rameur qui s'en éloignait déjà, ce fut pour trouver Junior et Corneille enlacés comme père et fils, les yeux pétillants de joie. Elle les rejoignit aussitôt, certaine jusqu'au tréfonds de son âme d'avoir fait le bon choix.

— Où est Clément? demanda Corneille, se retenant de la serrer dans ses bras devant les marins, qui s'étaient regroupés autour d'eux.

Ceux-là attendaient Cork. Mary soupira et lui raconta. L'annonce de la mort de leur capitaine endeuilla l'équipage entier, affligeant Corneille plus encore que les autres.

— Je réclame une minute de silence! exigea-t-il en regagnant le gaillard d'arrière avec Mary et Junior.

Elle fut respectée tristement, puis, sans qu'il demandât quoi que ce soit, le son d'un violon s'éleva. Il pleurait pour tous ces matelots qui ne le montraient pas.

— Par la volonté de Cork, je suis devenu votre capitaine, annonça Corneille lorsque les derniers accords moururent, je pourrais donc exiger qu'il en demeure ainsi. Mais vous êtes sur ce navire depuis plus longtemps que moi. Si quelqu'un veut s'y opposer, qu'il le dise.

— Moi, je m'y oppose, se dressa le quartier-maître. Le *Bay Daniel* me revient de droit.

— Si cela avait été le cas, Cork ne me l'aurait pas confié jusqu'à son retour, souligna Corneille suffisamment fort pour que tous entendent. Pourtant, je considère ta requête comme légitime. Viens me rejoindre.

Fièrement, celui-ci obtempéra, grimpa les quatre marches qui séparaient Corneille, Mary et Junior du restant de l'équipage ; une trentaine d'hommes au total. Tous avaient les yeux braqués sur eux. Corneille n'avait pas le choix. La passation de pouvoir était délicate. Il devait sur l'heure prouver à ses hommes qu'ils pouvaient lui faire autant confiance qu'à Cork.

— Le navire est à moi, jubila le quartier-maître en se plantant devant lui.

— Pas si vite. Nous le voulons tous deux, c'est évident. Il va falloir nous départager. Acceptes-tu un combat singulier ?

Le quartier-maître le nargua méchamment :

— Me battre ? Contre toi ? Alors qu'il te manque déjà un avant-bras ?

Quelques-uns seulement ricanèrent dans l'équipage, pourfendus aussitôt par le regard noir des autres. Chez les pirates, on ne se moquait pas de l'infirmité, elle était souvent signe de courage.

— Celui qu'il me reste sait tenir un sabre. Le vainqueur aura ce navire et force de loi.

— Alors, je vais te tuer, décida le quartier-maître, arrachant sa lame de sa ceinture de flanelle, et je prendrai ta putain ensuite ! Elle a beau s'habiller en homme, y a des choses qui trompent pas.

— Cette putain est ma femme, révéla Corneille à haute et intelligible voix, et elle te bottera elle-même le cul si je n'y arrive pas.

Croisant déjà le fer, il ordonna à Mary :

— Écarte Junior.

Il ne voulait pas que le quartier-maître puisse se servir de l'enfant pour le contraindre.

Il avait besoin de sa tranquillité d'esprit. Parce qu'il jouait plus que sa vie. Il la jouait, elle. Elle, Junior et le *Bay Daniel*. Lorsqu'il les jugea éloignés de toute menace, retranchés sur le palier de l'escalier qui ramenait au pont central, il accorda au quartier-maître toute l'attention nécessaire.

En quelques secondes, les lames s'entrechoquèrent avec violence, obligeant les deux hommes à un ballet macabre, cherchant chacun la feinte, l'erreur, qui provoquerait l'issue de l'affrontement.

Au pied de l'escalier, on prenait des paris. Les matelots s'étaient hissés aux drisses et aux haubans, et y demeuraient accrochés telles des araignées. Chacun y allait de sa préférence. Corneille entendait leurs vociférations, jugeant ainsi de la sympathie qu'il inspirait, ravi de découvrir qu'elle couvrait largement celle de son adversaire. Le quartier-maître ne l'inquiétait pas. Il était vaillant et habile, mais avait sous-estimé la puissance contenue dans cette unique main qui le défiait. Corneille en tirait toujours un avantage certain.

Il se laissa acculer contre la rambarde du gaillard et esquiva le coup de sabre d'un rapide mouvement du buste. Ce qu'il avait prévu arriva. La lame se ficha profondément dans le bois et y resta. Il suffit d'un coup de tête de Corneille contre le menton de l'homme pour empêcher qu'il l'en retire. Puis d'un coup de pied pour le repousser. En un instant, il l'avait désarmé. La pointe de son sabre caressa la glotte du quartier-maître qui pissait le sang, la lèvre éclatée.

Leurs regards s'affrontèrent encore violemment, et le quartier-maître cracha une salive ensanglantée.

— Tue-moi, dit-il, j'ai perdu, le *Bay Daniel* est à toi.

— Je le devrais certainement, mais comme Clément Cork, je ne tue pas par plaisir. S'il t'a choisi, c'est que le *Bay Daniel* a besoin de toi, décida-t-il en baissant sa garde.

L'homme hocha la tête mais ne l'en remercia pas. Corneille se détourna de lui pour haranguer ses hommes.

— Quelqu'un d'autre veut se mesurer à moi ?

Un cri lui répondit. Corneille se retourna d'un bloc et découvrit ce qu'il avait lu fugacement sur le visage stupéfait de ses hommes. Le quartier-maître, vexé, avait sorti son poignard pour se ruer sur lui. Mary ne lui en avait pas laissé le temps. Elle avait lancé le sien, vive comme l'éclair, mue par une intuition exacerbée. La lame avait atteint le traître sous l'oreille, se fichant dans son cou avec précision. Il s'était effondré d'un bloc.

Il se dirigea vers elle, l'enlaça sur ce palier où elle était restée, surprise elle-même de sa rapidité d'exécution. Corneille leva vers l'équipage cette main qui l'avait sauvé.

— Voici Mary Read, dit-il avec fierté. Ma femme et mon second bras. Comme ce navire, elle est à moi. Pincez-lui une seule fois le cul, mes gaillards, et vous avez pu voir ce qu'il vous en coûtera.

Sur ce, il l'embrassa passionnément sous les hourras de ses hommes.

*

— Je n'ai pas de cabine à t'offrir comme Forbin, s'excusa Corneille en dévoilant l'emplacement de son hamac.

Seule une tenture le séparait de celui de son second. Mary en avait revendiqué l'emploi et personne n'y avait trouvé à redire. Elle savait bien pourtant que l'équipage n'était pas enchanté de sa présence. Elle devait très vite leur faire oublier sa nature de femme et, pour cela, les obliger dès l'instant à la respecter.

Corneille avait déplacé le second de Cork au poste de quartier-maître sans que ce dernier, surnommé « la Tenaille », s'en offusque. Les deux hommes s'entendaient bien. La Tenaille avait pu juger des qualités de Corneille. Il avait de plus suffisamment apprécié Clément Cork pour ne pas s'opposer à sa volonté. Mieux, pour lui faire confiance.

— Je te suivrai les yeux fermés, capitaine, avait-il promis à Corneille. Si Cork le dit et te veux à sa place, c'est qu'il sait ce qu'il fait.

Dans la même optique, il avait décidé de laisser sa place dans la batterie à Junior, de sorte que, malgré l'exiguïté de l'emplacement, Corneille et Mary jouissaient d'un espace isolé du reste de l'équipage.

Le *Bay Daniel* était fin, léger, étonnamment maniable. Vingt-quatre couleuvrines abritaient son bord, au pont inférieur. Quatre pièces supplémentaires étaient fixées de part et d'autre du pont central. Le *Bay Daniel* avait été conçu pour être efficace. Il avait de l'allure, et Mary se rengorgea de fierté à l'idée de le diriger avec Corneille.

Elle se laissa enlacer près de la réserve de boulets, juste à côté de la pièce à futaille. C'était là que se trouvait leur espace. Au matin, on décrochait les hamacs et rejetait les tentures pour que le bâtiment fût de nouveau apte au combat. Corneille accula Mary contre la coque et l'embrassa tendrement. Il avait follement envie d'elle.

— J'ai eu peur, avoua-t-il dans un chuchotement. Peur de ne jamais te revoir. Je n'aurais pas supporté de te perdre une fois encore. Pas après ce qui s'était passé l'autre jour.

Il fouilla son regard avec une pointe d'inquiétude.

— Je suppose qu'il te faudra du temps pour oublier. Pour tout oublier.

— Moins que tu ne crois, assura-t-elle en nouant ses bras autour de sa nuque puissante. C'est le marquis que je regrette, pas ce qu'il m'offrait.

— Je pensais que tu l'aimais ?

— C'est vrai, admit Mary. Mais il ne me manque pas comme Niklaus m'a manqué. J'éprouve une sensation étrange, en fait. Il me semble que c'est Maria Contini qu'il a séduite, pas Mary Read. Et elle, elle est restée à Venise.

— Elle et toi ne faisiez qu'une, pourtant.

— C'est compliqué, Corneille, soupira-t-elle. Moi-même, je ne sais pas vraiment ce qui se passe en moi. J'aurais dû hurler, souffrir mille morts de la sienne, me dresser contre Emma. Je l'ai fait pour Niklaus. Je n'en ai pas envie pour lui. La souffrance qu'elle m'a infligée m'a été salutaire. Comment te dire? ajouta-t-elle en se mordant la lèvre.

— Tu as aimé ça? s'inquiéta Corneille.

— D'une certaine manière, oui. Cette douleur physique m'a fait du bien. Elle a exorcisé celle de mon âme. Plus Emma voulait me faire mal, plus je me sentais en vie et forte. Tu dois me croire folle, ricana-t-elle.

— Non. Je comprends.

— J'aimerais pouvoir en faire autant. Je ne me sens ni salie, ni humiliée, ni vaincue, alors que j'ai été sa victime. Je devrais l'en haïr davantage, je le dois à Niklaus, à Ann et à Junior aussi. J'ai l'impression de ne plus y arriver.

— Allons donc, la rassura Corneille en souriant. Tu la hais, je le sais, je le sens, à ton cœur qui s'enrage, à tes yeux qui s'enflamment. Je te connais, Mary. Tu la hais au-delà de la haine.

— Cela ne veut rien dire.

— Cela veut tout dire. C'est terminé, Mary. Je crois que tu as eu ta vengeance dans ce cachot. Si tu ne te sens pas victime, alors c'est qu'Emma l'a été à ta place.

— Elle ne s'en relèvera pas, répliqua Mary, l'œil soudain sadique.

— Dites donc, vous deux, les interrompit Junior, vous ne croyez pas que c'est l'heure d'aller chercher mon trésor?

Mary pouffa tandis que Corneille s'écartait d'elle. Junior les toisait d'un œil outré, les poings sur les hanches, une moue désapprobatrice aux lèvres, en tapotant impatiemment du pied.

— Dis donc, matelot, reprit Corneille en l'imitant, tu ne crois pas qu'il faudrait frapper avant d'entrer chez ton capitaine ?

— D'abord, il n'y a pas de porte, nota Junior en levant son doigt, et ensuite...

— Ensuite quoi ? insista Corneille qui, s'étant dirigé vers lui à grands pas, le menaçait de sa stature.

— Ensuite, chercha Junior nullement impressionné par le regard de Corneille dont il devinait le jeu, oh et puis flûte ! s'exclama-t-il en s'écartant de celui-ci pour prendre sa mère à témoin. C'était pas la peine d'avoir quitté *La Perle* si c'est pour rester là, voilà !

— Qu'en dis-tu, Mary ?

— Je dis cap sur les Caraïbes, capitaine. Nous rallions la Caroline-du-Sud.

— Pourquoi ? Madame rêve d'une plantation de fèves de cacao ?

Mary sourit.

— Madame veut dire adieu. Définitivement adieu à hier.

— Et mon trésor ? insista Junior, hermétique à leur échange.

Elle s'approcha de lui et s'agenouilla.

— Le monde croule de trésors, mon chéri. Et le meilleur moyen pour les transporter reste la cale d'un navire, déclara-t-elle en clignant de l'œil. J'ai bien l'intention de les y prendre.

Junior se jeta dans ses bras, les yeux brillants.

— Alors on part quand, maman ?

— Dans deux jours, répondit Corneille. Le temps d'avitailler. Une aussi longue traversée doit se préparer avec soin. Nous n'aurons guère que les Canaries et la Tortue pour nous poser en chemin.

— L'île de la Tortue ? s'étrangla Junior en s'écartant de sa mère, les yeux exaltés.

— Comment connais-tu cette île, petit garnement ? lui demanda Mary dans un sourire.

— Milia m'avait raconté que c'était l'endroit préféré des pirates.

— Elle ne se trompait pas, assura Corneille.

— Alors, ça veut dire qu'on est de vrais pirates ?

— Avant longtemps, oui, on nous appellera comme ça.

Junior éclata d'un rire heureux et enlaça sa mère.

— Forbin ne va pas, mais pas du tout, aimer ça !

Le rire de Corneille rattrapa celui de l'enfant.

— Je crois bien qu'on ne le lui dira pas, conclut Mary en les serrant sur son cœur tous les deux à la fois.

*

Emma de Mortefontaine regardait amèrement ses bagages s'entasser dans la barcasse qui devait la ramener vers son navire. Elle quittait Venise comme elle avait autrefois quitté Saint-Germain-en-Laye. En sachant qu'elle n'y reviendrait pas. Cette fois, pourtant, elle était détruite. Rongée de l'intérieur par une souffrance qui ne trouvait plus aucun exutoire. Jour et nuit, elle ne voyait rien d'autre que ces images. Mary enchaînée et soumise à son caprice. Mary qui ne la suppliait pas, qui acceptait sa dépendance. Emma se tordait de ce qu'elle ne lui infligeait plus. La brutalité de Gabriel l'apaisait quelques heures, lorsqu'il daignait se servir d'elle. Pour rien au monde elle ne se serait abaissée à réclamer quoi que ce soit. Elle oscillait en permanence entre apathie et fureur. Surtout depuis qu'elle avait compris que c'était terminé, que Mary ne lui reviendrait pas. Quoi qu'elle fasse. Quoi qu'elle lui impose. Quoi qu'elle lui promette.

— Elle a été débarquée à Malte, a rallié le *Bay Daniel* qui l'attendait à Pantelleria, avait déclaré Gabriel, certain de ses informateurs.

Depuis trois mois, il faisait sillonner la Méditerranée et l'Adriatique, en vain, indifférent aux manœuvres de Forbin. Le *Bay Daniel* ne s'y trouvait plus. Emma n'avait pas revu l'ambassadeur, elle se moquait de tout. De tous.

— Tu as le crâne de cristal, contente-toi de cela ! s'était gaussé Gabriel avant de la plier une nouvelle fois.

Elle s'était seulement contentée de lui. À peine. Sauvagement.

Emma accepta la main qu'il lui tendit pour enjamber le rebord de la barque et s'y installer. L'air avait fraîchi. Le carnaval recommençait à Venise, offrant l'oubli à ses habitants abîmés par l'incendie, et par la vindicte de Forbin.

De nouveau les *moretta* effaceraient les visages et les noms. Emma ne portait plus qu'un seul masque. Celui de sa colère et de sa douleur.

Pour la première fois, elle en était enlaidie.

— Quelle est notre destination, madame ? demanda le capitaine en la saluant sitôt qu'elle fut à bord du navire.

— Charleston, dit-elle. Charleston, en Caroline-du-Sud.

— C'est une longue traversée.

Elle hocha la tête.

— Nous nous ravitaillerons en chemin. Hâtez-vous, capitaine, ajouta-t-elle en pressant ses tempes migraineuses. Hâtez-vous, ma fille m'y attend.

Elle se retira dans sa cabine, seule, désespérément seule, insensible au froncement de sourcils de Gabriel. Elle se moquait bien de ce qu'il pouvait penser. Mary pouvait avoir décidé d'aller n'importe où, puisque, une fois encore, elle n'avait pas jugé bon de se venger de ce qu'elle avait subi. N'importe où, oui. Alors pourquoi pas là-bas, où Emma avait prétendu détenir Ann. Elle tentait d'anticiper ses actes, sans espoir pourtant. Parce qu'elle ne pouvait pas faire autrement. Elle était prisonnière de ce qu'elle avait créé. Cette fois, hélas, elle n'y croyait plus. Mary, égoïstement, n'avait pas voulu accepter la vérité. Sa fille ne l'intéressait plus.

« Je ne l'y attendrai pas, se jura Emma. Je ne l'y attendrai plus. »

Elle ferait ce qu'elle avait promis à Mary avant de jouir d'elle. Elle ferait d'Ann Mary son double. Sa vie.

Elle s'étendit sur la couche, s'y recroquevilla et, ravagée une fois encore par ces démons que l'indifférence de Mary lui laissait au ventre, se mit à sangloter en enserrant l'oreiller entre ses bras.

22.

Le printemps amenait une belle tiédeur sur l'île de la Tortue. L'automne précédent, un cyclone l'avait dévastée, de même qu'Hispaniola toute proche, et les stigmates de son passage tardaient à s'effacer. De nombreux palmiers gisaient, déchiquetés ou tombés sur la plage. Les bernard-l'ermite en avaient fait leur repaire cherchant l'ombre des franges sèches.

On achevait de reconstruire le fort qui protégeait la ville ancrée dans la grève. Lui aussi avait été malmené. La communauté des pirates qui y avait établi ses quartiers s'était entraidée, recréant en quelques mois une cité entière de baraquements, d'entrepôts, de réserves, de tavernes et d'auberges. Tous de bois ou de feuilles de palmier tressées. Seule l'église était en pierre. Ici, on était habitué à la fureur des éléments. Ici, on ne vivait, ne vibrait que de violence. Le rire des hommes sonnait gras et fort, le rhum soignait l'haleine et les dents gâtées, tout comme les fièvres ou la dysenterie. Ici, on se repaissait de vivre pour s'accorder une mort joyeuse.

Le ventre de Mary Read était douloureusement tendu. L'enfant qu'elle attendait depuis trois mois ne lui donnait pas le sentiment d'une grande vitalité. Et cependant

Corneille en était déjà fou. Elle détourna son regard du chantier sur lequel hommes et garçonnets s'agitaient, enfonçant des troncs entiers l'un contre l'autre dans le sable à l'aide de masses, avant de les relier par des cordes. La palissade qui ceinturait la ville progressait à vue d'œil.

On salua son passage. Elle était connue de tous ici. Connue et respectée pour ce qu'elle était et ne se cachait pas d'être. Une femme pirate. Non l'épouse d'un pirate. Une pirate à part entière.

À l'ancre, juste en face du chemin qu'elle suivait, à côté d'autres, le *Bay Daniel* mouillait, tanguant doucement sur une mer calme. Ils étaient au port depuis le début de la semaine, pour ravitailler avant de repartir en mer. Elle ne vivait plus que pour ces courses. La terre avait le don de l'aspirer et de la déprimer. Tout comme Junior, d'ailleurs. Elle allongea son pas, refusant la douleur à son périnée. Il y avait longtemps qu'elle ne prêtait plus attention à ces broutilles. Il en fallait bien davantage pour l'empêcher de mener à bien ce qu'elle décidait.

Elle se mit à siffler. Le chemin sablonneux s'enfonçait dans la végétation luxuriante, domptée par l'homme qui y avait construit de-ci, de-là, sans aucune règle ou contrainte. On arrivait, on se posait. Les lois venaient après. Le code d'honneur des pirates, s'il n'excluait ni les bagarres, parfois jusqu'à mort d'homme, ni les tripots pouvant ruiner un capitaine en lui faisant perdre navire et équipage, maintenait chacun dans une règle de vie qui valait largement celle des cours d'Europe.

Mary tourna l'angle du chemin croulant sous des bougainvilliers. Elle s'immobilisa un instant pour éponger son front suant d'une main lasse. Il était brûlant.

— Chierie de soleil de mai ! jura-t-elle.

Malgré le foulard qui retenait ses cheveux attachés et protégeait sa nuque, elle fut certaine d'avoir une insolation. Ce ne serait pas la première fois sous ces latitudes.

Non, la première, elle s'en souvenait, l'avait tenue au lit deux jours à délirer, quelques semaines seulement après leur arrivée dans les Caraïbes. Elle repensa une fois encore à l'enthousiasme de Junior, à sa fierté à défiler dans les ruelles de la ville pirate, ne perdant rien de ce qui l'entourait, se gorgeant les yeux d'images et les oreilles de bruits. S'étonnant de tout et de tous. De ces mulâtresses libérées de l'esclavage pour épouser des marins. Des garces qui faisaient pigeonner leurs gorges à pleines mains en tenant des propos salaces au milieu de la rue. Des marins à la jambe de bois ou au moignon prolongé par un crochet. Des borgnes au bandeau noir, ou d'autres encore au visage marbré de cicatrices. Des gueules, effrayantes souvent. Mal rasées, chevelues, le regard froid comme une lame, semblables à des bêtes traquées. Ou, à l'inverse, de ceux qui soignaient leur apparence jusqu'au bout des ongles, précieux et enrubannés, mais dont il fallait se méfier. La cruauté la plus extrême s'habillait parfois de dorures. Junior l'avait appris au fil des années. La vingtaine superbe, il était à présent le portrait vivant de son père, jusqu'à sa voix et son rire. Mary ne passait pas un jour sans s'en étonner et s'en attendrir. C'était toujours son fils chéri, son Junior et tout à la fois un autre. Un autre Niklaus qu'elle continuait d'aimer à travers lui. Différemment. Sans regret. Mais un autre qui l'empêchait encore d'aimer Corneille autant que lui la chérissait.

Elle avisa un banc à l'ombre d'un bananier et s'y posa pour souffler un peu. La douleur l'écartelait par moments. Elle soupira. De toute évidence, ce n'était pas une insolation qui se préparait, mais une fausse couche. Tant pis, songea-t-elle. Ou tant mieux. Elle n'avait accepté l'idée de cet enfant que pour plaire à Corneille.

— Tout va bien, madame Mary? demanda une mulâtresse qui secouait un de ses nombreux enfants par le bras, lui promettant une belle fessée à la prochaine escale de son père.

— Tout va bien, répondit-elle sans hésiter, je profite de l'ombre.

— Ce foutu soleil, y fait rien qu'abîmer. Mouai !

— Qu'a-t-il fait ? demanda Mary, en désignant le marmot qui se curait le nez.

Il était aussi crasseux et pouilleux que sa mère était propre.

— Il a donné le savon à manger aux cochons. Avec quoi elle va laver, Mamisa, maintenant ? reprit-elle.

Mary fouilla sa poche et en extirpa un pain de savon qu'elle gardait toujours sur elle.

— Prends, Mamisa Edonie ! dit-elle en le lui lançant.

La mulâtresse lâcha le garnement pour le saisir.

— Reviens ici, beugla-t-elle, comme il en profitait pour s'évader.

Peine perdue. Le garçonnet avait déjà détalé.

— Que des galopins, ces mômes, gronda-t-elle.

— Laisse-le donc aller. Et frotte bien ses pieds et ses oreilles, quand tu le rattraperas. C'est important.

— Oui, oui, Mary. Je sais. Faut pas que la saleté pourrisse la peau.

— C'est cela.

— Merci, merci pour le savon, dit-elle en regagnant la case qui faisait face à Mary de l'autre côté de la placette.

Mary ne put se retenir de sourire. Baletti avait laissé des traces de son passage près d'elle. Elle ne refusait jamais une aide qu'on lui demandait et spontanément enseignait ce qu'elle avait appris de lui sur les règles d'hygiène. Elle savait que c'était souvent inutile, mais le peu qu'elle faisait perpétuait son œuvre et éloignait le spectre des épidémies. Elle n'en avait pas pour autant fait sa mission ou son sacerdoce. Mary ne prêchait rien. Se contentant de conseiller lorsque l'occasion se présentait.

Une nouvelle contraction lui compressa le bas-ventre. Elle ne ferait rien pour l'empêcher. C'était mieux ainsi. Elle se voyait mal s'occuper d'un nourrisson à bord et se priver du plaisir d'une chasse.

Le souvenir d'Ann passa dans sa mémoire, furtivement. Cela lui arrivait parfois. Il n'était plus douloureux. Elle avait renoncé à vérifier les dires d'Emma de Mortefontaine dès leur première prise. C'était une petite corvette chargée de café et de vanille ; elle s'en souvenait comme si c'était hier.

Junior avait écarquillé les yeux devant les coffres, s'imprégnant des senteurs.

— C'est notre premier trésor ! s'était-il écrié.

La revente leur avait offert un petit butin, partagé avec les membres de l'équipage.

— On va en prendre d'autres, dis, maman ? avait-il ajouté, les yeux brillants.

— Bien sûr, avait-elle répondu, sincère.

Au soir venu, Corneille lui avait fait l'amour, excité d'elle autant que de sa prise.

— Restons ici, avait-elle déclaré en caressant l'œil de jade à son cou.

— Et Ann ? Ne veux-tu pas savoir ?

— C'est fini, Corneille. Je sais déjà. Regarde Junior. Il est heureux. Je ne l'avais jamais vu ainsi. Il s'en est guéri. Moi aussi. Rouvrir la blessure serait cruel et inutile.

— Je t'aime, Mary Read, avait conclu Corneille. Tu as fait le bon choix.

Ils n'en avaient jamais reparlé depuis. Leur territoire de chasse était immense, et Mary avait découvert très vite un univers bien éloigné des règles de la marine. Elle avait renoncé à écrire à Forbin, certaine qu'il ne comprendrait pas. À la Tortue, on était coupé du reste du monde. Aucun courrier n'y arrivait. Aucun n'en partait. Quand ils n'y séjournaient pas, ils étaient en chasse. Bonne ou mauvaise, cela dépendait. Corneille, fidèle à ses principes, avait su toucher le cœur de ses hommes. Tous le respectaient. Il en était de même pour elle.

Dès le premier abordage, elle en avait retrouvé le goût, la fureur. Elle avait interdit à Junior de s'y mêler, mais lui avait tracé la voie. Depuis le nid de pie où il s'était réfugié pour ne rien perdre de la scène, il avait appris le goût du sang, le vrai. Comme Mary et Niklaus, il avait hérité de ce penchant pour la bataille. Le bâtiment pris, pillé, et son équipage débarqué, il était venu rendre compte à sa mère des commentaires qu'il avait glanés.

— Ils disent que tu es une sacrée affaire ! avait-il péroré. Ça veut dire quoi ?

— Qu'ils ont apprécié ma façon de me battre, avait déclaré Mary.

Corneille avait émis un petit rire et Junior avait froncé les sourcils d'un air songeur. Il avait invité celui-ci à se pencher et avait murmuré quelque chose à son oreille. Corneille lui avait répondu de même.

— Je m'en doutais, avait affirmé Junior très sérieusement avant de serrer ses petits poings et de s'en retourner.

— Que t'a-t-il demandé ? avait-elle lancé, intriguée.

— S'il y avait une relation entre « une sacrée affaire » et « culbuter ».

Mary avait blêmi et s'était précipitée sur le pont central, cueillie par le rire de Corneille. Elle avait découvert son fils planté devant un des matelots, cerné par d'autres qui s'amusaient de sa colère.

— Ma mère, c'est Mary Pirate, grondait encore Junior, pas une sacrée affaire. Et elle vous bottera les fesses si vous l'oubliez !

— Pas de souci, mon gars, avait répondu la Tenaille en riant, on n'a pas l'intention de s'y frotter.

Leur hilarité à tous s'était figée en l'apercevant.

— Y a pas de mal, l'avait rassurée la Tenaille en la rejoignant. Votre gaillard a le sang chaud, madame. Tout le monde l'aime déjà. Comme le capitaine.

— Il n'y a pas de madame sur ce navire, avait répondu Mary d'une voix forte. Il y a Mary, et rien que Mary. Et ce bras sur lequel vous pouvez tous compter, avait-elle ajouté en dressant son sabre ensanglanté encore.

— Pour Mary! avait gueulé le quartier-maître en levant le poing.

Ils avaient tous hurlé, Junior compris. Ce jour-là, elle avait été totalement acceptée, avec sa différence.

— C'est une bonne journée, avait conclu Junior avant de s'endormir. Une bonne journée.

Il y en avait eu d'autres. Quinze années durant.

Mary quitta le banc et gagna l'échoppe qu'elle cherchait. On y vendait de tout. De l'alcool de canne, du sucre, des filles. Mary y venait surtout faire provision de tabac. Elle aimait bien s'asseoir sur un cordage à la proue du navire et allumer sa pipe au moment du couchant. C'était son heure préférée. Il régnait une paix qui descendait sur le monde et enjolivait les écueils de son âme. Souvent, Junior venait la rejoindre. Elle ne le serrait plus dans ses bras comme autrefois mais leur complicité était plus grande encore. Ils demeuraient là en silence, après le dîner qu'ils partageaient tous ensemble. L'équipage du *Bay Daniel* constituait leur famille, une famille unie et soudée dans laquelle chacun avait sa place. Mary les aimait tous pour leurs défauts autant que pour leurs qualités. Elle les chérissait pareillement et savourait chaque jour comme un cadeau. Elle était heureuse. Plus qu'elle ne l'avait jamais été. Plus qu'à Breda. Mieux qu'à Breda. Elle était à sa place. Enfin.

— Comme d'habitude, dit-elle simplement au patron en guise de bonjour.

Elle n'avait pas l'intention de traîner. Les contractions se rapprochaient et elle s'imaginait mal expulser l'enfant au beau milieu du chemin.

— Pas envie de causer, Mary? s'amusa celui-ci en la voyant grimacer.

— Non.

Il lui remit sa réserve de tabac et prit en retour l'argent qu'elle lui tendit.

— Si c'est Corneille qui te chagrine, lui glissa-t-il, viens me retrouver. J'ai des arguments, tu sais, ajouta-t-il en portant une main à son entrejambe.

Mary se détourna de son regard salace, le quittant sans relever, d'autant que d'autres clients patientaient. Elle se dirigea vers l'auberge où Corneille l'attendait.

Il était attablé avec deux autres capitaines de navires : Barks et Duncan. Tous deux étaient anglais, mais ici il n'y avait plus de patrie. Les guerres y étaient personnelles et on les réglait au sabre ou au pistolet. Ils étaient pris par une partie de cartes. La Tenaille formait le quatrième joueur.

— Faut que je te parle, dit-elle en se penchant à l'oreille de Corneille.

— À propos de quoi? demanda-t-il, concentré sur son jeu.

Mary murmura :

— Du bébé.

Cela suffit à le lui faire oublier.

— Terminez sans moi.

— Mary! s'emporta Duncan. C'est pas humain de nous le prendre, j'allais enfin gagner.

— Affaire urgente, s'excusa-t-elle.

— Avec les femmes, c'est toujours urgent. Sauf quand il faut baiser, déclara Barks solennellement.

Le regard noir de Mary lui fit baisser le sien.

— Bien sûr, je disais pas ça pour toi, toi, c'est pas pareil, t'es pas une femme. Enfin, je veux dire, pas une vraie ou plutôt si, mais t'es pas comme les autres femmes, s'empêtra-t-il.

— Laisse tomber, lâcha-t-elle, la voix altérée par la douleur.

Corneille ne se posa pas davantage de questions. Elle était livide et dut s'appuyer contre le mur de palme pour ne pas vaciller.

— *Goddamn!* jura Duncan en abattant ses cartes.

La Tenaille s'était déjà levé.

— Va chercher un médecin, ordonna Corneille, entraînant Mary vers l'escalier.

Elle y monta, drapée dans une stupide fierté, refusant que les autres pirates la voient plier. Elle n'avait pas gagné leur respect en se montrant douillette.

À mi-chemin, elle se tourna vers l'aubergiste et gueula :

— Apporte-moi du rhum, Gave-Panse, que je noie ta mangeaille avariée.

— Avariée, ma mangeaille ? s'emporta celui-ci en se hâtant pourtant d'obtempérer. Mon cul, oui ! Y a rien qui peut l'égaler.

À peine fut-elle arrivée dans la chambre qu'elle se laissa choir sur le lit.

— Je suis en train d'avorter.

— J'avais compris. Que puis-je faire ?

— Rien. La nature y pourvoira. Je voulais juste t'avertir. Mais pas de cette manière-là, grimaça-t-elle.

Corneille déposa un baiser sur son front.

— Tu es brûlante.

— Le rhum me guérira.

— Rabats donc cet orgueil stupide, la sermonna-t-il. Je serai plus rassuré quand le médecin viendra.

Mary sourit légèrement et s'apprêtait à lui répondre lorsqu'on toqua à la porte. Corneille se précipita.

— S'il y a besoin d'autre chose, déclara l'aubergiste en lui tendant un pichet et un gobelet.

— Que tu fermes ta grande gueule, exigea Mary.

— Comme si j'avais l'habitude de jacter, grinça-t-il.

Mary s'en amusa malgré sa souffrance. Gave-Panse, comme était surnommé l'aubergiste, était un ami fidèle. Ils se cherchaient sans cesse de la sorte, s'amusant à se détester pour cacher la vraie tendresse fraternelle qui les unissait. C'était ainsi depuis le jour de leur rencontre. Pour rien au monde Gave-Panse n'aurait voulu montrer la faiblesse qui le tenait. Le jeu de Mary l'aidait à donner le change, même si, au fond, personne n'y croyait. Tous savaient qu'il avait atterri à la Tortue davantage par hasard que par goût.

Les contractions redoublèrent de puissance. Avant longtemps, c'en serait terminé.

— Rends-toi en cuisine. De l'eau doit y bouillir pour le repas qui s'annonce. Ramènes-en dans un baquet avec des linges.

— Tu es sûre ?

— J'ai déjà accouché, Corneille.

— C'est pas pareil, objecta-t-il.

— Ben voyons. Va donc, te dis-je. Je ne veux pas d'un charlatan pour m'écarter les cuisses et me dire ce que je sais déjà.

Corneille hocha la tête, se sentant soudain idiot. Le regard de Mary venait de lui rappeler à qui il parlait. Depuis qu'elle était enceinte, il avait failli l'oublier.

Moins d'une heure plus tard, tout était réglé. Elle avala d'une traite la bouteille de rhum pour se guérir tout à fait, avant de se coucher, ivre, à côté de Corneille, bien plus déprimé qu'elle ne l'était.

— Je suis prête à prendre la mer, assura-t-elle le lendemain matin dans la salle commune de l'auberge, en déchirant à pleines dents une tranche de lard séché.

Elle avait adopté les habitudes de l'île et son petit déjeuner avait la saveur sauvage de sa nouvelle vie.

— Ravi de voir que ton appétit revient, déclara Gave-Panse en lui servant une rasade du vin qu'elle avait commandé.

— Pas le choix, répliqua-t-elle l'œil narquois, même ton rhum était frelaté. Il m'a donné la migraine.

— Tant mieux, dit-il en s'éloignant, tu causeras moins.

Corneille soupira :

— Tu ne te fatigues jamais de le provoquer ?

— Ça lui manquerait si j'arrêtais, tu le sais bien.

Elle s'adossa à la chaise. Il y en avait peu dans l'établissement, les trois quarts des pirates se contentant de bancs grossiers, mais l'aubergiste s'arrangeait toujours pour que Mary ait la sienne.

Elle extirpa sa pipe de sa poche, la bourra de tabac et l'alluma. Aspirant goulûment la fumée, elle poussa un soupir de bien-être.

— Je pensais que cela t'attristerait, laissa tomber Corneille.

— Quoi ?

Elle réalisa aussitôt à son air crispé qu'il parlait de sa grossesse.

— Arrive ce qui doit arriver, Corneille, répondit-elle en haussant les épaules.

En quinze années à écumer les Caraïbes, elle avait eu le temps de devenir fataliste, se guérissant de tout ce qui avait été avant. Rien de tel que la ronde des jours sur l'horizon pour donner à l'homme la mesure de sa petitesse.

Mary l'avait intégré tout en se grandissant de chaque tempête que le *Bay Daniel* affrontait avec courage, de chaque instant à goûter cette vie que Corneille et son fils lui offraient.

— Tu as raison, je le sais, lui accorda-t-il, n'empêche que j'aurais aimé.

— Moi aussi, mentit-elle pour le rassurer.

Ce n'était pas sa première fausse couche, les autres étaient arrivées très tôt. Elle n'en avait jamais parlé.

— Quand serons-nous prêts à lever l'ancre ? demanda-t-elle pour faire diversion.

— Madame a déjà des fourmis dans les pieds ?

Le sujet était clos, il l'avait compris. Avec Mary Read il était inutile d'insister.

— Comme si tu l'ignorais, lui sourit-elle.

Elle se tourna vers l'aubergiste qui essuyait ses verres avant de les ranger. Malgré ses quarante ans, il était encore bel homme. Dégarni, le visage avenant, le sourire énergique. S'il n'avait eu cet embonpoint propre aux gens de son métier, Mary aurait pu le trouver à son goût. Et tout à la fois, c'était aussi cette enveloppe de bonhomie qui le lui faisait aimer.

— Je prendrais bien de ton ragoût de porc s'il est prêt, lui dit-elle.

— Le temps d'y ajouter de la mort-aux-rats et tu l'auras dans l'assiette, repartit celui-ci en riant.

Corneille soupira, cueilli lui aussi par leur complicité. « Ces deux-là n'en finiront jamais », songea-t-il. Gave-Panse s'en venait déjà à pas pressés pour la satisfaire. Il n'en était pas un sur cette île qui ne rêvât d'une compagne qui lui ressemblerait. Pas un sur cette île qui ne rêvat d'elle. Il en était à la fois agacé et fier. Pas véritablement inquiet.

— Je me suis associé avec Barks et Duncan, lâcha Corneille tandis que Mary plongeait avidement sa fourchette dans le plat que l'aubergiste avait posé sous son nez.

Le fumet embaumait les épices. Bananes et ananas confits adoucissaient le morceau de jarret, et Corneille ne résista pas à l'envie de plonger ses doigts dans l'assiette. Mary les piqua des dents de sa fourchette.

— Pas touche.

— Juste pour goûter, insista-t-il, finalement affamé de la voir se régaler.

— Gave-Panse, appela Mary sans céder, l'œil plus amusé que fâché, Corneille est jaloux.

— Que veux-tu que ça me fasse ? gronda l'autre.

— Jaloux de mon assiette, rectifia-t-elle.

Gave-Panse ne répondit pas, mais se hâta d'y remédier.

— C'est une bonne idée, déclara Mary, suivant le fil de ses pensées.

— Je trouve aussi, affirma Corneille en goûtant son plat.

— Je parlais des Anglais, souligna-t-elle, pas de ta gourmandise. À trois navires, nous pourrons nous offrir de meilleures prises.

— Junior est aussi de cet avis. Il a pris de l'envergure, cette année. Il s'ennuie de devoir se contenter de barcasses. Je crois qu'il rêve toujours secrètement de ton trésor.

— Le seul trésor qui en vaille la peine, c'est la liberté, Corneille. Tu le sais bien, c'est toi qui me l'as appris, ajouta-t-elle en lui décochant un clin d'œil.

— Junior a l'impétuosité de son âge. Il veut plus que cette liberté. Je crains que cela ne lui suffise bientôt plus.

— Que ferions-nous d'un trésor ? D'un vrai trésor, j'entends, de l'envergure de celui que j'ai abandonné à Emma de Mortefontaine ? Serions-nous plus heureux de le posséder ? Nos prises nous offrent ce dont nous avons besoin, que pourrais-je demander d'autre à la vie ? Nous avons tout et plus encore.

— C'est vrai. Mais je voudrais que tu prennes la mesure de ce qui se passe dans la tête et le cœur de Junior. Tôt ou tard, si nous nous bornons à des prises médiocres...

— Médiocres ? Ce qualificatif est-il de lui ?

— Oui.

Mary soupira. Elle ne pouvait nier l'évidence. Junior n'était plus le garnement d'autrefois. Elle aussi avait rêvé de montagnes d'or et de pierres précieuses, elle les avait rêvées dans le souvenir de Cecily, comme une revanche. Elle comprenait que Junior en ait envie. Souvent, lorsqu'un navire marchand à fort tonnage était signalé au loin, elle le voyait crisper ses poings de colère et de regret. Jusque-là, elle n'y avait pas attaché d'importance. Mais elle avait connu cette frustration, longtemps, avant d'admettre qu'elle n'éprouverait pas davantage de plaisir à chasser plus gros gibier.

L'essentiel était là. Vivre intensément, totalement et pleinement. Quelle importance ce qu'ils enlevaient, tant qu'ils y prenaient le nécessaire ? L'indispensable pour pouvoir jouir chaque matin de ce qui les entourait ?

— À quoi songes-tu ? demanda Corneille.

Mary écrasait les bananes sous sa fourchette, machinalement.

— À ce que tu viens de dire. Cette association me plaît tout autant qu'elle m'inquiète, en fait. Tu sais comme moi que notre liberté tient aussi à cette sagesse que nous possédons l'un et l'autre. S'attaquer aux navires de la Compagnie des Indes occidentales est risqué. Pour l'instant, les corsaires nous ignorent, mais en sera-t-il toujours ainsi ?

Corneille soupira.

— J'ai toujours tenu compte de tes avis, tu le sais. Seuls Junior et toi avez de l'importance pour moi.

— C'est justement de Junior qu'il s'agit. Je connais cette rage qui enfle dès lors qu'on ne peut atteindre ce que l'on convoite. Je ne veux pas qu'il en soit esclave et en souffre. Je sais mieux que quiconque qu'on ne protège d'eux-mêmes que ceux qui l'acceptent. Mon rôle de mère, c'est aussi de lui donner les moyens de grandir. Il faut qu'il goûte à la vie comme j'y ai goûté. Alors seulement il sera capable d'apprécier ce qu'il a aujourd'hui. S'il ne le fait pas, il deviendra amer et, tôt ou tard, comme tu disais...

— Je suis heureux que tu en arrives à la même conclusion que moi.

— Et moi, je suis heureuse de ne pas avoir gardé cet enfant, avoua-t-elle en le fixant droit dans les yeux. Dans ces conditions, il aurait été folie de le porter.

Corneille baissa la tête. Il n'avait plus faim soudain. Cette vérité aussi, il l'avait pressentie.

— Je vais aller trouver Duncan pour lui donner ma réponse, dit-il en se levant.

Il déposa un baiser dans ses cheveux.

— J'ai déjà un fils, Mary, murmura-t-il. Lui seul doit compter.

Mary le laissa partir puis appela l'aubergiste qui passait un coup de balai, soulevant plus de poussière qu'il n'en enlevait.

— Viens donc t'asseoir, Gave-Panse, et goûter ta vinasse.

— Ça me ferait mal, grinça-t-il en posant pourtant le balai.

— Viens donc, répéta-t-elle, ou tu me feras éternuer.

Il soupira à fendre l'âme, mais s'installa à la place de Corneille. Mary remplit le gobelet abandonné par celui-ci. Gave-Panse le leva à sa santé et en avala une goulée.

— Tu es en souci, Mary Read, remarqua-t-il, oubliant leur jeu favori dans son regard sombre.

— Tu as des enfants ?

— De-ci, de-là. Aucun qui me tienne comme ton Junior le fait.

— Ne t'y attache jamais, souffla-t-elle en avalant son vin d'un trait.

Gave-Panse la couva d'un œil empli de tendresse.

— Tu ne finis pas ton verre ? demanda-t-elle.

Il eut un sourire triste.

— Plutôt crever, dit-il. Tu as raison. Il est frelaté.

Mais au lieu d'en rire comme il l'avait espéré, Mary ne répondit rien, repoussa sa chaise et le laissa à son balai.

23.

Les trois frégates filaient à belle allure, resserrant la distance qui les séparait du vieux galion espagnol. Ils étaient devenus rares sur les flots. Très rares, constituant des proies faciles pour les pirates. Bien qu'abondamment garnis en équipage et armement, on pouvait aisément s'en emparer avec une flottille. Depuis le temps que Junior rêvait d'en approcher un, il était ravi de cette aubaine.

Mary et Corneille en avaient accepté l'augure sans sourciller. Avec une bonne tactique, avant le soir ils l'auraient maîtrisé.

Il était impossible d'utiliser celles dont ils s'étaient servis jusque-là avec les chaloupes ou les barques, voire avec quelques bricks ou sloops. L'équipage adorait pourtant ce jeu guerrier. C'était Cork qui l'avait élaboré autrefois, préférant forcer les navires à se rendre plutôt que de les aborder et de risquer la vie de ses hommes.

Les matelots défaisaient leurs cheveux, les ébouriffaient. Les musiciens s'armaient de tambours, le violon se mettait à crisser jusqu'à l'insupportable. Tous entreprenaient de danser sur le pont, entrechoquant leurs sabres, injuriant et promettant mille tortures à leurs futures victimes, qui, invariablement, en tremblaient. Cela suffisait souvent à ce qu'ils se rendent, parfois il fallait y ajouter un coup de semonce à la proue, rarement on en venait aux sabres.

Là, Mary n'était pas dupe. Trop d'hommes sur le galion. Il y avait trop d'hommes pour qu'ils se laissent intimider.

Chacun des trois capitaines connaissait sa manœuvre, quel que soit le cas de figure qui puisse se présenter. Ils en avaient débattu des heures avant de se mettre d'accord. Mary ne s'en était pas mêlée; même si elle avait beaucoup appris ces dernières années, elle n'avait aucune expérience de ce gabarit. Corneille, Duncan et Barks avaient en commun les mêmes pratiques. Ils avaient été ennemis autrefois, dans la guerre de la Grande Alliance, sans pour autant s'être rencontrés. Tous trois savaient la course, ils en avaient gardé le panache et les façons.

Ils talonnèrent et agacèrent le galion une heure durant, le canonnant à tout-va. L'azur s'en était obscurci, et l'on étouffait, les narines brûlées par les odeurs de poudre et de fumée. Le galion faiblissait pourtant, craquant de toutes parts sous la vindicte des trois frégates. Lorsque le mât d'artimon s'effondra, fauché par des boulets ramés, les batteries cessèrent de cracher, et tous se préparèrent à l'abordage.

Le *Bay Daniel* et le *Victory* de Duncan enserrèrent ses flancs lourds, chacun d'un bord dans un ensemble parfait, tandis que *L'Élégante* de Barks verrouillait par le gaillard d'arrière.

Des trois navires, les grappins furent lancés, s'accrochant aux haubans et au bastingage. En quelques minutes, jaillissant de partout comme des fourmis organisées, sabre, hache et pistolets chargés à la ceinture de toile, couteau entre les dents, les matelots se lancèrent à l'assaut du galion, grimpant le long de ces passerelles de corde pour atteindre le bord.

Mary et Junior s'étaient précipités d'un même élan. Elle avait failli retenir son fils, comme Corneille autrefois avait tenté de l'empêcher d'y goûter. Elle s'était fait violence devant son regard suppliant. Junior avait besoin du combat comme son père et elle. Il ne servirait à rien de vouloir l'en détourner. Elle refusa d'entendre son angoisse de mère et se jeta dans la mêlée.

Le combat faisait rage partout. Dans les vergues, les focs, aux perroquets, sur les gaillards et jusqu'aux cabines.

Ce n'était que tuerie, furie. Mary pouvait bien se mentir, elle voyait Junior y prendre plaisir. Un plaisir identique au sien.

Trois heures plus tard, une mare de sang rougissait les ponts du galion et quelques-uns des leurs y étaient restés. Junior était blessé à l'épaule. Une légère estafilade dont il se glorifia.

— Ils étaient trois, tu as vu, la Barbette, et toi, Comil ? Trois à vouloir me prendre ! exagérait-il en mimant sa défense.

— Dix, pendant que tu y es ! se moqua Mary. Va donc faire soigner cette coupure. Elle te laissera une belle cicatrice pour que tu puisses te vanter.

— Je l'espère bien, Mary ! lâcha Junior en se précipitant vers Corneille, plutôt que vers le chirurgien.

Mary soupira, regrettant un instant l'époque où Junior l'appelait maman. Corneille avait raison, il était un homme à présent. D'une certaine manière, et quoi qu'elle fasse, elle l'avait déjà perdu.

Elle passa une main lasse sur son front. Cette fois encore, il était brûlant. Depuis sa fausse couche, moins d'une semaine plus tôt, elle avait parfois des excès de cette nature. Ils duraient quelques minutes tout au plus. Elle se promit d'en parler à Jambe-Torte, le chirurgien de bord. Il lui donnerait certainement quelque chose de plus approprié que le rhum.

Sur les trois frégates, on s'activait à ramener les blessés et à répartir le butin. Mary aperçut Corneille qui pénétrait dans le gaillard d'arrière du galion avec Duncan et Junior. Elle décida de les rejoindre.

Duncan malmenait le commandant de bord lorsqu'elle pénétra dans la cabine. Visiblement, ce dernier ne s'en laissait pas intimider.

— De quoi s'agit-il ? demanda-t-elle.

— Monsieur possède une carte étalée sur sa table, avec l'emplacement d'une île marquée d'une croix. Apparemment celle d'un trésor, ajouta-t-il.

Mary glissa un œil sur ladite carte et retint un sourire.

— Je vois, dit-elle en s'approchant du commandant du galion, qui goûtait fort peu le rôle qu'on l'obligeait à jouer.

Mary remonta la pointe de son sabre et la lui appuya sous le menton.

— Tu ferais mieux de répondre à nos questions, gronda-t-elle, pour le contraindre à servir leurs intérêts.

— Allez au diable, vous et vos manigances. Je ne me prêterai pas à...

Le reste de sa phrase se perdit dans un gargouillis. Mary n'allait pas gâter les efforts de Corneille et le plaisir de Junior pour un si triste sire.

— Il allait parler, maman ! s'indigna Junior, oubliant soudain qu'elle ne devait plus être que Mary.

— Nous n'avons pas besoin de lui, répliqua Mary. Je suis sûre qu'en comparant la configuration de cette île à nos cartes marines nous trouverons sa longitude et sa latitude.

— Ce ne sera peut-être pas nécessaire, s'enthousiasma Corneille.

Il enleva la carte et la passa au-dessus d'une flamme, en révélant ainsi les mots qu'on y avait inscrits au jus de citron.

Mary contint une envie de rire. Corneille avait dû passer du temps à cette mascarade. Elle était grossière, mais Junior s'y laissait berner. Il avait l'œil pétillant et arracha presque la carte pour en déchiffrer le codage.

— Il y a des coordonnées... jubila-t-il. Et là il est écrit : trois pas à l'ouest et douze au nord, deux encore à l'ouest. À partir de quoi ?

Il repassa la feuille au-dessus de la flamme.

— Il en manque un bout.

— En ce cas, il va nous falloir du temps pour retrouver cette île, grommela Corneille.

— Qu'à cela ne tienne. On ne va pas laisser perdre ce trésor, n'est-ce pas, maman ?

— Certainement pas, assura Mary. Mais pour l'heure, nous avons un galion à piller.

— J'y cours ! s'exclama Junior en glissant la précieuse carte dans son gilet.

— T'avise pas de nous doubler, garçon, grinça Duncan en le retenant par le bras au seuil de la porte.

— Pas de danger, capitaine. Cette carte sera mieux gardée sur moi que par un régiment entier.

Junior fila.

— Belle farce, affirma Mary en pouffant, mais je doute qu'il en goûte le sel lorsqu'il verra que ce trésor est un leurre.

— Un leurre ? s'étonna Duncan. Mais pas du tout, Mary. Cette carte est authentique.

Mary s'immobilisa et se tourna vers Corneille, suspicieuse.

— Je croyais que c'était toi qui l'avais fabriquée.

— Je me suis contenté de la poser sur ce bureau, avoua-t-il.

— Cette carte est tombée entre mes mains il y a deux semaines, révéla Duncan. Je m'étais endetté au jeu. J'ai misé mon navire sur la dernière partie, espérant me refaire. Le pirate contre lequel je jouais n'avait rien d'équivalent à offrir, sinon ça. J'ai accepté. J'ai gagné.

— Le butin était à lui ?

— Non. Il avait lui-même volé la carte à un dénommé Martin. Il cherchait en fait un navire pour s'y rendre. D'où cette partie pour récupérer le mien.

— Pourquoi t'associer à nous ?

— Parce que tu as raison sur un point, expliqua Duncan. Ces coordonnées sont celles de Port-Royal qui a été engloutie il y a dix-sept ans. Ce fameux trésor est aujourd'hui sous l'eau et le retrouver nécessite beaucoup de ténacité. Quand Corneille m'a parlé de son inquiétude vis-à-vis de Junior, je me suis dit que ce serait une bonne idée de le lui céder.

— J'en suis touché, Duncan. Vraiment, dit Mary. Mais vous auriez pu me mettre dans la confidence.

— Et gâter ton plaisir ? jubila Corneille. Certainement pas, princesse. Allons, il vaut mieux ne pas traîner sur ce bâtiment.

Mary hocha la tête et emboîta le pas à Corneille, laissant Duncan fouiller la cabine du commandant dans l'espoir de quelque butin supplémentaire.

Sur le pont, l'activité était intense. Le galion était chargé en majeure partie d'épices et de fèves de cacao en provenance du Mexique. Le temps où ces bâtiments transportaient vers l'Espagne les trésors aztèques était bel et bien révolu. À défaut d'or, ils firent provision abondante de vin, d'eau et de vivres, de tabac et de café, sans parler de la drome.

Il y avait de nombreuses pertes de part et d'autre. Mary enjamba des corps mutilés. Le cabestan gisait, éclaté par les boulets. Barks, sur le gaillard d'avant, gesticulait, donnant ses ordres pour que les prisonniers soient transférés sur son navire.

Mary abandonna Corneille pour regagner le *Bay Daniel*. De nouveau, la fièvre brouillait ses idées. Elle se sentait lasse. Elle enjamba la passerelle qui reliait les deux navires, serrant le bord pour laisser le passage aux matelots lourdement chargés, lorsqu'un vertige la saisit. Elle vacilla, ne trouva rien à quoi se rattraper et perdit connaissance avant de toucher l'eau tourbillonnante entre les deux carènes.

Le cri des matelots fit tourner tête à Corneille.

— Mary à la mer ! Mary à la mer !

Il ne prit pas le temps de s'interroger. Il se précipita pour rejoindre les hommes qui déjà s'activaient. Alerté alors qu'il remontait un tonneau de la cale avec un autre matelot, Junior s'élança à son tour. Avant que l'un d'eux ne parvienne sur le lieu du drame, un des frères Raymond, présent lorsque Mary avait chuté, s'était encordé et avait plongé.

L'espace entre les deux navires était étroit et le mouvement des coques créait des remous au gré de la houle, le rendant dangereux. Mary avait coulé, aspirée par le fond. Tenter de la sauver était suicidaire. L'Antoine Raymond n'avait pourtant pas hésité.

— J'y vais aussi, décida Junior, livide.

Corneille l'arrêta.

— Si lui ne peut la sauver, alors personne ne le peut, conclut-il d'une voix blanche.

Tous retinrent leur souffle.

La corde, tenue par quatre gaillards, tressauta deux fois et les hommes se mirent à tirer, aidés par Junior qui ne supportait pas son impuissance. L'Antoine réapparut, la tête inerte de Mary contre la sienne. Les flots les battaient, les poussant sur les carènes. Malgré le ressac, il la tenait fermement par la taille. Le vent avait forci et les deux navires pouvaient encore les écraser de leur masse. La moindre manœuvre risquait de les perdre. Les matelots, conscients du danger, s'empressaient, malgré le peu d'espace dont ils disposaient sur la passerelle.

On s'était massés contre le bastingage sur chacun des navires, abandonnant toute tâche. Ce qui n'avait été sur l'instant qu'une distraction pour beaucoup s'était transformé en angoisse au seul nom de Mary. On pouvait admettre de perdre un compagnon. Pas elle.

De longues minutes s'écoulèrent. Pas un bruit autre que le cliquetis des mâts, le bruissement des voiles défroquées et le claquement de l'eau contre les coques ne troubla leur progression. Un silence de mort plombait les marins.

À hauteur de passerelle, Corneille et Barks empoignèrent Mary sous les aisselles et la hissèrent. Corneille l'emporta aussitôt pour la mettre en sécurité sur le *Bay Daniel*, le cœur déchiré de la voir blafarde, les narines pincées et la nuque pendante. Il refusa de penser qu'elle ait pu passer. Il aurait voulu le vérifier là, sur l'instant, mais la passerelle était trop étroite et encombrée. D'autant qu'Antoine Raymond y grimpait à son tour, acclamé par ses compagnons. Il était exténué et couvert de sang. Écorché de toutes parts.

Junior le remercia chaleureusement, puis s'élança derrière Corneille qui, déjà, déposait Mary à terre, à même le pont. Jambe-Torte, le chirurgien qu'on avait prévenu et fait remonter du théâtre, se pencha au-dessus d'elle.

— Écartez-vous, morbleu, laissez-lui de l'air ! beugla-t-il.

Autour d'eux, le cercle des matelots s'était resserré.

Corneille demeura là, auprès de Junior, tandis que Jambe-Torte s'activait au-dessus du visage de Mary, tentant de la ranimer, pressant sa poitrine par intermittence, soufflant dans ses joues.

Elle finit par tousser et recracher l'eau qu'elle avait avalée, se tordant sur le côté. Junior se rapprocha machinalement de Corneille en découvrant la plaie qu'elle portait derrière la nuque. Du sang en coulait, abondant et épais. De loin en loin, pourtant, la rumeur enflait, se répandant de bouche en bouche. Mary Read vivait. Jambe-Torte se redressa.

— Descends-la, Junior, ordonna-t-il. Et vous autres, retournez donc à vos tâches.

À peine furent-ils éparpillés et Junior éloigné, sa mère dans les bras, qu'il s'approcha de Corneille. Celui-ci n'avait pas bougé.

— J'aime pas ça, lui dit-il simplement. Fais virer de bord, capitaine, la Tortue est à deux journées de voile. Vaudrait mieux y retourner.

Le visage de Corneille se contracta. Leurs regards se trouvèrent, pris d'une même inquiétude.

— Qu'est-ce que tu crains ? demanda-t-il.

— La raison pour laquelle elle est tombée.

— Accident, avança Corneille.

— Mary Read, chuter d'une passerelle ? lança seulement Jambe-Torte avant de se diriger vers le théâtre.

Corneille sentit son cœur se serrer. Ce n'était pas en effet une hypothèse recevable. Plus sûrement qu'aucun autre sur le *Bay Daniel*, Mary avait le pied marin et connaissait le danger. Il remonta sur le gaillard d'avant et rejoignit la Tenaille.

— Paré à décrocher, ordonna-t-il, Duncan et Barks se débrouilleront de ce qu'il reste.

Il lui avait suffi d'un simple coup d'œil vers ce dernier sur la passerelle pour qu'ils se comprennent.

— Où allons-nous, capitaine ?

— On rentre, déclara seulement Corneille. Tiens-toi prêt à barrer. Je descends à son chevet.

La Tenaille hocha la tête et Corneille gagna l'entrepont où se trouvait le théâtre. Mary était assise. Elle avait repris connaissance et grelottait, enroulée dans une couverture et avalant avec reconnaissance le rhum que lui avait donné son fils. Jambe-Torte s'occupait de soigner la vilaine estafilade à son cuir chevelu. Elle avait encore le teint violacé et le regard brillant. Autour d'eux, on achevait de panser les autres blessés.

— Tu nous as fait une belle peur, princesse, lui lança Corneille, ravi de la découvrir ranimée.

— Désolée.

— Où est-elle ? réclama la voix de son sauveteur.

— Ici, Antoine.

Celui-ci surgit dans l'escalier et s'accouda à la rambarde, à quelques pas de la table sur laquelle, assise, elle se faisait recoudre.

— La prochaine fois que tu veux t'offrir une baignade, préviens-moi, lui dit-il avec un clin d'œil. Je choisirai l'endroit.

— Merci, répondit-elle simplement.

— Pas de quoi.

Il avait tourné les talons lorsqu'un nouveau vertige saisit Mary. Elle en lâcha son verre, qui vint s'écraser sur le plancher. Junior n'eut que le temps de tendre son bras pour l'empêcher de suivre le même chemin.

Cette fois encore, les regards de Corneille et de Jambe-Torte s'accrochèrent. Ils évitèrent tout commentaire pour ne pas alarmer Junior.

— Qu'est-ce qui arrive à ma mère ? demanda-t-il, surpris.

— Ce qui arrive fréquemment avec ce genre de blessure. Rien d'inquiétant, mon garçon. Allonge-la à plat ventre que je puisse achever de la recoudre.

— Va surveiller la manœuvre, lui commanda Corneille à peine eut-il déposé Mary. Il ne sert à rien que tu demeures à son chevet. Mary Read a passé l'âge d'être veillée.

— Et toi ?

— J'ai deux ou trois choses à régler avec Jambe-Torte concernant les médicaments que nous avons saisi sur le galion.

Junior n'était pas dupe. Il obtempéra pourtant, confiant en Corneille.

Mary gémit sous la morsure de l'alcool que le chirurgien déversa dans la plaie. Elle rouvrit les yeux, et serra les dents sous le piquant de l'aiguille.

— C'est terminé, tu peux te retourner.

Mary s'accorda quelques secondes avant de pivoter. Jambe-Torte posa sa main sur son front et attaqua sans préambule :

— Depuis quand ?

— Depuis quand, quoi ?

— La fièvre, depuis quand ? répéta-t-il dans un soupir agacé.

— Depuis la fausse couche. Non, réalisa-t-elle. Avant. Juste avant.

— Et les pertes de connaissance ?

— J'ai perdu connaissance ?

— Tout à l'heure, sur la passerelle, et maintenant.

Mary se souvint vaguement du trou noir qui l'avait aspirée.

— Première fois, lâcha-t-elle.

Jambe-Torte appuya ses doigts à travers la couverture. Lorsqu'il parvint à la hauteur de son pubis, Mary grimaça.

— Tire les rideaux et donne-moi de la lumière, ordonna Jambe-Torte à Corneille qui s'empressa d'obéir.

— Désolé, Mary, mais je dois t'examiner complètement.

— Grand bien te fasse, répliqua-t-elle dans un pâle sourire.

Elle se sentait de plus en plus fatiguée, incompréhensiblement.

Jambe-Torte écarta les couvertures. Il ne fut pas long à établir son diagnostic. À peine eut-il recouvert Mary qu'il fit signe à Corneille de le suivre hors de portée de voix.

Ils se retrouvèrent sous l'escalier.

— C'est une infection basse, déclara-t-il, embarrassé.

— C'est-à-dire ?

— Provoquée par sa fausse couche. Un morceau de placenta est resté en place.

— Grave ? demanda Corneille, comme si la mine de Jambe-Torte permettait à elle seule d'en douter.

— Il faut empêcher l'infection de gagner. Je vais opérer et nettoyer. Mais tu dois savoir. Si elle s'en tire, il y a peu de chances qu'elle puisse encore procréer.

Corneille hocha la tête douloureusement.

— Sauve-la. Le reste n'a pas d'importance.

— Je n'aurai pas assez de poudre de jésuite à bord pour y parvenir.

— La barre est à l'ouest. Demain soir, nous serons en vue de la Tortue, assura Corneille.

Jambe-Torte lui posa une main fraternelle sur son moignon.

— Je vais faire mon possible, mais je n'aime pas la tournure des choses. Elle a perdu beaucoup de sang avec sa blessure. L'opérer dans ces conditions est risqué. Et je ne peux cependant pas attendre.

— J'ai confiance en toi. Que puis-je faire pour t'aider ?

— Prier, déclara Jambe-Torte. Prier pour que le vent ne tombe pas.

Le lendemain, la chance les servait toujours. Le vent persistait et le navire filait sur une mer calme. Jambe-Torte était remonté sur le pont pour prévenir Corneille qu'il était prêt à l'opération et refusait qu'on le dérange. La consigne avait été donnée. Un silence de mort planait sur le navire, troublé seulement par une voix et un violon.

Corneille avait pris la barre pour s'obliger à garder le cap, à fixer l'horizon. Les hommes vaquaient sans envie à leur quart, tandis que les autres, comme Junior, écoutaient cet air qui chantait Mary. Leur Mary. Sa Mary.

Elle est née sans nom et sans chaîne
Ballottée au gré des vents
Partie chercher l'or et l'ébène
Elle n'a humé que le sang.
Accrochez tous les drapeaux noirs
Sur ses rires et sur ses larmes
Je défie chacun de la croire femme.

Les frères Raymond avaient ce don merveilleux de parler à l'âme. Mary le savait, qui adorait mêler son timbre au leur, s'étonnant d'être leur muse et, tout à la fois, s'en réjouissant.

Junior rejoignit Corneille. Le violon continuait de jouer, espérant traverser la carène pour donner à Mary la force qui lui manquait. La voix n'était plus, elle, qu'un murmure que les alizés portaient.

— C'est long, dit-il simplement en saisissant la longue-vue pour fouiller l'horizon.

— Patience, imposa Corneille. Tout ira bien.

— Qu'est-ce qu'on fera après ? demanda Junior, la voix blanche.

— Nous irons chercher ton trésor, répliqua-t-il. As-tu trouvé les coordonnées de cette île ?

— Ce n'est pas une île, mais une ville, soupira Junior, acceptant cet argument pour se distraire de son angoisse.

— Une ville ? Es-tu sûr de ne pas t'être trompé ?

— Port-Royal, lâcha Junior. J'ai refait trois fois mes relevés. Benoît prétend qu'elle a été engloutie par un tremblement de terre en 1692, reconstruite en amont, puis détruite de nouveau par un incendie il y a six ans. Comment retrouver l'emplacement du trésor, dans ce cas ?

— Port-Royal était un repaire de pirates aussi connu que la Tortue, expliqua Corneille.

Entrer dans le jeu de Junior l'aidait lui aussi à ne pas penser.

— La carte est ancienne, c'est visible. Le mieux sera de nous rendre sur place.

Il s'arrêta net. L'assistant de Jambe-Torte s'en venait vers eux, la mine sombre.

— Prends la barre, ordonna-t-il à la Tenaille qui scrutait le ciel à ses côtés.

D'un même élan, Junior et lui se précipitèrent audevant des nouvelles. Quelques instants plus tard, inquiets, ils se retrouvaient dans le théâtre. Jambe-Torte essuyait ses mains ensanglantées à son tablier. Son front était barré d'une ride soucieuse.

— Elle a survécu. Mais elle est très faible. Rien n'est joué, avoua-t-il, pessimiste. L'infection est importante. Il est même étonnant qu'elle ait réussi à la contenir de cette manière. Sa résistance me surprend.

— Tout en elle est surprenant. Le *Bay Daniel* file douze nœuds. Nous atteindrons la Tortue demain.

Jambe-Torte hocha la tête. Junior gardait la sienne baissée.

— Tu peux la voir, garçon, mais pas plus de quelques minutes. Elle dort.

Junior força aussitôt les rideaux de toile.

— Quelles sont ses chances ? murmura Corneille.

Il avait besoin de savoir.

Le visage de Jambe-Torte se vrilla d'un sourire désabusé. Corneille eut l'impression qu'on venait de le canonner à bout portant. Le chirurgien lui tapota l'épaule.

— Fais mettre en perce les tonnelets de rhum, dit-il, que les hommes se soûlent cette nuit. Au matin, Junior et toi serez mieux pour affronter la réalité.

Lorsque Junior reparut quelques instants plus tard, Corneille serra les poings sur sa douleur. Le regard perdu, Junior pleurait.

24.

Emma de Mortefontaine soutint le regard noir de William Cormac sans sourciller. Elle savait qu'il ne ferait pas d'esclandre. Pas ici. Pas aujourd'hui.

Dans l'église de la petite ville de Charleston, en Caroline-du-Sud, pas un murmure ne répondait à l'oraison funèbre prononcée par le prêtre. Seuls des pleurs contenus troublaient l'éloge. Malgré la dignité qu'elle se forçait à garder, Ann Cormac avait du mal à cacher son chagrin devant le cercueil de sa mère.

Ils se tenaient debout de part et d'autre du curé. Père et fille. Du moins était-ce ainsi que tous ici les voyaient. Marie Brenan était morte trois jours auparavant et Emma de Mortefontaine n'avait aucun remords de l'avoir aidée à s'en aller.

— Comment osez-vous, grinça Cormac en l'entraînant à l'écart, la dernière pelletée de terre jetée sur le cercueil.

— Calmez-vous, le gourmanda Emma avec froideur. On nous regarde. Je n'apprécierais pas qu'on nous imagine amants. Surtout aujourd'hui.

— Allez-vous-en, insista-t-il. Allez-vous-en ou par Dieu je jure...

— Ne jurez pas, William. Vous savez fort bien que vous n'avez pas les moyens de vos ambitions.

— C'est vous qui l'avez tuée, jeta-t-il dans un souffle. Je le sais.

— Prouvez-le, ricana Emma. Vous ne le pourrez jamais, mon cher. Reprenez-vous. Votre fille s'en vient.

— Je vous interdis, commença Cormac, avant de se mordre la lèvre de rage.

Un sourire cynique le cueillit. Emma de Mortefontaine se détourna de lui pour s'avancer à la rencontre d'Ann.

Cheveux roux et bouclés, visage triangulaire, regard brun et décidé, Ann était à présent une fort charmante jouvencelle.

— Ann, ma chère Ann, lui dit-elle d'une voix pleine de douleur en lui prenant les mains, comme je suis bouleversée de votre chagrin.

— Il me mine, madame, avoua Ann. Mère était si généreuse, et exemplaire. Ce fut si brutal.

— Si brutal, en effet, répéta Emma. Vous savez, chère enfant, que vous pourrez toujours compter sur mon affection, quel que soit le chagrin qui vous pèse. Ne l'oubliez jamais.

Ann hocha la tête. William Cormac enroula un bras protecteur autour de celui de sa fille.

— Allons-y, ma chérie, veux-tu ?

Ann hocha la tête, ébranlée.

Emma s'écarta et les laissa s'éloigner, dissimulant un sourire satisfait. À l'inverse d'autres qui, pour se donner bonne conscience, s'attardaient sur la tombe de Marie Brenan, Emma sortit du cimetière pour rejoindre sa voiture.

— On rentre, dit-elle à Gabriel, qui lui servait de cocher.

Celui-ci referma la porte sur elle et, reprenant sa place, secoua la bride pour faire avancer l'attelage.

Cela faisait maintenant quinze années qu'Emma de Mortefontaine avait quitté l'Europe.

Elle y avait liquidé ses affaires en quelques mois, amassant une fortune qui la mettait à l'abri jusqu'à la fin de ses jours. Détestant l'idée d'être contrainte par les pirates en longeant les Caraïbes, elle n'avait conservé qu'une flottille de quatre frégates armées. Aujourd'hui encore, ces navires convoyaient ses marchandises à destination de l'Europe. Elle avait racheté plusieurs plantations limitrophes de la sienne, tout comme Cormac l'avait fait de son côté. Désormais, ils se trouvaient être tous deux les plus riches et mieux nantis des planteurs de la région. On leur accordait respect et amitié.

Emma s'était faite discrète les premières années, afin de ne pas brusquer Ann ni réveiller en elle le souvenir de son traumatisme. L'enfant choquée qu'elle avait confiée aux Cormac s'était peu à peu remise. Au dire de Marie Brenan, il ne lui en restait que quelques cauchemars furtifs, des sensations, le bruit d'une déflagration. Cormac avait prétendu qu'ils avaient été attaqués par des brigands à leur arrivée à Charleston et Ann s'était finalement réfugiée derrière cette version. Comme le visage de Niklaus, celui d'Emma s'était effacé. Celle-ci en avait pu juger très vite. Trois ans seulement après le drame, la fillette lui souriait et ne craignait plus de venir sur ses genoux.

L'amour dont Marie Brenan et William Cormac l'avaient couverte l'avait guérie de tout. Emma ne passait pas un jour, depuis, sans venir visiter les Cormac, s'entretenir avec Ann.

Plus les années s'écoulaient, plus son affection pour l'enfant grandissait, nourrie du manque que Mary Read lui avait laissé. Emma avait failli en mourir. S'il n'y avait eu Gabriel pour l'arracher à son apathie morbide, elle serait devenue folle de désespoir et de frustration. Il s'était rendu indispensable, jouissant de fait de tout ce qu'elle possédait, sans pour autant aliéner sa liberté. Il était devenu son maître bien plus que son valet.

De son côté, l'innocence et la tendresse d'Ann lui avaient, par sa seule présence, rendu une part d'humanité. Emma avait retrouvé la paix. Les secrets du marquis de Baletti en étaient aussi une des causes. Avant d'incendier sa demeure à Venise, ses hommes avaient récupéré de nombreuses fioles et des documents dans lesquels le marquis avait concentré son savoir. Il avait suffi à Emma de les étudier pour les reproduire. Elle n'avait pu atteindre le grand œuvre, pourtant, et Gabriel avait fini par la convaincre que c'était un leurre inventé par Baletti. Ses élixirs de santé n'en étaient pas et entretenaient sur le visage d'Emma des traits lisses que l'âge ne parvenait à altérer.

Avec Mary Read, elle avait aussi perdu l'idée de retrouver le second œil de jade. Elle avait donc rangé le crâne de cristal dans un coffre, n'ayant pu supporter longtemps sa présence, qui lui donnait des migraines insoutenables. Difficile pour elle de comprendre comment Baletti avait pu aussi fréquemment se perdre dans sa contemplation. Quelques semaines seulement avaient suffi à l'en décourager. Comme tout ce qui était hors d'atteinte, Emma l'avait désiré, mais il ne l'intéressait plus dès lors qu'elle pouvait s'en rassasier.

Emma dansait, virevoltait avec grâce, que ce fût à Charleston ou à Cuba. Elle se rendait au moins une fois l'an à La Havane pour inspecter sa plantation de tabac.

Le reste du temps, elle le passait en affaires ou en amusement. La bourgeoisie, comme la noblesse, en était friande dans ses comptoirs anglais. On y reproduisait des petites cours au nom de la reine Anne. Les maisons des gouverneurs en étaient le centre politique et mondain.

Emma se trouvait invitée à tous les dîners, concerts, bals ou jeux qui y étaient organisés. Tout comme les Cormac qui, eux aussi, étaient fort prisés.

Ces derniers temps, cela avait cessé de lui suffire. À cause d'Ann. Celle-ci devenait femme et développait un tempérament dans lequel Emma, de plus en plus, reconnaissait celui de Mary Read.

Cormac s'était offusqué à plusieurs reprises des manières de sa fille. Il se montrait autoritaire, bien que juste, n'acceptant aucun manquement à la discipline qu'il lui imposait. Ann avait reçu la meilleure des instructions et éducations, Emma y avait veillé en vérifiant elle-même ses devoirs malgré l'énervement que cela suscitait chez William Cormac.

— Me croyez-vous incapable d'élever ma fille ? s'était-il emporté une fois.

— Elle n'est votre fille que par le fait seul de mon bon vouloir. Ne l'oubliez jamais, avait riposté Emma pour le faire taire.

Il n'avait plus osé y revenir.

Tout avait basculé la semaine précédente. Devant une image. Emma était arrivée en avance sur l'heure du dîner chez les Cormac. Tous les mercredis, elle était leur invitée. Le domestique l'avait introduite dans le petit salon. Attirée par les hurlements furieux de Cormac, Emma n'avait pu résister à la curiosité et avait forcé les portes de son cabinet.

Elle avait failli s'étrangler sous le coup de la surprise. D'autant que, la voyant surgir, Cormac s'était immobilisé, fauché dans sa colère. Face à elle, Emma, un instant, avait cru retrouver Mary Oliver, du temps qu'elle était son secrétaire particulier.

Les cheveux longs noués par un lien de cuir, le regard farouche, Ann, habillée en valet, subissait le courroux de son père sans broncher. Affalée dans un sofa, tremblante et défaite, Marie Brenan pleurait en silence.

— Eh bien, mon cher William, avait finalement réagi Emma, la gorge nouée, quel est donc cet emportement qui ébranle votre maisonnée ?

— On ne vous a pas appris à frapper ? lui avait sèchement répondu Cormac pour toute réponse.

Emma n'avait pas relevé. Elle avait seulement refermé la porte pour isoler cette dispute du regard gourmand des valets.

— Vous voici étrangement mise, avait-elle fait remarquer à Ann. Nous ne sommes pourtant pas en période de carnaval.

Cette allusion suffit à ramener une bouffée de colère entre les lèvres serrées de Cormac.

— Voilà bien le terme ! s'emporta-t-il de nouveau contre sa fille. Grotesque ! Le déguisement est non seulement grotesque mais indigne de ton rang !

— Et si, au lieu de vociférer, William, vous lui laissiez une chance de s'expliquer, l'avait interrompu Emma, un sourire moqueur aux lèvres.

— Comme s'il pouvait y avoir une explication à ces débordements, avait-il encore grondé.

Emma s'était approchée d'Ann, retranchée dans un mutisme prudent mais néanmoins farouche.

— Qu'avez-vous à dire pour votre défense, Ann ? avait-elle demandé en lui relevant le menton.

Un instant, son regard lui avait redonné le goût de celui de Mary, à tel point qu'elle aurait pu s'abreuver à cette bouche avec la même soif.

— J'avais envie de voir les navires, avait avoué Ann. Père refuse toujours de m'y emmener.

— Ce n'est pas la place d'une jeune fille de ton rang ! avait fulminé Cormac.

— Que m'importe mon rang s'il m'empêche de faire ce qu'il me plaît !

C'était Emma qui, la plus proche, l'avait giflée.

— Je peux comprendre votre frustration, pas votre impertinence, lui avait-elle asséné.

— Que savez-vous de mes frustrations ? l'avait-elle narguée encore, vexée.

Une seconde gifle l'avait empourprée, laissant Emma plus troublée par cet affrontement qu'offusquée.

— Monte dans ta chambre, avait grincé Cormac, et présente-toi décente au dîner.

Ann ne s'était pas fait prier.

À peine la porte s'était-elle refermée sur sa fille que William s'était dressé contre Emma.

— Ne vous immiscez plus jamais entre elle et moi, avait-il grondé, rouge de colère.

— Si vous n'étiez pas aussi intransigeant, je n'aurais pas eu à le faire. Que vous coûte de la laisser se distraire ?

— Elle le fera lorsqu'elle sera mariée ! Je refuse qu'elle salisse le nom que je lui ai donné.

— Parce que vous vous en imaginez digne ? Vous qui auriez croupi dans un cachot si je ne vous en avais pas tiré.

— Après avoir œuvré pour qu'on m'y jette !

Marie Brenan s'était levée d'un bond, larmoyante et défaite.

— Assez ! avait-elle hurlé. Assez !

La colère de Cormac s'était brisée dans le désarroi de sa femme. Il en était toujours infiniment épris.

— Calme-toi, lui avait-il susurré à l'oreille en la reconduisant sur le sofa.

Elle s'était effondrée en sanglots dans ses bras.

— Je n'en puis plus de toutes ces questions qu'elle pose, avait-elle hoqueté, de ces nouvelles manies. Je ne la comprends plus.

— Quelles questions, quelles lubies ? s'était étonnée Emma.

— Depuis quelques semaines, cela n'arrête pas. C'est parti d'un pendentif. Celui qu'elle portait à son cou lorsque vous nous l'avez amenée.

— Tais-toi, lui avait ordonné sèchement Cormac, faisant redoubler les tremblements de la malheureuse.

Emma avait serré les poings sur une bouffée de rage.

— Qu'elle se taise ? Mais vous rêvez, mon cher. J'exige de savoir. J'en ai le droit.

— Ce droit, vous l'avez perdu depuis longtemps.

— Détrompez-vous. À tout moment je peux faire éclater la vérité.

Cormac avait ricané :

— Quelle vérité ?

— Ann ne m'a pas été confiée, avait poursuivi Emma, elle a été enlevée et il ne serait pas difficile de prouver que vous avez été ses ravisseurs.

Marie Brenan l'avait regardée comme si elle avait eu le diable devant elle. Cormac était devenu livide.

— À présent que vous voilà calmés, avait lâché Emma avec cruauté, vous allez terminer de me raconter ce que vous m'avez caché.

— Nous laisserez-vous en paix ensuite ? avait gémi Marie Brenan.

Emma s'était penchée au-dessus d'elle.

— Tant que vous me servirez, ma chère. Et à l'unique condition que vous n'oubliez jamais ni l'un ni l'autre ce que vous me devez.

Marie Brenan s'était blottie plus fort encore entre les bras de son époux, laissant Emma aller se servir un verre de rhum. Celle-ci était revenue avec un second verre qu'elle avait tendu à la malheureuse.

— Je ne vous veux aucun mal, Marie, avait-elle susurré, radoucie. Je protège mes intérêts et ceux d'Ann. Je tiens à elle autant que vous l'aimez.

Marie Brenan avait hoché la tête et Emma avait

affronté le regard brisé de Cormac sans indulgence, avant de s'installer dans un fauteuil en face d'eux.

— Je vous écoute, Marie. Vous parliez de ce pendentif.

— Je l'en ai débarrassée très vite après que nous sommes arrivés ici, me rendant compte qu'Ann le conservait toujours serré dans sa petite main jour et nuit. Je l'ai détaché de son cou alors qu'elle dormait. Ce fut un drame pendant quelques jours, puis, peu à peu, elle s'est apaisée et a accepté celui que je lui ai offert pour le remplacer. Il y a quelques semaines, nous nous préparions toutes deux pour le bal chez l'ambassadeur. William voulait la présenter officiellement et prendre ainsi la mesure des partis de la région.

— Je m'en souviens. Ann y fut fortement remarquée.

— Nous nous préparions donc et Ann est entrée dans ma chambre pour me demander si elle pouvait m'emprunter un bijou. J'avais oublié celui-ci depuis longtemps au milieu d'autres. Elle le tenait en main lorsque je l'ai surprise en sortant de mon cabinet de toilette. Elle avait en le regardant un visage triste et lointain. Je le lui ai aussitôt arraché des mains dans un mauvais réflexe, lui en donnant un autre, prétextant qu'il mettrait davantage sa beauté en valeur.

Marie Brenan s'était mouché le nez avec élégance avant de poursuivre.

— Dès le lendemain de cette soirée, elle n'a cessé de me harceler de questions. Elle voulait savoir où nous habitions avant, ce que nous faisions et pourquoi nous avions quitté l'Irlande.

— Qu'avez-vous répondu ?

— Rien, avait avoué Marie Brenan. Rien d'autre que ce que vous nous avez recommandé de dire. Mais je n'en puis plus. Depuis, elle n'a cessé d'accumuler les sottises. Je crois qu'elle tente de forcer ses souvenirs.

Le sang d'Emma s'était glacé.

— Elle ne doit pas savoir, vous m'entendez.

— Pourquoi l'a-t-on enlevée à sa famille ? avait demandé Cormac.

— Les raisons ne regardent que moi, avait répondu sèchement Emma. Sachez seulement que vous perdriez tout à vouloir révéler la vérité à Ann.

— Ann est notre fille et le restera, avait assuré Cormac.

Un nouveau sanglot avait précipité Marie Brenan contre la poitrine de son époux.

Emma avait aussitôt compris que, tôt ou tard, elle céderait à la pression. Inconsciemment encore, Ann se rapprochait de sa vérité. Son intérêt pour l'océan et le fait qu'elle s'y soit rendue ainsi accoutrée le prouvaient. Tant qu'elle ne manifestait pas de méfiance ni de rejet à son encontre, rien n'était perdu. Mais si Marie Brenan parlait... Emma ne voulait pas risquer de perdre Ann comme elle avait autrefois perdu Mary.

Elle avait pris la décision qui s'imposait. Elle avait dîné avec eux, changeant de conversation pour ne pas aggraver davantage encore les tourments de Marie Brenan, mais était revenue lui rendre visite le lendemain, sous le prétexte de vérifier si elle se sentait mieux. Cormac était absent, en inspection dans la plantation. Ann se trouvait auprès de son professeur de maintien.

La domestique leur avait apporté une tasse de chocolat. Comme celle d'Emma et tant d'autres, la demeure des Cormac était une longue maison de bois blanchi, enrichie de balcons à rambarde sculptée croulant sous les bougainvillées. Des colonnades les soutenaient au rez-de-chaussée, offrant une terrasse fort agréable, souvent reconvertie en salon de thé. On y était suffisamment éventé pour échapper à la chaleur excessive de ce mois de juillet, tout en étant abrité du soleil mordant par un claustra de bois qui s'oubliait sous les seringas. C'était là que Marie Brenan l'avait reçue.

L'endroit était plaisant, la décoration de la demeure du meilleur goût. De servante qu'elle avait été, Marie Brenan avait su très vite s'adapter et devenir la lady la plus appréciée de Charleston.

— Ann a fait de nouveau ce cauchemar, cette nuit, avait-elle gémi à peine la domestique éloignée.

— Le cauchemar ? avait insisté Emma.

Mary Brenan avait hoché la tête.

— Toujours le même. Diffus. Des cris, des pleurs, l'odeur de la poudre et une mare de sang, dans un fracas assourdissant. Elle s'est réveillée en hurlant. Ce matin, au petit déjeuner, elle a encore posé ces questions.

— Vous n'avez rien dit, j'espère ?

Le regard de Marie Brenan s'était empli de larmes, qu'elle avait refoulées.

— J'ai répété que c'était une réminiscence de cette attaque dont nous fûmes victimes. Comme chaque fois. Mais j'ai eu le sentiment qu'elle ne me croyait plus. Fort heureusement, son professeur de français est arrivé pour me sortir de ce mauvais pas. Mais elle y reviendra, Emma. Ann est obstinée. Elle obtient toujours ce qu'elle désire.

« Comme sa mère », avait pensé Emma en soupirant.

— Madame, les avait interrompues la domestique. Pardonnez-moi de vous importuner, mais M. le révérend désire vous remettre en main propre les reçus pour vos œuvres.

Profitant de la diversion que cet intermède lui avait offerte, Emma, faisant mine de saisir sa tasse sur le plateau, avait subtilement déversé le contenu du cabochon de jade de sa bague dans celle de lady Cormac.

— Vous ennuie-t-il que le saint homme se joigne à nous ? avait demandé celle-ci.

— Pas le moins du monde. Nous reprendrons cette conversation plus tard.

Le pasteur s'avançait déjà.

— Mes chères, les avait-il saluées en leur baisant les mains.

La conversation était devenue insipide aux yeux d'Emma. Comme tous les notables de Charleston, elle gaspillait une part de ses subsides pour la paroisse et s'en trouvait remerciée en indulgences dont elle n'avait que faire. Il y avait longtemps que son âme appartenait au diable et qu'elle n'entretenait de relation avec le Très-Haut que pour asseoir sa réputation.

Le seul intérêt de la présence de cet homme à leurs côtés avait été dans l'alibi qu'il lui avait fourni. Tous trois avaient devisé plaisamment en buvant leur chocolat. Marie Brenan avait siroté le sien sans en laisser la moindre goutte. Moins d'une heure après qu'Emma eut pris congé d'elle, les premières contractions la tordaient en deux. Le temps d'envoyer quérir le médecin, Marie Brenan avait passé. Emma ne pouvait pas être inquiétée. Elle avait tiré parti des élixirs de Baletti. Ce qui pouvait guérir pouvait tuer. Elle en avait désormais la preuve.

William Cormac allait de nouveau devoir se plier à sa seule et unique volonté s'il ne voulait pas perdre sa fille et tout ce qu'il possédait.

25.

— C'est une frégate, assura Corneille.

Il n'avait pas besoin de longue-vue pour l'affirmer. Sa ligne le lui disait.

— Coque de noyer, vous avez bien vu, capitaine, assura la Tenaille en ôtant l'instrument de son œil. Que faisons-nous ?

— Suivons-le, j'ai besoin d'action pour apaiser mes nerfs, déclara-t-il.

La Tenaille obtempéra.

— Amenez le vent par le travers ! hurla-t-il.

On s'activa aussitôt dans la mâture.

Corneille sortit sa pipe de sa poche et la bourra sans quitter des yeux le navire. Il avait repris la mer. C'était mieux pour les matelots, et pour lui aussi. Mary vivait mais elle demeurait trop faible pour naviguer. Jambe-Torte l'avait confiée à Gave-Panse et au docteur de la Tortue, recommandant de fortes doses de poudre de jésuite pour la remonter. La fièvre avait baissé, mais elle l'épuisait encore.

Une semaine plus tard, on l'avait estimée hors de danger, à condition qu'elle demeure à terre. Junior avait refusé de la quitter, même pour chercher son trésor.

— Il ne sert à rien que tu restes là à te morfondre à mon chevet, avait tempêté Mary. Appareille, Corneille. Appareille et prends le vent pour moi.

Pour elle, il aurait fait n'importe quoi.

— C'est bien un marchand, confirma la Tenaille quelques heures plus tard.

— Eh bien, nous allons le prendre. Par la ruse, puisque nous sommes à taille égale. Inutile de risquer nos hommes.

La Tenaille hocha la tête. Tous en avaient besoin. Depuis qu'il avait quitté le port, y abandonnant Mary et Junior, l'équipage était d'humeur morose. Même les frères Raymond avaient fait taire leurs chants.

Un peu d'activité ferait du bien aux hommes.

— Fais descendre le Jolly Roger et mettre en place un pavillon d'assistance. Nous pourrons ainsi l'approcher sans méfiance.

Corneille s'accouda au bastingage du gaillard d'arrière et hurla :

— Branle-bas de combat !

Un cri de joie lui répondit aussitôt.

En quelques minutes, tout s'organisa. On grimpa les fusils dans les hunes, vérifia les couleuvrines de pont, s'assura des gargousses à portée tout en les camouflant sous des bâches. Corneille descendit dans la batterie.

— Nettoyez les boulets, insista-t-il, je veux qu'ils volent droit et loin, et remplacez les pierres à fusil. Nous ne pouvons pas nous permettre la moindre erreur. Benoît, continua-t-il, fais caler les canons et les mettre au sabord. Volets fermés. Déposez aussi les roues des affûts.

— À vos ordres, capitaine.

On acheva de ranger les branles dans les coffres, tandis que la meule crissait dans un coin, affûtant les lames tour à tour. Corneille vérifia les grenades dans une caisse.

— Tout est en place, capitaine, lui lança l'Antoine.

— Rassemblement des hommes dans quinze minutes, ordonna Corneille avant de regagner l'air libre et de rejoindre la Tenaille sur le gaillard d'arrière.

— Ils nous ont aperçus, capitaine. Ils changent de cap.

— Parfait. Ils seront bientôt à portée de tir.

Un simple coup d'œil lui permit de vérifier que les hommes se tenaient prêts. Sur le pont, enroulés dans des couvertures, les fusils chargés étaient à portée, de même que les sabres et les grenades.

— Il faut qu'ils ne se doutent de rien.

— Pas de danger, répondit la Tenaille.

Corneille s'empara de la longue-vue. Les marchands n'avaient pas l'air, en effet, de s'inquiéter de leur approche. Il retourna dans la batterie pour donner ses dernières consignes. L'équipage s'y trouva rassemblé.

— Je ne veux voir aucune arme sur vous, aucun signe belliqueux. Nous sommes des marchands en détresse, ne l'oubliez pas. Nous ne l'aurons pas sans combattre, déclara-t-il. C'est un gros gibier pour le *Bay Daniel*. Nous sommes du même tonnage, mais nous avons l'avantage de la ruse et de notre pugnacité. Si toutefois vous avez des objections à le prendre...

— Aucune, capitaine, assura une voix. On le veut tous pour Mary. Pas vrai, les gars ?

« Pour Mary ! » fut leur cri de guerre.

— Alors, il va falloir nous battre. Jusqu'au sang. Gabiers, affairez-vous, il ne faut pas manquer notre approche. Dès que nous lui collerons au flanc, mettez les voiles à contre, cela nous stoppera net. Servants de canons, il vous faudra mettre en batterie au plus vite. Souvenez-vous qu'en déposant les roues vous avez gagné en élévation mais perdu en recul. Vous ne pourrez pas recharger. Vous n'aurez droit qu'à une volée par bâbord. Visez pour démâter.

— Il est dommage de l'abîmer, grimaça Benoît.

— Je sais, mais je ne veux prendre aucun risque. Des mercenaires sont peut-être à bord. Aussi je veux vous voir mitrailler depuis les hunes.

— On l'aura, capitaine, lança Christophe Raymond.

— Je vous sais courageux et déterminés. Mais ne présumez pas de votre supériorité. Duncan m'a prévenu que la vigilance s'était renforcée auprès des navires de la Compagnie des Indes occidentales.

— Nous avons bien eu ce galion !

— À trois navires, je vous le rappelle. Leur nombre est équivalent au nôtre sur cette frégate. On ne les intimidera pas. Faites ce que vous devez et nous aurons une belle victoire. Pour tous ceux qui resteront au combat et pour elle. Pour Mary, ajouta-t-il en levant son sabre.

— Pour Mary pirate ! répondirent-ils en chœur une nouvelle fois.

Ils étaient prêts. Tous. Le marchand se rapprochait. Corneille, à la barre, avait pris une allure débonnaire et les matelots vaquaient comme à l'accoutumée. Dans la batterie pourtant, serrés contre les canons, retenant souffle et mots, on attendait. De même, couchés sur les hunes, des hommes, invisibles pour les longues-vues, étaient parés à tirer.

— Holà, du *Bay Daniel* ! l'apostropha le commandant de la frégate. Des ennuis ?

— Une dysenterie s'est déclarée. Nous manquons d'eau. Pouvez-vous nous en donner ?

Ils étaient proches, mais pas assez pour mettre leur plan à exécution. La réponse tarda un instant. Pas suffisamment pour être anormale. Et cependant, l'instinct de Corneille le prévint du danger. Les deux navires glissèrent en une parallèle parfaite.

— Morbleu, réalisa-t-il. Nous sommes joués.

Il n'eut pas le temps de donner ses ordres que le sabord de la frégate s'ouvrait, anticipant d'un centième le geste de ses propres batteries. Les boulets se mirent à pleuvoir sur le pont, perçant et brûlant. Des feux s'allumèrent de part et d'autre.

— Les chiens ! hurla Corneille.

Répondant à leur provocation, Benoît avait dégagé les sabords et ripostait pour briser le mât de misaine de l'ennemi.

— Gabiers, laissez filer ! hurla Corneille.

Eux aussi avaient compris. De leur cale, des uniformes anglais avaient jailli. Le marchand était également un leurre. Un corsaire déguisé.

En un instant, Corneille se vit rattrapé par le piège qu'il avait imaginé. Les canons de la frégate grondaient. Une fumée épaisse emplissait l'air, le rendant à peine respirable. Les tirailleurs en devenaient impuissants. Et puis, soudain, un craquement sinistre succéda à un hurlement. Corneille releva la tête. Trouant la fumée des incendies et de la canonnade, le mât d'artimon s'effondra, atteint par les boulets ramés de l'adversaire. Il se coucha avec sa voilure dans les eaux sombres, plongeant le *Bay Daniel* sur tribord avant de l'immobiliser tout à fait.

— Pirates du *Bay Daniel*, rendez-vous au nom de Sa Majesté ! hurla-t-on depuis la frégate.

— Plutôt crever, grinça Corneille.

Il n'avait plus le choix. Il gueula :

— À l'abordage ! Hardis, matelots !

Il s'élança le premier, tandis que depuis les vergues on jetait les grappins. Puisqu'ils ne pouvaient fuir, ils ne se laisseraient pas acculer.

Ils déferlèrent sur le navire anglais, le couteau entre les dents, le sabre dans une main, le pistolet ou la hache dans l'autre, jouant leur liberté et leur vie dans un affrontement sauvage, tirant à bout portant, fourrageant de même. L'Antoine fut le premier à s'effondrer, malgré le bras de son jumeau pour le soutenir, déchaînant ce dernier qui finit par s'écrouler à son tour, fauché d'une balle en plein front.

La Tenaille s'acharnait, plantant et replantant ces tuniques rouges qui n'en finissaient pas de surgir des profondeurs du navire. En peu de temps, malgré son courage et sa fureur, l'équipage du *Bay Daniel* fut submergé, et Corneille n'eut d'autre choix, comme ses compagnons, les quinze qui restaient, de laisser tomber son sabre et de capituler.

Sa seule satisfaction, lorsque l'on referma sur eux les portes de la cale, fut de savoir Junior et Mary hors de ce guêpier.

*

Mary jouait aux cartes avec Junior dans la salle de l'auberge. Elle se remettait de cette opération, de sa blessure à la tête et surtout du déplaisir qu'elle avait eu d'obliger Corneille à appareiller. Demeurer contrainte à terre lui pesait infiniment. Junior aussi, même s'il n'en montrait rien. Une fois encore, il abattit ses cartes et elle soupira :

— Décidément, je n'ai plus rien à t'apprendre, tu es devenu aussi roublard que ton père.

— Je suppose que c'est un compliment?

— C'est un compliment, mauvaise graine, s'attendrit Mary.

— Le *Bay Daniel*! Le *Bay Daniel* a été pris! hurla un matelot en poussant sans ménagement la porte de l'auberge.

Il haletait.

Mary et Junior se glacèrent. D'un seul élan, repoussant leurs chaises avec violence, ils le rejoignirent. Gave-Panse qui remontait de la cave s'immobilisa dans l'escalier avec ses pichets. Dans la salle où traînaient encore des putains et ces matelots qui ne dessoûlaient jamais entre les repas, un silence de mort venait de s'abattre.

— Que dis-tu là, le Cornu ? s'inquiéta Mary.

Il avait blêmi de la voir si pâle.

— La vérité vraie, Mary. Hélas ! Les Anglais ont eu le *Bay Daniel*.

Un vertige la saisit. Elle en avait encore parfois.

— Une chaise ! cria Junior, livide.

Gave-Panse s'était déjà précipité. Mary s'y laissa choir.

— Comment le sais-tu ?

— C'est Barks qui l'a annoncé. Il s'en vient. Je l'ai devancé...

Il n'eut pas le temps d'achever qu'avec Duncan, Barks entrait, la mine sombre. Ils cueillirent le matelot d'un regard glacial et celui-ci, mesurant l'effet de sa sotte précipitation, s'effaça pour s'en faire oublier.

Mary saisit le verre de rhum que lui tendit Gave-Panse et l'avala d'un trait.

— Comment est-ce arrivé ?

— Il a voulu aborder un marchand, expliqua Barks. Nous croisions à quelques milles lorsque nous avons perçu le bruit de la canonnade. La fumée était dense et nous nous sommes approchés. Tu nous connais, Mary, nous ne sommes jamais les derniers à donner un coup de main si nécessaire. La longue-vue nous a révélé le nom du navire et nous avons forcé l'allure. Nous l'avons atteint trop tard.

— Ne pouviez-vous attaquer l'Anglais ? s'étrangla Mary.

— Notre premier réflexe a été d'arraisonner le *Bay Daniel* pour y trouver des survivants, avoua Duncan.

— Un moribond nous a renseignés sur ce qui s'était passé. Un corsaire déguisé. Il les a eus par traîtrise.

— Et Corneille ? demanda Junior, devançant la question de Mary.

— Mort ou prisonnier. Nous l'ignorons. Il n'était pas sur le *Bay Daniel*.

— Nous avons aussitôt pris l'Anglais en chasse. Trois jours durant. Nous avions l'avantage du nombre pour le forcer, mais il a rejoint son escadre avant que nous puissions l'atteindre et de chasseurs nous sommes brusquement devenus gibier.

— Nous nous sommes séparés pour pouvoir nous en tirer. Nous l'avons semé dans les caïques où nous nous sommes cachés en franchissant la passe. Un de leurs navires s'est échoué sur le sable et ils ont dû le renflouer en le remorquant. Ils ont abandonné leur poursuite. C'était trop risqué pour eux.

Mary se dressa d'un bond.

— Moi, j'aurais continué, fulmina-t-elle. Je les aurais délivrés, escadre au pas !

— Ils étaient six bâtiments, Mary. Même toi, tu aurais plié devant l'évidence.

Mary bondit et envoya son verre s'écraser contre le mur. Elle redressa le front, les yeux emplis de rage.

— C'est là où tu te trompes, grinça-t-elle. C'est là ma différence avec vous tous, chiens galeux ! Moi, j'aurais préféré en crever le sabre au poing, plutôt que de les leur laisser !

Tous baissèrent la tête, piteux malgré leur grande fierté. Mary envoya de même voler la chaise à travers la salle. Un des matelots attablé s'écarta pour éviter d'en être fauché en pleine poitrine.

— Vous ne méritez rien de plus que la potence ! gueula-t-elle sans pouvoir se calmer. Tous ! Bougez vos culs, cornes du diable ! Bougez vos culs et ramenez-le-moi, vous m'entendez !

Barks lui saisit le bras.

— Assez, Mary ! C'est inutile. Ils ont été emmenés à Kingston pour y être jugés.

— Allez au diable, tous !

Junior tenta de l'apaiser en la prenant dans ses bras. Elle le repoussa violemment, empoigna une bouteille sur une table et enjamba les marches de l'escalier, laissant son fils bouleversé et désemparé.

— Elle est d'autant plus vulnérable et incompréhensible qu'elle est faible, le réconforta Barks en lui tapotant l'épaule. Je suis navré, Junior. Nous avons fait tout ce que nous pouvions faire.

— Je le sais, Barks. Et le *Bay Daniel*?

— Nous l'avons finalement retrouvé et remorqué. Viens, lui dit Duncan. Tu ne peux aider Mary pour l'instant. Tu comprendras mieux en voyant les dégâts qu'ils lui ont occasionnés.

Junior hocha la tête et quitta l'auberge entre eux. Il venait une nouvelle fois de perdre un père. Mais, cette fois, sa mère n'avait pas eu envie de le consoler.

Mary trompa sa rage en vidant la bouteille de rhum, qu'elle tenait par le goulot. De l'autre main, elle s'appuyait au chambranle de la fenêtre. Au loin, dans le port, au milieu d'autres, elle venait de deviner le *Bay Daniel* déchiré par l'assaut. Elle avait été injuste envers Barks et Duncan, injuste envers les pirates attablés, injuste envers Junior. Un vertige la saisit, mais elle le brava debout.

C'était le moins qu'elle puisse faire pour leur rendre hommage. À tous ceux qui étaient perdus, à tous ceux qui seraient pendus haut et court dès que l'accusation de piraterie tomberait. Ils étaient sa famille. Sa seule et unique famille. Elle les revoyait tous un par un. Douglas, Benoît, les frères Raymond, Jambe-Torte, la Tenaille. Elle espérait que Corneille avait succombé l'épée au poing. Elle refusait de l'imaginer se balançant au bout d'une corde. Cette idée lui fut intolérable. Elle avait fini par l'aimer vraiment, son corsaire devenu pirate. Le seul, oui, le seul qui l'ait jamais comprise au point de tout accepter, et même qu'elle puisse se réjouir d'avoir avorté pour ne pas risquer d'aliéner sa liberté. Seul Corneille pouvait tolérer son égoïsme, lui qui pourtant avait plus de fierté que tous les autres.

Elle lui devait tout. Et plus encore. Grâce à lui, elle savait maintenant qui elle était.

Un sanglot monta, qu'elle fit taire d'une nouvelle goulée. Plus de larmes. Jamais. Sa vie en avait trop été remplie. Tous les pirates courtisaient la mort. Tôt ou tard Corneille, Junior ou elle auraient péri. Cela faisait partie de la règle du jeu. Mary se sentait coupable. Coupable de ne pas avoir été sur le *Bay Daniel* avec Junior. Coupable d'avoir conseillé à Corneille d'appareiller plutôt que de se morfondre. Avec eux à son bord, il ne se serait pas attaqué à proie aussi grosse. Elle le savait. Il n'aurait pas risqué leur vie pour satisfaire son orgueil. L'équipage non plus. Elle était leur garde-fou, leur bonne étoile. Acceptant sa faiblesse, elle avait cessé de briller, preuve que Mary Read ne pouvait pas, n'avait pas le droit de se laisser abattre et de se soumettre comme elle l'avait fait.

Elle termina la bouteille de rhum à grandes lampées. Une chaleur intense réchauffa son corps glacé.

Un instant, les visages de Niklaus et de Baletti dansèrent devant ses yeux. Il lui restait son fils, désormais. Seulement son fils.

Elle redressa le menton, s'emporta contre sa réaction imbécile qui l'avait fait le repousser et, refusant d'être ivre comme elle avait refusé de pleurer, se força à avancer droit, à ouvrir la porte, à descendre l'escalier et à gagner le port en inspirant à pleins poumons.

Elle avait bien l'intention de continuer avec Junior à écumer les eaux des Caraïbes, jusqu'à ce qu'un coup de sabre règle une fois pour toutes le long chapitre de sa destinée. Lady pirate ne baisserait plus pavillon. Jamais.

*

Ann déjoua la surveillance appliquée de Nani, sa gouvernante, et courut jusqu'au giroflier qui dominait la propriété de ses hautes branches, persuadée que de sa cime elle apercevrait l'océan au-delà de la ville. Elle y monta avec une agilité qui l'étonna. Elle l'atteindrait coûte que coûte puisque son père refusait de répondre à ses questions. Les mêmes avec lesquelles elle avait ennuyé sa défunte mère. Elle voulait savoir, comprendre pourquoi ce rêve la hantait, pourquoi l'océan l'attirait autant, pourquoi elle avait eu besoin de s'emparer de ce pendentif d'émeraude et de le porter comme s'il était la chose la plus précieuse qui soit. Cormac n'avait rien voulu entendre, se contentant d'affirmer qu'il fallait faire abstraction de ses tourments passés pour vivre dans le présent.

Emma de Mortefontaine le lui avait dit aussi. Ann, pourtant, ne parvenait à s'en convaincre, comme si une part d'elle-même avait la certitude d'un mensonge dans sa mémoire en fuite. Un mensonge qui, depuis la mort de sa mère, la tenait instinctivement en retrait de cette femme si généreuse et si charmante qu'était Emma.

Celle-ci lui rendait visite chaque jour, et Ann avait le sentiment qu'elle espérait quelque chose. Elle ignorait quoi.

— Je vous aime d'une tendre affection, lui avait-elle affirmé. Je ne pourrai, certes, remplacer votre mère, mais reposez-vous sur moi comme vous vous reposiez sur elle. Vous me combleriez, Ann.

Ann l'en avait remerciée, mais elle demeurait sur la défensive, sans raison. Elle avait bien besoin d'une épaule pour noyer son chagrin.

Sa mère lui manquait infiniment. D'autant plus que William Cormac se détournait d'elle. Elle ne lui en voulait pas, mettant cela sur le compte de leur malheur bien que cela eût empiré ces derniers mois. Elle ne laissait rien paraître de sa tristesse, mais ne perdait pas une occasion de le provoquer pour lui rappeler son existence, continuant à s'habiller en garçon pour déjouer la vigilance de Nani et des esclaves.

Elle ne supportait pas que leurs mains noires la touchent. C'étaient elles qui s'étaient activées autour de sa défunte mère. Elle les avait progressivement imaginées responsables de sa disparition, d'autant qu'elle pressentait un mystère autour de celle-ci. Père savait son aversion, et Ann était persuadée qu'il prenait plaisir à les laisser décider des punitions qu'il lui infligeait pour insubordination.

Ann entendit hurler en bas du giroflier. On l'avait aperçue. Elle n'était pas encore à mi-hauteur. Elle se cramponna aux branches, déchirant sa jupe et s'écorchant bras et jambes pour aller plus vite et plus haut. William Cormac ne tarderait pas à s'ajouter à ces gens qui gesticulaient. Nani hurla :

— Descends, Ann, je t'en prie, descends !

— Viens me chercher, ricana-t-elle.

L'idée de tomber ne l'effraya pas. Elle n'avait pas le vertige et étonnamment ses pieds et ses mains trouvaient leurs prises sans hésitation. Il lui suffit de s'imaginer sur un navire, grimpant aux mâtures comme elle l'avait vu faire, pour se rengorger de sa victoire.

— Je t'ordonne de descendre ! beugla son père.

— Et moi de me laisser, lui répondit-elle en lui tirant la langue, obstinée.

Cette fois, au moins, la punition qu'elle recevrait serait justifiée ! Elle comprit pourtant qu'elle n'irait pas au-delà. Elle s'immobilisa, prête à capituler.

Son père venait d'envoyer un des serviteurs pour la ramener. Le mulâtre commençait à grimper.

Tout en elle se glaça. Elle ne le laisserait pas la toucher. Elle attendit qu'il parvienne à sa hauteur pour lui décocher un coup de pied dans le visage. Surpris, l'esclave lâcha prise, glissa, déséquilibré, puis rebondit sur une branche, en fracassa d'autres avant de finalement choir, disloqué, aux pieds de l'assistance, choquée. Ann n'en parut pas affectée. Elle se contenta de redescendre dans le silence qui s'était fait. Elle était allée trop loin. Elle le savait. Elle sauta dans l'herbe grasse et nargua l'aréopage. Injustement.

— Il n'avait pas à me toucher !

— Comme si ça ne te suffisait pas d'avoir tué ta mère ! rugit Cormac, ivre de rage, en l'entraînant par les cheveux jusqu'à son cabinet.

Elle eut beau se débattre, elle ne put s'en dégager. À peine la porte refermée, elle se drapa dans une froide dignité. Il ne lui servirait plus à rien de lutter. Autant se soumettre à la punition. Il saisit la badine, les lèvres serrées, les yeux furieux, exigeant qu'elle relève ses jupons et se penche en avant. Il frappa. Longtemps. Ann ne broncha pas, refusa de s'excuser, son orgueil lui interdisant de laisser échapper le moindre gémissement, la moindre larme. Elle se contenta d'agripper ses chevilles et de regarder son père à l'envers. Avec plus de colère que de remords.

Lorsqu'il immobilisa le fouet, elle se redressa, si vite qu'elle sentit le sang affluer à ses tempes. Un étourdissement la saisit et elle s'effondra, évanouie.

Lorsqu'elle reprit conscience, elle était dans cette même posture, ses fesses cuisaient un peu et son bas-ventre lui faisait mal. Elle se traita d'idiote et se redressa, pour regagner sa chambre où son père l'avait consignée jusqu'au soir. Elle ne croisa personne, pas même Nani, et frissonna dans le corridor, du chant funèbre que les esclaves venaient d'entonner et qui pénétrait par les fenêtres ouvertes. Elle se boucha les oreilles afin de ne pas laisser entrer en elle un sentiment de culpabilité.

Au souper, son père lui annonça que Nani avait été renvoyée.

— Dès demain, tu seras éloignée de la plantation, ajouta-t-il d'une voix blanche. Le couvent auquel je te destine t'apprendra ce que visiblement je n'ai pas réussi à t'enseigner. Tu y demeureras jusqu'aux épousailles avec le parti que je te choisirai.

— Jamais ! répondit-elle en se dressant d'un bond.

Elle eut beau promettre qu'elle ne recommencerait plus, qu'elle serait désormais sage et soumise, rien n'y fit. Un serviteur la reconduisit sans ménagement jusqu'à sa chambre et en boucla la porte. Elle songea bien à s'échapper par la fenêtre, mais eut la désagréable surprise de s'apercevoir que son père avait anticipé cette possibilité. Ses volets avaient été barrés de l'extérieur. Elle ne put les forcer. Le lendemain matin, indifférent à son désespoir, William Cormac la conduisit lui-même au couvent, le seul de toute la Caroline-du-Sud, sans lui accorder un mot ou un baiser.

26.

William Cormac se prit la tête entre les mains. Assis à son bureau, il se sentait las, terriblement las. Il avait beau savoir qu'il avait pris la meilleure décision, celle-ci lui coûtait. Ann la vivait comme une punition. C'était faux. L'accident de l'arbre avait seulement servi de prétexte à Cormac.

Emma avait quitté la Caroline-du-Sud pour inspecter sa plantation de Cuba. Il ne supportait plus de la voir rôder autour d'Ann, de sentir peser sur sa fille cet intérêt malsain qu'elle lui portait. Il connaissait trop la teneur du regard dont elle la couvrait. Autrefois, il en avait lui-même éprouvé la brûlure. Il la haïssait profondément, mais ne pouvait ouvertement la contrer.

— Protège Ann, avait supplié son épouse avant de mourir.

Les premiers mois, choqué et malheureux, il n'avait su comment faire, laissant Emma s'immiscer dans leur vie. S'il n'y avait eu Gabriel, il l'aurait volontiers occise. Mais il ne faisait pas le poids contre son homme de main. De plus, il ne s'en sentait pas le courage. William Cormac n'avait pas l'âme d'un meurtrier.

Comme son épouse avant lui, il voyait grandir Ann qui ne perdait plus une occasion de le provoquer. Il savait bien pourquoi. Ann réclamait désespérément son aide, et des réponses. Surtout des réponses. Or les lui donner revenait à la perdre tout autant qu'à la mettre en danger. Cette seule idée lui était insupportable.

Il se leva et s'approcha de la fenêtre. La nuit était noire, sans lune. Un vent chaud s'engouffrait dans la pièce, rafraîchissant à peine les journées brûlantes. Au loin, la voix des esclaves chantait un hymne à la liberté. Pouvait-il le leur reprocher ?

Il s'en voulait de tant de choses. Il soupira. Cette fois, il avait pris une décision. Écarter Ann des griffes concupiscentes d'Emma. Elle en serait furieuse à son retour, mais il ne céderait pas. Personne à part lui ne savait où Ann avait été conduite. Personne. Les moniales avaient reçu l'ordre de ne pas révéler sa présence, quelle que soit la personne qui se présenterait, quel que soit l'ordre qu'elles recevraient. Lui seul avait le pouvoir de lever cette interdiction.

Jusqu'à ce qu'il lui ait choisi un prétendant, il la maintiendrait au secret. Une fois épousée, Emma ne pourrait plus se l'approprier.

Dût-il mourir sous la torture, Cormac ne parlerait pas. Un pâle sourire étira son visage. Marie Brenan pouvait reposer en paix. D'une certaine manière, elle était vengée.

*

Corneille regarda le jour se lever sur la petite ville de Kingston. Il savait que ce serait le dernier. Son jugement avait été rapide. Le second du galion qu'ils avaient eu la faiblesse d'épargner avait témoigné contre le *Bay Daniel*. Lui et ses compagnons avaient été reconnus coupables.

À quelques centaines de mètres de la prison où il croupissait se dressait le gibet. On y avait déjà pendu la veille et l'avant-veille ses hommes d'équipage. Il était le prochain.

— Visite, annonça le gardien en ouvrant la porte.

Corneille se figea. Il avait refusé de voir le pasteur et détestait l'idée qu'on le lui imposât d'autorité. C'était seul et silencieusement qu'il voulait jouir de l'aube, pas dans le marmonnement d'une prière. La porte grinça sur ses gonds rouillés. La lueur d'une lanterne accompagna le mouvement d'un jupon.

Le capuchon de la mante noire que portait sa visiteuse glissa en arrière, aidé par deux mains tremblantes. Il n'avait pourtant pas eu besoin qu'elle se découvre pour la reconnaître. Il se précipita pour l'enlacer.

— Tu n'aurais pas dû venir, princesse, murmura-t-il après l'avoir embrassée à se noyer. Ce sera plus dur encore tout à l'heure.

Mary jeta un coup d'œil par-dessus son épaule pour vérifier que le gardien s'était bien retiré en refermant la porte.

— Il n'y aura pas de tout à l'heure, dit-elle en relevant son jupon.

Elle arracha de sa jarretière le poignard qu'elle y avait caché. Ils l'avaient fouillée à l'entrée, mais pas jusque-là.

— Tu es folle, dit-il en l'enlaçant de nouveau, dissimulant aussitôt le poignard dans sa manche.

— Je n'ai pas pu, Corneille, pas pu me résigner, avoua-t-elle, respirant l'odeur de sa peau musquée par la sueur. Ta capture m'a mise dans une rage folle, contre toi, contre moi, contre tous. Et puis j'ai rejoint Junior sur le *Bay Daniel* que Barks avait ramené à la Tortue. Il était assis sur le pont central, au milieu du désordre, et il pleurait.

Corneille la serra plus fort encore.

— Ses larmes m'ont fait mal, Corneille, elles coulaient alors que je retenais les miennes, et j'ai promis. Promis que, si tu avais été pris par les Anglais, je ne te laisserais pas pendre sans rien tenter. Nous sommes arrivés hier à Kingston avec Barks et Duncan, déguisés en bâtiment de la Compagnie des Indes occidentales. Te sortir de cette geôle est impossible. Mais sur l'estrade...

— Quels sont vos plans? demanda Corneille, en reconnaissant bien là la Mary Read qu'il aimait.

— Garde ce poignard dans ta manche, on ne te fouillera pas. Le moment venu, tu trancheras tes liens. Nous ferons diversion sur la place. Un cheval t'attendra juste derrière le gibet. Tu n'auras qu'à l'enfourcher. Je serai là, tout prêt. Junior aussi. Guette le signal pour agir.

— Quel sera-t-il?

— Celui que tu m'as appris, dit-elle en cherchant ses lèvres.

— Ça suffit, les tourtereaux, les interrompit le gardien en ouvrant la porte. Dis-lui adieu, ma belle.

Ils se contentèrent d'un regard plus complice que jamais.

On se bousculait sur la place de Kingston. Chaque exécution attirait la même foule. On se régalait de ces nuques qui se brisaient comme d'une récréation. Sinistre, le bourreau attendait la charrette qui devait lui amener le condamné.

Mary savait qu'ils ne pourraient agir avant que Corneille monte à la potence. Les gardes qui l'accompagnaient étaient nombreux, et surveillaient étroitement les alentours. Ils avaient ordre d'abattre le prisonnier à la moindre altercation qui éclaterait dans le temps du convoyage.

Mary avait disposé ses hommes. Junior patientait à l'angle d'une bâtisse, juché sur un cheval, un second tenu par la bride.

Les pirates, lavés et rasés de frais, se mêlaient aux villageois qui tendaient le cou vers la rue principale. Le soleil n'était pas encore au zénith qu'on étouffait déjà.

Mary se glissa au premier rang, devant le gibet, pour englober d'un regard circulaire les positions de ses pirates. Tous se tenaient prêts. Son estomac se serra. Elle n'avait rien pu empêcher pour Niklaus ou Baletti, elle ne laisserait pas Corneille se balancer au bout d'une corde.

— Les voilà ! hurla une femme sur sa droite.

Les battements de son cœur redoublèrent.

Corneille se tenait debout, son unique main liée à sa cuisse, digne au milieu de ses geôliers, gardant l'équilibre sur la charrette branlante comme sur le pont d'un navire.

— Il a une belle gueule, entendit Mary sur sa droite.

— Dommage qu'il faille le pendre, se lamenta une autre.

— Allons donc, ricana un gaillard, c'est pas sa gueule que t'es venue voir, friponne, mais sa corne de pendu.

Un rire gras roula sur les badauds comme une déferlante. Mary en eut la nausée.

Elle voulait que Corneille la voie, la sente présente. Elle voulait qu'il devine le signal autant qu'il l'entendrait.

La charrette s'immobilisa sous les huées. Corneille en descendit avec une telle dignité qu'elles se transformèrent en murmure d'admiration. Il monta sur l'estrade et refusa la cagoule dont le bourreau voulut l'affubler. Son regard accrocha celui de Mary. Il se garda de lui sourire mais fit glisser le tranchant de la lame sur ses liens comme le bourreau s'appliquait à lui passer au cou le nœud coulant. Sur la défensive, les gardes, fusil sur le bras, encadraient les abords que, pour mieux voir, les citadins ne se privaient pas d'envahir.

Mary fixa Corneille et siffla. Une seule fois. D'une manière stridente qui fit sursauter l'enfant se tenant à ses côtés.

Dans la foule, une algarade éclata, qui força l'attention des gardes. Deux pourtant, prudents, se rapprochèrent du condamné. Ils furent fauchés par des tirs bien ajustés.

Le bourreau s'était écarté pour remplir son office et ouvrir la trappe.

Corneille s'était libéré. Empoignant la corde, il la desserra de son cou au moment où le bourreau poussait son levier, et sauta dans le vide. Mary ne s'attarda pas davantage, s'engouffrant dans un passage que ses hommes lui ouvraient.

Sa monture l'attendait à l'angle discret d'une ruelle. Elle savait déjà que, juchés sur leurs chevaux, Corneille et Junior étaient loin, profitant de la panique que les coups de feu avaient provoquée.

Un deuxième sifflement dispersa ses pirates. Elle se retourna une dernière fois avant d'enfourcher son cheval. La panique avait remplacé le spectacle. De toute part on s'enfuyait.

Parés à lever l'ancre, les deux navires attendaient au port. La frégate de Barks serait loin avant que les corsaires de Sa Majesté n'aient appareillé pour la pourchasser. Celle de Duncan récupérerait les hommes qui s'étaient fondus dans la foule, puis lèverait l'ancre à son tour, le lendemain. Le cœur léger, elle talonna sa monture en direction du port. Tout s'était passé comme elle le souhaitait.

Elle rejoignit les fuyards comme ils parvenaient sur la jetée et comprit aussitôt que rien ne serait de ce qu'elle avait imaginé. Corneille était avachi sur le cou de l'animal et Junior tenait les rênes de celui-ci pour le guider. Elle parvint à leur hauteur comme ils s'immobilisaient et hurla de voir Corneille s'écrouler à ses pieds.

La balle lui avait perforé la poitrine. Il était mourant. Ils le chargèrent pourtant dans le canot qui devait les amener sur le navire. Les matelots souquaient ferme pour s'éloigner du rivage au plus vite. Le silence les avait cueillis comme un dernier hommage. Junior était livide et soutenait le visage de Corneille qui, peu à peu, blanchissait. Mary se pencha sur lui, voyant qu'il voulait parler.

— Je t'aime, souffla-t-il.

— Moi aussi, je t'aime, gémit-elle dans un sourire désespéré.

Corneille lui offrit le sien.

— Il fallait donc que je meure pour que tu l'avoues ?

— Ce qui est évident ne me vient jamais à l'idée, murmura-t-elle dans son souffle.

Les doigts de Corneille serrèrent les siens une dernière fois dans la main de Junior, avant de les relâcher.

*

Ann cogna du poing contre le mur de sa cellule blanchi à la chaux. Encore une fois. Jusqu'à avoir la main en sang. Elle s'assit sur le lit. Ses doigts tremblaient. Elle savait que si elle continuait, elle les briserait. Une part d'elle en avait envie pour obliger son père à venir, à s'expliquer, à la sortir de cette geôle. Elle n'en pouvait plus de ces messes, de ces prières expiatrices, de ce vœu de silence auquel elle était contrainte, de ces livres sacrés que seuls elle avait le droit de lire et de ces repas trop sobres, trop insipides, destinés à purger son âme et son corps.

Elle en avait une nausée tenace et son nombril enflait de leur ferment. Elle porta la main à sa bouche pour apaiser la plaie que le crépi grossier lui avait infligée. Que s'était-il passé en Irlande pour que ses parents la quittent ? Elle croyait de moins en moins à la version de son père. Si des brigands les avaient attaqués, pourquoi les avaient-ils laissés en vie ? Elle avait beau fouiller désespérément sa mémoire, elle ne parvenait pas à trouver les réponses. Elle savait pourtant qu'elles étaient là, quelque part derrière une porte que sa conscience avait condamnée. Que cachait-elle de si terrible pour que ce cauchemar la hante ? Pourquoi n'avait-elle que des sensations et non des images tangibles ? Et ce pendentif ? Elle referma sa main valide dessus. Elle était convaincue de son importance. Le simple fait de le toucher l'apaisait puissamment. Quel était son secret ? Que représentait-il ?

Depuis qu'elle était enfermée ici, sans nouvelles de l'extérieur, ne recevant ni ne pouvant envoyer de courrier, elle était plus que jamais en proie à ces tourments. Seule la ronde des heures et des offices les troublait.

Ann refoula ses larmes. Depuis la mort de sa mère, quelque chose s'était brisé en elle. Quelque chose qui, au lieu de la plier de chagrin, ne cessait de gronder, de chercher à sortir. D'où lui venait cette violence, quand jusque-là elle n'avait été que rire et douceur ? À cause de ce qu'avait prétendu son père ? En quoi était-elle responsable de la mort de sa mère ? Même si elle se doutait qu'on lui cachait quelque chose à ce sujet, même si elle avait pu deviner la haine que son père portait à Emma de Mortefontaine, qu'avait-elle fait pour y être mêlée ?

Elle soupira de frustration. Elle avait envisagé mille hypothèses. Y compris que sa mère ait pu être témoin de quelque affaire criminelle qui l'aurait obligée à fuir l'Irlande. Cela pouvait expliquer son refus d'en parler, et ce cauchemar qui la poursuivait. Ann avait bien vu que sa mère tremblait devant son insistance à savoir la vérité. Était-ce cette perspective qu'elle n'avait pas supportée ? Elle blêmit. Et si sa mère, plutôt que de tout dire, avait préféré se suicider ? Et si c'était à cause de cela que son père l'avait punie en réalité ? Elle porta la main à son ventre, agacée de son enflure, agacée de ses frémissements, agacée plus encore de se tourmenter devant des ombres.

Elle se leva et sortit dans le corridor. La mère supérieure allait l'entendre, même si elle devait être punie pour avoir forcé sa porte. Elle n'était pas à une vexation près.

— J'exige de voir mon père, grinça Ann en cognant du poing sur le bureau de l'abbesse.

Celle-ci, drapée dans une inflexibilité insupportable, la narguait d'un œil indifférent, adossée à sa chaise, les mains croisées.

— Vous mutiler ne servira à rien, Ann, lui dit-elle sans douceur. La règle de cette communauté est stricte. Votre père avait ses raisons pour vous y contraindre, et que vous le vouliez ou non m'importe peu. J'obéis au commandement qu'il m'a laissé. Avec du temps, vous vous y ferez, comme vos compagnes.

— Jamais ! fulmina-t-elle. Comment pouvez-vous imaginer que je puisse me plaire dans cette prison ?

— Discutez-en avec les moniales. Dieu aime éprouver la foi de Ses fidèles. Bientôt, croyez-moi, vous aussi bénirez Sa grande bonté.

— Comment le pourrais-je alors que je n'en puis plus de cette nourriture infecte qui me fait vomir sitôt l'avoir avalée, et flatuler mon ventre ?

Le regard de l'abbesse glissa sur l'arrondi qu'Ann découvrait en tendant sa robe. Elle blêmit aussitôt. Ann jubila.

— Voyez dans quel état vos privations me mettent. J'exige que mon père en soit informé ! J'exige de sortir d'ici.

— Je vois en effet, constata l'abbesse, le regard noir. Regagnez votre cellule, et soyez sans crainte, ma fille. Je vais avertir votre père sur-le-champ de l'ampleur de vos péchés.

Ann sortit du bureau, victorieuse, sans se poser d'autres questions. Dans ce couvent, le moindre sourire était un péché. Alors son insubordination !

Deux semaines passèrent pourtant sans qu'elle eût des nouvelles de cette affaire. Elle s'apprêtait à s'en plaindre de nouveau lorsque, par une des fenêtres au-dessus du cloître, elle aperçut son père qui sortait de chez l'abbesse. Délaissant l'ouvrage qu'on lui avait confié, elle releva ses jupes pour descendre l'escalier en toute hâte.

— Père ! hurla-t-elle en parvenant dans la cour, essoufflée, le voyant sur le point de franchir le portail d'enceinte.

Il pivota dans sa direction et elle força l'allure pour le rejoindre. Se détournant d'elle aussitôt, William Cormac passa le portail et Ann s'immobilisa au milieu de l'allée, désappointée et vexée. Elle courut s'enfermer dans sa cellule, ruminant sa rage, refusant de pleurer. Elle n'eut cependant pas à se morfondre longtemps. Moins d'une heure plus tard, deux nonnes s'y présentaient.

— Une voiture vous attend pour vous emmener, déclara l'une d'elles, qu'Ann détestait.

Elle rapportait systématiquement à l'abbesse tout ce que les sœurs faisaient ou disaient.

— Le temps de rassembler mes affaires.

— C'est inutile, venez, lui intima-t-elle.

Ann jubila. Son père avait cédé. À l'exception de ce pendentif, elle n'avait de toute façon pas grand-chose à prendre. Tout ce qu'elle avait amené lui avait été confisqué à son arrivée.

— Où est mon père ? demanda-t-elle à l'homme qui lui ouvrit la porte de la voiture.

Elle le connaissait bien. C'était l'intendant de la propriété des Cormac.

— Il a dû regagner Charleston, mademoiselle Ann, pressé par une affaire. Montez.

Elle ne se fit pas prier, s'étonnant un instant de l'individu qui se trouvait déjà dans la voiture, discret et somnolent. Mais, toute à sa joie de sa liberté reconquise, elle se détourna de lui pour questionner M. Blood. Il lui raconta tout : la bonne marche des affaires, le poulain qui était né...

Lorsque la voiture s'immobilisa, Ann fut peu surprise d'avoir fait si court trajet, certaine de n'avoir pas vu le temps passer.

Elle bondit à peine le cocher eut-il ouvert la porte et se glaça aussitôt de l'endroit où elle se trouvait. Avant qu'elle se retourne vers M. Blood pour lui demander des explications, l'homme de main lui empoigna le bras sans ménagement.

— Avance, ordonna-t-il.

Le cœur d'Ann se mit à battre plus fort.

— Que voulez-vous ? Monsieur Blood ! hurla-t-elle en tournant la tête, s'agitant pour se libérer.

L'homme de confiance de son père se rencogna dans l'ombre de la voiture, et Ann sentit une panique incontrôlable la gagner. Elle tenta de se dégager, refusant de se laisser entraîner vers cette bâtisse de rondins et de fougères devant laquelle, à la lisière d'un champ de tabac, une mulâtresse l'attendait.

Elle eut beau faire, c'est juchée sur les épaules du colosse qu'on la força à y entrer.

27.

Mary essuya ses mains à son pantalon puis dégagea son poignard de sa ceinture. Elle soupira en entaillant sa paume calleuse. L'écharde qui s'y était logée en jaillit aussitôt. Une de plus, songea-t-elle, mais cela en valait la peine. Elle était fière du résultat. Cela faisait quatre mois maintenant qu'avec Junior et huit matelots elle s'activait à remettre en état le *Bay Daniel.* Elle n'avait trouvé que cette solution pour combattre leur peine.

Junior avait tenu à coudre lui-même le linceul de Corneille sitôt qu'ils avaient été en mer. Au large de Port-Royal, avant de refermer la toile, entouré par Duncan et son équipage, il avait introduit la carte du trésor dans le gilet du défunt. Mary avait serré ses poings. Elle savait ce que cela signifiait. Junior avait renoncé à ses rêves. À son enfance.

Le corps avait glissé sur la planche, mais aucun son de violon ne l'avait accompagné. Junior, muet, était aussitôt monté dans les perroquets pour défier l'immensité de l'océan comme Corneille le faisait.

Personne sur la frégate de Duncan n'avait osé le déranger. Elle non plus, se contentant de s'accouder au bastingage, sa pipe au bec, les yeux secs. Elle avait fait ce qu'elle devait. Corneille était mort dignement, cela seul devait compter. Le chagrin passerait. Elle avait l'habitude de ses déferlantes.

Ils avaient regagné la Tortue. Depuis que la paix d'Utrecht avait été signée, marquant la fin des hostilités en Europe, nombre de corsaires étaient devenus pirates par nécessité, et l'île de la Tortue avait vu ses habitants doubler en quelques mois.

Gave-Panse lui avait accordé crédit jusqu'à ce que le *Bay Daniel* soit renfloué. Elle savait qu'il ne réclamerait jamais sa dette, même si elle tenait, elle, à l'honorer. Plus encore qu'avant, par son geste désespéré à Kingston, elle avait forcé le respect de tous. Elle n'en tirait aucune satisfaction. La seule qui la comblait était de voir Junior s'activer auprès des charpentiers.

Le navire lui revenait de droit. Mary le lui avait dit au moment où, revenu sur le pont dévasté, ils avaient pris la mesure de l'immensité de leur tâche.

— Corneille l'aurait voulu, avait-elle assuré. C'est son héritage, comme Cork autrefois le lui avait légué. Il reprendra la mer, Junior. Et, avec lui, c'est l'âme de Corneille que nous ressusciterons.

— Pour moi, avait affirmé Junior, il ne mourra jamais.

Ils s'étaient étreints, comme après la mort de Niklaus. Ensuite, ils s'étaient mis à travailler.

Mary retroussa ses manches, avala une goulée de rhum et, indifférente à la froidure qui s'installait, se remit à poncer. Avec cet hiver 1718 qui s'annonçait viendraient les tempêtes, peut-être un cyclone. Leur tâche en serait malaisée. Mais elle était convaincue qu'au printemps, grâce aux améliorations qu'elle y avait fait apporter, se souvenant de celles de *La Perle*, le *Bay Daniel* reprendrait la course, plus flamboyant et vindicatif que jamais.

*

Emma de Mortefontaine manqua s'étrangler de colère dans le cabinet de William Cormac.

— Ann n'est plus en Caroline-du-Sud, venait de déclarer celui-ci avec une froide détermination. Vous ne la reverrez pas, Emma.

Elle bondit et posa ses poings sur son bureau. Il ne bougea pas d'un pouce, adossé à son fauteuil.

— Vous osez me défier, moi, Emma de Mortefontaine !

— Il y a bien longtemps que j'aurais dû le faire, lâcha Cormac avec une pointe de regret. Le temps de votre emprise sur moi est terminé. Vous pouvez tout me prendre, Emma, et même me tuer. Mon honneur, ma fortune ont perdu leur sens depuis la mort de mon épouse. Il ne me reste plus qu'Ann.

— C'est à moi qu'elle appartient ! fulmina-t-elle.

— Vous vous trompez, répliqua Cormac. Nul à part moi ne sait où elle se trouve. Vous n'y pourrez rien changer.

— Je vous crèverai sous la torture. Personne, vous entendez, ni vous, ni Dieu, ni diable, ne m'enlèvera Ann.

— Faites de moi ce que voudrez, ricana Cormac. Je ne vous crains plus. Sachez seulement que j'ai déposé en lieu sûr un courrier reprenant tous les termes de notre arrangement, vous accusant publiquement si quelque accident venait à m'arriver.

Une douleur intense barra la poitrine d'Emma, la forçant à s'asseoir, décomposée de haine. Cormac se leva et contourna son bureau. À son tour, il se pencha au-dessus des accoudoirs et du souffle qui manquait à Emma, se rengorgeant de sa faiblesse. Enfin.

— Rien, vous entendez, rien ne me fera parler. Vous voir vaincue me permettra d'aller jusqu'au bout. La mort m'en délivrera tôt ou tard quoi que vous fassiez. Acharnez-vous sur moi si cela vous plaît, vous en jouissez d'avance, mais vous tomberez avec moi, cette fois, et Ann sera sauvée. Quoi que vous ayez pu faire autrefois à ses parents, et quelle que soit sa naissance, je ne la laisserai pas à la merci de votre perversité.

Emma suffoqua. William Cormac s'écarta d'elle et lui servit un verre de rhum, qu'il lui tendit charitablement.

— Reprenez des couleurs, Milady, puis sortez. Je ne veux plus vous voir ni vous entendre, jamais.

D'un geste rageur, Emma envoya le verre qu'il lui tendait s'écraser à terre. Elle bondit sur lui, mais William Cormac, agile et prévoyant, évita son attaque et la gifla à la volée. D'autorité il la força par le coude à gagner la porte d'entrée où Gabriel l'attendait. Cormac la lui jeta dans les bras sans ménagement.

— Ramenez-la, ordonna-t-il avec cruauté, et conseillez-lui de m'oublier si vous voulez encore jouir d'elle !

Il leur ferma sa porte au nez et s'appuya au chambranle. Il y avait longtemps qu'il ne s'était pas senti aussi léger. Malgré ce qu'il avait dû faire subir à Ann pour laver son honneur bafoué.

*

Ann s'éveilla dans sa cellule huit jours plus tard. Elle voulut se dresser sur son lit, mais une main l'en empêcha.

— Vous êtes trop faible encore.

Elle fronça les sourcils sur une vision troublée et reconnut une des moniales, la sœur Bénédicte, qui faisait office de soigneuse. Elle gémit.

— La fièvre est tombée, vous êtes sauvée, mais vous devez rester couchée.

— Où est mon père ? demanda Ann, qui ne parvenait pas à remettre de l'ordre dans ses pensées.

— Ne vous inquiétez pas de cela, lui répondit Bénédicte d'un timbre embarrassé. Songez seulement à reprendre des forces. Je vais aller vous chercher à manger.

« Manger. Sûrement cet infâme gruau », se dit Ann en entendant la porte se refermer.

Elle se redressa subitement sur sa couche, les yeux exorbités, et porta la main à son ventre.

Cette fois, elle se souvenait.

La cabane, la mulâtresse, l'homme qui l'avait attachée, écartelée sur la table, l'aiguille rougie par les flammes et la douleur en réponse à ses cris, à ses suppliques. Elle n'avait pas réalisé ce qu'on lui voulait.

À présent, elle n'avait plus besoin d'explication. Elle comprenait. Tout. En un instant, elle revit son père qui la fouettait, cette sensation poisseuse entre ses cuisses après son évanouissement et le visage de Cormac qui s'était détourné d'elle au moment de sa visite au couvent ! Son père, son propre père, l'avait violée. Elle remonta ses genoux contre sa poitrine et se mit à se bercer en éclatant en sanglots. C'était impossible, impensable, insupportable. Il ne pouvait pas lui avoir fait cela, même si désormais tout s'expliquait. Son enfermement ici qui lui avait permis de cacher sa faute, ce supplice au risque qu'elle en meure et cet exil, là, entre ces murs tristes pour qu'elle ne puisse l'en accuser.

— Junior, Junior, viens me délivrer, murmura-t-elle.

Elle s'immobilisa aussitôt, ses sanglots comprimés dans ce gémissement qui avait franchi la barrière de sa mémoire. Elle s'y concentra sans pouvoir davantage la forcer, serrant dans son poing le pendentif d'émeraude. Elle reprit son balancement en laissant le flot de ses larmes s'épancher de nouveau, plus désespérée que jamais.

Quel que soit ce Junior, il ne viendrait jamais.

*

Emma de Mortefontaine passa la semaine suivante enfermée dans sa maison, refusant de voir quiconque, pas même Gabriel. Tournant et retournant dans sa tête les arguments de Cormac, brûlant de l'empaler, de l'immoler, de lui arracher yeux et ongles, et, tout à la fois, se rongeant d'impuissance.

Elle ne savait que faire pour contourner cette épée de Damoclès qu'il avait suspendue au-dessus de sa tête. Elle ne pouvait prendre le risque d'être accusée de sa mort, et, sans le torturer, elle savait qu'elle ne pourrait rien en espérer. Elle se retrouva bientôt dans le même état de nervosité et d'angoisse qu'à son départ de Venise, et Gabriel avait disparu lorsqu'elle avait voulu l'étreindre pour s'apaiser. Folle de rage, Emma acheta un nouvel esclave qu'elle enferma dans sa cave et fouetta à mort pour se calmer.

— Je vous ai manqué ?

La voix railleuse de Gabriel la fit se retourner alors qu'elle se nourrissait des flammes de la cheminée sans parvenir à se réchauffer.

— Où étais-tu ? grinça-t-elle entre l'exaspération et la joie.

Il s'approcha d'elle et passa un doigt dans ses boucles, refusant les bras qu'elle lui ouvrait. Emma sentit son ventre se nouer. Elle avait besoin de son jeu, plus encore que d'ordinaire.

— Oui, tu m'as manqué, avoua-t-elle.

Un sourire orgueilleux et satisfait étira les lèvres de Gabriel.

— Je le vois. Tu es amaigrie et désemparée, comme chaque fois que tes démons reviennent.

— Apaise-les.

— Je le pourrais, c'est vrai, répliqua Gabriel en s'écartant d'elle. Je le pourrais mais n'en ai pas envie. Pas ce soir.

— Pourquoi ? Je t'ai interdit d'avoir une maîtresse !

Gabriel éclata d'un rire léger et lui envoya un baiser avant de disparaître, la laissant plus frustrée encore. Elle trépigna devant la cheminée, puis se mit à pleurer comme une enfant gâtée privée de son jouet.

Le lendemain, elle l'espéra toute la journée. Le surlendemain de même. Emma n'en pouvait plus de son absence et de son insubordination, au moment où elle avait le plus besoin d'être prise, d'être domptée pour apaiser ce manque d'Ann qui l'écartelait autant que le manque de Mary autrefois. Elle en ressentait les mêmes épines, la même souffrance. Le même sentiment d'impuissance. Ne trouvant plus le goût de manger, de boire ou de dormir.

Elle retourna dans la cave. L'esclave encore enchaîné avait succombé à ses blessures. Des mouches tournoyaient autour de ses plaies. Elle avait bouclé la porte sitôt sa rage tombée, en interdisant l'accès aux gens de sa maisonnée pour qu'ils ignorent ses vices.

— Joli travail, la surprit la voix de Gabriel.

Elle sursauta.

— Comment es-tu entré ? s'étonna-t-elle, se souvenant qu'elle avait donné un tour de clé avant de descendre l'escalier.

— Aucune porte ne me résiste, déclara-t-il calmement en sautant avec agilité les dernières marches.

Emma sentit son cœur battre plus fort et ses mains trembler tandis qu'il s'approchait d'elle à la frôler.

— Aucune femme non plus ! continua-t-il dans un sourire carnassier.

Il l'enlaça pour l'embrasser et Emma sentit ses jambes se dérober sous la morsure de son désir. Il s'écarta d'elle encore pourtant.

— Remonte à présent. Je vais me charger de lui. La maisonnée dort, ce sera facile.

— Rejoins-moi, supplia-t-elle.

Il ricana et ne répondit pas, s'affairant déjà à détacher les fers de l'esclave.

Emma tourna les talons en soupirant. Elle était vulnérable et épuisée. Si elle n'avait été aussi dépendante du plaisir qu'il lui donnait, elle s'en serait débarrassée sans regret. Mais Gabriel savait fort bien ce qu'il faisait. Et c'était pour cela plus que pour toute autre chose qu'elle l'aimait.

Il se présenta à la porte de sa chambre alors qu'elle avait fini par se résigner. Elle se mordit la lèvre pour ne rien dire de son courroux. Comme de sa joie.

Il s'assit sur le lit, à côté d'elle, et écarta les draps. Elle frissonna tandis qu'il défaisait les lacets de sa chemise de nuit pour glisser une main dans l'échancrure.

Il l'enleva après avoir durci la pointe d'un sein et l'avoir sentie se cabrer.

— Je suis lassé de toi, déclara-t-il dans un sourire désolé.

Un sanglot monta du ventre d'Emma à sa gorge.

— On ne se lasse pas de moi !

Il ricana.

— Pauvre, pauvre, pauvre Emma qui voit tout son empire s'effondrer.

Elle se mordit la lèvre pour ne pas pleurer, et ferma les yeux sur un restant de fierté. Gabriel glissa un doigt sous ses paupières, en récupéra une larme et en effleura ses lèvres.

— Elle te manque plus que moi, s'amusa-t-il. Elle te manque dans ta chair comme sa mère autrefois.

— Ne me dis pas que tu en es jaloux.

— Peut-être. Peut-être pas.

Emma rouvrit les yeux. Ceux de Gabriel étaient brûlants.

— Que veux-tu ? fit-elle enfin. Je ne peux pas me passer de toi.

— J'ai fait ce qu'il fallait pour ça, patronne, souffla-t-il en revenant caresser sa poitrine palpitante. Je veux être payé de retour aujourd'hui.

— Tu sais bien que tu peux tout me demander.

— Et faire de toi ce qu'il me plaît. Oui, je le sais. Mais je te l'ai dit, j'en suis lassé. J'ai besoin d'arguments pour retrouver le goût de toi.

— Quel genre d'arguments ?

— Ta fortune. Toute ta fortune, gémit-il en se penchant au-dessus de son décolleté pour l'embrasser.

Emma s'en étrangla de désir et de colère.

— Je ne suis pas assez désespérée pour cela, grinça-t-elle en se cambrant pourtant sous la caresse.

Gabriel se redressa et ramena le drap sur ses épaules, avant de se lever pour s'écarter d'elle.

— Oh si ! tu l'es. Convoque ton notaire demain et nantis-moi de ce que tu possèdes. De tout ce que tu possèdes. Je veux qu'il ne te reste plus rien, tu entends. Je te veux tout entière dépendante de ma volonté.

— Jamais ! s'emporta-t-elle, malgré son ventre qui hurlait.

Au seuil de la porte, il se retourna et lui offrit un regard supérieur.

— Ta fortune et ta soumission, contre l'endroit où Ann est cachée.

Un sanglot ravageur s'empara d'Emma de Mortefontaine. Elle empoigna un vase garni de roses rouges qui était sur son chevet et l'envoya à la face de son valet. Il s'écrasa contre le chambranle de la porte tandis que le rire démoniaque de Gabriel s'éloignait.

Deux jours plus tard, vaincue, elle s'arquait sous son joug, plus démunie qu'elle ne l'avait jamais été, et jouissait de n'être plus rien. Plus rien pour pouvoir la rechercher, elle. Ann Cormac.

*

Ann s'était résignée. Tout du moins en apparence. Elle courbait la tête, ne répondait plus, chantait, priait, expiait, brodait, quand et comme on le lui demandait. La mère supérieure l'avait reçue dans son bureau et l'avait félicitée de sa soumission :

— Je vois, ma fille, que vous avez enfin trouvé la paix et j'en suis heureuse. Vous en recevrez la grâce que vous en attendez.

— Merci, ma mère, de votre patience et de votre bonté, avait-elle salué l'abbesse, avec plus d'envie de la tuer que de l'embrasser.

Elle avait pourtant teinté son regard d'une foi exemplaire, sachant que c'était à présent le seul moyen qui lui restait pour détourner d'elle la surveillance dont on la couvrait. Trois mois durant, elle s'appliqua donc à la satisfaire.

Lorsqu'elle vit Emma de Mortefontaine sortir de ce même bureau, l'air furieux, elle se renfonça dans l'ombre d'une fenêtre. Par réflexe. L'abbesse avait dû lui refuser la visite qu'elle souhaitait. Ann en avait été ravie sans pouvoir se l'expliquer. Depuis l'avortement, elle n'était plus tout à fait la même. Elle n'avait pas réussi à mettre un visage ou un souvenir sur ce nom qu'elle avait prononcé. Junior avait gardé son secret, mais l'envie de fuir la tenait tout entière. Fuir William Cormac. Fuir Charleston. Fuir Emma de Mortefontaine. Fuir tout ce qui de près ou de loin la renvoyait à son passé. Elle ne pardonnerait pas à son père le mal qu'il lui avait fait. Et elle avait bien sa petite idée, à la fois pour se venger et pour se sevrer de son autorité.

Tout en s'abandonnant avec complaisance à la vie monastique, elle s'intéressa de près à ce qui en organisait le quotidien : aux allées et venues des charrettes chargées de ravitailler le couvent, à leurs horaires et jours de livraison, à l'allure des marchands. À tout ce qui pouvait lui servir pour mener son projet à terme.

Et, tandis qu'elle mêlait sa voix au chœur des moniales, elle songeait à cet océan dont elle rêvait souvent. Plus encore qu'avant il était pour elle synonyme de liberté.

*

— Je n'en suis pas responsable, Emma, ricana Gabriel, comme celle-ci venait de se plaindre de n'avoir pas pu approcher Ann. Je t'ai offert sa cache, pas le moyen de l'en sortir.

— Je te hais, jeta-t-elle en se dressant contre lui.

Il la cueillit d'un bras vengeur, et l'embrassa avec fougue.

— Ne pérore pas trop, dit-il, ou je pourrais te faire chasser d'ici.

— Je te tuerais si tu le faisais.

— Cela ne te rendrait pas tes biens pour autant, ma belle. Nous ne sommes pas mariés. Je te consens le privilège de continuer à tenir ton rang. Tous ignorent que je suis désormais ton maître. Mais je n'aurai aucun scrupule à cesser de jouer les valets.

— Très bien, soupira-t-elle. Que me suggères-tu puisque tu te targues de décider à ma place ?

— De menacer Cormac pour obtenir l'autorisation de rendre visite à sa fille.

— Il me la refusera.

— Tu sauras bien le convaincre dès lors qu'il sera certain que tu l'as retrouvée.

Elle hocha la tête. Le simple fait d'avoir pu approcher Ann, même sans la voir, lui avait fait du bien. Étonnamment, sa situation précaire aussi. En lui prenant tout et en malmenant son orgueil, Gabriel lui avait redonné le goût de la conquête qu'elle avait cru perdu. Elle avait encore des arguments pour se refaire si son homme de main décidait vraiment de se lasser d'elle. Mais elle n'y croyait pas.

Quoi qu'il en prétende, elle était certaine qu'il aimait le pouvoir et la fascination qu'il exerçait. Elle s'écarta de lui à regret.

— Peux-tu me conduire chez Cormac? demanda-t-elle, là où il n'y a pas si longtemps elle aurait ordonné.

— Tu commences à comprendre, on dirait, répliqua Gabriel en la devançant à la porte pour la lui ouvrir avec servilité.

28.

L'office de none avait réuni toutes les moniales.

Ann s'était arrangée pour arriver en retard à la procession, comme les jours précédents. Elle s'excusa auprès de sœur Élisabeth d'un regard craintif. Cette commère ne tarderait pas à en référer à l'abbesse, mais Ann s'en moquait. Ce qui l'importait était d'entrer la dernière dans le chœur pour pouvoir se placer non loin de la porte, en retrait.

Personne ne s'en inquiéta puisqu'elle en avait pris l'habitude. Sa mine contrite suffisait à convaincre de sa soumission. Elle savait très exactement ce qu'elle devait faire. Elle disposait de peu de temps pour déjouer l'attention de l'abbesse, mais elle refusait d'attendre encore.

La veille, celle-ci lui avait annoncé que son père la rappelait auprès de lui pour la marier. Les noces seraient discrètes et prévues pour le 15 suivant. Cela lui laissait dix jours à peine avant de se retrouver dans le lit d'un époux dont elle ignorait tout, l'abbesse n'ayant pas jugé bon de lui en révéler seulement le nom. Il était hors de question qu'elle s'y soumette. Pour comble, Emma de Mortefontaine était venue lui rendre visite le matin même. Ann avait refusé de la voir, se prétendant souffrante. Elle n'avait aucune envie de l'écouter lui vanter les mérites du mariage et du dévouement.

Ce soir, elle serait libre.

Le cœur battant, elle fit mine de s'agenouiller en prière comme les autres. Cet acte de contrition prenait de longues minutes. Elle les avait comptées, de même que les pas du cheval et le temps de chargement des tonneaux dans la charrette.

Les battements du cœur désordonnés, elle recommença son comptage, puis recula jusqu'à la porte, qu'elle avait laissée entrebâillée, et s'y glissa sans bruit.

À peine fut-elle dehors qu'elle retira ses souliers, tout en continuant de compter pour ne pas se laisser surprendre. Elle se faufila jusqu'aux cuisines sans y croiser âme qui vive. Tous se trouvaient à la messe.

Tous, à l'exception du négociant qui venait reprendre les futailles vides afin de les remplacer. Elle attendit qu'il s'active au chargement d'un tonneau avec son apprenti pour se glisser dans la pièce, et soulever un couvercle. Elle achevait de le rabattre sur sa tête lorsque les deux hommes entrèrent.

— Plus que ces deux-là et ce sera terminé, entendit-elle.

Cessant de compter, Ann se mit à prier. Elle sursauta du coup donné sur le couvercle pour l'enfoncer complètement. De même, elle étouffa un cri en touchant terre. Malgré la position qu'elle avait prise pour se protéger, elle se cogna le front contre le bois.

L'autre tonneau fut de même renversé et Ann roula jusqu'à la charrette, meurtrie par les soubresauts que les graviers imposaient à la barrique.

Les deux hommes la poussèrent sur le plan incliné puis le tonneau s'immobilisa. Si tout se passait comme d'ordinaire, ils n'attendraient pas la fin de l'office pour s'en aller. Ann retint son souffle. Elle se fit violence, se disant que la première réaction de l'abbesse serait de la chercher dans le couvent et non dans les barriques, mais elle était plus angoissée de seconde en seconde. Quand la charrette s'ébranla, elle s'apaisa à peine. Ce ne fut que lorsqu'elle entendit les portes du couvent s'ouvrir puis se refermer qu'elle soupira de soulagement. La charrette prit son allure et Ann abandonna enfin sa nuque contre le tonnelet sans cesser de serrer le pendentif d'émeraude entre ses doigts.

Une heure plus tard, ils se trouvaient en plein cœur de Charleston. D'après ce qu'elle avait entendu du discours des deux hommes juste avant qu'elle entre dans le chœur, les barriques devaient être déchargées dans plusieurs auberges qui les avaient rachetées pour stocker leur vinaigre.

Il lui tardait d'en sortir. Les relents de vinasse dont le bois était imprégné lui donnaient la nausée. Le même roulis reprit. Cette fois, la tête lui tourna et elle dut se rendre à l'évidence qu'elle était ivre. Cela la fit sourire, avant de lui faire plaquer sa main sur sa bouche pour étouffer un haut-le-cœur.

— Holà, l'aubergiste ! perçut-elle depuis sa cache.

— Salut à toi, mon compère ! Descends-les à la cave, tu connais le chemin.

— Si tu ne m'en vois pas revenir, c'est que j'aurai roulé de même, mais sous une pleine.

— Grand bien te fasse, se mit à rire l'autre.

Le roulis recommença et Ann serra plus fort les dents.

— Ce diable de tonneau me semble plus lourd que les autres, avisa d'un coup un des hommes comme ils le relevaient.

— Allons donc, c'est la fatigue, ou l'âge...

— Veux-tu bien te taire ? gronda le premier. Je suis encore vert. Demande à ma femme...

Ann n'entendit pas la fin de la phrase, étouffée par le claquement d'une porte. Les deux hommes venaient de sortir. Elle attendit quelques secondes encore, puis poussa des épaules pour faire sauter le couvercle. Elle dut s'y reprendre à deux fois, mais finit par jaillir de sa prison, tangua pour renverser le fût et s'en libérer.

Elle se plia en deux et vomit sitôt sortie. Sa liberté était chèrement gagnée : elle avait l'estomac et les idées embrouillés. Pour comble de malheur, la porte s'ouvrit et une chandelle se balança, tressautant du pas alerte de son porteur.

Elle se redressa devant lui et essuya ses lèvres d'un revers de manche.

— Vindiou ! s'exclama-t-il, désappointé.

Il devait avoir une vingtaine d'années, avait une jolie figure, mais l'air benêt.

— Cesse de me regarder comme si je sortais de l'enfer... lui lança-t-elle. Même si c'est vrai.

— Pour un enfer comme ça, ma sœur, je me damnerais bien.

Ann sourit. Finalement, il était moins sot qu'il ne paraissait. Revenu de sa surprise, il posa sa lanterne et s'approcha d'un tonnelet pour remplir son pichet.

— Es-tu le tavernier ?

L'homme se retourna vers elle et éclata de rire.

— Non ! Je m'en voudrais. Ce gros porc lutine sa servante qui l'a aguiché, et pour boire, ventrebleu, il faut se lever soi-même. Encore heureux que je sache où il cache ses meilleures barriques. J'ai travaillé pour lui avant de m'engager.

— Tu es marin ? s'écria Ann, dont le cœur s'était mis à battre.

— Tout juste, ma belle. Et toi, tu ressembles à une religieuse comme moi à un curé. À part l'habit, tu n'en as guère les manières. Mais ça ne me regarde pas. Tu peux bien restée cachée là si ça te chante. Je ne dirai rien.

Il s'apprêtait à remonter. Ann le retint par le bras.

— Es-tu marié ?

La question surprit tant le matelot qu'il faillit en lâcher le pichet avant de repartir à rire.

— Je te trouve diablement effrontée.

— Réponds-moi.

— Non, je ne suis pas marié et n'ai pas l'intention de l'être.

— Même pour sauver une dame en détresse ?

— Surtout pour sauver une dame en détresse.

— Même si elle disparaît juste après les épousailles ?

Il se planta devant elle.

— Bon sang, mais qui es-tu donc ? Une envoyée de Satan chargée de collecter des âmes ?

— J'ai été violée par mon père qui m'a placée au couvent pour dissimuler sa faute. Je m'en suis évadée et je veux m'affranchir de son autorité. Mais pas avec le promis qu'il me destine. Je ne veux pas retomber sous la coupe d'un mari.

— Et qui est-il, ton père, pour avoir autant de pouvoir ?

— William Cormac.

Cette fois, le pichet chuta sur le plancher.

— Tu es la fille de Cormac, le planteur ?

Ann hocha la tête. Leurs regards s'affrontèrent. L'homme recula.

— Écoute, tu es jolie et rancunière, soit, mais ce ne sont pas mes affaires. Je n'ai aucune envie de me frotter à un personnage aussi puissant. J'appareille dans deux heures. Cherche-toi une autre proie, mademoiselle Cormac.

Ann se précipita pour lui barrer le passage. Elle aurait pu en trouver un autre, mais celui-ci lui plaisait, finalement. Elle savait de plus que sa disparition avait été signalée et qu'on ne tarderait pas à se renseigner auprès du négociant pour savoir où avaient été déchargées ses barriques. Ann ne passerait pas inaperçue dans cette tenue.

— Aide-moi au moins si tu ne veux pas m'épouser.

— Qu'y gagnerais-je ?

Ann réfléchit. Elle n'avait rien à offrir.

— Un baiser, avança-t-elle.

Il l'écarta d'un bras en soupirant.

— C'est pas assez. Ça ne me rembourserait même pas mon vin gâché.

Ann sentit une bouffée d'angoisse l'envahir. Machinalement, elle serra le pendentif d'émeraude.

— Ça, dit-elle douloureusement. Je te donnerai ceci si tu acceptes de m'aider.

Il ramena la lanterne à la hauteur du bijou qu'elle avait dégagé et l'examina.

— Tu es donc vraiment désespérée, réalisa-t-il devant la taille de l'émeraude.

— Plus que tu ne crois.

— D'accord. Que veux-tu ? En dehors du mariage.

— Des vêtements d'homme pour me changer. Je ne peux rester ici.

— Tu ne voudrais pas les miens, aussi ? s'amusa-t-il.

— Peu m'importe, du moment que tu te hâtes. Ces relents de vinasse me donnent la nausée.

— C'est vrai, ma foi, que tu n'es guère affriolante. Attends-moi, miss Cormac, je vais voir ce que je peux faire.

Elle fouilla son regard.

— Ça va, assura-t-il. Je n'ai qu'une parole.

Elle s'écarta pour le laisser passer. Il revint dix minutes plus tard.

— J'avais dit des vêtements d'homme, se plaignit-elle en découvrant des jupons et un corset.

— Je n'ai pas le tempérament d'un meurtrier. Et mes compagnons ne sauraient se dévêtir pour satisfaire ton caprice.

Ann ne perdit pas de temps. Elle s'écarta de lui, s'enfonça dans l'ombre de la futaille et entreprit aussitôt de se changer.

— Tu as l'œil, dit-elle. Ils sont presque à ma taille.

— Isabella a ta carrure.

— Qui est Isabella ?

— La putain à qui j'ai dû les emprunter.

Ann sursauta, la voix s'était rapprochée dans son dos et son corset n'était pas encore lacé.

— Écarte-toi, ordonna-t-elle d'une voix blanche.

Il n'en fit rien.

— Détends-toi, je viens t'aider, pas te violer.

— Qui me le prouve ?

— James Bonny préfère les dames consentantes.

Ann le laissa tirer sur les lacets pour les resserrer.

— C'est ton nom ?

— Oui, damoiselle Cormac.

— Pour où appareilles-tu ?

— New Providence.

— Sur quel navire ?

— Le *Charleston Bay*. Tu veux aussi connaître le tonnage et le nom du capitaine ?

Il remonta ses doigts jusqu'à sa nuque, et Ann se mit à frissonner.

— Que fais-tu ? demanda-t-elle, troublée.

— Je me paie, dit-il simplement.

Ann retint d'une main le pendentif qu'il venait de détacher. La porte s'ouvrit et l'aubergiste descendit les marches avant que James Bonny ait pu le récupérer.

Vive comme l'éclair, Ann en profita pour lui filer entre les doigts, bousculant l'aubergiste, tout aussi surpris de ces jeux dans sa cave que le matelot l'avait été.

« Deux heures, se dit-elle en enfilant les ruelles. J'ai deux heures pour trouver une idée. »

Sa première réaction en sortant de l'auberge avait été de s'immobiliser pour contempler le port de Charleston. Mais elle ne jouit pas longtemps de cette image. James Bonny, remis de sa surprise, allait certainement la courser.

Elle avisa des vêtements de garçon qui pendaient à une fenêtre. Ils étaient mouillés encore. Elle grimpa sur une caisse, pria le ciel pour que son matelot s'égare dans une autre ruelle et, avisant une encoignure, ôta prestement les habits qu'il lui avait donnés. Pour l'usage qu'elle voulait en faire, ceux qu'elle venait de dérober seraient bien plus utiles.

Elle attacha ses cheveux avec une dentelle qu'elle arracha du corset et ressortit de l'impasse en prenant un air détaché. James Bonny ne l'avait pas assez détaillée, dans la lueur de la lanterne, pour la reconnaître au milieu de la foule.

Elle longea le quai encombré de gens, de voitures et de chargement, en quête du *Charleston Bay* pour y monter, avec la ferme intention de s'y cacher. La réaction de James Bonny lui avait révélé la faiblesse de son plan. Qui voudrait s'embarrasser d'une épouse et des ennuis que sa parentèle lui attirerait ? Il valait mieux fuir. Pourquoi pas New Providence ? Elle cherchait depuis un quart d'heure le moyen de gagner le bord du navire sans éveiller l'attention, envisageant toutes les hypothèses, lorsqu'une main la saisit au collet.

— Tu n'es pas encore assez maligne pour moi, susurra la voix de James Bonny à son oreille.

Elle se mit à trembler et, d'autorité, referma la main sur son collier. D'une poigne musclée, James Bonny la retourna et l'accula contre le mur. Ann serra plus fort son poing et affronta son regard noir, farouche.

Celui de James Bonny s'enflamma, s'attarda à le sonder. Il soupira bruyamment et lui prit la main sans douceur.

— Où m'emmènes-tu ? demanda Ann, désappointée.

Il ne répondit pas mais l'entraîna à une telle allure qu'elle s'en retrouva essoufflée. Il ne s'arrêta que devant l'église de Charleston, cette église où elle avait pleuré sa mère et où tout avait basculé.

— Viens, lui dit-il simplement.

— Pourquoi ?

— C'est ce que tu voulais, non ? soupira James Bonny.

Le cœur d'Ann se mit à battre plus fort et ses yeux à briller. Elle le laissa l'attirer dans ses bras.

— Pourquoi ? répéta-t-elle encore.

— Parce que tu me plais, miss Cormac, répondit James Bonny. Et que tu dois être le diable pour m'avoir tant donné envie de te posséder.

Ann noua ses bras à cette nuque massive et rendit à James Bonny la fougue de son baiser.

29.

Le *Bay Daniel* filait toutes voiles au vent dans le passage de la Silver Banks. La flûte qu'ils coursaient n'était plus qu'à quelques encablures. Mary sourit au vent qui la décoiffait. Depuis quatre mois qu'ils avaient repris la mer, elle ne se lassait pas de l'allure de leur navire. Il dansait sur les flots comme une jouvencelle.

Junior tenait la barre auprès de Constant, le nouveau quartier-maître. L'équipage ressemblait à son capitaine. C'était lui qui les avait recrutés. Jeunes, vigoureux, courageux et respectueux. Aucun d'eux n'était sanguinaire, aucun d'eux ne s'élèverait contre son autorité. Junior les connaissait pour la plupart. Sitôt que Mary avait fait savoir que le *Bay Daniel* était prêt à reprendre la mer, beaucoup s'étaient précipités pour rejoindre son équipage. Mary avait refusé de trancher. Ce n'était pas son rôle.

Elle était fière de voir son fils donner ses ordres, en marin accompli, en pirate confirmé.

Elle grimpa sur le gaillard d'arrière. Les hommes étaient parés pour l'abordage, mais elle savait d'instinct que ce ne serait pas utile. La flûte n'était pas un bâtiment guerrier.

— Holà, du navire ! Rendez-vous ou nous serons sans pitié ! hurla Junior dans le porte-voix.

Le Jolly Roger claquait au vent. Le capitaine du *Maria* savait à quoi s'en tenir. Il ne pouvait pas leur échapper.

— Mettez en panne, ordonna encore Junior.

Mary poussa un soupir satisfait. Les voiles de la flûte venaient de tomber.

Le *Bay Daniel* se rangea à ses côtés. En un instant, les grappins sillonnèrent les airs pour le retenir et une passerelle fut tendue. Les matelots du *Bay Daniel* y foncèrent, arme au poing.

— C'est facile, soupira Junior. J'aime mieux quand ils se défendent un peu.

Mary éclata de rire en lui claquant l'épaule.

— Envie de rejouer au charpentier ?

Elle lui adressa un clin d'œil, sauta sur le pont central et gagna la passerelle. En trois enjambées, Junior la rejoignit. Son fils la dépassait de plus d'une tête.

— Capitaine Calvi, se présenta l'homme qui se dressait sur le gaillard d'arrière.

Ses matelots se tenaient tranquilles. Trop, jugea Mary en les laissant sous la garde de ses pirates pour grimper l'escalier.

— Capitaine Olgersen, répondit Junior avec civilité. Nous voulons juste votre cargaison, vous serez libres de repartir lorsque nous vous aurons pillés.

— Je doute qu'elle vous intéresse. Elle est peu monnayable.

— D'où revenez-vous ? demanda Mary, conservant son pistolet braqué.

— Du Yucatán, répondit une voix derrière Mary, une voix rauque, cassée, qui égratigna ses oreilles.

Elle se retourna pour voir surgir un être masqué entièrement, drapé dans une mante qui lui battait les mollets. Vraisemblablement, il sortait de la cabine qu'ils n'avaient pas encore fouillée. Bien qu'il montât aisément les escaliers ramenant à la plate-forme du gaillard, elle remarqua sans peine qu'il claudiquait légèrement. Son allure mystérieuse, tout autant que sa prestance, les déconcerta un instant, Junior et elle.

Derrière le masque, le regard flamboyait et Mary sentit une épine lui poignarder le cœur. Elle se souvenait d'une même intensité, mais en chassa aussitôt le regret.

— Ce navire transporte du maté, expliqua l'inconnu. C'est une plante médicinale. Les Mayas l'utilisent pour leurs cérémonies religieuses.

— Qui êtes-vous ? demanda Junior, mal à l'aise. Et pourquoi cet accoutrement ? Aurais-je oublié la date du carnaval ? ajouta-t-il, se retranchant derrière cette moquerie pour dissimuler sa gêne.

Un pirate ne devait pas montrer de pitié.

— Je suis l'armateur de ce navire, répliqua le personnage. Et bien que mon masque vous semble choquant, les blessures qu'il dissimule le seraient plus encore si je l'ôtais, capitaine.

— Gardez-le donc, conclut Junior.

Il se pencha à la rambarde et hurla à son quartier-maître :

— Fais transborder la cargaison au plus vite.

— À quoi vous servirait-elle ? railla l'inconnu.

— À moi d'en juger.

L'inconnu courba la tête et Junior descendit l'escalier.

— Tiens-les sous ta garde, recommanda-t-il à Mary en aparté, cet individu ne me plaît pas.

Elle ne répondit pas. Le regard noir continuait de sonder le sien, lui transperçant l'âme.

— J'ai connu un navire du même nom, autrefois. Il appartenait au capitaine Cork, déclara posément l'inconnu, Junior hors de portée de voix.

Les battements du cœur de Mary s'accélérèrent.

— Clément Cork est mort, dit-elle. Au moment du bombardement de Venise par Claude de Forbin, il y a fort longtemps déjà.

— Fort longtemps, en effet. Je n'ai pas souvenir de ces événements. Ni d'autres. De ce temps-là, je ne garde que ce masque et une infinie douleur. Une femme en est la cause. Une femme qui m'a abandonné. Du moins l'ai-je cru.

La main de Mary trembla. Elle tenta de se reprendre et se retourna avec soulagement vers Junior qui l'appelait, pour fuir ce regard poignant, insoutenable.

— Il dit vrai. Il n'y a que des plantes dans la cale. À l'exception des vivres et de l'eau, il n'y a rien à récupérer.

— Notre voyage sera long jusqu'à Venise, reprit l'inconnu, répondant à ses pensées. Avez-vous encore un peu d'humanité, Maria, ou l'avez-vous perdue de m'avoir quitté ?

Un sanglot monta du fond du ventre de Mary. Elle le refoula et se retourna vers l'inconnu pour affronter cette vérité qu'elle pressentait depuis qu'il avait paru, sans vouloir l'admettre.

— Un seul être m'appelait ainsi, et il est mort dans un incendie, murmura-t-elle d'une voix blanche.

— L'avez-vous vérifié ? grinça la voix, comme un accord brisé.

— J'ai cru ce que l'on m'en disait. Personne ne pouvait réchapper de ces flammes. Il eût fallu être...

— Immortel, Maria ?

Elle hocha la tête et dut s'adosser à la balustre, abaissant sa garde et son pistolet.

Sur le pont central, on s'activait à transborder les futailles. Junior donnait ses ordres, inconscient du tourment qui la tenait. Le capitaine Calvi s'était discrètement écarté.

— Regarde-moi, Maria, exigea la voix. Regarde le prix que je paye et renie-moi. Renie-moi, que je puisse enfin t'oublier.

Sa main s'approcha du masque et l'ôta. Mais, au lieu de fuir devant ces cicatrices monstrueuses qui défiguraient le marquis de Baletti, Mary laissa choir son arme et se mit à pleurer.

*

William Cormac éprouva un soulagement ineffable en découvrant la colère d'Emma. Il avait craint le pire depuis qu'on était venu l'avertir de la disparition d'Ann. Depuis même qu'Emma avait retrouvé sa trace. Il savait comment. Gabriel avait soudoyé M. Blood, son homme de confiance, le mettant dans une situation difficile. Cet imbécile avait accumulé de grosses dettes de jeu. Gabriel lui avait offert de les éponger contre ce petit service. Sans quoi il se chargerait de bousculer un peu sa famille. M. Blood avait sacrifié quinze années de loyauté devant cette menace. William Cormac avait refusé d'entendre ses excuses. Il l'avait immédiatement congédié, furieux de perdre une nouvelle fois le contrôle. D'autant qu'il en était en partie responsable. Il s'était maudit de n'avoir pas perçu la colère du frère de l'esclave qu'Ann avait fait chuter de l'arbre. Profitant de sa faiblesse, il avait abusé d'elle pour la salir, la punir. William Cormac avait obtenu des aveux spontanés.

Ann avait failli mourir et lui se suicider. Il en était encore déprimé lorsque Emma s'était rengorgée de sa découverte, le contraignant à signer un ordre de visite.

— Vous n'avez pas le choix, Cormac. Je pourrais exiger qu'elle sorte du couvent, mais j'apprécie que d'autres que vous en aient la garde.

— Et si je refuse ?

— Les murs de cet édifice ne sont ni assez hauts ni assez gardés pour m'empêcher de l'emmener. Et là, mon cher, vous auriez beau faire et pleurer, vous ne la reverriez jamais. Estimez-vous heureux que je vous pardonne votre suffisance !

Il avait cédé, s'arrangeant pour contrer les intentions d'Emma. D'où ce mariage précipité avec le fils de son plus proche voisin qui, depuis la soirée chez le gouverneur, était tombé sous le charme d'Ann.

Il avait cru qu'Emma avait déjoué cette nouvelle manigance, mais elle était dans tous ses états, martelant le plancher marqueté de ses talons.

— Si vous me mentez, Cormac, je jure que cette fois je n'aurai aucune pitié !

— Je ne vous mens pas. Si vous êtes étrangère à sa disparition, alors il faut croire qu'Ann n'a eu besoin de personne pour s'évader du couvent. Je suis sans nouvelles d'elle. Et, voulez-vous que je vous dise, j'espère ne pas en avoir.

Emma s'immobilisa, livide.

— Et pourquoi donc ?

— Parce que cela voudra dire que ma fille a retrouvé sa mémoire et repris sa liberté. Quoi qu'il m'en coûte de la perdre, j'aime mieux cela que de la savoir à vos côtés.

— Je vous fais surveiller, Cormac, vociféra-t-elle. Pas un seul de vos gestes, de vos déplacements, de vos visites ne m'échappera. Tôt ou tard, Ann se manifestera et, cette fois, vous paierez pour tous vos affronts. Tous, vous entendez ? Jusqu'au dernier.

Il hocha la tête. Ann ne reviendrait pas. Il n'avait qu'un moyen de la sortir définitivement des griffes d'Emma de Mortefontaine. Il aimait assez sa fille pour juger que cette extrémité valait mieux que l'esclavage auquel on la destinait. À peine Emma partie, il se pencha sur son écritoire pour rédiger un courrier à son notaire. Avant longtemps, tous à Charleston sauraient qu'il avait déshérité Ann. Ce serait bien le diable si sa fille n'en était pas informée et suffisamment vexée pour le fuir. Loin, très loin.

Emma entra dans une colère noire en l'apprenant et ordonna à Gabriel de la débarrasser une fois pour toutes de Cormac.

Celui-ci, occupé à se curer les dents avec une aiguille d'os de poularde, ses bottes sur la table, la toisa d'un regard condescendant.

— L'éliminer te condamnerait, et moi de même. Je ne suis pas stupide, Emma. Cormac n'est pas dangereux, juste gênant. Qu'il s'agite. Nous retrouverons Ann malgré lui.

— Je veux qu'il meure et qu'il souffre, lança-t-elle. Il m'a suffisamment humiliée.

— Tu n'auras pas ce plaisir, persifla Gabriel.

Emma serra les dents et les poings sur sa colère. Elle lui offrit un sourire hypocrite en se disant qu'un jour ou l'autre, si Ann revenait dans sa vie, elle briserait cette dépendance et immolerait son bourreau sans aucune pitié.

*

En une fraction de seconde, sur le pont du *Maria*, tout avait basculé.

Le capitaine Calvi avait rejoint Junior, occupé à transborder la cargaison.

— Je crois, capitaine Olgersen, que vous devriez regarder là-haut, avait glissé le Vénitien avec un sourire énigmatique.

Inquiet de quelque traîtrise, Junior s'était retourné vers la dunette pour découvrir avec effarement sa mère enlacée par cet homme, dont le masque était tombé.

Il s'était aussitôt imaginé le pire. Un nouveau malaise, un coup d'épée ou de poignard. Quelque chose qui explique que sa mère soit ainsi effondrée dans ses bras. Il s'était précipité, l'arme au poing, en hurlant :

— Maman !

Elle s'était alors dégagée et retournée, et il avait baissé le pistolet pointé vers l'inconnu. Larmes et sourire se mélangeaient sur le visage de Mary.

— Junior, je te présente le marquis de Baletti, avait-elle murmuré simplement.

— Cornes du diable ! avait juré Junior, stupéfait. Mais vous étiez mort, il me semble !

— Je l'étais, avait répondu le marquis comme Mary s'écartait. Je l'étais, mon garçon, mais je viens de ressusciter.

Junior était demeuré la bouche ouverte, son arme ballante à sa main retombée. Une fraction de seconde. Non, pas davantage. Puis son visage s'était éclairé. Il s'était rué vers la rambarde, avait saisi le porte-voix et hurlé à l'attention de son équipage :

— Cessez le chargement jusqu'à nouvel ordre !

Puis il s'était dressé devant Baletti.

— Je suppose, marquis, que vous êtes prêt à collaborer.

— Collaborer, non. Vous suivre, oui. Où Mary le décidera. Nous avons, je crois, beaucoup à nous raconter.

— Mary ?

— Cap sur la Tortue, avait-elle annoncé. Je reste à son bord. Regagne le tien.

Junior avait seulement hoché la tête. Même si tout cela lui avait semblé précipité, il avait compris. Compris dans le regard de sa mère ce que toutes les lettres que Forbin lui avait lues autrefois n'avaient pas mentionné. Baletti et Mary s'étaient aimés. Même si sa mère avait construit ses rêves avec Corneille, ce lien avait défié le temps.

Il avait rappelé ses hommes, refusant leurs questions jusqu'à ce que le *Maria* soit rendu à la liberté. Là, il avait fait mettre les voiles et, tandis que le capitaine Calvi l'imitait, il avait expliqué à son équipage que le marquis avait sauvé Mary autrefois à Venise et qu'à ce titre il lui devait le respect. L'honneur était sacré chez les pirates. Il ne s'en trouva pas un pour s'y opposer.

Demeurée seule avec lui sur le *Maria*, Mary avait suivi Baletti dans l'escalier. Il avait voulu remettre son masque pour ne pas l'indisposer. Elle l'en avait empêché.

— Je veux te voir tel que tu es.

Il n'avait rien répondu et avait ouvert la porte pour la faire entrer dans sa cabine.

Celle-ci était sobre. La flûte était un grand navire hollandais de trois mâts, conçu spécialement pour le commerce. Le confort y était précaire et Baletti s'en excusa, tamisant le jour qui entrait par les larges fenêtres du gaillard d'arrière. C'était une élégante manière de se masquer.

— Veux-tu boire quelque chose ? J'ai la gorge sèche. L'émotion de cette rencontre. Inattendue. Inespérée, ajouta-t-il. Porto ?

Elle hocha la tête. Il y avait longtemps qu'elle n'en avait pas goûté. Il lui en tendit un verre. Brusquement, l'un et l'autre se trouvèrent gênés de cette promiscuité, de ce temps qui avait passé. Seize années.

— Pardonne-moi, s'excusa-t-elle. Je me sens un peu stupide et gauche. Je ne sais quoi te dire.

— Tu as déjà tout dit, Maria, sourit tristement Baletti en s'approchant d'elle. Tu as tout justifié en te jetant dans mes bras malgré cette apparence monstrueuse.

— Elle ne m'effraie que par les tourments que je devine derrière.

Pour l'en convaincre, elle passa un doigt sur la boursouflure de sa joue. Il n'était que tendresse. Elle ne s'expliquait pas pourquoi elle avait été bouleversée autant tout à l'heure. Elle se souvenait de s'être vite résignée à la perte de Baletti, l'oubliant dans les bras de

Corneille. Était-ce la mort de ce dernier qui l'avait rendue si vulnérable et fragile ? Ou son apparition fantomatique qui l'avait renvoyée à ces images, à cette douleur qu'elle avait refusée alors à Venise, pour ne pas souffrir de l'absence.

— Comment as-tu pu sortir de ce brasier ? demanda-t-elle. Ton cri est demeuré dans ma mémoire, même si la torture qu'Emma m'a imposée l'a piétiné.

— Emma t'a torturée ?

— Dans les geôles de Venise. Jusqu'à ce que Cork et Corneille me délivrent. C'est en me ramenant sur le navire de Forbin que Cork est tombé.

Mary soupira et se laissa glisser dans un fauteuil.

— Tout cela est si loin, marquis. Je t'ai cru perdu. Je ne voulais plus entendre parler ni d'Emma ni du trésor. Je voulais seulement retrouver mon fils et revivre. Corneille m'y a aidée.

— Où est-il ?

— Mort. Il a été pris par des corsaires, il y a quelques mois. Junior et moi avons continué. Mais laissons cela, dit-elle en chassant ces images d'une main lasse. Je te parle de moi quand toi seul devrais compter. J'ai changé, marquis. Je ne suis plus celle de Venise. Je suis une femme pirate, aujourd'hui, bien éloignée de celle que tu as aimée.

— Je ne crois pas, non. Ton regard est le même, Mary. Il sait toujours voir au-delà des apparences. Tu aimes la liberté et la mer. Je le savais. Je l'ai toujours su. Il m'a suffi de rencontrer Corneille à Venise pour le comprendre. Je ne t'aurais pas privée de cela. Je voulais t'aider à te construire, pas t'aliéner.

Elle eut un triste sourire.

— Comment as-tu survécu ? demanda-t-elle.

— Cork m'a récupéré dans le souterrain. Les moines me l'ont dit à mon réveil.

— Cork t'a récupéré, répéta-t-elle.

Elle ferma les yeux sur une évidence.

— Alors Corneille savait. Il savait forcément. Il ne m'a rien dit, marquis.

— Il t'aimait. Autant que moi. Autant que Forbin aussi.

Mary fouilla ce regard. Cela aurait-il changé quelque chose à son destin si Corneille lui avait révélé la vérité ? Serait-elle restée auprès de Baletti plutôt que de le suivre ? Elle l'ignorait. Ce qui devait être avait été.

— J'ai mis presque dix années à me remettre tout à fait, continua Baletti de sa voix sourde. Je suis resté au monastère tout ce temps-là. Ma demeure avait brûlé, certes, le crâne de cristal n'était plus là pour activer ma guérison, mais je n'étais pas démuni de tout. Mon commerce maritime était encore florissant et je savais toujours le secret du grand œuvre. Ma fortune n'était pas contenue dans ce seul palais. J'ai utilisé mes biens pour tenter de vous retrouver, Emma et toi. J'ai même écrit à Forbin.

— Je ne lui ai pas donné de nouvelles depuis des années, avoua Mary.

— C'est aussi ce qu'il m'a répondu. Il a pris sa retraite à Saint-Marcel et t'a supposée perdue pour avoir ainsi cessé toute correspondance. Comme lui, je me suis résigné. J'ai cherché Emma à Londres, à Douvres, en vain. Elle avait liquidé toutes ses affaires, c'est à peine si on se souvenait d'elle.

— Pourquoi voulais-tu la retrouver ?

— Pour récupérer le crâne de cristal. Il me manquait affreusement. Il n'y a pas que mon visage qui soit abîmé. Mon corps tout entier l'a été. Je ne sais pas comment je suis sorti de cette pièce. J'ai eu le sentiment qu'une main écartait les flammes, ouvrait le panneau et me portait dans le souterrain. Je ne me rappelle pas en avoir eu la force ni le courage. Durant tout ce temps où j'ai vécu entre vie et mort, une voix chantait dans ma tête tandis que la cité de cristal me hantait. J'ai tant été imprégné de lui, d'elle, que j'ai survécu contre toute logique. Je sais qu'il me suffirait de son contact pour me guérir tout à fait.

Il passa une main lasse sur son front. Mary refusa de l'interrompre, ressentant sa souffrance comme autant d'aiguilles sur sa propre peau.

— J'ai finalement imaginé que tu avais eu ta vengeance, que tu avais tué Emma et récupéré le crâne avec Cork, que tu t'étais rendue à Lubaantun pour prendre le trésor, et que tu avais finalement péri en mer. Je ne te pensais pas capable d'abandonner Forbin à sa peine, à son incertitude.

— J'ai jugé que c'était mieux pour lui. Il n'aurait pas accepté que je lui préfère Corneille.

Baletti hocha la tête.

— Bien sûr. J'aurais dû y songer. Je me suis rendu au Yucatán, dit-il après quelques instants de silence. Je n'ai rien pu découvrir, pas même la cité de Lubaantun. La jungle recouvre tout. Sans cette carte que possédait Emma, il me fut impossible de la localiser. Les Mayas que j'ai rencontrés n'avaient que de vagues indications à me donner. Le centre vital de cette partie de la côte est la cité de Santa Rita aujourd'hui. Son port permet tous les commerces. J'ai appris les pouvoirs du maté. C'est une plante rare dans cette région des Indes occidentales. On en trouve davantage au Sud. J'ai eu envie de croire qu'elle avait une relation avec le crâne et que, peut-être, elle m'aiderait.

— Tu en revenais donc ?

— Le hasard seul nous a fait nous croiser. Le hasard ou la destinée, lâcha-t-il. Lorsque le capitaine Calvi a découvert que nous étions pourchassés, je lui ai donné l'ordre de fuir. Puis, vous voyant nous talonner, j'ai pris la longue-vue pour estimer la puissance de votre équipage. Imagine mon étonnement, ma joie et ma crainte, en lisant le nom de ta frégate. J'ai demandé à Calvi d'accepter les exigences de son capitaine, n'envisageant de me montrer que lorsque je serais fixé. Même si ce navire ressemblait en tout point à celui de Cork, seize ans ont passé, comme tu le dis si bien.

Un silence les cueillit. Mary avala une gorgée du porto qu'elle n'avait cessé d'agiter dans son verre, le réchauffant de sa paume, comme autrefois. Instinctivement.

— J'ai surveillé votre approche depuis cette fenêtre, continua le marquis en désignant celle de gauche.

Sur la banquette, une longue-vue traînait encore.

— Je t'ai reconnue tout de suite. Tu n'as pas changé. Quelques cheveux blancs peut-être, cette ride légère à la commissure de ta lèvre, cette autre à tes yeux. Je me souviens de chaque grain de ta peau, avoua-t-il dans un murmure. Aucune autre ne t'a remplacée, Maria.

Il se leva et alla s'appuyer d'une main au chambranle de la fenêtre, écartant le rideau pour laisser la lumière rasante du soir caresser ses plaies. Mary n'osa briser son silence. Il lui faisait mal, autant que son aveu.

— Qui aurait voulu d'un estropié ? lâcha-t-il enfin.

Mary se leva, abandonna son verre et s'approcha de lui, sans oser le toucher pourtant, de peur de réveiller la douleur de ses cicatrices.

Elle se contenta de chercher sa main.

— Je ne veux pas de ta pitié, Maria. Elle me serait plus insupportable que le reste.

— Comment peux-tu croire que j'en aie ?

Il ne releva pas et continua sa confession, comme s'il avait attendu ce moment depuis toujours.

— J'ai fui Venise. Fermé ma porte aux visiteurs. Mes rares apparitions se sont faites derrière ce masque. J'ai cessé toutes mes activités auprès des miséreux, abandonné mes rêves pour cacher ma disgrâce.

— Pourquoi ? C'était ta raison de vivre, marquis. Avec le crâne de cristal.

Il eut un petit rire désabusé.

— Leurre. C'était un leurre, Mary. Il m'a fallu te perdre pour m'en rendre compte. Te retrouver me le crie plus encore.

— Marquis...

Il se tourna vers elle.

— J'aurais préféré la mort plutôt que la souffrance de ne pas t'avoir délivrée d'Emma. Mes blessures physiques n'étaient rien à côté de celles de mon âme. On n'oublie pas, quoi que l'on fasse. On n'oublie pas une partie de soi dont on vous a amputé.

— J'en suis indigne, murmura-t-elle en baissant le front.

— Non, Maria. Si tu l'étais, on ne t'aurait pas tant aimée.

Il lui releva le menton pour fouiller son regard.

— Sais-tu où Emma aurait pu se cacher ?

— Qu'en ferais-tu ?

— J'irais lui reprendre ce qu'elle m'a volé. Ma vie, mon apparence, mes rêves. À travers le crâne de cristal.

— Elle a parlé de la Caroline-du-Sud lorsqu'elle me détenait captive.

Mary faillit évoquer Ann, mais elle s'abstint. C'était une plaie qu'elle avait refermée. Elle ne voulait pas la rouvrir.

— C'est vaste, grimaça-t-il.

— Charleston est une ville prisée. Nous pourrions commencer par là.

— Nous, Maria ? s'étonna Baletti.

— Je ne te laisserai pas affronter Emma seul.

— Tu en as terminé avec ta guerre. Inutile de le nier.

— C'était vrai.

— Je te l'ai dit. Je ne veux pas de ta pitié.

— Alors, accepte ma tendresse. Cette guerre fut la mienne avant d'être la tienne. Tu ne peux m'empêcher d'y être mêlée. Sans moi, Emma ne t'aurait jamais mutilé. Ma vengeance s'en est réveillée. Je ne pourrai plus la faire taire.

— Tu espères laver ta conscience, Maria, alors que je ne t'en veux pas. C'est absurde.

— Tu as sauvé mon âme autrefois, marquis. Laisse-moi sauver la tienne. Laisse-moi me racheter de tout le mal que je t'ai fait.

— Tu n'en es pas responsable. Emma, seule, l'est. Tu n'effaceras pas toutes ces années en brandissant ton sabre, Mary pirate.

— Tu as raison, murmura-t-elle en nouant ses bras à son cou, plongeant ses yeux dans les siens.

— Comment peux-tu, quand je suis si laid? gémit-il.

— La laideur n'est qu'un masque. Tu m'as appris à voir au-delà.

Il la serra dans ses bras, refusant les lèvres qu'elle lui tendait.

— Te retrouver me bouleverse, avoua-t-il, mais il me faudra du temps avant de pouvoir...

— Me faire confiance? Ta patience autrefois me l'a laissé, ce temps.

Il ne répondit pas et, l'espace d'un instant, Mary eut l'impression de bercer un nouveau-né.

30.

Ils longeaient l'archipel de Camagüey lorsque la vigie signala une voile sur tribord arrière.

Mary s'empara de la longue-vue, à l'exemple de Baletti.

— Qu'en penses-tu ? s'enquit le marquis comme elle demeurait silencieuse.

— Le Jolly Roger est hissé, c'est un pirate, soupira-t-elle, sans écarter son œil de la lunette.

— Frégate ?

— Brigantin. Cela ne sert pas nos affaires, marquis.

— Il est rapide ?

— Et agile. Il est redoutable de dextérité, plus encore que la frégate. Nous ne lui échapperons pas. *Le Maria* ne fait pas le poids. Mieux vaudrait se rendre.

— Comme tu voudras, consentit Baletti. Calvi ?

— Je suis de son avis, monsieur, répondit celui-ci, comme Mary lui tendait sa longue-vue.

Elle s'apprêtait à faire mettre en panne lorsque Baletti, qui sondait toujours le large, demanda :

— Ils ont hissé un pavillon rouge en dessous du Jolly Roger. Qu'est-ce que cela signifie ?

Mary laissa échapper un juron. Les deux hommes se tournèrent vers elle de concert.

— Cela indique qu'ils ne feront pas de quartier, expliqua-t-elle, le front barré d'une ride soucieuse. Je n'aime pas ce qu'il augure.

— Que suggères-tu ?

— De louvoyer entre les îlots et d'y repérer une crique pour s'abriter. S'ils ne nous rattrapent pas avant. Faites donner la voile, toute la voile, capitaine. Prenez le vent par le travers, il faut utiliser les courants côtiers pour gagner en vitesse.

— Bonne idée, miss Mary, approuva Calvi.

— Crois-tu que nous ayons une chance ? demanda Baletti tandis que Calvi hurlait ses ordres.

— Je l'ignore, mais il leur en coûtera de nous prendre, assura-t-elle.

Elle se détourna de lui et appela ses pirates, les rassemblant à l'aide du porte-voix :

— Branle-bas de combat, messieurs. Huniers, hissez le pavillon noir.

Elle se retourna vers Baletti.

— Il vaut mieux se préparer à l'attaque. Le Jolly Roger leur donnera peut-être à réfléchir. On se doit le respect en mer entre pirates. C'est tout ce que nous pouvons faire.

— Je doute que ce soit suffisant, conclut Baletti.

Mary revint à la barre sans répondre.

Ils avaient quitté la Tortue moins d'une dizaine de jours après y avoir accosté. Mary avait tout raconté à Junior. Elle avait craint qu'il ne lui en veuille de s'écarter une fois encore de sa route. Au contraire, il l'avait encouragée.

— Je ne crois pas au hasard, maman. Si Baletti a de nouveau croisé ton chemin, c'est que l'heure est venue d'en terminer avec ce que tu as commencé. Je ne t'en ai jamais parlé, ni même reproché quoi que ce soit, avait-il avoué. J'étais certain, comme Corneille, qu'il fallait oublier, mais moi je ne l'ai jamais pu. Mon envie de bataille et de sang n'est que l'expression de ma vengeance inassouvie. Comme toi, j'en suis persuadé. Je ne suis plus un enfant.

— Tu pourrais m'accompagner avec le *Bay Daniel*.

Junior avait baissé les yeux.

— Oui, je le pourrais, mais il y a autre chose dont je ne t'ai pas parlé. Je ne savais pas trop comment te dire...

Mary avait tiqué. Ils se trouvaient dans l'auberge de Gave-Panse. Baletti avait refusé de se montrer à terre, malgré tous les arguments de Mary. Il se supportait difficilement. Elle avait fini par renoncer.

— Viens, lui avait dit Junior.

Le jour se levait. Son fils l'avait conduite à l'autre bout de la ville, devant une cabane. Mary la connaissait. L'épouse de la Tenaille y vivait avec son petit garçon. C'était une esclave d'une vingtaine d'années que le quartier-maître de Corneille avait affranchie et gardée. Mary avait compris bien avant qu'il toque à sa porte et que Galia ouvre, le ventre en avant. Junior était amoureux. Elle avait remarqué qu'il s'absentait souvent depuis quelques mois. Junior s'était toujours montré discret avec ses conquêtes.

— Nous nous sommes consolés mutuellement, lui avait-il avoué en enlaçant sa bien-aimée. Je voudrais la marier avant que mon fils ne naisse. Si tu es d'accord...

Pour tout consentement, Mary les avait embrassés. Elle les avait quittés sur le seuil de la porte. Elle n'avait plus rien à y faire, sinon à les aimer de loin. Ainsi allaient les choses. Mary était revenue auprès de Baletti, porteuse d'une raison supplémentaire pour le suivre : tenir la promesse qu'elle avait autrefois faite à son fils de tuer Emma de Mortefontaine. Le poignard de Niklaus avait été son compagnon le plus fidèle.

C'était dans le cœur d'Emma qu'il devait finir sa carrière. Mary Read n'aurait jamais dû l'oublier.

Bien qu'il ne soit pas le navire idéal pour cette expédition guerrière, Mary n'avait eu d'autre choix que de se contenter de la flûte de Baletti. Au moins leur avait-elle permis de stocker une large provision de vivres et d'eau dans ses cales, leur évitant de trop nombreuses escales. Le capitaine Calvi s'était montré compréhensif. Quelques jours à terre lui avaient suffi pour comprendre l'attachement des pirates à Mary Read. Il lui avait offert le commandement du *Maria* en signe de profond respect. Elle s'était contentée du poste de second.

Le *Bay Daniel* les avait escortés trois jours durant, les saluant ensuite d'une canonnade avant de virer de bord.

Mary n'en avait ressenti qu'un pincement au cœur. Son fils chéri voguait de ses propres voiles. Il n'avait plus besoin d'elle désormais. Elle s'en était consolée en tentant d'apprivoiser le marquis. Avec autant de patience et d'abnégation qu'il l'avait fait pour elle jadis. S'il n'était plus le conteur léger, le bienfaiteur idéaliste qu'elle avait connu, il n'en demeurait pas moins d'un esprit vif et leurs échanges avaient très vite retrouvé la verve d'autrefois. Lorsqu'il prenait son violon, Mary fermait les yeux et les images de Venise et du *Bay Daniel* se mêlaient. Baletti et Christophe Raymond. Tous deux avaient su parler à son âme. Elle s'était sentie sereine.

Jusqu'à ce que la vigie signale cette voile à l'horizon.

— Ils se rapprochent, lança-t-elle.

Les îlots étaient en vue mais n'offraient aucune crique pour se cacher.

Elle secoua la tête, les dents serrées. Elle ne craignait pas pour elle, mais pour lui. Corneille lui avait prouvé qu'on pouvait se battre malgré son handicap, mais elle n'était pas persuadée que Baletti en soit capable.

L'idée de le perdre alors qu'elle venait à peine de le revoir voila un instant son regard. Elle la rejeta avec violence. Depuis sa fausse couche et la mort de Corneille, elle réagissait exagérément aux émotions. Elle s'ébroua de cette faiblesse comme un oiseau aux plumes gorgées de pluie. Elle était lady pirate, que diable ! Et avait passé l'âge des émois de jouvencelle !

Elle inspira une large goulée d'air pour retrouver sa vindicte. Ce ne serait pas la première fois qu'elle se battrait pour deux.

— Tous à vos postes ! Attendez qu'ils soient à bord pour sortir vos armes. Seule la surprise nous permettra de vaincre. Pas de quartier, messieurs, ajouta-t-elle après avoir rassemblé l'équipage. Ce brigantin serait parfait pour achever notre course.

Un murmure d'approbation déferla sur le navire. Mary savait pouvoir compter sur ses hommes. Les marins vénitiens vendraient chèrement leur peau, mais elle ne les avait jamais vus au combat. Il faudrait faire avec.

Lorsqu'elle s'en revint à son poste de barreur, en délogeant Calvi, elle savait qu'il ne servirait plus à rien de fuir et de risquer une canonnade. Baletti se présenta devant elle, débarrassé de sa cape et de son masque. Deux pistolets étaient piqués à sa ceinture, un sabre battait sa cuisse et son visage marquait une détermination farouche.

— Faites tomber les voiles et mettre en panne, capitaine, ordonna simplement Mary. Nous lutterons, puisqu'il le faut, jusqu'au dernier.

Le *Maria* se mit donc à attendre par tribord qu'on vienne les prendre.

— Bon sang, mais qu'est-ce qu'ils fabriquent ? s'étonna John Rackham.

Le second du capitaine Charles Vane passa une main sur sa barbe.

— Curieux, en effet, lui accorda celui-ci. Ils veulent nous tromper dans l'espoir de nous dissuader, je suppose. Le pavillon noir ne nous a pas convaincus, ils essaient autre chose.

— Il faut donc que leur cargaison soit précieuse, s'ils refusent de l'exposer à nos tirs.

— Je le crois aussi. Ils n'ont pourtant pas de batterie pour la protéger.

— Mais beaucoup d'hommes. Beaucoup trop d'hommes, répéta-t-il en fouillant les ponts du *Maria* de sa longue-vue. Et armés, je parierais. Ce capitaine m'a tout l'air d'un roublard. Il a eu la gueule cassée et connaît les manières des pirates.

— Un corsaire reconverti, peut-être, suggéra Vane.

— Ou un corsaire tout court, capitaine.

Vane hocha la tête. Sa pensée venait de rejoindre celle de son second. Le *Maria* était peut-être un leurre. Un bâtiment de guerre déguisé pour les prendre. Il inspecta les sabords avec soin, plus perplexe que jamais. Ils seraient à portée de tir dans quelques instants.

— Mettez en batterie, ordonna-t-il. Abattez-moi ces mâts sans sommation, et visez à la poupe pour abîmer son gouvernail. Les courants sont côtiers. Nous allons le forcer à s'échouer sur la caye la plus proche.

Rackham hocha la tête. Pour une fois il était d'accord avec son capitaine qu'il jugeait souvent trop prudent.

Il descendit en batterie et relaya ses ordres.

L'instinct de Mary ne la trompa pas. Il lui suffit de voir dans sa lunette cet homme affublé de couleurs vives descendre du gaillard et gagner l'entrepont pour comprendre aussitôt l'intention du capitaine.

Elle se précipita à la rambarde et hurla :

— Larguez les voiles, bâbord toute !

Aussitôt, le navire vira.

— Que se passe-t-il ? demanda Baletti, surpris par ce changement brutal de manœuvre.

Mary n'eut pas le temps de répondre que les canons grondèrent depuis les sabords ennemis.

— Mordiou ! jura-t-il en voyant s'abattre la volée de boulets. Ils visent pour démâter.

— Nous ne leur donnerons pas ce plaisir, grinça Mary en barrant à l'ouest comme une forcenée.

Une seconde bordée affaissa les vergues du mât de misaine. Le brigantin s'en venait sur arrière tribord.

— Très bien, fulmina-t-elle, puisque c'est ce que tu veux ! Je vais te le donner, chien galeux !

Baletti se détourna de sa longue-vue pour l'observer un instant. Jamais il n'avait vu Mary aussi déterminée et farouche. Ses ordres fusaient, pour les gabiers, les huniers, pour les pirates qui cette fois ne cherchaient plus à dissimuler leurs armements.

Mary filait droit vers la plage, toutes voiles dehors, pour empêcher le brigantin de les couler en mer. Elle avait envie de se battre jusqu'à la mort si nécessaire, pas d'offrir à ce fourbe le privilège de l'envoyer par le fond sans qu'elle ait pu sortir son épée.

Le capitaine Calvi s'était retranché derrière Baletti, conscient qu'il n'aurait su mieux faire et que seule l'expérience de Mary pouvait encore les sauver.

La carène s'enfonça dans le sable et *Le Maria* s'échoua à quelques mètres de la plage.

— À l'abordage ! hurla-t-elle comme le brigantin prenait leur flanc, les serrant par bâbord.

Il avait renoncé à les canonner. C'était ce qu'elle voulait.

Des hunes qu'elle avait fait aménager, des grappins fusèrent, devançant ceux de leurs ennemis, tandis que ses pirates déchargeaient leurs fusils avec acharnement.

Mary n'attendit pas davantage pour se jeter dans la mêlée en hurlant :

— À moi les pirates ! Pas de quartier !

— Crébonsang ! s'étrangla Vane. Qu'est-ce que c'est que ce foutoir ?

— On s'est fait berner, fulmina John Rackham, qui venait de comprendre que le capitaine de ce navire n'était pas celui qu'il croyait.

— Ce chien ne va pas s'en tirer comme ça ! s'emporta Vane qui, comme lui, avait réalisé que la flûte avait dû tomber aux mains d'un pirate. Je ne le laisserai pas me prendre *La Revanche* ! beugla-t-il en dégainant son sabre.

Rackham agitait déjà le sien. Ils se jetèrent dans la mêlée.

On se battait à présent sur les deux navires, avec la même hargne, la même férocité. Mary enfonça son sabre dans une poitrine, tira à bout portant dans une autre. Elle était déchaînée, d'autant plus que Baletti l'avait rejointe et ferraillait avec une dextérité qui l'étonnait. Il était presque aussi belliqueux et doué que Corneille. Ayant perdu ses raisons de s'inquiéter, elle ne songeait qu'à mettre en pièces, récupérant les pistolets des pirates qu'elle tuait pour tirer sur d'autres.

L'air était empli de cette odeur de poudre et de sang qui décuplait sa rage, comme chaque fois. Elle cessa de voir et d'entendre, concentrée tout entière sur ce seul but. Avancer et ne laisser rien de vivant à ses côtés.

Charles Vane n'en revenait pas de cette furie qui déferlait sur son navire. Ils avaient le dessus, pourtant. On sabrait encore, mais avant longtemps tout serait terminé. Il en était de même sur le pont de *La Revanche*. À l'exception de ce gaillard défiguré et du capitaine qui n'en finissaient plus de les malmener. Ces deux-là étaient à deux contre dix et ne baissaient pas pavillon. Ils méritaient sa clémence.

— Rackham ! hurla-t-il. Fais-les prisonniers !

Mary entendit l'ordre, et saisit d'un coup la précarité de leur situation. Elle découvrit ses hommes qui se mouraient, croulant sous le nombre, et Baletti qui faiblissait.

Elle se rapprocha de lui, défaisant deux matelots qui lui barraient le passage, refusant qu'il se retrouve seul, acculé au gaillard d'avant. En quelques minutes, ils y furent plaqués.

— Cessez le combat ! ordonna une voix.

Leurs assaillants reculèrent, les menaçant d'un demi-cercle de gueules enragées, pistolet au poing. Ils s'écartèrent pour laisser passer le capitaine du brigantin et son second.

— Lâchez vos armes, ordonna le premier.

Mary le fusilla d'un regard mauvais et envoya son sabre lui atterrir aux pieds. Baletti dénoua ses doigts du sien et le fit choir sur le plancher.

— À la bonne heure, déclara le capitaine. Vous nous avez fait grands dégâts pour...

Il n'acheva pas. Un matelot avait saisi le porte-voix sur *Le Maria* et hurla :

— Leurs cales sont vides, capitaine, à l'exception du ravitaillement !

Un murmure d'indignation passa dans les rangs.

— Eh bien, cela confirme ce que je pensais. Le Jolly Roger à votre pavillon n'était pas un leurre, n'est-ce pas ? demanda Vane avec un sourire mauvais.

— Non, avoua Mary. Mais ce n'est pas ce que vous croyez, capitaine. Votre navire ne m'a intéressée qu'à partir du moment où vous avez voulu nous couler.

— Ben voyons ! ricana le second. Les pirates se baladent en flûte pour leur plaisir.

— Crois ce que tu veux, lâcha-t-elle, mais Mary Read ne ment jamais.

Charles Vane fronça les sourcils.

— Mary Read, dis-tu ? J'ai entendu parler de toi, mais j'avais du mal à croire à l'existence d'une femme pirate.

Mary releva le menton avec fierté.

— T'es une femme ? s'étrangla Rackham.

— Je te déconseille d'essayer de le vérifier, répliqua-t-elle, l'œil noir.

Il y eut quelques ricanements parmi les hommes, que Rackham fit taire d'un regard terrible.

— Que comptez-vous faire de nous, capitaine? demanda Baletti, resté muet jusque-là.

— Qui es-tu?

— On m'appelle le marquis. Je suis le second de Mary Read.

— J'ai laissé le *Bay Daniel* à mon fils, expliqua Mary. Le marquis et moi avions une affaire à régler en Caroline-du-Sud.

— Dis plutôt que tu voulais gagner un navire, éructa Rackham, et que tu pensais ruser pour le prendre.

Mary comprit qu'elle ne parviendrait pas à les convaincre. Tous les faits étaient contre elle et elle n'avait aucune envie de raconter son histoire à ces gars-là!

— Finissons-en, fit-elle. Crève-nous, si tu ne veux pas nous enrôler!

— Cela me ferait mal de vous avoir à bord, grinça Rackham.

— Faudra pourtant que tu t'y fasses. Baissez vos armes, ordonna le capitaine Vane à ses pirates.

Indifférent au regard furieux de Rackham, il ramassa la lame de Mary et s'approcha pour la lui tendre.

— J'étais à Kingston quand le capitaine du *Bay Daniel* s'est évadé de la potence. C'était toi, n'est-ce pas?

Elle hocha la tête.

— Tu as de l'honneur au bout de l'épée, Mary Read. Les raisons de ta présence sur le *Maria* m'importent peu. Quelles qu'elles soient, je crois ce que tu m'en dis.

— Merci, capitaine.

— Bienvenue sur *La Revanche*. Je suis Charles Vane, et mon second si impétueux s'appelle John Rackham.

— Nous ne resterons pas sur ton navire, affirma Mary.

— Nous vous déposerons à New Providence, décida Vane, si cela te convient.

Mary approuva.

— Jusque-là, vous êtes sous mes ordres et ceux de Rackham.

— C'est bien ainsi que nous l'entendions, assura Mary.

Vane s'écarta d'elle, revint vers Rackham et lui glissa en aparté :

— Cesse de faire cette tête et coule-moi ce navire après avoir récupéré son chargement. Mary Read est une excellente recrue et j'ai bien l'intention de la garder.

31.

Ann cogna du pied dans une pierre au bout de la jetée avant de contempler la grève d'un œil triste. Cela faisait sept mois maintenant qu'elle était l'épouse de James Bonny et six qu'ils se trouvaient à New Providence. Personne ici ne pouvait supposer qu'Ann Bonny était en réalité miss Cormac. Cela eût dû lui suffire, d'autant que James était, contre toute attente, extrêmement épris d'elle et ne cessait de lui répéter qu'il avait été chanceux et fort avisé de la garder.

Elle aurait pu en dire autant si elle n'avait croisé le regard de ce pirate, le mois précédent. Quelques secondes, et elle en avait été poignardée. Il avait repris la mer. Depuis, elle ne cessait d'espérer son retour.

James Bonny était un bon époux. Il lui avait tout appris, y compris à se réconcilier avec ce corps que l'avortement avait malmené. Il avait fait d'elle une femme, lui avait donné un nom et espérait un foyer. Un foyer. Pas la mer. Il l'avait quittée pour demeurer auprès d'elle. Ann aurait dû s'en sentir flattée.

James Bonny était devenu indicateur pour le gouverneur Woodes Rogers. Il touchait un bon salaire pour dénoncer les pirates qui relâchaient à New Providence.

Ils étaient nombreux sur l'île. Presque deux mille, organisés en clan. La plupart étaient d'anciens corsaires reconvertis pour survivre. Les denrées en provenance d'Angleterre, seules autorisées sur les côtes des Indes occidentales, étaient d'un bon profit en contrebande. Les pirates les revendaient aux planteurs de Rhode Island, de Boston et même de New York. La piraterie n'avait jamais été aussi florissante et le roi George d'Angleterre en était exaspéré.

Bonny passait son temps dans les tavernes, auprès d'eux, les exhortant à redevenir honnêtes et à demander le pardon du roi. S'ils refusaient, il les dénonçait à Woodes Rogers qui les traquait.

Ann le lui avait reproché. La délation ne lui plaisait pas. Ils s'étaient disputés. Ann avait cédé devant ses arguments, pas devant sa conscience. James Bonny avait perdu de son attrait en sacrifiant son honneur. Elle préférait celui des pirates. Sous prétexte d'aider à sa popularité, et pour sortir de cette maison dans laquelle elle se trouvait contrainte à son rôle insipide d'épouse, elle avait proposé de l'accompagner dans les auberges. Au début, fort de l'importance qu'il avait prise, James Bonny ne s'en était pas méfié. Jusqu'à découvrir qu'elle y passait beaucoup plus de temps qu'elle ne l'avouait, et riait fort avec les marins quand elle soupirait dans ses bras.

Il lui avait fait une scène de jalousie un midi, après qu'un matelot l'eut saluée d'un clin d'œil, sur la jetée.

— Je ne laisserai pas ma femme se comporter comme une putain ! avait-il hurlé.

— Je suis libre de faire ce qu'il me plaît, avait-elle rétorqué.

— Certainement pas, Ann, depuis que tu m'as épousé.

— Tu sais bien pourquoi je l'ai fait. Tu n'as pas le droit de t'en plaindre. Estime-toi heureux que je sois encore à tes côtés.

— Heureux ? Quand tu me ridiculises ? Ne t'avise pas de me tromper, avait-il menacé, ou je ferai pendre ton amant haut et court.

— Je n'ai pas d'amant, James Bonny, mais si tu persistes à me poursuivre de tes accusations, j'en prendrai un, sois-en sûr !

Elle était sortie en lui claquant la porte au nez. Toute la journée elle avait erré dans la ville aux maisons de bois qui croulaient sous une végétation luxuriante et bigarrée, se perdant dans ses ruelles, avant de cacher sa rancœur à l'abri d'un rocher sur la plage, au bout de la jetée. Souvent, elle y venait pour se gorger du spectacle des navires. Elle n'avait qu'une envie, monter à bord et s'y engager, tempêtant contre ces superstitions stupides qui interdisaient les métiers de mer aux femmes. Elle se serait bien déguisée en homme pour tromper la vigilance, et l'aurait fait si on ne la connaissait pas autant, ou encore si James Bonny avait été marin dans l'âme et non par nécessité. Elle l'aurait fait si elle ne l'avait pas épousé. Poussant un nouveau soupir, elle envoya les galets ricocher sur les vagues qui s'en venaient mourir sagement à ses pieds.

Ann avait quitté le carcan d'une prison pour se trouver enfermée dans une autre. Plus réjouissante, certes, mais pas aussi excitante qu'elle l'espérait. Elle ne laisserait pas James Bonny l'empêcher de fréquenter les pirates, de se troubler de l'ambiance des tavernes, des odeurs de tabac, de vin et d'embruns mêlés, de leurs mains calleuses dans le giron des filles de joie. Celles de son époux, trop blanches et soignées, ne lui faisaient plus d'effet quand il les posait sur elle. Elles étaient trop sages malgré leurs caresses. Trop douces. Ann rêvait de la violence des étreintes de ces hommes rompus à l'océan.

À cause d'un seul qu'elle avait vu sortir d'une chambre, un matin, alors qu'elle allait porter des médicaments à une des filles. Ses œuvres lui offraient un bon prétexte pour approcher ces auberges malfamées, ces catins que James Bonny reniait après les avoir tant aimées à Charleston.

Ann s'était immobilisée dans le corridor de l'auberge, face à l'homme qui refermait la porte, boutonnant son gilet. Leurs regards s'étaient croisés et enflammés.

— Bonjour à toi, la Bonny, l'avait-il saluée avant d'allonger son pas.

Elle n'avait pu répondre, la gorge nouée et le cœur battant la chamade. Il savait son nom. Ce n'était pas difficile, tous la connaissaient. Elle était certaine, quant à elle, de ne jamais l'avoir rencontré. Isabella avait surgi de la chambre qu'il venait de quitter, à peine rhabillée, et s'était élancée pour le rattraper.

— Merci, John ! s'était-elle exclamée sur le palier en lui envoyant des baisers.

Ann était restée plantée là, au milieu du couloir, jalouse de leur complicité. Idiote. Isabella était revenue vers elle, des étoiles plein les yeux, la main refermée sur une pièce d'or.

— Ce Rackham est non seulement un amant merveilleux, mais, en plus, il sait parler aux femmes, avait-elle déclaré à Ann avec un soupir à fendre l'âme.

Ann s'était sentie rougir de la tête aux pieds, mais Isabella, tout à sa félicité, n'avait rien paru remarquer. La catin avait regagné sa chambre en chantonnant et Ann s'était rendue au chevet de sa voisine, davantage pour la questionner que pour la soulager.

Depuis, elle se languissait, rêvant d'adultère entre les bras de Rackham, et se promettant de quitter James Bonny si son fringant pirate succombait à son charme.

Mais elle avait beau s'abîmer les yeux sur la ligne d'horizon, *La Revanche* du capitaine Vane, dont il était le second, tardait à s'annoncer.

*

Cela faisait maintenant un mois que Mary et Baletti étaient à bord de *La Revanche*. Un mois qu'ils voyaient grandir la colère de John Rackham.

Incontestablement, il y avait de l'hostilité entre Charles Vane et son second. Incontestablement, l'équipage se rangeait à l'avis de Rackham. Vane était frileux. Ancien corsaire, il avait des scrupules à risquer de perdre son navire dans des combats inégaux. À l'exception de quelques barcasses tout juste bonnes à les ravitailler, ils n'avaient fait que peu de prises intéressantes. Et encore, Vane mettait tant de conditions à leur capture qu'il en gâtait le plaisir.

Deux jours auparavant, ayant croisé un négrier, les hommes s'étaient excités de l'idée de sa capture. Les esclaves étaient facilement monnayables et apportaient grand plaisir aux matelots. Vane s'y était opposé. Trop bien gardé à son sens, il leur avait interdit d'en jouir.

Au soir venu, dans la batterie, les chuchotements avaient pris un goût d'amertume et de frustration, et un ton qui, depuis, ne cessait de monter. Mary avait compris que sa présence à bord n'avait pas arrangé les relations entre le capitaine et son second. Bien qu'elle se soit démarquée des autres matelots, imposant un certain respect, elle sentait bien que ces gars-là n'éprouvaient pas les mêmes sentiments pour elle que leurs frères de la côte. Elle était femme quand ils en étaient privés. De plus, Vane s'attardait en sa compagnie, sous le prétexte de s'intéresser aux habitudes des pirates de la Tortue. Il avait une belle influence à New Providence, et on lui demandait souvent conseil. Mary n'était pas dupe. Elle était consciente que Vane la trouvait à son goût. La preuve en était qu'il tardait à rallier New Providence.

Rackham l'avait bien compris, qui lui manifestait une réelle animosité.

Il craignait qu'elle ne l'évince de son commandement, même si elle continuait d'affirmer haut et clair qu'elle débarquerait dès que possible. Rackham était persuadé qu'elle rêvait d'un navire et de celui-ci en particulier. Elle pouvait difficilement s'en défendre, le brigantin de Vane possédait de réels attraits.

— J'ai peur d'une mutinerie, lui avait glissé Baletti la veille au soir, discrètement.

Mary avait hoché la tête. Ils évitaient de discuter pour ne rien dévoiler de leurs projets. Ils se sentaient épiés en permanence. À l'exception d'une quinzaine d'hommes, dévoués corps et âme à Charles Vane, les autres étaient acquis à Rackham. Ils étaient arrivés sur *La Revanche* au mauvais moment.

— Sloop marchant sur tribord avant! hurla la vigie.

— Je le veux, déclara Rackham à Vane qui examinait leur proie à la longue-vue.

Vane grimaça et Rackham serra les poings de colère, sachant ce que cela signifiait. Il fit un léger signe de tête à Fertherston, le quartier-maître, qui le lui rendit aussitôt.

— Les sloops sont teigneux, Rackham, comme toi, soupira Vane.

— Tu ne crois pas si bien dire, capitaine, glissa-t-il en lui plaquant son pistolet entre les reins.

— Qu'est-ce à dire? blanchit Vane.

— Que tu es relevé de tes fonctions, capitaine.

Fertherston poussa un sifflement bref, strident.

En quelques secondes, l'équipage immobilisa ceux qu'il savait acquis à la cause de Vane. Comme eux, Mary et Baletti se retrouvèrent poussés sans ménagement vers la cale. Il leur aurait été vain de se défendre.

— Avance, ordonna Rackham à Vane.

Au vu de l'importance des mutins, celui-ci capitula sans discussion. Il serra les dents et, passant au milieu de son équipage silencieux, gagna la cale à son tour.

— Désolé, capitaine, nous n'avons rien vu venir, s'excusa le maître queux, tandis qu'on rabattait la trappe sur eux, les plongeant dans l'obscurité.

— Ça ne fait rien, Morgan, soupira Vane. Rackham a pour lui la fougue de la jeunesse. Autrefois, j'étais aussi téméraire que lui. Je ne peux pas le lui reprocher. L'âge abîme tout, messieurs.

Mary et Baletti se gardèrent du moindre commentaire. Sur le navire, on se préparait à l'abordage.

— Merci de m'avoir soutenu, Read.

— On ne m'a guère laissé le choix.

Profitant de la pénombre, elle abandonna sa tête sur l'épaule de Baletti. Elle l'avait désiré souvent depuis leurs retrouvailles. Lui aussi, apparemment, car sa tempe vint chercher la caresse de ses cheveux. Mary ferma les yeux.

Son intuition lui conseillait la prudence. Rackham avait l'âge de Junior. Il était emporté et belliqueux, mais savait se montrer juste et fraternel. Elle avait eu tôt fait de le juger. Malgré l'animosité qu'il lui portait, elle le sentait impressionné par sa vindicte. Il ne les tuerait pas par plaisir ou par orgueil. Ce n'était pas dans son tempérament. Vraisemblablement, il les débarquerait sur l'île la plus proche, et leur consentirait eau et nourriture. Juste assez pour leur laisser le temps de s'organiser. Il était inutile de s'inquiéter. Elle avait pris l'habitude des contretemps et celui-ci la laissait indifférente. Ils n'étaient plus à une semaine ou un mois près, quand ils avaient attendu des années.

Elle s'abandonna à leur étreinte fragile, comme une promesse de ce que serait l'avenir, lorsqu'elle lui aurait rendu la paix. Que le crâne de cristal le guérisse ou pas n'y changerait rien. Au milieu des pirates, Baletti trouverait sa place. À l'inverse de son monde où il fallait paraître pour exister, ici, chaque cicatrice amenait le respect.

On les délivra un long moment plus tard. Au cliquetis des sabres et aux mouvements du navire, ils savaient déjà que le sloop avait été enlevé sans difficulté.

Mary cligna des yeux sous le plein soleil d'avril en jaillissant de la cale.

— Je vois, capitaine Rackham, que vous avez eu raison et moi tort, s'inclina Vane dans un sourire fataliste et amer.

— Ton temps est révolu, Vane, le nargua Rackham, davantage pour marquer sa supériorité devant l'équipage que par goût.

Son regard trahissait un sincère respect. Visiblement, Mary ne s'était pas trompée. Rackham était bel homme, audacieux et téméraire. Il ferait un bon capitaine pour *La Revanche*.

Comme pour lui donner raison, il désigna le sloop accolé encore au brigantin.

— Il est à toi, Vane. Je garde *La Revanche*.

— Je vois qu'il te reste un peu de ce que je t'ai enseigné. Allons, matelots. Gagnons notre bord, décida celui-ci en se tournant vers les siens, une ride de dépit au front.

L'aumône de Rackham laissait un goût d'amertume à son orgueil blessé.

*

La rumeur atteignit Ann au moment où elle repoussait ses volets. Elle était à peine habillée et James Bonny achevait de passer son gilet.

— *La Revanche* est à l'ancre ! ne put-elle s'empêcher de s'exclamer avec un sourire ravi, qui fit froncer le sourcil de son époux.

Elle se reprit aussitôt.

— Tu vas pouvoir t'employer aux ordres de Woodes Rogers, toi qui tempêtais de ne pouvoir le satisfaire.

— C'est vrai, consentit James, sans pour autant refouler sa suspicion. Laissons Vane débarquer. Je sais où le trouver.

Ann se mordit la lèvre de l'envie de courir vers la jetée. Elle ne pouvait cependant le faire sans que son époux vérifie aussitôt ce qu'elle venait si mal de cacher.

— Je vais aller voir si le petit déjeuner est prêt, dit-elle en contournant le lit pour gagner la porte.

James Bonny l'arrêta.

— J'ai faim de toi bien davantage, murmura-t-il en l'enlaçant, excité par ce sentiment de jalousie qui enflait.

Ann, embarrassée, le repoussa en minaudant.

— Voyons, James, ne peux-tu attendre ce soir?

Il resserra son étreinte.

— Maintenant, insista-t-il d'une voix dure, à moins que tu ne préfères un des marins de *La Revanche*?

— Cesse de dire des sottises, souffla-t-elle en le laissant taquiner son cou de baisers.

— Ce ne peut être Vane, continua-t-il pourtant. Il est trop vieux.

— Assez, supplia Ann, effrayée soudain par la brutalité de ses gestes, par son souffle irrégulier.

— Rackham, décida-t-il en l'entraînant vers le lit. C'est forcément Rackham qui t'excite.

— Lâche-moi, s'emporta-t-elle. Tu es devenu fou.

— Fou, oui, affirma-t-il en la bousculant sur leur couche, défaite encore. Fou de toi. Fou d'imaginer d'autres mains sur ta peau. Tu m'as voulu à Charleston, Ann Cormac. Tu n'as pas fini de m'en dédommager.

Il haletait d'un désir sauvage. Ann sentit des sanglots lui brûler la gorge. Elle cessa de lutter.

— À la bonne heure, dit-il en dégrafant ses chausses. Je croyais que les manières de cour te plairaient davantage que celles des marins, mais puisque je me suis trompé...

Il releva ses jupons et la pénétra brutalement. Ann serra les dents en songeant que James Bonny allait payer chèrement son geste inconsidéré.

L'après-midi, profitant de l'absence de son époux, elle se risqua dans la Balancine, la taverne où Rackham et ses hommes avaient l'habitude de se rendre pour dépenser leur butin au jeu.

Elle trouva celui-ci en train de boire à la régalade dans le décolleté d'une des filles. Visage renversé en arrière, celle-ci offrait sa gorge au vin qu'il y faisait couler depuis le pichet.

On riait fort et grassement autour de leur table. Ann s'immobilisa, agacée. Rackham empoigna la catin par la taille et l'assit sur la table, relevant ses cuisses et les écartant à pleines mains pour poser ses pieds sur la table.

— Vingt dieux, diablesse ! s'exclama-t-il. Si je n'avais un reste d'éducation, c'est ici même que je te prendrais.

Au lieu de cela, il enleva un second pichet et le vida dans son gosier, offrant un bruit de glotte à la femme qui s'esclaffait. Ann sentit son ventre se nouer. Elle s'apprêtait à sortir lorsque le regard de Rackham accrocha le sien. Il reposa le pichet et repoussa les cuisses de la catin, la laissant à un autre qui s'était penché sur ses lèvres pour l'embrasser.

Ann recula jusqu'à la porte, le cœur battant la chamade, voyant Rackham abandonner ses compagnons, bien trop avinés pour s'en inquiéter. Elle s'immobilisa sur le seuil, partagée entre l'envie de fuir et celle de rester. Terrorisée par ce désir sauvage qui la tenaillait.

Rackham fut devant elle. Autour d'eux, on allait et venait, indifférent à leur trouble.

— Viens, ordonna-t-il.

Il se glissa par une encoignure à droite de l'entrée. Ann l'y suivit. Ils aboutirent dans un petit réduit obscur où le tavernier entreposait ses réserves. Rackham l'attira à lui et l'embrassa passionnément. Ils s'aimèrent debout, dans l'urgence, sans qu'un seul mot soit prononcé.

Huit jours plus tard, Rackham demandait sa grâce au roi et abandonnait la piraterie pour empêcher James Bonny de se venger. Ann l'avait rejoint sur *La Revanche* pour échapper à la colère de son époux. Face à la plage, dans la cabine de son capitaine, elle découvrait l'amour. Le vrai. Jurant qu'elle ne s'en lasserait jamais.

*

Baletti et Mary descendirent du canot à peine celui-ci eut-il touché la grève. Ils se trouvaient enfin devant New Providence.

Face à eux, au-delà de la frange du littoral, les bâtisses de bois blanc s'alignaient de manière ordonnée. Mary s'était imaginé découvrir une réplique de la Tortue. Elle se trompait. S'il y avait, certes, autant de tavernes, de cabarets et d'auberges que chez elle, on sentait bien que l'influence anglaise y régnait. Les Français de la Tortue étaient bien plus désorganisés.

— Allons, déclara Vane, j'ai soif de civilisation.

Il était venu recruter un nouvel équipage. Leur sloop n'avait pas tenu longtemps la mer après que *La Revanche* les eut abandonnés. Une tempête de printemps l'avait malmené. Ils s'étaient échoués sur un îlot à hauteur de Great Guana Cay et y avaient vécu d'expédients quatre mois durant, s'enfonçant dans la jungle hostile de l'île principale pour récolter nourriture et eau potable. Leur mâture avait été abîmée, leurs voiles déchiquetées. Le sloop était un bâtiment nerveux, bien que de petite taille.

Ils auraient pu s'en tirer sans avarie si une crique les avait abrités. Mais le vent était tombé d'un coup tandis que l'œil noir de la tempête s'enroulait autour d'eux en plein océan. Lorsqu'elle s'était déchaînée, ils avaient été balayés par des creux de huit mètres. Jamais encore Mary n'avait eu à affronter des éléments aussi furieux. Plusieurs heures durant, tous s'étaient battus désespérément pour ne pas sombrer.

Au matin, brisés, ils avaient béni leur chance. Ils n'avaient pas perdu d'hommes. C'était un miracle.

Quatre mois. Quatre mois à survivre et à réparer avec les moyens de fortune. Colmatant les voies d'eau, carénant avec des feuilles de palmier tressées et de la colle de poisson, coupant des arbres à la machette, débitant des cals, des planches, rapiéçant des voiles, et se liant d'amitié comme seuls peuvent le faire les naufragés.

Vane était un être épris de justice, regrettant son métier de corsaire. Il aurait volontiers demandé son pardon au roi.

— Mais ce chien galeux mésestime ceux qui l'ont servi autrefois. Avec ce qu'il nous consent de nos prises, nous aurions à peine de quoi nous nourrir, aujourd'hui. Alors une famille ! avait-il grommelé.

— Tôt ou tard il vous prendra, avait objecté Baletti.

— Mourir de faim ou sur la potence, quelle différence ? Tant qu'à choisir, je préfère vivre peu, mais avec le sentiment de ma liberté.

Ils en étaient progressivement venus aux confidences. Le marquis avait révélé les raisons de ses blessures et leur destination pour s'en venger. Sans toutefois dévoiler son rang et sa position à Venise. Vane semblait avoir de l'honneur, mais il pouvait tout aussi bien l'oublier, les faire prisonniers et réclamer une rançon. Vane voulait se refaire, afin de récupérer un cotre ou un lougre, voire un brigantin. *La Revanche* lui manquait.

Voilà pourquoi son front s'était barré d'une ride d'amertume en franchissant le goulet de New Providence, découvrant *La Revanche* à l'ancre, à quelques encablures de leur propre emplacement de mouillage. Il n'avait rien dit, mais Mary se doutait bien qu'il mourait d'envie de coincer Rackham et de lui expliquer sa façon de penser, en combat singulier. Elle savait aussi qu'il n'en ferait rien, rentrerait sa colère et se contenterait de le toiser avec mépris comme tout bon Anglais.

Ils se séparèrent devant la Balancine. Il tardait à Vane de retrouver son épouse et ses fils, et aux matelots d'écarter les cuisses des catins.

— Je vous regretterai, dit-il en guise d'adieu.

— Nous aussi, capitaine Vane, le salua Mary.

C'était vrai. Leur séjour forcé sur l'île leur avait appris à l'apprécier.

Il leur tourna le dos et s'éloigna.

— Il me fait penser à Forbin, lâcha Mary. En plus éteint.

— C'est-à-dire ?

Le regard de Mary pétilla en accrochant celui de Baletti.

— Forbin aurait serré les poings et Rackham se serait souvenu de la leçon.

— Je vois... Viens, dit-il, il faut nous renseigner. Je n'ai aperçu aucun de mes bâtiments à l'ancre.

— Tu l'espérais ? demanda Mary en poussant la porte pour pénétrer dans la taverne.

Aussitôt, le bruit et la fumée les environnèrent. Pour s'entendre, il faudrait crier. Ils avisèrent une table rectangulaire. Les matelots de Vane s'y étaient attablés et vidaient leur chopine tout en flattant les croupes des filles. Il restait deux places en vis-à-vis au bout du banc. Malgré l'heure matinale, le bouge était bondé.

Ils s'installèrent. Baletti héla le tavernier, occupé à discuter avec un gaillard aussi défraîchi et mal rasé que les autres, mais qui, à l'inverse d'eux, ne paraissait pas vraiment s'amuser. Il était isolé à une table et avait l'œil désabusé. Le tavernier s'écarta de lui pour les rejoindre. Pas plus que tous ceux qu'ils avaient croisés, il ne s'attarda sur le visage abîmé de Baletti. Peu à peu le marquis avait cessé de s'inquiéter de son apparence et Mary s'en réjouissait.

— Qu'est-ce que ce sera ? demanda le tavernier.

— Des bières et des informations. Nous voulons gagner la Caroline-du-Sud, sais-tu quel navire doit s'y rendre ?

Il se gratta le menton et réfléchit un moment avant de lâcher :

— Blackbeard a bien parlé d'écumer jusque là-bas, mais je vous déconseille son bord, grimaça-t-il.

— Pourquoi ?

L'homme se pencha vers eux et leur désigna un gaillard entouré de trois putains et d'une poignée d'hommes, dans un renfoncement. Il était impressionnant de crasse, les cheveux tressés et frisottés, la barbe poisseuse et les ongles aussi noirs que les dents. Ses vêtements tenaient autant par des épingles que par le sang et le graillon.

— Il est fou. Du moins à ce que l'on raconte. C'était un fringant corsaire, autrefois, le capitaine Teach, mais il a changé de nom et de personnalité. L'alcool le rend mauvais.

— Mais encore ? demanda Mary, que même à distance l'homme dégoûtait.

Elle se voyait mal sur son navire, à sa merci.

— Un jour, alors qu'il était ivre et s'entêtait en mer, raconta le tavernier, il descendit dans la cale, entraînant trois de ses matelots avec lesquels il avait pris querelle.

« Faisons un enfer de nous-mêmes et voyons qui pourra y résister le plus longtemps ! » jura-t-il avant d'ajouter que serait mis à mort qui tenterait de l'écarter. Il ferma toutes les écoutilles et enflamma plusieurs pots emplis de soufre et autres combustibles.

Le tavernier s'interrompit et risqua un œil par-dessus son épaule pour vérifier que Blackbeard n'avait pas bougé, puis enchaîna :

— En peu de temps, la fumée âcre envahit le navire et l'on entendit crier et supplier. Son équipage était terrorisé, craignant qu'il ne fasse tout exploser. Il a fini par reparaître en riant et en se moquant de ses matelots qui pleuraient comme des fillettes, toussant et crachant pour aspirer l'air qui leur avait manqué. Blackbeard dégaina ses pistolets et en abattit deux à bout portant dans un éclat de rire satanique. Il épargna le troisième en lui recommandant de prendre garde à ne plus jamais montrer un quelconque signe de faiblesse, acheva le tavernier en frissonnant.

Baletti et Mary échangèrent un regard complice. Visiblement, ce Blackbeard cultivait sa légende.

— J'ai soif ! Tavernier ! Ramène-toi ou je fais sauter ton cuvier !

— J'arrive, Blackbeard, j'arrive, s'empressa de lui répondre celui-ci.

Il se retourna vers eux en soupirant.

— Il vaut mieux éviter de le contrarier.

— N'as-tu rien de mieux à nous conseiller ? demanda Baletti en le retenant par le bras.

— Faites-vous corsaires, lâcha-t-il. Teach est sur la liste noire de Woodes Rogers. Il ne tardera pas à le faire pourchasser. Adressez-vous à James Bonny.

— Qui est-ce ?

Il leur désigna le triste sire qu'il avait délaissé pour prendre leur commande, puis s'écarta d'eux pour rejoindre le pirate qui s'impatientait.

— Qu'en penses-tu ? demanda Mary.

— Aucune envie de voir ses mains sur toi, grinça Baletti dans une moue dégoûtée. Personne ne te connaît ici. Il serait plus prudent que tu caches ta nature. En outre, nous serons plus en sécurité avec les corsaires qu'avec les pirates, vu les circonstances.

Mary hocha la tête. C'était aussi son sentiment. Ils se levèrent de concert pour rejoindre James Bonny. Il ne redressa pas seulement la tête pour les saluer, faisant tournoyer son rhum dans son verre.

— Il paraît que tu te charges d'enrôler des corsaires ? demanda Baletti.

Bonny soupira, reposa son rhum et planta son regard dans le sien.

— Tu as un navire ?

— Non, nous étions de l'équipage de Vane.

Un rictus mauvais ombragea ses traits et Mary le vit serrer ses doigts sur le verre, à le broyer.

— De Vane ou de Rackham ?

— Rackham a enlevé *La Revanche* et nous a abandonnés avec Vane sur un sloop.

James Bonny ricana et avala son verre d'un trait.

— Rackham prend tout, cracha-t-il. Salit tout. Même l'amour.

Mary et Baletti n'eurent pas le temps de s'interroger sur le sens de cette tirade que le rire de Rackham éclata comme un coup de tonnerre à l'entrée, juste en face de Mary. Son œil alla des traits crispés de Bonny, qui s'était mis à suer à grosses gouttes, à l'allure débonnaire du pirate qui venait de paraître, enlaçant la taille arrondie d'une rouquine, visiblement épanouie.

Fulminant de haine, Bonny s'était enfermé dans un silence crispé, que Baletti et Mary n'osèrent pas troubler. Leur différend devait venir de cette femme. Il valait mieux ne pas s'en mêler.

Rackham longea leur table, apparemment désinvolte, mais Mary remarqua qu'il resserrait ses doigts sur les hanches de la fille.

Elle accrocha le regard de celle-ci. Ce fut fugitif. Entraînée par Rackham, elle s'éloignait déjà, mais Mary se retourna sur son passage, avec l'envie de contempler encore ses traits.

La fille avait dû ressentir la même curiosité car elle profita de ce que Rackham la lâchait pour tendre vers elle un visage intéressé.

— Inutile de la reluquer, grinça Bonny. Cette peste a trouvé son maître !

— Qui est-ce ? demanda Mary, qui ne s'expliquait pas cette attirance étrange.

— Ma femme, ricana James Bonny.

Il détourna la tête et cracha à terre en lui coulant un œil haineux.

— Désolé, répliqua Baletti.

— C'est moi, reprit Bonny. J'aurais jamais dû me laisser embobiner par cette garce, c'est tout. Elle voulait un marin, elle l'a trouvé. Mais j'aurai ma revanche, assura-t-il. Rackham a obtenu le pardon du roi, mais elle ne se contentera pas de sa solde de corsaire pour élever son bâtard. Madame a des goûts de luxe sous ses allures de catin. Tôt ou tard, Rackham replongera.

Il ricana de nouveau et remplit son verre. Mieux valait ne pas rester en sa compagnie. S'il buvait encore, il irait certainement leur chercher querelle.

— Comment peut-on s'engager ? demanda Baletti, revenant à leurs préoccupations.

— Sans navire, je ne peux rien pour vous, lâcha Bonny. Woodes Rogers va ramener de l'ordre. Tous les pirates qui s'obstineront seront pendus haut et court. Je vous conseille de ne pas l'oublier, ajouta-t-il en se levant, incapable d'en supporter davantage.

En face de lui, son épouse riait à gorge déployée au milieu des matelots. Il tourna les talons et gagna la sortie, les poings serrés.

— Il nous reste Blackbeard, soupira Mary.

— Certainement pas. Tu as entendu son propos ? Il confirme celui du tavernier. Ce Woodes Rogers est certainement un de ces coqs ambitieux prêts à tout pour marquer leur territoire. Il ne fera pas bon côtoyer les pirates dans les Bahamas.

Il s'étira et contempla le visage d'Ann Bonny qui regardait fréquemment dans leur direction. Baletti demeura figé un instant devant son sourire. Mary se retourna sur sa chaise et son cœur s'accéléra une nouvelle fois.

— Elle est belle, très belle, lâcha-t-elle.

Baletti hocha la tête.

— Elle te ressemble, remarqua-t-il.

Mary en fut troublée.

— Je ne trouve pas.

— Depuis combien de temps Mary Read n'a-t-elle pas croisé un miroir ?

— Depuis Venise, je crois, avoua-t-elle en souriant.

— Allez, viens, lady pirate ! fit Baletti en se levant, rieur. Si nous ne pouvons être corsaires, nous pouvons toujours être matelots. En ratissant les auberges, nous trouverons bien un équipage pour nous prendre.

Mary hocha la tête et lui emboîta le pas. Non sans avoir lancé un dernier coup d'œil en arrière. La compagne de Rackham possédait des traits qui lui étaient familiers. Elle haussa les épaules en se disant que c'était la couleur de ses boucles qui avait donné ce sentiment à Baletti, et sa beauté qui lui avait touché l'âme.

Elle soupira en apprivoisant l'éclatante lumière du jour. Il était vraiment temps qu'elle se reprenne !

32.

Emma trompa son attente dans la contemplation du jeu qui se déroulait dans le jardin. La demeure de Nicolas Lawes à Kingston était somptueuse, mais elle n'en vit rien, tout entière captivée par ces fillettes qui riaient en se succédant à la marelle, à côté de la table sur laquelle le goûter d'anniversaire attendait. La maisonnée avait pris un air de fête pour célébrer les huit ans de Natalia, l'enfant unique et chérie du gouverneur de la Jamaïque.

— Pardonnez-moi, ma chère amie, de vous avoir fait attendre ! s'exclama celui-ci en pénétrant dans le salon où un domestique avait prié Emma de patienter.

Elle se retourna pour lui tendre sa main à baiser.

— Languir serait plus juste, mon cher, le taquina-t-elle en le couvrant d'un œil langoureux.

Lawes hocha la tête et résista à une furieuse envie de l'étreindre. Emma s'en amusa. Elle savait que cela ne durerait pas, qu'il céderait sur un seul claquement de doigts, comme cette fois, cette unique fois, où elle l'avait provoqué pour obtenir une patente qu'on tardait à lui remettre. Lawes s'était fait un plaisir de la lui obtenir. C'était au début de son exil, alors qu'elle se trouvait à Cuba.

Visiblement, dix ans et un mariage plus tard, il n'avait pas oublié.

— Votre Natalia est charmante. Je suis confuse de me présenter chez vous à un moment aussi peu propice. Je suppose que sa mère va m'en vouloir de vous écarter de ce goûter.

— Sa mère a été emportée par une dysenterie l'an dernier, déclara sobrement Nicolas Lawes.

Emma l'enveloppa d'un regard compassé.

— J'en suis navrée, je l'ignorais, mentit-elle.

Lawes retint la main d'Emma qui s'était approchée de sa joue. Il y déposa un baiser triste.

— Ne vous reprochez rien, ma chère. Votre visite me comble, même si je la sais intéressée, ajouta-t-il.

— Elle l'est en effet, avoua Emma.

— Voulez-vous prendre quelque chose ? Une tasse de chocolat, peut-être ?

— Non, laissez vos domestiques s'affairer au plaisir de votre fille. J'aimerais pouvoir en faire de même avec la mienne.

Lawes marqua un temps de surprise. Emma s'en empara.

— Ma filleule, pour être plus exacte, mais que je chéris de toute mon âme, n'ayant pas eu le bonheur d'une descendance. C'est d'elle que je suis venue vous parler.

— En quoi puis-je vous aider ?

— Connaissez-vous William Cormac ?

— Qui ne le connaît ?

— Il est le père de cette charmante enfant. Il y a plusieurs mois, le carrosse qui la ramenait du couvent pour la conduire à ses épousailles fut attaqué par des brigands. Le cocher, grièvement blessé, a affirmé que ceux-ci l'avaient enlevée. Vraisemblablement pour en obtenir rançon. Cormac s'est désespéré des jours durant, guettant un signe des ravisseurs, retournant la colonie tout entière pour les retrouver. J'en fis de même de mon côté, sans succès, hélas. La rançon n'a jamais été réclamée.

— Je vois, s'apitoya Lawes. Il est probable qu'elle ait été tuée.

— Ou vendue comme esclave, soupira Emma. Ann Cormac est très belle, gouverneur. Cormac a renoncé, abandonnant ses recherches. Je ne peux m'y résoudre, quant à moi. Voici son portrait, ajouta-t-elle en ouvrant un médaillon dans lequel un artiste habile avait peint les traits d'Ann. S'il existe une chance encore qu'elle soit en vie, vos indicateurs dans les Caraïbes pourront peut-être la localiser. Je suis prête à tout pour la rendre à son rang et à sa famille. À tout, Nicolas.

Son air désespéré n'était pas feint et le toucha.

— Je doute de parvenir à vous satisfaire, Emma. À moins d'un coup de chance... Mais je vais relayer cette information et la transmettre à tous les gouverneurs qui me sont amis.

— Je m'installe à La Havane dans cette attente. Vous y savez mon adresse.

— Je ne l'ai pas oubliée.

— Rendez-moi visite si vos pas vous mènent à Cuba. Que vous ayez ou non des nouvelles à me donner.

— Je n'y manquerai pas.

Il se rapprocha d'elle.

— Auriez-vous encore l'envie de mes baisers, Emma ? murmura-t-il.

— Plus encore que vous n'imaginez, susurra-t-elle en enroulant ses bras autour de sa nuque.

Outre le fait qu'il pouvait l'aider à rechercher Ann, Emma avait aussitôt senti l'intérêt de leurs retrouvailles. Lawes serait un époux parfait et fortuné si Gabriel la rejetait. À quarante-cinq ans, Emma de Mortefontaine avait encore de beaux atouts pour plier un homme à son caprice. Comme pour la conforter, le gouverneur de la Jamaïque s'empara de sa bouche avec avidité.

*

Mary et Baletti quittèrent le bord du *Majesty* à la nage. La nuit était dense, les flots sombres et calmes. À tribord du navire à l'ancre, on en percevait les lumières de Charleston, censées guider les marins. Au loin, celles des lanternes prenaient le relais, faibles, comme autant de lucioles suspendues dans l'obscurité.

L'eau était fraîche en ce mois de mai, pourtant Mary et le marquis n'en sentirent pas la morsure. Ils parvinrent au pied de la jetée, le souffle court.

Ces huit mois à bord leur avaient semblé interminables. Le capitaine du *Majesty* n'en finissait pas de visiter chaque crique, de s'attarder dans chaque port, de traquer les pirates, d'arraisonner des navires pour vérifier leurs passeports. Les rares abordages qu'il avait consentis, Mary les avait vus depuis les perroquets sans pouvoir y prendre part. Baletti l'avait étonnée par sa dextérité. Il avait appris très vite, écoutant ses conseils et ses leçons, pour ne pas se laisser distancer et déléguer à d'autres tâches qui les auraient éloignés l'un de l'autre. Mais ils avaient vécu cette traversée comme une corvée.

Ils n'étaient pas fâchés d'en être enfin libérés, malgré la froidure qui les saisit à la sortie du bain. La brise de mer les cinglait à travers leurs vêtements trempés.

Ils coururent sur la grève pour se réchauffer, avant de finir par se laisser choir entre deux rochers assez volumineux et hauts pour les protéger, en riant comme des enfants.

— Je suis épuisé, lâcha Baletti, le souffle court.

— Moi de même, avoua Mary en s'agenouillant à ses côtés.

Sans façon, elle délaça sa chemise et tira sur ses pans pour l'extirper de son pantalon.

— Que fais-tu ?

— Ça ne se voit pas, marquis ? Je me déshabille. Et je te conseille d'en faire autant, si tu ne veux pas être glacé au matin. La brise va sécher nos vêtements sur les rochers.

Il hocha la tête, ému de ce corps nu que le clair-obscur lui offrait, incapable d'en détourner son regard.

Mary s'en grisa. Elle se refusa pourtant à le provoquer. Elle étendit ses vêtements comme elle l'avait suggéré et s'allongea sur le sable en fermant les yeux, le cœur écartelé de battements désordonnés. Silencieuse. Offerte.

Quelques minutes passèrent qu'elle se retint de troubler puis le marquis bougea et elle osa un coup d'œil. Voyant qu'il se ralliait à son idée, elle referma ses paupières et attendit qu'il s'étende à ses côtés.

Les rochers leur servaient d'écrin, le cliquetis des navires dans la rade répondait au murmure du vent dans les voiles. Elle était bien.

— Tu crois qu'ils vont nous traquer ? risqua Baletti.

— Non, ils ont mieux à faire. La ville est grande. À moins de se retrouver nez à nez avec un des membres de l'état-major, nous ne risquons rien. Demain, nous nous renseignerons pour savoir si le nom d'Emma est connu dans le comté.

— Tu disais vrai le jour de nos retrouvailles, chuchota-t-il après un court instant de silence. Tu as changé, Maria.

Elle sourit légèrement, mourant d'envie de se glisser contre lui, si proche. Elle pouvait percevoir son coude contre sa tempe, son visage surélevé au-dessus du sien. Elle sentait aussi sa crainte de ne pouvoir supporter une étreinte. Elle ne voulait rien brusquer.

— J'appréhendais de découvrir ton univers, j'appréhendais mes limites, continua Baletti. Tu les as repoussées chaque jour, m'enseignant tout ce que tu savais, pour chasser mes doutes, mes peurs, l'angoissante horreur de mon apparence.

— Tu en fis de même à Venise. J'étais tout autant vulnérable et blessée.

— Il n'empêche, Maria. Sans toi, je n'aurais pas pu atteindre Charleston.

— Tu as bien gagné le Yucatán.

— J'ai eu de la chance. Mais pour traverser les Bahamas et atteindre ce pays, elle m'aurait abandonné. Grâce à toi, j'ai recouvré cette force et cette assurance qui m'avaient quitté. Je me sens revivre, Maria. Partout, ajouta-t-il en glissant une main caressante, et pourtant timide, sur son ventre.

Mary lui sourit en ouvrant les yeux, laissant ceux de Baletti les capturer.

— Aime-moi, murmura-t-elle.

— Et si je ne savais plus ? Il y a si longtemps...

— Tu sauras, marquis. Et si ce n'était, je t'apprendrais.

Elle l'attira doucement à elle et s'offrit avec tout l'amour qui lui restait.

Ils se rhabillèrent au petit jour, les yeux cernés par leur nuit de veille, mais étourdis de félicité. Cette étreinte n'avait en rien ressemblé à celles d'autrefois. Elle s'était faite douceur, patience, respect de leurs blessures réciproques. Mary avait suivi du doigt ces boursouflures sur son corps, ces chairs épaisses et granuleuses, si sensibles au toucher qu'elles le faisaient frissonner. Il les avait écorchées souvent dans la mâture, avec les cordages. Il ne s'en était jamais plaint, repoussant les limites de son courage, pour la mériter.

— Je te dois tout, avait-il murmuré avant qu'elle ne s'écarte enfin de lui. Cette renaissance quand je n'y croyais plus, ce goût de vivre que j'avais perdu... Je t'aime, Maria. Plus encore qu'hier. Telle que tu es.

— Moi aussi, marquis. Voilà pourquoi nous allons terminer ce que nous avons commencé.

En se redressant pour regagner le port où déjà l'on s'activait, Baletti tendit le doigt vers un navire hollandais qui mouillait.

— Le *Sergent James* ! s'exclama-t-il.

— Tu le connais ?

— Et comment ! J'ai vendu ce bateau à un Flamand il y a quatre ans. Il en avait assez de la terre ferme et voulait faire fortune aux Indes occidentales.

— Un Flamand ? À Venise ? s'étonna Mary.

— Non, à Ostende.

— Qu'allais-tu faire à Ostende ?

— Là-bas, rien, avoua le marquis. Je me suis rendu à Breda.

Mary arrondit ses yeux de surprise.

— L'auberge des Trois Fers à cheval est toujours telle que tu l'avais décrite. En fermant les yeux dans la cour, j'ai même eu un moment l'impression d'y entendre le rire des enfants.

— Pourquoi ce pèlerinage, marquis ? Que pouvait-il t'apporter ?

— Tout. Rien. J'en ai eu besoin. Cela va te sembler stupide, mais, sitôt remis, j'ai sillonné tous les lieux que tu avais foulés, tous ceux qui avaient compté pour toi. Je me suis rendu sur la tombe de Niklaus, j'ai vu ton notaire, espérant qu'il aurait, lui, des nouvelles de toi puisque Forbin n'en avait pas.

— Tu me cherchais...

— Je n'ai jamais cessé de te chercher, dans mes toiles, dans mes rêves, dans chacun de mes pas vers la guérison. Je me disais que si tu n'étais pas morte, ta vengeance contre Emma accomplie, c'était à Breda que tu serais revenue. C'était là-bas que tu avais été heureuse. C'était là-bas, forcément, que tu aurais ramené ton fils. Je n'imaginais certainement pas te trouver en pleine mer, ajouta-t-il en l'embrassant furtivement, du bout des lèvres, l'œil rieur.

Celui de Mary était d'océan.

— Allons, viens, ou je vais finir par croire que l'amour ne te vaut rien, alors qu'il me ressuscite. Son capitaine va te plaire, assura-t-il.

— À condition que ce soit toujours le même, le reprit Mary. En quatre ans, beaucoup de choses peuvent changer.

— Ce Vanderluck ne paraissait pas du genre à s'en laisser conter, assura Baletti en riant, ivre de vie comme il l'avait rarement été.

Il se retourna vers Mary, qui s'était immobilisée.

— Hans Vanderluck ? demanda-t-elle, interloquée.

— Peut-être, je ne me souviens pas de son prénom, avoua le marquis. L'aurais-tu connu ?

Elle ne répondit pas, mais fut la première à gagner le quai et à chercher un canot qui pourrait les amener à bord.

— Holà ! du navire, cria le marquis en parvenant à sa coque. Pouvons-nous monter ?

— Pour quel motif ? s'enquit un matelot.

— Rencontrer le capitaine Vanderluck. Je suis le marquis de Baletti.

Le matelot s'écarta du bord, puis revint quelques minutes plus tard.

— Vous pouvez monter, annonça-t-il en déroulant l'échelle de corde.

— Dois-je être jaloux de ce Vanderluck ? murmura Baletti à l'oreille de Mary, comme elle se précipitait pour grimper.

Elle répondit par un regard tendre et se hissa avec vélocité.

Il y avait autant de chances de retrouver Hans Vanderluck à Charleston que d'aborder Baletti en pleine mer des Caraïbes. Elle ne se faisait guère d'illusions. Mais le simple fait d'entendre prononcer le nom du parrain de Junior lui avait donné l'envie de le vérifier.

Baletti était à ses côtés lorsqu'il surgit de sa cabine, les cheveux argentés en bataille, sa barbe épaisse également, ensommeillé encore.

— Marquis, déclara-t-il en se dirigeant vers eux. Quelle heureuse surprise !

Il s'immobilisa à un mètre et son regard s'éclaira d'un tel étonnement qu'il en sembla figé.

— Morbleu ! jura-t-il. Si ce n'est pas Mary Olgersen que je vois là, je veux bien être damné !

— Contente de te revoir, Hans ! s'exclama Mary en se précipitant dans les bras qu'il ouvrait.

— Maud est morte des suites d'une fausse couche, raconta Hans tandis qu'ils prenaient un petit déjeuner à bord du *Sergent James*. J'avais amassé une jolie fortune et James, mon fils, était mousse sur un corsaire, comme je l'avais été moi-même avec mon père, avant la guerre de la Grande Alliance. À l'une de ses escales, je lui ai parlé de mon projet d'affréter un navire et de partir pour les Indes occidentales. Il s'est enthousiasmé. Le beau-père de Maud, qui m'avait accordé sa confiance en me prenant comme associé après nos épousailles, accepta que je le quitte et me prêta l'argent qui me manquait. J'étais sur le port, à la recherche d'un navire à acquérir, lorsque j'ai appris que celui-ci était à vendre.

— Pourquoi le vendais-tu ? s'étonna Mary en se tournant vers Baletti.

— Je pensais ne plus en avoir besoin.

— Il te fallait bien pourtant regagner Venise.

— Ce n'était pas mon intention immédiate. En fait, je ne t'ai pas encore tout dit concernant Breda.

Mary soupira et Hans Vanderluck éclata de ce rire tonitruant qui lui froissa le cœur tout en la comblant d'aise. Il avait voulu tout entendre de ce qui était arrivé à Niklaus, à Junior, à Ann, et à elle. Brasser de nouveau ces souvenirs avait été difficile pour Mary. Même après toutes ces années. Elle les avait rangés dans un coin de sa mémoire, mais n'avait rien oublié. En devenant lady pirate, elle s'était empressée de détruire cette vulnérabilité qu'elle détestait. Tout ce qu'elle avait voulu fuir la rattrapait à la vitesse d'un boulet et la fauchait en plein cœur.

— Persuadé que tu étais à Breda, j'avais décidé de m'installer dans les parages. Tout était possible, poursuivit Baletti, y compris que tu te sois remariée. Je ne voulais rien t'imposer, juste te voir. L'enseigne de l'auberge s'abîmait au bout de ses chaînes, tout était désert, abandonné depuis des années, après avoir connu des propriétaires successifs. Je ne voulais pas que tu la retrouves ainsi.

— Ne me dis pas que tu es devenu aubergiste ! s'effraya Mary.

— Non. J'ai seulement racheté l'auberge, y ai placé du personnel et fait réparer ce qui était en ruine. Ensuite, j'ai quitté Breda en exigeant de mes gens qu'ils me préviennent si tu t'y présentais.

Mary ne sut quoi répondre. L'amour que lui portait Baletti n'avait pas de limites. De jour en jour, elle en découvrait l'immensité. Vanderluck rompit le silence.

— Le marquis et moi avons sympathisé durant notre transaction. Je lui ai même indiqué le chemin de Breda, sans lui demander ce qu'il y allait faire. Devenir banquier m'a appris la discrétion, ajouta-t-il, comme pour s'en excuser.

— Le savoir n'aurait rien changé, déclara Baletti. Mais il est heureux que vous vous soyez trouvé à quai aujourd'hui.

— Plus encore si je peux vous aider, répliqua Hans. James commençait à considérer que la vie d'armateur était bien moins intéressante que celle de corsaire. Il sera ravi de cette occasion.

— Il est ici? s'étonna Mary.

— Pour sûr, c'est mon capitaine, s'esclaffa Hans.

Il se leva et, en deux enjambées, se retrouva devant la porte qu'il ouvrit à la volée. Faisant fi de toutes les coutumes, Vanderluck lança dans le vent un sifflement strident qui la ramena une fois encore à leur temps dans l'armée du stathouder de Hollande.

— Oui, père? entendit-elle presque aussitôt.

— Tu te souviens de cette femme qui a combattu à mes côtés déguisée en homme, du temps de la guerre, et de ces histoires que je t'ai racontées à son sujet?

— Comment les oublier, tu m'en as rebattu les oreilles des années durant! répliqua ce gaillard dont la voix de stentor trahissait l'impressionnante stature.

— Entre donc, lui ordonna Vanderluck, guilleret. Le temps est venu de te la présenter.

*

La bâtisse était silencieuse. À l'exception des chiens qui grognèrent à leur approche dans le chenil, tous dormaient à cette heure avancée de la nuit. À plusieurs centaines de mètres de la demeure coloniale, un feu brûlait encore dans le campement des esclaves, montant haut ses flammes dans un ciel noir.

— James, par la gauche, Hans, par la droite, décida Mary comme ils étaient à quelques marches du perron.

Ils avaient abandonné leurs montures au portail et avancé discrètement jusqu'à l'orée du jardin, indifférents à la morsure des graviers sous leurs sandales de corde.

Ils étaient douze – deux qui gardaient les chevaux, six qui encerclaient la demeure et surveillaient les abords, et eux quatre, résolus à forcer portes et fenêtres pour entrer chez Emma de Mortefontaine.

Baletti et Mary voulaient la surprendre au lit.

La porte ne leur résista pas, pas davantage que les croisées dont ils brisèrent les vitres d'un coup de cailloux précis. Le bruit ne réveilla pas la maisonnée.

Mary et Baletti se glissèrent à l'étage tandis que Hans et James, identiques d'allure et de figure, fouillaient le rez-de-chaussée.

On les avait renseignés très vite à Charleston. Tout le monde connaissait la plantation de Mortefontaine. On avait indiqué sans s'étonner le chemin à Hans, puisqu'il possédait un navire et une cargaison à livrer. Cela avait été facile. Trop facile. Mary savait par expérience que cela cachait souvent un danger. Elle se tenait sur ses gardes et avait recommandé la prudence à chacun, un chandelier dans une main, le pistolet dans l'autre.

Baletti tourna la poignée d'une porte, l'ouvrit délicatement. De concert, ils s'avancèrent jusqu'aux baldaquins, chacun d'un côté du lit, puis en écartèrent les rideaux d'un mouvement sec.

Il était vide et fait. Ils sortirent et passèrent à la pièce suivante. Ils fouillèrent ainsi toutes les pièces, dépités de ne trouver personne, lorsqu'un cri retentit. Ils se précipitèrent pour découvrir une servante que James venait de bâillonner d'une main, la menaçant de son pistolet de l'autre.

— Tout doux, lui dit-il, nous ne te voulons pas de mal. Tout doux, répéta-t-il en écartant ses doigts du visage terrorisé.

Mary s'approcha du lit. La femme tremblait dans son vêtement de nuit.

— Où se cache ta patronne ?

La malheureuse claquait tant des dents qu'elle hoqueta sans pouvoir répondre. James écarta son pistolet et le remit à sa ceinture, puis s'assit à son chevet.

— Calme-toi, lui demanda-t-il d'une voix douce. Tu ne crains rien, tu as ma parole.

Mais la carrure du géant n'était pas faite pour rassurer. La fille parvint pourtant à articuler, voyant qu'on ne la bousculait pas :

— À Cuba. Madame est partie inspecter sa plantation de La Havane. Cela fait plusieurs mois déjà.

— Quand revient-elle ? demanda Baletti, demeuré en retrait pour ne pas l'effrayer davantage avec son allure monstrueuse.

— Je l'ignore. Madame ne l'a pas précisé.

— Où garde-t-elle ses objets de valeur ? insista Baletti.

— Dans un coffre de son cabinet. Je n'en ai pas la clé. Elle seule la possède.

— Nous nous débrouillerons, assura Baletti. James, garde un œil sur elle.

Il tourna les talons avant que celui-ci ait acquiescé. Mary continua d'interroger la servante. Elle avait besoin d'en apprendre davantage sur les habitudes d'Emma, afin de pouvoir mieux la traquer. La domestique se laissa aller aux confidences sans trop se faire prier.

Elle redescendit de l'étage bouleversée. Baletti avait découvert le coffre et achevait de remplir la serrure avec de la poudre. Il y plaça une mèche courte et l'alluma. Une légère détonation retentit. Le marquis força sur la poignée et ouvrit la porte sans difficulté. Le coffre était vaste et empli de documents, de bijoux de toutes sortes et d'or en quantité – pièces et lingots.

— Prenez tout, dit-il, déçu de ne pas y trouver ce qu'il était venu chercher.

Il se retourna pour découvrir Mary pâle et soucieuse.

— Nous la suivrons à Cuba, lâcha-t-il pour tromper leur déception mutuelle.

— Ann est en vie, lui répondit seulement Mary.

— Es-tu sûre de cela? insista Baletti tandis que trois hommes achevaient d'enfermer dans la cave les domestiques.

De son côté, Vanderluck, avec deux autres, embarquait dans un sac de toile tous les objets de valeur, qu'ils pourraient facilement monnayer.

— Sûre, non. Au dire de sa femme de chambre, Emma était extrêmement perturbée depuis plusieurs mois à cause de la disparition de sa filleule, qu'on a enlevée d'un couvent. Il semble qu'elle ait remué ciel et terre pour la retrouver. Moi non plus, je ne t'ai pas tout dit, marquis, soupira Mary en se plaçant derrière la croisée.

Le calme régnait au-dehors. Les chiens n'aboyaient plus. Les nuages qui voilaient la lune cacheraient leur fuite.

— Emma m'a torturée longtemps, en prison. Elle voulait que je la supplie de me rendre Ann, jurant qu'elle l'avait placée sous la responsabilité d'un couple d'amis, ici, en Caroline-du-Sud. Ma première intention avait été de le vérifier, mais je n'en ai pas trouvé le courage. Je n'ai rien avoué à Junior. Pour qu'il ne souffre pas de nouveau. Le doute est insidieux, marquis. Je n'ai pas cédé à Emma, j'ai refusé de la croire et j'ai préféré devenir pirate plutôt que de devoir faire mon deuil une fois encore.

— Je comprends.

— Le père d'Ann s'appelle William Cormac. Il vit là, tout à côté. Sa femme est morte il y a quelques années. Je ne repartirai pas sans lui avoir parlé, déclara-t-elle d'une voix blanche.

— Je t'accompagne.

— Pas cette fois, marquis. C'est seule que je veux affronter la vérité.

Il baissa le regard, blessé qu'elle le repousse. Il n'insista pas.

Ils se séparèrent à la sortie de la propriété et Mary écarta son cheval de leur groupe, le laissant filer vers la ville.

Baletti et Hans s'immobilisèrent à quelques encolures, d'un même geste.

— C'est ma guerre aussi, déclara Hans. Niklaus était mon ami.

Baletti hocha la tête et, abandonnant les autres, ils firent faire demi-tour à leurs chevaux pour la suivre à distance. En cas de besoin, Mary pourrait compter sur leur soutien.

Il restait trois heures avant le lever du jour. C'était bien suffisant pour Mary. Elle ne voulait aucun mal à ce William Cormac, seulement des réponses. Le même silence régnait sur sa maisonnée que sur celle d'Emma. Visiblement, les puissants ne craignaient pas les brigands à Charleston. Mary renonça à forcer la porte, avisant une fenêtre ouverte à l'étage. Un chèvrefeuille grimpait sur la façade, enroulé sur un claustra qui permettait d'atteindre le balcon. Elle s'y hissa avec agilité, attachant sa monture en dessous.

Poussant les battants de la fenêtre, elle se retrouva dans un cabinet sombre. Elle se dirigea à tâtons, avançant prudemment pour ne rien renverser. Ses doigts accrochèrent un chandelier. Elle sortit son briquet, le battit et donna de la lumière.

La pièce était cossue. Visiblement, William Cormac était riche et puissant. Au moins, se dit-elle, sa fille, si tant était qu'elle le fût, n'aurait manqué de rien.

Le cœur battant, elle ouvrit la porte et se dirigea à l'instinct, attirée par une odeur de tabac froid. Elle poussa une porte entrebâillée, s'agaça de l'entendre grincer, et se glissa dans la pièce, l'arme au poing.

Elle n'eut pas le temps de s'en servir qu'un coup de pied habilement porté à son bras l'envoya chuter à terre.

— Ne bougez pas, ordonna une voix d'homme, ne bougez pas ou je tire.

Mary se contenta de tourner la tête dans sa direction puis de relever sa lanterne pour le dévisager.

— William Cormac, je présume ?

— Vous présumez bien.

— Je viens vous parler d'Ann, déclara simplement Mary.

William Cormac abaissa son pistolet braqué.

Le jour se levait sur la plantation. Le chant des esclaves montait. William Cormac regarda Mary Read partir au galop, depuis le perron où il l'avait raccompagnée. Il se sentait en paix pour la première fois depuis longtemps, malgré les aveux de cette femme étonnante. Malgré la souffrance qu'il avait lue dans ses yeux, face à tout ce qu'il lui avait raconté à son tour. Enfin, il savait. Enfin, il avait une alliée.

Ils s'étaient séparés sur une promesse. Celle d'empêcher Emma de nuire encore. Quel que soit celui des deux qui la rencontrerait le premier, Emma de Mortefontaine était condamnée.

Sur le seuil de sa porte, Mary Read lui avait tendu une main franche.

— Merci, avait-elle dit. Merci de l'avoir aimée, vous et votre femme.

— Je n'en ai pas de mérite, milady. Ann fut la plus belle chose qui nous soit arrivée. Malgré tout ce que cela vous a coûté. Retrouvez-la. Et dites-lui mon affection. Elle reste ma fille. Si vous y consentez.

Mary Read avait hoché la tête. Il l'avait sentie bouleversée. On ne pouvait changer ce qui avait été.

Elle avait enfourché sa monture et, sans se retourner, l'avait quitté.

— Mais que faites-vous donc levé à cette heure? s'étrangla la domestique qui venait de descendre l'escalier pour prendre son service.

William Cormac referma la porte et réprima un bâillement.

— Je prends le frais, Margaret, répondit-il en souriant, mais rassurez-vous, je vais me coucher.

Elle demeura perplexe, d'autant que son maître s'étirait en remontant l'escalier, puis en ressentit une pointe de jalousie, imaginant qu'il venait de reconduire sa nouvelle maîtresse. Elle soupira en se dirigeant vers les cuisines. Un homme tel que lui ne pourrait jamais aimer une servante, mais elle se promit d'essayer, et s'empressa d'aller préparer son petit déjeuner pour le lui apporter.

*

Ann défiait le vent à la proue de *La Revanche*. Habillée en homme, les jambes ceinturées par des bottes sur son pantalon, un gilet aussi écarlate que celui de Rackham sur sa chemise blanche, elle se sentait fière de sa victoire.

Ils quittaient l'île des Pins où elle avait abandonné Petit Jack aux bons soins d'une nourrice dans la cabane qui les abritait avec son pirate.

Elle ne voulait plus retourner à New Providence, plus revoir James Bonny. Elle ne lui en voulait pas de s'acharner ainsi contre elle, l'injuriant et la couvrant de reproches. Tout était vrai. Elle l'avait choisi, chéri et respecté jusqu'à ce qu'il cesse de se respecter lui-même, mais pas aimé. Elle se retourna pour admirer son capitaine occupé à barrer. Pour lui, elle était prête à tout. Y compris à tuer.

— Retournons à la piraterie, Jack, avait-elle demandé un jour.

— Ton mari nous fera pendre.

— Mais tu ne supportes plus ses ordres. Et moi non plus, avait-elle insisté. Je préfère la mort plutôt que d'être encore contrainte.

Rackham avait cédé. Fou d'elle, de ce ventre qui s'arrondissait. Ils avaient changé de territoire pour éviter la répression du gouverneur. Elle avait été terrible à New Providence, dès lors qu'il s'y était installé. De nombreux pirates avaient refusé l'amendement, jugeant les conditions imposées par le roi inacceptables. Leur reddition les reléguait à l'état de mendiants. Ceux qui s'y étaient opposés farouchement, comme Vane, avaient été impitoyablement traqués et pendus.

La terreur régnait sur l'archipel des Bahamas. Fort de l'importance que lui donnait la présence de Woodes Rogers, Bonny multipliait ses attaques contre Rackham, le poussant à la faute en exigeant des prises plus importantes, sur lesquelles le gouverneur prenait les trois quarts. Ann était persuadée qu'il avait réussi à rallier celui-ci à sa cause contre elle. C'était de bonne guerre. Elle serait capable d'autant d'acharnement si une autre tentait de lui prendre Rackham.

Ici, sur l'océan, elle se sentait enfin à sa place. Les mots « trésor », « butin » et « pirates » chantaient dans sa tête et l'excitaient puissamment. Elle voulait vivre l'instant, auprès de son capitaine. Même si elle avait eu du mal à le convaincre de l'embarquer.

— Voile à bâbord, capitaine. C'est un navire de la compagnie, indiqua la vigie.

Ann rejoignit Rackham en quelques enjambées. Fertherston, le second, Richard Corner, le quartier-maître, et John Davis, le maître, étaient déjà occupés à le scruter.

— On va le prendre ? demanda Ann, le cœur battant.

— Ça se pourrait, lâcha Rackham, furieux encore de s'être fait rouler par sa belle devant son équipage.

Il serra plus fort les dents sur sa chique. Il ne voulait pas risquer un autre esclandre devant ses hommes, mais comptait bien la tenir à l'écart de l'abordage. Ce n'était pas la place d'une femme. Même si cette Mary Read, l'année précédente, lui avait prouvé le contraire. Cette bougresse était exceptionnelle. Ann voulait se donner des airs pour demeurer à ses côtés. Il grimaça en revoyant ces images. Il faut dire qu'elle avait fait ce qu'il fallait !

— Votre avis, messieurs ? interrogea Rackham.

Il avait déjà des fourmillements dans les doigts. Leur séjour à terre s'était éternisé et ses hommes rêvaient d'une prise. Ne voulant pourtant pas reproduire les erreurs de Vane, il avait pris l'habitude de soumettre chaque décision au vote.

— Je sens déjà le parfum de ses épices, répondit Davis, en se pourléchant les babines.

— Et moi, celui de son rhum.

Les yeux d'Ann se mirent à briller.

« Toi, ma belle, pensa Rackham, je vais te montrer qui est le maître à bord. »

— Viens, lui dit-il, abandonnant la barre à Ferthers-ton.

Ann le suivit sans discuter. Il la fit entrer dans sa cabine et l'embrassa goulûment.

— C'est l'idée d'un abordage qui t'excite, Rackham ?

— Doit y avoir de ça.

— Moi aussi, cela m'excite, avoua-t-elle. Il y a trop longtemps que j'attends d'y participer. Plus de gros ventre pour m'en empêcher. Je suis prête, assura-t-elle en cherchant ses lèvres.

Rackham fit glisser ses mains sur ses hanches.

La voix de Davis en interrompit la course.

— Pouvez-vous venir, capitaine ?

— J'arrive.

Anne soupira, prête déjà à lui emboîter le pas.

— Attends-moi, lui dit-il. Le temps de donner mes ordres. J'ai envie de toi. Maintenant.

Elle hocha la tête. L'œil de Rackham était brûlant. L'idée de l'amour avant la bataille la mettait en émoi. Il referma la porte derrière lui. C'est en entendant la clé jouer dans la serrure qu'elle comprit. Elle se précipita pour y tambouriner. Seul le rire gras des hommes lui répondit, tandis que Rackham hurlait déjà de se préparer à l'abordage.

Elle enragea tant qu'elle en pleura. Avant de se laisser gagner par un sentiment de vengeance. Si Rackham s'imaginait pouvoir la faire plier, il se trompait. Elle voulait l'odeur de la poudre dans ses narines et le contact du sang sur ses doigts. Deux fois, sur *La Revanche,* elle en avait été le témoin impuissant, à cause de sa grossesse. La fascination qu'elle en avait éprouvée lui avait tordu le ventre, provoquant une rage en elle qu'elle n'aurait pas seulement imaginée. À cause de l'enfant, elle l'avait contrainte. Mais elle n'avait pas abandonné son fils à terre pour en être privée aujourd'hui. Elle savait que cette soif de bataille était une réminiscence de son cauchemar récurrent. Elle avait renoncé à le comprendre, pas à l'exorciser.

Elle laissa *La Revanche* se préparer au combat et ferrer l'ennemi, ruminant sa colère comme une arme farouche. Ce soir, elle serait morte ou respectée.

Elle fourbit le sabre qu'elle portait à sa ceinture et vérifia la pierre de son pistolet, ainsi qu'elle avait vu les pirates le faire, priant pour que le navire de la Compagnie des Indes occidentales se défende.

Lorsqu'elle comprit que son vœu était exaucé, elle ouvrit une des fenêtres du gaillard d'arrière et, prenant le risque de tomber à la mer, entreprit d'escalader la carène pour remonter sur la dunette, comme elle l'avait fait trois jours plus tôt avec l'ancre.

Elle s'y redressa alors que la bataille faisait rage sur le pont supérieur du marchand. La même vague furieuse déferla en elle tandis qu'elle portait machinalement sa main à son pendentif. Poussant un hurlement guerrier, elle se précipita dans la mêlée.

*

Le *Sergent James* filait grand train vers La Havane après deux semaines de calme plat. Ses réserves d'eau potable étaient au plus bas. Il leur tardait à tous d'atteindre au but, Mary plus encore que les autres.

Rejointe par Baletti et Vanderluck dès sa sortie de la propriété de Cormac, elle leur avait raconté. Tout. Ils n'avaient pas perdu de temps. Le lendemain, les Vanderluck, père et fils, leur proposaient leur navire pour retrouver Emma et Ann. Mary avait le sentiment que, si Emma restait à Cuba, c'était à cause de sa fille.

Quelque chose de violent s'était réveillé en elle. D'infiniment violent. La présence de Hans n'y était pas étrangère. Le simple fait de le retrouver avait rouvert la porte à ses souvenirs. Ils les avaient évoqués, pour se rappeler Niklaus, peut-être pour mieux se fortifier de haine. Baletti les avait écoutés, silencieux, partageant enfin tout ce qu'elle n'avait pas été capable de lui dire à Venise.

Un nouveau tourment s'était inscrit dans le regard de Mary depuis qu'elle avait rencontré Cormac. Doublé d'une douleur plus grande encore, celle de sa culpabilité. En refusant de se rendre à Emma, en refusant de la croire, elle lui avait offert sa fille, sa chair, son sang. Mary avait du mal à se le pardonner.

— Tu ne changeras rien à te torturer, lui avait dit Baletti, alors qu'elle s'enfermait dans ce piège.

— Je le sais, marquis. Mais je pense à Junior, à la promesse que je lui avais faite et que j'ai bafouée par égoïsme.

— Pas par égoïsme. Par nécessité.

— Quelle différence ? Je ne peux revenir en arrière. Même si je revois Ann, je ne sais pas si j'aurai le courage de lui révéler la vérité. De la regarder en face. De lui demander pardon de l'avoir abandonnée.

— Elle n'a pas été malheureuse. Elle comprendra.

Mary avait soupiré.

— Ou je la perdrai à jamais. Et cela, je ne pourrai le supporter. Je ne serai jamais la mère d'Ann. L'amour ne naît pas d'une vérité, marquis. Il naît de la confiance et de la présence.

— Il naît du ventre qui l'a bercé. Fais confiance à ton instinct.

— Mon instinct me dicte de tuer Emma, avait soupiré Mary. Et de faire le deuil de l'enfant que j'ai porté.

— Cesse de te tourmenter. Il y a un temps pour chaque chose. Un temps pour la vengeance et un temps pour le pardon.

*

— Pirate sur arrière tribord ! hurla la vigie.

Mary l'avait remarqué elle aussi, juchée dans la mâture. Elle porta ses mains au-dessus de ses sourcils pour se garder du soleil qui l'éblouissait. Son cœur s'accéléra.

— Morbleu ! jura-t-elle. Je parierais que c'est *La Revanche.*

Elle descendit en hâte du mât de hune et se précipita vers James qui scrutait l'horizon. Elle était rouge d'une excitation étrange. Elle s'empara d'une longue-vue pour vérifier son sentiment.

Abandonnant aussitôt James, elle descendit l'escalier du gaillard en courant et s'engouffra dans la cabine où Vanderluck et Baletti étaient occupés à faire le point sous le mouchard.

— Rackham ! s'exclama-t-elle.

Les deux hommes se figèrent. Le regard de Mary contenait une lueur de folie qu'ils ne lui connaissaient pas.

— Rackham. La taverne. New Providence, débita-t-elle d'une voix hachée. C'est elle.

— Elle ?

— L'épouse de Bonny. C'était elle. Ann.

Vanderluck tourna son regard vers Baletti, qui avait blêmi.

— Tu as dit qu'elle me ressemblait, insista Mary, le sang cognant à ses tempes.

— C'est vrai, Mary, mais...

— C'est elle, marquis.

Elle passa une main tremblante sur son front. Son regard se fit désespéré. Baletti revit les images que son souvenir en avait gardées. Elles étaient floues. Beaucoup de temps avait passé depuis New Providence. Il s'approcha d'elle pour l'enlacer.

— Calme-toi.

— Tu me demandais de faire confiance à mon instinct, lui dit-elle en se laissant bercer. Il vient de me rattraper. Avec *La Revanche* qui file vers nous, cette image m'a foudroyée, comme si elle était demeurée là, tapie dans ma tête, attendant que j'accepte de la voir, enfin.

— Admettons, lui accorda Baletti en s'écartant d'elle.

Vanderluck tendit un verre de rhum à Mary, qu'elle avala d'un trait.

— J'ai confiance en ton intuition, assura celui-ci. Je l'ai bien assez éprouvée au combat.

James surgit à ce moment-là.

— Ils se rapprochent, dit-il, avant deux heures ils nous aurons rattrapés. Avez-vous trouvé une crique où nous cacher ?

— Je ne veux pas me cacher, déclara Mary fermement. Ann était grosse de Rackham. Il l'a sûrement laissée à terre avec l'enfant. Je dois savoir, Hans.

— Comment comptes-tu t'y prendre ? soupira Baletti.

— En gagnant son bord. Une fois que je serai fixée, je déserterai.

— Il est hors de question que je te quitte.

— Mais nous ne pouvons prendre le risque de voir Emma s'échapper.

— Je me charge d'elle, assura Vanderluck. James ?

— Avec grand plaisir, père ! Occupez-vous d'Ann, de votre côté. La Havane sera notre point de ralliement.

Mary hocha la tête, ravie de cet arrangement, malgré une certaine inquiétude.

— Je doute fort que Rackham soit ravi de nous recruter ! soupira-t-elle.

*

— Ils ont mis en panne, capitaine, déclara Fertherston. On dirait qu'ils nous attendent.

Rackham enleva son œil de la longue-vue.

— Je le vois bien.

Son inspection n'avait rien donné. Cette flûte paraissait aussi anodine que possible.

— Méfions-nous tout de même, décida-t-il. Que les batteries soient prêtes à gronder. Je n'aimerais pas tomber dans un piège de ce chien de Woodes Rogers.

— À vos ordres, capitaine.

Davis ordonna le branle-bas de combat sans tarder.

*

Mary regardait *La Revanche* approcher, les poings serrés sur une agitation extrême. Jamais elle n'aurait pensé que l'idée de revoir Ann la briserait à ce point quand elle avait tant fait pour l'oublier. Baletti avait raison. On ne guérit jamais d'un membre amputé.

— Tout va bien, Mary? s'enquit Hans qui l'avait rejointe.

Elle hocha la tête.

— Pourquoi n'as-tu pas réclamé mon aide, après la mort de Niklaus? demanda-t-il abruptement, s'adossant aux drisses.

— Je n'en sais rien. Je n'avais envie de parler à personne, encore moins de perdre du temps à gagner Ostende.

— Tu aurais pu me confier Junior. C'était mon filleul.

Elle soupira.

— Je n'ai pas de réponse, Hans. J'ai agi sans réfléchir.

— D'instinct?

— Sans doute. Je suis désolée.

— Ne le sois pas, Mary Olgersen. Je suis devenu fataliste avec les années. Si la compagne de Rackham est effectivement Ann, alors c'est que ton instinct ne t'a pas trompée.

— Que veux-tu dire?

— Sans Junior, tu ne serais peut-être jamais devenue pirate, n'aurais jamais échoué dans les Caraïbes, et nous ne serions peut-être pas là, si près d'elle.

— Sans Junior, j'aurais cédé à Emma et j'aurais récupéré Ann.

— C'est ce que tu crois?

Elle hocha la tête.

— Alors tu te mens à toi-même.

— Pourquoi?

— Parce que tu aimais trop Niklaus pour pactiser avec son meurtrier.

— Je crois que tu devrais jeter un œil, Mary, l'apostropha Baletti, qui s'était avancé vers eux, une longue-vue en main.

Le brigantin de Rackham n'était plus qu'à quelques encablures, et s'apprêtait à virer de bord pour les prendre par le travers. Mary s'étonna de son sourire et colla un œil à la lentille. Son cœur bondit de joie.

Le visage offert aux embruns, Ann Bonny se tenait à la proue de *La Revanche,* habillée en pirate.

— La fille du vent, lui glissa Baletti à l'oreille, lui ceinturant la taille.

— Ma fille, murmura Mary en découvrant ses traits, les détaillant pour s'en convaincre.

Vanderluck accepta la longue-vue qu'elle lui remit, le cœur battant.

— Ton instinct ne t'a pas trompée, Mary, affirma-t-il. Si cette bougresse n'est pas Ann Olgersen, je veux bien être damné.

*

— Toi ? s'étrangla Rackham en découvrant Mary au pied de la passerelle tendue pour l'accueillir sur le *Sergent James.*

Vanderluck s'était rendu à ses ordres sans discuter.

— Moi ! répliqua Mary, qui s'était forcée à se reprendre pour l'affronter, sans pouvoir empêcher son cœur de s'emballer en voyant Ann se glisser à ses côtés.

— J'aurais dû m'en douter, à voir vos manières !

Baletti s'avança et Rackham se mit à ricaner.

— Vous n'avez donc pas été pendu avec Vane.

— Il faut croire que non, lança Baletti.

— Toujours en quête d'un navire, si j'en juge par ce nouveau rafiot. On dirait que Mary Read n'en finit pas de déchoir.

— Tu es une femme ? intervint Ann.

— Je suis une pirate, rectifia Mary. La vérité est que je te cherchais, Rackham.

— Pour me venger de n'avoir pas voulu de toi ?

— Pour m'enrôler à ton bord.

— Plutôt crever ! grinça-t-il en crachant à terre.

— Ça peut s'arranger, déclara froidement Mary en dégainant son pistolet.

Il était armé. Rackham blanchit. D'autant que Baletti en avait fait de même et pointait Ann, presque à bout portant.

— Garce ! C'était donc bien *La Revanche* que tu convoitais.

Mary sourit. L'idée lui était venue, oui, de récupérer le navire en même temps que sa fille, mais l'œil farouche et furibond de celle-ci l'en empêchait. Ann aimait Rackham.

— Pour cela, il me suffirait de t'abattre, dit-elle. Or je n'en ai pas envie. Avec les chiens de Woodes Rogers dans les parages, mieux vaut se trouver du bon bord. Le tien fait mon affaire. Il n'y a pas meilleur pirate que toi sur ces eaux.

Rackham ne s'attendait pas à cette flatterie. Il écarquilla des yeux comme des soucoupes. D'autant que, cessant de le pointer, Mary Read lui tendait à présent son arme par la crosse.

— Engage-nous, dit-elle. Tu n'auras pas à le regretter.

Ce fut Ann qui lui enleva le pistolet des mains tandis que Baletti baissait le sien.

— Bienvenue à bord de *La Revanche*, décida-t-elle pour son amant dans un sourire ravi. Je suis Ann Bonny.

Le cœur de Mary s'accéléra.

— Mary Read, se présenta-t-elle simplement en lui tendant une main franche.

Ann la serra, puis se retourna vers Rackham, ennuyé de la voir suppléer à son autorité.

— Ne t'avise pas de me doubler, Read.

— Je n'ai qu'une parole, capitaine.

Ann Bonny éclata d'un rire clair tandis que le cœur de Mary Read s'envolait. Là, au cou d'Ann, un pendentif d'émeraude s'amusait à la narguer.

33.

À peine le *Sergent James* se fut-il éloigné pour reprendre sa route, que Mary put juger de la place qu'Ann tenait sur *La Revanche.*

Les premières semaines de sa présence à bord, Rackham avait dû contraindre son équipage, expliquant qu'on la débarquerait à Cuba et qu'elle y resterait pour élever leur enfant.

— Cette garce avait bien d'autres ambitions, expliqua Harwood à Mary avec une pointe de respect et de tendresse dans la voix.

Incapable de plonger dans le sommeil, celle-ci était remontée sur le pont prendre l'air. Le matelot s'y trouvait. Personne des anciens de Vane n'avait émis d'objection à leur enrôlement, leur ardeur au combat était encore présente dans toutes les mémoires. Harwood avait l'humeur aux confidences. Il enchaîna :

— Ann s'est laissé emmener sur l'île des Pins, si prête à accoucher qu'elle injuriait Rackham de l'avoir remplie de même. Il avait prévu de repartir aussitôt. Elle l'ensorcela tant que nous demeurâmes un mois à l'ancre. Au point que plusieurs d'entre nous redevinrent boucaniers et y restèrent.

— Pas toi ?

Il haussa les épaules.

— À chacun son gibier. Certains aiment les sangliers. D'autres les métisses... Si tu vois ce que je veux dire.

— Je vois. Et l'enfant ?

— Petit Jack ? Vigoureux et braillard comme son père. Rackham en devint fou, tout autant que de sa femme. Chaque jour, il reculait notre appareillage. Nous autres, on n'était pas dupes. On savait bien qu'elle le menait par le bout du nez. Mais c'était notre capitaine et on le connaissait assez pour savoir qu'il finirait par s'en lasser. On a boucané la viande et les poissons, séché les fruits, soigné ceux des nôtres que le scorbut rongeait, rempli d'eau nos barriques et négocié de la farine de manioc. Bref, on a assuré de quoi supporter une longue campagne. En se disant qu'une fois en mer vaudrait mieux qu'on ne revienne pas trop souvent pour qu'elle nous le gâte pas trop.

Harwood s'étira, tira une bouffée de sa pipe, puis continua :

— Rackham s'est pointé un matin et a donné l'ordre à Fertherston de rassembler l'équipage, et de tenir *La Revanche* prête à appareiller pour la nuit suivante. On a tout de suite compris qu'il voulait filer en douce. On a avitaillé le navire discrètement et on a attendu à bord. Tu me croiras si tu veux, Read, mais quand Rackham a grimpé l'échelle de corde depuis le canot, il a fait une sacrée gueule, et nous aussi.

— Pourquoi ?

Harwood se mit à rire à ce souvenir.

— Ann est arrivée en même temps que lui, par bâbord, se hissant par l'ancre, et elle l'a devancé sur la dunette, habillée en homme et armée. Quand elle a tiré simultanément en l'air avec ses pistolets, on s'est tous demandé si le diable n'avait pas surgi !

Mary éclata de rire à son tour. Elle imaginait fort bien la tête de Rackham à cette apparition.

— « Regardez-moi bien, bande de culs-terreux ! s'est-elle exclamée, poursuivit Harwood. Et toi aussi, Rackham ! Le premier qui essaie encore de me faire un coup fourré, je lui tranche les couilles et je les lui fais bouffer ! Quant à toi, capitaine, colle-moi encore un mouflet et c'est lui que je te servirai à la broche ! a-t-elle ajouté en crachant par-dessus la rambarde. J'ai pas quitté Bonny pour ça ! Tâche de ne pas l'oublier. » Sur ce, elle a enjambé la coursive, a écarté les bras et a sauté au milieu de nous autres, trop éberlués pour esquisser le moindre geste. Elle a atterri dans une roulade, s'est redressée, a remis ses pistolets à Rackham, plus rouge de colère qu'un cul gratté, et a ajouté : « Punis-moi si tu veux, mais si tu me débarques, tu ne me reverras jamais ! »

— Et Rackham a cédé...

— Il lui a collé une gifle et l'a fait mettre aux fers deux jours durant. Au troisième, elle est remontée, l'œil noir, a vidé une pinte de tafiat et a grogné que le premier qui s'aviserait de lui mettre la main au derrière n'en aurait plus pour se branler. À l'abordage, elle est aussi déchaînée que toi. L'expérience en moins. Cette garce est le diable en personne. Et le meilleur compagnon qu'on puisse rêver, conclut-il en bâillant.

L'instant d'après, Harwood s'endormait, bercé par les mouvements du navire et par le rhum qu'il avait avalé.

Mary Read demeura longtemps sous le manteau d'étoiles, sa pipe aux lèvres, à rire du tempérament d'Ann dans lequel elle se reconnaissait, l'âme émerveillée de la savoir si proche enfin, et de ce hasard qui, cette fois, semblait vouloir la réconcilier avec son passé. Pour retrouver sa fille et lui révéler la vérité, elle allait devoir l'apprivoiser. Cela prendrait du temps, mais Ann finirait par l'aimer.

Baletti partagea son sentiment quelques jours plus tard, au moment où, rattrapant enfin la proie que le hasard leur destinait, *La Revanche* largua ses grappins par le bord, ivre d'avance à l'idée du carnage. Ann écumait aux côtés de Mary. Elles fondirent sans pitié sur ces hommes aguerris, cherchant le choc du métal, sentant leurs forces décuplées à l'odeur du danger, approchant la mort avec la même élégance. Et Baletti vit ses derniers doutes balayés. Ces deux-là étaient indiscutablement du même sang. Celui qu'elles faisaient couler.

Cela faisait deux mois à présent que *La Revanche* était en mer. Rackham décida de regagner Cuba. Leurs prises avaient été maigres. Quelques barques de pêcheurs isolées. La chaleur plombait. Les réserves de nourriture et d'eau étaient au plus bas. Si le vent retombait, la famine et la soif, ces ennemies sournoises, décimeraient leurs rangs. La décision était sage et fut votée à l'unanimité, pour le plus grand bonheur de Baletti qui voulait contacter Hans et l'exhorter à la patience.

Au fil des jours, la complicité d'Ann et de Mary grandissait insensiblement. Baletti se tenait en retrait volontairement, sachant combien ce lien était difficile à créer et d'autant plus précieux. Mary ne voulait rien brusquer. Lui non plus, qui goûtait de plus en plus cette vie de flibuste dans laquelle il n'avait pas besoin de cacher ses blessures.

Ils ne croisèrent aucune voile, quatre jours durant. L'océan était aussi lisse qu'un miroir, la chaleur accablante la journée. Le navire gardait le cap mais stagnait, avançant à peine sous des brassées soudaines qui gonflaient timidement les voiles avant de les laisser pendre mollement.

— Foutu temps ! grommela Ann aux côtés de Mary, en mâchonnant sa chique pour adoucir sa gorge sèche.

Assise sur le bastingage, les jambes enroulées autour du pendant d'un hauban, Mary regardait sa ligne onduler sur les flots, espérant, comme d'autres, une pêche qui enrichirait l'ordinaire. De la tortue que Rackham avait chargée au dernier mouillage, il ne resterait bientôt plus que la carapace.

— Parle-moi de toi, demanda brusquement Ann, comme Mary demeurait silencieuse.

Sa fille recherchait de plus en plus souvent sa compagnie. La question la prit de court pourtant. Elle avait tant à raconter ! Elle ne se sentait pas prête encore. Elle aimait déjà trop Ann pour risquer de la perdre avec des aveux précipités.

— Tu as toujours été marin ? insista Ann, peu rebutée par son mutisme.

— Oui, répondit-elle sans mentir vraiment. Et toi, Ann, pourquoi ne pas rester à terre pour élever Petit Jack ?

— J'ai toujours aimé la mer, d'aussi loin que je me souvienne. C'était comme une obsession.

— C'est-à-dire ? demanda Mary, profitant de la brèche qu'elle lui ouvrait.

Le front d'Ann se plissa en fixant l'horizon.

— L'odeur de la poudre et du sang. Elle a hanté mes cauchemars depuis mon enfance. Mon père prétend que nous avons été attaqués par des brigands à cette époque. Que j'en ai été profondément marquée.

— Qui est ton père ? insista Mary comme si elle avait encore besoin d'une confirmation.

— Un planteur de Caroline-du-Sud. William Cormac.

Ann soupira tandis que Mary souriait, sereine. Il lui faudrait apprendre ce qui restait de Breda dans la mémoire d'Ann puisqu'elle ne s'était pas rappelée d'elle, de ses traits ou de sa voix.

— C'est étrange, poursuivit Ann, suivant le fil de ses pensées. Depuis que je suis avec Rackham, quelque chose en moi s'affole à l'approche des abordages. Quelque chose qui ne s'apaise qu'à leur violence. C'est peut-être parce que je le hais.

— Qui ?

— Cormac.

Le silence retomba. Le visage d'Ann était fermé, crispé sur un souvenir douloureux.

— On ne peut pas haïr son père sans raison...

— J'en ai une, Read. La meilleure qui soit, crois-moi. Oui. La meilleure qui soit.

Elle serra les mâchoires et Mary ne put rien en tirer de plus, furieuse d'imaginer que Cormac ne lui avait pas tout raconté.

Le lendemain, un orage roula de l'est et tous se précipitèrent dans la cale pour en remonter les futailles vides. Lorsqu'il creva, Ann fut la première à danser sur le pont, tourbillonnant sur elle-même en riant, bouche ouverte, offerte à cette pluie qui les sauvait.

*

Mary devinait l'impatience d'Ann au temps qu'elle passait désormais à scruter l'horizon tandis que les jours défilaient, les rapprochant de Cuba. Ils n'avaient enlevé qu'une barcasse la veille, sans en tirer grand profit. Son fils lui manquait. Elle la rejoignit, son quart achevé, abandonnant une fois de plus Baletti, qui semblait n'en être pas affecté.

— Petit Jack, c'est cela?

Ann hocha la tête.

— Tu as des enfants, Mary?

— Deux.

— Ils ne te manquent jamais?

— À chaque instant, avoua Mary. Mais ils sont adultes aujourd'hui, et ont tous deux choisi leur destinée. Comme moi, ils se sont fait pirates.

Ann sourit.

— Ils ont leur propre navire ?

— Oui, répondit Mary sans mentir.

Rackham avait beau être le capitaine de *La Revanche*, c'était Ann qui gouvernait.

— J'ai peur, lâcha Ann après un court moment de silence. Je brûle de serrer Petit Jack dans mes bras, mais j'ai peur.

— Peur de quoi ?

— Peur de l'aimer. Je ne peux pas expliquer cela. Peur qu'on me l'enlève. Cette seule idée me terrorise.

Mary la vit porter sa main à son collier.

— Ce bijou, demanda-t-elle, d'où vient-il ?

— De ma mère. De mon passé, rectifia-t-elle. Mais je n'ai pas envie d'en parler.

Ann soupira et se retourna vers elle. Leurs regards s'accrochèrent. Ils n'étaient que tendresse. Ann baissa le sien, troublée.

— Tu as déjà été attirée par une femme ? demanda-t-elle.

— Oui. J'avais ton âge. Elle ne m'a apporté que malheur.

— J'aime ta compagnie, Mary. Elle m'apaise et tout à la fois m'effraie. Je voudrais m'en écarter et en même temps...

— Me prendre dans tes bras ?

Ann hocha la tête.

— Moi aussi, Ann.

— Terre ! hurla la vigie, au moment où Mary effleurait ses doigts.

Ann les retira aussitôt et s'échappa comme s'ils l'avaient brûlée.

— Dis-lui, Mary, insista Baletti en caressant ses hanches d'une main tendre.

C'était la première fois qu'ils se retrouvaient ainsi depuis longtemps. Il n'était pas question de s'aimer sur *La Revanche.* Ils y manquaient d'intimité et Baletti ne voulait pas risquer d'éveiller la jalousie des autres. Il suffisait bien à l'équipage d'entendre gémir Ann au soir tombé. Le privilège dont jouissait Rackham pouvait fort bien leur donner des idées.

Sur l'île des Pins, devant laquelle ils mouillaient, Rackham possédait une maison en rondins. Ann avait couru vers son fils à peine la plage foulée. Cela faisait huit jours maintenant que Mary ne l'avait vue. Pour compenser ce manque qui lui tenait le cœur, Baletti l'aimait.

— Difficile de trouver le moment. Sur le navire, nous sommes sans cesse interrompues dans nos échanges. De plus, Ann distille ses confidences.

— Force-les.

— Je n'ose pas.

— Allons, Mary. Ce n'est qu'un abordage de plus. Ou tu gagnes, ou tu perds, mais tu ne peux continuer à affronter des fantômes. Ils la terrorisent. Autant que toi. Délivre-la, ou abandonne-la.

Mary se retourna et fixa le plafond de la chambre. Des insectes y tournoyaient en bourdonnant. Elle était moite de leurs étreintes et plus encore de la chaleur étouffante qui régnait sur l'île, balayée pourtant par les alizés.

— Tu as sans doute raison. Je vais le faire. Je vais aller la voir et lui parler.

— Plus tard, décida Baletti en glissant ses doigts sur son ventre. Plus tard.

Mary l'attira à lui. Elle aussi avait besoin d'amour. Elle s'y abandonna de toute son âme.

— Il faut que je te parle, Ann, seule, déclara Mary en s'annonçant à sa porte, quelques heures plus tard, alors que le jour déclinait.

— Entre, lui dit-elle, visiblement ravie de sa visite. Rackham est sorti et je viens de coucher Petit Jack. Veux-tu le voir quelques minutes ?

Mary hocha la tête et la suivit. Ann écarta une tenture. Un berceau se trouvait à côté du lit. Ann approcha la lanterne qu'elle venait de récupérer sur un meuble. La maison de Rackham était décorée de façon disparate, d'éléments récupérés au cours de ses nombreuses prises.

— Il a l'air heureux, murmura-t-elle, voyant que l'enfançon souriait.

— Je me sens si vulnérable à ses côtés, murmura Ann.

— Je le sais. Je le sens.

Mary s'écarta un peu pour que leur conversation n'éveille pas Petit Jack. Ann reposa sa lanterne et la rejoignit. Elles se faisaient face, portées l'une vers l'autre par une infinie tendresse.

— L'autre jour, sur le navire... commença Mary.

— Toi aussi, tu m'as manqué, chuchota Ann en lui prenant la main. Est-ce mal ?

— Non. Non, ce n'est pas mal.

Mary déglutit et se lança :

— J'ai une fille, Ann. Une fille de ton âge...

— Je le sais, la coupa Ann, la laissant désemparée.

Elle se glissa contre elle et nicha son visage dans son cou. Les bras de Mary se refermèrent sur elle.

— Tu sais ?

— Je sais et je m'en moque. Peu m'importe ton âge ou ton sexe, Mary Read, c'est de tes caresses que je veux me rassasier.

Le souffle de Mary se glaça. Elle n'eut pas le temps de se reprendre qu'une main violente la tirait en arrière.

— Morbleu ! C'est toi, Read ? hurla Rackham.

Mary étouffa un soupir soulagé, malgré son inconfortable posture.

— Ce n'est pas ce que tu crois, se défendit-elle.

— Si, c'est ce que tu crois, démentit Ann en se dressant devant lui. J'ai envie d'elle, comme tu as envie des catins que tu culbutes derrière mon dos. Et je n'ai pas l'intention d'en être privée.

Mary sentit une sueur froide lui battre les tempes.

— Non, Ann, gémit-elle. Tu ne peux pas avoir envie de moi. Tu ne peux pas.

— Et pourquoi donc ? grogna Rackham en l'attirant à lui, lui attrapant les poignets. Et si cette idée me plaisait finalement, à moi ?

Désemparée, Mary ne trouva pas la force de lutter. La bouche de Rackham prit la sienne avec avidité. Cette contrainte la força à réagir. Pour se sortir de ce cauchemar. Du regard d'Ann qui brillait tandis que le sien s'emplissait de larmes.

Elle releva son genou entre les jambes de Rackham et frappa violemment. Il la lâcha en jurant.

Mary recula. Elle était bouleversée par ce désir qu'elle lisait dans les yeux de sa fille.

— Reste, Mary, gémit Ann tandis que Rackham se tordait. Il nous laissera nous aimer.

— Tu ne comprends pas. Je ne peux pas t'aimer, pas comme ça.

— Et pourquoi donc ? grinça Ann, frustrée de la voir ainsi défaite et outragée.

— Je suis ta mère, lâcha Mary.

Le rire d'Ann faucha ses illusions. Tandis qu'elle s'enfuyait, elle entendit celle-ci cracher, rancunière :

— Il te faudra inventer autre chose si tu veux te faire pardonner !

Mary resta un long moment face à l'océan et à cette lune immense qui semblait rire de sa détresse. Elle n'avait rien vu venir. Rien compris des jeux d'Ann. Toute à sa tendresse de mère, elle n'avait pas seulement imaginé que sa fille puisse être attirée par elle d'une autre manière.

Tout, pourtant, dans ses regards, ses attitudes, aurait dû le lui dire. Mais elle était trop heureuse de ce rapprochement pour l'analyser. Elle avait tout gâché. Ann ne l'avait pas crue. Et pour cause ! Comment l'aurait-elle pu dans de pareilles circonstances, sans souvenirs de son passé ? Comment ne pouvait-elle pas la haïr plus encore de l'avoir repoussée ?

Mary découvrait avec effarement que sa fille était encore plus charnelle, violente et passionnée qu'elle ne l'était. Elle retrouvait en elle les élans belliqueux de son père. Mary l'avait sous-estimée. Ann n'avait pas besoin d'une mère, mais d'une amie, d'une amie tendre. Comment lui faire comprendre à présent qu'elle recherchait auprès d'elle ce qu'on lui avait arraché ? Que cette attirance physique était un leurre ? L'envie lui prit de renoncer. Baletti voulait déserter le bord de Rackham pour regagner Cuba, dont le littoral se dessinait à l'horizon. Rejoindre Hans, récupérer le crâne de cristal, tuer Emma.

Mary pouvait fort bien le suivre, oublier Ann. Elle eut envie de hurler. Elle ne le pouvait pas, pas de cette manière, pas après ce qui s'était passé. Elle ne voulait pas briser ce lien fragile. Et que dire à Junior lorsqu'elle retournerait à la Tortue ?

Elle eut un rictus amer. Elle allait devoir se taire et se mettre en retrait, affronter le courroux jumelé d'Ann et de Rackham. Rester digne. Redevenir Mary Read, en priant pour qu'un jour Ann ressente le besoin de chercher la vérité. Mary se leva et traîna son pas jusqu'à l'auberge où Baletti était sûrement attablé, ravalant son désarroi derrière le rempart de sa fierté.

Lorsqu'ils furent seuls dans la petite chambre qu'ils avaient louée à l'auberge, elle s'effondra en sanglots entre ses bras, du mal que le regard d'Ann lui avait fait.

*

— Où est le marquis? grinça Rackham alors qu'ils levaient l'ancre une semaine plus tard.

Mary avait signalé à Corner que Baletti avait quitté le bord.

— Je l'ignore, répondit-elle froidement.

— J'espère pour toi qu'il n'a pas l'intention de nous vendre !

— Je suis prête à en répondre, affirma Mary en soutenant le regard rancunier de Rackham.

Ils ne s'étaient pas reparlé depuis l'incident. Ann la boudait, lui tournant ostensiblement le dos.

— Tu aurais pu partir avec lui.

Mary ne releva pas, pressée de s'écarter.

— Je suis de quart, capitaine. Puis-je me retirer?

Pour seule réponse, Rackham se détourna d'elle. Mary serra les dents et les poings en se disant qu'elle aurait certainement mieux fait, elle aussi, de déserter.

— Donne-toi un mois encore, Mary, lui avait dit Baletti. Si, à la prochaine escale de Rackham sur l'île des Pins, tu n'as pas réussi à convaincre Ann, alors tu pourras la laisser à son destin. Mais je te connais. Tu ne pourras te satisfaire de n'avoir pas tout tenté. Alors va. Et pense que, si toi tu y es arrivée, Emma pourrait fort bien la retrouver aussi. De mon côté, avec Hans, je vais la surveiller.

Mais à présent qu'elle était là, au milieu des matelots de *La Revanche*, face à la colère rentrée d'Ann, elle se dit que ce mois-là risquait d'être fort mouvementé.

*

— Je m'ennuie, soupira Ann, en regardant les gabiers s'affairer dans les hunes. Nous n'avons fait que des prises insignifiantes. Je rêve d'abordage.

Rackham, occupé à barrer, suivit son regard. Mary Read s'activait dans la mâture. Ann et lui étaient seuls sur le gaillard d'arrière.

— Moi aussi, je fourrerais bien son petit cul, lâcha-t-il.

Ann se retourna, piquée par la jalousie.

— T'avise pas d'essayer, gronda-t-elle.

Rackham éclata de rire.

— J'avais donc raison. C'est bien à elle que tu pensais.

Ann ne répondit pas, et porta de nouveau son regard vers les gabiers.

— Je ne savais pas que tu aimais les femmes.

— Je n'aime pas les femmes. Je l'aime, elle, rectifia Ann.

— Si tu la veux, je peux la forcer.

Ann lui fit face.

— Jamais. Ne fais jamais cela ou je te tuerai.

— Comme tu voudras. Mais je déteste voir tes désirs insatisfaits.

— Dans ce cas, donne-moi un navire.

Rackham faillit s'étrangler.

— Un navire ? Mais pour quoi faire ?

— Je veux un navire. À moi.

— Tu ne saurais pas seulement le mener, se moqua Rackham.

— Ça m'est égal qu'un autre le mène, du moment qu'il m'appartient.

— Très bien. Si cela t'amuse. Nous prendrons le prochain qui croisera notre route.

— À deux bateaux, nous pourrons nous attaquer à de plus grosses prises, justifia Ann.

— Et faire plus d'abordages... Morbleu, Ann, je n'ai jamais connu quelqu'un qui aime autant le sang que toi.

— Si, elle.

Elle laissa un silence douloureux lui étreindre le ventre.

— J'aurais aimé, murmura-t-elle. J'aurais aimé qu'elle ait pu dire vrai.

— De quoi parles-tu ?

— J'aurais aimé qu'elle fût vraiment ma mère. Elle, au moins, ne m'aurait pas reniée aujourd'hui.

*

Deux jours plus tard, un sloop nerveux se profilait à l'horizon. Ils longeaient l'île d'Andros, et Ann s'excita à sa capture la journée durant. Au soir, pourtant, elle cacha sa déception en vidant un pichet de *guildive*. Le sloop s'était réfugié dans le port de New Providence, et elle avait invectivé Rackham de n'avoir pas su le prendre quand il avait promis de le lui donner. Elle s'endormit, ivre, adossée au mât de misaine, à côté de Harwood tout aussi éméché.

— J'ai besoin de toi, Read, chuchota Rackham, la réveillant dans son hamac. Rejoins-moi sur le pont.

Mary hocha la tête en pestant.

Elle trouva Rackham au milieu d'une dizaine d'hommes qui s'étiraient en bâillant.

— Ann veut ce sloop, dit Rackham. J'ai l'intention de le prendre.

Mary écarquilla les yeux.

— Au mouillage ?

Rackham hocha la tête.

— Je parie que seule une poignée d'hommes le garde, tandis que les autres festoient à terre.

— C'est fort probable, en effet, admit Fertherston.

— Qui en est ?

Mary leva la main sans hésiter. Elle en avait assez de ne pouvoir approcher Ann, qui persistait à la bouder. Cet argument l'aiderait peut-être à briser ce stupide orgueil dans lequel elle s'entêtait. D'autant que Mary n'était pas dupe. Le regard de sa fille la trahissait.

Ils descendirent un canot et s'y glissèrent, laissant Ann ronfler en cuvant sa guildive. L'hypothèse de Rackham était juste. Huit hommes seulement étaient à bord. Ils avaient mis en perce un tonnelet de rhum et n'étaient pas plus dangereux qu'Ann. À peine ouvrirent-ils un œil surpris quand ils sentirent la pointe des lames sous leur gosier.

Rackham les abandonna dans le canot qui l'avait amené. Earl et Mary donnèrent la voile, tandis que les autres s'activaient au cabestan à remonter l'ancre, et le sloop quitta le port sans être inquiété.

Au matin suivant, *La Revanche* et *Le William* s'étaient éloignés des côtes et filaient de concert dans une brise légère.

Ann s'éveilla, la bouche pâteuse et l'esprit embrumé. Elle bondit en découvrant les voiles du sloop par bâbord arrière.

— Crève Dieu ! jura-t-elle.

Le rire de Mary Read éclata à côté d'elle, dans celui de Rackham.

Quelques heures plus tard, après avoir inspecté son navire laissé au commandement de Fertherston, Ann rejoignait Mary sur la hune de *La Revanche,* le cœur léger.

— Sans rancune ?

— Je ne t'en avais pas gardé.

— J'avais besoin de toi. Je n'ai pas admis que tu me repousses, avoua Ann.

— Je ne l'ai pas fait. Ma tendresse est sincère, Ann. Tu devras t'en contenter.

— Cela me suffit bien. À une condition.

— Laquelle ? demanda Mary en tirant sur sa pipe.

— Ne m'abandonne jamais, murmura Ann. Je ne pourrais pas le supporter.

— Jamais, répéta Mary, le cœur serré, en songeant à tout ce que cette promesse impliquerait.

*

Baletti laissa la barcasse qui l'avait conduit à Cuba contre la coque du *Sergent James.* Fidèles à leurs engagements, les Vanderluck l'attendaient au port.

— Où est Mary? demanda aussitôt Hans, le voyant paraître seul.

— Auprès d'Ann. Elle a préféré y rester.

— Venez, lui dit Hans, vous avez l'air épuisé.

Baletti l'était. Ils se refit en dévorant le souper qui venait d'être servi, leur racontant leur séjour sur *La Revanche.*

— Ann sera difficile à apprivoiser, acheva-t-il. Je crains que Mary ne s'abîme à essayer de la récupérer.

— Un seul pourrait raviver sa mémoire, déclara Hans en se frottant la barbe.

— Junior?

— Junior. À présent que nous sommes certains de l'identité réelle d'Ann Bonny, je crois que nous pouvons tenter de le prévenir.

— Et Emma? demanda Baletti.

— Disparue, envolée, se lamenta James.

Baletti blêmit.

— Comment ça, envolée?

— Elle a quitté Cuba avant notre arrivée. Ses gens n'ont pu nous en apprendre davantage. Je suis navré, marquis.

— Il est vraisemblable qu'elle ait regagné la Caroline-du-Sud. Il faut donc me résigner, soupira celui-ci.

— Occupons-nous d'Ann et de Mary. Emma ne disparaîtra pas, cette fois. Nous connaissons ses points de chute, lança Hans.

— C'est vrai. D'autant que je n'aime pas savoir Mary à la merci de ce Rackham.

Vanderluck éclata de rire.

— Allons donc, marquis. Elle sait mieux se défendre que dix hommes. Vous êtes jaloux, voilà tout.

— De Rackham, certainement pas, objecta Baletti.

— Mais d'Ann ?

Baletti fronça le sourcil.

— Ne dites pas de sottises, Vanderluck.

— Vous craignez que Mary ne préfère demeurer auprès d'elle qu'à vos côtés. Avouez-le.

Baletti porta les mains à ses tempes. Elles le tiraillaient d'une migraine.

— Je voudrais que tout cela se termine, Hans. Sans elle, une part de moi cesse d'exister, c'est vrai.

— Elle reviendra, n'ayez crainte.

Baletti s'adossa au fauteuil et reposa sa serviette sur la table.

— Combien nous faudra-t-il de temps pour rallier la Tortue ? demanda-t-il seulement.

*

La dispute entre Ann et Rackham forçait les parois de bois du brigantin et les marins n'en perdaient rien, tout en vaquant à leurs quarts. Mary avait achevé le sien. Brown, Fenis et Harwood disputaient une partie de cartes avec elle, au milieu des hommes qui dormaient dans les branles. Au-dehors, une pluie fine battait le pont.

Ce 30 août 1720 était glacé.

— Elle l'aura à l'usure, s'amusa Harwood en abattant son jeu.

Il avait encore gagné.

— Elle l'a toujours à l'usure, rectifia Brown.

— Et au ventre, ricana Fenis. Elle a le feu au giron, cette garce.

Mary jeta son pécule au centre du cercle avant de se lever, de s'étirer et de regagner son branle, épuisée. Elle n'avait aucune envie de les écouter s'en moquer.

Le lendemain, Mary découvrait Ann qui donnait ses ordres pour que *La Revanche* colle au flanc du *William.*

— Que fais-tu ? lui demanda-t-elle après l'avoir rejointe.

— On change de navire.

— On quoi ? s'étrangla Mary.

— J'ai dit à Rackham que je voulais gagner le sloop avec toi.

— Et il a accepté ?

— À moitié, avoua-t-elle en tordant sa bouche. Il en assurera le commandement à la place de Fertherston. Pas question pour lui de nous y laisser seules !

Mary éclata d'un rire clair.

— Je crois qu'il ne pourra pas longtemps se contenter d'un sloop. Il regagnera *La Revanche.*

— C'est bien ce que j'espère, conclut Ann en lui décochant un clin d'œil.

La bougresse savait fort bien raisonner.

Ils n'eurent pas le temps de mettre leur projet à exécution que la vigie signalait un navire. Ann, oubliant son sloop, se précipita sur la longue-vue tandis que Rackham jaillissait de sa cabine.

Les deux navires prirent la frégate en tenaille, canonnant sans discontinuer. Lorsque le mât de misaine du *Lady Sarah* s'effondra, un hourra gagna les matelots de John Rackham. L'abordage les jeta pêle-mêle sur le pont, dans un même élan meurtrier.

Malgré leur acharnement à défendre leur navire, il n'y eut bientôt plus de résistance parmi les mercenaires du *Lady Sarah.* Le combat avait été rude, et trois hommes de *La Revanche* y étaient restés, mais ils en sortaient victorieux. Rouges du sang versé, les deux femmes rejoignirent Rackham, qui avait acculé ses prisonniers contre les cabines de la dunette.

— Rendez-vous, messieurs, vous êtes faits ! exigea-t-il en les menaçant de son pistolet.

Ils étaient quatre officiers encore, qui s'étaient vaillamment battus.

— Nous avons juré de servir la cause du roi, objecta le capitaine, et de défendre la vie de nos passagers. Nous ne baisserons pas les armes.

— En ce cas ! déclara Rackham.

Son coup de feu fut le premier.

Les hommes s'effondrèrent.

— Read, Carty et Bonny, avec moi, décida Rackham. Corner et Howel, écartez-moi ces imbéciles.

Ils dégagèrent aussitôt l'accès aux cabines. Rackham et Carty se chargèrent de celle de droite, l'ouvrant d'un coup de pied pour éviter quelque traîtrise.

Ann Bonny se retrouva, elle, face à un personnage poudré et perruqué, prêt à appuyer sur la détente de ses pistolets. Le premier était plaqué contre sa tempe, le second contre celle d'une fillette d'une dizaine d'années.

Elle s'immobilisa aussitôt, saisie par sa détermination farouche. L'enfant tremblait contre sa jambe, tout autant résignée que terrorisée. Mary s'engouffra à son tour dans la cabine pour annoncer que Rackham avait pris trois Français. Elle se figea net sur ce duel silencieux qui opposait Ann à cet homme, visiblement de haute naissance.

— Lâchez vos armes, messire, dit-elle. Aucun mal ne vous sera fait.

— Qui me le prouve ?

— Mary Read ne ment jamais.

Il ne bougea pas.

— Qui êtes-vous ? demanda Ann en abaissant son pistolet.

— Nicolas Lawes, gouverneur de la Jamaïque. Et voici ma fille. Je ne la laisserai pas tomber entre vos mains.

— Rendez-vous, insista-t-elle. Je m'engage auprès du capitaine à ce qu'aucun mal ne lui soit fait.

— Pourquoi devrais-je croire une femme pirate ? ricana Nicolas Lawes, affichant ostensiblement son mépris.

— Parce qu'elle ne l'a pas toujours été, monsieur. Si mon allure ne peut vous convaincre de mon sens de l'honneur, mon nom vous y aidera peut-être. Mon père est fort connu dans votre société, même si un différend nous a séparés. Je suis Ann Cormac de Caroline-du-Sud.

Nicolas Lawes fronça les sourcils devant cette femme échevelée, bien éloignée du portrait qu'Emma de Mortefontaine lui avait montré.

— Très bien, décida-t-il en abaissant ses pistolets. J'accepte de vous croire. Mais si vous mentez, il n'y aura pas un endroit sur cette terre où vous serez en sécurité.

— J'ai donné ma parole, capitaine, s'emporta Ann. Débarque-les.

Indifférent à leur querelle, le reste de l'équipage s'activait à piller le navire, après avoir cantonné les prisonniers en cabine.

— Leur rançon représenterait une vraie fortune, objecta Rackham.

— Mais nous enverrait directement au gibet ! Relâcheles, sans condition.

— On pourrait garder la fillette, au moins, et ne la lui rendre qu'après, contre subsides.

Ann sentit un sang mauvais cogner à ses tempes.

— Je te l'interdis, gronda-t-elle. Je t'interdis de séparer cette enfant de son père !

Mary, à quelques pas d'eux, sentit son cœur s'emballer. La réaction d'Ann prouvait ce qu'elle avait pressenti tantôt. La vue de cette fillette terrorisée l'avait ébranlée. C'était de bon augure. Il adviendrait forcément un moment où, bousculés par les événements, ses souvenirs lui reviendraient.

— Ça va, calme-toi, répondit Rackham. Je te cède encore, mais c'est la dernière fois, Ann Bonny. Je commence à me lasser de tes caprices !

Ann le vit s'éloigner à grandes enjambées, sans parvenir à se calmer. Elle se rapprocha instinctivement de Mary pour s'apaiser.

— S'il touche à cet enfant, je le tuerai, grommela-t-elle.

— Je veillerai à ce qu'il n'en soit rien, Ann, la réconforta Mary. Je serai là.

Ann leva vers elle un regard reconnaissant. Un flot de tendresse coula dans celui de Mary, qui s'approcha pour lui déposer un baiser sur le front.

— Cette fois, murmura-t-elle, je serai là.

Elle s'éclipsa à son tour, laissant Ann perplexe et désemparée.

Deux jours plus tard, la colère de Rackham retomba. À environ onze kilomètres de l'île de Harbour, il put se refaire en arraisonnant sept bateaux de pêche, dont il emporta la cargaison et le matériel pour une valeur de dix livres jamaïcaines. Le même soir, ils enlevaient un nouveau bâtiment, récupérant les biens et effets d'un armateur anglais.

À la nuit tombée, allongé auprès d'Ann qui s'était endormie après leur étreinte, un sourire léger aux lèvres, il dut reconnaître qu'elle avait eu une riche idée de récupérer ce sloop. Il s'y sentait finalement plus à l'aise que sur *La Revanche* et en bien plus grande intimité pour l'aimer.

Petit Jack manquait pourtant au cœur d'Ann. Rassasiée d'abordage, elle réclama sa présence et, le lendemain, Rackham fit mettre le cap sur l'île des Pins pour la contenter.

Contrairement à ce qu'il avait prétendu, les caprices de sa maîtresse n'étaient pas près de le lasser.

34.

Le *Sergent James* mouillait devant la Tortue depuis trois semaines lorsque le *Bay Daniel* s'annonça au mouillage. Hans n'en finissait plus de le guetter, se demandant si Junior allait le reconnaître comme sa mère l'avait fait. Gave-Panse avait été parfait dans son accueil, ravi d'apprendre que Mary allait bien. Ils ne s'étaient pas étendus sur les détails, expliquant seulement qu'elle s'activait à régler une affaire de famille. Baletti avait payé d'avance gîte et couvert, et les matelots du *Sergent James,* comme les Vanderluck, s'étaient rapidement liés avec les pirates de l'île, tuant le temps le plus agréablement qui soit.

Vanderluck et Baletti accordèrent à Junior le temps d'embrasser les siens, avant de longer dès le lendemain matin la ruelle qui menait à sa maison.

Ils le trouvèrent occupé à une corvée de bois, à côté de sa cabane qu'il avait agrandie et réaménagée après son mariage et la naissance de son fils. Au dire du moins de Gave-Panse, enchanté de pouvoir le leur raconter.

La hache s'enfonçait avec puissance dans les billes que Junior fendait, révélant une musculature qui avait encore gagné en volume. Vanderluck eut le souffle coupé de la ressemblance de son filleul avec Niklaus. Au point d'avoir l'impression de revoir ce dernier tel qu'il l'avait quitté vingt ans plus tôt.

La hache demeura suspendue en l'air, avant de s'abattre pour s'incruster profondément dans le billot. Junior venait de les apercevoir. Surpris et radieux, il délaissa son ouvrage pour s'avancer à leur rencontre.

— Marquis, l'accueillit-il en lui tendant une main franche.

— Ravi de te revoir entier, Junior.

— Je peux vous en répondre autant. Où est Mary?

— C'est une longue histoire, fiston, mais ta mère va bien, très bien, répondit Vanderluck, sortant de sa réserve.

Junior braqua ses yeux sur lui.

— On se connaît?

— Mon visage ne te dit rien?

Junior le scruta.

— Vaguement, avoua-t-il.

— Toi, par contre, tu es le portrait craché de ton père, lâcha Hans en éclatant de rire devant la mine interloquée de son filleul.

— Crébonsang! jura Junior en écarquillant les yeux.

De ce rire-là, oui, il se souvenait!

— Hans Vanderluck! C'est bien vous?

— En chair et en os, garnement! assura celui-ci en lui tendant sa main à serrer.

Junior se laissa entraîner dans une accolade qui lui mit le cœur léger.

— Entrez! décida-t-il en s'écartant. Je devine à vos airs que vous avez des choses à raconter. Et je suis impatient de les apprendre. Crébonsang, répéta-t-il en cognant l'épaule de Vanderluck, que je suis heureux de vous retrouver!

Il leur présenta son épouse et son fils, puis, tandis que celle-ci retournait à sa cuisine, les invita à s'attabler devant un verre de guildive. Il ne voulut rien entendre de ce qui les amenait avant d'avoir su le parcours de Hans depuis Breda. Juché sur les genoux de Junior, le petit Mark suçait son pouce en les dévisageant de ses grands yeux curieux.

— Nous nous sommes rencontrés à Charleston, conclut Baletti, qui, complétant le récit de Vanderluck, venait de glisser quelques mots de leur houleuse traversée.

— Avez-vous retrouvé Emma et le crâne ? demanda Junior.

— Non. Elle avait quitté la Caroline-du-Sud pour Cuba. C'est vers là que nous nous sommes dirigés avec ta mère, continua Baletti. Mais l'ordre de nos priorités a changé.

Junior se crispa en devinant le regard complice que les deux hommes échangèrent. Ils avaient visiblement quelque chose à lui dire, mais ne savaient pas comment s'y prendre.

— Venez-en au fait, marquis, lâcha-t-il. Je ne suis plus un petit garçon qu'il faut ménager.

— Ann est en vie, Junior, lui annonça Vanderluck.

— Mary est auprès d'elle, ajouta Baletti.

Junior blanchit, incrédule.

— Ann ? C'est impossible.

— Ta réaction a été la nôtre, avoua Hans.

Junior écouta avec attention leur récit, avant de reprendre la parole.

— Mais comment avez-vous eu la certitude qu'il s'agissait bien d'Ann ?

— Te souviens-tu d'un pendentif orné d'une émeraude ?

— La salamandre ? Oui, Ann y tenait comme son trésor le plus précieux.

— Il est toujours à son cou.

— Elle est en vie ! Crébonsang, je ne peux pas y croire. Ann est en vie ! répéta Junior, qui ne savait pas s'il devait rire ou pleurer. Pourquoi ne pas les avoir ramenées ici, à la Tortue ?

— Parce que les choses ne sont pas aussi simples qu'elles le paraissent, Junior. Ann a grandi, ailleurs. Elle ne se souvient pas. Et Mary n'a pas voulu la brusquer.

— Ann m'aurait oublié ? Non, s'insurgea Junior. Ça, c'est impossible, marquis. Nous étions trop liés.

— C'est pourquoi nous sommes là. Pour te ramener avec nous et forcer sa mémoire en fuite. Toi seul, j'en suis convaincu, y parviendras. Tout ce que Mary peut faire en attendant, c'est demeurer à ses côtés et l'aimer.

Junior bondit.

— Dans trois jours, le *Bay Daniel* sera prêt à appareiller, affirma-t-il, un sourire immense sur son visage transfiguré.

*

Cette fin octobre semblait propice aux affaires de John Rackham et de son équipage, alors qu'ils venaient une fois encore de quitter l'île des Pins.

— Chacune de nos escales auprès de notre fils nous porte chance, avait susurré Ann à son oreille.

Elle disait vrai.

Le 1er octobre, ils avaient arraisonné deux sloops marchands, emportant les voiles et le matériel pour une valeur de mille livres jamaïcaines. C'était leur plus grosse prise depuis longtemps et Ann avait aussitôt exigé de dépenser sa part à Cuba. Personne n'y avait vu d'inconvénient. La bataille avait été rude, faisant trois blessés graves dans leurs rangs. Les soigner à terre était la meilleure chose à faire. Ils avaient repris la mer deux semaines plus tard.

Ce 20 octobre 1720, ils venaient d'enlever pour trois cents livres jamaïcaines de voilure et de matériel sur un sloop marchand baptisé le *Mary,* à cinq kilomètres au large de Dry Harbour Bay, grossissant le butin du schooner qu'ils avaient pris la veille.

Ann et Mary étaient de plus en plus enragées, avant et pendant le combat, jurant plus fort que les hommes, invectivant les équipages des navires qu'ils capturaient, les espérant avec la même avidité. Elles n'étaient à présent plus qu'un seul bras quand elles en remplaçaient dix, faisant tant corps dans l'abordage qu'on les aurait dites jumelles.

Ann s'était épanouie au contact de Mary. Rackham en était jaloux, regrettant de ne pouvoir jouir de leur complicité. Il se consolait en se disant que les caresses d'Ann, de plus en plus sensuelles et gourmandes, venaient de ce désir inassouvi par Mary.

Leur réputation était telle désormais, que la simple vue du sloop de Rackham et de *La Revanche* que menait Fertherston faisait trembler tous les navires qui passaient à leur portée.

Le lendemain, ils croisèrent un canoë au nord de la Jamaïque. Une femme s'y trouvait qui pêchait. Les hommes s'amusèrent à la siffler depuis la mâture et le bastingage. La malheureuse avait beau ramer pour s'éloigner du sloop, elle était terrorisée.

— Elle ferait bien notre affaire, lança Fenis à Brown, occupé à la regarder.

Ils échangèrent un regard lubrique et se dirigèrent vers la barre pour en toucher un mot au capitaine.

Ann était pliée en deux dans sa cabine, vomissant à la fenêtre du gaillard d'arrière. Depuis quelques jours, elle n'en finissait plus de se vider.

— Tu as mangé trop de *paw paw* pour cuver ton vin, lui avait affirmé le chirurgien.

Il était vrai qu'elle en avait abusé, détestant cette migraine des lendemains de beuverie, détestant que Mary s'en moque quand, elle, tenait la guildive mieux que personne. Il fallait cependant qu'elle soit réaliste. Son malaise tardait à passer et elle y voyait une autre raison, bien plus dérangeante.

Elle essuyait sa bouche lorsqu'elle entendit hurler sur le pont. Une voix de femme.

« Mary ! » pensa-t-elle aussitôt en se précipitant au-dehors.

Elle se fraya un passage au milieu des matelots qui riaient grassement et s'immobilisa au premier rang, suffoquée par le spectacle. Là, devant elle, sans ménagement ni pudeur, Fenis s'acharnait entre les cuisses d'une inconnue que Brown empêchait de se débattre.

— Assez ! hurla Ann. Lâchez-la !

On rit de plus belle autour d'elle. Une main se referma sur son poignet pour la tirer en arrière. Elle se retourna, mauvaise, et son regard noir cueillit celui de Rackham.

— Empêche-les, gronda-t-elle en portant la main à son pistolet.

Rackham l'en délesta promptement.

— Regagne ta cabine, ordonna-t-il, la gueule puante d'alcool, et laisse les hommes s'amuser. À moins que tu ne préfères que ce soit avec Mary ou toi qu'ils le fassent ?

— Ils n'oseraient pas ! Et toi non plus, s'indigna-t-elle.

— Ann Bonny ne pourra pas toujours tout empêcher. Disparais !

Elle tourna les talons en se bouchant les oreilles pour ne plus entendre les cris de la malheureuse et ces rires porcins. Au moment de se boucler dans sa cabine, elle découvrit Mary perchée dans la hune qui la regardait tristement. Ann referma la porte sur sa colère et son indignation, en maudissant leur lâcheté.

Au soir tombé, la captive fut rendue à son canoë. Même Rackham s'en était amusé. Ann l'avait compris en entendant les encouragements et les railleries des matelots tandis qu'il s'y acharnait. Lorsqu'il voulut forcer sa porte, elle refusa de lui ouvrir. Les tonneaux de rhum avaient été mis en perce, les hommes avaient entamé les provisions de tabac et de piments qu'ils avaient enlevées sur le schooner. Ils continuaient à s'en rassasier.

— Ouvre, Ann ! insista Rackham. Ouvre, ma friponne.

Le ton passa très vite de l'excitation à la colère. Ann ne céda pas.

— Puisque tu te comportes comme un porc, c'est avec eux qu'il te faudra coucher ! lui répliqua-t-elle avant de se recroqueviller sur le lit, furieuse.

Elle serra ses genoux entre ses bras, l'œil rivé sur la porte, bien décidée à le griffer du poignard qu'elle avait gardé à son côté, s'il s'avisait d'entrer malgré tout.

Elle ne sortit que tard dans la nuit, discrètement, pour ne pas dévoiler sa présence au barreur juste au-dessus d'elle. Le silence avait enveloppé le navire. Seul le bruissement des eaux contre la coque le troublait. Ann se glissa jusqu'aux cuisines pour récupérer un morceau de lard rance et quelques biscuits. Elle était affamée malgré ses nausées.

Elle sursauta en entendant bouger et se retourna dans l'obscurité qui régnait.

— Ce n'est que moi, chuchota Mary. Je t'attendais.

Ann se jeta dans ses bras et se mit à pleurer.

Elle regagna la cabine à ses côtés, enjambant les matelots ivres, sans plus de bruit que tout à l'heure. Elle n'avait aucune envie d'alerter son capitaine.

— Où est Rackham ? demanda-t-elle à peine la porte refermée.

— À la barre, avec Davis. Ils se relaient.

Un nouveau sanglot monta dans la gorge d'Ann. Elle l'étouffa dans son poing rageur.

— Comme des chiens, grinça-t-elle. Des chiens enragés. Je ne peux pas, Mary. Je ne peux tolérer ce qu'ils ont fait. Cela m'est odieux.

— C'est la loi du plus fort, Ann, tu n'y peux rien changer.

— Comment peux-tu l'accepter, toi ? Tu es une femme, bon sang ! Elle ne s'en guérira jamais !

Mary soupira en la serrant plus fort dans ses bras.

— J'ai supporté bien pire, Ann. On se guérit de tout, crois-moi, à condition de le vouloir.

Ann s'écarta d'elle.

— Moi je n'ai pas oublié, dit-elle.

— Qu'est-ce que tu n'as pas oublié ?

— Mon père. Je ne me souviens pas du moment où il m'a prise, mais de l'avortement qu'il m'a imposé. Je sais le mal que cela fait. Dans le ventre, dans la tête, dans le cœur.

La gorge de Mary se noua. Elle se rapprocha d'elle et l'enlaça. Ann ne se déroba pas.

— Aucun père digne de ce nom ne commettrait un tel acte.

— Il l'a fait pourtant.

— Alors, c'est qu'il ne l'était pas.

— Quoi ?

— Ton père.

Ann se contracta entre ses bras.

— Que veux-tu dire ?

— Je veux dire que rien n'est jamais ce qu'il paraît.

Mary détacha de son cou l'œil de jade et le glissa à celui d'Ann, à côté du pendentif d'émeraude.

— Autrefois, commença-t-elle, il y a bien longtemps, était une petite fille qui rêvait d'un trésor. D'un trésor au-delà des mers, d'un trésor dont ce bijou est la clé...

La porte s'ouvrit à la volée, suspendant son aveu aux lèvres de Mary.

Rackham venait de surgir, accompagné de Brown et de Fenis, tous trois armés de pistolets.

— Cette fois, beugla-t-il, cette fois, j'en ai assez de tes caprices et de votre complicité !

Instinctivement, Mary s'interposa entre lui et Ann.

— Je ne te laisserai pas lui faire du mal, Rackham.

— Qui te parle de lui faire du mal, ricana-t-il. Rends-toi et je jure de ne plus la toucher. C'est ton cul que je veux fourrer, pas le sien !

— J'ai ta parole, capitaine ?

— Tu l'as, Read.

— Non, Mary, non, s'interposa Ann, la voix blanche.

Mary l'écarta en souriant pour la rassurer, puis s'avança vers Rackham qui jubilait. Elle les devança sur le seuil, droite et fière. Ils ne l'effrayaient pas. D'autres que lui s'y étaient essayés sans la faire plier.

Rackham boucla Ann, qui s'était précipitée sur la porte, cognant du poing contre le bois. Indifférent à ses injures, il força Mary à monter l'escalier sur le côté.

Ils tentèrent de la prendre, sans succès, trop soûls pour y parvenir.

— Ne t'approche plus de ma femme, lança Rackham en désespoir de cause, sans quoi, la prochaine fois, c'est à l'équipage entier que je te livrerai.

— Craindrais-tu de la perdre ? le nargua-t-elle.

— Si je ne peux l'avoir, personne ne l'aura. Personne, et sûrement pas toi avec tes airs de ne pas y toucher.

Mary remonta son pantalon et le reboutonna. Ensuite de quoi elle descendit les marches. Devant la porte de la cabine, Brown veillait.

Au lendemain, lorsqu'elle retourna sur le pont pour prendre son quart et se hisser dans la mâture, elle avisa une barcasse collée à tribord.

— Qu'est-ce ? demanda-t-elle à Earl, occupé à faire pivoter les vergues à l'aide des balancines.

— Des pêcheurs. Ils ont dérivé et ont demandé qu'on les prenne à bord pour les ramener vers la baie de Dry Harbour. Ils ont offert les tortues qu'ils avaient pêchées en échange du service.

— Des pêcheurs qui ont dérivé, répéta Mary, suspicieuse. Tu ne trouves pas cela curieux.

Earl haussa les épaules en s'accroupissant sur la hune à ses côtés. Les voiles venaient de se gonfler, prenant le vent par le travers. Le sloop se mit aussitôt à filer sur une mer à peine moutonneuse.

— Les courants les ont entraînés. Cela arrive parfois.

— Combien sont-ils ?

— Six. Ils ont rejoint quelques-uns des nôtres dans la cale, qui n'en finissent pas de dessoûler.

— Qu'en dit Rackham ?

— Il ronfle comme un porc entre les bras de sa dulcinée. C'est Corner qui les a embarqués.

Mary secoua la tête. Elle ignorait pourquoi, mais elle n'aimait pas cette sensation de danger qui venait de s'emparer d'elle. Elle acheva son quart, aux aguets. Lorsqu'elle descendit, Rackham avait repris la barre et un air supérieur qui lui donna envie de le tuer.

Elle se présenta devant lui.

— Je te manquais déjà, Read ?

— Il en faut davantage pour m'émoustiller, Rackham, lui répondit-elle avec mépris.

— Je saurai m'en souvenir, n'aie crainte.

— Où est Ann ?

— Elle se repose dans la cabine. Nous nous sommes réconciliés, si tu vois ce que je veux dire, affirma-t-il, narquois.

Mary évita de relever, certaine que Rackham l'y avait consignée.

— Je suis venue te conseiller de te méfier de ces pêcheurs.

— Pourquoi, demanda Rackham, tu les connais ?

— Simple intuition, mais elle me trompe rarement.

— La mienne se porte bien, se rengorgea Rackham. Tu vieillis, Read. Si tu veux t'en convaincre, va donc jeter un œil à la cale. Je doute qu'ils nous fassent grand mal avec ce qu'ils descendent. Si j'étais toi, j'en ferais autant, ça te détendrait.

Mary tourna les talons. Il n'y avait vraiment rien à en tirer.

Un coup d'œil par l'écoutille de la cave confirma ce que Rackham avait dit. Les pêcheurs jouaient aux cartes à côté des tonneaux de rhum mis en perce. Pas une voile ne bordait l'horizon, le ciel était dégagé. Au soir, ils atteindraient la baie. Rackham avait sans doute raison. Elle se faisait des idées.

Elle récupéra sa ration et s'en fut l'avaler, l'œil rivé sur la porte de la cabine, dans l'espoir qu'Ann en sorte.

À la nuit tombée, elle n'avait toujours pas paru et Mary cherchait désespérément une occasion pour l'approcher et la rassurer. Ils mouillaient dans une crique. Voyant Rackham descendre dans la cale rejoindre les pêcheurs qui n'en étaient pas sortis de la journée, ivres morts comme beaucoup de leurs compagnons, elle se glissa devant sa porte. Harwood y veillait. Elle le savait amoureux d'Ann et soucieux de lui plaire.

— Laisse-moi passer.

Il risqua un œil sur le pont et s'écarta.

— Prends ton temps, je fais le guet.

Mary le remercia d'un sourire et se faufila à l'intérieur. Elle trouva Ann occupée à fourbir son sabre.

— Bonsoir, dit-elle seulement, voyant qu'elle s'obstinait à garder la tête baissée sur son ouvrage.

Reconnaissant son timbre, Ann vint se jeter dans les bras qu'elle lui ouvrait.

— J'ai eu si peur. Si peur qu'ils t'aient frappée. Rackham n'a rien voulu me dire.

— Tout va bien, Ann. Il veut seulement m'écarter de toi. Il redoute de te perdre.

Elle ricana.

— C'est déjà fait.

— Il t'a forcée ? demanda Mary en lui relevant le menton.

— Non, il n'a pas osé. Il te craint plus qu'il ne veut l'avouer. Mais il y a une autre raison. Je suis enceinte. Je le lui ai dit, et ça l'a apaisé.

— Tant mieux.

— Je n'ai aucune envie de cet enfant, Mary. À la prochaine escale, je récupère Petit Jack et je disparais de sa vie.

— Où veux-tu aller ? Chez ton père ?

— Jamais ! Si tu veux de moi, j'irai où tu voudras. Chercher ce trésor, peut-être, ajouta Ann, les yeux brillants.

— Cela évoque-t-il quelque chose pour toi, Ann ?

Elle secoua la tête.

— Cela devrait ?

— Oui. Si tu es prête à me suivre et à me faire confiance, je te raconterai. Tout.

— Jamais je n'ai eu autant confiance en quelqu'un, assura Ann. Dis-moi.

— Le temps me manque pour cela. Rackham m'a interdit de t'approcher. S'il nous surprenait encore, je crains qu'il ne mette ses menaces à exécution. Sur l'île, nous trouverons à lui échapper. Je ne veux pas te perdre, Ann. J'ai trop à me faire pardonner.

— Mary ! Ann ! les interrompit Harwood, le visage blême, je crois que vous devriez sortir. Vite.

Elles échangèrent un regard. Le sien était paniqué. Elles se précipitèrent sur le pont au moment où un sloop se rangeait silencieusement à leurs côtés.

— Crèvedieu ! jura Mary. Ce sont les couleurs de Woodes Rogers.

Elles se précipitèrent à la cale. Rackham en remontait. Avant qu'il ait le temps de les foudroyer du regard, il sursautait sous l'injonction du porte-voix.

— Ici Jonathan Barnett, aux ordres du gouverneur, identifiez-vous, du *William* !

— Je suis John Rackham, de Cuba, répondit-il, tandis qu'Ann et Mary tentaient désespérément de faire réagir les hommes.

Harwood, de son côté, courait à la batterie et chargeait un canon.

— Rendez-vous pacifiquement, capitaine Rackham, ou je serai obligé de vous couler.

Avant que Rackham ait pu répondre, un boulet partait en direction du *Majesty* dans un fracas de poudre, réveillant enfin les matelots avinés, qui tentèrent de sortir leurs armes.

Ann se pencha au-dessus de l'écoutille de la cale et hurla :

— Levez-vous si vous êtes des hommes ! Battez-vous !

Ils ne réagirent pas.

Mary fonça jusqu'au bastingage pour voir *La Revanche* prendre le large. Ces chiens les avaient abandonnés, laissant Fertherston à leur bord qui avait rejoint Rackham pour festoyer.

Elle se retourna vers Ann. Furieuse et désespérée de l'apathie morbide des matelots de Rackam, celle-ci venait de décharger ses pistolets sur deux d'entre eux, espérant forcer leur réaction. Il n'en fut rien, d'autant que, répondant à la canonnade désespérée de Harwood, les sabords du *Majesty* crachaient à présent un feu nourri sur le sloop. Le mât de misaine craqua dans un bruit sec puis vacilla avant de s'effondrer, couchant le sloop à flanc de carène. Rackam engloba d'un œil désolé ce carnage dans lequel son orgueil stupide l'avait entraîné. Ils étaient perdus. Il leva le porte-voix et s'adressant à Jonathan Barnett demanda quartier.

Mary se précipita vers Ann, rageuse. Leurs regards se trouvèrent. Ils étaient emplis de la même détermination.

— Jamais ! décidèrent-elles.

Harwood, qui remontait de la batterie, atteint au bras par un éclat de grenaille, les rejoignit en courant.

Les soldats du gouverneur envahissaient déjà le pont du *William* pour accueillir leur reddition.

Mary ne réfléchit pas. Elle refusait de finir au bout d'une corde avec Ann. Toutes deux méritaient mieux que cela.

Elles brandirent leurs sabres et hurlèrent en fonçant dans le tas, se battant comme jamais. Décimant à tour de bras, Harwood à leurs côtés, jusqu'à se trouver acculées contre le mât de misaine, déchiqueté à mi-hauteur, gênées par les drisses emmêlées et les balancines effondrées. Elles étaient vaincues. Le bras sanguinolent de Harwood ne pouvait plus seulement relever le sabre et Ann y posa une main navrée.

— Rendez-vous, ordonna Jonathan Barnett qui s'était avancé. Vous êtes cernées.

— Jamais, grinça encore Mary Read.

— Saisissez-la, décida Barnett. Les soldats se jetèrent sur elle. Malgré leur courage, on leur fit lâcher le sabre. Elles se battirent encore des poings et des pieds avant d'être immobilisées, ceinturées puis ligotées et entravées.

Barnett se planta devant elles. Ann et Mary redressèrent le menton pour le braver, droites et fières.

— Je salue votre bravoure affirma-t-il. Je présume que vous êtes Ann Bonny et Mary Read ?

Elles ne répondirent pas. Barnett soupira :

— Emmenez-les, dit-il avant de s'écarter.

On les rapprocha du groupe de prisonniers. Rackam s'y trouvait déjà, penaud de voir Barnett glisser une bourse rebondie dans la main des pêcheurs de tortues. L'intuition de Mary ne l'avait pas trompée. Ils avaient été refaits.

Celle-ci le toisa avec mépris. Ann avec rancune.

Tandis qu'on les forçait à emprunter la passerelle pour gagner les cales du *Majesty*, Ann releva la tête et se mit à chanter. La voix de Harwood s'accorda à celle de Mary et rejoignit sa vindicte, sans tenir compte des ordres qu'on leur donnait de se taire.

« Serons pendus corne de cocu

Serons pendus mais jamais vendus ! »

Pour seule réponse, John Rackam baissa les yeux sur sa misère et allongea son pas.

35.

Le procès de John Rackam et des principaux membres de son équipage eut lieu dans la ville de Saint-Jacques-de-la-Vega, en Jamaïque. Il retentit dans toutes les Caraïbes et finit par atteindre l'île des Pins où le *Sergent James* mouillait dans l'attente du retour de Mary.

La nouvelle les plomba. Junior fut le premier à réagir, tapant du poing sur la table devant laquelle ils s'étaient installés pour boire. Boire jusqu'à plus soif. Boire pour oublier leur impuissance et leur désarroi.

— Je ne permettrai pas ça, marquis ! Je veux serrer Ann dans mes bras, au moins une fois ! Mary, elle, ne nous aurait pas abandonnés.

— Tu as raison, fiston ! s'exclama Hans en se redressant. Mais que pouvons-nous faire ?

— Lever l'ancre, décida Junior, et partir là-bas.

Il bondit pour donner ses ordres, James sur ses talons. Ces deux-là s'entendaient autant que des frères. Autant que Hans avec Niklaus autrefois.

Baletti et Vanderluck échangèrent un regard.

— Ça ne peut pas se terminer comme ça, pas avec elle, marquis.

Ils se donnèrent une accolade. Mary leur avait montré la voie. Pour elle, ils ne faibliraient pas.

Tandis que l'on s'activait déjà aux manœuvres, arrachant le *Bay Daniel* à la crique, Junior leur raconta comment Mary Read avait tenté de délivrer Corneille de la potence. Il avait eu le temps de tirer les leçons de leur échec. Cette fois, il ne laisserait rien au hasard.

Ensemble, ils se mirent à échafauder un plan d'action, refusant cette fatalité qui les avait défaits tantôt. Aucun des quatre n'était homme à cesser le combat.

*

Mary ne se résignait pas. Son ventre lui confirmait ce que son instinct disait. Contre toute attente, elle était enceinte. Elle s'en était aperçue bien avant qu'Ann lui révèle sa propre grossesse. Il y avait peu de chances pour que l'enfant tienne, elle espérait pourtant le garder jusqu'au procès. Parce qu'il la sauverait du gibet, comme Ann serait sauvée par le sien. Dans un premier temps, du moins. Elle avait confiance en Hans et Baletti. Ils ne la laisseraient pas pendre sans rien tenter. Son seul regret était de ne pouvoir s'en ouvrir à Ann : les jugeant trop dangereuses, on les avait séparées. La prison ne comprenait que quatre cellules à cet étage. Le reste de l'équipage du *William* avait été enfermé, lui, au rez-de-chaussée, avec son capitaine, dans l'attente de leur jugement. Il eut lieu un mois plus tard et fut aussitôt exécuté.

Le 18 novembre, Rackham, Fertherston et Corner furent montés au gibet et exposés deux jours durant à Plum Point, Bush Key et Sun Key.

Mary pensait voir Ann pleurer l'homme qu'elle avait aimé. Il n'en fut rien. Pour seule prière, elle jura :

— S'il avait eu des couilles, des vraies, sa corne de pendu, c'est au cul que je l'aurais encore ! Qu'il l'emporte en enfer ! Au nom de toutes celles qu'il a forcées.

Ann avait la rancune tenace.

Le lendemain, ce fut au tour de Dobbins, Carty, Earl et Harwood d'être pendus à Kingston. Ce dernier seul leur avait été fidèle jusqu'au bout. Au moment où les gardiens les emmenèrent, Ann s'égosilla pour percer les épaisses murailles de son cri d'adieu.

— Que Dieu te garde, Noah Harwood ! Qu'il te garde comme tu m'as gardée et aimée !

Tour à tour, les compagnons de Rackham furent implacablement condamnés.

Séparées par les barreaux de leurs cellules et un corridor, Ann et Mary se taisaient, n'osant rompre le silence et attirer la curiosité des gardiens, qui les veillaient sans relâche en jouant aux cartes. Comme si elles avaient pu se libérer de leurs geôles. Seuls leurs regards parlaient. Ils n'étaient que tendresse et regrets. Toutes deux attendaient leur procès qui tardait.

Mary aurait aimé avouer la vérité à Ann, mais elle n'en avait plus ni l'envie ni le courage. À quoi bon la bouleverser avec des retrouvailles qui l'écartèleraient ? Elle craignait aussi de montrer leur faiblesse à ses geôliers. Malgré leur supériorité en armes et en nombre, ils ne les approchaient que pour leur donner leur pitance. Mary savait qu'ils les craignaient. Visiblement, leur réputation d'écumeuses des mers sans pitié les avait précédées. Mary ne voulait pas l'écorner et prendre le risque d'exposer sa fille à leur convoitise.

Sinistres, les jours se succédèrent, identiques les uns aux autres.

*

La salle d'audience était comble de ces gens venus au spectacle, pleins de haine contre leur corps de femme dans des vêtements d'homme, contre leurs armes posées sur la table en face des jurés, couvertes encore du sang que Mary Read et Ann Bonny avaient versé.

Baletti, Junior, Hans et James se trouvaient au premier rang, et Mary tourna vers eux un regard empli de reconnaissance. Chacun d'eux semblait lui crier de garder courage. La présence de Junior lui fit du bien. Elle en conclut que Baletti lui avait raconté, pour Ann.

De fait, il ne quittait pas celle-ci des yeux, espérant sans doute qu'elle finisse par braquer les siens sur lui. Mais Ann Bonny semblait ne voir ni entendre personne, murée dans ses pensées. Elle donnait l'impression d'être détachée de tout, y compris d'elle-même. Et son visage en paraissait si froid et insensible qu'on la montrait du doigt en chuchotant, avec des airs effarés et réprobateurs.

Elle n'avait réagi qu'une seule fois, lorsque le gouverneur de la Jamaïque, sir Nicolas Lawes, était entré. Elle l'avait fixé longuement, jusqu'à lui faire baisser les yeux. Mary ne put s'empêcher d'espérer qu'il essaierait d'intervenir en leur faveur, se souvenant qu'elles les avaient épargnés, lui et sa fille. Voire qu'il préviendrait William Cormac, pour faire libérer Ann. Mais son espoir fut de courte durée. Leurs avocats le lui affirmèrent. Lawes ne s'était pas manifesté pour les défendre. Mary et Ann, sur leurs conseils, décidèrent de plaider non coupable, tout en sachant pertinemment que leur sort était déjà joué.

William Nedham, président de la Cour suprême, cogna son maillet sur le bois de sa chaire et les murmures cessèrent.

Le jugement de ces deux femmes, les plus redoutées des Caraïbes, venait de commencer, ce lundi 28 novembre, sous les chefs d'accusation de piraterie, crime et vol.

*

Trois semaines durant, les plaignants se succédèrent. Trois semaines durant, debout, elles affrontèrent l'opprobre du public. Trois semaines durant, Ann demeura le regard lointain et vide. Trois semaines durant, celui de Mary chercha le visage des siens qui la soutenaient.

Le 19 décembre de cette année 1720, leur procès prit fin et le verdict tomba. Elles furent jugées coupables et condamnées à mort. Un soupir de satisfaction et de soulagement passa dans la salle. Ann se tourna vers Mary, enfin, un sourire serein sur son visage fatigué. Elles se levèrent de concert, mais ce fut Mary qui parla.

— Votre Honneur, déclara-t-elle haut et clair, nous demandons à la Cour de surseoir à notre exécution.

— Pour quel motif? s'enquit William Nedham.

— Nous sommes enceintes.

Un nouveau murmure s'empara de la foule massée jusqu'à l'extérieur. Quelques dames blêmirent et s'éventèrent, une se trouva mal tandis que ces messieurs suffoquaient à la seule idée des êtres démoniaques qu'elles pourraient enfanter, à la seule pensée que, quoi qu'elles aient pu faire, elles n'en demeuraient pas moins des femmes.

Quatre hommes, seuls, s'en réjouirent, comprenant toute la portée de cette révélation. Le regard de Baletti accrocha celui de Mary, interrogateur. Elle hocha la tête pour lui confirmer que ce n'était pas une ruse grossière, puis se rassasia du sourire heureux qu'il lui offrit à cette perspective.

Le juge laissa tomber son marteau pour rétablir le silence, ordonna que l'exécution soit suspendue et qu'une vérification soit faite.

La séance levée, dignes et satisfaites, Mary Read et Ann Bonny, encadrées de soldats, traversèrent une assemblée médusée pour sortir de la salle d'audience.

Cette clémence qu'elles avaient forcée, leurs geôliers se chargèrent de la leur faire payer.

36.

Emma de Mortefontaine décacheta le courrier de Nicolas Lawes avec fébrilité, le parcourut, blêmit et s'effondra entre les bras de Gabriel qui s'était approché d'elle, par curiosité.

Il la porta sur un sofa où il l'étendit, avant d'appeler pour qu'on lui porte des sels.

Tandis qu'une domestique s'appliquait à les passer sous le nez de sa maîtresse, lui redressant la nuque de sa main, Gabriel déchiffra la missive. Son sourire s'étira, large et satisfait.

Nicolas Lawes avertissait Emma du jugement d'Ann Cormac et du sort qui l'attendait. Il ajoutait qu'il avait tout essayé pour lui éviter ce procès, mais avait dû s'y résoudre, malgré son influence, tant Ann s'était distinguée par sa cruauté lors des abordages.

Gabriel s'en montra ravi. Bien qu'il ait obtenu d'Emma tout ce qu'il convoitait, il n'avait aucune envie qu'Ann Bonny réapparaisse et prenne sa place. Quoi qu'il en prétende, il aimait sa maîtresse.

Pour la distraire durant ces mois d'attente insupportables à Cuba et plus encore pour la soustraire aux caresses de Lawes, il l'avait encouragée à reprendre une quête qu'elle avait depuis longtemps oubliée.

— Tiens, lui avait-il dit en lui tendant le crâne de cristal, peu de temps après qu'elle se fut rendue à Kingston pour quémander l'aide du gouverneur.

— Que veux-tu que j'en fasse ? avait-elle grincé en haussant les épaules.

— Si tu retrouvais ce trésor, tu regagnerais ta liberté.

— Sans le second œil, c'est impossible.

— Impossible ? Allons donc, Emma. Avec toi, rien ne l'est.

Au fil des jours, l'idée l'avait séduite. D'autant que Lawes, malgré sa bonne volonté, montrait plus d'empressement à la caresser qu'à retrouver Ann. Son éloignement l'obligerait à s'y activer, ne serait-ce que pour lui plaire. Elle avait donc décidé de gagner le Yucatán et d'utiliser l'aiguille de cristal qu'elle avait trouvée à Lubaantun, lors de sa première visite, pour fabriquer un œil de jade identique au premier.

Elle s'y était employée sur place. Il avait fallu de nombreux essais sur des cristaux banals avant de pouvoir copier la forme exacte et le rendu prismatique de l'original. Enfin, elle s'était résolue à sacrifier l'aiguille.

Cela n'avait servi à rien. La salle du trésor était demeurée fermée. Emma s'était acharnée des semaines durant, avant de renoncer et de décider de regagner Cuba.

Ils venaient d'y accoster. Gabriel se pencha au-dessus de sa maîtresse qui le réclamait. Secouée de spasmes douloureux, elle sanglotait.

— Allons, lui dit-il sans complaisance. Tu t'en remettras. Comme tu t'es remise autrefois de la disparition de sa mère.

— Jamais ! Jamais ! Jamais ! répéta-t-elle encore en se redressant comme une furie. Fais affréter le navire, nous partons pour la Jamaïque. Je refuse de croire que ce poltron de Lawes ait tout tenté. Je ne laisserai pas Ann être pendue !

— Si cela t'amuse, lui accorda-t-il. Mais tu as tort de t'entêter. Lawes ne mettra pas en jeu sa réputation pour une femme pirate.

— En ce cas, j'ébranlerai les murs de sa prison, mais Ann n'y croupira pas, tu entends. Si je l'en délivre, elle sera bien forcée de m'aimer.

— J'en ai assez de cette histoire ! s'exclama-t-il. Je ne te partagerai pas, Emma. Si tu la délivres, c'est moi qui la tuerai.

Emma blêmit de colère. Et Gabriel cessa d'un coup de la troubler. Une domestique entra, les mains chargées d'un plateau sur lequel fumaient deux tasses de chocolat aromatisé à la cannelle.

— Posez-le et laissez-nous, ordonna-t-il, quittant Emma des yeux.

Elle en profita pour récupérer son poignard à sa jarretière. À peine la jeune femme sortie, Gabriel se retourna vers Emma, bien décidé à la plier une fois encore à sa volonté. Il n'en eut pas le temps. Rapide et précis, le poignard qu'elle venait de lancer l'atteignit en plein cœur.

— Tu l'as fait, hoqueta-t-il en s'écroulant à genoux.

Un sanglot de rage et de frustration emporta Emma. Elle se précipita vers lui et se pencha sur ses lèvres pour lui voler un dernier baiser au goût de sang, tout en appuyant sur le manche du poignard pour l'achever.

— Personne, tu entends, personne ne se mettra jamais entre elle et moi.

*

Des pas lourds martelèrent les pierres d'un escalier humide, comme tant d'autres fois, tant d'autres jours qu'Ann ne comptait plus.

Elle les sentit pesant d'un souffle fatigué et son instinct lui fit lever le buste, se tendre vers ces pas qui s'approchaient d'elle par le corridor sombre. Elle les compta machinalement. Deux, ils étaient deux. Un homme et une femme.

Sa gorge se serra en un spasme rageur. Elle bondit, cherchant à percer leur identité avant même que la lumière descendant par le fenestron de sa cellule ne la lui livre. Elle était certaine, certaine, qu'ils venaient pour Mary. Mary qui accouchait dans son cachot. Mary qui se mourait. Elle s'accrocha aux barreaux, comme ils tournaient l'angle du corridor, et s'époumona :

— Dégage ! Laisse-la tranquille ou je te vide la panse, tu entends ! Comme une charogne ! De bas en haut ! cracha-t-elle en mimant d'un geste prompt le mouvement d'une lame.

— Vas-tu te taire, garce ? beugla le gardien en cinglant les doigts agrippés avec rage de toute la violence de son fouet.

— Laisse ! gronda la mulâtresse, empêchant, d'un bras tendu, un second coup prêt à s'abattre.

Souple et féline malgré un embonpoint tenace, elle s'approcha de la prisonnière et, la toisant avec un sourire triste, s'arrêta sur son ventre que l'enfant cognait, cherchant lui aussi l'évasion. Ann répéta dans un souffle mauvais :

— Si elle meurt, je te crève !

La mulâtresse secoua la tête.

— Ton tour viendra, la Bonny ! Oui, ton tour viendra, répéta-t-elle.

Tournant les talons, elle reprit son allant, serrant les dents sur le sifflement du fouet abattu une nouvelle fois, comme si elle en percevait elle-même la morsure. Ann ne s'en plaignit pas plus que du premier. La douleur était bien plus profonde en elle, si violente qu'elle aurait perçu tout autre sévice comme une caresse. Rongée d'impuissance, désespérée, elle hurla encore :

— La laisse pas te crever, Mary ! Saigne-la ! Corne de pendu ! Saigne-la, Mary !

Le gardien, qui avait rejoint la mulâtresse au détour du corridor, tourna sa clé dans une serrure rouillée par l'humidité permanente. La porte s'ouvrit sous sa poussée vigoureuse. Il s'attarda, le temps de laisser sa chandelle accompagner la mulâtresse au bas des trois marches qui menaient à la terre battue de la geôle. Les hurlements d'Ann firent relever la tête de Mary, étendue à même le sol sur un matelas de feuilles de bananier, abattue par le saignement de ses couches. Entendre cette voix amie lui arracha un sourire. Elle devina cette femme, debout dans la lueur blafarde d'un cierge qu'on lui avait consenti. Triste mais imposante. Les mains tendues vers sa fièvre.

— Mamisa Edonie, s'étonna Mary, reconnaissant la mulâtresse qu'elle avait aidée tant de fois sur la Tortue. Que fais-tu si loin de tes enfants ?

— Je viens délivrer le tien, Mary. C'est le marquis qui m'envoie. Aie confiance en moi, ajouta-t-elle en frappant d'un coup sec le haut du pubis durci de Mary.

Aussitôt, la douleur la ploya en avant. Elle était nauséeuse, le front baigné d'une sueur froide, le regard mauvais. Les contractions s'enchaînèrent, aussi rapprochées soudain qu'elles avaient été espacées des heures durant, jusqu'à se taire tout à fait.

Edonie la laissa se tordre, soumise, et s'affaira sans hâte autour du panier de jonc tressé, recouvert d'une cotonnade rouge, qu'elle avait apporté. Sous ses doigts agiles, plusieurs chandelles furent disposées autour de la paillasse de Mary, dispensant bientôt une lueur réconfortante. Edonie les relia entre elles à l'aide d'une traînée de poudre ocre, à l'intérieur de laquelle elle traça d'étranges signes en réponse à la litanie qu'elle s'était mise à psalmodier. Mary s'y abandonna. Il y avait si longtemps qu'elle attendait les siens. Si longtemps aussi qu'elle souffrait.

Edonie s'immobilisa enfin entre ses cuisses ouvertes et relevées.

— Lorsque je te le dirai, tu pousseras encore et encore !

Mary hocha la tête. Edonie enduisit sa main droite d'une substance carmin et la plongea dans ses chairs meurtries, sans ménagement. Il sembla à Mary que son corps tout entier s'écartelait tandis qu'un feu ardent s'emparait de son bas-ventre. Elle hurla.

— Maintenant ! ordonna la mulâtresse en frappant de nouveau le pubis endolori de son autre poing.

Les larmes aux yeux, Mary obéit, pliée vers l'avant par cet instinct de survie si vibrant en elle. Elle l'avait bien senti, l'enfant était mort-né. Elle s'efforça de rejeter ce petit être, si noiraud déjà qu'elle ne sut faire la différence entre son corps inanimé et les mains de cette femme. Comme elle s'y attendait, il ne cria pas. Elle se laissa retomber sur la paillasse, à bout de souffle, les tempes écrasées par une pression insupportable, grelottante d'une fièvre qu'elle pressentait maligne, sans voix.

La mulâtresse déposa le petit corps sans vie dans un linge, extirpa le placenta du ventre torturé, le remplaça par une mixture malodorante, puis essuya ses mains ensanglantées avec soin. Exténuée, brisée, Mary ne bougeait plus, ne pensait plus. Un rat trottina dans le sable, attiré par l'odeur nauséabonde. D'un coup de pied savamment ajusté, Mamisa l'envoya s'écraser contre le mur sombre, comme tant d'autres fois dans sa chienne de vie. Elle ramassa une fiole de verre bleu dans son panier et revint vers la jeune femme.

— Bois, Mary, bois et tu seras en paix, insista-t-elle en lui redressant la nuque.

Mary laissa le liquide amer couler dans sa gorge sèche, soumise à ces mains, à ce chant qui s'échappait de la bouche charnue de Mamisa. Des images tourbillonnèrent un moment dans sa mémoire sans parvenir à s'y fixer, puis s'estompèrent. Les battements à ses tempes s'espacèrent, tandis que les spasmes douloureux cédaient progressivement la place à un froid de plus en plus glacial.

— Je meurs ? demanda-t-elle, résignée.

Edonie s'accroupit à ses côtés. Avec une profonde tendresse, elle lissa ses cheveux roux, collés à son front par la fièvre.

— Laisse couler, Mary, chuchota-t-elle. Laisse couler.

Mary referma les yeux. Une étrange sensation s'imprima en elle. D'ivresse. Elle revit ces instants, lorsque les tonneaux de guildive éventrés dispensaient leurs dernières larmes et que, adossée à la grand-vergue, elle se laissait bercer par le roulis du navire, tout entière aspirée par un océan d'étoiles. Elle revit Junior puis Ann à ses côtés, grisés eux aussi. Un sourire apaisé se dessina sur ses lèvres sèches. Elle s'y engloutit.

Edonie demeura agenouillée en prière un long moment, puis chercha le pouls à la jugulaire de Mary. Satisfaite, elle se redressa et rejoignit les mains calleuses de la jeune femme sur sa poitrine gorgée de lait. Cérémonieusement, elle déposa l'enfant entre les cuisses de sa mère, sa petite tête inerte sur le pubis. Ensuite seulement, elle moucha une à une les chandelles, éparpilla la poudre selon un étrange rituel, et rassembla ses affaires dans son panier.

Lorsqu'elle fut en haut des marches, elle étendit sa main en direction du dernier cierge. Comme par magie, sa flamme se rétrécit progressivement, puis disparut en emportant avec elle l'image de Mary Read. Alors, elle frappa à la porte, qui s'écarta en grinçant, et sortit. Repassant devant la cellule d'Ann Bonny, elle s'y immobilisa. Ann ne broncha pas. Elles s'affrontèrent du regard. Celui d'Edonie se voulait apaisement et confiance. Ann n'y lut qu'une satisfaction malsaine qui lui fit cracher par terre de défi et détourner la tête pour ne pas hurler. Résignée, Edonie emboîta le pas au gardien. Elle quitta le bâtiment et traversa la cour intérieure sous un crachin tiède. Parvenue à l'imposante porte de fer qui barrait les hauts murs d'enceinte de la prison, elle extirpa discrètement une bourse rebondie de son corsage fleuri.

— N'oublie pas, lui dit-elle. C'est ce soir l'enterrement, pas après. À l'église Sainte-Catherine. Tu ne dois pas séparer la mère de l'enfant. Et refermer le cercueil juste avant de l'emmener. Laisse pas la Bonny l'approcher. Tu as bien compris ?

L'homme hocha la tête. Il hésita un instant dans un raclement de gorge, puis osa :

— Et mon fils ?

— Respecte la volonté de Dieu, et Dieu le guérira, s'adoucit Edonie en lui glissant son écot et une fiole dans la poche.

Le gardien donna un tour de sa grosse clé, puis écarta avec vigueur la lourde porte. Edonie en franchit le seuil de sa démarche pesante, sans accorder plus d'attention à la végétation luxuriante et colorée qui envahissait jusqu'au seuil des habitations, qu'à la crasse triste du cachot qu'elle abandonnait sans remords. Elle traversa une rue déserte à cette heure de la sieste et marqua une halte près d'un renfoncement, qu'un pan de mur ombrageait. Une voix d'homme s'en détacha :

— Où est l'enfant ?

— Trop tard, marquis. Pour le reste, c'est comme tu voulais.

Un soupir las répondit à son pas lourd. Baletti lui avait interdit de s'attarder. En face d'elle, la rue poussiéreuse, bordée de maisons disparates, descendait vers le port, que, toutes voiles dehors, des navires quittaient tour à tour. La prêtresse vaudoue serra plus fort encore sa main poisseuse sur l'anse du panier et fixa l'horizon, le regard endeuillé malgré un franc sourire.

*

Ann Bonny regagna sa cellule, la poitrine prisonnière d'un étau invisible qui la broyait à lui couper le souffle. Elle n'aurait jamais pensé que cela puisse faire aussi mal. Tant que, depuis son retour dans sa cellule, elle n'avait pas bougé. Adossée au mur, dans le recoin le plus sombre, elle s'était frottée contre lui pour que les pierres rugueuses et humides griffent ses vêtements défraîchis et usés. Pour que cette douleur-là lui ôte celle qu'elle retenait en son sein. Pour qu'ils ne puissent s'en réjouir, s'en repaître. Pour rester fidèle à sa légende d'être sans humanité, sans remords, sans souffrance. À côté de son visage, par le fenestron passait une brise de mer. Avaler un peu de cette liberté défendue, c'était encore lui rendre hommage. La mort de Rackham lui avait piqué le ventre, bien qu'elle s'en soit défendue, celle de Mary la laissait démunie. Elle n'aurait jamais imaginé en souffrir autant. L'aimer autant. Dès l'annonce de la sentence, elle s'était accordée à l'idée du gibet. Se voyant y monter, fière, en sifflant. Mary, digne, à ses côtés. Elle n'avait jamais eu peur de la mort, elle aimait trop la braver. Mais celle-ci était injuste. Mary n'aurait pas dû finir comme ça. Tristement. Dans un cachot.

Un instant, elle crut entendre la voix de la mulâtresse, qui grinçait : « Ton tour viendra, la Bonny. Ton tour viendra ! » Elle se jura que cela n'arriverait pas. Elle ne laisserait plus ces mains la toucher. Si la sorcière revenait pour lui voler son âme, si noire soit-elle, elle ne la lui donnerait pas pour renforcer la sienne. Elle l'étranglerait de ses mains, blanches sur son cou sombre. Ensuite, elle se tuerait. Elle ignorait comment, avec quoi. Mais elle le ferait. Par tous les moyens. Pour empêcher qu'une autre ne vienne.

L'enfant se mit à cogner la peau distendue de son ventre. Elle était de nouveau décente grâce à la robe propre qu'on lui avait fait mettre pour la cérémonie, la privant de l'ancienne, déchirée pour que son enfant en jaillisse, qu'il exprime toute l'absurdité de son entêtement à vivre, malgré les sordides conditions dans lesquelles elle croupissait.

Machinalement, elle l'apaisa de sa paume caressante. Combien de fois avait-elle imaginé Mary faisant le même geste ? Une larme roula sur sa joue. Elle serra les dents pour que les autres ne suivent pas.

Elle ne comprenait pas. Non, elle ne comprenait pas. C'était peut-être cela qui lui faisait mal. Ce mystère autour de sa mort qui la renvoyait au mystère de son existence.

Mary n'avait jamais parlé d'elle. La seule chose qu'elle en savait était son origine anglaise. Née de Cecily et d'un père marin, lui avait-elle confié. Qu'elle avait eu des enfants et était aimée du marquis. Voilà tout ce qu'elle aurait pu en dire à quiconque aurait demandé qui était Mary Read. Et, cependant, ces ébauches de confidences et ce bijou qu'elle lui avait confié comme une promesse ne cessaient de l'obséder. Mary détenait une partie des réponses qu'elle cherchait depuis son enfance. Elle le savait. Elle le sentait.

Pour les punir, on les avait séparées ces derniers mois, remontant Mary d'un étage avant de la ramener mourante dans ce cachot sordide. Leurs regards s'étaient accrochés, fugaces, et elle s'était sentie mourir alors qu'elle n'en finissait plus de languir de son absence. Aujourd'hui, elle en crevait.

Ce qu'elle venait de voir, ces dernières heures, l'avait bouleversée. Si encore on avait accepté de lui dire, de lui expliquer, mais rien. Le silence. Elle soupira douloureusement. Non, vraiment, elle ne comprenait pas pourquoi Mary Read, née de la boue, n'avait pas été jetée comme les autres pirates dans le charnier des pauvres, pourquoi on l'avait placée dans un cercueil au couvercle surmonté d'une salamandre au lieu d'une croix, pourquoi on lui avait ordonné à elle de marcher, sans mot dire, jusqu'à la petite église de la paroisse Sainte-Catherine, derrière le chariot qui avançait au pas, au milieu des passants qui s'écartaient sur ce curieux cortège : une charrette chargée d'un cercueil surprenant et une prisonnière, entravée aux bras et aux pieds, ventre tendu et regard triste, encadrée par deux soldats armés.

Cela n'avait pas de sens.

Avait-on voulu que la ville tout entière, la voyant ainsi en peine, sache que Mary Read était morte ? Pour quoi faire ? Le procès achevé, elle était sûre qu'on les avait oubliées. Alors, à quoi bon cette mascarade ! Et celle du pasteur, qui avait posé un crucifix sur la salamandre comme pour pardonner cette offense ! Dernière volonté de Mary ? Dernier pied de nez ?

Elle ne possédait rien. Aucune fortune. Qui avait payé pour tout cela ? Le marquis ? Il ne s'était pas montré dans l'église. Le pasteur avait marmonné sa litanie, avait béni le cercueil qu'on avait rouvert. Pour s'assurer qu'elle y dormait bien ? Elle paraissait sommeiller, de fait. Les mains jointes sur l'enfant posé sur son ventre, comme s'ils ne faisaient qu'un encore.

Ann avait eu envie de la toucher, de l'embrasser, de l'étreindre. Mais elle n'avait pas osé. Par fierté. Elle avait feint l'indifférence, le cœur écartelé.

Le fossoyeur avait refermé le couvercle du cercueil. Elle avait pensé alors que c'était fini, mais non. Le pasteur lui avait demandé de la suivre et Ann avait traîné son pas lourd derrière cette bière qu'on avait levée et emmenée au cimetière jouxtant l'église. Un trou béait, que des cierges éclairaient, piqués à même le sol. Le fossoyeur et un de ses aides avaient sanglé le cercueil, l'avaient fait descendre avant de le recouvrir de terre. Puis on l'avait ramenée, elle, à sa cellule.

L'étau resserra son emprise, au point bientôt d'en devenir si insupportable qu'un sanglot la gagna. Elle l'étouffa dans son poing, déterminée à le vaincre. Mais elle n'y parvint pas.

Les larmes noyèrent ses yeux, son nez, sa bouche. Lorsqu'elle comprit qu'elle finirait par en hurler, elle porta son autre main à sa gorge et serra. Serra. Obligeant sa trachée à chercher l'air. Appelant l'instinct de survie au secours de sa peine.

Si seulement elle trouvait le courage ! Quelques minutes. Ne pas lâcher la pression. Imaginer d'autres mains que les siennes. L'étau du désespoir devint celui de la panique.

Les images vacillèrent. L'enfant mort-né de Mary. Celui qu'elle portait, Rackham qui la faisait danser sur le pont de *La Revanche* en riant. L'abordage. Le regard de Mary dans le sien. Le bruit du pistolet qui crevait le silence. Le trou béant qu'il laissait au milieu du front de ses victimes. Un géant attaché à un mât. Un mât qui ne ressemblait pas à celui d'un navire. Des cris qui ne ressemblaient pas à ceux des pirates. Une toute petite voix. Celle d'une enfant qui hurlait.

Elle relâcha d'un coup sa pression et se mit à tousser tandis que, surgie du néant, cette petite voix implorait, désespérée : « Papa ! »

Elle se redressa, le regard perdu, et enserra le pendentif d'émeraude qu'elle portait. Une salamandre. Une salamandre d'or l'encerclait. Une salamandre sur le cercueil de Mary. Qu'avait-elle voulu lui dire qu'elle n'avait eu le temps ou le courage d'oser ?

L'odeur de la poudre et du sang. Elle eut l'impression de la sentir de nouveau. Ce cauchemar prenait une réalité, pour la première fois des images l'avaient balayé. Elle renifla pour tenter de retrouver cette odeur. Encore. Pour se souvenir. Se souvenir de la petite fille qu'elle avait été, de cet homme ligoté qu'elle avait vu tuer, et de ce bijou qu'elle avait serré dans ses petites mains. Qui avait-elle appelé papa ? Qui avait-elle supplié ? Lui ou celui qui avait tiré ? Elle fouilla sa mémoire sans y trouver le visage de William Cormac. Et si Mary Read avait dit vrai, si William Cormac n'était pas son père ? Il fallait donc qu'elle ait su la vérité. Comment ? Pourquoi ?

« Je suis ta mère ! » lui avait-elle jeté pour repousser son étreinte.

Ann étouffa un sanglot. Non, ce ne pouvait être. Et cependant, tout en elle le criait désespérément. Vaincue par son désespoir, elle hurla. Longtemps. De ce doute qu'elle ne vérifierait jamais.

*

— C'est par là, prêtresse, chuchota le fossoyeur en guidant Mamisa entre les monticules de terre battue surmontés d'une croix de bois.

Le cimetière de Sainte-Catherine était désert et la nuit calme. À cette heure tardive, seuls les chiens errants furetaient du côté des morts.

Edonie se pencha au-dessus de la tombe de Mary.

— Creuse, ordonna-t-elle.

Le fossoyeur essuya de son front la sueur qui y perlait, jetant un coup d'œil furtif alentour. La perspective des fantômes qu'il pourrait déranger, froisser par sa profanation l'inquiétait bien davantage que d'être surpris par le pasteur. Il obéit pourtant et s'activa à grandes pelletées, défaisant l'ouvrage qu'il avait fait quelques heures auparavant. Lorsque le couvercle fut dégagé, Edonie pencha sa lanterne au-dessus du trou et lui tendit un long morceau de fer.

— Sers-t'en de levier.

L'homme se mit à trembler, mais obtempéra sans discuter. Il n'avait placé que trois pointes, pour donner le change et que le couvercle ne glisse pas une fois descendu. Pour les autres, il avait fait semblant, gardant les clous dans sa main, frappant le bois seul de son marteau. Personne n'y avait prêté garde.

Le fossoyeur souleva le couvercle et le fit pivoter à la verticale.

— Sors-la, à présent.

Il se pencha au-dessus du corps, s'étonna de sa souplesse et le porta vers la prêtresse agenouillée au bord du trou. Elle posa Mary Read sur le côté.

— Referme tout.

L'homme s'exécuta tandis qu'Edonie marmonnait une prière pour l'enfant qui y demeurait.

Lorsqu'elle quitta le cimetière, quelques minutes plus tard, Mary dans ses bras comme un pantin désarticulé, la terre avait de nouveau recouvert le cercueil et le fossoyeur filé.

Une voiture attendait Edonie sur le bas-côté. La rue était déserte. Des bras d'hommes s'emparèrent de Mary Read et Edonie grimpa sur le marchepied pour prendre place à leurs côtés.

La voiture s'ébranla et sortit de la ville en direction du nord.

*

Voyant que la gamelle de terre cuite était pleine encore du brouet de la veille, le gardien dédaigna d'y verser le souper d'Ann Bonny. Si elle voulait se laisser crever, ce n'était pas son affaire! Il s'éloigna comme d'ordinaire. Sans un mot. S'il n'avait eu autant la crainte de la mulâtresse et de ses pouvoirs magiques, il y a longtemps qu'il aurait forcé la catin, malgré son gros ventre. Elle n'était plus bien dangereuse, depuis qu'elle passait son temps à pleurer. Elle n'était plus guère affriolante, à dire vrai.

Ann ne releva pas seulement la tête. Depuis trois jours, elle n'était qu'une blessure. Une blessure que rien ne semblait pouvoir apaiser. Vers quatre heures, pourtant, une voix força son apathie. Elle n'avait pas entendu la cellule s'ouvrir. Elle n'y prêtait plus attention depuis longtemps.

— Seigneur Dieu, ma pauvre enfant! Dans quel état vous a-t-on mise!

Elle releva la tête. Dans les yeux d'Emma de Mortefontaine, défaite, une larme perlait. Elle ne lui accorda qu'une moue indifférente. Elle n'avait plus goût à rien. Pas même à la liberté.

— Je ne peux imaginer que votre père vous laisse croupir ici! s'indigna-t-elle.

— Mon père... ricana Ann, tout entière à ces images qui ne la quittaient plus. William Cormac me préfère morte plutôt que salie.

— Allons, vous exagérez, j'en suis certaine.

— Je l'ai bafoué et humilié, et, croyez-moi, je préfère la mort que quémander son pardon. Pas après ce qu'il m'a fait, acheva-t-elle dans un souffle.

— Je ne le permettrai pas, Ann. Je vous aime trop, vous le savez. Fiez-vous à moi. Laissez-moi vous sortir de ce mauvais pas. En Caroline-du-Sud, personne ne sait votre condamnation. Je saurai convaincre votre père de vous pardonner.

Ann ne répondit pas. Avait-elle envie de croiser le visage de William Cormac ? Avait-elle envie de lui réclamer enfin des comptes ? Lui dirait-il seulement la vérité ? Celle-là seule l'intéressait.

— Qu'attendez-vous de moi ? demanda-t-elle enfin.

— D'être patiente. Quelque temps encore. Nicolas Lawes est une de mes relations, je me fais fort d'obtenir qu'il ferme les yeux sur votre évasion. En retour, tirez un trait sur ce caractère rebelle et emporté qui est le vôtre. Soumettez-vous. Vous avez davantage à y gagner, croyez-moi. Pour votre enfant. Je suis certaine que nous lui trouverons un bon père.

Ann baissa la tête sur son ventre. Emma de Mortefontaine toussota, gênée par la puanteur qui se dégageait de l'endroit.

— Vous vous trompez, Emma, personne ne voudra du bâtard de John Rackham. Personne.

— Moi, je l'élèverai, jura-t-elle.

— Pourquoi le feriez-vous ?

Emma s'agenouilla devant elle et écarta une mèche de ses cheveux collés par le sel de ses larmes.

— Je vous aime tant, Ann, ma chère Ann. Au point de ne pouvoir supporter ces pleurs que je devine.

D'un doigt, elle suivit la courbure du menton, descendant le long des chaînettes à son cou, prenant prétexte de jouer avec leurs pendentifs pour caresser sa gorge. Et faillit s'étrangler de surprise en reconnaissant l'œil de jade sur sa paume.

— D'où vous vient ce bijou ?

Ann fronça le sourcil devant sa mine.

— C'est Mary qui me l'a offert. Pourquoi ?

Elle referma sa main sur celle d'Emma, qui s'était mise à trembler sur le médaillon.

— Vous connaissiez Mary Read, n'est-ce pas ?

Emma se recula jusqu'aux barreaux de la cellule, livide.

— Mary est en vie, murmura-t-elle, incrédule.

— Était, rectifia Ann, elle a passé il y a trois jours, des suites de sa fausse couche, ici même.

Malgré son gros ventre, Ann bondit, retrouvant d'un coup ses forces devant l'air désemparé d'Emma.

— Ainsi donc tu sais, dit celle-ci.

— Que devrais-je savoir, Emma? susurra Ann, l'œil inquisiteur. Que m'avez-vous caché, vous et mon père? Qui était cet homme dans le cauchemar de mon enfance, que j'ai vu tué d'une balle au front? Qui l'a occis de cette manière pour qu'il m'en reste tant de haine? Et quel est le secret de ce médaillon que Mary m'a donné en me serrant dans ses bras sur le bateau de Rackham, juste avant qu'on nous prenne? Je veux la vérité, insista-t-elle en l'acculant contre les barreaux, buvant son effroi comme une eau souveraine.

— Elle ne t'a rien dit, bredouilla Emma, incapable d'ordonner ses pensées. Mary Read ne t'a rien dit, et tu ne te souviens pas?

— De quoi devrais-je me souvenir? Dites-le-moi! hurla Ann.

— D'elle, trembla Emma, à court d'idée.

Une seule lui vint. Elle la jeta.

— Mary Read est l'assassin de cet homme qui a hanté tes souvenirs. Mary Read est l'assassin de ton père.

Ann blêmit et recula.

— Elle a prétendu être ma mère. Elle n'aurait pas pu faire cela.

Emma se mit à sangloter.

— C'est faux, Ann. Ta mère, ta vraie mère, c'est moi.

Ann demeura figée. Emma tendit ses bras vers elle, l'œil noyé de larmes. Mais Ann ne s'y précipita pas, suspicieuse.

— Expliquez-moi.

— Ce pendentif que tu portes est une des clés menant à un trésor. Mary Read le convoitait. Tu étais toute petite.

Ton père et moi avions décidé d'aller le chercher au-delà des mers, lorsqu'elle nous surprit avec ses mercenaires. Ton père fut tué. Je n'ai obtenu la vie sauve que contre ce médaillon. Elle ignorait alors qu'il fallait plusieurs clés pour en révéler la cachette. J'ai quitté l'Europe en même temps que les Cormac, et t'ai placée en sécurité chez eux tandis que je tentais de me venger d'elle. À mon retour, bredouille, je n'ai pas eu le cœur de te reprendre, d'autant que tu avais été tant marquée que tu ne me reconnaissais pas. Je te demande pardon, Ann. Tu comptes tant pour moi, gémit-elle dans un sanglot. Tu ne peux imaginer ma souffrance, toutes ces années, et plus encore ces derniers mois. J'ai retourné les Caraïbes pour te chercher.

Ann était ébranlée. Mary Read était une meurtrière, elle le savait déjà, mais elle ne pouvait accepter l'idée que lui imposait Emma.

« J'ai tant à me faire pardonner ! » lui avait pourtant avoué Mary. Elle s'en glaça. Emma se précipita pour la serrer dans ses bras.

— C'est un trésor fabuleux, chérie, lui susurra-t-elle. Mary Read était prête à tout pour le posséder. Et plus encore que je n'imaginais, puisqu'elle a fini par te retrouver pour avoir de nouveau une emprise sur moi.

Dans la mémoire d'Ann, des images se mirent à tourbillonner. Les lèvres d'Emma sur sa joue, sa douceur dans ses cheveux, son intérêt pour ses devoirs, son attention constante, ses querelles avec les Cormac à propos de leur éducation trop rigide. Elle ne s'en était jamais vraiment étonnée. D'autres images lui vinrent. De Mary sur le navire, si proche et si énigmatique à la fois, distillant ses questions pour approcher ses souvenirs, de sa gêne parfois. De cet aveu qu'elle avait tenté pour la tromper, de ce médaillon, enfin, qu'elle lui avait attaché au cou, sans doute pour la forcer à l'entendre. Elle l'aurait repris, certainement, si on n'avait pas arraisonné le navire. Une vague de tristesse la submergea. Mary Read l'avait trompée, trahie, de la façon la plus sordide qui soit.

Elle comprenait tout soudain – la salamandre sur le cercueil, ce lien avec son enfance qu'elle avait voulu lui laisser. Pour se racheter peut-être, tant elles avaient été proches dans l'ardeur du combat. Parce qu'elle s'était prise à l'aimer. Oui, certainement. Ann ne pouvait concevoir le contraire.

Vaincue par l'évidence, elle referma ses bras sur Emma.

— Mère, murmura-t-elle en pleurant tout bas, affaiblie et vulnérable.

— C'est fini, Ann, ma toute petite Ann, chuchota Emma. Je vais te sortir de là.

Lorsque Emma la quitta, à regret, le cœur d'Ann se serra.

Mais cette nuit-là, alors que, vaincue par la tension et la fatigue, elle s'effondrait enfin, c'est au visage de Mary Read penché au-dessus du sien qu'elle rêva.

Le lendemain, elle mettait au monde une petite fille qu'elle prénomma Maria.

*

Mary s'éveilla avec la sensation de venir au monde. En cherchant un air qu'elle ne trouvait pas. Elle hoqueta, aspira, toussa, cracha avant de hurler de cette douleur dans la poitrine qui la poignardait. Puis la lumière revint, intense, tout aussi insupportable. Et le visage de Baletti fut là, penché au-dessus d'elle, serein. Un instant, elle se crut à Venise au sortir de sa maladie, mais les cicatrices lui firent comprendre son erreur. Elle se souvint d'un bloc. Rackham, la potence, l'enfant. Tout. Elle avait été morte. Ou quelque chose comme cela.

— Tout va bien, amour, murmura-t-il en pressant sa carotide pour mesurer les pulsations de son cœur.

Peu à peu, elles se régularisaient.

— Tout va bien, répéta-t-il.

— Où suis-je ?

— Sur le *Bay Daniel*. En route pour l'île des Pins.

— Ann, gémit Mary.

— Elle nous y rejoindra, affirma Baletti. Ne t'inquiète de rien. Dors.

Elle se berça de sa sérénité et ferma les yeux pour se laisser engloutir de nouveau dans une nuit sans rêves. « Naître. Renaître était plus épuisant qu'une journée de combats », pensa-t-elle.

Baletti referma la porte de la cabine derrière lui et rejoignit Junior et James qui discutaient à la barre.

— Comment va-t-elle ? s'inquiéta aussitôt Junior.

— Bien. Elle récupérera d'ici deux ou trois jours. La fièvre est tombée.

— Cet élixir tient du miracle ! s'exclama Vanderluck qui, le voyant sortir de la cabine, s'était aussitôt précipité pour prendre des nouvelles.

— Sa force de vie aussi, Hans.

— Edonie est à son chevet ?

— Elle ne la quitte pas, assura Baletti. Sans elle, je ne sais pas comment nous l'aurions sauvée. Tu as eu une riche idée, Junior. Une de plus.

— Je voudrais qu'il en soit de même pour Ann, s'assombrit celui-ci. La souffrance que notre mascarade lui a imposée me torture.

— Nous n'avions pas le choix.

— Je le sais. J'espère seulement que nous avons eu raison de l'abandonner à Emma.

Baletti soupira. Cette angoisse les tenait tous, mais ils n'avaient pas eu d'alternative.

Sitôt après le procès, Junior avait demandé son pardon au roi et obtenu une lettre de marque. Ainsi protégé, le *Bay Daniel* avait rallié la Tortue. Baletti savait qu'aucun homme ne serait admis à la prison auprès des deux femmes. Junior avait donc suggéré d'envoyer Edonie. Outre ses pouvoirs vaudous, dont elle usait avec sagesse, et qui pourraient leur être utiles, elle aimait infiniment Mary Read.

Edonie s'était fait remarquer, et très vite craindre, des gardiens en révélant ses pouvoirs. Pour mieux convaincre l'un d'eux, elle avait déclenché un épisode de fièvre chez son fils unique, sachant que Baletti pourrait la guérir aisément avec ses potions.

C'était tout à fait par hasard, en revenant vers le port, que Baletti avait croisé Emma qui descendait de son canot. Certain qu'elle ne pourrait le reconnaître, il l'avait suivie jusqu'au palais du gouverneur, puis à la prison.

Edonie avait repris son rôle, glané auprès des gardiens des informations sur la rencontre des deux femmes contre une bourse rebondie.

Sur le *Bay Daniel*, Mary, endormie profondément par de la liqueur de pavot, luttait contre les fièvres. Convaincus qu'Ann ne regagnerait pas la Caroline-du-Sud sans Petit Jack, ils avaient finalement résolu de laisser Emma la délivrer. Persuadée de la mort de Mary, celle-ci ne se méfierait pas.

Mary fut avertie de leurs intentions le lendemain, après avoir serré Junior dans ses bras. Elle s'accorda à leur opinion. Emma tenait bien trop à Ann pour lui faire le moindre mal. Cette fois, elle ne leur échapperait pas.

*

Ann aborda sur l'île des Pins et devança Emma, courant presque pour gagner sa cabane, et y trouver son fils.

Emma marchait, légère et souriante, derrière elle, heureuse de la voir si heureuse, de la découvrir soudain si proche d'elle. Elle l'avait tant espéré.

Durant la traversée, Ann avait manifesté l'envie de ce trésor pour se distraire de sa peine. Emma lui avait montré le crâne de cristal, et lui avait fait le récit de sa capture par Jean Fleury. Emma sentait bien qu'Ann cherchait à penser à autre chose. Même si elle prétendait avoir fait son deuil de Mary Read. Pour l'avoir vécu deux fois, Emma savait qu'on s'en remettait difficilement. Quoi qu'il en soit, elle serait là, à ses côtés, pour l'y aider. Si elle ne pouvait jouir d'Ann à cause de son mensonge, elle pourrait au moins se rassasier de sa présence. Emma se sentait légère. Si bien qu'elle parvint sur le seuil de la cabane de Rackham en chantonnant.

Elle trouva Ann blême, au milieu de la grande pièce, face à un grand gaillard roux qui tenait Petit Jack dans ses bras. Elle demeura frappée par ses traits. Elle n'eut pas besoin de chercher longtemps dans sa mémoire pour le reconnaître. Elle chancela.

— Je te connais. Tu ne peux pas... Non, tu ne peux pas... commença-t-elle tandis que la porte se refermait derrière elle.

— Être Niklaus Olgersen ? rugit une voix.

Emma s'étrangla en voyant Mary sortir d'une pièce. Ann se mit à trembler. Son regard allait de Junior à Mary, de Mary à Junior. Elle se reprit vite pourtant et recula vers Emma, un sursaut de colère au cœur.

— Ainsi donc, il a fallu que tu me trompes jusqu'au bout, n'est-ce pas ? grinça-t-elle.

À cet instant, les canons grondèrent et Ann ricana. Leur navire était attaqué, sans doute par les hommes de Mary.

— Si c'est ce trésor que tu es venue prendre, il est à toi. La vie de mon fils ne vaut pas ce prix-là pour moi.

Emma voulut sortir de la cabane, suffoquée de ce piège, voyant déjà sa défaite. Elle recula, mais le canon d'une arme contre ses reins l'arrêta.

— C'est fini, Emma de Mortefontaine, susurra une voix à son oreille, c'est dans le cœur qu'il vous aurait fallu tirer pour m'abattre, à Venise.

« Baletti », comprit aussitôt Emma.

En un instant, les fantômes de tous ceux qu'elle avait persécutés dansèrent devant ses yeux. Niklaus ressuscité sous les traits de Junior, Mary tant de fois perdue, et ce marquis dont le seul souffle brûlait.

— Vous n'en finirez donc jamais de crever ! Ann, implora-t-elle, Ann, sauve-moi !

Mais Ann ne voyait plus que Petit Jack qui lui tendait les bras, et cet inconnu qui pourtant ne l'était pas.

— Prends-le, Ann, murmura l'homme.

— Je te connais, dit-elle, le découvrant mieux de l'avoir approché. Tu ressembles à mon père.

— C'est moi, Ann. Juste moi, lui dit-il. Junior. Ton Junior de frère.

— Junior, murmura Ann en fouillant ses yeux.

— Ne l'écoute pas, Ann ! hurla Emma, désespérée de ce dénouement, refusant de la perdre maintenant.

Elle se tourna vers Mary et tomba à genoux en tremblant.

— Je l'ai épargnée, Mary. Épargnée et aimée pour toi. Je t'en prie, supplia-t-elle. Ne me l'enlève pas !

— C'est ma fille, Emma. Et rien ni personne ne pourra changer ça ! Tu n'aurais jamais dû t'acharner contre moi. Contre eux.

Petit Jack sauta au cou de sa mère, effrayé de cette violence.

— A peur, chuchota-t-il en reniflant.

Son gémissement déchira le voile des souvenirs perdus d'Ann Bonny.

« Junior, sauve-moi », pleura une petite voix dans sa mémoire.

Elle se souvint. Elle se souvint de leur complicité, de Toby et de Milia, de ce trésor qu'ils cachaient dans le jardin, de leurs farces et de leurs rires, de Mary Read qui attachait la salamandre à son cou et la serrait dans ses bras, du regard de son père quand elle voulait le séduire. Elle se souvint de tout. Y compris de cette méchante dame qui avait tiré au front de son papa, avant de l'emporter dans ses bras.

Elle hurla, posa Petit Jack à terre, enleva le pistolet à la ceinture de Junior, croisa le regard de Mary et fit feu. En même temps qu'elle.

Emma de Mortefontaine s'effondra. De cette vengeance conjointe qui la faucha.

Épilogue

Junior, sa femme et ses enfants accompagnèrent Ann et James Vanderluck en Caroline-du-Sud, où ils se marièrent.

Comme si elle avait voulu racheter ses actes passés et sa soif inextinguible d'amour, Emma de Mortefontaine avait fait doter Ann de toute sa fortune avant que Gabriel s'en empare. Légalement, celle-ci devint leur seule héritière et vécut heureuse à Charleston, réconciliée avec son père, qui fit la lumière sur ce viol dont elle l'avait injustement accusé.

Hans coula une fin de vie heureuse à leurs côtés, s'occupant avec Mary et Baletti d'affaires maritimes, formant une flottille avec le *Bay Daniel* reconverti en marchand, qu'aucun pirate des Caraïbes n'osa plus croiser.

Des exploits d'Ann Bonny et de Mary Read ne resta plus qu'une légende qui, génération après génération, continua de faire rêver tous ceux qui avaient le goût de l'aventure.

Baletti regagna Venise de longues années plus tard, après que Mary, mourante et âgée, eut vu son dernier matin se lever sur l'océan. C'est d'une complainte, celle de son violon, qu'il accompagna le glissement furtif de son corps sur la planche du coq tandis que l'horizon flamboyait. Le crâne de cristal ne la sauva pas, cette fois. Tel avait été le prix de la guérison de Baletti. Cette longévité dont il ne put se défaire bien qu'il eût abandonné le crâne sur sa stèle à Lubaantun. Aucune femme jamais ne remplaça Mary dans son cœur.

Fidèle à la promesse qu'il lui fit de reprendre ses œuvres, il devint le comte de Saint-Germain, se distingua par ses étonnantes facultés et connaissances, et s'installa à la cour de France, semant, avec d'autres, les germes d'une révolution qui commença en 1789.

Il ne put pourtant jamais percer le secret de Lubaantun. Il repéra bien une encoche pratiquée dans une des parois polies de la salle du trésor. Une encoche en forme d'aiguille. Il se souvint de celle dont lui avait parlé Emma et tenta de la retrouver, en vain. Il eut beau essayer d'en reproduire la clé, aucun cristal sur cette terre ne parvint à ouvrir d'autre salle.

Le crâne fut retrouvé en 1924 à Lubaantun, sans les yeux de jade que Mary et Ann avaient conservés. C'est un explorateur anglais qui en fit la découverte alors qu'il travaillait sur le site maya. Il était accompagné de sa fille adoptive, Anna Le Guillon Mitchell Hedges, âgée alors de dix-sept ans. Si sa provenance fut controversée, nul ne put remettre en question ses incroyables facultés.

Aujourd'hui encore, le crâne de cristal de Lubaantun demeure l'un des plus grands mystères de l'humanité.

Mais il n'en est pas son plus grand espoir, pourtant. Celui-là se résume en trois mots.

Trois mots pour un grand rêve :

Liberté – Égalité – Fraternité.

Parce que, si rien n'est jamais ce qu'il paraît dans la parade des ombres, il appartient à chacun d'entre nous de le changer.

BIBLIOGRAPHIE

Ouvrages :

BAUDEZ Claude François, *Les Mayas,* guide des belles Lettres.

BESSIERE Richard, *Le comte de Saint Germain,* éditions de Vecchi, 2001.

BLUCHE François, *La vie quotidienne au temps de Louis XIV,* Hachette, 1984.

BüHNAU L., *Histoire des pirates et des corsaires,* trad. par P. Kuperman, Hachette, 1965.

CONTESSE Georges, *Les Héros de la marine française,* Firmin Didot, 1897.

CORP Edward T. (présenté par), *L'autre exil : Les jacobites en France au début du XVIIIe siècle,* Presses du Languedoc, 1993.

DEFOE Daniel, *Histoire générale des plus fameux pirates,* trad. par Henri Thiès et Guillaume Villeneuve, Phébus, Paris, 1992.

DESCHAMPS Hubert, *Pirates et Flibustiers,* Presses Universitaires de France, 1952.

EXQUEMELIN Alexandre-Olivier, *Histoire des flibustiers-aventuriers américains au XVIIe siècle,* Delagrave, 1886.

FUNCK-BRENTANO Frantz, *L'île de la Tortue,* La Renaissance du Livre, 1928.

EASTMAN Tamara J. et BOND Constance, *The pirate trial of Anne Bonny and Mary Read,* édition Fern Canyon Press 2000.

Fraser Antonia (sous la direction de), *Rois et reines d'Angleterre,* trad. par David Léger, Tallandier, Paris, 1979.

HANCOCK Graham, *Civilisations englouties,* trad. par Jean-Noël Chatain, Pygmalion, 2002.

JAEGER Gérard A., Forbin, *La légende noire d'un corsaire provençal,* édition Glénat, 1994.

JOBE Joseph, *Les grands voiliers du XVe au XXe siècle,* Edita, Lausanne, 1967.

LACHIVER Marcel, *Les années de misère,* Fayard, 1991.

LAURENDON Gilles et Laurence, *La cuisine des pirates*, Librio, 2003.
LEBRUN François, *Le XVIIe siècle*, Armand Colin, 1967.
MANDROU Robert, *Louis XIV en son temps*, 1661-1715, Presses Universitaires de France, Paris, 1973.
MERRIEN Jean, *La vie des marins au Grand Siècle*, Terre de Brume éditions, 1995.
MERRIEN Jean, *Histoire mondiale des pirates, flibustiers et négriers*, 1959.
MOLLAT DU JOURDIN Michel, L'Europe et la mer, éd. du Seuil, Paris, 1993.
PIOUFFRE Gérard, *Les mots de la marine*, Larousse, 2003.
TALADOIRE Eric, *Les Mayas*, photographies de Jean-Pierre COURAU, éd. du chêne, 2003.
TRASSARD François, *La vie des Français au temps du Roi-Soleil*, Larousse, 2002.
WILSON Peter Lamborn, *Utopies Pirates*, trad. par Hervé Denès et Julius Van Daal, éditions Dagorno 1998.
WISMES Armel de, *Pirates et corsaires*, France-Empire, 1999.
Le Costume français, Flammarion, Paris, 1996.
La cour des Stuarts à Saint-Germain-en-Laye au temps de Louis XIV, Réunion des musées nationaux, 1992.

Revues :

Louis XIV, le premier chef d'État, Historia spécial n° 36, juillet/août 1995.
Venise de Marco Polo à Casanova, Historia Thématique n° 88, mars/avril 2004.
Maya, Incas, Aztèques, Historia Thématique n° 84, juillet/août 2003.
Jean BOUDRIOT, *La Frégate dans la Marine Royale*, 1660-1750, *Neptunia* n° 181.
DEBIEN Gabriel, *Les Engagés pour les Antilles*, 1634-1715, Revue d'histoire des colonies, tome 38, Paris, 1951.

Pour en savoir plus sur le crâne de cristal, connectez-vous sur google.fr, de nombreux sites vous dévoileront ses mystères.

mireille-calmel.com vous emmènera dans les coulisses de mes livres et vous permettra de m'écrire...

REMERCIEMENTS

Embarqués avec moi sur ce navire, mes remerciements et ma tendresse vont :

à Régine Gonnet et Jean-Marc Degouys pour avoir tenu le cap contre vents et marées, au milieu des rugissants et des déferlantes. Sans vous je n'y serais pas arrivée.

à Anaël, Maëva, Richard et Coco, mes marins d'eau douce, pour ces plages de douceur au milieu de la tempête.

à ma famille, et ma mère surtout, pour avoir compris mes creux de vague.

à Gérard, pour être encore et toujours ce phare au bout de la jetée.

à l'équipe du syndicat d'initiative de Montalivet pour avoir ramé à mes côtés.

aux époux Guérard pour m'avoir remise à flots.

à Thierry Wagner, pour ces océans de livres sur lesquels j'ai vogué, m'insufflant plus que jamais le goût du large et de la liberté.

aux frères Raymond, Chris et Tony, pour cette chanson qui gonfle les voiles de mon cœur et continuera longtemps de me bercer.

à l'équipe XO pour sa confiance en la fiabilité de l'équipage.

Et tout particulièrement à Bernard Fixot pour la belle aventure dans laquelle il m'a entraînée.

à vous tous enfin, pour ne pas m'avoir oubliée...

LES FRÈRES RAYMOND

Tony et Christophe Raymond, les deux pirates de ce livre, existent bel et bien. Leur histoire ressemble à toutes ces histoires qui donnent un sens à mes rêves et aux vôtres.

Suite à sa lecture du Lit d'Aliénor, l'une d'entre vous m'a écrit, me demandant si j'accepterais d'écouter les morceaux composés par ses jumeaux, deux phénomènes qui, à 25 ans à peine, avaient déjà tenu la scène avec les plus grands jazzmen du monde, dont Michel Petrucciani, l'un au violon, l'autre au piano.

Leur talent, incontestable, de compositeurs interprètes, m'a conquise. Au point d'avoir eu envie avec eux de réaliser un vieux rêve, celui d'aller plus loin dans l'écriture et de marier la chanson au livre. Hors des sentiers battus. Pour que l'âme de *Lady pirate* ne soit pas que papier glacé, pour qu'elle chante dans vos têtes et vos cœurs longtemps après que vous ayez refermé ces pages.

J'ai donc décidé de vous offrir une de ces chansons, en remerciement de votre fidélité et de votre confiance. Vous pouvez télécharger gratuitement *Mary Pirate* sur mon site internet : mireille-calmel.com

Mais vous pouvez aussi, si vous le souhaitez, découvrir l'univers musical des jumeaux Raymond au travers de leur groupe Vincenne, d'influence pop rock. Car cette rencontre musicale est allée plus loin que l'esprit de ce livre. J'ai signé sept des titres de leur premier album qui en comporte treize au total, dont *Mary Pirate* et *La fille du vent.*

Les frères Raymond sont atypiques, généreux et vrais, dans leur façon d'être, tout autant que dans leur musique, et je crois suffisamment en eux pour vous inviter à les découvrir et à les lancer. Parce qu'ils sont le reflet de ce que je suis. Le prolongement de ma plume et de ma foi en demain.

J'espère donc de tout cœur que vous serez les complices de leur aventure, pour que cette belle histoire de Lady pirate ne soit pas une fin, mais un commencement.

Mireille Calmel

Vous pouvez découvrir des extraits de l'album
et une interview des frères Raymond sur
« mireille-calmel.com », et commander en ligne ou
directement à l'aide de ce bon de commande

« SORTIE DE ROUTE »

Premier album du groupe VINCENNE comprenant 13 titres
dont 7 écrits par Mireille CALMEL
Inclus
« Mary Pirate » et « La Fille du Vent »

Nombre de CD : Nombre de CD :	× 15 € (envoi simple) × 19 € (envoi recommandé)	Total TTC : ..... € Total TTC : ..... €

NOM PRÉNOM : --
ADRESSE : --

Règlement par chèque uniquement à l'ordre de : LE RIDEAU BOUGE
Bon à retourner à l'adresse suivante : Le Rideau Bouge, 5 rue Saulnier, 75009 Paris

Cet ouvrage a été composé et imprimé par

FIRMIN DIDOT

GROUPE CPI

Mesnil-sur-l'Estrée

pour le compte de XO Éditions
en mai 2005

Imprimé en France
Dépôt légal : juin 2005
N° d'édition : 884/01 – N° d'impression : 73741